Claus Cornelius Fischer wurde in Berlin geboren und lebt heute als freier Schriftsteller in München. Er schrieb für verschiedene große Zeitungen und arbeitete als Übersetzer und Drehbuchautor für Kino und Fernsehen. Sein Roman GOYAS HAND wurde für den aspekte-Literaturpreis nominiert. TOTENENGEL ist der dritte Roman aus der erfolgreichen Reihe um Commissaris Bruno van Leeuwen.

Weitere Titel des Autors:

Und vergib uns unsere Schuld
(auch als Lübbe Audio und als E-Book erhältlich)
Und verführe uns nicht zum Bösen
(auch als Lübbe Audio und als E-Book erhältlich)
Eisherz

Der vorliegende Titel ist auch als E-Book erhältlich

Claus Cornelius Fischer

TotenEngel

Kriminalroman

BASTEI
LÜBBE
TASCHENBUCH

BASTEI LÜBBE TASCHENBUCH
Band 16512

1. Auflage: Dezember 2010

Vollständige Taschenbuchausgabe
der bei Lübbe Ehrenwirth erschienenen Hardcoverausgabe

Bastei Lübbe Taschenbuch und Ehrenwirth
in der Bastei Lübbe GmbH & Co. KG

Lektorat: Dorothee Cabras/Karin Schmidt
Titelillustration: © iStockphoto/Björn Kindler/ © iStockphoto/Ernesto Rolandelli
Umschlaggestaltung: Gisela Kullowatz
Autorenfoto: Horst A. Friedrichs, London
Satz: Druck & Grafik Siebel, Lindlar
Gesetzt aus der Adobe Garamond Pro
Druck und Verarbeitung: GGP Media GmbH, Pößneck
Printed in Germany
ISBN 978-3-404-16512-4

1

Der Mann mit dem geflickten Brillengestell blieb stehen, wenn der Junge stehen blieb, und wenn der Junge weiterging, ging er auch weiter. Die ganze Zeit spürte der Mann den Druck der Pistole in der Ledertasche, die er mit beiden Armen gegen die Brust presste. Er achtete darauf, dass immer genügend andere Fußgänger vor ihm waren, Köpfe und Schultern, damit der Junge ihn nicht entdeckte. Er dachte, dass der Junge sich anders verhalten würde, wenn er ihn bemerkt hätte; wenn er wüsste, dass ihm jemand folgte, mit einer geladenen Pistole.

Ich werde sie ihm nur zeigen, dachte der Mann. *Ich werde sie ihm zeigen und ihm sagen, dass es genug ist, dass er sich in Acht nehmen muss.*

Es war eine schwüle Nacht für September. In der warmen Luft tanzten Mücken über den Ufermauern, und sie tanzten auch unter den Ästen der Ulmen und zwischen den Laternen. Die Glühbirnenketten über der Gracht spiegelten sich rot auf dem träge dahinfließenden Wasser. Aus den Pubs und Live-Sex-Lokalen schlug Musik auf die Gehwege, Gitarren und Bässe und Trommeln, begleitet von Gläserklirren und lauten Stimmen. Auf den Gesichtern der Passanten lag der Widerschein des bunten Lichts, ein violetter Schimmer, der aus den Fenstern der halbnackten Frauen in ihren kleinen Kabinen rechts und links der Gasse fiel.

Der Mann mit der Pistole in der abgewetzten Ledertasche sah alles durch ein Spinnennetz feiner Sprünge, denn als der Junge ihm ins Gesicht geschlagen hatte, war seine Brille zu Boden gefallen, und das Gestell war zerbrochen und eins der Gläser gesplittert. Erst hatte der Mann versucht, den Schlag einfach so wegzustecken.

Aber dann hatte er angefangen zu zittern, und er wollte nicht zittern, schon gar nicht vor dem Jungen, und als er gemerkt hatte, dass es trotzdem anfing, war er vom Hof gelaufen, und die ganze Zeit hatte er nur einen Gedanken gehabt: Er hatte an die Pistole in seiner Aktentasche gedacht und daran, dass es nun genug war; dass er es einfach nicht mehr ertragen konnte.

Er ging schneller. Seine Bauchmuskeln verkrampften sich, und die durchgeschwitzte Hose scheuerte an seinen Beinen. Ihm war so heiß, dass er glaubte, Fieber zu haben. Die Haut auf seiner Stirn und den Wangen glühte. Immer wieder verlor er den Jungen für kurze Zeit aus den Augen, und dann spürte er sein Herz hämmern. Er spürte es am heftigsten in der Brust, aber auch am Hals und in den Ohren.

Der Junge trug ein Skateboard unter dem Arm. Jetzt warf er es auf das Pflaster und rollte ein paar Schritte. Mit seinen ausgebreiteten Armen wirkte er, als flöge er über das Pflaster, eine anmutige, schlanke Gestalt, die federnd vom Bordstein auf die Straße und wieder auf den Fußweg sprang. Durch die Risse in seiner Jeans konnte man seine nackten Beine sehen. Das Scheppern der Rollen ging unter in dem Gelächter und Geschrei, der stampfenden Musik. An der nächsten Ecke sprang der Junge wieder ab und stoppte das Board mit einem Fuß, bevor er es mit dem anderen in die Luft wirbelte und mit der Hand auffing.

Ich könnte ihm die Pistole erst zeigen, dachte der Mann, *und dann könnte ich sie mir in den Mund schieben und abdrücken, vor seinen Augen.*

Er wollte, dass der Junge begriff. Er sollte begreifen, was er getan hatte, er und all die anderen; dass er ihretwegen nicht mehr leben konnte. Er wollte, dass der Junge seine Verzweiflung sah und aus seinem Tod etwas lernte. Ja, vielleicht war sein Tod eine gute Lektion.

Es begann zu regnen. Der Regen war nicht sehr stark, aber einige Passanten gingen schneller, und es wurde noch schwieriger, den Jungen im Auge zu behalten. Nach ein paar Schritten lief ihm das Wasser in kleinen Rinnsalen über die Brillengläser, sodass der

Mann immer weniger sehen konnte. Der Sprung im rechten Glas teilte das Wasser und den Neonglanz, und er teilte auch den Jungen in zwei glitzernde, zerlaufende Hälften.

Der Junge war stehen geblieben und starrte in eines der Fenster. Mit der freien Hand wischte er sich die Feuchtigkeit aus den Augen. Der Regen rann ihm in rot und blau schimmernden Bächen über das Gesicht. Er stand da und zog die Kapuze seiner dunkelroten Blousonjacke über den Kopf, und dann lachte er plötzlich auf und lief weiter.

Warum lasst ihr mich nicht in Ruhe?, dachte der Mann. *Warum hört ihr nicht auf, mich zu quälen?* Er liebte sie doch, jeden Einzelnen; nicht alle gleich, aber es gab keinen, der ihm gleichgültig war, dem er nicht helfen wollte. Warum wollten sie seine Hilfe nicht? Warum stießen sie ihn immer wieder zurück? Er verstand einfach nicht, *warum.*

Sie waren so zynisch, so höhnisch, schon in ihrem Alter. Sie verachteten ihn, wie Margriet ihn verachtete, und Pieter. Ganz bestimmt verachtete sogar Pieter ihn, auch wenn er sich bemühte, es nicht zu zeigen. Es war immer dasselbe: Am Anfang mochten die Menschen ihn, weil er sanft war oder klug oder hilfsbereit oder weil er so viel wusste. Und dann, irgendwann, fingen sie an, ihn zu verachten, ihn auszulachen. Aber geschlagen hatte ihn bisher noch niemand, außer dem Jungen.

Der Mann blinzelte hinter dem gesprungenen Brillenglas. Er spürte den Schlag noch immer auf seiner Wange – nicht mehr scharf wie im ersten Moment, eher wie einen tauben Druck. Er wünschte, er wäre tot. Es war ein Wunsch, den er jeden Morgen hatte, gleich nach dem Aufwachen, noch bevor er richtig wach war. *Ich wünschte, ich wäre tot.* Trotzdem musste er leben, er zwang sich dazu, und in Margriets Gesicht sah er, dass sie ihn auch deswegen verachtete. Er stellte sich vor, sie könnte ihn jetzt sehen, hier in diesem Moment. Er stellte sich ihr Gesicht vor, die Verachtung darin.

Ich ersticke, dachte er. Er sah sie vor sich auf dem Boden liegen, umgeben von den Splittern, den spitzen Scherben; er sah das Blut. *Ich ersticke!*

Der Mann stolperte. Seine Füße fingen an wehzutun. Auch seine Arme schmerzten, von der Tasche, die er so fest gegen die Brust presste, und von dem Gewicht der Pistole. Das Gedränge um ihn wurde dichter. Immer mehr Menschen bevölkerten die schmale Straße zwischen dem Wasser und den Eingängen der Sexclubs: Japaner mit Schirmkappen und Windjacken, ein schnatternder Pulk, der dem hochgereckten weißen Schirm in der Faust einer Reiseführerin folgte. Amerikanische Ehepaare mit luftgepolsterten Laufschuhen und diebstahlsicheren Gürteln von Abercrombie & Fitch. Junge Engländer mit geröteten Augen und Bierflaschen in den Händen. Bärtige Rucksacktouristen aus Frankreich und Deutschland mit Zottelhaaren. Afrikaner. Missmutige Surinamer in Jogginganzügen. Aber auch elegante Inder, Chinesen in schwarzen Anzügen, weißen Seidenhemden und auf Hochglanz polierten Schuhen.

Über die Gesichter huschte das Echo der flackernden Neonsilben an den Backsteinfassaden. In der Luft schwebte der Geruch von frittierten Muscheln, gebratenen Hamburgern, verschüttetem Bier und brennendem Hasch. Hinter den Fenstern standen die grell geschminkten, fast nackten Frauen zum Greifen nah an den Scheiben, die Hände auf den Hüften oder an den Brüsten. Sie warfen die Lippen auf, befeuchteten sie mit der Zungenspitze, winkten den vorbeistreifenden Männern. Manche Frauen lächelten, andere küssten die violette Luft, aber die Augen blieben teilnahmslos, schauten ins Nichts.

Der Junge blieb wieder stehen, und der Mann mit der Pistole in der Aktentasche verharrte ebenfalls. Schwer atmend lehnte er sich gegen eine Hausmauer. Er stellte die Tasche zwischen die Beine, bevor er die Brille abnahm und die Gläser mit dem Hemdzipfel abwischte. Das Leukoplastband, mit dem er den linken Bügel geflickt hatte, war nass geworden, aber noch hielt das Flickwerk. *Ich muss es bald tun,* dachte er; *wenn ich es nicht bald tue, werde ich den Mut nicht noch einmal aufbringen.* Als er die Brille wieder aufsetzte, sah er den Fischreiher.

Der große grau-weiße Vogel kauerte in der Krone einer Ulme

auf einem dicken Ast. Reglos saß er da vor dem blauen Himmel. Die großen Flügel waren dicht an den Leib gelegt, der lange Schnabel ruhte am Brustgefieder, die Augen bewegten sich nicht, auch nicht, wenn der aufkommende Wind in das Laub der Ulme fuhr. Nichts schien ihn zu kümmern – die flackernden Lichter, die lauten Stimmen der Anreißer, die dröhnende Musik, Rock, Reggae, Salsa, nichts davon –, er blieb unberührt.

Der Mann dachte an den Vorfall – so nannte er es bei sich, *den Vorfall* – auf dem Schulhof heute Nachmittag, *die Hand des Jungen, die hochflog, ein Blitzen vor seinen Augen, er glaubte, es sei eine Messerklinge, aber es war nur das Metallgehäuse einer Armbanduhr.* Trotzdem, er hatte den Kopf zurückgerissen, hatte ausweichen wollen, und plötzlich hörte er das Gelächter überall auf dem Hof, und als er merkte, dass er gemeint war, dass das Lachen ihm galt, da wusste er, dass er es heute tun musste.

Jetzt fand er den Jungen wieder, fast an der Brücke, am Rand seines Blickfelds. Er drängte sich durch die Menge, um ihn im Gewühl nicht zu verlieren. Er spürte die Tasche in seinen Armen nicht mehr und auch nicht die Pistole darin. Er folgte dem Jungen über den Oude Voorburgwal, vorbei an roten Lampen in lila Fenstern, an S&M-Studios, Cabarets mit Live-Sex-Shows und Sex-Video-Kabinen. Er achtete nicht auf die Massagesalons, Tattoostudios oder Pornokinos, und auch den Vitrinen voller Dildos, schwarzer und grüner Reizwäsche, Plastikvaginen und Peitschen schenkte er keinen Blick.

Der Mann widerstand den Lockungen der *Casa Rosso* und des *Sex Palace*. Er ließ auch *De Kooning of Siam* und das *Moulin Rouge* links liegen. Hinter offenen Ladentüren stapelten sich Magazine und DVDs für Männer, die Männer begehrten, und Frauen, die Frauen begehrten, und Männer und Frauen, die alles begehrten, aber niemand liebten. Die Magazine, Videos und DVDs interessierten den Mann nicht. Er wusste, dass der Junge den Vorfall herumerzählen würde, und auch Pieter würde Margriet davon erzählen, und den Gedanken an ihr Gesicht, den Blick in ihren Augen, konnte er einfach nicht ertragen.

Ich wünschte, ich wäre tot.

Im Gehen öffnete er seine Aktentasche, schob die Hand hinein und tastete nach dem Griff der Pistole.

An der nächsten Ecke blieb das Licht der Uferstraßen zurück. Nach einem Stück fast vollkommener Finsternis stand der Mann in der Mitte einer kurzen Gasse aus graffitibeschmierten Mauern vor einem schwach beleuchteten Hintereingang. Als seine Augen sich an die Beleuchtung gewöhnt hatten, sah er plötzlich den Jungen direkt vor sich. Er blieb abrupt stehen und packte den Pistolengriff, zog die Waffe aber noch nicht hervor. Er wollte etwas sagen, irgendetwas, damit das, was jetzt geschah, nicht so unvorbereitet passierte.

Er sah den Jungen an, und der Junge erwiderte den Blick mit seinen großen dunklen Augen. Sein nasses Gesicht veränderte sich, als wieder die Verachtung darüberflackerte. *Was willst du jetzt noch?*, sagten die Augen, *es war ein Fehler, du bist kein Mann, du verdienst deine Frau nicht, und du verdienst mich nicht.* Und da, ohne nachzudenken und ohne noch etwas zu sagen und sogar ohne es zu wollen, zog der Mann die Hand aus der Aktentasche – leer, keine Pistole darin – und schlug zu, so heftig, dass es ihn selbst überraschte.

Der Junge ließ das Skateboard fallen, riss die Hände hoch und stürzte. Einen Moment lag er nur so da auf dem nassen Pflaster. Der Mann begriff, was er getan hatte, und beugte sich über den Jungen. Plötzlich zog der Junge die Beine an und versetzte ihm einen Stoß.

Der Mann verlor das Gleichgewicht. Die Aktentasche entglitt seiner Hand, er taumelte und kippte nach hinten. Im Fallen presste er die Finger gegen das Gesicht, um die Brille zu schützen, während der Junge schnell aufstand, geschmeidig wie ein Breakdancer. Der Mann versuchte, sich an seinem Hosenbein festzuhalten, aber der Junge trat nach ihm, und er musste ihn loslassen.

Der Junge hob sein Skateboard auf und lief die Gasse hinunter. Der Mann lag da und dachte, dass er jetzt zum zweiten Mal geschlagen worden war, und auch wenn es diesmal keine Zeugen gab, wusste er es, und er würde es immer wissen, er konnte es sogar sehen, mit seinen Augen und mit Margriets Augen. Er würde es sehen können, solange er lebte.

Das Pflaster war nass, aber nicht kalt. Mühsam richtete der Mann sich auf, tastete nach seiner Aktentasche. Die Brille fiel auf die Steine, und er hörte, wie sie aufschlug. Er fand sie vor der Tasche, und als er sie wieder aufsetzte, fand er auch die Tasche. Undeutlich sah er den Jungen am Ende der Gasse, dort, wo die Gracht begann. In der Ferne erklang eine Polizeisirene. Sie kam nicht näher, blieb immer gleich weit entfernt, bis sie wieder verstummte.

Der Fischreiher in der Ulme am Ufer der Gracht breitete die Flügel aus und hob ein Bein. Der Federkamm auf seinem Kopf sträubte sich. Plötzlich schien es auf der ganzen Welt nur noch diesen Anblick zu geben, einen großen grau-weißen Vogel, der zum Fliegen ansetzte. Eine Gestalt bog um die Ecke. Erst dachte der Mann, der Junge käme zurück. Die Gestalt näherte sich schnell und verdunkelte die Mündung der Gasse, und sie löschte auch den Anblick des Fischreihers aus. *Es tut ihm leid*, dachte der Mann, *er kommt zurück, um sich zu entschuldigen.* Dicht neben ihm blieb die Gestalt stehen, um sich über ihn zu beugen. Er hörte ein Rascheln und Knistern, dann streifte die Gestalt ihm etwas über den Kopf. Es war durchsichtig – *was ist das*?, durchsichtig und stickig. Warm umschloss es seinen Kopf. Er riss den Mund auf, schmeckte Zellophan, das sich in seinen Mund zu drängen schien, als er Luft zu holen versuchte. Hände hielten seinen Kopf mit festem Griff, *warum tust du das?*, er versuchte, sie wegzuziehen, aber sie bewegten sich nicht, sie hielten seinen Kopf und das Zellophan – *wer bist du? Lass mich doch los!* –, und *ja*, jetzt lösten sie sich, der Druck ließ nach.

Ein Schatten bewegte sich vor seinen Augen, schien um seinen Kopf zu kreisen, mehrmals schnell hintereinander, und dann zog sich etwas um seinen Hals zusammen wie ein zu eng geschlungener Schal.

Er keuchte. Er hörte seinen Atem und spürte, wie er ihm die Brust zu sprengen drohte, wie seine Lungenflügel sich aufblähten und zusammenzogen und wie sich das Zellophan glatt und feucht an sein Gesicht schmiegte. Seine Beine zuckten, *ich will nicht ster-*

ben. Er bäumte sich auf. Die Hände waren nicht mehr da, niemand hielt ihn mehr, nur der glatte Schal schloss sich noch eng um seinen Hals, glatt wie das Zellophan, und hielt es über seinem Kopf fest. Seine Finger glitten ab, und dann ließ er los. Ihm wurde leicht zumute, ganz leicht, und er rührte sich nicht mehr. Er lag auf dem Rücken, und über ihm öffnete sich funkelnd die Nacht, der Himmel, die Sterne, matt, ein wenig schlierig, das Zellophan von innen beschlagen, und seine Atemstöße waren jetzt ganz laut und langsam, einer und noch einer und noch einer, deren Schall allmählich verebbte, als er endlich tief im Inneren seine Flügel ausbreitete.

Es war so einfach.

2

Obwohl er schlief, konnte der Commissaris die Züge hören und die Stimmen der Reisenden auf den Bahnsteigen, wenn sie an der Bank vorübergingen. Die Bank, auf der er saß, stand nur ein Stück vom Eingang des *Grand Café 1er Klas* entfernt, und er konnte alles hören, was um ihn herum geschah, und trotzdem schlafen. Er träumte, er wäre in der Centraal Station und wartete auf den Zug, mit dem seine Frau zurückkommen sollte, und als er aufwachte, war er tatsächlich in der Centraal Station, aber Simone war tot.

Er sah auf die große Uhr über den Gleisen. Es war nach Mitternacht. Er hatte fast zwei Stunden geschlafen, und niemand hatte ihn geweckt, denn die Bahnhofspolizei kannte ihn schon. Auch sonst erregte er keinerlei Aufsehen, denn mit seinem hellen Trenchcoat, dem leichten Sommeranzug aus beigem Leinen und den geputzten braunen Schnürschuhen sah er nicht aus wie ein Stadtstreicher. Er wusste nicht, wie er stattdessen aussah, aber nie kam jemand, um ihn wachzurütteln, wenn er die Nähe anderer Menschen suchte, um zu schlafen. Niemals wurde er gefragt, ob er Hilfe brauche oder kein Zuhause habe. Er hatte ja auch ein Zuhause; es war nur so, dass er dort nicht sein wollte.

Die Halle über den Gleisen war erfüllt von fahlem Licht, und dort, wo sie endete, schimmerte Regen wie Quecksilberstaub unter dem Nachthimmel. Draußen vor der Halle standen mehrere Signale auf Rot. Es fuhren keine Züge mehr. Auf einer Bank gegenüber blähte sich eine liegengebliebene Zeitung im Wind. Die Bahnsteige waren jetzt leer, und der Commissaris stand auf und ging an den geschlossenen Bistros und Kiosken vorbei zur Treppe ins Tiefgeschoss, und plötzlich spürte er wieder die Angst kommen: Erst war es nur eine pochende Vorahnung von Panik, dann ein jäher Druck, der sich um sein Herz schloss. Es war der Moment, in dem er sich an seiner Einsamkeit schnitt wie an einem scharfen Blatt Papier.

Es ist nichts, sagte er sich; daran wirst du dich gewöhnen, wie du dich bisher an alles gewöhnt hast.

Er ging durch die Bahnhofshalle hinaus auf den Stationsplein, und als er draußen war, hörte der Regen auf. Die Planen, die schon seit Jahren das rote Backsteingebäude der Centraal Station verhüllten, flatterten im Seewind. An der U-Bahn-Baustelle wurde noch gearbeitet. Der Widerschein der Scheinwerfer glitzerte auf dem feuchten Asphalt und dem sacht bewegten Wasser vor dem Bahnhofsplatz.

Eine Straßenbahn bog vom Dam auf den Platz, und der Fahrer schlug ein paar Mal hart auf die Klingel. Die dicht gedrängt stehenden Passagiere schwankten hin und her. Die trübe Beleuchtung flackerte. Die Tram hielt, und die Fahrgäste stiegen aus, Hafenarbeiter in schmutzigen Overalls, Restaurantpersonal, afrikanische Putzfrauen, Straßenmusikanten und Jugendliche, die mit den letzten *stoptreins* zurück in die Vororte wollten.

Der Commissaris stieg ein. Er zeigte dem Kontrolleur in der Mittelkabine seinen Ausweis und setzte sich auf einen Platz ganz hinten, wo er alles im Auge behalten konnte. Außer ihm gab es in dem Wagen nur noch zwei Frauen von der Heilsarmee, die er an ihren Tamburinen und den zusammengeklappten Plakatständern erkannte, *Jesus saves you,* und ein schlafendes Mädchen mit eingefallenen Gesichtszügen, einer löchrigen Jacke und schmutzigen Jeans. Die Bahn fuhr an, in der Kurve zum Dam kreischten die

Räder auf den Schienen, und die Deckenbeleuchtung flackerte erneut.

Der Commissaris sah aus dem Fenster auf die Straße. Die Unruhe, die ihn geweckt hatte, drehte sich dicht hinter seinem Zwerchfell wie ein kleiner, harter Kreisel.

Auf der Scheibe zitterten Wassertropfen, die vom Regen übrig geblieben waren. Hinter der Brücke und dem Koffiehuis wurde die Nacht bunt, wo das nie ermüdende Neon an den Häuserfronten entlangsprang und durch die immer gleichen roten, gelben und blauen Buchstaben floss. Die Straßenbahn fuhr vorbei an diesen Leuchtreklamen für holländisches Bier und indonesisches Essen, für Souvenirkitsch, Geldwechsler und Fast-Food-Lokale voller Spiegel und Messing. Neben den Türen der billigen Hotels blinkten *Vacancy*-Schilder, und in den Seitengassen lockten andere Lichter mit noch mehr Essen, noch größeren Biergläsern und noch niedrigeren Preisen. Feuchte Markisen schlugen im Wind über den Köpfen der letzten Nachtschwärmer, die sich in kleinen Gruppen über die Gehsteige schoben.

Der Commissaris sah einzelne Gesichter, sie traten überraschend hervor wie Ziele in einem Videospiel, und er achtete auf die Mienen und Bewegungen, die zu den Gesichtern gehörten. Er ordnete sie ein, ob sie Gefahr bedeuteten oder nur Übermut oder ob sie vom einen ins andere umschlugen.

Da, die Gruppe Brasilianer in weißen Sambahosen und bunten Hemden, die in der Mitte der Fahrbahn gingen, als gehörte der Dam zur Copacabana. Da, die Horde Cockney grölender Jugendlicher mit Skinhead-Frisuren und Lederjacken. Da, die Radfahrer in T-Shirts und Outdoor-Hosen, die mit schrillem Klingeln aus der Dunkelheit heranrasten. Da, die Kamikaze-Kids auf Rollerblades, die hinter einem Schutzschirm aus Sonnenbrillen, MP3-Playern und Kopfhörern rücksichtslos dahinflogen wie Cruise Missiles auf der Suche nach einer unsichtbaren Hitzequelle. Eine arabische Familie in Burnus und Scharia auf dem Weg zu ihrem Fünf-Sterne-Hotel. Ein Mädchen mit blonden Zöpfen und verlaufener Schminke, in Tränen aufgelöst.

Die Tram hielt an der alten Börse. Ein paar Rucksacktouristen stiegen ein. Danach zwei alte Chinesen in dunklen Anzügen und vier Jugendliche, die zusammengehörten: drei Jungen und ein Mädchen in modischen Klamotten, Einwandererkinder, dunkelhäutig, aber nicht schwarz. Aufgekratzt zeigten sie dem Kontrolleur ihre Monatskarten, bevor sie sich in der Mitte des Zuges auf zwei Bänke quetschten. Das Mädchen setzte sich auf den Schoß des Ältesten. Es flüsterte ihm etwas ins Ohr, sehr ernst, fast ein wenig ärgerlich. Er hörte zu und lachte. Sie wollte nicht, dass er lachte, und sie sagte noch etwas, und er lachte noch einmal.

Die Straßenbahn fuhr weiter. Der Commissaris stand auf und ging zur Tür. Als er gerade den Knopf zum Aussteigen drücken wollte, versetzte der Junge dem Mädchen eine Ohrfeige. Eigentlich war es mehr ein Klaps als eine Ohrfeige, aber der Schlag überraschte das Mädchen, und es wusste nicht, wie es reagieren sollte. Die Jungen lachten. Das Mädchen sah den Jungen an, der ihm den Klaps versetzt hatte. Es wusste noch immer nicht, wie es reagieren sollte, und da schlug der Junge es wieder, nicht sehr fest, mehr wie man einen Hund schlägt, und alle lachten, alle bis auf das Mädchen.

Sie verstand nicht, was gerade mit ihr geschah, außer, dass es an Stellen wehtat, die seine Hand gar nicht berührt hatte. Tränen traten ihr in die Augen und glitzerten in den Wimpern.

Der Junge zwinkerte seinen Kumpels zu, dann blickte er zum Fenster hinaus, während das Mädchen ihn weiter ansah. Sie wollte nicht weinen, aber die Tränen kamen einfach und liefen ihr über die Wangen, bis hinunter zu den Mundwinkeln.

Der Commissaris ging zu dem Jungen und dem Mädchen und fragte: »Du, wie heißt du?«

Der Junge tat, als hätte er ihn nicht gehört. Er grinste seine Kumpels an, und seine Kumpels grinsten ihn an, und das Mädchen wischte sich die Tränen mit dem Handrücken ab. Van Leeuwen sah weiter den Jungen an, der seinem Blick auswich. Er sah ihn an und sagte: »Ich rede mit dir, *Junge.*«

Die Straßenbahn ruckelte hin und her, und das Licht flackerte.

Der Junge hörte auf zu grinsen und sah wieder aus dem Fenster, als wäre er in Gedanken ganz woanders.

Van Leeuwen merkte, wie etwas in seinem Blut zu flimmern begann. Das flimmernde Blut floss in seine Arme und Beine und stieg ihm in den Kopf, und er wusste genau, was es war, aber er bemühte sich, ruhig zu bleiben. »Schlägst du gerne Mädchen?«, fragte er den Jungen, der das Mädchen geohrfeigt hatte. »Macht man das so bei euch zu Hause, da, wo du herkommst?«

Jetzt lachten auch die anderen Jungen nicht mehr, und der, den Van Leeuwen meinte, blickte endlich zu ihm auf und sagte: »Leck mich, ich bin hier genauso zu Hause wie du, Alter.«

»Schön«, sagte Van Leeuwen, »dann bin ich ja für dich zuständig.« Er beugte sich vor und gab dem Jungen eine Ohrfeige, ein bisschen härter, als der Junge das Mädchen geschlagen hatte. »Gefällt dir das?«

Der Junge zischte vor Schreck. Sein Kopf zuckte zurück und schlug gegen die Fensterscheibe. Der Commissaris spürte, wie das Flimmern ihn jetzt ganz erfüllte, und er musste sich zwingen, den Jungen nicht noch einmal zu schlagen – *es ist nur ein Junge!* Er zog seinen Ausweis heraus, damit alle Gelegenheit hatten, sich seinen Namen zu merken und Beschwerde gegen ihn einzureichen. So ruhig er konnte, sagte er: »Hör jetzt mal ganz genau zu, Jungchen: Hier bei uns, wo wir also beide zu Hause sind, schlägst du keine Frau, kapiert? Du schlägst keine Frau und kein Mädchen, nicht mal im Spaß und auch nicht, um ihr was beizubringen, und schon gar nicht, weil du vor deinen Kumpels damit angeben willst, wie toll du bist. Ich weiß nicht, was dir deine Eltern beigebracht haben oder was deine Schriftgelehrten behaupten, aber so ist das hier bei uns, wo wir beide zu Hause sind.« Er steckte den Ausweis wieder ein. »Möchtest du dazu noch etwas sagen, bevor ich aussteige, *Jochie*?«

Der Junge zitterte. Wut und Scham flackerten in seinen Augen wie dunkle Flammen. Aber er sagte nichts. Er schwieg und kämpfte mit seinen Gefühlen, und endlich gab er auf und schüttelte den Kopf.

»Gut«, meinte der Commissaris. Er ging zurück zur Tür und drückte den Stopp-Knopf. Die Straßenbahn hielt an der nächsten Station. Bevor er ausstieg, sah Van Leeuwen das Mädchen an. »Wie heißt du?«

»Yasmina«, antwortete das Mädchen leise.

»Ruf mich an, wenn er dich noch mal schlägt, Yasmina«, rief der Commissaris. »Bruno van Leeuwen im Hoofdbureau van Politie.« Er stieg aus und blickte sich nicht mehr um, denn die Jugendlichen waren nicht der Grund für seine Unruhe gewesen; der Kreisel drehte sich noch immer. Er ging das ganze Stück zurück und bog hinter der Börse in den Oude Brugsteeg, der zur Warmoesstraat führte.

Linker Hand ritten die an ihren Stegen vertäuten Ausflugskähne leise knarrend auf den kleinen Wellen im Hafenbecken. Die Unruhe trieb den Commissaris voran, durch die enge Gasse zur Warmoesstraat und weiter zum Oude Zijds Voorburgwal. Kurz fasste er einen jungen Mann ins Auge, der an einer Mauer lehnte und nichts trug als eine Army-Hose mit Tarnmuster und eine verchromte Brille mit spiegelnden Gläsern. Sein Haar war kurz geschnitten und platinblond gefärbt, der Oberkörper nackt. Verschlungene Tattoos bedeckten seine Schultern und Oberarme. Vor seinen schmutzigen Füßen stand ein Blumentopf mit einer vertrockneten Sonnenblume neben zwei großen, überquellenden Rucksäcken. Ein Obdachloser aus der Zukunft, dachte der Commissaris.

Um diese Zeit hatte das Rotlichtviertel nichts Verführerisches mehr; die Glühbirnen, die an Lichterketten kreuz und quer über den Kanal gespannt waren, wirkten genauso schäbig wie die rot und grün angestrahlten Fassaden und die violetten Fenster. Kronkorken und braune Scherben blinkten auf dem Pflaster der Gehwege zwischen weggeworfenen Zigarettenschachteln, Burger-Tüten und zusammengeknülltem Frittenpapier. Ausgebrannte Drogenfreaks mit aschfarbenen Augen taumelten blicklos ihrem persönlichen U-Bahn-Schacht zur Hölle entgegen.

An den Brücken standen farbige Zuhälter und Dealer in kleinen Gruppen zusammen, blieben dabei aber ständig in Bewegung.

Sie trugen Sonnenbrillen, massive Panzergoldketten, diamantenbesetzte Uhren, dicke Kalbslederjacken und teure Laufschuhe. Ihr Lachen war leise, ohne Fröhlichkeit, und für ihr Toilettenwasser hatte in Kaschmir wahrscheinlich eine ganze Population von Moschushirschen ihr Leben lassen müssen.

Der Commissaris ging an ihnen vorbei zum Achterburgwall. Solange er in der Nähe war, hüllten sie sich in Schweigen, und keiner sah ihm nach, und noch immer war da die Unruhe, die ihn weitertrieb. Er wusste nicht, wohin sie ihn führte oder ob er sie sich nur einbildete, um eine Ausrede zu haben. Er sagte sich, dass er nicht nach Hause gehen durfte, solange die Stadt nicht schlief. Es war seine Stadt, aber die Straßen waren gefährlich; unter der harmlosen Oberfläche waren sie gefährlich. Vielleicht konnte er sie sicherer machen, auch wenn er jetzt, da Simone tot war, nicht mehr genau wusste, für wen.

Er fragte sich, was ihn noch mit den anderen Menschen verband. Er sah sie, aber er spürte sie nicht mehr so wie früher; ein Verbindungsglied fehlte. Er blieb stehen. Vor ihm lag die Mündung einer Gasse, die in die feuchte Finsternis zwischen zwei engstehenden Hausmauern führte. Er holte eine daumendicke Taschenlampe aus der Manteltasche und leuchtete in die Gasse. Er entdeckte nichts, das seine Unruhe erklärt hätte, überhaupt nichts.

Langsam ging er hinter dem Strahl der Taschenlampe her. Der Lichtkegel geisterte über aufgeplatzte Müllsäcke, rostbefallene Hintertüren und Urinflecken an den Mauersockeln. Bunt gezackte Graffiti sprangen aus der Dunkelheit. Die nassen Pflastersteine glänzten grau und schwarz, und als der Commissaris die Spuren von Rot entdeckte, blieb er wieder stehen. Der Lichtstrahl wanderte allein weiter, tastete über das Pflaster, die Mauern, die Aktentasche, den Fuß.

Die Aktentasche war braun. Der Fuß steckte in einem gelben Strumpf und einer braunen Sandale. Er gehörte zu einem Mann, und der Mann lag, halb hinter einem Müllsack verborgen, auf dem Rücken. Der Commissaris trat vorsichtig über den roten Fleck hinweg.

Er wusste, dass der liegende Mann nicht betrunken war, schon bevor der Lichtstrahl den Rest des Körpers erfasste. Er sah die halb offen daliegende Aktentasche, den Fuß mit dem gelben Strumpf in der dunkelbraunen Sandale und dann eine schmutzige hellbraune Hose mit einem Gürtel aus imprägnierter Jute und ein weißes Baumwollhemd mit hochgekrempelten Ärmeln. Er sah eine zinnoberrote Swatch-Uhr mit Plastikarmband am linken Handgelenk des Mannes und neben dem Kopf eine Brille mit geflicktem Rahmen und zersplitterten Gläsern. Das Gesicht konnte er nicht sehen, denn es war der Mauer zugewandt, als wollte es dem Licht ausweichen. Auch den zweiten Arm, der zwischen dem Körper und der Mauer verborgen lag, konnte er nicht sehen.

Er hob die Hand mit der Taschenlampe bis in Kopfhöhe, um hinter den liegenden Mann zu leuchten. Er beugte sich vor. So ging es: Die Augen des Mannes standen offen, genauso wie die Lippen. Die Nasenlöcher waren gerötet, darunter gab es Spuren einer durchsichtigen Flüssigkeit, die zwischen Nasenwurzel und Oberlippe getrocknet war. Nasenbluten, dachte der Commissaris. Sonst sah er keine Wunde, keine Verletzung und auch keine Einstichstellen an den Armen.

Der Commissaris beugte sich vor und legte zwei Finger an den Hals des Mannes, versuchte, einen Puls zu finden. Es gab keinen. Das Fleisch unter der Haut war noch warm, der Tod konnte also erst vor Kurzem eingetreten sein. *So ist das also.* Es war die erste Leiche, die er selbst fand, und er dachte: *So ist das also*. Dann dachte er, *du bist zu spät gekommen,* und ein Gefühl der Enttäuschung ergriff ihn.

Er holte sein Mobiltelefon aus der Innentasche seines Leinenjacketts und wählte die Nummer des Nachtdienstes im Hoofdbureau, weil er die des für den zweiten Distrikt zuständigen Wijkteams in der Warmoesstraat nicht aus dem Gedächtnis wusste. Eine Männerstimme meldete sich, und er nannte seinen Namen und erklärte, wo er war und was er dort gefunden hatte: das Opfer eines Unfalls, einer Schlägerei oder eines Mordes. Er forderte einen Arzt und die Spurensicherung an und bat darum, den Diensthabenden vom zweiten Distrikt zu informieren, damit er ein paar uniformierte Agenten zu seiner Unterstützung schickte. Nachdem er fertig war, lehnte er sich mit dem Rücken an die gegenüberliegende Mauer und wartete im Dunkeln bei der Leiche.

Er war in der Nähe gewesen, dachte er. Seit er angefangen hatte, seine nächtlichen Runden zu drehen, die Stadt zu durchstreifen, ruhelos, aber ohne ein bestimmtes Ziel, war er nie so nah gewesen. Ein bisschen näher nur und etwas früher, und er hätte es vielleicht verhindern können. Es sah aus wie ein Unfall oder ein Totschlag, aber was, wenn es ein Mord gewesen wäre? Wenn er als Polizist im selben kurzen Moment zugegen gewesen wäre, in dem ein Mensch zum Mörder und ein anderer zum Opfer wurde, unwiderruflich? Nein, *vor* diesem Moment – bevor er seine Arbeit tun musste, bevor er Spuren sicherte, Zeugen befragte, Verdächtige verhörte und den Täter zu überführen versuchte? Wenn er zwei Leben gerettet hätte, einfach nur, indem er zur richtigen Zeit am richtigen Ort gewesen wäre?

Er schaltete die Taschenlampe wieder ein, richtete den Lichtstrahl auf die Aktentasche und drehte sie um, sodass er hineinschauen konnte. Der Geruch von nassem Leder stieg ihm in die Nase. Die Tasche enthielt eine kleine Brotdose aus blauem Plastik, einen gelben Apfel, eine Ausgabe von *De Avond!*, eine Packung Papiertaschentücher, einen Bibliotheksausweis auf den Namen Gerrit Zuiker und eine Pistole. Die Pistole war eine kurzläufige Walther P 38, Kaliber 9 mm, und sie bereicherte das Bild um einen neuen Aspekt: das Unerwartete.

Aus Richtung des Achterburgwalls drangen Stimmen in die Gasse. Etwas später huschten die Lichtkegel starker Lampen über die Mauern und das Pflaster, und der Commissaris richtete sich wieder auf, um die anrückenden Beamten zu der Leiche zu dirigieren. Ein Hoofdagent in Uniform leuchtete ihm ins Gesicht und fragte:

»Haben Sie die Leiche gefunden?«

»Ja«, bestätigte Van Leeuwen.

»Ihr Name?«

»Commissaris van Leeuwen.«

Der Hoofdagent ließ rasch die Taschenlampe sinken, bis der Lichtstrahl auf seine Schuhspitzen wies. »Entschuldigen Sie, Mijnheer, ich habe Sie nicht erkannt. Ich bin Hoofdagent Jan Brugman. Man hat mir nicht gesagt, dass die Meldung von Ihnen stammt.« Seine Stimme klang überrascht, und als jetzt die ersten Scheinwerfer aufflammten, entdeckte der Commissaris auch in Brugmans Augen *den Ausdruck*. Es war ein Ausdruck, den er in letzter Zeit schon ein paar Mal in den Augen anderer Polizisten bemerkt hatte und der zu sagen schien: *Ach, Sie sind das! Commissaris van Leeuwen, der nachts auf dem Bahnhof schläft, wie man hört – also, ich finde, es wirft ein schlechtes Licht auf die ganze Polizei, verstehen Sie, wenn ein ranghoher Offizier so wenig Haltung aufbringt, egal, wie die Umstände sein mögen.*

Der Ausdruck erlosch sofort, als Brugman merkte, wie der Commissaris ihn ansah. »Wahrscheinlich ein Herzanfall«, meinte der Hoofdagent. »Oder Drogen. Vielleicht auch eine Schlägerei. Der Tote: unbekannt, männlich, weiß – das Übliche. Haben Sie ihn angefasst oder irgendetwas verändert?«

»Ich habe nur das Bargeld genommen«, brummte Van Leeuwen und erntete genau den verständnislosen Blick, mit dem er gerechnet hatte. *Und ich schlafe nicht jede Nacht im Bahnhof*, fügte er in Gedanken hinzu.

Er blickte zu der inzwischen von mehreren Scheinwerfern ausgeleuchteten Leiche hinüber, die in dem kalten Licht nicht im Geringsten mehr aussah wie ein Mensch, sondern wie ein schlecht koloriertes Demonstrationsobjekt für die Fähigkeiten des Technischen Dienstes und des Leichenbeschauers. Das Blut wirkte schwarz, die Haut grau, das Gelb anders als Gelb und auch das Braun nicht mehr wie Braun.

An der Mündung der Gasse hielt ein Sanitätsfahrzeug, das ohne Sirene, aber mit eingeschaltetem Blaulicht gekommen war. Die Sanitäter stiegen aus, und das blaue Licht spiegelte sich auf dem nassen Pflaster und dem Stamm der Ulme am Ufer. Die Männer und Frauen von der Spurensicherung drängten sich in ihren weißen Overalls zwischen den Hausmauern, bemüht, sich nicht gegenseitig auf die Füße zu treten. Einer der Männer fotografierte die Leiche aus allen Blickwinkeln, von Weitem und von Nahem und von ganz nah und dann nur einzelne Teile, das Gesicht, die Füße, die Sandalen, die Hände, die Uhr. Als es an der Leiche nichts mehr zu fotografieren gab, fotografierte er die Aktentasche und die Blutspritzer auf dem Pflaster, den Urinfleck an der Mauer, die Müllsäcke und die Graffiti neben der Eisentür. Eine Frau stellte kleine Kärtchen mit Nummern neben allen Gegenständen auf, die vielleicht mit dem Tod des Opfers zu tun haben konnten, und der Fotograf fotografierte auch diese Gegenstände. Danach fotografierte er einen anderen Mann, der mit einem Maßband die Lage der Leiche bestimmte und die Entfernung zu den beiden Mauern, der Tür, den Müllsäcken und den nummerierten Gegenständen ausmaß und notierte.

Die Frau, die inzwischen Kärtchen neben allem außer Van Leeuwens Füßen aufgestellt hatte, streifte zwei Plastikbeutel über die Hände des Toten und verschloss sie mit Klebeband, für den Fall, dass sich unter den Fingernägeln Spuren eines Kampfes befanden: Hautfetzen, Haare, Blutpartikel einer anderen Gruppe als der des Opfers.

Der Mann, der die Lage der Leiche vermessen hatte, schritt nun zwischen den Kärtchen hin und her und leuchtete den Boden mit einem Halogenscheinwerfer ab, in dessen Licht die Muster von zahllosen Schuhsohlen sichtbar wurden, und der Fotograf ging neben ihm her und fotografierte die Fußabdrücke. Inzwischen brannten so viele Scheinwerfer, dass es keine Schatten mehr gab, als handelte es sich um einen Tatort im Weltraum.

Van Leeuwen sagte: »Ich möchte, dass die Männer von dem Blut da auf dem Pflaster eine Probe nehmen und von dem Urin an der Mauer auch. Und sie sollen alles eintüten, was hier so rumliegt – Zigarettenkippen, Kaffeebecher, Kaugummi, Kokstütchen, Kondome, alles. Liefern Sie mir ein komplettes Spurenbild!«

»Seit wann interessiert sich das Hoofdbureau für einen unbekannten Toten im Rotlichtviertel?«, fragte Hoofdagent Brugman.

Van Leeuwen sagte: »Er ist nicht unbekannt, und ich glaube auch nicht, dass er einen Herzanfall erlitten hat oder Opfer einer Schlägerei wurde. Da liegt eine Aktentasche, die ihm gehört haben könnte, mit einem Bibliotheksausweis auf den Namen Gerrit Zuiker. Außerdem steckt in der Tasche eine Pistole, eine Walther, allerdings weiß ich nicht, ob sie geladen ist. Ich verlange nichts von Ihnen, was Sie als guter Polizist nicht sowieso tun würden – ich will nur, dass Sie es ganz besonders sorgfältig tun und dass Sie mir persönlich Bericht erstatten, so schnell wie möglich. Also, suchen Sie nach Zeugen – Anwohner, Touristen, Nutten, Zuhälter, das Personal von den Kneipen und Sexshops, überprüfen Sie jeden, der etwas gesehen haben könnte. Versuchen Sie herauszufinden, ob die Waffe eine Geschichte hat, ob sie schon mal bei einer Straftat benutzt worden ist. Und stellen Sie fest, ob der Tote wirklich Gerrit Zuiker heißt, ob er vermisst wird oder Familie hat. Ich will wissen, aus welchem Milieu er kommt, welche sexuellen Vorlieben er hatte, ob er Trinker war oder Spieler oder Schmetterlingssammler – alles, was ihn von einem Spurenträger zurück in einen Menschen verwandelt –, aber unternehmen Sie sonst nichts. Ich verlasse mich auf Sie, Hoofdagent Brugman.«

Auf einmal merkte er, wie müde er war. Es ließ sich nicht vermeiden – er wollte nicht nach Hause, aber er hatte keine Wahl.

Der Hoofdagent gab sich große Mühe, kompetent und straff zu klingen. »Darf ich Sie daran erinnern, dass eigentlich wir für die Ermittlungen in diesem Fall zuständig sind, Commissaris?! Der Tote liegt in unserem Garten.«

»Aber ich habe ihn gefunden«, sagte der Commissaris.

3

Die Menschen wie reife Früchte malen, hatte Renoir einmal als Losung ausgegeben; dazu waren Ölfarben erforderlich. Erinnerungen dagegen präsentierten sich nicht selten als Aquarelle, ungewisse, im Dunst über der Gischt der Jahre entstandene Skizzen, denen das Flüchtige der Wasserfarben etwas verführerisch Ungenaues gab. Bei Bruno van Leeuwen traf dieses Phänomen allerdings nicht zu. Wenn er sich erinnerte, stand die Vergangenheit scharf wie ein Foto vor ihm, jede Einzelheit an ihrem Platz und zum Anfassen nah, gleich, ob die verstrichene Zeit Jahre überbrückte oder nur eine Minute. Also kein Ölgemälde und auch kein Aquarell, eher ein fotorealistischer Prozess. Oder, da Renoir ohnehin nicht unbedingt sein Fall war, ein Kupferstich von Goya, seinem Lieblingsmaler.

Es hatte einmal eine Zeit gegeben, in der Van Leeuwen gern nach Hause gegangen war, voller Vorfreude auf den Abend mit Simone, den Anblick ihres Gesichts, den Klang ihrer Stimme. Den Geschmack des Glücks. Ihre braunen Augen, ihre lebhafte Intelligenz, der Schwung, mit dem sie beim Reden das lange blonde Haar zurückwarf, eine Kopfbewegung als *pars pro toto*. Die Währung der Liebe schien ihnen nie auszugehen – Abende mit Rotwein, lange Gespräche, gemeinsam ausgesuchte Schallplatten, zärtliche Umarmungen, leidenschaftliches Begehren.

Simones Augen: in ihre Wärme, ihre Tiefe hatte er sich sofort verliebt, schon bei ihrer allerersten Begegnung, und diese Augen waren dieselben geblieben über die Jahre und Jahrzehnte, auch noch, als die andere Zeit gekommen war. So nannte er es bei sich – die andere Zeit, in der er all seinen Mut zusammennehmen musste, Abend für Abend, um über die Schwelle seiner Wohnung zu treten, hinter der inzwischen auch eine andere Frau wartete. Sie hieß noch Simone, sie war weiter mit ihm verheiratet, aber sie erinnerte sich nicht mehr daran, wie *er* hieß, welche Rolle er in ihrem Leben spielte. Es hatte an seiner Liebe nichts geändert, dass sie ihn jeden Tag ein bisschen mehr zurückließ, nicht an der Tiefe, nur an der Art, wie er sie zeigen konnte.

Jetzt, nachdem sie gestorben war, lebte er in einer dritten Zeit. In dieser dritten Zeit bog er in seine Straße, er ging auf das Haus zu, er stieg die Treppe zu seiner Wohnung hinauf, er betrat die Wohnung, und einen Moment lang war ihm, als rutschte er von einer Welt in eine andere, von einer äußeren in eine innere. Es war eine Welt in ihm, in der es auch nur ihn und seine Frau gab. Er konnte in ihr umhergehen, und sie sah aus wie die, aus der er gekommen war, aber sie schien viel älter zu sein. Älter und trauriger. Sein Herz wurde klein; es zog sich zusammen, und sein Blut erbleichte in den Adern. Genauso kam es ihm vor – als hätte er kein Rot mehr im Blut.

Auf der Fußmatte vor der Wohnungstür fand er eine Zeitung. Er hob sie auf. Es handelte sich um ein Probeexemplar einer Tageszeitung, die er nicht abonniert hatte, *De Avond!* Er betrat die Diele und legte den Schlüsselbund in die Keramikschale auf der Kommode neben der Eingangstür und die Zeitung auf den Schirmständer. Er hatte in der Wohnung alles so gelassen, wie es an dem Tag gewesen war, an dem er Simone ins Heim bringen musste. Er hatte ein wenig aufgeräumt, regelmäßig geputzt, aber nichts verändert. Die Gemälde, die sie von Sims Onkel geerbt hatten, hingen noch an den Wänden. Ihr Lieblingssessel stand weiter dort, wo er immer gestanden hatte. Auf den Fensterbänken gab es die Schüsseln und Teller, in denen sich ihre Sammlung nutzloser Dinge befand: ein vertrockneter Seestern, Kastanien, Kieselsteine, Muscheln, ein Tannenzapfen – die Schätze, zu denen sie ihn Abend für Abend geführt hatte, wenn er heimgekommen war.

In der dritten Zeit gab es eine feste Regel: nicht mehr als eine Erinnerung pro Abend, wenn er hier war. Eine war gestattet, nur eine, dann musste er an etwas anderes denken.

Er hängte den Trenchcoat an den Garderobenständer und ging zu den Wohnzimmerfenstern, die auf die Egelantiersgracht schauten. Sein Kopf summte vor Müdigkeit. Er öffnete zwei der drei Fenster, denn die Luft roch muffig. Es war noch dunkel. Er sah hinunter auf die Ulmen und das schwarze Wasser der Gracht im schwachen Schein der Straßenlaternen.

Ohne das Licht einzuschalten, ging er ins Schlafzimmer, wo er sich auszog. Er legte die Sachen, die er getragen hatte, auf das gemachte Bett, dann ging er zum Kleiderschrank und suchte frische Unterwäsche, saubere Strümpfe und ein gebügeltes Hemd heraus. Er ging ins Badezimmer, wo er sich duschte und rasierte. Er sah sein Bild im Spiegel, aber so, als sähe er es gar nicht mit seinen eigenen Augen oder als wäre ihm der Mann, der seinen Blick erwiderte, nur vage vertraut: eine Phantomzeichnung.

Er kannte den Mann im Spiegel, er konnte ihn beschreiben: die grauen Augen; das Haar, ehemals braun, jetzt ebenfalls grau, an den Schläfen und im Nacken zumindest; das kräftige Kinn mit dem kleinen Grübchen und die Nase, die schon gebrochen gewirkt hatte, bevor sie wirklich gebrochen worden war – bei einem Sturz vom Fahrrad, nicht in Ausübung seines Dienstes. Aber während er diesen Mann im Spiegel betrachtete, verlor er selbst das vage Vertraute und wurde vor seinen Augen zu jemand, den er weniger und weniger kannte.

Er hatte gewusst, wer er war, wenn er Simone ansah.

Er schaltete das Licht im Bad aus und ging zurück ins Schlafzimmer, um sich anzuziehen. Es wurde schon Herbst, aber die Tage waren noch immer warm. Deswegen hatte er ein Hemd mit kurzen Ärmeln gewählt, hellblau, und dazu wieder den beigen Leinenanzug, den er am liebsten mochte. Er entschied sich für einen hellbraunen Gürtel und braune Halbschuhe, bequem, aber nicht ausgetreten. Es war wichtig, dass er auf sich achtete, sich nicht gehen ließ.

Mit der Wohnung sah es anders aus: Sie hatte sich gehen lassen, oder er hatte gestattet, dass sie sich gehen ließ, anfangs unbemerkt, weil sein Augenmerk immer Wichtigerem galt. In der Küche blätterte ein wenig Putz von den Wänden, im Bad kündeten ockerbraune Flecken an der Decke von lange zurückliegenden Rohrbrüchen. An den Türrahmen zum Flur zog man sich Splitter ein, wenn man nicht aufpasste. Die Fensterrahmen im Schlafzimmer saßen locker, sodass man die auf den Mauervorsprüngen gurrenden Tauben hören konnte, und nach dem letzten kräftigen Regenguss war die Nässe durch sämtliche Ritzen gekrochen. Die Stromspannung schwankte, und wenn er alle Lampen und den Fernseher gleichzeitig einschaltete, sprang die Sicherung heraus.

Früher war es nicht nötig gewesen, alle Lampen und den Fernseher gleichzeitig einzuschalten.

Van Leeuwen ging in die Küche. Im Kühlschrank fand er ein paar

Dosen Ravioli, eine halbe Packung Butter, eine Tüte Mozzarella, geschnittenes Brot und eine Flasche Mineralwasser, aber keinen Wein. Im Licht des offenen Kühlschranks sah er den Pappkarton mit der Aufschrift *Montepulciano* unter der Spüle und entdeckte darin die letzte Flasche eines guten Jahrgangs. Früher hatte es immer eine angebrochene Flasche im Kühlschrank gegeben, in der ersten Zeit und vor allem in der zweiten, der anderen Zeit. In der dritten gab es keine angebrochene Flasche in der ganzen Wohnung, nur die letzte des guten Jahrgangs, ungeöffnet.

Plötzlich klingelte das Telefon. Der Apparat stand auf der Kommode im Flur, aber Van Leeuwen blieb, wo er war. Leise, als könnte der Anrufer ihn hören, schloss er die Kühlschranktür. Er verharrte neben dem Kühlschrank und wartete darauf, dass der Apparat zu klingeln aufhörte. Sein Herz schlug schneller. Unvermittelt spürte er eine Schwere in seinem Inneren, einen harten Sog, als hätte er statt eines Magens einen faustgroßen Magneten, der kein Metall anzog, sondern die Vergangenheit – etwas, das einstmals da gewesen und jetzt verloren war.

Mit einem unwilligen Kopfschütteln ging er zur Fenstertür und öffnete sie. Das Klingeln, viel zu hartnäckig schon, verfolgte ihn. Mit beiden Händen auf das hüfthohe Geländer aus rostigem Schmiedeeisen gestützt, betrachtete er den schwach geröteten Himmel. Endlich verstummte das Telefon. Erst jetzt merkte er, wie heftig er die Brüstung umklammerte; die Eisenbolzen knirschten in ihrer Verankerung. Als er das Geländer losließ, waren seine Finger einen Moment wie taub.

Der schlimmste Anruf kommt nicht mehr, sagte er sich. Den schlimmsten Anruf hast du schon erhalten, und dagegen ist alles andere nichts. Trotzdem wollte er mit niemandem sprechen, der ihn mitten in der Nacht anrief. Manchmal war es Brigadier Julika Tambur, die wissen wollte, ob er da war und wie es ihm ging. Manchmal war es Ton Gallo, aber nicht so spät. Manchmal wurde einfach aufgelegt, wenn Van Leeuwen abhob, und dann dachte er, es könnte jemand sein, der mit Simone sprechen wollte; der nicht wusste, was mit ihr geschehen war. Und manchmal, in seinen kühnsten Träumen, die an Wahnsinn grenzten, war sie selbst am anderen Ende der Leitung und rief ihn an, um ihm zu sagen, dass alles nur ein Irrtum gewesen war oder ein schlechter Traum. Dass sie noch lebte. Oder dass sie zwar gestorben war, er aber trotzdem mit ihr reden konnte.

Er schloss die Fenstertür. Das Telefon klingelte nicht noch einmal, und auch sein Handy blieb stumm. Er sah auf seine Armbanduhr. Es war noch immer zu früh, um ins Präsidium zu gehen. Selbst zu Fuß brauchte er nur eine Viertelstunde, und dann war er schon da und konnte trotzdem nichts tun, keine Telefonate führen, keine Berichte lesen, niemanden befragen.

Er kehrte ins Wohnzimmer zurück, in dem es jetzt anders roch, nach dem stehenden Wasser der Gracht und feuchtem Ulmenlaub. Im Dunkeln setzte er sich auf die Couch. Der Wein fehlte ihm nicht. Als Simone noch bei ihm gewesen war, hatte er jeden Abend getrunken, und später, als sie im Heim, aber noch am Leben gewesen war, hatte er auch viel getrunken, und in der Nacht nach ihrem Tod hatte er sehr stark getrunken, doch seitdem nicht mehr. In den Monaten, die seither vergangen waren, hatte er nicht einen Tropfen angerührt.

Eine Erinnerung, dachte er; nur eine. Er musste sie sorgfältig auswählen.

Es war still vor den offenen Fenstern, doch von Weitem drangen die Geräusche der nächtlichen Stadt herbei, die niemals ganz schlief, nicht einmal jetzt. Er dachte an den Toten, Gerrit Zuiker, der inzwischen wahrscheinlich im Leichenschauhaus angelangt war und für den es nie mehr Tag werden würde und niemals mehr Nacht. Er fragte sich, ob Zuiker eine Frau gehabt hatte, die jetzt gerade auf ihn wartete, und warum er mit einer Pistole unterwegs gewesen war.

Als die Gedanken an Gerrit Zuiker nichts mehr halfen, überlegte er, ob eine Renovierung der Wohnung die dritte Zeit leichter machen würde. Er stellte sich vor, wie das Zimmer ohne die Couch und ohne Simones Sessel aussehen würde. Die dunkelroten Orientteppiche mit den dicken Fransen konnten auch weg, genauso wie die mit ehemals moosgrünem Samt bezogene Couch, die inzwischen fast farblos gesessen war. Die Deckenlampe mit dem Schirm aus hauchdünn geschliffenen Muscheln mochte er noch immer gern. Aber sonst brauchte er nichts aus diesem Zimmer, die Kommode nicht, die Schallplattenregale nicht und auch den Fernseher nicht.

Während es allmählich hell wurde, sah er in seinen Gedanken den Raum um sich herum völlig leer. Er sah die nackten Dielenbretter unter seinen Füßen, und alles war in das schattige Grün getaucht, mit dem die Blätter der mächtigen Ulme vor den Fenstern das Tageslicht filterten. Er saß da in dem leeren Zimmer und dachte: Du bist nicht der erste Mann, der seine Frau zu früh verloren hat, und auch nicht der erste, der sich damit nicht abfinden will. Daran kannst du nichts ändern, nicht das Geringste. Es kümmert niemanden, ob oder wie sehr du sie geliebt hast. Niemanden außer dir, und deswegen musst du es schaffen weiterzumachen – einen Tag und noch einen und den danach. So ist das nun mal.

4

Die Häuser auf dieser Seite der De Beerstraat standen halb verborgen hinter einer Reihe von hohen Akazien, deren Blätter sich bereits gelb färbten. Es war eine schmale Straße mit kleinen Obst- und Gemüseläden, Galerien, Cafés und Ateliers, und auch die Häuser waren schmal, und nur ihre verzierten Giebel ragten über die Bäume hinaus. In den bleigrauen Mauern saßen kleine, weiß umrahmte Fenster, in deren Scheiben sich der Nachmittagshimmel und die Sonne und die Kronen der Akazien spiegelten. An den Türen gab es Klingelschilder aus Messing, in die mit geschwungenen Buchstaben die Namen der Wohnungseigentümer geprägt waren. Der Commissaris drückte auf den Knopf neben den Namen *G. & M. Zuiker.* Er hörte das Klingeln hinter der Tür, einen gedämpften Dreiklang. Ein schönes Haus für einen Lehrer, dachte er; eine stille, gepflegte Straße.

Aus einem offenen Fenster drang leise Barockmusik auf das Trottoir. Neben einem Fahrradständer schlief ein Labrador, seine Ohren zuckten. Bunte Schmetterlinge tanzten zwischen den handtuchgroßen Straßengärten, die aus dem Pflaster zu wachsen schienen. Unter der Markise eines Restaurants einige Häuser weiter beendeten zwei junge Männer und eine Frau mit leuchtend blondem Haar ein spätes Mittagessen. Eine halb volle Flasche Olivenöl auf dem Tisch zwischen ihnen glomm wie mit flüssigem Gold gefüllt.

Mevrouw Zuiker, mein Name ist Van Leeuwen. Ich bin von der Polizei, es geht um Ihren Mann, Gerrit. Darf ich bitte eintreten?

Vielleicht ist sie ja nicht da, dachte der Commissaris. Dann musste er wiederkommen. Er wollte es nicht am Telefon erledigen. Er musste so oft wiederkommen, bis sie wusste, dass ihr Mann nicht mehr am Leben war. Sie verdiente es, dass er selbst es ihr sagte, kein Beamter in Zivil oder Uniform, niemand, dem die Erfahrung mit dem Gefühl des Verlustes fehlte. Er wollte behutsam sein. In seinen Augen stellte der Tod ein Band zwischen den Lebenden her, zwischen denen, die hinterblieben waren.

Es hatte fast den ganzen Vormittag gedauert, bis Hoofdagent Jan Brugman und seine Mannschaft bestätigen konnten, dass es sich bei dem Toten wirklich um den Gerrit Zuiker des Bibliotheksausweises in der Aktentasche handelte: dreiunddreißig Jahre alt, geboren in Zandvoort, verheiratet mit Margriet Zuiker, geborene Margriet Linda Brouwers. Gemeldet in Amsterdam, Lehrer an einer allgemeinbildenden Sekundarschule in Oost, keine Kinder, kein Waffenschein, keine Vorstrafen. Besitzer eines Bibliotheksausweises und einer Walther P 38, die allerdings nicht geladen gewesen war, wie die Untersuchung ergeben hatte.

Der Commissaris drückte noch einmal auf den Messingknopf neben dem Namensschild der Zuikers. Wieder hörte er den gedämpften Dreiklang, und diesmal wurde die Tür geöffnet. Im Schatten des Treppenhauses stand eine schlanke junge Frau mit haselnussfarbenem Haar und schmal geschnittenem Gesicht. Sie trug einen leichten, ärmellosen Hausmantel aus verspielt gegeneinandergesetzten Stoffstreifen und Lederflicken in gedeckten Farben, der fast bis zu den Fußknöcheln reichte. Unter dem Mantel hatte sie eine weiße Bluse mit einem überlangen, ungestärkten Kragen an, dazu eine hellblaue, verwaschene Jeans. Die Bluse war vor dem Bauchnabel verknotet, und über dem Nabel formte ein straff sitzender BH aus dunkelroter Seide zwei kleine Brüste zu elfenbeinweißen Halbkugeln. Weiße Riemchensandaletten gaben den Blick auf winzige Füße frei. Es waren zarte Füße, auch ihre Hände waren zart, und der Elfenbeinton fand sich auf den nackten Armen wieder, deren rechter sich so glatt und hell vom Türknopf zur Schulter der jungen Frau hinaufschwang wie der Stoßzahn eines jungen Elefanten.

»Mevrouw Zuiker?«

Die junge Frau sagte nichts. Sie betrachtete ihn mit großen graublauen Augen, neugierig und ängstlich zugleich. Den Kopf hielt sie leicht zur Seite geneigt, und das haselnussbraune Haar fiel glänzend auf die nackte Schulterbeuge hinab, wo die Verletzungen begannen.

Der Commissaris erkannte nicht sofort, dass es sich bei den winzigen roten Strichen auf den Schultern um Verletzungen handelte, Striemen, Kratzer und Schnitte. Erst als die junge Frau einen Schritt auf die Tür zutrat und er auch im Gesicht auf Stirn und Wangenknochen kleine blaue Flecken bemerkte – überschminkt, aber im Sonnenlicht kaum zu übersehen –, begriff er. »Mein Name ist Bruno van Leeuwen, Hoofdbureau van Politie. Dürfte ich wohl einen Moment eintreten?«

»Geht es um Gerrit?« Ihre Stimme war hell, fast eine Mädchenstimme.

»Ist Gerrit der Name Ihres Mannes?«

»Ja.« Die Stimme wurde etwas dunkler, nur ein wenig, aber nun klang sie nicht mehr wie die eines Mädchens. »Ist er tot?«

»Lassen Sie mich bitte eintreten«, sagte der Commissaris. Er spähte an ihr vorbei in das enge Treppenhaus, das sie im gleichen Moment freigab, um ihn vorbeizulassen. Von der Diele führte ein kurzer Flur in einen großen Raum. Der Raum war mit dunklem

Parkett ausgelegt und so groß, als hätte er früher einmal als Laden oder Werkstatt gedient. Jetzt beherbergte er ein Blumenmeer.

Rote und gelbe Rosen, Tulpen in allen Farben, weiße Nelken, Lilien und Orchideen, Veilchen, Hyazinthen, Trompetennarzissen und Tausendschön wuchsen und blühten kunterbunt durcheinander in Töpfen und Kästen. Die Blätter und Knospen glänzten wie poliert. Zwischen den Fenstern zur Straße standen Gummibäume und kleine Palmen. Auf der anderen Seite, wo eine Glasfront den Blick auf den Hof eines Fahrradverleihs freigab, filterten mehrere große Farne und Schilfsträucher das Tageslicht. Kein Wohnzimmer, auch kein Arbeitsraum, trotz der beiden überladenen Schreibtische in der Mitte – ein Gewächshaus.

Außer den Schreibtischen gab es in dem von süßem, schwerem Blumenduft erfüllten Gewächshaus noch zwei Holzschränke mit Rolljalousien, eine weiße Leinencouch, einen Polstersessel und eine Stereoanlage. An einer Wand zeigten sich die Umrisse eines offenbar erst kürzlich abgehängten großen Bilderrahmens. Die hellbraunen Vorhänge an den Fenstern zur Straße waren halb zugezogen, aber in der Glasfront zum Hof des Fahrradverleihs stand ein Flügel offen. Der Commissaris konnte einen jungen Mann und eine Frau vor dem in der Sonne schimmernden Durcheinander aus Metallrahmen, Rädern, Felgen und Sätteln hin und her gehen sehen, beide mit Luftpumpen in den Händen.

»Bitte, was ist mit Gerrit?« Margriet war dem Commissaris gefolgt und in der Mitte des Raumes stehen geblieben, die schlanken Arme jetzt vor der Brust verschränkt. Ihre Stimmlage konnte sich nicht für eine Höhe entscheiden.

Der Commissaris fragte: »Warum halten Sie es für möglich, dass Ihr Mann tot sein könnte?«

»Er ist gestern Nacht nicht nach Hause gekommen.« Sie sah zu dem offenen Fensterflügel hinüber. Ihre Kehle bewegte sich, aber ihr Gesicht nicht. Es war starr vor Angst, als hätte man es gegen eine genauso hübsche, nur leicht von schlecht gekitteten Sprüngen gezeichnete Porzellanmaske ausgetauscht. »Wenn ein Mann – wenn jemand nachts nicht nach Hause kommt, und am nächsten Tag steht ein Polizist vor der Tür, muss man dann nicht annehmen …? Es ist doch so … er ist tot?«

»Sie haben recht«, sagte der Commissaris und stellte fest, dass er vergessen hatte, wie man behutsam vorging. »Aber wir kennen die genauen Umstände seines Todes noch nicht.«

Margriet nickte. Ihr Blick schien plötzlich viel weiter zu reichen als nur bis zu dem offenen Fenster und dem Hof des Fahrradverleihs. In den Augenwinkeln zeigten sich Tränen, die sie nicht fortwischte. Sie streckte eine Hand aus, als wollte sie sich festhalten, und als sie ins Leere griff, schien sie es sich anders zu überlegen und schloss beide Arme fest um ihren Oberkörper.

»Kann ich etwas tun, Mevrouw Zuiker?«, fragte der Commissaris. »Soll ich Ihnen ein Glas Wasser holen? Oder möchten Sie allein sein?«

»Nein, nein … bitte, gehen Sie nicht!« Ihre Stimme klang jetzt wie ein ersticktes Schluchzen, während ihr Gesicht noch immer nicht die geringste Regung zeigte. »Ich glaube – ich hätte jetzt sehr gern eine Zigarette.« Sie nickte wieder und ging wie in Trance zu einem der beiden mit Büchern, Zeitungen, Heften, Aktenmappen und Bleistiften bedeckten Schreibtische, den sie mit blind tastenden Fingern nach Zigaretten und einem Feuerzeug absuchte. Als sie beides gefunden hatte, versuchte sie, sich eine Zigarette anzuzünden, aber ihre Hand zitterte zu sehr. Sie legte die Zigarette und das Feuerzeug wieder hin; sie schien vergessen zu haben, wozu beides diente. Kurz schloss sie die Augen. Als sie die Lider wieder öffnete, schimmerten die Wimpern feucht, aber die Augen selbst waren wieder trocken. »War es ein Unfall?«, fragte sie.

»Für ein Verbrechen gibt es bis jetzt keinen Anhaltspunkt«, antwortete der Commissaris und dachte: *außer der Pistole*. Auf dem Parkett hinter dem Tisch stach ihm ein Glimmen ins Auge, das fast im selben Moment wieder erlosch.

»Sie sehen nicht aus, als wären Sie bei der Verkehrspolizei, Mijnheer … Mijnheer …«

»Van Leeuwen«, sagte der Commissaris noch einmal. Er überlegte, welchen Weg er einschlagen sollte bei diesem Gespräch, das keine Vernehmung war. Es hing davon ab, woran ihm lag, wie tief sein Interesse an dem Toten wirklich reichte. »In seiner Aktentasche haben wir eine Pistole gefunden«, fügte er hinzu.

»Gerrit hatte eine Pistole?« Margriets Stimme wurde noch heller. Sie sah Van Leeuwen ungläubig an, ehe sie ihm jäh den Rücken zuwandte und anfing, von Blumentopf zu Blumentopf zu gehen, wobei sie bei jeder Pflanze kurz stehen blieb, als inspizierte sie eine zum Appell angetretene Armee. Er betrachtete ihren Rücken; sie hielt sich sehr gerade, wie man sich vielleicht eine Soldatenwitwe in einem Roman vorstellte, gerade, beherrscht, tapfer.

»Sie war nicht geladen«, erklärte Van Leeuwen. »Sie lag in seiner Aktentasche, zusammen mit einer Brotdose aus blauem Plastik, einer Zeitung, einem Apfel und einem Bibliotheksausweis, der uns seinen Namen verraten hat.«

Das Glimmen fiel ihm jetzt auch unter dem Polstersessel auf, ebenso überraschend und kurz wie zuvor, wie ein scheues, blitzendes Insekt, das sich zeigte und wieder verschwand, ehe es woanders erneut hervorkam, im Teppich, zwischen den Blumentöpfen, neben der Couch. »Wann haben Sie Ihren Mann zum letzten Mal gesehen?«, hakte er nach.

»Gestern Morgen.« Die junge Frau wandte ihm weiter den Rücken zu und ging mit kleinen ruckartigen Schritten von Pflanze zu Pflanze. »Als er zur Schule fuhr. Er ist – er war Lehrer, müssen Sie wissen.« Sie schien zu überlegen. »Hat er … hat er sich … könnte es sein, dass er sich umgebracht hat?«

Der Commissaris spürte ein Flimmern in der Brust, als baute sich hinter seinem Zwerchfell ein elektrisches Spannungsfeld auf. »Hat er davon gesprochen? Hat er Ihnen gegenüber je die Absicht geäußert, sich umzubringen?«

»Er hat viel gesagt«, antwortete Margriet. »Er hat in letzter Zeit sehr viel gesagt … merkwürdige Dinge. Er hatte Angst, und ich hatte auch Angst. Er hat mir Angst gemacht. Er dachte … er dachte, dass ich ihn … ich weiß nicht, was er wirklich dachte.« Sie drehte sich um, sah Van Leeuwen mit unverhüllter Direktheit in die Augen. »Es war alles so durcheinander, so furchtbar durcheinander.«

Er entdeckte zwei, dann drei weitere gleißende Punkte, die nicht wieder verschwanden, dicht bei einer kleinen Stechpalme. »Wissen Sie, was Gerrit gestern Abend auf den *Wallen* gesucht haben könnte?«, fragte er und dachte: *Behutsam, du musst behutsamer vorgehen.*

»*De wallen* – Gerrit? Du meine Güte, nein! Ist er etwa dabei – ist er … also, bei einer dieser Frauen … ist er gestorben, als er gerade … Wollen Sie mir das sagen?« Ihr Blick war auf einmal fast flehend, und ihre Stimme überschlug sich. »Ich verstehe Sie nicht. Ich verstehe Sie einfach nicht!«

Der Commissaris beobachtete jede Regung in ihrem Gesicht, und unter der scheinbar undurchdringlichen Oberfläche erkannte er, wie sich langsam die Erkenntnis Bahn brach, das Begreifen des Verlustes. Immer deutlicher traten die ersten Anzeichen von Entsetzen, Zorn und Trauer hervor, und er wusste, dass sie nicht mehr rückgängig zu machen waren; dass sie dieses Gesicht für immer verändern würden.

»Er lag auf der Straße, nicht in den Armen einer Frau«, sagte er unwirsch. Plötzlich spürte er wieder das Gewicht in seiner Brust, ein fast schmerzhaftes Ziehen, das neu in seinem eigenen Leben war. Etwas weniger schroff fragte er: »Können Sie mir etwas über Gerrit erzählen? Was war er für ein Mensch? Hatte er Probleme? Hat er mit Ihnen darüber gesprochen, ob ihn etwas belastet hat?«

»Alles!«, rief sie. »Alles hat ihn belastet.« Sie fing an, mit verschränkten Armen auf und ab zu gehen. »Jetzt verstehe ich – jetzt verstehe ich Sie! Sie suchen nach etwas, nicht? Nach einem Grund! Einem Grund dafür, warum er nicht mehr lebt! Alles war der Grund – seine Arbeit, die Schüler, seine Kollegen, ich und er, ja, er selbst!«

Sie sprach immer schneller, während sie in dem großen Raum auf und ab ging. Der Commissaris folgte ihr mit den Augen und entdeckte noch einen der glimmenden Punkte. Er bückte sich, und von Nahem konnte er sehen, dass es sich um winzige Glassplitter handelte, Glas und Quecksilber: die Scherben eines Spiegels, der vielleicht an der Wand gehangen hatte, wo jetzt die leere Stelle darauf wartete nachzudunkeln. Also kein Gemälde, sondern ein Spiegel, zersprungen als Vorzeichen kommenden Unheils.

Margriet sagte: »Die Schüler waren sein Ein und Alles, er hatte überhaupt nichts anderes im Kopf: von morgens bis abends die Schule, die Kinder, ihre Probleme, ihr Elternhaus, ihre Zukunft, nichts anderes. Das hat er den ganzen Tag mit sich herumgeschleppt. Damit ist er am Morgen aus dem Haus gegangen und am Abend zurückgekommen, und nicht mal in der Nacht hat er es abgestellt, dieses Gewicht. Es waren ja nicht nur die Hefte mit den Arbeiten oder die Vorbereitungen auf den Unterricht oder die Beurteilungen, die er schreiben musste – es waren auch die Spannungen, die Gewalt, das Mobbing, der soziale Druck, die Grausamkeit und Rücksichtslosigkeit. Er hat sich um sie gekümmert, um jeden Einzelnen, aber sie wollten das gar nicht, sie wollten *ihn* nicht, für sie war das Schwäche, er war schwach. Und das haben sie ihn spüren lassen, und dann saß er hier an seinem Schreibtisch und wusste nicht weiter. Manchmal hat er stundenlang am Fenster gestanden und hinausgeschaut, weil er Angst hatte – er dachte, sie beobachten ihn, sie verfolgen ihn, vor allem seit sie diesen Film ins Internet gestellt haben, diesen widerlichen Film …!«

Ihre Worte überstürzten sich. Mit schnellen kleinen Schritten durchmaß sie den Raum, blieb dann abrupt vor einer gelben Rose stehen und riss eins der Knospenblätter aus. Sie starrte die Rose an und riss erst ein Blatt aus, danach noch eins und dann das dritte.

»Welchen Film?«, hakte der Commissaris nach.

Sie schien ihn nicht zu hören, wirkte ganz in Anspruch genommen von der Aufgabe, der Rosenknospe die Blätter auszureißen. »Und dann das Lied«, stieß sie hervor. »Stundenlang verkroch er sich in unserer Dachkammer und hörte das Lied, immer und immer wieder, und ich – ich saß hier und hatte ein Gefühl, als drehte sich eine eiserne Faust in meinem Bauch.«

»Was war das für ein Lied?«

»*Help me*, heißt es, glaube ich – *help me if you can, I'm feeling down* –, aber ich konnte ihm nicht mehr helfen … niemand konnte ihm mehr helfen … Es gibt Menschen, denen einfach nicht mehr zu helfen ist, nicht?«

»Davon ist mir nichts bekannt«, erwiderte der Commissaris. Er spürte, wie das elektrische Spannungsfeld hinter seinem Zwerchfell zu flackern begann, als sich allmählich ein Bild von dem Toten zusammensetzte – der tote junge Mann und seine Frau und wie sie hier miteinander gelebt hatten. Er merkte, dass er eine Weggabelung erreicht hatte, und änderte vorübergehend die Richtung. »Sind Sie auch Lehrerin, Mevrouw Zuiker?«

»Nein, nein.« Sie schüttelte den Kopf. »Ich weiß nicht mehr so genau, was ich bin. Zurzeit … also, ich arbeite auf dem Blumenmarkt an der Singel, aber eigentlich wollte ich … ich wollte aufhören zu arbeiten und Kinder haben, ja, Kinder?« Sie beendete den Satz mit einem fragenden Unterton, als wäre sie nicht ganz sicher, ob er wusste, was Kinder waren. »Im Grunde«, sagte sie, »im Grunde ist es so am besten. Es ist so am besten für ihn. Und für die Kinder auch.«

»Welche Kinder?«, fragte der Commissaris.

»Unsere Kinder«, antwortete sie. »Die ungeborenen … Mit einem Vater wie Gerrit, der den Boden unter den Füßen verliert, jeden Tag ein bisschen mehr – *help me get my feet back on the ground* –, inzwischen kann ich das ganze Lied auswendig. Und das Manifest auch …«

»Welches Manifest?«

»Etwas, das er im Internet gefunden hat – irgendetwas Widerliches, Morbides, die letzte Botschaft von einem Massenmörder, jemand, der ein Massaker an einer Universität in Amerika angerichtet hat …« Sie begann, das Zeug zu durchwühlen, das sich auf einem der beiden Schreibtische stapelte. »Irgendwo hier muss es sein – da, das ist es!« Sie schwenkte ein Blatt Papier und hielt es dann mit beiden Händen fest, und ihre Hände zitterten jetzt wieder, als sie vorzulesen begann: »*Ihr habt mein Herz zerstört, meine Seele vergewaltigt und mein Gewissen in Brand gesetzt. Ihr habt geglaubt, es war nur das Leben eines erbärmlichen Wesens, das ihr auslöscht. Dank euch sterbe ich wie Jesus Christus, um alle schwachen und schutzlosen*

Menschen zu inspirieren.« Sie schnappte nach Luft. »Wer schreibt denn so was? Das hat er gelesen, das hat er abgeschrieben, vervielfältigt, die Worte dieses Massenmörders: *Ihr habt es toll gefunden, mich zu kreuzigen. Ihr habt es toll gefunden, Krebs in meinem Kopf zu erzeugen und Schrecken in meinem Herzen und dabei meine Seele zu zerreißen.«*

Der Commissaris hörte, wie ihre Stimme jetzt mehrmals in einem Satz die Tonlage änderte, wie sie abwechselnd hell und dunkel, laut und leise, schrill und tief klang, während sie las, und er fragte sich, woran ihn dieser jähe Wechsel erinnerte. Sie ließ das Blatt sinken und kam zu ihm, um es ihm in die Hand zu drücken. »Hier, nehmen Sie das mit, bitte! Ich will es hier nicht mehr haben!«

Er nahm das beidseitig bedruckte Papier, faltete es zusammen und schob es in die Innentasche seines Jacketts. Er hatte das Gefühl, Margriet Zuiker hätte ihn soeben an eine Tür geführt, genauer, an das Schlüsselloch in dieser Tür – das Schlüsselloch zur Hölle. »Gab es in letzter Zeit noch weitere Anzeichen einer Veränderung im Wesen Ihres Mannes?«

»Er stand am Fenster«, sagte sie.

Der Commissaris schwieg.

»Er stand stundenlang am Fenster«, fuhr sie fort. »Sie wollten es wissen, ja? Stundenlang stand er da, zwischen den Blumen, hinter halb zugezogenen Vorhängen, und starrte auf die Straße. Allein vorgestern Abend bestimmt vier Stunden – vier Stunden! *Da steht jemand,* hat er gesagt, *sie verfolgen mich, sie beobachten mich, schon seit Tagen!* Ich hab nachgesehen, und da war überhaupt niemand, kein Mensch, und das habe ich ihm auch erklärt: *Da ist niemand, Gerrit.* Aber er hat weiter hinausgesehen und gesagt: *Er wartet auf mich, siehst du nicht? Sie sind hinter mir her, ich habe Angst. Ich habe solche Angst!* Ich habe noch mal nachgeschaut, um ihm einen Gefallen zu tun, und diesmal war da tatsächlich jemand, ein Mann, der zu uns herübergeschaut hat, wenigstens wirkte es so, aber nur kurz, dann ist er weitergegangen und nicht zurückgekommen.«

»Wissen Sie noch, wie der Mann ausgesehen hat?«, fragte der

Commissaris. Das elektrische Spannungsfeld in seiner Brust schien sich immer mehr aufzuladen.

»Nein, es war doch nur Zufall, irgendein Passant, der gar nicht Gerrit gemeint hat, der nur die Vorhänge gesehen hat und sonst nichts!«, entgegnete Margriet unwillig. »Aber Gerrit … Gerrit hat weiter nach draußen gestarrt und gewartet, dass der Mann zurückkommt. Wie ein Jagdhund, der ein Beutetier entdeckt hat«, sie schluckte, »wie ein Hund, ein Hund … Und dann hat er mich angesehen, so wie ein Hund einen auch nur ganz kurz anschaut, um sich zu vergewissern, dass man ihn versteht, dass alles seine Richtigkeit hat. Aber die hatte es nicht, ich habe ihn nicht verstanden, und da hat er gesagt: *Du verachtest mich, nicht? Warum verachtest du mich denn so? Siehst du denn nicht, dass ich ersticke?! Ich ersticke!*«

Der Commissaris schaute zu dem Fenster hinüber. Jetzt sah auch er den toten Mann aus dem Rotlichtviertel dort stehen, zwischen den Blumen, hinter den halb zugezogenen Vorhängen, mit müden, verängstigten Augen hinter der geflickten Brille und der Aktentasche in der Hand, und in der Aktentasche eine Brotdose aus blauem Plastik, ein Bibliotheksausweis, ein Exemplar von *De Avond!*, ein Apfel mit braunen Stellen und eine Pistole der Marke Walther P 38.

Help me if you can.

»Haben Sie ihn denn verachtet?«, wollte er wissen.

Sie schwieg überrascht, als erstaunte es sie, aus seinem Mund eine Frage zu hören, die sie sich selbst seit Längerem stellte. »Ich weiß es nicht«, antwortete sie. »Ich weiß nicht, wie sich Verachtung anfühlt. Ich war doch hier und wollte ihm helfen, doch ich konnte es nicht. Er wollte nicht mehr reden, jedenfalls nicht mit mir. Vielleicht redete er mit seinen Schülern. Oder mit Pieter, das ist einer seiner Kollegen, sein einziger Freund. Aber nicht mit mir. Er hatte angefangen zu trinken, heimlich. Er dachte, ich merke es nicht, er könnte es vor mir verbergen, vor seiner eigenen Frau. Den Genever, den er sich in den Orangensaft gekippt hat, in den Kaffee, in alles. Er hat sich nicht mehr gewaschen und kaum noch die Sachen gewechselt. Das Hemd, die Unterwäsche – alles roch, als hätte er darin geschlafen. Als wäre er ein einsamer, alleinstehender Mann, ein Witwer vielleicht, der nicht mit dem Verlust seiner Frau fertig wird.«

Van Leeuwen sagte nichts. Sie sah seine Miene und redete hastig weiter. »Ich wusste, dass er nachts wach lag und getrunken hat, bis zur Bewusstlosigkeit, bis er in Ohnmacht fiel und in seinen Kleidern eingeschlafen ist. Und morgens hat er einfach weitergeschlafen, den ganzen Vormittag, an den Tagen, an denen er nicht in die Schule musste. Und wenn er dann endlich auf war, konnte er kaum noch still sitzen. Immer ist er herumgelaufen, auf und ab, hin und her, und dabei hat er angefangen, vor sich hin zu reden, unzusammenhängendes Zeug über Sünden und Erlösung und Gott. Ich habe ihn im Dunkeln weinen gehört, und manchmal hat er telefoniert, mitten in der Nacht, und geschrien: *Ich ersticke, ich ersticke!*, und ich konnte ihn hören und dachte: Tu es doch, tu es doch, erstick endlich!«

Sie wandte Van Leeuwen erneut den Rücken zu, stürzte fast zu den Blumen und beugte sich über eine rote Tulpe, riss auch ihr die Blütenblätter aus, eins und eins und noch eins. Mit jedem Wort öffnete sie das Schlüsselloch zur Hölle weiter. »Wie konnte er mir das antun?! Wie konnte er das sich selbst antun?! Wie konnte er zulassen, dass andere ihm das angetan haben, seine Schüler, das Leben, was weiß ich?« Sie hielt kurz den Atem an, bevor es aus ihr hervorbrach: »Er war so ein Feigling, so eine Niete, so ein Versager, und jetzt ist er tot!«

»Haben Sie ihn deswegen geheiratet?«, fragte Van Leeuwen, »weil er ein Feigling und eine Niete war?«

Sie ließ das letzte Blütenblatt zu Boden fallen und redete weiter, als hätte sie ihn nicht gehört, nur dass ihre Stimme jetzt leise klang, leise und tief. »Vorgestern war es dann so weit – ich habe ihm gesagt, er soll gehen. Ich habe ihm gesagt, dass er unser Haus verlassen soll, *dass er sich rausscheren soll!* Ich habe es nicht so ruhig gesagt wie jetzt, müssen Sie wissen. Ich habe ihn angeschrien, dass ich diesen Wahnsinn nicht länger mitmache. *Ich kann dich nicht mehr sehen,* habe ich geschrien, *ich ertrage dich nicht mehr, geh weg, verschwinde!* Es war, als hätte keiner von uns mehr gewusst, wer er ist und was er tut. Ich glaube, ich habe ihn sogar geschlagen. Ich bin auf ihn losgegangen, und er hat meine Gelenke gepackt; seine Augen waren ganz flach wie die von einem Tier in höchster Angst. Er hat mich festgehalten, aber ich habe mich losgerissen, und dabei habe ich dann das Gleichgewicht verloren und bin in den Spiegel gestürzt, der da an der Wand hing, da, wo nun die helle Stelle ist. Sieben Jahre Pech, sagt man doch, oder?

Sie holte tief Luft. »Der Spiegel ist heruntergefallen und in tausend Stücke zersprungen. Wie ein Bienenschwarm sind die Splitter und Scherben herumgeflogen, ich hatte überall Schnitte und Stiche, im Gesicht und auf den Schultern und sogar im Haar, und geblutet habe ich auch, aber wenigstens war es raus. Was gesagt werden musste, war raus. Und deswegen war ich auch nicht sehr traurig, als er gestern nicht nach Hause gekommen ist. Ich war wirklich nicht sehr traurig. Endlich hat er 's begriffen, dachte ich. Endlich.«

Help me if you can, I'm feeling down.

»Wissen Sie noch, wann Sie das letzte Mal glücklich waren, Sie und Gerrit?«, fragte der Commissaris.

Margriet drehte sich wieder um, sah Van Leeuwen aber nicht an. »Er ist doch tot.« Ihre Stimme verlor sich, als würde Gerrit bereits jetzt in ihrer Erinnerung kleiner und kleiner und stünde kurz davor, völlig zu verblassen. Sie versuchte, dieses merkwürdige Wort nachzusprechen: »Glücklich?« Nachsichtig schüttelte sie den Kopf. »Vor ein paar Tagen, im Park, da war ein Baum, ich weiß nicht mehr, was für einer – irgend so ein Baum eben, mit roter Rinde und Nadeln an den Ästen und vielen braunen und schwarzen Rissen im Stamm. Und wenn man ganz dicht an den Baum ranging, konnte man das getrocknete Harz auf der Rinde sehen und lauter kleine gelbliche Insekten, die tot waren. Ihre Köpfe zeigten nach oben, als hätten sie versucht, an dem Baum hochzuklettern, bis zum Wipfel. Aber keines von ihnen war angekommen, keines von ihnen hatte es bis ganz hinauf geschafft, alle waren auf dem Weg an die Spitze vertrocknet und kleben geblieben, einige ganz weit unten, andere in der Mitte und ein paar sogar ziemlich weit oben. Alle tot, alle vertrocknet. Aber als sie noch lebten, als sie unbedingt da hochkrabbeln wollten, als sie kletterten und kletterten, was meinen Sie: Waren sie da glücklich oder unglücklich?«

Ihr habt geglaubt, es war nur das Leben eines erbärmlichen Wesens, das ihr auslöscht.

»Wann können Sie vorbeikommen, um die Leiche zu identifizieren?«, erkundigte sich der Commissaris.

»Muss ich das?«

»Ja, das müssen Sie.« Er ging zur Tür, ohne dass sie ihm folgte, und dort drehte er sich noch einmal um. »Ach, etwas interessiert mich noch: Was ist für Sie eigentlich eine Ehe?«

Er hatte keine Antwort erwartet, aber so schnell, als hätte sie sich genau darüber schon seit Längerem ausgiebig Gedanken gemacht, erklärte sie: »Etwas, das zu schnell verblüht. Etwas, dem die Blätter ausgerissen werden.« Margriet stand da und sah ihn an, und um sie herum lagen glimmend und schimmernd die winzigen Splitter wie übrig gebliebene Reste des Materials, aus dem sie gemacht worden war. »Und für Sie?«

»Vergangenheit«, antwortete der Commissaris.

Won't you please, please help me!

5

De wallen, das Amüsierviertel von Amsterdam, hatte zwei Arten von Bewohnern, die sich wie Wettermännchen nie zur selben Zeit zeigten. Früh am Morgen, wenn die roten Lichter ausgeschaltet waren und weiße Klöppelvorhänge an den Fenstern die Kabinen der *window girls* vor den Blicken verbargen, nahmen die Wagen der Straßenreinigung ihre Arbeit auf und sammelten den Dreck der vergangenen Nacht ein. Adrett gekleidete Kinder verließen fröhlich wie die Lerchen mit Rucksäcken und Schulranzen die Häuser zwischen Oudezijds Voorburgwal und Oudezijds Achterburgwal und rannten an den Kanälen entlang, um pünktlich zum Unterricht in der Schule zu sein. Ältere Frauen und Männer mit Einkaufsnetzen erledigten noch vor dem Frühstück die ersten Besorgungen in den kleinen Krämerläden, während die Kirchgänger von den Frühmessen nach Hause schlenderten.

Die Handwerker schoben die Jalousien ihrer Werkstätten hoch, und die Obsthändler stellten Kisten mit Äpfeln, Melonen, Tomaten und Apfelsinen unter die Markisen vor ihren Schaufenstern. Aus den Türen der Läden drang der saubere Geruch von fangfrischem Fisch auf zerstoßenem Eis, der Duft von gerade fertig gebackenem Brot, das Aroma von heißem Kaffee. Noch bevor die Angestellten auf dem Weg zur Arbeit schnell ein Hörnchen und einen Espresso zu sich nahmen und später die selbstständigen Architekten, Journalisten und Werbetexter an denselben Cafétischen im Freien die Morgenzeitungen lasen, hallte aus den Höfen und Garagen schon das Geräusch von Hämmern auf Eisen, Holz oder Leder, Motorsägen und Drillbohrern, das sich mit dem Zwitschern der Vögel in den Kronen der Bäume auf den Kanalmauern vermischte.

Die Straßen waren noch kühl, auch wenn auf dem Wasser in den Grachten schon das Sonnenlicht glänzte. Die Blumen in den Kästen auf den Fensterbänken und in den Tonnen neben den Eingangstreppen strotzten vor Farben, und auf den Ziegeldächern und den Fassaden der Häuser mit ihren vorspringenden Giebeln trockneten die letzten Spuren der nächtlichen Regengüsse. Die erloschenen Glühbirnen zwischen den Ufern schaukelten an ihren Ketten sacht im Wind, der vom IJ landeinwärts wehte und mit trockenem Rascheln durch die silbernen Blätter der Ulmen und Platanen strich. Die Möwen mähten wie weiße Sicheln den blauen Himmel. Fischreiher stießen kopfüber ins Wasser, um nach Nahrung zu tauchen, und ein paar Straßen weiter am Zeedijk spießten chinesische Restaurantbesitzer die ersten halb aufgetauten Enten auf eiserne Grillstangen.

Später am Vormittag öffneten hier und dort bereits wieder die Sexshops und Live-Cabarets. In einigen Fenstern verschwanden die weißen Vorhänge, und die roten Neonröhren warfen ihr lockendes Licht auf die Frühschicht der *window girls.* Gegen Mittag erschienen vereinzelte Bummler: Touristen, Seeleute, Soldaten auf

Urlaub, junge Tramper und schließlich die Reisegruppen. Der Geruch von brennendem Gras aus den Coffeeshops erfüllte die Luft und vermengte sich mit dem fast greifbar in der Luft hängenden Geschmack deftig gewürzter Speisen, und die angestaubte Hitparadenmusik, die aus den Türen der Kneipen und Cafés schallte, wurde lauter.

Mit Anbruch der Dunkelheit, lange nachdem die Schulkinder heimgekommen waren, bevölkerten Biker, Taschendiebe, Trickbetrüger und Heroindealer die Straßen. Farbige Zuhälter begannen ihre Runden, begrüßten sich mit Handschlag und lehnten zu dritt oder viert an den verschnörkelten Eisengeländern der kleinen Brücken. In den Erdgeschossfenstern zeigten Frauen aller Altersstufen mit ausdruckslosen Gesichtern ihre blassen oder dunklen Körper vor dem Hintergrund der abwaschbaren weiß gekachelten Kabinenwände. Immer mehr Touristen strömten in Pulks über die Uferstraßen. Minderjährige Jugendliche versuchten, durch die offenen Türen einen Blick ins Innere der Striptease-Lokale zu erhaschen. An den Mauern der Oude Kerk lehnten flachbrüstige Transvestiten in Glitzerkleidern und schnalzten mit den Zungen wie mit gezuckerten Peitschen.

Seit den frühen Morgenstunden waren die Wijkagenten des zweiten Distrikts hier von Tür zu Tür gegangen und hatten jedem Bewohner, soweit sie ihn zu Hause antrafen, das Bild des toten Gerrit Zuiker gezeigt und nach seinen Beobachtungen in der vergangenen Nacht befragt. Der Anruf, dass es tatsächlich eine Zeugin gab, die Zuiker kurz vor seinem Tod lebend gesehen hatte, erreichte den Commissaris, als er sich gerade von der Frau des Lehrers verabschiedete. Der Name der Zeugin lautete Cherry.

Inzwischen hatten sich die Schulkinder längst zu Hause eingefunden, und die Wagen der Straßenreinigung waren in die Depots zurückgekehrt. Denn *de wallen,* das Amüsierviertel von Amsterdam, hatte zwei Arten von Bewohnern, die sich wie Wettermännchen nie zur selben Zeit zeigten. Es gab nur wenige Ausnahmen. Eine davon war Commissaris van Leeuwen. Er kannte das Viertel zu jeder Stunde, bei jedem Wetter und jedem Licht, im Sommer und im Winter. Er wusste, zu welcher sozialen Klimazone Cherry gehörte, als er sie sah, und er hätte es auch gewusst, wenn er ihr in einer anderen Gegend unter weniger eindeutigen Umständen begegnet wäre.

Sie hatte das Gesicht eines Engels auf einem Renaissance-Gemälde, genauer, sie hätte es gehabt, wenn es den Malern jener Epoche gestattet gewesen wäre, Engel zu malen, die nur *ein kleines bisschen* gefallen waren. Engel, die außer der Tugend auch das Laster kannten und zumindest hin und wieder einen Zeh in das trübe Gewässer der Sünde tauchten, um seine Temperatur zu fühlen. Sie war schön auf die reine Weise eines solchen Gemäldes, mit lockigem, goldblondem Haar, einem schmalen Gesicht und ausgeprägten, hohen Wangenknochen. Aber was den eigentlichen Reiz ihrer Schönheit ausmachte, war der Umstand, dass vielleicht das Gemälde rein sein mochte, sie dagegen nicht. Ihre Augen, grünbraun, waren misstrauisch, kühl und traurig, und nur etwas ganz vorn darin spielte Fröhlichkeit vor, den guten Kumpel, jemand, mit dem man Spaß haben konnte. Die zierliche Nase lief in dünnen Flügeln aus, dafür war der Mund groß und voll, und man brauchte nicht viel Erfahrung, um zu wissen, dass es dieser Mund war, der die Männer nach dem Preis fragen ließ.

Mit richtigem Namen hieß sie Gretjen Mol. Sie stand in der offenen Tür ihrer Kabine gegenüber der Oude Kerk und sprach leise, aber eindringlich in ihr Handy. An ihrem linken Ohr blinkte ein Kupferring mit einem grünen Stein. Ihre langen Beine waren nackt bis auf Stilettos aus schwarzem Lackleder, und auch sonst hatte sie nicht viel an, nur ein Höschen aus schwarzer Spitze und einen schwarzen Büstenhalter, der die Brüste stützte, aber frei ließ. Die Brustwarzen waren steif und dunkelrot wie kleine Kirschen.

»Ach, du beschützt mich also?!«, meinte sie. »Wo warst du denn gestern Nacht, als mich irgend so ein verrückter Mistkerl beinahe umgebracht hätte? Ich kann von Glück sagen, dass ich noch am Leben bin, so wie es auf den Straßen hier zugeht. Schau dir die Typen doch mal an, die heutzutage unterwegs sind – Verrückte, Perverse, Killer mit bunten Tätowierungen am ganzen Körper. Da vergeht einem jede Lust, mit diesem Job weiterzumachen, ich habe jedenfalls keine mehr. Jeder Mann meint, er kann meinen Körper in ein Schlachtfeld verwandeln und dann wie ein Gockel auf den Trümmern herumstolzieren und krähen, bloß weil er ein paar Scheine hingelegt hat. Ich verrate dir was, Léon, damit ist jetzt Schluss – niemand feiert mehr mit mir sein kleines Fest, kein Italiener, Belgier oder Engländer, und keiner verschafft sich mehr auf meine Kosten mal eben so im Vorbeigehen Erleichterung …«

Der Commissaris blieb vor ihr stehen, holte seinen Ausweis heraus und hielt ihn so, dass sie ihn sehen musste. »Bist du Gretjen Mol? *Cherry?* Ich bin Commissaris van Leeuwen vom Hoofdbureau. Du hast den Wijkagenten aus der Warmoesstraat gesagt, dass du den Mann, dessen Tod wir untersuchen, gestern Abend hier gesehen hast?«

Cherry nickte, sagte »Ich ruf später noch mal an!« ins Handy und unterbrach die Verbindung. »Wollen Sie reinkommen, oder sollen wir uns hier draußen unterhalten?«

»Drinnen«, entschied der Commissaris und folgte ihr in die kleine, überhitzte Kabine, in der sie saß, kniete oder lag, wenn sie arbeitete. Sie schloss die Tür, zog den Vorhang zu und setzte sich auf einen Plastikhocker neben dem Fenster. Der Boden aus schwarzem Linoleum knarrte unter ihren Schritten. Eine Wolke eines schweren, süßlichen Parfums umgab sie, halb Sandelholz, halb Schokolade. Sie schlug ihre langen Beine übereinander, eine einstudierte Pose; sie wusste um die Wirkung dieser Haltung. Einer der Lacklederschuhe rutschte von der Ferse und hing nur noch am Spann.

»Könntest du dir bitte etwas anziehen«, sagte der Commissaris. »Nur obenrum, wenn es dich nicht stört.«

Cherry verzog den Mund zu einem schiefen Lächeln, stand auf und griff nach einer dunkelbraunen Lederjacke, die an einem Haken an der Wand hing. Die Jacke roch neu, und das Leder glänzte und floss so weich, dass man es fast für essbar halten konnte. Cherry fuhr hinein, ohne den Reißverschluss zuzuziehen, kehrte aber nicht auf den Hocker zurück, sondern ließ sich im Schneidersitz auf dem überbreiten Bett nieder. Neben dem Bett befand sich ein Schemel, auf dem eine Schachtel mit Papiertüchern stand, außerdem eine Schale mit bunten Präservativen und Penisringen aus Hartgummi. In einem verchromten Metallständer steckten Dildos in verschiedener Größe und Ausführung wie ein Messerset in einer gut ausgestatteten Küche. In einem offenen Regal hinter dem Schemel stapelten sich sorgfältig gefaltete Handtücher. An der Tür zur Toilette hing über dem Griff eine schwarze Lederpeitsche und an einem Bügel ein mit Noppen besetztes Lederkorsett. Rechts und links von dem Bett warfen Spiegel Cherrys Anblick zurück und wieder zurück.

Auch über dem Kopfende hing ein Spiegel, in dem der Commissaris sich selbst vor dem Bett stehen sah, gebadet in rotes Licht. Außer dem Furcht einflößenden Bett, dem Hocker am Fenster, einem schmalen Kleiderschrank mit angelehnter Tür und einer billigen Musikanlage gab es in der kleinen Kabine nur noch einen niedrigen Sessel, und in den setzte Van Leeuwen sich jetzt, denn im Spiegel sah er so aus, als wartete er nur darauf, dass Cherry ihm die Hose öffnete, und darauf wartete er nicht.

Der Sessel war mit einem roten Kissen weich gepolstert. Der Commissaris sank so tief in dieses Kissen, dass sein Kopf sich fast auf gleicher Höhe mit Cherrys gekreuzten Beinen in der Mitte des Bettes befand. Die gebräunten Oberschenkel wiesen kaum sichtbare Dellen auf; das Gewebe begann bereits nachzugeben. Ohne genau zu wissen, warum, fand der Commissaris, dass es sich um einen tröstlichen Anblick handelte. »Wenn Léon dich nicht beschützt, tue ich es«, sagte er.

Cherry zuckte mit einer Schulter und beugte sich ein wenig vor. »Ach, das. Im Grunde beschütze ich ihn, nicht umgekehrt. Ich kann schon auf mich selbst aufpassen, glaube ich.«

»Gerrit Zuiker konnte das nicht.«

»Wer ist Gerrit Zuiker?«

»Der junge Mann, über den ich mit dir reden möchte«, antwortete der Commissaris. »Der gestern gegen Mitternacht hier gestorben ist.«

»Ist er ermordet worden?«

»Das wissen wir noch nicht. Wir versuchen gerade herauszufinden, was mit ihm geschehen ist.« *Ich versuche es,* dachte er; *weil ich ihn gefunden habe.* Er holte das Foto hervor, das Gerrit Zuiker zeigte, wie er auf dem Rücken in der Gasse lag. Er hielt es Cherry hin und fragte: »Das ist er doch, nicht? Das ist der Mann, den du gesehen hast?«

Cherry beugte sich noch weiter vor, sodass er im Schatten des Lederblousons ihre Brüste sehen konnte. Die Warzen waren jetzt nicht mehr steif, doch die Rundung war noch immer straff, und auch dieser Anblick war tröstlich. Die blonden Locken verdeckten das Gesicht und den Hals. »Ja, das ist er. Er ist draußen vorbeigegangen.« »Könntest du bitte mal den Vorhang aufmachen«, bat der Commissaris. »Da müssen doch den ganzen Abend Männer vorbeigehen, im Dunkeln – wie kannst du dich so genau an einen bestimmten erinnern?«

Geschmeidig stand Cherry auf, ging zum Fenster und zog den weißen Vorhang beiseite. Die wuchtigen Mauern der Oude Kerk waren nur wenige Meter von der Kabine entfernt, und in dem roten Schimmer, der nach draußen fiel, konnte der Commissaris die Passanten deutlich erkennen. Sie tauchten aus der Dunkelheit auf und schlenderten an den Fenstern vorbei, einige mit den Händen in den Hosentaschen, andere mit Bierflaschen in der Faust. Manche kauten Kaugummi, ein paar zogen hastig an ihren Zigaretten. Die meisten schauten scharf und schnell herein, aber einige taten, als kämen sie nur zufällig draußen vorbei, und alle waren erst blass, dann wurden sie dicht an der Scheibe kurz rot und wieder blass, wenn sie weitergingen. Sobald sie den Commissaris in seinem Sessel sahen, gingen alle weiter.

»Dieser Mann – Gerrit – ist mir sofort aufgefallen.« Cherry stand neben dem Fenster und folgte den Männern mit den Blicken. »Es ist ein Spiel«, erklärte sie, »sie taxieren uns, und wir taxieren sie. Ein Blick in ihre Gesichter, egal, wie cool sie tun – wenn sie einen ansehen, weiß ich, wie sie es gern haben, was sie auf Touren bringt. Der große Blonde, der da hinten stehen geblieben ist, mit der Bomberjacke und dem Vereinsschal von Ajax, sehen Sie den? Der nur aus den Augenwinkeln herschaut und nervös so tut, als müsste er unbedingt was von seinem Handydisplay ablesen – das ist einer von denen, die ich in den Mund nehmen muss, in Ihrem Sessel da, und gleichzeitig will er meine Fingernägel zwischen seinen Beinen spüren.«

Sie griff in die Jackentasche und holte ein in matt glänzendes Papier eingewickeltes Bonbon hervor. »Oder der da, der Tamile mit dem Rosenkorb: Er lächelt, während er nach dem Preis fragt, und er lächelt, wenn er reinkommt, und er lächelt, wenn er sich auf die Bettkante setzt, und dann will er erst mal nur reden. Und dabei lächelt er weiter, während er mir in schlechtem Englisch von zu Hause erzählt, von seinen Eltern und seinen Geschwistern. Nach jedem Satz macht er eine Pause und sitzt nur da und lächelt, weil er sich nicht traut, mich anzufassen.«

Sie packte das Bonbon aus und schob es in den Mund. »Haben Sie den gerade mitgekriegt, der hier so abwesend reingestarrt hat? Das war einer aus der Werbebranche, einer, der sich selbst am besten findet. Der ist schnell auf hundert und kann sich dann überhaupt nicht mehr zügeln, *komm her, mach schon*, der zieht sich selbst aus und will nur mit mir schlafen, sonst nichts. Keine Extras, keine absonderlichen Wünsche, nur auf mir liegen und fertig werden und dann wieder weg. Und draußen reut ihn das Geld …«

Vor dem Fenster schob ein uniformierter Streifenpolizist sein *fiets* vorbei. Der junge *agent* sah zur Kirche hinüber, wo zwei schlanke, aber muskulöse Thais mit langen schwarzen Haaren Stellung bezogen hatten, geschminkt wie für einen Auftritt im Zirkus, beide in eng anliegenden Kleidern aus roter und schwarzer Spitze und hohen Pumps. Sie fuchtelten mit langen Zigarettenspitzen herum, lachten schrill und riefen etwas, das Van Leeuwen nicht verstand. Der *agent* von der Fahrradstreife lachte auch und ging weiter, und Cherry sagte:

»Das war eben ein besonderer Fall, der Kollege von Ihnen mit dem Rad und den roten Bäckchen. Der ist unter Garantie erst vor

Kurzem aus der Provinz hierher versetzt worden, aus Edam oder Leiden. Der kommt erst nach Mitternacht vorbei, und wenn ich dem seinen eng sitzenden schwarzen Netzslip ausziehe, muss ich ihn erst mal waschen. Und während er es mit mir macht, schnüffelt er an mir herum nach dem Geruch seines Vorgängers – wie ein Hund –, und sobald er fertig ist, würde er mich am liebsten verprügeln, weil ich ihn nackt gesehen habe, ohne seine schöne blaue Uniform.«

Und du, dachte der Commissaris, was ist mit dir, Gretjen Mol? Am Anfang bist du stolz gewesen, als du die Macht gespürt hast, die Cherry mit ihrem Körper über völlig fremde Männer ausüben kann – wie wenige Muskeln ausreichen, um sie willenlos werden zu lassen. Doch irgendwann, nicht viel später, hast du die Einsamkeit gespürt, aus der sie zu Cherry kommen, die Wut, die Qual, die Schuldgefühle, alles, was sie vor ihr niederlegen, um ein paar Momente hitzigen Wahnsinns in deinem Mund, deinen Händen oder zwischen deinen Schenkeln zu erleben. Und du hast gesehen, wie sie danach wieder unter ihr Joch zurückkehren, schuldbeladener, einsamer und zorniger als zuvor.

Inzwischen weißt du alles über Lust und wie man sie bereitet, aber Liebe – Liebe oder Hinwendung, Zuneigung, Leidenschaft –, das bekommt hier niemand von dir, wie viel er auch bezahlt. Kein Mann berührt dich wirklich, egal, wo er dich anfasst, egal, wie tief er in dich eindringt und welchen Eingang zu deinem Körper er wählt. Cherrys Kunden kommen als Fremde, und so gehen sie auch wieder, mit leeren Händen. Wie sie es haben wollen, weißt du. Was sie fühlen, kannst du nicht nachempfinden. Du wirst zum Werkzeug ihrer einsamen Begierden, bloß aus ihren Herzen bleibst du ausgeschlossen, und genauso willst du es haben. In Gedanken stellst du Einkaufslisten zusammen. Niemand bringt dir Befriedigung oder auch nur Zärtlichkeit, aber wenn man dich sticht, blutest du.

Cherry dachte, sie könnte auf sich selbst aufpassen, doch in der Welt, die Van Leeuwen kannte, konnte das niemand.

»Was war nun mit dem Mann von gestern Abend, mit Gerrit

Zuiker?«, fragte er. »Was war an ihm besonders? Warum ist er dir sofort aufgefallen?«

»Wegen dem Jungen«, sagte Cherry. »Wegen der Aktentasche und dem Jungen. Und dann die Brille, die er trug! Sie war irgendwie zusammengeklebt, mit Leukoplast oder so was.«

»Was für ein Junge?«

Cherry drehte bedächtig das Bonbon in ihrem Mund um, als könnte sie sich dann besser erinnern. »Es sah so aus, als würde er ihm folgen.«

»Kannst du ihn beschreiben?«

»Es war ein ganz normaler Junge«, antwortete Cherry. »Er trug Jeans und Turnschuhe und so einen Blouson mit Kapuze, dunkelrot. Ach ja, und ein Skateboard, das hatte er sich unter den Arm geklemmt. Der Mann – Gerrit – wollte wohl nicht, dass der Junge ihn bemerkte, denn er blieb immer stehen, wenn der Junge stehen blieb, und wenn der Junge weiterging, ging er auch weiter, jedenfalls das kurze Stück hier, wo ich ihn sehen konnte. Er sah irgendwie … irgendwie kaputt aus, kaputt und verzweifelt, deswegen ist er mir am meisten aufgefallen. Er hatte diese Aktentasche, die er gegen seine Brust gepresst hielt, als wäre sie wahnsinnig kostbar.«

»Ist das alles?«, hakte der Commissaris gespannt nach. »Gibt es sonst noch etwas, woran du dich erinnerst?«

»Es hat geregnet«, sagte Cherry. »Ich hab's gern, wenn es draußen regnet.« Sie winkte einem Mann mit einem Pepita-Hut zu, der vor dem Fenster stehen geblieben war. Der Mann tat, als hätte er sie gar nicht gesehen, und ging langsam weiter. Cherry meinte: »Der Junge hat auch so hereingeschaut, aber er war viel freundlicher, er hat sogar gelacht. Dann hat er sich umgedreht, und ich glaube, in dem Augenblick hat er den Mann mit der Aktentasche entdeckt. Jedenfalls hat er sein Handy herausgeholt und telefoniert, bevor er schnell weitergegangen ist. Der Mann mit der Aktentasche hat ein paar Sekunden gewartet, dann ist er ihm wieder gefolgt … und der andere Mann auch.«

»Welcher andere Mann?« Der Commissaris richtete sich auf. »Von einem anderen Mann hast du bis jetzt nichts gesagt!«

»Der ist mir gerade erst wieder eingefallen.«

»Was war das für ein Mann? Wo kam er plötzlich her?«

»Wo er herkam, weiß ich nicht. Ich habe ihn ja erst bemerkt, als er dem Mann mit der Aktentasche nachgegangen ist, und wenn es nicht geregnet hätte, wäre er mir gar nicht aufgefallen. Ich meine, weil nur so wenige Leute unterwegs waren.«

»Und du bist sicher, dass er Gerrit und dem Jungen gefolgt ist?«

Cherry zuckte mit der Schulter und biss sich auf die Unterlippe. »Sicher bin ich nicht ... Warum ist das denn so wichtig? Es war dunkel, und es hat geregnet, und er wollte nicht gesehen werden, also ... Es war nur so ein Gefühl, dass er ihnen nachgegangen ist, okay?

»Um wie viel Uhr war das?«

»So um halb zwölf, Viertel vor zwölf. Ich hatte gerade einen Italiener drangehabt und zog den Vorhang wieder auf, und vorher hab ich auf die Uhr geguckt.«

Der Commissaris wuchtete sich aus dem Sessel hoch. *Er hatte sich nicht getäuscht; es war nicht irgendein Toter, kein zufälliger Tod.* »Kannst du den Mann beschreiben?«

Cherry schüttelte den Kopf. »Er war ungefähr so groß wie Sie, aber schlanker, und er hatte einen durchsichtigen Regenmantel aus Plastik an, so eine Art Cape. Auf dem Kopf trug er eine Baseballkappe. Wegen dem Schirm konnte man sein Gesicht nicht erkennen. *Sorry*, okay?«

Der Commissaris holte sein Handy heraus, um im Präsidium anzurufen, doch bevor er die Nummer drücken konnte, klingelte es. Der Klingelton war leise, und er klang, wie die alten Telefone geklungen hatten, bevor alle möglichen akustischen Signale oder Schlagertakte Mode geworden waren. Van Leeuwen meldete sich.

Die Männerstimme am anderen Ende der Verbindung gehörte Hoofdinspecteur Ton Gallo, der für ihn im Präsidium die Stellung hielt. »Bruno, Ton hier. Bist du noch in der Nähe von Chinatown?«

»Ja.«

»Da hat gerade jemand einen Mord gemeldet. Die Adresse ist Zeedijk einhundertsiebzehn. Ich dachte, ehe wir jemand hinschicken …«

Der Commissaris spürte, wie die kleinen elektrischen Impulse in seiner Brust wieder zu flackern begannen, heftiger als am Nachmittag und sogar heftiger als in der vergangenen Nacht. »Es ist schon gestern Abend passiert. Warum meldet der Zeuge sich erst jetzt?«

»Danach habe ich ihn nicht gefragt. Er sagte, er …«

»Ja, ja, schon gut«, unterbrach Van Leeuwen den Hoofdinspecteur. »Wie lautet der Name des Zeugen?«

»Zheng Wu.«

»Ein Chinese?«

»Ein Chinese«, bestätigte Gallo. »Aber wenn ich ihn richtig verstanden habe, handelt es sich nicht um einen Zeugen.« Einen Moment lang herrschte in der Leitung nur ein Knistern und Rauschen, und plötzlich wusste der Commissaris, was der Hoofdinspecteur als Nächstes sagen wollte. Deswegen kam er ihm zuvor:

»Es handelt sich um den Mörder.«

6

Da, wo das Chinesenviertel begann, endete *de wallen*, und Zeedijk 117 lag im Herzen von Chinatown. Es war nur ein kleines Herz, aber es schlug laut und bunt, besonders bei Nacht. Der Commissaris ging schnell. An den Häusern liefen geheimnisvolle Schriftzeichen in rotem Neonmandarin rauf und runter, und aus den offenen Türen roch es jetzt nach Räucherstäbchen, gekochten Sojasprossen und gebratenen Enten. Die enge Straße war bevölkert von Passanten und Touristen, die überall in der Stadt auftraten, und von den Chinesen, die es nur hier gab. In den Fenstern der Restaurants und Geschäfte hingen bunte Laternen, deren Licht zu schwach war; Van Leeuwen konnte die Hausnummern nicht lesen. Er blieb vor dem

Chinese Medicine Shop stehen, dann vor dem *Dragon Inn* und wieder vor der chinesischen Fernsehstation. Die Häuser waren schmal, und in jedem Haus befand sich ein altes Antiquitätengeschäft oder ein Tattoostudio oder eine kleine Druckerei oder ein winziger Laden, der spezialisiert war auf Juwelen, Reiskocher, Wandschirme, Bambuskörbe, Tee, Kräuter, Gewürze oder Bücher über Akupunktur, Kung-Fu und die unergründlichen Weisheiten Buddhas.

An den Scheiben der Restaurants klebten rissige Speisekarten mit verblassten Fotos von Nudelsuppen mit Meeresfrüchten, Reisgerichten und glasiertem Geflügel. Hinter den Fenstern saßen Touristen aus aller Welt und Chinesen aus Chinatown an niedrigen Holztischen und tranken Reiswein aus eckigen Holzgefäßen oder aromatischen Tee, der in winzigen Porzellankannen auf Messingstövchen warm gehalten wurde. Zierliche Frauen im seidenen Cheongsam schwebten zwischen den Tischen unermüdlich von Verbeugung zu Verbeugung und Lächeln zu Lächeln, das ebenso unergründlich war wie Buddhas Weisheit.

Der Commissaris ging weiter, aber nicht mehr so schnell. Er schob sich durch die dichte Menge, in Gedanken bei Ton Gallos Anruf und der Aussicht auf einen Mörder namens Zheng Wu. Er passierte Fo Kuang Shan, den buddhistischen Tempel, dessen ockerfarbene Fassade mit liebevollen Verzierungen in Rot, Gold, Violett und Grün prunkte, und etwas später erreichte er das chinesische Kaufhaus Toko Dun Yong, sechs Stockwerke voll mit schimmernden Wandteppichen aus Seide und Qiatos aus Brokat; mit lackierten Schachteln, Dosen und Kästen in allen Größen, Samurai-Schwertern in allen Längen, Buddha-Statuen aus allen Materialien und schlanken Vasen aus sämtlichen Dynastien.

Van Leeuwen blieb wieder stehen, um die Hausnummern zu kontrollieren. Er war zu weit gegangen und kehrte um. Durch ein offenes Kellerfenster sah er eine Gruppe junger Chinesen in schwarzen Trainingsanzügen und schwarzen Lederjacken, die sich vor einem Farbfernseher drängten und auf einen halb nackten Rapper aus Shanghai starrten. Sie rauchten und überschrien sich gegenseitig mit abgehackten, kehligen Lauten. Auf dem Boden lagen Ledermatten, und an den Wänden hingen Plakate von Bruce Lee und anderen Kung-Fu-Kämpfern, die mit gegrätschten Beinen und Krallenfingern an rot glühenden Sonnenkugeln vorbeiwirbelten.

Die Tür von Zeedijk 117 war nur angelehnt. Der Commissaris suchte nach einer Klingel oder Namensschildern, fand aber keins von beidem. Er stieß die Tür auf. Das Treppenhaus dahinter war dunkel und roch nach frisch gewachstem Linoleum und schwach nach Nudelsuppe. Er tastete nach einem Lichtschalter. Die Wand war feucht. Es gab eine einzige nackte Glühbirne über dem nächsten Treppenabsatz, zu dem steile Stufen hinaufführten, allerdings kein Geländer an den dunkelgrün gestrichenen Mauern. Vorsichtig stieg der Commissaris zu der Tür auf dem ersten Treppenabsatz hoch. Die Tür wurde von schief sitzenden Angeln gehalten, der rote Lack des Rahmens war größtenteils abgeblättert. Auch hier entdeckte Van Leeuwen keine Klingel und kein Namensschild.

Er klopfte. Von irgendwo weiter oben ertönte Musik – Flöten, Schellen und Cymbeln –, jedenfalls nahm Van Leeuwen an, dass es sich um Musik handelte. Er klopfte noch einmal. Auf der anderen Seite der Tür näherte sich ein Geräusch, halb Quietschen, halb Knarren, und eine hohe Stimme rief etwas, das wie *Hang-hoi-kwang-yaaah* klang.

Der Commissaris sagte: »Mein Name ist Van Leeuwen. Ich bin Polizeibeamter. Ich möchte zu Mijnheer Wu – Zheng Wu. Er hat uns angerufen und diese Adresse genannt.«

Diesmal hörte sich die Antwort an wie *Haachhh-ong-moha!*

Ein Riegel wurde zurückgeschoben, gleich darauf ein zweiter. Ein Schlüssel drehte sich im Schloss, und die Tür ging auf. Dahinter saß ein Chinese in einem Rollstuhl. Der Chinese sah den Commissaris von unten herauf an, dann neigte er den Oberkörper nach vorn, bis seine Stirn fast die Knie berührten. Seine Haut war im Licht der nackten Glühbirne pergamentgelb, und seine schwarzen Augen glänzten, als hätte er sie eben frisch lackiert. Er trug einen Anzug aus schwarzer Rohseide, der ebenfalls glänzte und an einigen

Stellen fast durchsichtig gescheuert war. Unter dem Jackett spannte sich ein weißes T-Shirt um einen schmächtigen Oberkörper. Seine nackten Füße steckten in schwarzen Turnschuhen, die außen mit orangefarbenen Feuerzungen verziert waren. Sein Haar war strubbelig und stand in kleinen, ungleichmäßigen Strähnchen vom Kopf ab, als hätte er es sich selbst geschnitten und dabei zu oft den Kopf bewegt. »*I Zheng Wu*«, sagte er. »*Please come in house.*«

Die Wohnung lag im Halbdunkel. Auch hier hing der Duft einer Räucherkerze in der Luft. Zheng Wu schloss die Tür, setzte den Rollstuhl mit zwei Armstößen in Bewegung und lenkte die Räder durch einen kurzen Korridor. Der Commissaris konnte nicht viel erkennen, lediglich die kleine Gestalt in dem Metallstuhl vor sich und eine weitere Tür zu einem von Kerzenschein erfüllten Raum.

Zheng Wu teilte einen Vorhang aus Perlenschnüren und hielt eine Hälfte zur Seite, damit Van Leeuwen hindurchtreten konnte. »*I sorry*«, meinte er. »*Very sorry.*«

»*Sorry about what?*«, fragte der Commissaris. Sein Englisch konnte sich mit dem des Chinesen messen. Was bedauern Sie?

»Dass Sie haben Unannehmlichkeiten durch mich?«, antwortete Zheng Wu, und es klang mehr wie eine Frage als wie eine Erklärung. »Bitte, kommen und sehen.« Er deutete auf eine lange dunkle Erhebung, die halb unter dem schlichten Esstisch hervorragte. »Das ist Jun Wu. Er war mein Cousin. Ich musste ihn töten. Es tut mir sehr leid.«

Ein seltsames Gefühl der Benommenheit breitete sich in Van Leeuwen aus. *Was hast du erwartet?*, dachte er. *Hast du wirklich ernsthaft geglaubt, der Anruf stammte von dem Mörder Gerrit Zuikers, nur weil du dir unbedingt einen Mord einreden wolltest – einen Mord und die Macht der Vorsehung, die dich zu seiner Aufklärung nachts ins Rotlichtviertel schickt? Hast du das wirklich gedacht?*

Er trat auf den am Boden liegenden Körper zu. »Warum mussten Sie Ihren Cousin töten, Mijnheer Wu?« Er war benommen, aber schnell gesellte sich ein zweites, vertrauteres Gefühl dazu: Erbitterung. Die Erbitterung war so stark, dass er sich zwingen musste, ihr nicht nachzugeben.

»Es war leider notwendig geworden«, erklärte der Chinese.

»Welche Gründe führten zu dieser Notwendigkeit?«, beharrte der Commissaris leise und so höflich, wie es nur ging. Da lag ein getöteter Mensch, und das war ein Anblick, den er mehr als alles andere verabscheute. *Du kannst nicht auch noch in die Häuser gehen*, dachte er. *Du kannst dein halbes Leben auf der Straße zubringen, aber du kannst nicht verhindern, dass sie zu Hause getötet werden.*

»Darüber ich möchte lieber nicht sprechen.« Der Chinese schüttelte bedauernd den Kopf. »Hätten gern Tasse Tee?«

»Womit haben Sie Ihren Cousin getötet?«

»Mit Draht hier.« Der Chinese deutete auf die Tischplatte, auf der eine Drahtschlinge lag. Die Schlinge schimmerte im Schein der Kerze wie Silber, und dort, wo sie in den Hals des Opfers geschnitten hatte, war sie dunkel von getrocknetem Blut. »Bitte, entschuldigen noch einmal Unannehmlichkeiten.«

Zheng Wu rollte zu einem Gasherd im hinteren Teil des Raumes, wo er eine Flamme entzündete und Wasser aufsetzte. Der Commissaris dachte, dass er eigentlich die Spurensicherung anrufen musste und den Pathologen, überhaupt alle, die zum Einsatz kamen, wenn der gewaltsame Tod eines Menschen eingetreten war. Aber etwas hielt ihn davon ab. Er sah sich in dem kleinen Raum um. Bisher hatte er nichts berührt oder verändert, und außerdem kannte er den Mörder ja bereits, und der Mörder war geständig. Zur Sicherheit beugte er sich über die Leiche und legte zwei Finger an die Halsschlagader des Toten, wie er das schon gestern Nacht bei Gerrit Zuikers Leiche getan hatte. Und wie bei Zuiker gab es keinen Puls mehr, und das Fleisch war noch warm. »Wann haben Sie Ihren Cousin denn getötet?«, fragte er den schwarzen Rücken, den Zheng Wu ihm über der Rollstuhllehne zuwandte.

»Oh, vor einer Stunde etwa«, sagte der Chinese, ohne in seiner Tätigkeit innezuhalten. »Gleich danach ich habe angerufen.«

»Sicher ist Ihnen bewusst, dass ich Sie verhaften und mitnehmen muss?«

»Oh ja, ist mir bewusst.« Der schwarze rohseidene Rücken in

dem Rollstuhl rührte sich nicht. »Wird sich nicht vermeiden lassen, leider – wenn mit Tee fertig sind ...«

Vorsichtig bewegte der Commissaris sich durch den Raum, den er nun einer genaueren Betrachtung unterzog. Auf dem Fensterbrett stand die fast heruntergebrannte Kerze in einem Zylinder aus rotem Seidenpapier. Hinter dem Tisch verbarg eine braun lackierte Kommode einen Teil der Wand. Darüber hing ein schwarzer Rahmen mit einem auf hellblaue Seide gestickten Bild – ein Schwarm von Mandarinenten, der über einen See flog, offenbar aufgestiegen aus dem silbernen Schilf rings um das mondbeschienene Wasser.

Der brennende blaue Gaskranz, über dem das Teewasser erhitzt wurde, warf die Silhouette Zheng Wus übergroß und verzerrt in das kleine Zimmer. Das Bambusrollo vor dem Fenster war heruntergezogen. Zum Sitzen gab es sonst nur einen gepolsterten Fußschemel und ein schmales Bett. Auf dem Nachttisch neben dem Bett zog ein weiteres Bild die Blicke auf sich, ein silbergerahmtes Fotoporträt, das eine junge Chinesin zeigte. Sie war schön, und das sicherlich nicht nur nach asiatischen Vorstellungen: Langes schwarzes Haar fiel ihr voll und glatt auf die Schultern, die dunklen Augen blitzten, und ihr Lächeln war gleichzeitig keusch und sinnlich, verheißungsvoll und verschlossen.

»Warum sitzen Sie im Rollstuhl, Mijnheer Wu?«, wollte der Commissaris wissen.

»Sehr ärgerliches Leiden«, gab Zheng Wu Auskunft. »Ja, sehr ärgerlich. Aber Tee gleich fertig.« Er nahm den Topf von der Flamme, drehte das Gas ab und schüttete das Wasser in eine Porzellankanne. »Sie nehmen Platz, bitte, ja?«

Der Commissaris setzte sich auf die Bettkante, von der aus er einen guten Blick auf Zheng Wu, die Leiche seines Cousins und die Drahtschlinge auf dem Tisch hatte. Er hatte auch einen guten Blick auf das Bild der Mandarinenten an der Wand und das Porträt der Chinesin neben dem Bett. »Wer ist die junge Frau auf dem Foto?«, fragte er.

»Ailing«, lautete die Antwort. »Mein sehr geliebte Frau, Ailing

Wu.« Der Chinese lud sich ein ochsenblutfarben lackiertes Tablett mit zwei zierlichen Tassen, der Kanne und einem Porzellandöschen voll mit braunem Zucker auf seine Oberschenkel. Dann wendete er den Rollstuhl und fuhr damit zum Bett, wo er sich vorbeugte, um den Fußschemel zurechtzurücken. Als er das Tablett auf dem Schemel abstellte, bemerkte Van Leeuwen rote Striemen an seinen Händen, die wohl von der Drahtschlinge herrührten.

»Lebt Ihre Frau Ailing hier mit Ihnen, Mijnheer Wu?«

Ein seltsames Ächzen entfuhr der Kehle des Chinesen. »Leider nicht, nein, musste zurückbleiben in Fengdu, nicht genug Geld für zwei Passagen. Wir sehr arm. Damals und heute, leider.«

»Seit wann leben Sie in Amsterdam?«

»Seit ein Jahr.«

Zheng Wu beugte sich bis fast zu den Knien vor und füllte die beiden Tassen mit dem stark nach Jasmin duftenden Tee. »Etwas Zucker, bitte?«

»Nein, danke.«

Der Chinese nickte beifällig, ehe er mit seiner Tasse einige Schritte zurückrollte. Schweigend nahmen sie den ersten Schluck Tee, der stark und gut war. *Zubereitet von der Hand eines Mörders*, dachte der Commissaris, *und du trinkst ihn, und er schmeckt dir.* Von oben drang der musikähnliche Mehrklang aus Flöte, Schellen und Saiteninstrumenten durch die Zimmerdecke. Wus Blick wanderte zu dem leblosen Körper unter dem Tisch, genau wie der des Commissaris.

»Und Ihr Cousin?«, fragte Van Leeuwen. »Seit wann lebt er in Amsterdam?«

»Cousin lebt gar nicht mehr«, sagte der Chinese.

»Wie wahr«, bestätigte der Commissaris, und jetzt klang sogar seine Stimme fremd für ihn. »Aber wie lange hat er hier gelebt?«

»Ein halbe Tag.« Wu nickte, wohl wissend, dass seine Auskunft rätselhaft klang. »Ist heute Morgen gekommen, mit Zug von Rotterdam. Gestern sein Schiff hat angelegt, Schiff aus Nanjing in China.«

»Sie haben nicht viel Zeit verloren, Mijnheer Wu.« Bedächtig trank Van Leeuwen den würzigen Tee in kleinen Schlucken; er wusste nicht, wie lange er seinen Zorn noch im Zaum halten konnte. »In der kurzen Zeit dieses halben Tages hat Cousin Jun also Dinge getan, die es notwendig erscheinen ließen, ihn zu töten, und zwar vom Rollstuhl aus?«

Zheng Wu schüttelte voller Bedauern den Kopf. »Nein, hat er schon vorher getan, schon in Heimat China. Er bringt Schmach und Schande über mich und sich.« Er seufzte lang und tief, und sein Blick wanderte von dem leblosen Körper zu Van Leeuwen. »Sie haben Erfahrung mit Kummer, Mijnheer?«

»Ich habe große Erfahrung mit Kummer«, antwortete der Commissaris leise.

»Dann wissen Sie, dass er einen Menschen nie wieder loslässt?« Der Chinese sah ihm forschend in die Augen. »Der Kummer fährt in Herz wie eisiger Windstoß. Man öffnet Mund, um zu atmen, und mit der Luft zum Atmen erfüllt einen Kummer bis in kleinste Ader. Er sich gräbt ein, baut Nest und nährt sich von der ganzen Wärme, die ein Mensch trägt in sich, bis nur noch Kälte übrig. Und geht nie wieder weg.«

»Besser kann man es nicht ausdrücken«, bestätigte der Commissaris. Er hatte das Gefühl, dass die Dunkelheit um ihn herum dichter wurde; sie schien zu gerinnen, während er Tee trank und über seinen Zorn und den Kummer nachdachte. »Man lernt, damit zu leben«, fügte er hinzu.

»Und mit gebrochenem Herzen auch?«, fragte der Chinese. »Ich Cousin Jun immer wieder sage: *Du brichst mir Herz.* Immer wieder. *Du brichst mir Herz!«* Er sprach mit solcher Inbrunst, dass der Commissaris unwillkürlich auf seine Brust starrte, als könnte es wahr sein, als könnte ein Herz tatsächlich brechen und auch ein Anzug aus schwarzer Rohseide dieses Leiden nicht wirklich verbergen. Er sah Zheng Wu an und dann den toten Cousin und dachte: *Die Antwort lautet ja.* Man kann auch mit gebrochenem Herzen leben, nur anders als vorher. Er trank den Tee aus und fand, dass es Zeit war, zu gehen, Zheng Wu zu verhaften und zum Präsidium zu bringen. Er musste hier raus; plötzlich war ihm, als bekäme er keine Luft. Sein Herz hämmerte, und er wollte kein Wort mehr hören.

»Ich habe auch Albträume«, bekannte der Chinese drängend. »Scheußliche Albträume.«

»Vielleicht hören die Albträume auf, wenn Sie sich die Gründe von der Seele reden, die zum Tod von Cousin Jun geführt haben«, gab der Commissaris zu bedenken.

»Oh, nein!« Zheng Wu presste die Augen fest zusammen und schüttelte den Kopf. »Niemals ich kann davon erzählen. Schmach und Schande, sie sind zu groß.« Er presste die Lippen zusammen, bis sie nicht mehr zu sehen waren. »Leben hat Zheng Wu zermalmt. Sein Leid zieht durch alles, und in ihm ist nur noch Traurigkeit des Herbstwindes. Und die schwarzen Träume.«

»Dagegen weiß ich ein Mittel.« Van Leeuwen stellte die Tasse auf das Tablett zurück und erhob sich von der Bettkante. »Es ist ganz einfach: Hören Sie auf zu schlafen.«

»Oh«, sagte Zheng Wu. Er führte seine eigene Tasse zum Mund und leerte sie ebenfalls. »Noch besser wäre, Zheng Wu hört auf zu leben, nicht wahr? Es gibt keine Verbindung mehr zwischen ihm und Welt. Ja, Zheng Wu wäre am liebsten tot.«

»Van Leeuwen auch«, sagte der Commissaris. »Aber so, wie's aussieht, muss er weiterleben, genau wie Zheng Wu, den er jetzt verhaftet. Eigentlich müsste ich Ihnen Handschellen anlegen, aber ich glaube, das wird nicht notwendig sein. Ich werde also nur einen Wagen anfordern, der Sie und Ihren Rollstuhl abholt, und während wir darauf warten, werde ich Sie über Ihre Rechte ins Bild setzen. Ach, was ist das überhaupt für ein Leiden, das Sie an diesen Stuhl fesselt, Mijnheer Wu?«

»Das schrecklichste überhaupt«, antwortete der Chinese leise, »das allerschrecklichste.«

7

Der Commissaris stand in seinem Büro am Fenster und sah auf die Straße hinunter, und alles an ihm schmerzte vor Müdigkeit. Das Hoofdbureau van Politie lag auch bei Nacht niemals in völliger Dunkelheit, aber in seinem Büro brannte kein Licht, und auf den Gängen herrschte Stille. Er war lange nicht mehr so müde gewesen. Er konnte die Brücke sehen und die Gracht und die Straßenbahnhaltestelle unter dem Fenster, aber das Wasser nicht. Seine Lider schmerzten, die Augen brannten, der Nacken tat weh. Du solltest nicht erst nach Hause gehen, wenn du so müde bist, dachte er. Hol das zusammengeklappte Feldbett aus dem Schrank, und leg dich gleich hier hin, sonst wirst du wieder wach.

Er fragte sich, ob es an dieser Müdigkeit lag, dass ihm schien, als enthielten die letzten beiden Tage ein großes, paradoxes Geheimnis: Es gab einen Mordfall, in dem er nicht ermitteln musste, weil der Täter sich selbst gestellt hatte, und es gab einen Todesfall, in dem er unbedingt ermitteln wollte, obwohl bisher noch nicht der geringste Hinweis dafür existierte, dass es sich überhaupt um einen Mord handelte. Genau genommen wusste er nicht einmal, ob *paradox* der richtige Begriff war und ob er sich das große Geheimnis nicht nur einbildete. Vielleicht verhielt einfach *er* selbst sich paradox.

Er dachte an das Manifest aus dem Internet, das Testament eines Highschool-Killers namens Cho Seung Hui, der zweiunddreißig Menschen getötet hatte und dann sich selbst. Der Ausdruck lag auf Van Leeuwens Schreibtisch, und ganz am Anfang stand: *Ihr hattet hundert Milliarden Chancen, das hier zu vermeiden. Aber ihr habt entschieden, mein Blut zu vergießen. Ihr habt mich in die Ecke getrieben und mir nur einen Weg gelassen. Das war eure Entscheidung. Jetzt habt ihr Blut an euren Händen, das sich nie mehr abwaschen lässt.*

Van Leeuwen stellte sich vor, wie Gerrit Zuiker in seiner Dachkammer kauerte, diese Worte las und dabei immer wieder *Help me if you can* hörte. Er schaute auf die Lichter jenseits der schmalen Gracht, die nächtliche Stadt, und fragte sich, ob wohl in diesem

Moment jemand aus einem der Häuser an diesen Straßen zu ihm herübersah, zu einem Mann, der allein in einem dunklen Büro des Polizeipräsidiums am Fenster stand. Und wenn da jemand war, was dachte er wohl?

Niemals kann ich jemand davon erzählen. Das Leben hat Zheng Wu zermalmt. Sein Leid durchzieht alles, und in ihm ist nur noch die Traurigkeit des Herbstwindes. Es gibt keine Verbindung mehr zwischen ihm und der Welt. Ja, Zheng Wu wäre am liebsten tot.

Was ist so schrecklich, dass man niemandem davon erzählen kann?, fragte sich der Commissaris. Enthielt das Geheimnis ein weiteres Geheimnis? Ein verzweifeltes Opfer und ein verzweifelter Mörder; einer, der aller Welt mitteilte, dass ihm das Wasser bis zum Hals stand, und einer, der lieber tötete, als zuzulassen, dass irgendjemand davon erfuhr, und gemeinsam war ihnen nur ihre Verzweiflung.

Van Leeuwen hörte Autohupen, die Sirene einer Ambulanz oder eines Feuerwehrwagens. Einen Moment verspürte er eine langsam anschwellende Panik, als könnte er in all dieser Dunkelheit für immer verloren gehen. Er suchte nach sich selbst auf der Fensterscheibe und fragte sich, ob er überhaupt wie bisher weiter existierte, jetzt, da nur er allein sich noch an den größten Teil seines Lebens erinnerte.

Plötzlich fiel ihm eine Nacht vor zwei Jahren ein, eine Winternacht. Simone hatte schon an der Schwelle zur Krankheit gestanden, nur hatte sie es noch nicht gewusst. Sie lag im Bett, neben ihm, auf den Ellbogen gestützt, und sah ihn an, sah hinunter auf sein Gesicht. In der Dunkelheit konnte er nur ihre glänzenden Augen erkennen. Sie summte zufrieden vor sich hin, er dachte, dass sie lächelte. Aber es war kein Lächeln gewesen, keine Zufriedenheit, sondern Hilflosigkeit: so viel Leidenschaft, die sich nicht bewahren ließ – nicht auf Dauer, nicht, bis es gleichgültig wurde, weil etwas anderes an ihre Stelle getreten war.

Er wusste nicht mehr, warum, aber auf einmal war sie ihm dünner vorgekommen als sonst, zerbrechlich, und er hatte sich gefragt, ob er sich Sorgen um sie machen musste. *Sie verschwindet unter meinen Augen,* hatte er gedacht. Und als hätte sie seine Gedanken geahnt, hatte sie gesagt:

»Du nimmst immer mehr Raum ein, Bruno. Ich weiß nicht mehr, wie ich noch neben dir bestehen kann. Ich kriege kaum noch Luft in unserer Wohnung. Du bist so mächtig, so kräftig. Dein Leben ist wertvoller als meins, das schüchtert mich ein.«

Er war aufgestanden und hatte sie hochgehoben, er hatte sie tatsächlich hochgehoben, nackt wie sie war, und zum Spiegel am Kleiderschrank getragen. Vor dem Spiegel hatte er sie abgestellt, an beiden Oberarmen gehalten und gesagt: »Sieh dich an. Du bist viel zu dünn. Du musst mehr essen, sonst wird es krankhaft.«

Plötzlich hatte sie sich losgerissen, mit jäher Wildheit war sie zu ihm herumgefahren. »Willst du etwa behaupten, ich sei krank?! Willst du sagen, mit mir stimmt etwas nicht?!«

Sie hatte nicht gewusst, dass sie tatsächlich krank war, und er hatte es auch nicht gewusst. Es war nur eine Ahnung gewesen, die ihnen beiden Angst gemacht hatte.

Eine Erinnerung, nur eine; auch wenn es eine schlechte war.

Van Leeuwen sah sein Spiegelbild als Schemen auf der Scheibe, als wäre er selbst aus Glas; aus schmerzendem, müdem, nutzlosem Glas. Dann gesellte sich ein zweiter, größerer Schemen zu seinem Spiegelbild. Ein Mann in einer dunkelblauen Uniform trat vor dem Hintergrund der Notbeleuchtung auf dem Gang in sein Büro, blieb bei der offenen Tür stehen und sagte:

»Geh nach Hause, Bruno! Ruh dich aus! Geh schlafen!«

Es war eine neue Angewohnheit des Hoofdcommissaris, Dinge mehrmals leicht abgewandelt zu wiederholen, damit dem Zuhörer kein Aspekt seiner Erkenntnisse oder Befehle entging.

»Gleich«, sagte der Commissaris.

Der Hoofdcommissaris konsultierte seine runde Armbanduhr mit dem Stoffarmband in den niederländischen Nationalfarben, die er seit einigen Wochen an der Innenseite des Handgelenks trug. Er trat näher ans Fenster. »Du kannst kaum noch stehen vor Müdigkeit.«

»Ich weiß. Ich gehe gleich schlafen.«

»Wo? Im Bahnhof?« Joodenbreest trat noch näher, bereit, Van Leeuwen einen Arm um die Schultern zu legen. »Das muss aufhören, Bruno – ein Offizier der Polizeitruppe Ihrer Majestät, ein hoher Offizier! Du bringst nicht nur dich, du bringst uns alle in Verruf. Ich möchte, dass du einen Termin bei Doktor Menardi machst.«

»Warum?«

»Warum? Du weißt, warum.«

»Nein. Warum?

»Weil du im Bahnhof schläfst.«

»Nur wenn ich zu Hause nicht schlafen kann. Du siehst also, ich schlafe.«

Joodenbreest räusperte sich. Es war ein scharfes, schmales Räuspern, denn er war ein scharfer, schmaler Mann mit einem Gesicht, das auf die scharfe, schmale Seite eines Schilfblattes gepasst hätte. Das dünne, hellblonde Haar, das er straff aus der hohen Stirn kämmte, kontrastierte selbst im Dunkeln auffällig mit seiner von Höhensonnenbestrahlung verbrannten Haut. Seine wässrigen blauen Augen schimmerten frostig wie Sterne, die schon vor Lichtjahren erloschen waren. In mühevoller Arbeit an sich hatte er es geschafft, seinem Auftreten jegliche Herzlichkeit zu nehmen und seinem Gesicht alle Wärme. Sein Mienenspiel wechselte von kühl zu kalt und wieder zurück. Wie eine dünne, große Echse auf einem sonnenbeschienenen Stein konnte er seine Umgebung völlig ausdruckslos beobachten, wahrscheinlich sogar seine Frau und seine Kinder. Sicher vor Gefühlen, vor Enttäuschungen, vor Wunden, lag er in sich selbst lebendig begraben. Wahrscheinlich, dachte Van Leeuwen, war er schon als Kind so gewesen – unzugänglich, verschlossen, ein Junge, den nie jemand weinen gesehen hatte.

»Simone ist erst sechs Wochen tot, und ich weiß, wie du dich fühlst«, sagte der Hoofdcommissaris. »Sie war eine großartige Frau, vor allem, als sie noch …«

Van Leeuwen erstarrte. »Du hast nicht die leiseste Ahnung, wie sie war«, unterbrach er Joodenbreest.

»Also, wir alle vermissen sie«, Joodenbreest räusperte sich erneut, »jeder hier trauert aufrichtig um sie …«

»Du könntest aufrichtige Trauer nicht von Möwenscheiße unterscheiden!«, sagte Van Leeuwen.

Joodenbreest war nicht gekränkt. »Ich weiß, wovon ich spreche.«

»Du weißt nicht, wovon du sprichst«, sagte Van Leeuwen.

»Es geht um deine Art – du übertreibst in allem, was du tust. Früher dachtest du, du hättest das Glück gepachtet, und jetzt tust du so, als hättest du das Leiden selbst erfunden. Niemand erwartet dieses Übermaß von dir, kein Mensch, nicht mal Gott!«

»Da du offenbar Einblick in Gottes Erwartungen hast«, erwiderte Van Leeuwen mühsam beherrscht, »verrate mir doch mal, was Er sich davon verspricht, einen Menschen wie Simone krank werden und sterben zu lassen, während jemand wie du gesund und munter weiterleben darf?!«

»Ich spreche jetzt nicht mehr von Simone als dein Freund«, erklärte der Hoofdcommissaris. »Ich spreche nun als dein Vorgesetzter von dir und deiner Arbeit.«

»Was ist mit meiner Arbeit?«

Joodenbreest trat wieder einen Schritt zurück. »Du zwingst die Kollegen vom Centrum, eine Morduntersuchung einzuleiten, obwohl keinerlei Anzeichen dafür vorliegen, dass es sich bei der auf den *Wallen* gefundenen Leiche überhaupt um einen gewaltsamen Tod handelt, und du …«

»Ich habe sie gebeten, nicht gezwungen. Außerdem hatte Gerrit Zuiker eine Pistole in seiner Aktentasche, eine Walther P 38 mit abgefeilter Seriennummer.«

»Die von den Technikern im Labor wieder sichtbar gemacht worden ist. Die Pistole ist noch nie für eine Straftat benutzt worden.«

»Aber vielleicht sollte sie erst noch benutzt werden. Vielleicht hat jemand Zuiker genau deswegen umgebracht.«

»Und was ist mit diesem Chinesen im Rollstuhl, den du vor ein paar Stunden hierher gebracht hast?«

»Er hat seinen Cousin ermordet.«

»Und du trinkst Tee mit ihm, im selben Raum mit der Leiche?«

»Es war eine Einzimmerwohnung.«

»Ich weiß, dass es eine Einzimmerwohnung war. Ich habe mich bei den Kollegen vom Technischen Dienst informiert. Sie haben zwei Tassen gefunden, deine Fingerabdrücke …«

»Woher weißt du das?«

»Weil ich Anordnung gegeben habe, sofort über jeden Fall informiert zu werden, bei dem du auftauchst. Also, wieso trinkst du Tee mit einem geständigen Mörder?«

»Er wollte mir etwas sagen.«

»Was wollte er dir sagen?«

»Warum er es getan hat.«

»Und warum hat er es getan?«

Der Commissaris drehte sich um und sah Joodenbreest an. »Er braucht noch etwas Zeit. Er weiß noch nicht, dass er es mir sagen möchte.«

»Na gut, *ich* weiß jedenfalls, was ich dir sagen möchte, und ich brauche keine Zeit. Du wirst einen Termin bei Doktor Menardi vereinbaren, und du wirst diesen Termin auch wahrnehmen, denn ohne ihren Bericht über deine psychologische Tauglichkeit lasse ich dich weder an dem einen noch an dem anderen Fall weiterarbeiten. Es kann natürlich durchaus sein, dass bei dir alles in Ordnung ist, aber ehrlich gesagt bezweifle ich das. So wie ich das sehe, bist du ein wandelnder Systemfehler in Menschengestalt …«

Van Leeuwen sagte: »Wenn ich ein Systemfehler bin, dann war auch meine Frau ein Systemfehler, und wenn Simone ein Systemfehler war, kann von mir aus das ganze System zum Teufel gehen, und zwar mitsamt der Festplatte, der Stromversorgung und jedem einzelnen Atomkraftwerk, das sie aufrechterhält! Und ich …«

Das Telefon auf seinem Schreibtisch schnitt ihm das Wort ab. Der Commissaris griff nach dem Hörer und meldete sich.

»Hier spricht der erste Sekretär von der Heiligen Bruderschaft der Schlaflosen«, sagte eine tiefe Stimme dicht an seinem Ohr. Bei ihrem Klang fiel alle Müdigkeit von Van Leeuwen ab. »Ich habe bei Ihnen zu Hause angerufen, aber Sie waren nicht da«, fuhr die

Stimme fort. »Oder zumindest sind Sie nicht an den Apparat gegangen.«

»Das liegt daran, dass ich hier war«, antwortete der Commissaris. »Was kann ich um ein Uhr morgens für Sie tun, Doktor Holthuysen?« Der Pathologe sagte: »Fragen Sie nicht, was Sie für mich tun können – fragen Sie lieber, was ich für Sie tun kann oder schon getan habe.« Da der Commissaris diese Frage jedoch nicht stellte, fuhr er von sich aus fort. »Ich war noch nicht müde, und deswegen habe ich mir den Chinesen vorgenommen, der heute Nacht reingekommen ist …«

»Ist das *unser* Doktor Holthuysen?«, wollte der Hoofdcommissaris wissen.

Van Leeuwen nickte. »Ja, der aus der Leichenhalle.«

»Sind Sie nicht allein?«, fragte der Pathologe.

»Der Hoofdcommissaris ist bei mir«, antwortete van Leeuwen. »Der Hoofdcommissaris um eins noch im Präsidium?«, sagte Holthuysen. »Zeichen und Wunder! Also, wie auch immer, ich bin da auf etwas Interessantes gestoßen. Dieser tote Chinese, den Sie mir vor ein paar Stunden geschickt haben, war eine simple Angelegenheit, von außen und von innen. Aber der andere, der junge Mann von gestern Morgen …«

»Gerrit Zuiker?« Gott segne die Schlaflosen, dachte der Commissaris.

»So heißt er wohl, ja, steht zumindest auf dem Beipackzettel. Ich möchte Ihnen gern etwas zeigen. Können Sie auf einen Sprung vorbeikommen, Mijnheer?«

»Jetzt?«

»Ist doch besser als der Bahnhof.«

Der Commissaris fragte sich, ob Holthuysen in der Gerichtsmedizin schlief, auf einem der Sektionstische oder in einer Kühlschublade. »Ich bin gleich da«, erklärte er und legte auf.

»Wo bist du gleich?«, erkundigte sich der Hoofdcommissaris.

»In der Leichenhalle«, erwiderte Van Leeuwen, ohne sich in diesem Moment der Doppeldeutigkeit seiner Antwort bewusst zu werden. Erst viel später, als er unter einer Zellophantüte verzweifelt nach Luft rang, sollte sie ihm wieder einfallen. Und da – während sein Leben zwischen zwei endlos gedehnten Herzschlägen langsam stehen zu bleiben schien – wurde ihm auch klar, dass er bereits in dieser Nacht einem Leuchtpunkt in einem schrecklichen Diagramm glich. Von sehr weit oben betrachtet, stellte das Diagramm ein Dreieck dar, dessen beide anderen Punkte ein geisteskranker Mörder und die nächtliche Leichenhalle waren.

Ebenso wenig ahnte der Commissaris, dass sich aus diesem Blickwinkel von sehr weit oben alle drei Punkte in den kommenden Tagen und Wochen immer näher aufeinander zu bewegen sollten, bis endlich zwei davon zu einem einzigen verschmolzen. Vor allem aber ahnte er nicht, dass zum gegenwärtigen Zeitpunkt noch völlig offen war, welcher der Punkte letztlich und für immer mit dem Seziertisch in der nächtlichen Pathologie verschmelzen würde, von sehr weit oben betrachtet.

8

Cousin Wus Brust stand offen, und die Lungenflügel spreizten sich zu beiden Seiten des Herzens wie die blattlosen Ranken von wildem Efeu. Die blutleeren Adern bildeten mit den Verästelungen der Luftröhre ein bläulich graues Dickicht aus Gefäßen, Nerven und Muskeln, das dicht über dem Nabel zu wurzeln schien. Reste von Blut glitzerten feucht im grellen Licht der OP-Lampe über dem Seziertisch. Die Arterien waren nicht mehr blau und die Venen nicht mehr rot, und das Herz wirkte klein und eingefallen. Man konnte fast sehen, dass die Seele schon irgendwo anders hingezogen war.

In der Luft hing der süßliche Fäulnisgeruch, der jede Leiche umgab, der Geruch von zersetztem Fleisch, von Fäkalien und Urin, und trotz der auf Hochtouren laufenden Klimaanlage war er so stark, dass der Commissaris einen Anflug von Unruhe im Magen spürte, ein Aufbegehren. Er dachte an Menthol, an eine Rose in voller Blüte. Es gab Kollegen, die Leichen nur noch mit den Augen wahrnahmen. Sie konnten keinen Urin mehr riechen, keine Ausscheidungen, egal, welcher Art; ihr Gehirn verweigerte sich dem Geruch des Todes.

Doktor Holthuysen deutete auf das Mikrofon über dem Seziertisch und fragte: »Soll ich Ihnen das Band mit dem Leichenöffnungsprotokoll vorspielen?«

»Eine Zusammenfassung der wichtigsten Punkte reicht mir«, sagte der Commissaris. »Auf die Finessen freue ich mich dann in Ihrem schriftlichen Bericht.«

Der Pathologe nickte, als hätte er in der Tat einige raffinierte Kostbarkeiten forensischer Natur vorbereitet, deren wahrer Wert erst auf dem Untergrund weißen Papiers oder im Rahmen eines Computerbildschirms zur Geltung kam. Er hielt die Hände in den grünen Latexhandschuhen abgewinkelt, damit die blutbedeckten Fingerkuppen nicht mit dem offenen Kittel, dem karierten Hemd oder der ausgebeulten Cordhose darunter in Berührung kamen. Die Farbe des Blutes passte nicht ganz zum rötlichen Hennaton seiner Haare, und die Haltung der Hände erinnerte den Commissaris an die Darstellung des Gottessohnes auf den bunten Votivbildern aus seiner Messdienerzeit.

»Also dann«, begann der Pathologe, »Name: Jun Wu, gefunden in der Wohnung von Zheng Wu am Zeedijk einhundertsiebzehn von Mijnheer Bruno van Leeuwen, Commissaris der Kriminalpolizei Amsterdam-Amstelland. Eintritt des Todes: gestern zwischen siebzehn und achtzehn Uhr. Offizielle Todesursache: Tod durch akuten Sauerstoffmangel infolge Erdrosselns mit einer Drahtschlinge. Die Drosselmarke befindet sich oberhalb des Kehlkopfes und lässt darauf schließen, dass der Täter das Drosselwerkzeug nur ein Mal um den Hals des Opfers gelegt hat. Im Nacken findet sich eine freie Stelle, keine Zwischenkammblutung. Zustand der Leiche: gut.« Er gab ein glucksendes Geräusch von sich. »Der Tote war siebenunddreißig Jahre alt und wog sechzig Kilogramm. Durchgeführt wurde die normale Autopsie – eine toxikologische Untersuchung, die feingewebliche Analyse und die obligatorische Drei-Höhlen-Obduktion, das heißt, ich habe mir Bauch, Brustkorb und Kopf angeschaut.« Er unterbrach sich, um erklärend zu ergänzen:

»Tod durch Sauerstoffmangel bezeichnen wir als Ersticken, das sind alle Todesarten, bei denen innere Organe, insbesondere das Gehirn, ihren Dienst versagen, weil ihnen kein Sauerstoff mehr zugeführt wird. Nach mindestens zwanzig Sekunden und höchstens zehn Minuten erstickt dann jeder, weil die Hirnzellen irreparabel geschädigt sind.«

Holthuysen begleitete seine Worte mit ausgreifenden Bögen, die er schwungvoll in die Luft zeichnete, wobei das feuchte Blut an den Fingerkuppen im blassen Licht der Leichenhalle feurige Leuchtspuren hinterließ. Anders als der Jesus Christus auf den Heiligenbildchen aus Van Leeuwens Jugend hatte er ein gerötetes, von verborgenen Leidenschaften und ihrer lustvollen Befriedigung gezeichnetes Gesicht. Zahllose Sommersprossen bedeckten die von geplatzten Äderchen durchzogene, runzelige Haut, und das Haar kräuselte sich hinter den Ohren und im Nacken, wo es über den Hemdkragen bis auf den weißen Kittel reichte. Die kleinen, traurigen Augen schienen sich desillusioniert tief in ihre Höhlen zurückgezogen zu haben. Über den schmalen Brauen wölbte sich eine Stirn, die Van Leeuwen bei jeder Begegnung höher vorkam, als müsste dahinter von Mal zu Mal mehr Raum für das schreckliche Gedränge der Leichen geschaffen werden, die statt in Särgen und Gräbern in seinem Kopf ihre letzte Ruhestätte gefunden hatten.

»Sehen Sie, die Lungenflügel sind fast luftkissenartig gebläht, und *da, da* und *da* haben wir auch die unvermeidlichen subpleuralen Flecken, wo aufgrund der massiven Lungenerweiterung beim Tod die Kapillaren zerrissen sind«, erklärte der Pathologe und deutete nacheinander auf mehrere Stellen unter dem zurückgeklappten Lungenfell im ypsilonförmig aufgeschnittenen Brustkorb des jungen Chinesen. »Stauung und Zyanose des Gesichts sind ein typisches Zeichen für asphyktisches Ersticken, ebenso die Anämie der Milz, der Leber und der Niere.«

»Die kleinen roten Punkte unter den Augen …«

»Geplatzte Äderchen, ausgelöst durch den Blutstau im Gehirn«, kommentierte Holthuysen. »Weitere Stauungszeichen können Sie an den Bindehäuten und der Rachenschleimhaut erkennen. Am Hals finden sich Hämatome und Ecoriationen, ein klassisches Indiz für Tötung durch Erdrosseln. Außerdem liegt eine Fraktur der Trachea vor, was darauf schließen lässt, dass der Täter die Schlinge schnell und mit großem Kraftaufwand zugezogen hat. Stumpfe Gewalt wurde in diesem Fall nicht angewandt.«

Der Commissaris versuchte, sich vorzustellen, wie Zheng Wu seinen Cousin erdrosselte: Er sah Jun vor dem Rollstuhl knien, die Schlinge um Hals und Nacken geschlungen; sah sein schmerzverzerrtes Gesicht mit den weit aufgerissenen Augen, während Zheng hinter ihm die Fäuste mit dem Draht drehte und zog und zog, und wie sein Gesicht dabei fast genauso rot wurde wie das seines sterbenden Cousins.

Unterdessen setzte Doktor Holthuysen zu einem kleinen Divertimento an. »Es gibt vier Mechanismen, die den tödlichen Mangel an Sauerstoff bewirken können: *A* – die Halsweichteile werden zusammengedrückt und die Schlagadern verschlossen; *B* – der Zungengrund oder der gequetschte Kehlkopf drücken die Atemwege nach oben, die Atmung wird also mechanisch verhindert; *C* – der Genickbruch mit Quetschung des oberen Halsmarks, der sogenannten *hangman's fracture*, und *D* – der Reflextod, bei dem die Nervenknoten seitlich am Hals geschädigt werden. In all diesen Fällen lässt sich Fremdeinwirken anhand der Spuren einigermaßen leicht nachweisen. So auch bei der Tötung von Jun Wu«, Ende der Variation und Rückkehr zum Thema, »in dem die Kompression des Halses durch ein Werkzeug – in unserem Fall eine Drahtschlinge – vorliegt. Durch den Druck werden die beiden wichtigsten Arterien, die im Hals verlaufen, und die weiter innen liegenden Venen abgeschnürt. Dazu ist es nicht einmal nötig, dass der Draht, Strick oder Gürtel den Hals vollständig umschließt.«

Der Commissaris verdrängte das Bild des sterbend vor seinem Cousin knienden Chinesen. Er rieb die Hände gegeneinander, denn die Temperatur in dem klimatisierten Sektionssaal war niedrig genug, um tiefgefrorene Rinderhälften vor dem Auftauen zu bewahren. Dann warf er einen letzten Blick in Jun Wus offenen

Brustkorb und auf die verschlüsselten Botschaften, die Wus Innereien für Doktor Holthuysen enthielten.

»Aber kommen wir jetzt vom allseits bekannten Prototyp gewaltsam herbeigeführten Sauerstoffmangels zu der neuen, verbesserten Version mit weniger Zucker und mehr Geschmack«, verkündete der Pathologe heiter und wandte sich der zweiten Leiche einen Tisch weiter zu, wobei die Gummisohlen seiner Turnschuhe ein quietschendes Geräusch verursachten. Er beugte sich über Gerrit Zuiker, dessen Brustkorb ebenfalls erst kürzlich nach dem klassischen Y-Schnittmuster geöffnet worden war. »Die Karosserie dieses Modells weist Prellungen im Bereich der Schläfe, des Nasenrückens und des linken Wangenknochens auf, wahrscheinlich infolge von Faustschlägen, außerdem kleine Schnittwunden an Fingern und Handtellern. Wovon die herrühren, weiß ich noch nicht …«

»Von Scherben«, erklärte der Commissaris. »Von Splittern eines zerbrochenen Spiegels.«

»Sieh an, das alte Sprichwort stimmt also«, stellte der Doktor fest. »Aber daran ist er nicht gestorben. Überhaupt deutet zunächst überhaupt nichts auf einen gewaltsamen Tod hin. Vor allem gibt es keinerlei Hinweise auf eine wie auch immer geartete Strangulation – keine Fingerabdrücke am Hals oder im Nacken, keine Faserspuren, keine Würgemale von einem Strick oder Draht, keine inneren Verletzungen im Bereich der Luftröhre oder der anderen Atemwege. Auch keine Zyanose im Gesicht, kein Schaumpilz in der Lunge. *Kein, kein, kein, kein* – es handelt sich also um die typische Ausschlussdiagnose. Selbst die Autopsie ergab zunächst nicht den geringsten Verdacht, denn wenn man nicht gezielt danach sucht, ist Tod durch Ersticken ohne diese äußeren Anzeichen bei einer routinemäßigen Untersuchung kaum festzustellen. Manchmal gibt es petechiale Blutungen, die aber auch bei anderen – natürlichen – Todesarten vorkommen, etwa dem Plötzlichen Kindstod, und wenn es keine Druckstellen im Gesicht oder Einblutungen der Lippen gibt, die auf den gewaltsamen Verschluss von Mund und Nase durch ein Kissen oder die Hand schließen lassen, ist die ganze

Sache ein mühsames Geschäft. Hätten Sie nicht verlangt, dass man auch in diesem Fall wie bei einer Mordermittlung vorgeht – und ohne das heute Morgen gelieferte chinesische Importmodell mit geradezu lehrbuchmäßig ausgeprägten Spuren von akutem Sauerstoffmangel im Gehirn –, wäre ich wahrscheinlich nicht so schnell auf gezieltes Fremdeinwirken gekommen.«

»Gebeten«, warf der Commissaris ein, »ich habe darum gebeten, es aber nicht verlangt.« Er spürte, wie sein Herz leichter wurde.

Holthuysen fragte: »Wie sind Sie eigentlich auf den Gedanken gekommen – dass es sich um Mord gehandelt haben muss, meine ich?«

»Ich dachte, es müsste einen Grund gehabt haben, dass gerade ich ihn gefunden habe, so kurz nach seinem Tod.«

Der Pathologe sah ihn an, als könnte er nicht glauben, was Van Leeuwen gerade gesagt hatte. Der Commissaris lächelte fast. Sein Herz war jetzt ganz leicht: Sein Instinkt hatte ihn nicht getrogen, und er musste nicht mehr befürchten, dass er durch Simones Tod völlig aus der Bahn geworfen worden war. *Du bist immer noch ein guter Polizist.* »Es handelt sich also tatsächlich um Mord«, stellte er fest.

»Tötung durch Ersticken«, bestätigte Holthuysen und vollführte eine weitere ausgreifende Bewegung mit seinen blutigen Leuchtspurhänden. »Meine Theorie ist: Jemand hat ihm eine Plastiktüte über den Kopf gestülpt und so lange festgehalten, bis er keine Luft mehr bekommen hat.«

Der Commissaris betrachtete Zuikers weißlich graues Gesicht und stellte es sich mit einer Plastiktüte darüber vor. »Kann er das auch selbst gemacht haben?«

»Theoretisch ja, ich halte es allerdings für unwahrscheinlich. Wer auf solche Weise Selbstmord begehen will, marschiert im Allgemeinen nicht in eine derart belebte Gegend, wo er jederzeit gestört werden kann, nicht wahr?«

»Wohingegen jemand, der auf solche Weise einen Mord begehen will«, sagte der Commissaris, »gerne mal eine derart belebte Gegend als Schauplatz für sein Verbrechen wählt. Verstehe ich Sie da richtig?«

»Die Motive und Vorgehensweisen eines Mörders sind ein weites Feld, das ich leider Sie allein bestellen lassen muss, Mijnheer.«

Holthuysen zog seine Handschuhe aus und langte nach oben, um die OP-Lampe auszuschalten. Einen Moment lang ließ sein Schatten an der weiß gekachelten Wand ihn wie eine riesige Statue erscheinen, die bis zur Decke reichte – *Denkmal des unbekannten Forensikers.* Er seufzte und meinte: »Warum bin ich nicht Schönheitschirurg geworden? Ich könnte meinen Patienten von morgens bis abends in den parfümierten Räumen einer luxuriösen Klinik zu klassischer Musik die Brüste vergrößern, das Fett absaugen oder die Nase brechen, und wenn die Narkose nachlässt, würden alle wieder aufwachen, und jeder wäre schöner und glücklicher als vorher. Ich wäre umgeben von dankbaren Gesichtern, deren Schwellungen allmählich zurückgehen, statt sich immer mehr zu zersetzen, und ich könnte unglaublich hohe Rechnungen ausstellen, die an unglaublich reiche Leute gehen. Können Sie mir sagen, warum ich nicht Schönheitschirurg geworden bin?«

»Weil unglaublich reiche Leute ihre Rechnungen immer erst so spät bezahlen«, gab der Commissaris zurück.

»Die Rechnungen bezahlen sie überhaupt nicht, erst die Mahnungen«, sagte der Pathologe. »Und da, wo Skalpell und Spritzen nicht hinreichen, bleiben sie so hässlich wie die Methoden, mit denen sie ihr Geld gemacht haben. Aber trotzdem – diese Posten! Alles hätte einen Preis. Stellen Sie sich vor«, er deutete auf Jun Wu und auf Gerrit Zuiker, »an all das könnte man ein Preisschild hängen! Man könnte es addieren und jemand die Rechnung schicken.«

»Es hängt schon ein Preisschild dran«, sagte Van Leeuwen, »und jemand wird die Rechnung bekommen.« Er wandte sich von dem Edelstahltisch ab und ging zur Tür. Kurz bevor er sie erreicht hatte, blieb er stehen und drehte sich noch einmal um. »Warum hat er sich nicht stärker gewehrt? Warum ist er nicht weggelaufen?«

Holthuysen gluckste wieder, als hätte er gerade einen weiteren Posten entdeckt, den er auf seine Rechnung setzen könnte. »Wir Forensiker unterscheiden zwischen dem hypoxischen Ersticken, bei dem der Sterbende noch ausatmen kann, und dem bereits eingangs erwähnten asphyktischen – pulslosen – Ersticken, bei dem sowohl die Zufuhr von Sauerstoff als auch das Ausatmen verhindert werden. Das beim asphyktischen Ersticken nicht ausgeatmete Kohlendioxid drückt auf das Atemzentrum, was zu hochschnellender Atemfrequenz, beschleunigtem Herzschlag und erhöhtem Blutdruck führt. Bevor er das Bewusstsein verliert, hat der Sterbende das Gefühl, keine Luft mehr zu kriegen, und leidet unter Todesangst. Dieses Phänomen liegt bei unserem chinesischen Importmodell hier vor.«

Er deutete auf Cousin Wu, ehe er den ausgestreckten Zeigefinger zu dem im Schatten der ausgeschalteten OP-Lampe liegenden Gerrit Zuiker wandern ließ. »Bei diesem da, gefertigt und zugelassen in Holland, handelte es sich um die hypoxische Variante, bei der ein Sterbender nicht das Gefühl hat zu ersticken – im Gegenteil: Er verspürt ein Hochgefühl, eine Art Euphorie. Das heißt, er kommt gar nicht auf die Idee, sich zu wehren oder zu fliehen, weil er den Sauerstoffmangel nicht als bedrohlich empfindet. Und wenn die Sauerstoffzufuhr nachhaltig genug unterbrochen wird, ist man in knapp zehn Sekunden bewusstlos und nicht mehr in der Lage, sich wieder zu befreien.«

»Was bedeutet das im Fall von Mijnheer Zuiker?«, fragte der Commissaris.

Holthuysen strahlte. »Der Mörder wollte ihn vielleicht glücklich sterben lassen.«

9

Die Möwe flog dicht über dem Wasser, wo die Luft fast silbrig war. Mit sparsamen weißen Flügelschlägen glitt sie unter dem Wind dahin, und dann stieg sie plötzlich auf und ließ sich vom Luftwiderstand zurückwerfen. Eine Zeit lang schien sie im Dunst zwischen Himmel und Fluss stillzustehen, ehe sie wieder in den Wind drehte und sich fallen ließ und mit dem Bauch sekundenkurz die kabbeligen Wellen berührte. In meinem nächsten Leben werde ich eine

Möwe, dachte Bruno van Leeuwen. »Wie würde es dir gefallen, als Möwe wiedergeboren zu werden, Sim?«, fragte er.

Er saß neben Simones Grab im Gras und sah auf die Amstel hinaus, die im unbeständigen Licht fortwährend die Farbe wechselte, von Blaugrün zu gleißendem Messing und Zinngrau, wenn Wolken unter der Sonne vorübertrieben. Kleine Wellen rollten am Ufer entlang und schwappten zwischen den tangbewachsenen Steinen vor und zurück. In der Mitte des Flusses tuckerten Frachtkähne mit rostigem Schanzkleid am Friedhof vorbei, und dort, wo ihre Heckschrauben das Wasser aufwirbelten, veranstalteten die Möwen die reinste Flugschau. Van Leeuwen saß gern an dieser Stelle neben dem Grab, im Schatten einer großen Tanne, und sah auf die Amstel.

Seit Simones Beerdigung kam er an jedem Sonntag hierher, noch vor dem Frühstück. Am Anfang wäre er am liebsten jeden Tag zum Friedhof gefahren, aber er wusste, dass er aufpassen musste, damit er nicht in einen Sog geriet, aus dem er nicht wieder herausfand. Er wartete also immer bis zum Sonntagmorgen. Er nahm die Straßenbahn bis kurz vor Zorgvlied, und dort stieg er aus und ging zu Sims Grab. Er saß allein in der Tram, und er war allein auf dem Friedhof; andere Leute hatten aufgehört zu existieren. Wenn sie redeten, hörte er nicht, was sie sagten, und ihre Stimmen schienen von nirgendwo herzukommen.

Er tat jedes Mal dasselbe: Er zog seinen Mantel aus, faltete ihn zu einem Kissen und setzte sich darauf. Der Grabstein war schlicht, aus Granit, und darauf stand Simones Name und wie lange sie gelebt hatte. Van Leeuwen sah ihn an, aber er konnte ihn nicht wirklich sehen. Er konnte sich auch nicht vorstellen, dass seine Frau darunterlag. Die Erde war braun. Die Bäume ringsumher waren braun und grün, und manche waren dunkelrot. Der Fluss auf der anderen Seite des eisernen Gitterzauns war blau oder grau oder grün, und die Luft roch nach Harz, Gras, Tang und Rinde. Er konnte die Farben nicht sehen und die Gerüche nicht riechen. Er hörte weder den Wind in den Bäumen noch das Rauschen des Flusses. Es war, als befände er sich in einem Wachkoma, in das er gefallen war, als er seinen Verlust zum ersten Mal wirklich begriffen hatte.

Die Beklemmung war so plötzlich und so groß gewesen, dass er nicht mehr hatte atmen können. Sie hatte sein Herz zusammengedrückt und die Konturen der Dinge und der Menschen verwischt, sodass sie ihm fremd geworden waren, und so war es eine ganze Zeit nach Simones Tod gewesen. Vertraut waren ihm nur noch die Erinnerungen, in denen er blätterte, vor und zurück, und irgendwann dachte er, dass sie wie die Schalen einer Zwiebel in Schichten um einen gemeinsamen Mittelpunkt lagen. Es war immer derselbe Mittelpunkt, den es nur noch in diesen Erinnerungen gab. Das machte sie so traurig; wie bei einer Zwiebel konnte es passieren, dass man auf einmal losheulte.

An einem Tag wie heute, so fing es manchmal an: An einem Tag wie heute im Frühherbst, an dem die Luft wie kühler Samt war und einem beim Atmen schon mit einem ersten Anflug von Kälte in den Lungen stach, da war er mit Sim draußen beim Reitstall der Polizei gewesen, und als sie dort eintrafen, wurde gerade ein junger Rotfuchs trainiert. Mit flatternder Mähne, der Hufschlag auf dem trockenen Boden hart und von kaum gebändigter, übermütiger Kraft, trabte der junge Hengst über den Hof. Seine Nüstern bliesen weiße Atemwolken in die scharfe Luft. Unter dem Fell spielten die Muskeln, der Schweif stand aufgerichtet in einem gleichmäßigen Bogen, und es war Liebe auf den ersten Blick für beide, Simone und den Rotfuchs. Ein Zungenschnalzen, und er trabte sofort zu ihr und blieb vor ihr stehen, bevor er sie sacht mit der Schnauze anstieß. Sie hatte ihre Stirn an seiner Blesse gerieben. Mit geschlossenen Augen hatte sie den warmen, süßlichen Pferdegeruch eingesogen, seinem Schnauben gelauscht und gelächelt, als steckte in dem großen, scheuen Tier ein Engel, der ihr gerade ein Geheimnis anvertraute.

Eine Erinnerung; nur eine.

Aber an einem anderen Tag wie heute, einem diesigen Tag, an dem man die Sonne wie warmes Gold empfand, waren sie nach Zandvoort gefahren, um am Meer spazieren zu gehen, außerhalb der Saison, wo sie den Strand fast für sich allein hatten. Es hatte so viele Tage wie heute gegeben, aber immer mehr davon waren ungenutzt verstrichen. Warum waren sie nur noch einmal zum Reitstall hinausgefahren und niemals mehr nach Zandvoort im Frühherbst? Warum hatten sie nie wieder Artischocken mit zerlassener Butter gegessen, nur die Herzen, mit Weißbrot? Sie hatten es vorgehabt, das und vieles andere. Sie hatten es vorgehabt und immer wieder hinausgeschoben und nie daran gedacht, dass es eines Tages zu spät sein könnte; dass einer von ihnen nicht mehr da sein würde.

Damals, an all diesen Tagen wie heute, war Sim jung gewesen, schön und sprühend vor Lebendigkeit. Nirgendwo die geringste Spur – nicht mal eine Ahnung – von der Frau mit dem igelkurz geschnittenen grauen Haar, die ihn später verwirrt und ängstlich im Morgenrock erwartet hatte, wenn er abends von der Arbeit nach Hause gekommen war. Was diese beiden Frauen verbunden hatte, waren die Augen gewesen: groß und braun, voller Zärtlichkeit und Staunen. In diese Augen hatte er sich bei ihrer ersten Begegnung vor fast vierzig Jahren verliebt. Er hatte gewusst, dass sie immer gleich bleiben würden, selbst wenn alles andere sich veränderte, und so war es dann auch gewesen – er sah die Augen und ihr Lächeln und darin die Frau, die er geheiratet hatte, als sie beide jung gewesen waren. Er schaute sie an, und er sah beide Frauen, und jetzt waren beide tot.

Es hatte lange gedauert, bis er die Erinnerungen rationieren konnte; bis er wieder ein Gespür für die Gegenwart fand. Er wuchs aus dem Koma heraus, indem er die Dinge und die Menschen mit Simones Augen sah. Dadurch gewannen sie ihre Schärfe zurück. Er sah etwas und sagte sich: *Wie Sim das wohl gefunden hätte?* Oder: *Das würde Sim gefallen.* Aber es wurde ihm nicht wirklich bewusst. Er sah eine Zeit lang einfach andere Dinge, und erst nach und nach sah er alles wieder so, wie er es immer gesehen hatte.

Die Sonne schien auf die Kiefern und Ulmen, auf die Kastanien, die Eichen und Tannen, die mit ihrem Grün ein Gewölbe über den Gräbern bildeten, ein rauschendes, raschelndes Dach aus dunklen und hellen Blättern, spätsommerlich, herbstlich. Umwuchert von Gestrüpp, aus dem hier und da eine Blume leuchtete. Wenn der Wind über die Amstel heranwehte, geriet der ganze Friedhof in Aufruhr, das dunkle und das helle Grün, die silbernen Nadeln. Und Bruno van Leeuwen, der Zurückgebliebene, stand am Grab seiner Frau und suchte Streit mit der Schöpfung. Er bebte vor Zorn darüber, dass all diese Schönheit nur noch für ihn allein sein sollte, denn dann war sie für niemanden; er konnte mit ihr nichts mehr anfangen.

Eines Tages war er schließlich so wütend gewesen, dass er endgültig erwacht war und gedacht hatte: *Du musst es für sie sehen.* Die würzigen Gerüche sind nicht für dich, sondern für sie. Die Spinnweben wie Kupferfäden im funkelnden Gras, die singenden Vögel, die karmesinroten und löwenzahngelben Blumen; du weißt, wie sehr ihr das alles gefallen hätte, wie sie darin aufgegangen wäre. Also setzte er sich auf seinem zum Kissen gefalteten Trenchcoat zu ihr und betrachtete es für sie, und langsam füllte sich der leere Raum in seinem Herzen.

Es gab auf diesem großen Friedhof voller verschlungener Pfade und in dichten Gruppen stehender Bäume Hunderte und Aberhunderte von Grabstätten. Manche waren groß wie Mausoleen, mit Statuen aus Marmor in allen Farben oder Schmiedeeisen oder verwittertem Fels. Es gab graue, moosbewachsene Gedenksteine mit kaum mehr leserlichen Inschriften wie auf dem kleinen Friedhof in seinem Dorf, auf dem er sich als Kind versteckt hatte, wenn er über die Welt nachdenken musste. Aber es gab auch andere Grabstätten, auf denen statt frischer Schnittblumen halb volle Bierflaschen standen, und hier und da blitzten goldverzierte Kreuze durch das Dickicht, mit abstrakten, bunten, fröhlichen Mosaiken geschmückt.

Als er den Möwen lange genug zugesehen hatte, um ihre Tauglichkeit als Hülle für ein gemeinsames nächstes Leben zu prüfen, stand Van Leeuwen auf und vertrat sich ein wenig die Füße. Die Erde war bereits mit dem ersten Herbstlaub bedeckt, das seine Schritte abfederte wie ein dicker Teppich. Ein fruchtbarer Geruch stieg daraus auf und vermischte sich mit dem Duft von Gras, Harz und trockener Rinde. Das einzige Geräusch war das stete Fließen des Wassers oder das Rauschen des Windes in den Kronen der Bäume, in dem alles andere unterging: die eiligen Sprünge eines Eichhörnchens, die fernen Schreie der Möwen oder das Tuten der Frachtkähne auf dem Fluss. Van Leeuwen blieb stehen und sah nach oben, hinauf zum Wipfel einer Tanne, die alle anderen Bäume überragte und sich schwach hin und her wiegte. Das Muster ihrer Zweige, das Geflecht aus Sonnenglanz und vielfältigem Grün, veränderte sich fortwährend, und ihm wurde schwindlig.

Er dachte an den jungen Lehrer, der aufgeschnitten in der Pathologie lag, an seine Worte: *Ich ersticke!*

Er dachte an den Mörder, der Menschen tötete, indem er ihnen eine Plastiktüte über den Kopf streifte und sie darunter ersticken ließ. Er spürte, wie ihm eine Gänsehaut über den Rücken lief, denn im selben Moment merkte er, dass er in der Mehrzahl gedacht hatte, obwohl es nur ein Opfer gab. Warum hatte er das Gefühl, es könnten mehr werden; es könnte nicht bei dem einen bleiben?

Früher hätte er mit Simone eine Flasche Wein aufgemacht und ihr von dem Toten erzählt; er hätte ihr von beiden Toten erzählt und den beiden Mördern, dem, den er kannte, und dem unbekannten. Sie hätte ihn gefragt: *Was denkst du*? Und er hätte geantwortet: *Ich glaube, es gibt noch mehr Opfer, ohne dass ich sagen könnte, warum.*

Später, als sie dann nicht mehr wusste, wer er war, hätte er ihr einfach nur so davon erzählt, auch wenn ihm klar war, dass sie ihn nicht mehr verstand. Und sie hätte gelächelt und vor sich hin gesummt und gesagt: *Nicht so schlimm.*

Auf einmal erklangen metallische Töne hinter ihm, gefolgt von stampfenden Schritten. Er drehte sich um und bemerkte einen Jogger, der einen der schmalen Pfade entlanglief. Der Jogger trug ein rotes Unterhemd, eng anliegende rote Lurex-Shorts und schmutzige weiße Turnschuhe. Der Schweiß bildete dunkle Halbmonde im Hemd unter seinen Achseln. Seine Haut war sonnenverbrannt. An seinen Hüften wippte ein MP3-Player, der so laut eingestellt war, dass die Musik aus seinen Kopfhörern schepperte. Eine Sonnenbrille, eine Taucheruhr am linken Handgelenk und ein Pulsmesser am rechten vervollständigten seine Ausrüstung. Keuchend brach der Jogger durch die Äste, die in den Pfad ragten, und rannte grußlos an Van Leeuwen vorbei.

Der Commissaris kehrte zurück zum Grab. Er bückte sich, hob seinen Trenchcoat auf und klopfte ein paar Blätter und trockene Halme ab. Es ging auf Mittag zu; der Friedhof füllte sich jetzt langsam mit Angehörigen der Toten und Spaziergängern. Van Leeuwen verabschiedete sich nie groß, denn in einer Woche kam er ja wieder, und Sim wusste das und war da. In Gedanken sagte er: *Unser Gutsherr, Baron Trelawney, Doktor Livesay und die übrigen Herren drangen in mich, eine genaue Darstellung unserer Reise nach der Schatzinsel niederzuschreiben und nichts auszulassen als die Angabe ihrer Lage, und auch das nur, weil dort noch ungehobene Schätze liegen …*

Vor ihrem Tod hatte er ihr oft vorgelesen, meistens aus der *Schatzinsel* von Robert Louis Stevenson. Es hatte keine Rolle gespielt, was er gelesen hatte, denn sie hatte nur noch seine Stimme erkannt, und selbst davon war er manchmal nicht ganz überzeugt gewesen. Aber das Buch hatte immer zu ihren Lieblingsromanen gehört, und nach einer Zeit fragte niemand mehr nach dem Sinn oder Grund einer Gewohnheit.

Er hatte das Gefühl, durch die Erde in Sims Grab hineinsehen zu können und dann durch den Holzdeckel des Sarges, in dem sie so lag, wie sie all die letzten Jahre im Bett neben ihm gelegen hatte: auf dem Rücken, die Hände über der Brust gefaltet und das Gesicht ausdruckslos wie das einer schlafenden Löwin. Sie lag dort aber nicht in völliger Dunkelheit, sondern in dem ungewissen Zwielicht, in dem auf dem Meeresboden die versunkenen Galeonen lagen.

Sein eigener verborgener Schatz. Nur er wusste, dass es ihn gab, und nur er wusste, wo er lag. Schlaf gut, sagte er lautlos, und träum nicht von ungehobenen Schätzen.

Der Jogger war umgekehrt. Seine trampelnden Schritte hallten auf dem Boden. Er näherte sich wieder dem Grab, begleitet von der scheppernden Musik und seinen hechelnden Atemstößen. Van Leeuwen hoffte, dass er einen Bogen um die Stätte machen würde, doch der Pfad führte dicht daran vorbei, und die schmutzigen Turnschuhe folgten dem Pfad. Nicht hier, dachte er; meinetwegen überall sonst, aber nicht hier! Er wartete, bis der Jogger ganz nah war, dann stellte er sich ihm abrupt in den Weg.

Der Jogger erschrak, geriet aus dem Rhythmus und öffnete wütend den Mund. Dann sah er Van Leeuwens Miene und schloss den Mund wieder. Er wurde blass unter der Sonnenbräune, schlug einen Haken und versuchte, um den Commissaris herumzulaufen. Van Leeuwen kam ihm zuvor und schnitt ihm auch dort den Weg ab. »Das ist ein Friedhof und kein Laufställchen!«, brüllte er. »Hier liegt meine Frau, und ich will, dass sie nicht gestört wird! Ich will, dass sie ihre Ruhe hat! Hast du das kapiert, Freundchen?! Du kannst hier spazieren gehen oder dich irgendwo unter einen Baum setzen, aber du trampelst hier nicht herum, nicht da, wo meine Frau schläft!«

Der Jogger lief jetzt noch schneller, und dann rannte er, und ein Stück hielt der Commissaris mit, bis der Pulsmesser des Joggers zirpende Signale von sich gab, und das brachte Van Leeuwen wieder zur Besinnung. Schwer atmend blieb er stehen. Sein Herz raste, und sein ganzer Mund schien zu brennen.

Ohne sich noch einmal umzuschauen, verschwand der Jogger im Dickicht. Der Commissaris ging zurück zu Simones Grab und hob seinen Trenchcoat auf. »Es tut mir leid«, sagte er.

Nicht so schlimm, antwortete Sim.

10

Der Commissaris sagte: »Wir haben es also mit zwei Morden durch Ersticken zu tun. Im einen Fall steht der Täter schon fest – er ist geständig, schweigt sich aber über das Motiv aus. Im anderen gibt es bisher weder einen Verdächtigen noch ein Motiv, zumindest keins, das sich aus dem Leben des Opfers ableiten lässt. Der Mörder, der gestanden hat, ist ein Chinese namens Zheng Wu. Das Opfer ist sein Cousin Jun Wu und wurde mit einer Drahtschlinge erdrosselt.

Das zweite – eigentlich das erste – Opfer heißt Gerrit Zuiker und hat als Lehrer in einer Sekundarschule in Oost gearbeitet. Mijnheer Zuiker ist mit einer Zellophan- oder Plastiktüte erstickt worden. In Abstimmung mit dem Staatsanwalt übernehmen wir die Ermittlung in beiden Fällen.«

Er saß auf dem Beifahrersitz des Einsatzwagens, Inspecteur Vreeling und Brigadier Tambur hinter sich, während Hoofdinspecteur Gallo den vw Golf durch den dichten Berufsverkehr steuerte. Der Wagen hatte schon 128 000 Kilometer auf dem Tacho, und je nach Zustand der Straße leuchteten abwechselnd die rote Tankanzeige, das Öllämpchen oder das Symbol für die Batteriespannung und manchmal auch alle gleichzeitig. Sie fuhren in einer dichten Kolonne aus Bussen, Lastwagen und Motorrollern auf der Stadhouderskade in Richtung Oost, und Van Leeuwen drehte sich immer wieder zu Vreeling und Julika Tambur um, die sich einen großen *Coffee to go* mit zwei Strohhalmen teilten.

»Was hat Gerrit Zuiker am Abend seines Todes in *de wallen* gesucht?«, fragte der Commissaris. »Warum hatte er eine Pistole, eine Walther P 38, bei sich? Was wollte er damit? Wo hatte er sie her – als Lehrer? Wer war der Junge, dem er gefolgt ist? War es einer seiner Schüler? Und wenn ja, warum ist er ihm nachgegangen? Steckte der Junge in Schwierigkeiten, vielleicht wegen Drogen, und wollte Zuiker ihm helfen? Diese Cherry hat einen Mann mit einem durchsichtigen Regenmantel aus Plastik und einer Baseballkappe gesehen, der ihm gefolgt ist – ihm oder beiden. Wer war der Mann? Warum ist er ihnen nachgegangen? Das sind die Fragen, auf die ich Antworten haben will.«

Hoofdinspecteur Gallo sagte nichts, und auch Julika und Inspecteur Vreeling schwiegen. Der Commissaris blickte aus dem Fenster. Sein Blick wurde von der Tag und Nacht eingeschalteten Neonreklame des Spielcasinos am anderen Ufer der Singel angezogen. »Von Zuikers Frau weiß ich, dass er sich verfolgt fühlte«, fuhr er fort, »beobachtet und verfolgt. Offenbar war er mit Leib und Seele Lehrer, hatte es aber nicht leicht – er fand keinen Draht zu den Schülern. Er war sehr unglücklich – frustriert, sogar verzweifelt, hatte das Gefühl, zu ersticken! Aus dem Internet hat er sich eine Art Manifest heruntergeladen, von einem jungen Südkoreaner – Cho Seung Hui –, der vor ein paar Jahren in Amerika an einer Universität Amok gelaufen ist: Blacksburg, Virginia. Übrigens auch mit einer Walther und einer 9mm Glock. Zweiunddreißig Tote. Mevrouw Zuiker hat erzählt, dass Gerrit in letzter Zeit immer mehr trank und von morgens bis abends ununterbrochen ein bestimmtes Lied hörte – *Help me if you can …*«

»*… I'm feeling down*«, fiel Brigadier Tambur ihm ins Wort.

»Genau das Lied meine ich«, bestätigte der Commissaris. »Ihre Ehe hatte praktisch aufgehört zu existieren, seine Frau wirkte völlig verbittert. Es muss für beide die Hölle gewesen sein.«

»Klingt, als hätte der Mörder ihnen einen Gefallen getan«, meinte Gallo. Er hielt an einer roten Ampel, und eine Bö trieb gelbes und rotes Laub auf die Fahrbahn und weiter zu den Baggern und Planierraupen, die den Platz vor dem Rijksmuseum umpflügten. Die Terrakottamauern des Museumsgebäudes ragten wie die Stirn eines Bischofspalastes über die Dauerbaustelle vor den Eingängen. Ein Himmel von scharfem Blau spannte sich über den weiß verzierten Türmen. An der Fassade warb ein großes Plakat für eine Ausstellung mit Werken eines toten Malers, der wahrscheinlich genauso unglücklich gewesen war wie Gerrit Zuiker und mit Pinsel und Öl *Help me if you can* auf Leinwand oder Pappe gemalt hatte, versteckt in Bildern von sonnendurchglühten Landschaften, pastosen Stillleben und qualerfüllten Selbstporträts.

»Ja, aber warum hat der Täter ausgerechnet diesen *modus operandi* gewählt?«, hakte der Commissaris nach. »Warum hat er ihn nicht erstochen oder erschossen? Weil er nicht wollte, dass es wie ein Mord aussieht? Also, was sagt uns die Tötungsart über den Täter? Das müssen wir herausfinden. Wer kommt denn überhaupt als Täter infrage? Habt ihr irgendeine Idee?«

Die Ampel sprang auf Grün, und Gallo fuhr weiter. Van Leeuwen drehte sich wieder zu Vreeling und Julika Tambur um. Wie immer am Beginn einer Mordermittlung kam er sich vor wie ein Fußballtrainer, der seine Auswahlmannschaft für die Meisterschaft motivieren musste. Wenn es keinen Mord aufzuklären gab, spielten Ton Gallo, Remco Vreeling und Julika Tambur in anderen Teams, für andere Abteilungen. Aber sobald jemand getötet worden war und der Commissaris beschloss, dass der Fall ihm gehörte – egal, wie oft man ihm sagte, es sei nicht mehr seine Aufgabe, er sollte anderen den Vortritt lassen, in deren Amtsbereich das Verbrechen eigentlich fiel –, dann rief er sie zusammen, um mit ihnen den Pokal zu holen. Er war dann Trainer und Kapitän in einem, und sie waren die beste Mannschaft, die er sich vorstellen konnte.

»Wurde Zuiker absichtlich ausgewählt, oder war er ein zufälliges Opfer?«, fuhr er fort. »War der Täter der Mann in dem durchsichtigen Regenmantel, der ihm gefolgt ist, oder der Junge, dem er selbst nachgegangen ist, oder keiner von beiden? Cherry hat gesehen, wie der Junge mit seinem Handy telefoniert hat, als er Zuiker bemerkte. Das spricht dafür, dass sie sich kannten. Fühlte der Junge sich bedroht? Hat er deshalb Hilfe gerufen, und dann kam es zu einer Auseinandersetzung, in deren Verlauf sie Zuiker zu mehreren getötet haben? Dagegen spricht die Plastiktüte, der ganze *modus operandi.* Oder war es doch der Mann im Regenmantel, und wenn ja, ist dieser Mann ein Kollege Zuikers oder der Vater eines Schülers?«

»Vielleicht hatte Zuiker pädophile Neigungen«, gab Brigadier Tambur zu bedenken. »Und vielleicht war das auch der Grund für den Zustand seiner Ehe.«

»Daran habe ich auch schon gedacht«, pflichtete der Commissaris ihr bei.

Inspecteur Vreeling sagte: »Falls weder der Junge noch der zweite Mann als Täter infrage kommen, wäre es aber immerhin möglich, dass sie etwas bemerkt haben – den wirklichen Mörder oder etwas, das uns auf seine Spur bringt. So wie diese Cherry *sie* gesehen hat.« Er saugte den letzten Schluck Kaffee aus dem Becher, zog die Strohhalme heraus und klemmte sich den Becher zwischen die Oberschenkel. An der linken Hand trug er einen weißen Verband, aus dem nur die Finger hervorragten.

»Könnte es nicht sein«, Gallo setzte den Blinker, wechselte auf die linke Spur und überholte einen Lastwagen, »dass Zuiker sich mit diesem Cho Seung Hui identifiziert hat? Dass er selbst ein Massaker plante, um sich für sein Elend zu rächen? Oder – falls er es nicht bewusst plante – dass er unbewusst auf dem Weg dahin war?« Er blieb auf der linken Spur und schaltete auch den Blinker nicht wieder aus. »Also zur Abwechslung mal kein Schüler als Amokläufer, sondern ein Lehrer? Vielleicht hat der Mörder mit seiner Tat dann womöglich noch Schlimmeres verhindert, so absurd das auch klingen mag.«

An der Amstel bog er nach links auf den Amsteldijk und etwas später nach rechts auf die Toronto Brug. Linker Hand ragte das *Amstel Hotel* vor der Stadtkulisse auf wie ein am Ufer ankernder Luxusdampfer. Der Fluss strömte unter der Brücke hindurch und am Fundament des Hotels vorbei zur Magere Brug. Die bunten Glühbirnen an den weiß gestrichenen Brückenbögen erinnerten im Sonnenschein an die erloschenen Lichtergirlanden eines Jahrmarkts, dessen Hauptattraktion erst am Abend zum Leben erwachte. Das Wasser war graugrün, die Wellen trugen kleine Schaumkronen, und Schwärme von Möwen suchten die Oberfläche nach Nahrung ab.

»Was steht denn eigentlich in diesem Manifest?«, fragte Julika.

Der Commissaris griff in die Brusttasche seines Sakkos und holte den zusammengefalteten Ausdruck hervor, den er im Büro fotokopiert hatte.

Julika griff danach, entfaltete das Blatt Papier und überflog den Text. *»Ich musste das nicht tun«*, las sie vor. *»Ich hätte fliehen können. Aber ich renne nicht mehr davon. Wenn nicht für mich, dann für meine Kinder und meine Brüder und Schwestern. Ich habe es für sie getan …* Hat Zuiker eigentlich eigene Kinder?«

»Nein«, antwortete der Commissaris. »Wir müssen herausfinden, ob der Junge von Zuikers Schule war und ob zwischen ihm und Zuiker irgendwas vorgefallen ist. Außerdem müssen wir die anderen Lehrer befragen: Wie war sein Verhältnis zu ihnen, zu den Schülern, den Eltern. Er hatte einen Freund unter den Kollegen, einen Mann namens Pieter – Pieter Hoekstra –, um den kümmere ich mich. Ton, du nimmst die anderen, und Julika und Remco, ihr befragt die Schüler, alle, mit denen er im Unterricht oder im Umfeld der Schule zusammenkam. Vielleicht ging es um Gangs oder Drogen.«

»*Bad company*«, sagte Vreeling und trommelte mit den Fingern der gesunden Hand auf dem Deckel des Kaffeebechers zwischen seinen Schenkeln herum. »Kümmert sich jemand um die Videoüberwachungskameras in *de wallen*? Davon muss es da doch jede Menge geben, bei den ganzen Geschäften und Absteigen. Vielleicht ist der Mörder auf einem der Bänder?«

»Hoofdagent Brugman vom zuständigen Wijkteam kümmert sich darum«, erklärte der Commissaris. »Aber es sind nicht so viele Kameras, wie man denken sollte, und bis jetzt gibt es auch noch kein Ergebnis.«

»Was ist mit der Frau?«, wollte Julika wissen. »Könnte die Frau nicht ein Motiv gehabt haben, ihn umzubringen oder umbringen zu lassen, wenn ihre Ehe am Ende war?«

»Alles ist möglich, wenn eine Ehe am Ende ist«, antwortete der Commissaris und wandte sich wieder nach vorn, um zu sehen, wohin sie fuhren. »Wie lange brauchen wir noch?«

»Nicht mehr lange, nur noch ein paar Straßen«, sagte Gallo. »Die Schule ist beim Oosterpark.«

Hinter der Toronto Brug veränderte sich das Stadtbild: Die Häuser waren nicht länger malerisch, die Bäume nicht mehr dicht belaubt, und in der Luft hing Staub, den der Wind aufwirbelte. Unter den Passanten auf den Gehwegen tauchten mehr Frauen mit Kopftüchern auf, die hinter ihren Männern gingen. In den Geschäften gab es jetzt Sanitärbedarf, Autozubehör und verstaubte Multimedia-Artikel mit roten Import-Export-Preisen auf Pappschildchen. Alle paar Häuser stand ein schmutziger Tisch mit zwei Plastikstühlen vor einer Stehkneipe oder einer Imbissbude, und die Spielplätze dienten als Müllplätze für Bierflaschen, Dönertüten und Pizzakartons. Dazwischen erhob sich eine zweistöckige Moschee, die aus hellen Klinkersteinen gebaut und auf dem Dach mit einem vergoldeten Halbmond geschmückt war.

Der Commissaris lehnte sich zurück. Er hatte geschlafen, zu

Hause auf der Couch, allerdings unruhig. Das Septemberlicht lag gleißend auf der schlierigen Frontscheibe, und die Wärme im Wagen hüllte ihn in selten gewordenes Behagen. Jetzt war er ein Mann, der seine Arbeit tat, unterstützt von seinen Mitarbeitern – nicht hinter einem Schreibtisch, sondern draußen, wo er immer am liebsten gewesen war, auf dem Platz. Der Trainer und seine Mannschaft.

Und das war die Mannschaft: Hoofdinspecteur Ton Gallo, sechsundvierzig, der Mittelstürmer, Polizist ohne Rückversicherung und Scheuklappen, sein engster Freund und einer der wenigen Menschen, vor denen Simone keine Angst gehabt hatte, als sie während ihrer Krankheit nach und nach immer scheuer geworden war. Gallo hatte als Freiwilliger bei der niederländischen Friedenstruppe auf dem Balkan gedient, und seitdem – seit der Belagerung von Sarajewo, seit den Massengräbern von Srebrenica – hatte er nicht mehr gelacht. Gelächelt ja, aber laut gelacht nicht. Im Dienst war er kompromisslos und machte nichts halb; nur außerhalb der Dienststunden ließ er dem Unfertigen Raum. Ein Dichter, der nicht dichtete; ein Maler, der nie malen würde; ein Philosoph, der über seine Gedanken schwieg. Aber auch ein Restaurator: von gebrochenen Biografien, verborgenen Tatabläufen und – als Hobby – immer wieder von *Riki Tiki Tavi,* dem Hausboot, das er samt Liegeplatz von seinem Vater geerbt hatte.

Gallo hörte gern Zigeunerjazz, Django Reinhardt, und las russische Schriftsteller, am liebsten Tschechov. Er kleidete sich wie Saint Exupéry auf den Fotos, die ihn vor seiner einmotorigen Maschine im Zweiten Weltkrieg zeigten: immer dieselbe Jacke aus dunkelbraunem Leder, beige Leinenhosen, hellblaue Baumwollhemden, dazu weiße Schals, allerdings Turnschuhe statt der Stiefel. Seine bernsteinbraunen Augen waren hellwach, selbst wenn er eigentlich todmüde sein musste, und das blonde Haar sah immer aus, als wäre er gerade aus dem Bett gekommen, aber nie ungepflegt.

Wenn Gallo der Mittelstürmer war, was konnte dann Brigadier Tambur sein? Eine gute Verteidigerin, hervorragend in der Abwehr? Sie hatte lange Beine und einen langen, schlanken Hals, und das blonde Haar fiel ihr inzwischen voll und schimmernd über den Nacken bis hinunter zu den Schulterblättern, wie in einer Shampoo-Reklame, bloß die Musik fehlte. *The girl with the sun in her hair.* Nichts verriet mehr die Punkerin mit der rot gefärbten Stachelfrisur, den eingerissenen Jeans und den noppenbeschlagenen Lederklamotten, in der sie sich einmal versteckt hatte – nichts außer dem wunden, zornigen Blick, der ihr immer noch zu schnell in die großen Augen trat, wenn sie sich verletzt fühlte.

Doch, *gut in der Abwehr,* das traf es wohl. Vor zwei Jahren, als sie vierundzwanzig gewesen war, hatte Van Leeuwen sie vor dem Rausschmiss bewahrt, indem er sie in seine Mannschaft geholt hatte; er hatte ihr eine letzte Chance gegeben, weil ebendieser wunde Zorn ihn berührt hatte. Sie war jemand, der leicht aneckte und schnell die Krallen ausfuhr, aber er wusste, dass sie geführt werden wollte, gezügelt und gezähmt. Er konnte es hinter dem Zorn in den grauen Augen lesen, wo er alles Mögliche gefunden hatte, Angst, Tapferkeit, Verständnis, Sehnsucht. *Fernwärme*, hatte er es für Simone zusammengefasst.

Sie war kaum geschminkt, ihre junge, porzellanglatte Haut brauchte das nicht. Alles war zart an ihrem Gesicht – die kleine, gerade Nase, die großzügig geschwungenen Augenbrauen, der Mund, dessen glatte Lippen mit dem nur schwach aufgetragenen Rot an ein geteiltes Tulpenblatt erinnerten. Heute trug sie einen schwarzen Rollkragenpullover, Jeans, schwarze Stiefeletten mit hart knallenden Absätzen, dazu eine mit roten, grünen und schwarzen Karos gemusterte Jacke. Für eine Polizistin im Einsatz war sie damit fast zu klassisch gekleidet – auf eine Art, die zeigte, dass sie anfing, sich mit anderen Augen zu sehen: mit den Augen von Männern, denen sie gefallen wollte, Männern mit der Erfahrung gelebter Jahre. *Ich würde auf mich stehen, wenn ich ein Mann wäre*, sagte ihr Outfit. Ja, sie war sogar hervorragend in der Abwehr – von allem.

Ganz anders Inspecteur Vreeling, neunundzwanzig, gezeugt in Aruba auf den niederländischen Antillen, geboren in Rotterdam, eingewandert zu Schiff, aber noch im Mutterleib. Er war vielseitig verwendbar, im Angriff, im Tor, als Spielmacher, aber immer nur für kurze Zeit, bis er die Lust verlor. Und stets gut gelaunt, selbst wenn er auf die Bank geschickt wurde, weil er wieder mal übers Ziel hinausgeschossen war. Seine Spezialität waren verdeckte Ermittlungen, besonders, wenn es um die Verbrechen mit ethnischem Hintergrund ging, die neuerdings auch religiös geprägt sein konnten. Er wurde in Kreisen akzeptiert, in die sie sonst als Polizisten nie hineingekommen wären. Ob es an der Art lag, wie er sich kleidete?

Heute Morgen, zum Beispiel: ein kornblumenblaues *muscle shirt*, ein klatschmohnrotes Halstuch, schilfgrüne *docker pants*, eine glänzende, kieselfarbene Fleece-Jacke, dazu Stiefeletten und Gürtel aus imitiertem Krokodilleder, sodass er mit seinen kohlschwarzen Locken, der olivfarbenen Haut und den jadeblauen Augen aussah, als hätten alle Früchte der Erde sich zusammengetan, um dieses farbenprächtige Gesamtkunstwerk von einem Mann hervorzubringen, komplett mit schneeweißen Zähnen und paprikarotem Mund.

»Was hast du eigentlich mit deiner Hand gemacht, Remco?«, erkundigte sich der Commissaris.

»Ach, das ist gestern Abend beim Karate passiert«, antwortete Vreeling, »nur ein bisschen gestaucht. Hey, ich kann inzwischen drei Ziegel mit einem Handkantenschlag zertrümmern.«

Van Leeuwen brummte. »Bestimmt sehr nützlich, falls man mal von drei Ziegeln gleichzeitig angegriffen wird.«

»Ich dachte, du wolltest zu deiner Familie nach Rotterdam, Karate Kid«, sagte Julika. »Zum Zwanzigjährigen eurer Kneipe.«

»Da war ich am Samstag«, meinte Vreeling. »Wir mussten alle mit anfassen, mein Bruder, meine Schwester und ihr Mann, unsere Eltern. Karibische Küche, scharfe Gewürze, kubanische Zigarren, Rum, Kokosnusseis, das ganze *bacardi feeling*, inklusive Gitarren und Steeldrums … Ich bin erst am Sonntagvormittag ins Bett gekommen. Hätte dir bestimmt auch Spaß gemacht, wenn du mitgekommen wärst. Ton hat sogar gelächelt, mehrmals.«

»Du warst mit, Ton?«, hakte Julika überrascht nach. »Hattest du nicht vor, zu diesem Ehemaligentreffen der holländischen Friedenstruppe zu gehen, in Den Haag?«

»Ja«, sagte Gallo.

»Und?«

»Ich bin doch nicht hingegangen.«

»Und du, Brigadier Tambur, hattest du ein schönes Wochenende?«, wollte der Commissaris wissen.

»Ein sehr schönes«, antwortete sie. »Ich durfte die ganze Nacht aufbleiben und meinem Vater die Hand halten, damit er nicht wieder zur Flasche greift und sich dann im Delirium aus dem Fenster stürzt. Er behauptet, nichts mehr zu trinken, aber ich glaube, er hält nicht mehr lange durch. Ich habe die ganze Wohnung auf den Kopf gestellt, was nicht schwer war – er hat ja nur ein Zimmer. Es gibt nicht ein einziges Bild darin, nicht von meiner Mutter, nicht von meiner Schwester, nicht von mir. Nur die Luft ist stickig, sie stinkt vor Erinnerungen an den Unfall, er schwitzt sie aus und wird sie doch nicht los. Ja, doch, war ein schönes Wochenende. Ist immer schön, einen erwachsenen Mann weinen zu sehen.«

Niemand fragte den Commissaris, wie er sein Wochenende verbracht hatte.

11

Es gab sogar die passende Musik. Die Musik passte zu den niedrigen Mauern aus grauen Mischbetonplatten, dem flachen Kiesdach und den großen Fenstern mit den rot lackierten Rahmen und Maschendrahtscheiben im Erdgeschoss. Sie passte zu der von sternförmigen Sprüngen durchzogenen Glastür am Eingang des Hauptgebäudes. Sie passte zu den Basketballkörben auf beiden Seiten des asphaltierten Hofs und den Haufen feuchten Laubs darunter. Aber am besten passte sie zu den Schülern, die sich auf dem windigen, nackten Asphaltplatz tummelten, allein, zu zweit oder in Trauben zusammengerottet wie Häftlinge beim Luftschnappen. Die Musik war Rap oder Hip-Hop oder Raj; sie schepperte aus iPod-Kopfhörern, stampfte aus Gettoblastern, plärrte aus Handys. Jeder schien etwas anderes zu hören, aber in allen Songs kam in regelmäßigen

Abständen das Wort *Killa* oder *Gangsta* oder *Motherfucka* vor, sogar in den arabischen.

Der Commissaris konnte sich nicht erinnern, wie lange es her war, dass er einen Schulhof betreten hatte. Es kam ihm vor, als ginge er durch einen Videoclip oder eine Szene aus einer Fernsehserie, eine bunte, schnelle, laute Inszenierung. Ein paar Schüler lümmelten in Gruppen unter den Baseballkörben herum, andere lehnten an dem Drahtzaun, der den Platz umgab, oder rannten hinter einem Ball her. Wieder andere starrten auf ihre Handys oder Gameboys, unberührt vom Gelächter, den Schreien ringsumher. Mädchen warfen mit zusammengeknüllten Pappbechern, provozierten die Jungen mit schnippischen Gesten oder rempelten sich gegenseitig an.

Und trotzdem wirkte alles irgendwie gestellt, nicht ganz ernst gemeint, als müsste jeden Augenblick eine Stimme *Action!* rufen, bevor ein farbiger, mit den gesamten Goldvorräten eines afrikanischen Zwergstaats behängter Rapper sich seinen Weg durch die Menge bahnte und mit wiegendem Oberkörper und abgespreizten Fingern von Gangstas, Killas und Motherfuckas sang, das Ganze übertrieben hektisch und in grellen Farben an einem schönen, frischen Septembermorgen in Amsterdam.

Aber es gab keinen Rapper, nur das Durcheinander von ein paar Hundert Jugendlichen, die ausgestattet waren mit tief ins Gesicht gezogenen Wollmützen, Baseballkappen, Baretten oder Kapuzen, mit Sneakers und Jeans aller Marken, in *baggy pants,* Jogginghosen mit weißen oder roten Streifen an den Seiten, kurzen Lederröcken, T-Shirts, *muscle shirts*, karierten Windjacken, abgewetzten Lederblousons oder Westen aus bunter Seide: keine Unterrichtspause, eher eine Werbeunterbrechung.

Der Commissaris ging über den Platz und blickte den Schülern ins Gesicht. Manche sahen aus wie zornige Engel, bleich, das Haar gefärbt und verschnitten, mit blinkenden Piercings in den Augenbrauen oder Lippen und verschorften Kratzern im Gesicht. Andere wirkten unfertig, mit kleinen Inseln ersten Bartwuchses am Kinn und auf den Wangen. Es gab Jungen, die seinem Blick standhielten, und andere, die schnell wegsahen, sich abwandten, und wieder andere, die wegsahen, bevor ihr Blick neugierig und voller unausgesprochener Fragen zurückkehrte.

Van Leeuwen speicherte, was er sah. Es war die Technik, die von den Regisseuren und Kameramännern der Clips und Fernsehserien kopiert worden war: die Polizeiroutine. Man sah das Gesamtbild, holte das eine oder andere heraus – kleine Schlaglichter in der Sonne, ein Blitzen, einen Stoß, ein Lachen –, zoomte heran, schwenkte von hier nach da und zurück, die Aufmerksamkeit wechselte rasch, manchmal hektisch. Aber immer wieder sicherte man das Gesamtbild, versuchte die ganze Zeit, alles im Auge zu behalten, um jederzeit auf alles vorbereitet zu sein. Und die ganze Zeit musste man sich vor Überreaktionen hüten: *Das ist nur ein Schulhof, es ist nicht der Innenhof von Sing Sing, und ihr geht auch nicht Patrouille in Bagdad.*

Aber vielleicht gibt es einen Mörder an dieser Schule.

Hoofdinspecteur Gallo fragte einen Mann, der die Pausenaufsicht führte, nach Pieter Hoekstra. Der Mann überlegte einen Moment. »Der Sportlehrer, den finden Sie dahinten, in der Turnhalle.«

»Und das Lehrerzimmer?«

»Erster Stock.«

Der Commissaris trennte sich von seiner Mannschaft und ging zu der Turnhalle hinter dem Hauptgebäude. Er konnte sich auch nicht erinnern, wie lange er in keiner Turnhalle mehr gewesen war, doch den Geruch von Schweiß, Bohnerwachs und mit Kunstleder bezogenen Bodenmatten erkannte er sofort wieder.

Die Halle war leer bis auf einen Mann in einem dunkelblauen Trainingsanzug, der im Kreis herumlief und dabei mit klatschenden Schlägen einen Handball neben sich hertrieb. In der anderen Hand hielt er ein Klemmbrett. Aus seiner rechten Hosentasche hing die Kordel einer Stoppuhr, und wenn er in das schräg durch die Oberlichter einfallende Sonnenlicht geriet, blitzte seine Armbanduhr auf. Er trug keinen Ehering.

»Mijnheer Hoekstra?«, rief der Commissaris. »Pieter Hoekstra?«

Der Mann warf den Ball mit einer Hand in die Luft und achtete nicht mehr darauf, wo er niederfiel. »Ja, bitte?«

»Bruno van Leeuwen, Kriminalpolizei«, stellte der Commissaris sich vor, während er durch die Halle auf Hoekstra zuging. Die elastischen Bodenbretter federten unter seinen Schritten. Er wich einem der von den Decken herabhängenden Seile aus und blieb am Rand einer Matte stehen.

»Ach ja.« Der Turnlehrer griff nach einem Handtuch, das über den Holzsprossen eines Kletterrosts an der Wand hing. Hoekstra war groß und kräftig, er besaß den Oberkörper eines Athleten und die scharfen Gesichtszüge eines Asketen. Das blonde Haar war strubbelig, aber sorgfältig geschnitten, ebenso sauber wie der Schnurrbart und die getrimmten Augenbrauen. Die Hand mit dem Klemmbrett sank herab, schlug gegen seinen Oberschenkel. »Eine Tragödie«, sagte er und schüttelte den Kopf, den Blick auf Van Leeuwens Ausweis gerichtet. »Aber wahrscheinlich musste es eines Tages so kommen.«

»Warum?«, fragte der Commissaris.

»Weil Gerrit die Welt nicht ertrug«, antwortete Hoekstra, »nicht so, wie sie ist. Gerrit empfand alles so tief, dass er nie begriff, wie die Leute einfach so dahinleben können, als existierte das ganze Leid auf der Welt nicht. Wie *wir* einfach so dahinleben konnten. Für ihn bestand das Leben nur noch aus Schmerz, der nach und nach alle Freude in ihm abtötete. Das versuchte er auch im Unterricht – den Jungen die Augen für das Leid zu öffnen, sie zur Anteilnahme zu bewegen.«

Von draußen drang der Lärm des Pausenhofs gedämpft herein, das Geschrei und die Musik, die rhythmischen *Gangstas* und *Killas* und *Motherfuckas*.

»War er ein guter Lehrer?«

Hoekstra überlegte, sein Blick wanderte zu den Kappen seiner Reeboks. »Ja und nein. Er wollte ein guter Lehrer sein. Genau genommen war das alles, was er je sein wollte: ein guter Lehrer, von dem seine Schüler etwas lernten, über die Welt, das Leben. Was das anging, war er sogar ziemlich ehrgeizig. Ein Idealist, für den das Unterrichten fast etwas … etwas Religiöses hatte! Er war nicht wie viele andere bei uns, die einfach nur ihre Stunden runterreißen. Wir haben hier ziemlich viele Problemkinder, lernunwillig, geltungssüchtig und sogar gewalttätig. Mutwillige Jungen, die gern austesten, wie weit sie gehen können, wo ihre Grenzen liegen, ihre und die ihres Gegenübers; wie weit sie jemand treiben können. Er dachte, er könnte ihr Vertrauen gewinnen, sie zur Einsicht bringen und durch Vernunft erziehen, damit sie nicht den Rest ihres Lebens auf der Schwelle zum Knast stehen oder auf Stütze angewiesen sind. Bei manchen schaffte er es sogar, und vielleicht wären es im Lauf der Zeit mehr geworden, aber er wusste nie, wann er Schluss machen musste. Er überforderte seine Zuhörer manchmal einfach, und in letzter Zeit hat er auch ziemlich viel getrunken. Und dann tauchte dieser Film im Internet auf …«

»Was für ein Film?«

Hoekstra hob das Klemmbrett und ließ es wieder sinken, eine Geste der Resignation. »Jemand hatte Gerrit mit einem Handy gefilmt, als er betrunken war.«

»Wo?«

»In seiner Wohnung, zusammen mit Margriet, seiner Frau. Bei *YouTube* kann jeder ihn sich ansehen, er steht immer noch im Netz …«

»Was ist auf dem Film zu sehen?«

Hoekstra deutete auf die Umkleidekabinen. »Wenn Sie wollen, schauen wir schnell mal rein. Ich habe meinen Laptop da hinten in der Kabine.«

Van Leeuwen wollte nicht, aber er konnte es sich nicht aussuchen; er wusste, dass er den Film sehen musste, weil auch Margriet davon gesprochen hatte. Er folgte dem Turnlehrer zu den Umkleidekabinen. Der Raum mit den Kabinen lag im Halbdunkel, denn auch hier gab es nur ein winziges Oberlicht. In der Luft hing ein Geruch von Schimmel, und am Ende der Kabinenreihe tröpfelte eine Dusche unregelmäßig vor sich hin.

Hoekstra trat zu einer langen Holzbank ohne Lehne, auf der neben einem Frotteetuch ein Laptop stand. Er klappte den Deckel des Gerätes hoch, schaltete es an und ging online. »Die Segnungen des Internets«, sagte er. »Setzen Sie sich doch.«

»Ich stehe lieber«, sagte der Commissaris. Er sah zu, wie Hoekstra auf der Startseite von *YouTube – Broadcast your own video* im Suchfeld den Namen *Zuiker* eingab, und wenig später erschien ein schwarzes Feld, über dem in schwarzen Buchstaben *Gerrit de dronkelap* stand.

Hoekstra startete die Übertragung mit einem Click. »Das ist bei Gerrit zu Hause«, erklärte er.

Die Kamera wackelte unruhig, die Farben waren schlecht, und die Schärfe schwankte, aber man konnte noch genug erkennen, selbst in der Verkleinerung. Der Film war vom Hof des Fahrradverleihs aus gedreht worden, nach Anbruch der Dunkelheit. Van Leeuwen erkannte das schwach erleuchtete Wohnzimmer der Zuikers mit den vielen Blumen. Er konnte auch Margriet sehen und einen Mann, der betrunken hin und her schwankte, und das war Gerrit Zuiker, als er noch gelebt hatte. Zuiker torkelte mit einem Glas in der Hand durch den Raum, und Margriet ging neben ihm her und redete auf ihn ein. Aber man konnte nicht hören, was sie sagte, denn der Ton war ein einziges Rauschen. Dann fiel Gerrit hin und verschwand aus dem Bild. Sie stand nur da und sah auf ihn hinunter. Er rappelte sich wieder auf, und jetzt klangen einzelne verzerrte Worte aus dem Rauschen. »Einsam«, schrie Zuiker, und Margriet rief: »Was? Was?« Und er schrie wieder: »… einsam … ersticke …« Er schwenkte sein Glas, was dazu führte, dass er neuerlich das Gleichgewicht verlor und rückwärts in die Blumen stürzte. Die Kameralinse des Handys verlor den Focus, schwenkte zur Decke, und gleich darauf war der Film zu Ende.

»Noch mal von vorn?«, fragte Hoekstra.

»Nein«, sagte der Commissaris. »Ich habe genug gesehen. Wie hat Zuiker darauf reagiert?«

»Er war am Boden zerstört«, antwortete der Turnlehrer und blickte auf den gekachelten Boden des Umkleideraums, als könnte er dort noch Reste seines zerstörten Freundes erkennen. »Danach … danach hat er niemandem mehr vertraut. Er schämte sich, quälte sich unablässig.« Er hob den Kopf und sah Van Leeuwen an. »Und dann fühlte er sich natürlich verfolgt, von seinen Schülern – er dachte, sie würden ihn auf Schritt und Tritt filmen und über ihn reden. Er könnte sie reden hören, meinte er, selbst wenn sie gar nichts sagten: *Da geht der Säufer, der Feigling, der sogar von seiner Frau verachtet wird …* Er konnte ihre Gedanken hören, und er hatte nichts anderes mehr im Kopf. Sie fingen an, ihn zu beherrschen, diese Jungen. Ich habe ihm erklärt, dass er sich das nur einbildet, doch er war nicht davon abzubringen. Es machte ihn ganz verrückt, er wurde regelrecht krank, und mit der Zeit wurde er dadurch unerträglich für alle.«

»Waren es nur die Schüler, von denen er sich verfolgt fühlte?«, hakte der Commissaris nach.

»Reicht das nicht?«

»Hat er nie etwas von einem Mann gesagt – einem Mann, der vor seinem Haus stand?«

»Nein, an einen Mann kann ich mich nicht erinnern.«

Der Commissaris ging ein paar Schritte von Hoekstra weg, die Hände in den Taschen des Trenchcoats, dann kehrte er wieder um und blieb stehen, wo er vorher gestanden hatte. Es fiel ihm jetzt nicht mehr schwer, sich in Gerrit Zuiker hineinzuversetzen. Er verstand sein Fieber, seine rastlosen Gedanken. Sie begleiteten ihn auf Schritt und Tritt, am Lehrerpult, auf dem Schulhof, im Lehrerzimmer, auf dem Heimweg und beim Anblick seiner Frau. Es gab kein Entrinnen für ihn, und jeden Tag fragte er sich, ob es bis an sein Lebensende so weitergehen würde. Er konnte nachts nicht schlafen, weil die Stimmen der Schüler in seinem Kopf kreisten, die Stimmen und die Bilder. Sie tickten in seinem Kopf wie ein Zeitzünder, sie tickten und tickten, die ganze Nacht hindurch, bis es endlich Morgen wurde. Ich bin all dem nicht mehr gewachsen, ich gehe unter, *ich ersticke!*

»Weiß man, wer den Film ins Netz gestellt hat?«, fragte der Commissaris.

»Es gab einen Verdacht.« Mit gerunzelter Stirn konsultierte Hoekstra die Taucheruhr an seinem kräftigen Handgelenk, als hätte er noch eine Verabredung, zu der er nicht zu spät kommen wollte.

»Fällt Ihnen vielleicht ein Schüler ein, mit dem Mijnheer Zuiker es besonders schwer hatte?«

»Ruud«, antwortete der Turnlehrer, ohne zu zögern. »Ruud Meijer. Wir glauben, dass er es auch war, der den Film ins Netz gestellt hat. Gerrit hat sich besonders um den Jungen gekümmert, er war sein Sorgenkind, aber er sprach immer mit großer Zuneigung von ihm.«

»Ist es in letzter Zeit zu irgendwelchen Zwischenfällen gekommen? Etwas, das sich zwischen den beiden ereignet hat?«

»Ja, Freitagmorgen erst.« Hoekstra zog die Stoppuhr aus der Tasche und drückte einen der Knöpfe am Gehäuse, wie um zu überprüfen, ob sie funktionierte. Das Ticken des Chronometers erfüllte den Raum. Dann drückte er den Knopf ein zweites Mal und steckte die Uhr in die Tasche zurück. »Es gab einen Streit zwischen einem Afrikaner und einem Türken; sie stritten sich um ein Handy, und plötzlich hatte einer von beiden ein Messer in der Hand. Gerrit sah nur das Blitzen der Klinge und ging sofort dazwischen, obwohl er gar keine Pausenaufsicht hatte. Aber als er bei den beiden war, hatte sich das Messer auch schon wieder in Luft aufgelöst. Ruud stand dabei und mischte sich ein, nannte Gerrit einen Säufer, der Sachen sieht, die gar nicht da sind. Er machte eine unglückliche Handbewegung, sodass seine Uhr blitzte wie vorher das Messer, und Gerrit zuckte zurück, als hätte Ruud ihn geschlagen. Jedenfalls fiel seine Brille zu Boden und zerbrach, und die anderen Schüler fingen an zu lachen. Der ganze Hof fing an zu lachen …«

»Was hat Zuiker da gemacht?«

»Er ist weggelaufen. Er rannte vom Hof, ins Lehrerzimmer. Er war furchtbar aufgeregt, suchte nach seiner Aktentasche, sah hinein, keine Ahnung, was er darin hatte …«

Eine Walther P 38, dachte Van Leeuwen. »Was haben Sie danach unternommen?«

»Wer?«

»Sie, seine Kollegen.«

»Nichts.« Hoekstra ging zur Tür des Umkleideraums, und Van Leeuwen schloss sich ihm an. In der Mitte der sonnendurchfluteten Halle bückte sich der Turnlehrer nach dem Ball, hob ihn auf und klemmte ihn sich unter den Arm. »Wir haben es an unserer Schule mit einem ziemlich explosiven Gemisch zu tun, besonders wenn es auf dem Pausenhof zu so einem Vorfall gekommen ist. Viele der Jugendlichen hier sind Problemkinder, die schon die Grundschule nur mit Ach und Krach geschafft haben. Ich will sie nicht gerade als völlig verwildert bezeichnen, aber in ihrer Haut stecken möchte ich auch nicht. Drogen, Sex und Gewalt, das ist das Dreigestirn, unter dem sie aufgewachsen sind. Einige von denen haben schon mit acht, neun oder zehn die härtesten Gewaltpornos gesehen, Streifen, bei denen wir weggucken würden, und so was überspielen die sich gegenseitig auf ihre Handys. Das Schlimmste daran ist, dass die Kids irgendwann denken, so ist das mit dem Sex, so macht man das, wie in den Pornos. Und mit dem Bild von Mann und Frau wachsen sie auf, das spielen sie in ihrer Freizeit nach, so wie wir früher Cowboy und Indianer gespielt haben. Und wenn es so weit ist, erwarten die Jungs von den Mädchen ganz selbstverständlich Pornosex, und die Mädchen denken, sie müssten diesen Erwartungen auch genügen.«

»Traurig«, murmelte van Leeuwen.

»Ja.« Hoekstra nickte. »Gerrit hat das auch gesagt.«

»Wo kann ich diesen Ruud Meijer finden?«

Das durchdringende Klingeln einer Pausenglocke schrillte in die Halle. Der Turnlehrer schaute noch einmal auf seine Armbanduhr. »Ich lasse ihn ausrufen, wenn Sie wollen. Der Unterricht geht weiter, und die Klassenzimmer sind jetzt alle besetzt. Das Lehrerzimmer ist auch nicht frei. Falls es Ihnen nichts ausmacht, schicke ich ihn raus und Sie können sich draußen mit ihm unterhalten.« Durch die offene Tür der Halle strömte eine Horde Dreizehn- und Vierzehnjähriger mit Sportbeuteln in den Händen.

»Gut.« Der Commissaris wandte sich zum Gehen. »Ach, eine Frage noch: Wo waren Sie in der Nacht von Freitag auf Samstag?«

»Ich? Zu Hause. Wieso?«

»Reine Routine«, meinte der Commissaris. »Das ist eine der Fragen, die ich immer stellen muss. Gibt es jemand, der das bezeugen kann?«

Hoekstra zögerte einen winzigen Moment, dann rieb er sich die Stirn, und Van Leeuwen beobachtete ihn und wusste, dass er jetzt eine Lüge zu hören bekommen würde. »Nein, niemand.« Der Turnlehrer ließ den Ball mit beiden Händen auf den Boden klatschen und fing ihn wieder auf. »Ich war allein.«

»Gerrits Frau hat mir erzählt, dass er oft nächtelang telefoniert hat – waren Sie das, mit dem er telefoniert hat?«

»Nein.«

»Wissen Sie, mit wem er da nachts telefoniert haben könnte?«

»Nein.« Hoekstra schmetterte den Ball wieder auf den Boden und blickte zu den Schülern hinüber, die im Umkleideraum verschwanden. »Eine andere Frau vielleicht?« Er fing den Ball auf, ohne hinzusehen. »Vielleicht hatte er jemand gefunden, der ihm helfen konnte, wenn es ihm so ging, so schlecht, meine ich … Ich konnte es nicht, und Margriet konnte es auch nicht mehr …« Jetzt sah er Van Leeuwen wieder an, gespannt und betrübt. »Wie ich schon sagte, es musste so kommen. Er kam nicht klar mit dieser Welt. Ich glaube, er wollte nicht mehr.«

»Er ist aber nicht einfach gestorben«, entgegnete van Leeuwen, »und er hat sich auch nicht selbst umgebracht. Er ist ermordet worden.«

12

Von Weitem wirkte Ruud Meijer klein, fast schmächtig, als er durch einen Schwarm wirbelnder gelber Ahornblätter über den Schulhof auf den Commissaris zuschlenderte. Er ließ sich Zeit, und während er ging, starrte er auf einen Gameboy, den er in der Hand hielt. Er trug eine Jeansjacke, ein rotes Flanellhemd mit dunklen Streifen, schwarze Turnschuhe, die Schnürsenkel nicht zugeknotet, und eine ausgebeulte Cargohose, die so tief unter seinen Hüften hing, dass man zwischen Hose und Hemdschößen den Gummizug seiner karierten Boxershorts über der bloßen Haut sehen konnte.

Auch von Nahem war er nur mittelgroß, doch seine Schultern wirkten gut entwickelt, der Körper schlank und drahtig. Sein Haar – schwarz, an den Schläfen und im Nacken sehr kurz geschnitten – war größtenteils unter einer schwarzen Kangolkappe verborgen, der Schirm nach hinten gedreht. Er hatte eine winzige Nase und einen schmalen, knospenförmigen Mund. Die Augen waren dunkelbraun und so groß, dass sie Ruuds ganzes Gesicht einzunehmen schienen wie das einer Zeichentrickfigur in einem japanischen Animefilm.

Als er Van Leeuwen erreicht hatte, hob er den Blick nur so kurz wie eben möglich von dem Gameboy. »Hey«, murmelte er. Seine Augen glänzten wie frisch geblasenes Glas.

»Hey, mein Name ist Bruno van Leeuwen, ich bin von der Polizei. Bist du Ruud Meijer?«

»Ja«, bestätigte der Junge, ohne noch einmal aufzusehen. Seine ganze Aufmerksamkeit galt den bunten Figuren, die sich ruckend über den Bildschirm seines Gameboys bewegten.

Der Commissaris holte einen Notizblock mit hellgelben Blättern aus der Brusttasche seines Mantels. »Wie alt bist du?«

»Fünfzehn.«

»Gut, Ruud Meijer, ich habe einige Fragen, die ich dir stellen muss. Die meisten sind ziemlich langweilig, aber ich muss sie trotzdem abhaken, nur der Vollständigkeit halber. Wahrscheinlich sind wir schnell fertig. Zuerst brauche ich deine Adresse, die Namen deiner Eltern und deine Telefonnummer, zu Hause und mobil.«

Der Junge nickte wieder. »Okay.«

»Könntest du mich ansehen, während ich mit dir spreche?«

Der Junge blickte unwillig auf, jetzt wachsam.

»Was schaust du dir auf dem Ding da an?«

»Ein *game.*«

»Was für ein *game?*«

»*Hitman 2.*«

»Und wovon handelt *Hitman 2?*«

»Wie man ein professioneller Killer wird.«

»Und das möchtest du werden? Professioneller Killer?«

Ruud zuckte mit den Schultern. »Ist doch besser, als Stütze zu kassieren.« Seine Stimme war monoton wie die eines Jungen in einem Videospiel.

»Weißt du, warum ich hier bin, Ruud?«

Der Junge zuckte wieder mit den Schultern.

Der Commissaris sagte: »Es geht um einen eurer Lehrer, Mijnheer Zuiker. Er ist Freitagnacht getötet worden.«

Der Junge blinzelte überrascht, dann suchte er Hilfe bei dem Bildschirm seines Gameboys, als könnte er zu viel Realität auf Dauer nicht ertragen.

»Willst du wissen, wie es passiert ist?«

»Klar – ich meine, wenn Sie's mir erzählen dürfen.«

»Ich darf alles, was ich für nötig halte, um einen Mord aufzuklären«, erwiderte Van Leeuwen. »Es war auf den *Wallen*.«

Der Junge sog die Unterlippe unter die Schneidezähne. Er stand so still, dass man denken konnte, er hätte sogar aufgehört zu atmen.

»Sieh mich an«, forderte der Commissaris. »Mach das Ding aus, und sieh mich an.«

Der Junge gehorchte. Eine Gänsehaut überzog seine Unterarme und kroch den Hals herauf. Die Augen waren jetzt so groß, dass sie fast das ganze Gesicht zu verschlingen schienen und dazu noch einen Teil des Herbsthimmels und der Blätter, die vom Wind durch die Luft geweht wurden.

»Bist du jetzt bereit für meine Fragen?«, wollte Van Leeuwen wissen.

Der Junge nickte.

»Gut. Also, Ruud, wo warst du am Freitag? Sagen wir, von Anbruch der Dunkelheit bis Mitternacht.«

»Ich?« Ruud verschränkte die Arme vor der Brust. »Wieso ich? Keine Ahnung, hab ich vergessen … «

»Dann helfe ich dir, darin bin ich gut. Du warst auch in *de wallen,* und zwar zur selben Zeit. Du hast ihn dort sogar gesehen.«

»Wen?«

»Mijnheer Zuiker. Er ist dir gefolgt …«

»Ich habe niemand gesehen«, rutschte es dem Jungen heraus.

»Da warst du also?«

»Kann sein.«

»Ihr hattet schon am Vormittag eine Auseinandersetzung auf dem Schulhof«, fuhr der Commissaris fort. »Worum ging es dabei?«

»Um nichts.«

»Welche Fächer hat er eigentlich unterrichtet?«

»Mathe.«

»Ging es darum, um den Unterricht?«

»Nein.«

»Oder ging es nicht eher um den Film, den du mit deinem Handy von ihm gedreht und dann ins Internet gestellt hast?«

Der Junge wandte sich jäh ab und sah zur Schule hinüber, zu den grauen Gebäuden mit den rot gestrichenen Fensterrahmen. »Wer sagt das?«

»Warum hast du das gemacht, Ruud? Warum hast du Zuiker heimlich gefilmt und ihn dann mit dem Clip auf *YouTube* bloßgestellt?«

Der Junge fing an, mit der Spitze seines rechten Turnschuhs auf dem Asphalt herumzuscharren. »Nur so.«

»Nur so? Er hat dich nicht ungerecht behandelt oder dir schlechte Noten gegeben oder bei deinen Eltern angeschwärzt?«

Ruud sah den Commissaris verständnislos an. »Nein.«

»Ihr habt ihn gequält, du und ein paar von den anderen Jungen«, sagte Van Leeuwen. Er merkte, dass seine Hand mit dem gelben Notizblock zitterte, und dachte, dass es an dem kühlen Wind lag, der über den Platz fegte. »Warum?«

»Aus keinem besonderen Grund.« Jetzt bückte Ruud sich und verknotete umständlich die offenen Schnürsenkel, erst am linken, dann am rechten Turnschuh. »Er hat … er hat das irgendwie herausgefordert, okay?«

»Nein, das ist nicht okay! Mit wem hast du an dem Abend in *de wallen* telefoniert?«

»Telefoniert? Mit niemand.«

Van Leeuwen zwang sich, ruhig zu bleiben. »Zeugen haben dich gesehen, und sie haben auch Mijnheer Zuiker gesehen, aber vor allem haben sie gesehen, wie du telefoniert hast, als er dir aufgefallen ist. Ich könnte mir vorstellen, dass du einen Kumpel angerufen und Verstärkung gerufen hast, weil du dachtest, er verfolgt dich. Nur zur Sicherheit. Und als dein Kumpel dann kam, ist die ganze Sache ein bisschen aus dem Ruder gelaufen …«

»So war das nicht. Ich war ganz allein, und er ist plötzlich auf mich los und hat mich geschlagen …«

»Einfach so?«

»Genau, einfach so …«

»Das ist keine gute Lüge, Ruud.«

Der Junge richtete sich nicht auf, obwohl er mit dem Zuschnüren fertig war. »Was ist denn eine gute Lüge?«, fragte er.

»Eine, die ich noch nie gehört habe«, sagte der Commissaris. »Also, noch mal: Warum hat er das getan?«

»Keine Ahnung. Er war schon die ganze Zeit komisch …«

»Und wen hast du angerufen?«

»Ich hab niemand angerufen. Meine Mutter – meine Mutter hat mich angerufen, weil sie wissen wollte, wann ich nach Hause komme, weil … es war ja schon spät, und dann bin ich auch nach Hause …«

»Wir werden das überprüfen«, erklärte der Commissaris. »Wie lautet deine Adresse zu Hause? Wie heißt deine Mutter mit Vornamen? Unter welcher Nummer kann ich sie erreichen und dich auch, falls ich noch Fragen habe?«

Ruud kam hoch, und weil er nicht wusste, was er sonst noch mit seinen Händen machen sollte, vergrub er sie in den Hosentaschen. Er nannte dem Commissaris die Straße, die Hausnummer und sämtliche Telefonanschlüsse, außerdem die Vornamen seiner Mutter und seines Vaters. Van Leeuwen notierte sie mit einem Kugelschreiber auf dem gelben Block. Dann meinte er: »Gut, weiter: Als Zuiker dich geschlagen hat, was hast du da getan?«

»Nichts.«

»Du fängst an, mir auf die Nerven zu gehen, Kleiner. Du lügst immer noch – und immer noch nicht gut!«

Ruuds Augen schienen sich an Van Leeuwens Gesicht festzusaugen. »Als ich weggegangen bin, hat er noch gelebt.«

»Also hast du ihn doch geschlagen. Genauso wie am Vormittag auf dem Schulhof.«

»Nein, auf dem Hof hier hab ich ihn doch überhaupt nicht getroffen. Es war, wie ich gesagt hab, er hat mich geschlagen, und ich bin hingefallen, und als ich versucht hab, wieder auf die Beine zu kommen, da hab ich ihn mit dem Fuß erwischt, und er ist gestürzt. Aber es hat ihm nichts gefehlt oder so. Er lag bloß da, mit seiner Aktentasche und allem, und ich bin weggegangen. Ehrlich.«

»Wie spät war es da, ungefähr?«

»So kurz vor Mitternacht …«

»Dann warst du einer der Letzten, die Mijnheer Zuiker noch lebend gesehen haben.« Van Leeuwen klappte den Block zu und steckte ihn ein. »Was ich dich jetzt frage, dient nur der Vollständigkeit, ja? Es soll dir nichts unterstellen. Gehörst du zu einer Gang?«

»Nein.«

»Hast du was mit Drogen zu tun? Kokain, Heroin, Ecstasy, Shit …?«

»Nein!« Die Empörung in Ruuds Stimme war ehrlich.

»Okay, ich glaube dir. Wir sind auch fast fertig. Weißt du, wir brauchen einfach jede Hilfe, die wir kriegen können. Als du Mijnheer Zuiker Freitagnacht zum ersten Mal bemerkt hast, hinter dir, ist dir da noch jemand anderes aufgefallen?«

»Da waren doch jede Menge Leute unterwegs …«

»Dir ist niemand Besonderes aufgefallen?«

»Nein.«

»Und später, als er dir nachgegangen ist, auch nicht? Ein Mann vielleicht, mit einem durchsichtigen Regenmantel und einer Baseballkappe?«

Ruud schüttelte den Kopf. »Mann, ich guck doch nicht nach Männern in Regenmänteln.«

»Wonach guckst du dann?«, fragte der Commissaris.

»Was? Wie… *wonach?*«

»Was hast du um die Zeit, kurz vor Mitternacht, noch in *de wallen* zu suchen gehabt?«

Eine jähe Röte stieg dem Jungen ins Gesicht. »Keine Ahnung, was Sie meinen.«

»Interessierst du dich für Mädchen?«

»Klar, ich meine, tut doch jeder, oder?« Ruud sah wieder zur Schule hinüber, jetzt beinahe sehnsüchtig. »Sind wir bald fertig? Ich muss wieder in die Stunde …«

»Gleich«, antwortete van Leeuwen, »gleich … Nur eine Frage noch: Gibt es irgendetwas, das du mir sagen möchtest?«

Der Junge presste die Lippen zusammen und schob die Hände in die Jackentaschen. Die Röte verblasste langsam wieder.

»Wenn du etwas auf dem Herzen hast, egal, was, kannst du mit mir darüber reden.«

»Was denn?«

Der Commissaris tastete sich vorsichtig auf das neue Terrain vor. »*Ich ersticke*, hat er immer gesagt, Mijnheer Zuiker – immer wieder: *Ich ersticke*! Vielleicht ist er erstickt an unausgelebten Neigungen oder daran, dass er nicht die Reaktion bekommen hat, die er haben wollte, von einem von euch, zum Beispiel.«

Der Junge schwieg. Seine Augen waren jetzt schmal, und er wirkte verloren unter dem hohen blauen Himmel, inmitten der wirbelnden gelben Blätter auf dem rissigen Asphalt.

»Verstehst du, worauf ich hinauswill? Dein Mathematiklehrer folgt dir ins Rotlichtviertel … Du hast ihn mitten auf dem Schulhof provoziert und weggestoßen, nachdem du einen Film über ihn gedreht hast, in einer kompromittierenden Situation bei sich zu Hause. Du hast gewissermaßen Gewalt ausgeübt über ihn, und jetzt geht er dir nach; es kommt wieder zu einer Konfrontation, bei der du ihn zu Boden stößt … Ich meine, das ist doch eine ganz einfache mathematische Gleichung, oder? Hat *er* vorher Gewalt gegen dich ausgeübt? War da etwas, worüber du mit niemandem sprechen kannst?«

Ein Schauer schien den Jungen zu durchlaufen, und als er Van

Leeuwen wieder ansah – mit einem aufmerksamen, aber seltsam ausdruckslosen Blick –, waren seine Augen nicht mehr schmal, sondern wieder so groß wie vorher. Ein junger Wolf, dachte der Commissaris; ein junger lauernder Wolf. Kurz flackerte ein Lächeln um Ruuds Mund wie ein Wetterleuchten – ein neues, lockendes Lächeln, das ein Aufreißer im Rotlichtviertel sofort zum Patent angemeldet hätte. Gleich danach war das Gesicht wieder leer: die Maske eines Jungen.

»Wenn Sie den gekannt hätten«, Ruuds Stimme klang so abweisend, wie nur die Stimme eines Fünfzehnjährigen abweisend klingen konnte, »dann wüssten Sie, dass der sich nie etwas getraut hätte, ganz egal, was in dem vorging. Der war ganz harmlos. Nie hätte der sich an jemand rangemacht. Das meinten Sie doch, oder? Das war ein Schisser. Der hat ja nicht mal was unternommen, als es um seine eigene Frau ging, so feige war der. Wenn der an irgendwas erstickt ist, dann daran, dass seine Frau mit einem anderen gefickt hat!«

»Zuikers Frau hatte ein Verhältnis?«, fragte der Commissaris.

»Ein Verhältnis, genau. So was wie das Gegenteil von einer unausgelebten Neigung, nicht?«

»Mit wem?«

»Sie sind doch Polizist. Finden Sie's raus.«

Darin war ich bisher nicht besonders gut, dachte Van Leeuwen – herauszufinden, wer mit wem ein Verhältnis hat. »Und du wusstest davon?«

»Jeder wusste es!«, brach es aus dem Jungen hervor. »Jeder wusste davon, nur er wollte es nicht wissen. Er tat so, als wäre nichts. Dabei wusste er es die ganze Zeit: Seine Frau, die er angeblich liebte, und sein bester Freund, *sein sogenannter bester Freund*. Und er hat nichts dagegen getan, gar nichts. Er wusste es, und so einer will einem was beibringen, einer, der überhaupt keine Ehre hat! Der verdient auch keinen Respekt!«

Sein bester Freund, Pieter Hoekstra; da war sie, die Wahrheit – oder wenigstens ein weiteres kleines Stück davon. Ein kleines Stück Wahrheit und vielleicht ein Motiv für einen Mord.

»Und jetzt ist er tot«, fügte Ruud mit einer hitzigen, enttäuschten

Bitterkeit hinzu, die Van Leeuwen mehr aufbrachte als alles, was er bisher von dem Jungen gehört hatte.

»Ja, jetzt ist er tot«, sagte der Commissaris scharf, »und da wir gerade dabei sind, bei Ehre und Respekt – was du gemacht hast, mit deinem Handy, dass du deinen Lehrer zu Hause gefilmt hast, als es ihm schlecht ging, dass du es heimlich getan und den Film dann ins Internet gestellt hast, das verdient erst recht keinen Respekt. Denn jemand, der so was tut, hat genauso wenig Ehre und nicht die Spur von Anstand!«

Darauf erwiderte Ruud nichts, er sah Van Leeuwen nur an, als versuchte er, in seinem Gesicht zu lesen oder sogar dahinter. Schließlich wandte er sich ab und ging mit gesenktem Kopf über den Hof davon, wobei die Beine der Cargohose den Asphalt fegten. Das gelbe Laub stob auf und wirbelte um ihn herum wie ein Hornissenschwarm. Nach ein paar Schritten blieb er stehen und drehte sich noch einmal um. »Darf ich Sie auch mal was fragen?«

»Ja.«

»Warum machen Sie das? Er ist doch tot, oder? Und Sie können ihn auch nicht wieder lebendig machen. Geht ihm ja wohl nicht besser davon, oder?«

»Woher weißt du das?«, entgegnete Van Leeuwen. »Woher weißt du, dass es ihm da, wo er jetzt ist, nicht besser geht, wenn ich herausfinde, wer ihn auf dem Gewissen hat? Und selbst, wenn es ihm nicht besser geht – *mir* geht es auf alle Fälle besser! Und willst du auch wissen, warum das so ist? Weil es in meiner Stadt passiert ist, da, wo ich verantwortlich bin, wo ich dafür hätte sorgen müssen, dass ihm nichts geschieht. Ich weiß, dass das nicht geht, doch es wäre schön, und deswegen fühle ich mich besser, wenn ich wenigstens den Mörder gefasst habe.«

Er redete zu dem Jungen, und er redete zu sich selbst, und während er sprach, wurde ihm leichter zumute; er hatte ein Stückchen der Wahrheit gesehen. »Die Toten haben nämlich Angehörige, Menschen, die sie geliebt haben und die wegen ihres Todes Schmerz empfinden, und zwar einen Schmerz, der bleibt, der zwanzig oder dreißig oder siebzig Jahre anhält; der nicht vergeht.«

Der Junge legte den Kopf schief. »Aber das sind doch fremde Leute, mit denen haben Sie doch gar nichts zu tun. Warum kümmern Sie sich um das Leben von Fremden?«

»Das Leben von Fremden ist mein Leben.«

Der Junge schien einen Moment über Van Leeuwens Worte nachzudenken. Dann sagte er: »Es ist aber nicht *Ihre* Stadt«, und ging wieder über den Schulhof davon, und diesmal drehte er sich nicht noch einmal um.

Der Commissaris kehrte noch einmal zur Turnhalle zurück, vor der die Schüler in kleinen Gruppen bei der Tür standen. Einige hatten sich auf den Boden gesetzt, und ein paar spielten mit dem Ball, versuchten, Körbe zu werfen oder ihn sich gegenseitig abzunehmen. Der Commissaris hielt nach Pieter Hoekstra Ausschau, konnte ihn jedoch nirgendwo mehr entdecken. Er trat zu einer der Gruppen. »Wo ist denn Mijnheer Hoekstra?«, fragte er.

»Der musste plötzlich weg«, meinte ein Mädchen.

»Hat er gesagt, wohin?«

Das Mädchen schüttelte den Kopf. »Nur, dass wir jetzt eine Freistunde haben.«

Ein Bild sagt mehr als tausend Worte, dachte der Commissaris, *oder genauer: ein Verhalten.* Aber aus beidem konnte man auch falsche Schlüsse ziehen. In Gedanken ging er noch mal die Aussage des Turnlehrers durch und dann die des Jungen, setzte die Stückchen Wahrheit zusammen, und als er das Bild betrachtete, das sie ergaben, sah er darauf nicht nur Gerrit Zuiker, Margriet und Pieter Hoekstra. Er sah auch jemanden, den er dort nicht erwartet hatte, weil er nicht dazugehörte; es war ein Geist, der sich zu reden weigerte.

Er holte sein Handy heraus und rief den Staatsanwalt an, und danach wählte er Margriet Zuikers Nummer, und weil beide nicht da waren, hinterließ er jedem eine Nachricht auf der Mailbox, allerdings nicht dieselbe. Auf dem Schulhof entdeckte er Inspecteur Vreeling und Brigadier Tambur, zu denen sich gerade auch Hoofdinspecteur Gallo gesellte. Er winkte ihnen, um sich über die Ergebnisse ihrer Befragungen ins Bild setzen zu lassen.

»Können wir das nicht beim Essen machen?«, schlug Julika vor. »Ich komme um vor Hunger. Wie wär's mit ein paar schönen Pfannkuchen mit Sirup und …«

»Nein«, sagte Van Leeuwen. »Zum Essen haben wir keine Zeit. Aber wir können es auf den Abend verlegen, wenn ihr auch bei den Eltern der Schüler wart.«

»Welchen Eltern?«, fragte Julika.

»Allen Eltern, deren Kinder bei Zuiker Unterricht hatten. Lasst euch im Sekretariat eine Liste geben, teilt sie unter euch auf, und fangt gleich damit an. Schaut nicht so komisch! Heutzutage ist alles möglich, auch dass Lehrer von den Eltern ihrer Schüler umgebracht werden. Wir sehen uns dann später im Hoofdbureau.«

»Und Sie wollen wirklich nichts essen?! Wo gehen Sie denn hin?«

»Zum Chinesen«, antwortete Van Leeuwen.

13

Zheng Wu saß in seinem Rollstuhl und sagte kein Wort, und je länger er schwieg, desto chinesischer wirkte sein Gesicht. Seine Augen waren schwarz und schmal, die Lippen zusammengepresst und seine Gesichtszüge verschlossen. Wenn der Commissaris ihm eine Frage stellte, sah er den Commissaris an; stellte der Staatsanwalt ihm eine Frage, wanderte sein Blick zum Staatsanwalt. Aber er zog es vor, keine der Fragen zu beantworten, es sei denn, man wollte ein Muskelzucken um den Mund oder einen Lidschlag als Antwort deuten.

Sie saßen in einem der Verhörzimmer im obersten Stockwerk des Präsidiums an einem Tisch mit einem Tonbandgerät und einem Mikrofon darauf. Aber da der Chinese schwieg, drehten sich die großen Spulen des altmodischen Apparats nur, um ihr eigenes unregelmäßiges Quietschen aufzunehmen. Schließlich beugte der Commissaris sich vor und stellte das Gerät ab.

»So kommen wir nicht weiter, Mijnheer Wu, und das ist sehr

bedauerlich«, bemerkte Procureur Caspar Piryns, der Staatsanwalt. »Verstehen Sie uns überhaupt? Oder möchten Sie, dass wir einen Dolmetscher holen?«

»Er versteht uns«, sagte der Commissaris, »und sein Englisch ist ausgezeichnet.«

»Ich bin hier, weil ich Ihnen helfen möchte«, erklärte der Staatsanwalt. Van Leeuwen arbeitete gern mit Procureur Piryns zusammen, weil er mit ihm nur gute Erfahrungen gemacht hatte. Der Staatsanwalt hörte lieber zu, als dass er redete. Wenn er sprach, waren seine Worte durchdacht, und sein Standpunkt hatte Hand und Fuß. Er brachte einen Fall erst vor Gericht, wenn er ihn wirklich vertreten konnte, und dann führte er die Anklage so, dass am Ende alle zufrieden sein konnten, oft sogar die Angeklagten und ihre Verteidiger.

Darüber hinaus war Caspar Piryns vom Openbaar Ministerie eine elegante Erscheinung. Er hatte volles, fast weißes Haar und strahlend blaue Augen. Seine Haut war zerfurcht und zerklüftet, wirkte jedoch trotzdem alterslos. Er war groß und hielt sich sehr gerade: So stellte man sich einen Heiligen vor, einen königlichen Heiligen, der beim Gehen einen Ebenholzstock benötigte, allerdings einen mit Silberknauf, bei dem es nicht verwundert hätte, wenn darin eine Degenklinge verborgen gewesen wäre. Heute trug er einen silbergrauen Glencheck-Anzug, robbengraue Wildlederschuhe und ein steif gebügeltes, apricotfarbenes Hemd mit silbernen Manschettenknöpfen. »Wir wollen Ihnen Gerechtigkeit widerfahren lassen, Mijnheer Wu, aber vor der Gerechtigkeit steht immer die Wahrheit«, erklärte er jetzt, »und je mehr Sie dazu beitragen, die Wahrheit ans Licht zu bringen, desto größer wird die Aussicht auf einen fairen und gerechten Prozess.«

Zheng Wu schwieg weiter. Er trug immer noch denselben schwarzen Anzug, in dem er seinen Cousin erdrosselt hatte, auch das weiße Hemd, nur die Schnürsenkel in den Turnschuhen und der Gürtel fehlten. Er sah müde aus. Das verschnittene Haar stand struppig vom Kopf ab, vielleicht ein Spiegelbild seiner Seelenlandschaft. Sein Gesicht wirkte dunkel vor Erschöpfung, wie ein feuchtes Lindenblatt im November, die Haut dagegen straff und glatt. Als wäre er schon vor langer Zeit einbalsamiert und beerdigt und dann wieder ausgegraben worden, dachte der Commissaris.

»Mijnheer Wu?«

Zheng Wu sah zu den Fenstern des Verhörraums hinüber. Die Metalljalousien waren heruntergelassen, aber nicht geschlossen, und zwischen den Lamellen konnte man den tiefblauen Herbsthimmel sehen, sonst nichts. Dennoch blickte er weiter auf die Lamellen und den Himmel dahinter.

Der Commissaris bemerkte: »Mijnheer Wu, als ich Sie vorgestern in Ihrer Wohnung bei Ihrer Verhaftung gefragt habe, welches Leiden Sie an den Rollstuhl fesselt, haben Sie gesagt: ›Das schrecklichste, das allerschrecklichste.‹ Erinnern sie sich noch? Was haben Sie damit gemeint?«

Die Augen des Chinesen kehrten zu ihm zurück. Sie weiteten sich, aber seine Lippen wurden noch schmaler, und die kleinen Muskeln rings um seinen Mund zappelten unter der Haut wie winzige Fische.

»Wollen Sie es nicht sagen, weil es noch schrecklicher wird, wenn man es ausspricht?«, hakte der Commissaris nach. »Oder *können* Sie es nicht sagen, weil dasselbe Leiden Sie auch am Reden hindert?«

Die Lider über den schwarzen Pupillen flatterten, sanken herab, klappten wieder nach oben. Bedeutete das *ja* oder *nein*, oder hieß es gar nichts?

»Sie erwähnten auch, Cousin Wu habe unerträgliche Schande über Sie gebracht«, fuhr der Commissaris fort. »Sie mussten Tag und Nacht an diese Schande denken, nicht? Tag und Nacht. Sie war so unerträglich, dass Sie nicht mehr schlafen konnten, weil die Gedanken Sie wach hielten. Sie drehten sich in Ihrem Kopf im Kreis, sie tickten wie eine Uhr, wie der Zünder einer Zeitbombe in Ihrem Kopf. Ist es nicht so? Und auch jetzt hören sie nicht auf, ruhelos im Kreis zu gehen … Aber woher kommen die Gedanken, woher kommt das Gefühl der Schmach, das Gefühl, dass man hinter Ihrem Rücken über Sie tuschelt?«

Zheng Wu presste die Lippen jetzt so fest zusammen, dass der Mund gar nicht mehr zu sehen war.

»Sie waren hier, und Ihr Cousin Jun Wu war in der Heimat, in China, in Fengdu«, überlegte der Commissaris halblaut. Es kam ihm vor, als starrte Zheng Wu ihn durch die Sonnenlichtstreifen wie aus einem Käfig an, und vielleicht war es auch so. »Und dort befand sich auch Ailing, Ihre junge, schöne Frau – beide in Fengdu, am Ufer des Yangtse, in dessen mächtigem Bett Träume und Hoffnungen, Lügen und Wahrheit einträchtig dem Meer zuflossen. Haben die Wellen des Ozeans Ihnen davon berichtet? Oder war es, etwas profaner, ein Brief? Hat Ailing Sie angerufen und Ihnen von der Schande erzählt, von dem Allerschrecklichsten, nämlich davon, was zwischen ihr und dem jungen Cousin Wu …«

»Nichts!«, rief Zheng Wu, bebend vor Zorn. »Nichts ist vorgefallen, gar nichts!«

»Warum haben Sie ihn dann umgebracht?«, hakte der Commissaris nach. »Warum musste er sterben, nachdem er noch nicht einmal einen Tag hier war?«

»*Warum, warum, warum!*« Kleine Speicheltröpfchen sprühten von den Lippen des Chinesen. Er schien in seinem Rollstuhl zu schrumpfen, als wäre ihm jeglicher innerer Halt abhandengekommen. »Ich muss Ihnen nicht sagen, warum! Sie haben Geständnis! Sie haben Leiche! Was wollen noch mehr? *Warum* ist Geheimnis und wird immer bleiben!«

»Sie irren sich, Mijnheer Wu«, widersprach der Commissaris. »Nichts bleibt für immer ein Geheimnis, alles kommt irgendwann ans Tageslicht. Ich bin ein mächtiger Mann, der über viele andere Männer gebietet, und diese Männer werde ich ausschicken, damit sie jeden Ihrer Landsleute, jede Frau und jedes Kind in Chinatown über Zheng Wu befragen, und falls sie mir nicht die Nachrichten bringen, die ich hören möchte, werde ich sie noch weiter aussenden – wenn es sein muss bis nach China, bis nach Fengdu im Yangtse-Tal. Viel mehr verspreche ich mir allerdings hiervon!« Er griff in die Innentasche seines Trenchcoats, der auf dem Stuhl neben ihm über der Lehne hing, und holte ein zerknittertes Blatt Papier hervor.

Das Blatt war auf beiden Seiten eng mit handgeschriebenen chinesischen Schriftzeichen bedeckt, und als er es auseinandergefaltet hatte, wedelte er damit in der Luft herum. »Dieser Brief nämlich gehört zu einem ganzen Dutzend, das die Spurensicherung in Luftpostkuverts in Ihrer Wohnung gefunden hat, und ich glaube fest daran, dass sie alles enthalten, was ich wissen möchte, wenn sie erst mal von unserem Dolmetscher übersetzt worden sind. Wissen Sie«, fügte er nicht ohne Bitterkeit hinzu, »ich glaube an die Wahrheit, die sich in Briefen findet.«

Zheng Wu schloss die Augen. Jetzt, ohne das dunkle Leuchten der Pupillen, konnte man erkennen, dass er viel älter war, als es den Anschein gehabt hatte. Seine Hände umklammerten die Armstützen des Rollstuhls. »Diese Briefe«, sagte er, »diese Briefe sind voller Lügen, nichts als Lügen, ja, ja?«

»Umso wichtiger ist es, dass wir die Wahrheit erfahren«, warf der Staatsanwalt ein. »Aber wer wird sie uns sagen, wenn Sie es nicht tun, Mijnheer Wu?«

Zheng Wu schüttelte heftig den Kopf, und kurz sah es so aus, als könnte das dunkle, augenlose Blatt seines Gesichts einfach weggeweht werden, hierhin und dorthin, in einem ziellosen Taumel. »Lügen«, rief er, »keine Wahrheit ...«

»Wer wird uns dann die Wahrheit sagen, Mijnheer Wu? Wem können wir vertrauen?«, beharrte der Staatsanwalt.

Als die Frage lange genug im Raum stand, öffnete Zheng Wu endlich wieder die Augen, und in seinem Blick las der Commissaris eine solche Qual, dass er einen Herzschlag lang wegschauen musste, ehe er gebannt noch einmal hinsah, um diesen Schmerz ganz zu erkennen. Dann fragte er: »Seit wann ist das eigentlich so, dass Sie nicht mehr gehen können? Befinden Sie sich deswegen in Behandlung? Waren Sie überhaupt bei einem Arzt?« Er erhielt keine Antwort, und er hatte auch mit keiner gerechnet. »Ich frage mich selbst gelegentlich, wie viel Wahrheit ein Mensch überhaupt ertragen kann. Manchmal erfährt man etwas, und danach ist nichts mehr so, wie es vorher einmal war. Auf einmal kann man nicht mehr gehen, obwohl man sonst kerngesund ist, und kein Arzt findet die Ursache dafür. Und manchmal kann man auch nicht mehr reden, so sehr man es sich auch wünscht. Aber wie sieht denn die andere Seite aus – wie viel *Unwahrheit* kann ein Mensch ertragen? Die Wahrheit ist nämlich das Einzige, was wir haben, und egal, wie schäbig sie einem auch vorkommt, sie ist immer noch besser als alles, was man sonst ertragen müsste! Ja, manchmal verschlägt uns die Wahrheit den Atem und die Sprache, aber ohne sie …«

Als Zheng Wu weiter schwieg, schob der Staatsanwalt seinen Stuhl zurück und stand auf. Mit einer Hand griff er nach seinem Aktenkoffer, mit der anderen nach dem Gehstock und ging zur Tür. »Wir werden keine Männer nach China schicken, um die Wahrheit herauszufinden«, erklärte er. »Wir werden stattdessen unsere chinesischen Kollegen bitten, nach Fengdu zu gehen und uns Mevrouw Wu zu schicken. Wir werden Mijnheer Wu vor Gericht stellen, und seine Frau Ailing wird unter Eid als Zeugin aussagen, was zwischen ihr und dem Cousin ihres Mannes geschehen ist. Und dann werden wir ja wissen, ob die Wahrheit wirklich so unerträglich ist. Guten Tag.«

Anders ausgedrückt, dachte der Commissaris, wenn man kein Bild hat, braucht man tausend Worte.

Der Staatsanwalt verließ den Verhörraum, und Zheng Wu sah ihm nach, auf die Tür, die geöffnet und wieder geschlossen wurde. Dann sah er Van Leeuwen an, als wäre auch er nichts anderes als eine Tür, die sich öffnete oder schloss, ohne dass er hindurchgehen konnte. Schließlich griff er in die Räder seines Rollstuhls, drehte ihn um und fuhr damit zu den Fenstern. Er schaute zwischen den Lamellen hindurch auf den Himmel, an dem es noch immer nichts zu sehen gab. Ein Laut erfüllte den Raum, und es war ein Laut, den Van Leeuwen lieber nicht gehört hätte, aber er konnte es sich nicht aussuchen. Zheng Wu schien gar nicht zu merken, dass er weinte.

Margriet Zuiker ging mit einer Gießkanne in der rechten Hand von Blume zu Blume, und als sie das ganze Spalier abgeschritten hatte, kehrte sie um und fing wieder von vorn an. *Hier ungefähr muss Ruud gestanden haben, als er sie gefilmt hat,* dachte der Commissaris, *so dicht am Fenster*. Er stand auf dem Hof des Fahrradverleihs vor dem großen Fenster zum Wohnraum der Zuikers, und nachdem er Margriet eine Weile zugesehen hatte, klopfte er an die Scheibe. Die junge Frau drehte sich um. Sie war ungeschminkt, und die Schnittwunden in ihrem Gesicht traten jetzt stärker hervor. Sie sah müde aus. Sie versuchte zu lächeln, aber es gelang ihr nicht. Sie versuchte es wieder, und als es diesmal auch nicht gelang, unternahm sie keinen dritten Versuch.

Der Commissaris ging durch den Torweg zum Hof zurück auf die Straße. Er klingelte, und einen Moment lang dachte er, Margriet würde ihm vielleicht nicht öffnen. Aber dann tat sie es doch, allerdings ohne etwas zu sagen. Wortlos verschwand sie durch den dunklen Korridor ins Wohnzimmer und verließ sich darauf, dass er ihr folgte und die Tür schloss. Vielleicht war es ihr auch egal. Sie trug eine fast farblos gewaschene Jeans und einen weiten, dunkelroten Männerpullover mit hochgekrempelten Ärmeln, aber keine Schuhe.

Im Wohnzimmer brannten mehrere Lampen, einige davon waren auf die Blumen gerichtet. Die nassen Blüten glänzten, als hätte es kürzlich geregnet. Rote Pollendochte ragten wie winzige Zungen aus dem Grün üppigen Blattwerks. Der süße Duft hing noch immer in der Luft, doch jetzt war er herber und durchmischt mit einem Geruch, den der Commissaris nicht einordnen konnte. Unter einige Töpfe waren die aufgeschlagenen Seiten einer alten Ausgabe des *NRC Handelsblad* geschoben. Darauf lag ein Paar roter Gummihandschuhe inmitten abgeschnittener Blätter und kleiner Häufchen verschütteter Erde.

Der Commissaris hielt Ausschau nach den winzigen Spiegelsplittern auf dem Boden, konnte jedoch keine mehr entdecken.

Die Schreibtische waren noch immer überladen mit Heften, Büchern und Zeitungen. Auf einem stand jetzt ein Kofferradio, das klassische Musik spielte. Ein Klavier wetteiferte mit zwei Streichinstrumenten darum, wer schneller spielen konnte.

»Ich habe gehört, Sie waren in der Schule«, sagte Margriet. »Bei Gerrits Kollegen.«

»Nur bei einem«, antwortete Van Leeuwen. »Bei Pieter Hoekstra.«

»Ja, Pieter, er und Gerrit ... sie waren Freunde.«

»Und was waren Sie und Pieter?«

Margriet Zuiker stellte die Gießkanne neben einen Plastiksack mit Blumenerde. »Möchten Sie etwas trinken? Einen Kaffee? Tee? Ein Wasser?«

»Nein, danke.«

»Wollen Sie sich nicht wenigstens setzen?«

»Ich stehe lieber.« Van Leeuwen betrachtete den Zellophansack, der stabil genug war, das Gewicht der Erde zu halten. »Sie haben meine Frage noch nicht beantwortet: Was waren Sie und Pieter Hoekstra?«

»Das verstehe ich nicht.« Sie verschränkte die Arme vor der Brust. »Ich verstehe Sie nicht.« Ihre Stimme wurde heller, fast schrill, und sie warf den Kopf zurück wie ein scheuendes Pferd.

»Ich frage nach Ihrem Verhältnis zu Pieter. Oder sollte ich sagen *mit* Pieter?«

»Hat er das – hat er so was behauptet?«

»Nein. Einer der Schüler Ihres Mannes.«

»Einer der Schüler? Dann ist es bald ja überall rum – oh, Gott ...« Margriet begann, an der Haut unter ihrem Kehlkopf zu zupfen. Sie ging ein paar Schritte, machte abrupt kehrt und ging dieselbe Anzahl von Schritten wieder zurück. Dann blieb sie mit geschlossenen Augen stehen, wo sie vorher gestanden hatte, hörte aber auf, an ihrem Hals zu zupfen. Stattdessen rieb sie sich mit der linken Hand heftig die Stirn, als wollte sie ein unsichtbares Mal entfernen. »Es war ein Fehler, das wusste ich von Anfang an ... aber Pieter ... Gerrit ... Ich wollte doch nur – ich hatte das Gefühl, dass alles über mir zusammenbricht, das ganze Haus, mein ganzes Leben. Und Pieter war da, er hatte so etwas Starkes, Tröstliches. Das brauchte ich, ich brauchte Trost ...«

»Trost ist kein Therapeutikum, das nur in Kombination mit Ehebruch anschlägt«, entgegnete Van Leeuwen. Er hörte seine eigenen Worte, und wieder war er überrascht davon, dass es ihm nicht mehr ausmachte. Es ist vorbei, dachte er; es war das Schlimmste, was ihm passiert war, weil er nicht damit gerechnet hatte und weil er nie darüber reden konnte. Aber er brauchte sich bloß umzusehen: Es passierte dauernd, und die meisten konnten nicht darüber reden.

Margriet sprach weiter, als hätte sie ihn nicht gehört. »Ich bin eine Frau, darum! Ich war einsam. Ich kann nicht allein sein, nicht lange jedenfalls, ich will, dass jemand mit mir redet, dass man mir sagt, dass ich ihm etwas bedeute, und ich will auch begehrt werden. Ist das so schlimm? Pieter hat mich begehrt, und er hat mir zugehört. Er hat meine Hand gehalten, wenn ich ihm etwas erzählt habe, und er hat mich wirklich gesehen, wenn er mich angeschaut hat, nicht nur seinen eigenen Schmerz. Ich interessiere mich nicht mehr für Schmerz und Leiden. Es gibt doch auch schöne Dinge im Leben, es kann Spaß machen, ja? Ich habe das Recht, glücklich zu sein, und mit Pieter war ich das ... zeitweilig jedenfalls, immer wieder.« Sie hörte auf, das unsichtbare Mal von ihrer Stirn zu reiben. »Natürlich – natürlich habe ich mich auch manchmal geschämt. Einmal lag ich noch in Pieters Armen und dachte wieder an Gerrit und daran, wie schlecht es ihm ging, und dann wollte ich das alles nicht mehr ...«

Ihre Stimme wechselte die Tonlage wieder und wieder, von hell zu dunkel, von leise zu laut und zurück, und manchmal schluchzte sie sogar mitten im Satz, aber ihre Augen blieben trocken, und das Schluchzen konnte auch ein Lachen sein. Van Leeuwen fragte sich, woran ihn das erinnerte, die schrillen Stimmen, die in verschiedenen Tonlagen aus ihr zu sprechen schienen, während die beiden Streicher im Radio die Saiten ihrer Instrumente mit den Bögen mehr schlugen als strichen.

»… und ich ging zurück nach Hause, so schnell ich konnte, ich wollte mit Gerrit reden, ihn davon überzeugen, dass wir auch zusammen glücklich sein könnten. Ich wollte heimgehen und alles kitten, was zwischen uns zerbrochen war, ich wollte ihn bezaubern und verzaubern und unsere Liebe zurückholen, wollte die Zeit zurückdrehen bis zu dem Punkt, wo alles wieder wie früher sein würde: wo es nur uns beide gab, keinen Pieter und überhaupt keine anderen Männer, wo ich nur ihm gehörte …«

Sie schüttelte den Kopf und warf die Haare zurück, und bei *überhaupt keine anderen Männer* stampfte sie mit dem nackten Fuß auf wie ein Kind, das seinen Willen durchsetzen wollte.

»… aber dann kam ich nach Hause und ging die Treppe hinauf, und auf halber Treppe hörte ich schon dieses Lied: *Help me if you can*, und alles war vorbei. All die schönen Gedanken wurden weggeweht wie von so einem heißen Luftstoß in den Filmen über die erste Atombombe, und was ich noch von Gerrit an mir trug, wurde auch weggewischt. Ich konnte richtig spüren, wie es sich löste und starb.«

Ihre Stimme überschlug sich und wechselte jetzt fast fließend Lautstärke und Tonart, sie kippte so grundlos von jähem, verzweifeltem Lachen in das tränenlose Schluchzen, dass der Commissaris sie am liebsten gepackt und geschüttelt hätte, damit sie wieder zu sich kam, bevor er dasselbe mit den Streichern im Radio tat.

»Und dann machte ich kehrt und rief Pieter an, und Pieter – er hätte das nicht machen dürfen, er … er hätte mich zurückweisen müssen, aber dazu war er nicht stark genug, er war auch schwach, genau wie Gerrit. *Ist ja gut, Margriet*«, sie ahmte die tiefe Stimme Hoekstras nach, »*komm zurück, wenn dir danach ist. Ich bin immer für dich da!*« Abrupt hielt sie inne und wechselte zu einem kindlichen Singsang. »Man sollte sich vor schwachen Männern hüten, nicht? Männer wie Gerrit und Pieter sollten kleine Glöckchen um den Hals tragen wie früher die Aussätzigen. Sie sollten Glöckchen tragen, die klingeln, damit man sie kommen hört, und dabei sollten sie auf Schritt und Tritt *Unrein, unrein* rufen, um andere vor der Berührung zu warnen!«

Der Commissaris hatte das Gefühl zuzuschauen, wie eine Seele, ein Herz sich wanden und schrien, aber es waren nicht die Seele oder das Herz eines Erwachsenen, sondern die eines Kindes, die in dieser schönen Frau eingeschlossen waren. Irgendwann vor vielen Jahren war sie in ihrer Entwicklung stehen geblieben, etwas hatte sie heimgesucht und zu ihr gesagt: *Nicht weiter, bleib so. Erwachsen werden ist schrecklich.*

Und jetzt wohnte er einem Exorzismus bei.

Plötzlich verstummte sie und betrachtete ihn mit halb geschlossenen Augen, misstrauisch; *ich weiß, was du jetzt denkst, mein Lieber, glaub bloß nicht, dass ich das nicht weiß.* »Sie meinen, ich suche mir solche Männer aus, oder?«, fragte sie. »Aber so ist es nicht. Am Anfang weiß man das ja nicht, oder? Wenn man die Wahl hat zwischen Liebe und Unglück oder Verzicht und Einsamkeit – was soll man wählen?«

»Kleinere Worte.« Van Leeuwen holte wieder seinen Notizblock hervor. »Wo waren Sie letzten Freitag, nachts zwischen dreiundzwanzig Uhr und ein Uhr morgens?«

»Ich – ich war mit Pieter zusammen. Als Gerrit nicht nach Hause kam, habe ich ihn angerufen, weil ich dieses … weil ich die leere Wohnung nicht ertragen habe, und er meinte, ich könnte vorbeikommen und bei ihm bleiben.«

»Mijnheer Hoekstra hat aber ausgesagt, er wäre allein gewesen.«

»Das hat er bestimmt gesagt, um mich zu schützen – meinen Ruf … Stehe ich denn … stehe ich denn jetzt unter Verdacht?«

»Ich weiß nicht, welchen Status Sie gerade genau haben – Sie und Pieter Hoekstra«, antwortete der Commissaris, während das Klavier im Radio nun die beiden Streicher vor sich hertrieb. »Vielleicht waren Sie Freitagnacht gar nicht bei ihm, sondern hier, während Mijnheer Hoekstra in *de wallen* war.«

»Sie glauben … Sie glauben doch nicht, Pieter könnte Gerrit ermordet haben?«

»Vielleicht hatte er das Gefühl, Ihr Mann stünde Ihrer gemeinsamen Zukunft im Weg«, gab Van Leeuwen zu bedenken. »Und vielleicht haben Sie den Mann, der angeblich Ihr Haus beobachtet hat, den Mann, den Gerrit gesehen haben will, nur erfunden, um Ihren Liebhaber zu entlasten.«

Margriet schwieg. Ihr Gesicht wirkte fassungslos und verletzt wie die Miene eines Kindes, dem man vorgeworfen hatte, immer nur an sich selbst zu denken.

Van Leeuwen fragte: »Wusste Ihr Mann eigentlich von Ihrer Affäre mit Pieter Hoekstra?«

»Ja … ja, er wusste davon, da bin ich mir sicher … Er wusste, dass ich mit seinem besten Freund schlief, und er hat ihn nicht zur Rede gestellt, keinen von uns. Er hat nicht gesagt, *hört damit auf, ich verbiete es dir*, nichts davon!«

»Und deswegen haben Sie ihn verachtet«, erwiderte der Commissaris und spürte, wie sein Blut sich erhitzte und ihm in die Schläfen stieg und weiter bis hinter die Stirn. »Sie haben nicht sich verachtet oder Pieter Hoekstra, sondern Ihren Mann.« Es ist doch nicht vorbei, dachte er; es ist nicht mit Simone gestorben und begraben worden. »Wenn man jemanden verachten kann, muss man keine Schuldgefühle haben, falls er irgendwo auf halbem Weg den Baumstamm hinauf vertrocknet, während man selbst weiterkrabbelt, nicht?«

»Ich wollte immer Kinder«, sagte Margriet übergangslos. »Ich hätte so gerne Kinder gehabt.«

Van Leeuwen hielt unwillkürlich den Atem an: Es schien, als fügte sich plötzlich ein weiteres Stückchen Wahrheit an seinen Platz.

»Aber Gerrit nicht«, fuhr sie fort, »Gerrit wollte keine Kinder. Er sagte immer, er wäre dem nicht gewachsen – der Verantwortung … der Sorge … Kinder seien immer in Gefahr, sie seien schwach, jederzeit könnten sie zur Beute werden … Du meine Güte, als Lehrer hat er sie vergöttert, alles hat er für sie getan. Aber selbst welche in die Welt setzen … und für sie da zu sein … Vater zu werden und sie großzuziehen? Ich wäre ihnen eine gute Mutter gewesen – das wäre ich wirklich …«

»Haben Sie deswegen mit einem anderen Mann geschlafen, um vielleicht doch noch Kinder zu bekommen?«

Hast du dich deshalb mit diesem Sandro eingelassen, Sim, weil ich keine Kinder haben wollte? War es deswegen?

Margriet sah sich verwirrt um. »Ich weiß nicht … ich weiß überhaupt nichts mehr … Sie stellen so viele Fragen, die ich gar nicht verstehe. Ich habe doch nicht dauernd über alles nachgedacht.«

»Oder mochte Gerrit Kinder auf ganz andere Weise, nicht als Vater, sondern mehr als Mann? Als Liebhaber?«

Margriet sah den Commissaris lange an, so aufmerksam, fast suchend wie Ruud Meijer am Vormittag auf dem Schulhof. »Ich weiß es nicht«, wiederholte sie schließlich roboterhaft. »Ich weiß es wirklich nicht. Er hat … er hat so was nie angedeutet, aber wenn jemand so ist, so verzweifelt, wer weiß, wohin er sich wendet, um Trost zu finden?«

Das Klaviertrio im Radio beendete seine Darbietung mit einem Crescendo, das selbst ein beträchtliches Maß an Verzweiflung zum Ausdruck brachte. In die plötzliche Stille fiel ein Glockenton, der Werbung ankündigte, dann rief eine aufgeregte Stimme: »*De Avond!* Jeden Tag das Neueste aus Politik, Sport und der Welt des Entertainment! Schnelle Nachrichten, klare Kommentare, zupackende Analysen! *De Avond!* Schonungslose Interviews, die besten Fotos, außerdem alles rund um Ihr Viertel, so aktuell wie nie! Lesen Sie heute: *Freispruch für Doktor Death!* Und jeden Samstag neu und exklusiv nur bei uns: *Samariter.nl* – die Kolumne, die sich um dich kümmert. Schreib uns dein Problem, und der Samariter hilft dir!«

Margriet Zuiker rannte fast zu dem Radioapparat und schaltete ihn ab.

Van Leeuwen sagte: »Bei meinem letzten Besuch haben Sie erzählt, die Schüler seien Gerrits Ein und Alles gewesen, mehr oder weniger sein ganzes Leben. Hat er vielleicht einen öfter erwähnt als andere?«

»Ja, einen, jetzt erinnere ich mich – es gab einen, Ruud hieß er, glaube ich. Er hat ihn einmal mitgebracht, er schien ihn zu mögen. Beide schienen sie sich zu mögen … Meinen Sie – meinen Sie, es war … es gab etwas zwischen ihnen?«

»Alles ist möglich«, antwortete der Commissaris. »Wissen Sie übrigens, wo Mijnheer Hoekstra sich gerade aufhalten könnte?«

»Pieter? Nein, in der Schule vielleicht.«

»Da ist er nicht mehr. Er hat sie gleich, nachdem ich mit ihm gesprochen hatte, verlassen. Hier war er nicht zufällig?«

»Wann, heute? Nein. Haben Sie es schon bei ihm zu Hause versucht?« Sie warf wieder den Kopf zurück. »Was wollen Sie denn noch von ihm, wenn Sie schon mit ihm gesprochen haben?«

Van Leeuwen sagte: »Zu dem Zeitpunkt wusste ich noch nicht, dass er ein Mordmotiv hatte.«

»Sie irren sich! Pieter könnte niemand umbringen, dazu wäre er nie in der Lage. Sie liegen ganz falsch, und ich möchte, dass Sie jetzt gehen, bitte!« Sie tat ein paar Schritte in Richtung Tür, als wollte sie ihm zeigen, wie man weggeht, wenn man in einem Haus nicht mehr willkommen ist. Er folgte ihr, und als er an den Blumen vorbeiging, wurde der süße Duft fast betäubend intensiv. Jetzt erkannte Van Leeuwen auch den anderen Geruch: Es war ein Hauch von Schwefel. Er sagte: »Auf Wiedersehen, Mevrouw Zuiker, ich hoffe, ich muss Sie nicht noch einmal stören«, aber sie antwortete nicht.

Van Leeuwen ging durch den dunklen Korridor und aus dem Haus, und als er draußen auf der schmalen Straße mit den Akazien und den kleinen Läden, Galerien, Cafés und Ateliers stand, dachte er, dass es noch immer ein schönes Haus in einer stillen, gepflegten Gegend war. Auch die anderen Häuser waren schön, und in den bleigrauen Mauern saßen kleine, weiß umrahmte Fenster, deren Scheiben jetzt den geröteten Abendhimmel und die Kronen der Akazien widerspiegelten. An den Türen hingen immer noch Klingelschilder aus Messing, in die mit fein geschwungenen Buchstaben die Namen der Wohnungseigentümer geprägt waren. Aber, dachte der Commissaris, in manchen dieser Häuser gab es andere Türen, die man besser nicht öffnete, und Schlüssellöcher, durch die man geradewegs in die Hölle blicken konnte.

15

Der Commissaris ging zu Fuß. Er war hungrig, aber das Geld, das er lose in der Hosentasche trug, reichte nur für einen Imbiss aus dem Automaten. Er marschierte über den Museumsplein zur Stadhouderskade. Es wurde schnell dunkel, und die Nächte waren jetzt nicht mehr warm. Über der Singel stand feuchter Nebel, durch den die Lichter der Bar im *American Hotel* schimmerten. Dahinter teilten die unablässig klingelnden Straßenbahnen die Menschenmenge auf dem Leidseplein, und Van Leeuwen schob sich durch das Gedränge der Passanten. Die dicht stehenden Tische auf dem kleinen Platz waren dank der Heizstrahler unter den aufgespannten Straßenschirmen voll besetzt. Aus den offenen Türen der Fast-Food-Restaurants und Bierhallen dröhnte Musik, und die Glühbirnen an den Fassaden der Häuser rings um den Platz flackerten und flimmerten, als wollten sie dem Strip in Las Vegas Konkurrenz machen.

In der Leidsestraat hielt Van Leeuwen geradewegs auf den Eingang des Febo zu. Der Geruch von Pommes frites und Chicken wings empfing ihn vor den beleuchteten Automatenfächern mit frisch zubereiteten Grillburgern, Kassasouffléröllchen, Kipburgern und frittierten Fisch- und Lammkroketten. Zu seinen Füßen suchten ein paar Tauben den schmutzigen Kachelboden nach heruntergefallenen Resten ab. Der Commissaris entschied sich für eine Satékrokette mit Ragoutfüllung, die er im Stehen neben dem Abfalleimer herunterschlang, bevor er, noch kauend, einen Feboburger zog.

Beim Essen beobachtete er den jungen Indonesier im weißen Kittel, der an der Grillplatte hinter der Automatenwand mit schnellen, genau bemessenen Bewegungen die rohen Burger auf die heiße Platte warf. Er sah zu, wie der Junge die Salatblätter bereitlegte, die gefüllten Kroketten in die Fritteusen unter den Wärmelampen gleiten ließ, dann die Burger umdrehte, Zwiebeln schnitt und Brötchen zerteilte, bevor er die Burger zwischen den pappigen Brötchenhälften verstaute, mit Salatblättern und Zwiebeln garnierte, Pappdeckel unter die Brötchen schob und die Rückseite der Fächer öffnete, um sie mit den fertigen Burgern zu füttern. Anschließend kratzte er die Grillfläche mit einem Schaber ab, fischte die gebräunten Kroketten in dem Frittierkorb aus dem siedenden Öl und öffnete die nächste Packung mit tiefgefrorenen Rindfleischscheiben, die er auf die Grillplatte warf wie Pokerkarten – neues Spiel, neues Glück.

Van Leeuwens Gedanken wanderten von dem Jungen aus Indonesien zu Ruud Meijer aus Slotervaart, dem Schüler Gerrit Zuikers. Er dachte an die merkwürdige Reaktion des Jungen, als er angedeutet hatte, sein Lehrer könnte ihm gegenüber eine Grenze überschritten haben. Vielleicht habe ich an etwas gerührt, das er vor sich selbst niemals zugeben kann, dachte er. Etwas, das so tabu ist, dass er eher töten würde, als darüber zu sprechen. Oder ich habe selbst eine Grenze überschritten, die ich in seinen Augen nicht hätte überschreiten dürfen. Vielleicht glaubte er, ich unterstelle ihm etwas.

Da, wo der Junge herkam, in seinem Umfeld, seinem Viertel, bestand die seelische Landkarte noch aus vielen weißen Flecken. Grenzen, hinter denen Ungeheuer lauerten. Und als der Commissaris ihn jetzt vor seinem inneren Auge sah, fragte er sich, wie viel von Ruud sein Viertel war; wo Slootervaart endete und der Junge begann.

Er wischte sich den Mund mit einer Papierserviette aus dem Spender auf der Theke vor dem Getränkeautomaten ab, kaufte von seinen letzten Münzen eine Dose Sprite und beschloss, nach Hause zu gehen, um seinen Schreibtischpflichten nachzukommen. Als er den Febo verließ, stieß er beinahe mit Ton Gallo zusammen.

»Hey, Bruno«, entfuhr es Ton überrascht. »Ich bin halb verhungert.«

Van Leeuwen sagte: »Die Satékroketten sind gut. Wenn du genug Geld dabeihast, nehme ich auch noch eine.«

»Was trinkst du da – *Sprite?* Ist das der Wein der späten Jahre? Ich glaube, ich nehme ein Bier.«

»Gibt es was Neues?«, fragte der Commissaris. Er sah zu, wie

Gallo sein Geld zählte, und stellte fest, dass es für sie beide reichte. »Wissen wir inzwischen mehr über die Pistole?«

Gallo warf ein paar Münzen in die Geldschlitze und wählte einen Kipburger für sich und eine weitere Satékrokette für Van Leeuwen. »Zuiker hat die Waffe vor ein paar Wochen ganz legal bei einem lizenzierten Händler im Internet gekauft, aber offenbar ohne Munition, und es gibt auch keinen Hinweis darauf, dass er sich die Patronen woanders besorgt hätte. Entweder hatte er nie vor, sie wirklich zu benutzen, und trug sie nur zur Abschreckung bei sich …«

»Oder er ist noch nicht dazu gekommen, die Munition zu kaufen«, ergänzte Van Leeuwen. »Ich glaube sowieso nicht, dass diese Spur uns zum Täter führt.« Er dachte an seine Dienstwaffe, die er ungeladen neben der Schachtel mit Munition in der Schublade seines Schreibtisches aufbewahrte. Eine Zeit lang hatte er sie zu Hause gehabt, aber nach Simones Tod war ihm ihre Nähe zu gefährlich gewesen. Bei sich trug er sie fast nie; er dachte, dass er sie dann auch nicht benutzen müsste. Vielleicht hatte Gerrit Zuiker das Gleiche über die Munition gedacht.

Während er aß, stellte Gallo sich mit dem Rücken zur Wand. »Die Befragungen der Eltern haben auch keine neuen Erkenntnisse gebracht«, berichtete er. »Bist du weitergekommen?«

»Das weiß ich noch nicht«, sagte Van Leeuwen. Die Ragoutfüllung der Krokette verbrannte ihm die Zunge. »Vielleicht hilft mir der eine Fall beim anderen. Es hat sich herausgestellt, dass Gerrit Zuikers Frau eine Affäre mit seinem besten Freund hat, Pieter Hoekstra, dem Turnlehrer. Und während ich mit Hoekstra über Zuiker gesprochen habe, kam mir plötzlich der Gedanke, dass der Mord an Jun Wu einen ähnlichen Auslöser gehabt haben könnte. Zheng hat eine sehr schöne junge Frau, die er allein in China zurücklassen musste. Als ich ihn dann im Verhör darauf angesprochen habe, hat er sie allerdings entschieden in Schutz genommen, bevor er jede weitere Aussage verweigerte. Daraufhin hat Procureur Piryns veranlasst, dass Ailing Wu zur Befragung von Fengdu hierher überstellt wird.«

»Und Zuiker? Wusste der was von dem Verhältnis seiner Frau?«

»Sie behauptet es, und einer seiner Schüler auch«, antwortete Van Leeuwen. »Zuiker wusste Bescheid, hatte aber nichts dagegen unternommen, warum auch immer. Außerdem sieht es so aus, als hätte er ein ganz besonderes Faible für diesen Schüler gehabt, einen gewissen Ruud Meijer, der ihn aber genauso verachtet hat wie seine Frau. Zumindest tut er so – Ruud, meine ich –, doch es kann durchaus sein, dass der Junge Gerrits Gefühle erwidert hat.«

Gallo hörte auf zu essen. »Reden wir gerade über Verführung Minderjähriger?«

Van Leeuwen überlegte einen Moment. »Ich glaube nicht, dass es so einfach ist. Es war wohl eher eine starke Anziehung, die beide gespürt haben. So was gibt es ja manchmal zwischen Lehrern und Schülern, wenn da einer ist, der besonders schnell begreift, voller Wissensdurst steckt, und der andere – mit Leib und Seele Lehrer – das Gefühl hat, dass er endlich den einen unter hundert gefunden hat, bei dem sich die ganze Mühe lohnt. Vielleicht ist Gerrit etwas über das Ziel hinausgeschossen, hat sich zu einer falschen Geste, einem unbedachten Wort hinreißen lassen. Dieser Ruud Meijer ist ein aufgeweckter junger Bursche, aber die Verhältnisse, aus denen er stammt, stehen ihm im Weg. Wenn man eine Annäherung nicht erwidern kann, weist man sie manchmal zu heftig zurück, was wiederum dazu führen kann, dass sie noch heftiger wiederholt wird. Ich glaube nicht, dass Gerrit schwul war, aber Ruud hat das vielleicht gedacht und – mitten in der Pubertät – noch nicht gewusst, wie es um seine eigene sexuelle Identität bestellt ist. Deswegen ist er wahrscheinlich an dem Abend, als Gerrit ihm gefolgt ist, zu den Mädchen auf den *Wallen* gegangen, wie vermutlich an anderen Abenden auch. Er sieht gut aus, und auf den *Wallen* gibt es jede Menge Frauen, und keine sagt Nein, anders als viele Mädchen in seinem Alter. Man kann sein Taschengeld auf sinnlosere Weise ausgeben.«

»Meinst du, dass es zwischen den beiden da in der Nacht zu einem Zusammenstoß gekommen ist?«, hakte Gallo nach. »Hast du den Jungen danach gefragt?«

»Ja, aber mehr nach der chinesischen Methode der höflichen Umschreibung.« Van Leeuwen war auch mit der zweiten Krokette fertig und leerte die Sprite-Dose. »Jedenfalls glaube ich nicht, dass er was mit dem Mord an Gerrit Zuiker zu tun hat. Das hätte ich gemerkt, als wir uns unterhalten haben.«

»Möchtest du noch was?«, wollte Gallo wissen. »Nein?« Er ging zum Tresen, wo eine neue Ladung frittierter Chicken wings im roten Licht der Wärmelampen über dem brodelnden Öl schwebten wie Verdammte über dem Höllenfeuer. Mit einer Dose Heineken in der Hand kehrte er zurück. »Also bleibt noch der Mann in dem transparenten Plastikregenmantel, den diese Cherry gesehen hat.«

Van Leeuwen nickte. »Stell dir vor, du bist abends auf den *Wallen* unterwegs, mit einer Aktentasche, in der sich eine Walther befindet, und verfolgst einen fünfzehnjährigen Jungen …«

»Warum sollte ich das tun?«

»Und jetzt stell dir vor, ich tauche plötzlich hinter dir auf und überfalle dich, ziehe dir eine Plastiktüte über den Kopf und ersticke dich …«

»Warum solltest du das tun?«

»Genau das ist die Frage – warum tue ich das? Was hat der Mörder für ein Motiv?«

»Vielleicht wollte er freie Bahn bei der Frau haben«, meinte Gallo. »Als Turnlehrer müsste Hoekstra kräftig genug sein, um jemand auf diese Weise zu töten, mit einer Plastiktüte über dem Kopf.«

»Margriet Zuiker behauptet, er wäre zu so was nicht in der Lage, und ich traue es ihm eigentlich auch nicht zu. Hoekstra ist eher der Typ, der sich auf die Seite des Freundes schlägt, wenn alles rauskommt und er sich entscheiden muss. Allerdings hatte ich noch keine Gelegenheit, ihn mit der neuen Ermittlungslage zu konfrontieren. Er ist nach unserer Unterhaltung ganz plötzlich verschwunden.«

»Sollen wir ihn zur Fahndung ausschreiben?«, fragte Gallo.

»Vielleicht. Falls er bis morgen früh nicht wieder auftaucht.«

»Aber für alle Fälle sollten wir jemanden vor Margriet Zuikers

Haus postieren«, sagte Gallo. »Könnte ja sein, dass sie schon auf gepackten Koffern sitzt.«

Van Leeuwen nickte.

»Und was machen wir mit dem Jungen, diesem Ruud Meijer?«

»Erst mal abwarten«, erklärte Van Leeuwen. »Er hat noch gar nicht richtig begriffen, dass sein Lehrer tot ist und dass er vielleicht dazu beigetragen hat. Er tut unglaublich cool, aber er ist noch ein Kind, in dessen Haut ich in den kommenden Nächten nicht stecken möchte.«

»Was war das denn für eine Situation, in der er seinen Lehrer gefilmt hat?«, fragte Gallo.

Van Leeuwen beschrieb ihm den kurzen Clip, den er auf *YouTube* gesehen hatte. »Aufgenommen mit einem Filmhandy! Soll ich dir sagen, was aus dem glorreichen Internet geworden ist? Ein öffentliches Pissoir, an dessen Wände im Schutz der Anonymität Klatsch, Gerüchte und Verleumdungen gekritzelt werden. Ein globaler Basar, auf dem Terroristen öffentliche Hinrichtungen inszenieren. Ein Dschungel, in dem Perverse ihren abartigen Neigungen nachgehen und kleine Kinder zum Missbrauch freigegeben sind. Ein Ort des Faustrechts, der Schamlosigkeit, der Menschenjagd, in dem jeder von jedem zu Tode gehetzt werden kann, nur mit einem Handy. Eine Parallelwelt aus Datenströmen, die von frustrierten Seelen mit ihrer Wut und ihrem Schmerz gespeist werden, unzählige gebrochene Dämme vor den abgenutzten Tastaturen billiger Computer.«

Gallo trank von seinem Bier und betrachtete die Passanten, die am Eingang des Febo vorbeischlenderten, späte Büroangestellte, amerikanische Tramper in gefütterten Outdoor-Jacken, ein gepflegtes älteres Ehepaar mit einem schwarzen Pudel, lauter Statisten auf einem hell angestrahlten Bühnenbild: *1. Akt, eine nächtliche Straße in Amsterdam, übersät mit elektrischen Lichtern. Eine Trambahn rollt vorbei, der Fahrer treibt die Fußgänger mit harten Glockenschlägen auseinander.* »Jede Erfindung hatte ihre Kinderkrankheiten, meinst du nicht?«, sagte der Hoofdinspecteur.

»Ja, aber nicht jede hat so unumschränkt als Ventil für negative

Energien gedient«, beharrte Van Leeuwen. »Warum brauchen die Menschen dieses Ventil? Woher kommt all diese Wut, dieser ganze Schmerz? Wir müssen uns dieser Frage stellen, denn Wut und Schmerz führen zu Aggressivität, und Aggressivität führt zu Verbrechen – nicht nur zu terroristischen Verbrechen, sondern zu ganz normalem Mord, und manchmal sogar zu Morden, die es nicht gegeben hätte, wenn das Internet nicht diese Plattform böte, um damit zu prahlen. Wer hat dieses Klima der Angst und der Hilflosigkeit geschaffen, in dem all die negativen Energien wachsen und gedeihen? Die Politiker? Die Medien? Die Wirtschaftsbosse? Die Terroristen des elften September? Warum schürt Religion plötzlich Hass, statt ihn zu besänftigen? Warum rufen Gläubige zu Mord und Totschlag auf, statt beides zu ächten?«

Plötzlich, mit einem Gefühl von Scham, fiel ihm der Junge in der Straßenbahn ein, den er geohrfeigt hatte; und dann der Jogger auf dem Friedhof. Was ist mit deinem eigenen Zorn?, dachte er.

»Auch vor der Erfindung des Internets haben die Menschen Verbrechen begangen«, wandte Gallo ein. »Sie haben getötet und gestohlen und des Nächsten Weib begehrt, seit dem ersten Tag.«

»Natürlich«, stimmte Van Leeuwen zu, »bloß wussten sie dabei auch immer, dass sie unrecht taten. Seit der Vertreibung aus dem Paradies wussten sie das. Jeder hatte die Freiheit, sich gegen die Regeln und Gesetze der Gesellschaft zu stellen, immer schon. Jedem stand offen, die Grenzen zu ignorieren, die eine Zivilisation ziehen muss. Aber wenn er das tat, meldete sich sein Gewissen und sagte ihm, dass er für diese Verletzung der Gebote, Gesetze oder Regeln betraft wird, dass das der Preis ist, den er für seine persönliche Auslegung des Freiheitsgedankens zahlen muss.«

Er betrachtete die zerfledderten Tauben, die vor der Automatenwand auf und ab stolzierten, immer hungrig, ewig suchend. »Das Gewissen war so was wie ein Polizist im Inneren der Menschen. Ungefragt und ohne richterliche Erlaubnis hat es sich in ihre Angelegenheiten gemischt und dafür gesorgt, dass sie es doch lieber vorzogen, so zu handeln, wie es für die Gesellschaft am besten war. Und dieses Gewissen wurde geformt von Eltern, Lehrern,

Priestern, Zeitungen und Büchern, unter anderem. Aber wer bildet in einer Zeit wie unserer die inneren Polizisten aus? Wenn Lehrer die Ehe brechen, Eltern ihre Kinder verwahrlosen lassen, Priester zum Mord aufrufen und Zeitungen sich selbst zensieren, während ein virtuelles Medium wie das Internet Amok läuft – wie können wir dann noch auf ein funktionierendes Gewissen hoffen?«

»Oder auf weiße Weihnachten?«, sagte Gallo und trank den Rest Bier aus seiner Dose, bevor er sie in den Müll warf. »Was genau verbindest du denn mit einem funktionierenden Gewissen um halb zehn Uhr nachts in einem gut besuchten Febo an der Leidsestraat?«

»Den Wunsch nach Vergebung«, antwortete Van Leeuwen. »Wenn der innere Polizist dich schon nicht davon abgehalten hat, das Gesetz zu brechen, kann er wenigstens darauf hinarbeiten, dass du Reue zeigst, und zwar, indem du beichtest. Ohne Beichte keine Vergebung der Sünden. Und diese Vergebung erlangst du, indem du mir, Commissaris van Leeuwen, sagst, was ich wissen will.«

»Du kommst mir vor wie eine dieser russischen Holzpuppen«, meinte Gallo. »In dem alten harten Polizisten steckt der jüngere idealistische Polizist, und in dem steckt der kleine gottgefällige Messdiener, der gerade aus dir spricht. Bist du schon mal auf den Gedanken gekommen, dass es Menschen geben könnte, die einfach kein Gewissen haben? Oder ganze Kulturen, in denen die Idee eines Gewissens völlig unbekannt ist?«

»In jeder Kultur gibt es Tabus und die Warnung davor, sie zu verletzen«, widersprach Van Leeuwen. »Etwas oder jemand, der dir sagt, dass du was Falsches tust und gerade dabei bist, gegen die Gebote der Gemeinschaft zu verstoßen. Dabei fällt mir ein – wer hat eigentlich für Zheng Wu die Besorgungen gemacht?! Mijnheer Wu sitzt in seiner Wohnung im Rollstuhl, und sein Herz verzehrt sich nach Ailing, aber wer hat ihm das Essen gebracht, damit sein Magen sich nicht selbst verzehrt? Eine junge Frau, ein junger Mann, sein Vermieter – irgendjemand kannte ihn gut genug, um uns die Fragen zu beantworten, auf die Mijnheer Wu so beharrlich schweigt. Diesen Jemand müssen wir finden.«

Plötzlich geschah es wieder: Unvermittelt sah er das Gewimmel der Bummler draußen auf der bunt leuchtenden Bühnenbildstraße an sich vorbeiziehen wie Wesen aus einem Science-Fiction-Film, fremdartig und unvertraut. Es war nur ein Moment, nicht mehr als ein paar Sekunden. Einige harte, heftige Herzschläge lang spürte er mit unerbittlicher Schärfe seinen ganzen Verlust. Als würde ihm gerade jetzt erst bewusst, dass es diese Alltäglichkeit, die Welt des Feierabends für ihn nicht mehr gab und nie mehr geben würde – kein gemeinsames Schlendern Arm in Arm, keine kleinen Sorgen, kein Eilen zu einem Ort, zu einem Menschen, auf den man sich freute.

»Was hast du?«, wollte Gallo wissen.

»Ich frage mich gerade«, sagte Van Leeuwen, »warum das so sein muss: Warum kann man nicht jemanden verlieren, ohne dass es wehtut?«

Gallo schwieg.

»Warum kann man nicht weiterleben wie vorher, nur eben ohne diesen Jemand, den man geliebt hat?«, beharrte Van Leeuwen. »Ohne diese verdammte Lücke?«

Gallo sagte immer noch nichts.

»Das Schlimme daran ist«, Van Leeuwen schob die Hände in die Manteltaschen, »dass man so angreifbar wird. Es kommt ganz plötzlich, aber wenn genau in so einem Moment jemand an mir vorbeigehen würde, jemand, den wir vielleicht schon eine Ewigkeit suchen – ein Mörder sogar –, in diesem Moment würde er mir durch die Lappen gehen.«

»Bestimmt geht das bald vorbei«, meinte Gallo endlich. »Bestimmt ist es nur jetzt so, und in ein paar Wochen oder Monaten stellst du fest, dass die Lücke sich langsam schließt.«

»Das bezweifle ich«, sagte Van Leeuwen. »Vor allem nachts.«

Wieder fuhr dicht am Eingang eine Straßenbahn vorbei und scheuchte mit ihrem harten Glockenschlag die Menge von den Gleisen.

Gallo legte ihm den Arm um die Schultern. »Du glaubst also an die Beichte, an Reue und Vergebung, aber nicht an Trost, ja? An Strafe, aber nicht an Trost?«

Van Leeuwen seufzte. »Ich weiß auch nicht. Ich weiß nur, dass es nicht genug Trost für alle auf dieser Welt gibt. Gute Nacht, Ton.«

»Gute Nacht, Bruno.« Gallo ließ ihn los, und sie kehrten der hellen Höhle des Febo den Rücken und traten auf die Straße. »Du gehst doch jetzt nicht etwa zum Bahnhof?«

Ohne zu antworten, ging Van Leeuwen ein paar Schritte in Richtung Prinsengracht, drehte sich aber noch einmal um und rief: »Hast du dir schon mal darüber Gedanken gemacht, wie die Straßen hier in Amsterdam heißen, Ton? Elandsgracht? Bloedstraat? Galgenstraat? Die ganze Stadt schreit danach, von Bach in einen Choral gepackt zu werden – *Herr, erbarme Dich!*«

16

Auf dem Schuhabstreifer vor seiner Wohnungstür lag eine neue Ausgabe von *De Avond!*, und als der Commissaris sich bückte, um sie aufzuheben, fiel sein Blick auf die Schlagzeile. *Freispruch für Dr. Death*, daneben ein Bild eines weißhaarigen Mannes: Doktor Klaas van der Meer vor seiner Klinik in der Nähe von Haarlem. Hast du es also am Ende tatsächlich geschafft!, dachte Van Leeuwen, nicht ohne widerwillige Bewunderung. Er beschloss, diesmal einen Blick in die Zeitung zu werfen, die seit Tagen in ganz Amsterdam gratis verteilt und im Radio, im Fernsehen und an Plakatwänden beworben wurde – ein neues, billiges Abendblatt, auf das die Stadt zweifellos gewartet hatte.

Er sperrte die Tür auf, hängte seinen Trenchcoat über einen Bügel und ließ den Schlüsselbund in die Schale auf der Kommode neben der Tür fallen. Im Dunkeln ging er in sein Arbeitszimmer, wo er die Zeitung auf den Schreibtisch legte. Er öffnete das Fenster und blieb einen Moment davor stehen. Aus der Nacht drang ein flüchtiger Laut in sein Zimmer, ein Lachen vielleicht oder ein unterdrückter Schrei. Es konnte auch Musik sein, ein Ton, den die Stadt draußen anschlug – auf den Straßen, in den Hinterhöfen, an den Plätzen, hier im Jordaan oder in Oud West, in De Pijp, Oud

Zuid, im Zentrum, an den Grachten oder unter den Bäumen der Parks, überall, wo Menschen beieinander waren, sich liebten oder stritten. Der Klang der ganzen Stadt in dieser Herbstnacht. Sie ließ ihn steigen und über den Dächern schweben wie einen Papierdrachen unter dem dunkelblauen Himmel.

Der Luftzug und die rasch dahinziehenden Wolken gaben Van Leeuwen das Gefühl, am Bug eines Schiffes zu stehen, das langsam, aber stetig in zunehmendem Nebel auf einen fernen, dunklen Kontinent zufuhr. Er schloss die Fensterflügel wieder. In der Küche kochte er sich Kaffee, eine ganze Kanne voll, die er mitnahm ins Arbeitszimmer, wo auf dem Schreibtisch noch die ungespülte Tasse von letzter Nacht stand. *Wozu eine Tasse spülen, aus der nur einer trinkt?*

Er knipste die Schreibtischlampe an. Das Licht fiel auf ein Poster an der Wand gegenüber, die Reproduktion eines Caprichos von Francisco de Goya, das einen schlafend an seinem Schreibtisch zusammengesunkenen Mann im knielangen Hausrock zeigte. Der Kopf des Mannes war auf seine Arme gesunken. Über seinem Kopf kreisten hässliche Fledermäuse. Eulen hatten auf dem Schreibtisch Platz genommen, und hinter seinem Stuhl lag ein Luchs auf der Lauer: *Der Schlaf der Vernunft gebiert Ungeheuer.* Damit, dachte der Commissaris, hatte Goya alles über die Arbeit eines Polizisten gesagt.

Er setzte sich an den Schreibtisch, hinter sich im Halbdunkel des Raumes kein Luchs, sondern ein zerschlissener Polstersessel mit Lederbezug, eine Stehlampe, ein kleiner Fernseher auf einem Beistelltisch und Buchregale, die bis zur Decke reichten, gefüllt mit Sachbüchern über Medizin und Politik, über Kunst, Kultur und das Wesen der Zivilisation. Und über Mörder in jeglicher Form ihrer geistigen Abnormität, als Einzeltäter, Serienkiller oder Amokläufer, als Kriegsverbrecher, Könige, Präsidenten oder Reichskanzler.

Der Commissaris schenkte sich Kaffee ein, griff nach der Titelseite von *De Avond!* und las den Artikel über den Freispruch des Arztes, den die Medien *Dr. Death* getauft hatten. Doktor Klaas van der Meer betrieb eine private Sterbeklinik in der Nähe von Haarlem, wo er Todkranke erlöste, von den quälenden Schmerzen, von ihrem Leiden, vom Leben – eine Spritze mit Kaliumchlorid, die er in den Blutkreislauf leerte, und danach gab es weniger Leid und weniger Qual.

Van Leeuwen erinnerte sich an seine erste Begegnung mit dem Arzt, an seine Überraschung. Van der Meer war ein gebildeter Mann, der an das Recht auf einen eigenen Tod glaubte, als Ende eines ebenso eigenen Lebens. Er war davon überzeugt, dass es ein Elend gab, das jedes Maß überstieg, unerträgliche Schmerzen, von denen ein Arzt seinen Patienten erlösen durfte, wenn der ihn darum bat. Aber Van der Meer war auch janusköpfig, mit einem Hang zur Selbstdarstellung, eitel wie ein Chirurg. Er hatte Feinde. Sie triumphierten, als eine Mutter ihn wegen Mordes anzeigte, weil er dem erwachsenen Sohn der Frau in den Tod geholfen hatte, obwohl der Patient, als die Spritze schon gesetzt war, plötzlich geschrien hatte: *Nein, nein, nein*! Van Leeuwen war der Polizeibeamte gewesen, der ihn verhaftet hatte.

In einem aufsehenerregenden Prozess war Van der Meer vom Vorwurf des Mordes freigesprochen worden, aber das Gericht hatte ihn wegen unterlassener Hilfeleistung zu einer sechsmonatigen Gefängnisstrafe auf Bewährung verurteilt. Er triumphierte über seine Feinde, indem er die Bewährung zurückwies und die Strafe antreten wollte. Als ihm das nicht gestattet wurde, zog er seinerseits vor Gericht und gewann: keine Bewährung mehr, auch keine unterlassene Hilfeleistung, kein Mord. Doch vor einigen Monaten war er neuerlich angezeigt und unter Anklage gestellt worden, diesmal, weil er in seiner Klinik einem sterbenskranken elfjährigen Jungen die Todesspritze gegeben hatte – gegen den Willen der Eltern und ohne einen zweiten Arzt zu konsultieren, wie es das Gesetz zur aktiven Sterbehilfe verlangte.

Nun war er also auch aus diesem Prozess als freier Mann hervorgegangen.

Van Leeuwen schaltete den Laptop ein und kramte seinen Notizblock hervor, um seine Eindrücke von den letzten Befragungen zusammenzufassen. Er trank einen Schluck von dem starken, heißen Kaffee. Er begann mit Pieter Hoekstra, dem Turnlehrer, der vom Zeugen zum Verdächtigen geworden war, an dessen Schuld er aber nicht wirklich glaubte. Anschließend schrieb er nieder, was ihm von Ruud Meijer in Erinnerung geblieben war, von seiner Unsicherheit und seinem Zorn auf Gerrit Zuiker, der ihn enttäuscht hatte. Ein Schüler oder auch ein Verdächtiger? Ein Junge, der sich auf seinem Gameboy *Hitman 2* anschaute, um zu lernen, wie man Profikiller wurde. Und worin genau lag seine Enttäuschung? Schließlich Margriet Zuiker, zum zweiten Mal befragt und nun vom Opfer zum Täter geworden, schuldig allerdings nur des Ehebruchs, wohl kaum des Mordes. Hatte er etwas übersehen?, fragte sich der Commissaris. Einen Hinweis, eine Spur, einen weißen Fleck?

Nachdenklich starrte er auf den Bildschirm des Laptops. Er sah Gerrit Zuiker durch *de wallen* gehen, ein wenig unscharf und etwas zu dunkel, als wären die Bilder mit einem Filmhandy aufgenommen worden. Der Lehrer ging langsam, mit unsicheren Schritten, und weit vor ihm ging Ruud Meijer. Van Leeuwen sah ihn nur von hinten, er sah beide nur von hinten. Er folgte ihnen unsichtbar durch den sacht fallenden Regen, die verschwommen schillernden Lichter. Er sah, wie Zuikers Hemd langsam nass wurde und wie seine Schulterblätter hervorstachen, wenn er seine Aktentasche an sich presste. Er hielt ausreichend Abstand, blieb stehen, wenn der Lehrer stehen blieb, und ging in seinem raschelnden Plastikregenmantel weiter, sobald Zuiker weiterging. Die erleuchteten Fenster blieben allmählich zurück, auch die anderen Fußgänger wurden weniger, das Licht ließ nach. Dunkelheit breitete sich aus. Er konnte nur noch den hellen Rücken des Lehrers sehen, und jetzt war er nicht mehr Van Leeuwen, er war jemand anders, jemand, der eine Plastiktüte aus der Tasche des Regenmantels zog, der schneller ging, immer schneller, bis er Zuiker fast erreicht hatte.

Plötzlich sah er den Jungen und blieb stehen. Er beobachtete Zuiker und den Jungen, sah die heftigen Gesten, die einen Streit begleiteten, dann einen Schlag. Der Junge stürzte zu Boden, war aber rasch wieder auf den Beinen und versetzte dem Lehrer einen

Tritt gegen das Knie. Jetzt lag Zuiker auf dem Pflaster, während der Junge lachte; er lachte wie eine Zeichentrickfigur und ging mit den schlurfenden, etwas ruckhaften Schritten eines Anime-Charakters davon. Zuiker versuchte, wieder hochzukommen, und das war er: Das war der Moment, in dem sie blitzschnell miteinander verschmolzen, der Mörder und das Opfer, ein Kopf, eine Tüte, ein wild um sich schlagender Körper, der schlaff wurde.

Aber wer war *er*? Warum drehte sich das Handy mit der winzigen Kamera nicht um, sah ihm ins Gesicht und zeigte seinen Anblick unter dem Schirm seiner Kappe? *Bitte, dreh dich um! Los doch, dreh dich um!* Und da, ganz langsam, geschah es tatsächlich: Die Kamera hob sich von dem reglos daliegenden Lehrer, schwenkte durch die dunkle Gasse und an den Wänden entlang, zeigte die Feuertür und die Müllsäcke, drehte sich langsam um hundertachtzig Grad, und was Van Leeuwen sah, war das: eine Maske, nein, eine verzerrte Fratze, das Gesicht eines Chinesen, der ihn wild anstarrte, mit schwarzen Augen, und schrie. Er schrie: *Es tut mir leid machen Umstände*, und dann schlang er ihm jählings einen Draht um den Hals und zog zu, zog und zerrte und schrie: *Tut sehr leid, ja, sehr leid!*

Van Leeuwen blinzelte. Er hatte geträumt, mit offenen Augen geschlafen. Hastig trank er mehr Kaffee, leerte die ganze Tasse und schenkte sich wieder ein. Dann folgte er dem Traum: Zheng Wu, der seine Tat gestand, das Motiv aber nicht preisgeben wollte. Er dachte an das Verhör am Nachmittag, an den Beschluss des Staatsanwalts, Wus Frau Ailing zur Befragung nach Amsterdam kommen zu lassen. Eine rasche, richtige Entscheidung. Die Briefe, die sie in Wus Wohnung gefunden hatten, lagen bereits beim Übersetzer, und morgen würde Inspecteur Vreeling sich in Chinatown umhören. Er konnte das gut, die Menschen öffneten sich ihm, besonders die, die wie er ihre Wurzeln nicht in den Niederlanden hatten.

Vielleicht ist das einer von den seltenen Fällen, die sich schnell aufklären lassen, dachte Van Leeuwen. Wir haben einen Mörder, ein Opfer und ein Geständnis. Doch der Staatsanwalt suchte nicht nur den Erfolg vor Gericht; er wollte dem Angeklagten Gerechtigkeit zuteilwerden lassen, nötigenfalls gegen dessen Willen. Handelte es sich um einen Mord aus niederen Motiven, oder gab es mildernde Umstände? War Zheng Wu nur Täter oder auch Opfer?

Der Commissaris fragte sich, warum Zheng Wu so verbissen schwieg und wie er ihn zum Reden bringen konnte, falls seine Frau Ailing gar nicht wusste, was hier geschehen war und warum; wenn Zheng Wu der Einzige war, der Licht in das Dunkel bringen konnte.

Er suchte die letzte Botschaft des koreanischen Amokläufers, die Worte, die Cho Seung Hui an seine Opfer gerichtet hatte. Er fand den Ausdruck unter der Zeitung.

Ihr habt nie in eurem Leben auch nur ein Quäntchen Schmerz gefühlt, und in unserem Leben wollt ihr so viel Leid wie möglich schaffen. Einfach nur, weil ihr es könnt. Ihr hattet alles, was ihr wolltet. Euer Mercedes war nicht genug, ihr Bastarde. Eure goldenen Ketten waren nicht genug, ihr Snobs. Eure Treuhandfonds waren nicht genug. All eure Ausschweifungen waren nicht genug. Sie reichten nicht aus, um eure hedonistischen Bedürfnisse zu befriedigen. Ihr hattet alles.

Deswegen musste ich euch töten, dachte Van Leeuwen. Deswegen musste ich mir eine Walther und eine Glock besorgen und mich mit euch in einem Hörsaal verbarrikadieren, um so viele wie möglich von euch zu erschießen, einen nach dem anderen und am Ende mich selbst. Weil das Schicksal mich mit euch zusammengesperrt hatte, verbarrikadiert auf dieser Erde, auf der ihr alles hattet und ich nichts.

Aber nicht jeder hat alles; manche haben gar nichts, und anderen ist das, was sie hatten, einfach wieder genommen worden, so was passiert. Und nur wenige greifen deswegen zu einem Maschinengewehr, einer Pistole oder einer Drahtschlinge – um Rache für ihr Schicksal zu nehmen.

Van Leeuwen merkte, dass er nicht weiterkam. Er schaltete den Laptop aus, stand auf und nahm den Kaffee mit ins Wohnzimmer. Ohne Licht zu machen, setzte er sich auf die Couch. Früher, in der ersten Zeit, hätte er sich jetzt an Simone gewandt und ihr von seinem Problem erzählt. Sie hätten eine Flasche Montepulciano entkorkt, und während der Wein atmete, hätte sie angefangen, ihm Fragen zu stellen oder Denkanstöße zu geben, und indem sie darüber redeten, hätten die Dinge sich für ihn geordnet. Dann hätten sie eine Schallplatte aufgelegt und den Wein getrunken, und das Glück wäre warm und nah gewesen.

Eine Erinnerung, nur eine.

Immer noch im Dunkeln, ging er zum Plattenschrank, stellte die Kaffeetasse auf dem Regal ab und zog aufs Geratewohl eine CD heraus, die er in den CD-Player legte. Sofort bei den ersten Takten, dem harten Schlagzeug und der metallischen Gitarre, erkannte er Gianna Nannini, *Bello e Impossibile*. Eine Sängerin, die seine Frau gemocht hatte, weil Giannas Stimme keine Stimme war; Sim hatte ein Faible für alles Unvollkommene gehabt, den Mut, der dazugehörte.

Zwanzig Jahre war das jetzt her, mindestens, dass sie dieses Lied zum ersten Mal gehört hatten, in einem Eiscafé in Siena, *Nannini*, ganz nah an der alten Stadtmauer. Sie hatten draußen gesessen, an einem Tisch mit Blick auf eine kleine Piazza, in einer warmen Sommernacht. Sie hatten das Lied gehört und Eis gegessen, das so bunt war wie die Neonbeleuchtung des Cafés. Das Neonlicht überzog alles mit seiner süßen Glasur: die Topfpflanzen neben den Tischen, Sims damals noch langes blondes Haar, das grob behauene Pflaster des Platzes, sogar die Nacht selbst bis weit hinauf zum Himmel, wo der Mond schimmerte wie eine Messingmünze auf einem blauen Stempelkissen.

»*Perfetto*«, sagte Simone leise. Sie nahm seine Hand und hielt sie, und plötzlich bekam sie wieder Appetit auf Artischockenherzen mit zerlassener Butter, wie immer nur die Herzen, zart und herb und saftig, und danach schmiedeten sie Pläne für den Herbst, ein Wochenende ganz allein am Meer, spazieren gehen am Strand und draußen die kupfernen Wellen am Abend, und im Winter wollten sie nach New York, Manhattan im Advent. Simone wollte mit einer Pferdekutsche durch die Straßen fahren, durch den dichten Verkehr und den fallenden Schnee und die von den Hochhäusern flutende Festbeleuchtung bis zum Central Park. Und natürlich hatten sie auch das nicht gemacht, nie mehr. Denn auf einmal war alles anders gewesen, nach einer einzigen Nacht vor vier Jahren.

Schon am Abend vor dieser Nacht war Simone in sich gekehrt gewesen, still beunruhigt von dem Umstand, dass sie sich zu verändern schien; dass sie mehr und mehr Dinge vergaß, Adressen, Namen, Gesichter. Plötzlich war sie in der Tür zu seinem Arbeitszimmer aufgetaucht. *Halt mich fest!*, hatte sie gefleht. Er war von seinem Schreibtisch aufgestanden und zu ihr gegangen, zögernd, überrascht. *Ich falle*, hatte sie gesagt. *Lass mich nicht fallen. Vergiss mich nicht. Lass mich nicht allein.*

Er hatte nicht gewusst, was er antworten sollte, aber er hielt sie fest. Sie schien etwas wärmer zu sein als sonst, auch etwas fester; als wäre ihr fünfzigjähriger Körper weniger weich. Er konnte fühlen, dass sie alle ihre Muskeln anspannte, wie eine Katze in Panik; sie zitterte. *Ich halte dich fest*, sagte er. *Ich lasse dich nicht los.*

Sie sah zu ihm auf, stellte sich dann auf die Zehenspitzen und küsste ihn. So hatte sie ihn schon lange nicht mehr geküsst, leidenschaftlich, voller Verlangen und Lust, die er längst vergessen geglaubt hatte. Später, in der Nacht, kehrte diese Lust zurück. Das Verlangen brannte in Simones Körper und steckte Van Leeuwen an. Sie liebten sich, sie konnten nicht aufhören, und selbst als sie schon ganz leer und erschöpft waren, lief immer noch ein Schauer durch ihre Körper, wie Wellen, die über einen Strand spülten, vor und zurück.

Bruno, flüsterte sie heiser, *Bruno.* Er lag neben ihr mit wild schlagendem Herzen und wusste, dass sie mit ihm eben auch ein letztes Mal ihr gemeinsames Leben umarmt und losgelassen hatte, alles, was bis jetzt an Gutem und Schlechtem gewesen war – ihr Leben und ihn. Dann setzte sie sich auf, noch immer nackt, die Haut feucht und glänzend von Schweiß. Sie zog die Beine an, schlang die Arme um die Schenkel und ließ ihren Kopf auf die Knie sinken. Das Haar, das auch damals noch lang und blond war, fiel ihr in dunklen Strähnen über die Arme bis hinunter zu den farblos lackierten Zehennägeln. *Auf Wiedersehen, Bruno, Liebster*, sagte sie zu ihrem Schoß.

Er sah sie an, während sein Herz sich in einen Stein verwandelte. *Ich bin bald nicht mehr da*, fuhr sie fort. *Liebe mich trotzdem weiter, bitte.* Sie sah auf und schaute ihn an, mit einem verlorenen Blick, in dem ihr ganzer Mut lag.

Danach redete sie immer seltener und benutzte dabei immer weniger Wörter, und was sie sagte, hatte fast keinen Zusammenhang mehr. Sie schnitt sich das Haar igelkurz.

Aber er hatte sie trotzdem weiter geliebt, denn alles, was er tat im Leben, war ja für sie. Nur manchmal hatte er das Gefühl gehabt, als ginge es nicht mehr, nicht einen Tag, nicht eine Minute; als bekäme er keine Luft mehr. Ich ersticke, hatte er gedacht.

Der menschliche Kummer ist so groß wie das menschliche Herz. Wer war es, der das gesagt hatte? Es stand irgendwo in den Büchern in seinem Büro, aber er war zu müde, um das Buch oder die Stelle zu suchen. Er stand auf, schaltete alle Lichter aus, griff nach Schlüsselbund und Mantel und ging zum Bahnhof, um zu schlafen.

17

Die Frau hielt die Tulpenzwiebel ganz fest in der linken Hand und wartete. Sie stand in der Tür des Gewächshauses und sah auf die Felder hinaus und dachte: *Du darfst nicht darauf achten. Wenn du nicht darauf achtest, geht es weg.* Sie spürte, wie die Zwiebel warm wurde, und sie spürte die Schmerzen, auf die sie nicht achten durfte. *Geht weg, bitte, bitte, bitte, geht weg*!

Vor ihren Augen erstreckten sich die blühenden Tulpenfelder bis zu dem kleinen Birkenhain am Horizont, endlose Reihen von roten Abba, gelben Monte Carlo und weißen White Dream an dünnen grünen Stängeln. Dazwischen flammten Scharlachkelche in der Morgensonne, rosa Peach Blossom wogten sacht im Wind. Es gab unter dem hohen blauen Oktoberhimmel riesige Flächen nur mit leuchtenden Orange Nassau und karminroten Rococo mit feurigem Rand. Dort, wo die Felder endeten, wehten gelbe Birkenblätter von den Bäumen und schwebten zwischen den schlanken Stämmen zu Boden.

Die Frau spürte die Zwiebel in ihrer Hand nicht mehr. Sie sah das Meer der Tulpen – einfache und gefüllte, gefiederte, gestreifte, gezackte und gekräuselte –, ein Meer, das nur in ihr existierte und mit seinem süßen Duft die Schmerzen betäubte. Es war ja Herbst, ein Morgen im Herbst, und die Felder lagen kahl und braun vor ihr. Allein die Birken und das gelbe Laub waren Wirklichkeit. Sie drehte sich zu dem Gewächshaus um, in dessen Tür sie stand. Auch das Glashaus war Wirklichkeit und die anderen Glashäuser, die rechts und links davon lagen, voll mit Artischocken, Lavendel, Lupinen und Fuchsien. Die schrägen Dächer brachen das Sonnenlicht, und an den durchsichtigen Wänden sammelte sich die Luftfeuchtigkeit.

Der Mann kam über die Felder. Er kam über die umgepflügte Erde, die auf die Gärtner mit den Zwiebeln wartete, aber er war kein Gärtner, und er ging auch nicht wie jemand, der sich viel um Blumen scherte. Die Frau sah ihn aus dem Birkenwäldchen treten, unter den tanzenden gelben Blättern hervor, und am Anfang war er kaum größer als ein Punkt. Sie musste die Augen zusammenkneifen, um ihn erkennen zu können. Als er größer wurde, sah sie, dass er einen offenen Regenmantel trug und Gummistiefel, mit denen er in den aufgeworfenen Erdfurchen versank. Er ging sehr zielstrebig und entschlossen, beide Hände in den Manteltaschen vergraben.

Um diese frühe Stunde kurz nach Sonnenaufgang war die Frau noch allein auf der Tulpenfarm, denn sie hatte nicht schlafen können wegen der *du darfst nicht darauf achten,* und wenn es ihr so ging, gab es nur einen Platz, wo sie es aushielt, noch am Leben zu sein. Bald kamen die anderen, um mit dem Einpflanzen der Tulpenzwiebeln zu beginnen, aber der Mann war keiner von den anderen; man konnte sehen, dass die Tulpen ihm egal waren. Unter seinen Stiefeln stieg Staub auf und trieb davon, und die Frau stellte sich vor, wenn jetzt schon Frühling wäre und alles in voller Blüte stünde, dann würde er mitten durch die roten und gelben und violetten Tulpen stapfen und eine Spur geknickter Stängel und abgerissener Blüten hinter sich lassen, und es würde ihn wahrscheinlich nicht einmal kümmern. Aber bis zum März oder April war es noch ein halbes Jahr, Hunderte Tage und Nächte, in denen *du darfst nicht darauf achten* in ihr wüteten und wüteten. Sie umklammerte die Zwiebel, so fest sie konnte.

Es war still über den Feldern. Aus den Gewächshäusern hinter ihr drang das leise Plätschern der Bewässerungsanlagen, und irgendwo zwitscherten Vögel, aber sonst herrschte eine seltsame, fast atemlose Stille. Sie erinnerte sich an so eine Stille, diese ganz bestimmte Stille von früher, als sie ein Kind gewesen war. Sie erinnerte sich, wie sie ihre Mutter in dieser Stille ansah und an die Angst im Gesicht ihrer Mutter, die zu ihrer eigenen Angst wurde, und dann an die schweren Schritte, die näher kamen, draußen vor der Wohnungstür.

Sie erinnerte sich an die Schläge und daran, wie das Kind das Blut der Mutter von den Kacheln in der Küche wischte; wie ein Lappen nicht ausreichte. Sie erinnerte sich daran, wie der Vater danach am Küchentisch saß, reglos, ohne ein Wort, ohne etwas zu sagen, auch nicht, als das Kind fertig war und die Mutter im Schlafzimmer kein Geräusch mehr machte. Die Frau wusste noch, wie sie sich dem Vater zu Füßen gekauert hatte, damit er nicht aufstand und der Mutter nachging und weitermachte, wie sie mit ihren kleinen, feuchten Händen seine großen Finger gestreichelt hatte; er wurde dann ruhig.

Der Mann auf den Feldern war jetzt so nah, dass sie sein Gesicht erkennen konnte. Überrascht verschränkte sie die Arme vor der Brust; sie dachte, dass sie ihn hier nicht erwartet hatte. Die Hände des Mannes steckten noch immer in den Taschen des durchsichtigen Regenmantels, und darunter trug er denselben Anzug wie beim letzten Mal. Er kam geradewegs auf sie zu, Schritt für Schritt für Schritt.

Sie erinnerte sich, wie das Kind in dem kleinen Vorgarten gestanden und gewartet hatte, stundenlang gewartet, worauf nur? Die Mutter lag im Dunkeln auf dem Bett, im Schlafzimmer, und der Vater war mit der großen gelben Kettenraupe fort, und das Kind stand am Gartentor und wartete und wusste nicht, worauf. Erst später fing sie an zu ahnen, worauf sie wartete, weil die Angst es ihr sagte, aber da war sie schon nicht mehr das Kind. Da war sie schon die Frau, und die Schläge trafen sie, und es war ihr eigener Mann, der sie schlug, und ihr eigenes Blut, das sie wegwischte.

Der Wanderer hatte sie jetzt fast erreicht. Seine Augen eilten ihm voraus. Er lächelte, ein kleines, tröstendes Lächeln, das sie nie vorher an einem Mann gesehen hatte, erst bei ihm. Es war, als gäbe es einen Sog zwischen ihnen; als erkenne sie etwas in ihm, das sie so schnell und unwiderstehlich anzog wie ein Magnet. Er war noch nicht ganz da, und doch lag nichts mehr zwischen ihnen. Der Mann nickte kaum merklich, denn er spürte es auch.

Sie dachte, dass sie ihm eine Tasse Kaffee anbieten könnte. Sie wandte ihm den Rücken zu, um ins Gewächshaus zu gehen, und einen Moment sah sie sich in dem Glas gespiegelt. Sie erschrak. Sie erschrak immer wieder, weil es jetzt so schnell ging. Die orangefarbene Hose aus indischer Baumwolle schlotterte ihr um die Beine, und das rot und violett gestreifte Hemd wirkte wie für eine viel größere Frau gefertigt. Unter dem Piratenkopftuch, das sie wegen der Chemo trug, starrten sie zwei riesige Augen an, die fast das ganze Gesicht waren. Die nackten Füße in den Sandalen ähnelten den Krallen eines großen Vogels, eines Kondors vielleicht.

Hinter dem Glas stand ein Holztisch mit einer Kaffeemaschine zwischen den vielen Geräten, die ein Gartenbetrieb brauchte, zwischen den langen Regalen mit Kästen voller Setzlinge, mit den Topfpflanzen, den Säcken mit Blumenerde, den Knollen, Zwiebeln und Samenkörnern. Einen Kaffee durfte sie mit ihm trinken, dachte die Frau, auch wenn sie sonst fast nichts mehr essen oder trinken durfte.

Sie hörte, wie er hinter ihr in das Gewächshaus trat, wie er mit ihr redete, aber gerade war *du darfst nicht darauf achten* so stechend, dass sie ihn nicht verstand. Das gleichmäßige Sirren und Rieseln der Bewässerungsanlage schien jeden anderen Laut zu verschlucken. Die Luft unter dem Glasdach bewegte sich nicht. Sie war feucht und gleichzeitig kühl und warm, oder vielleicht war es auch nur ihre eigene Temperatur, die wieder schwankte, das Frösteln, das Fieber, die Hitzewallungen, so schnell hintereinander. Durch die beschlagenen Seitenscheiben konnte sie die kahlen Felder sehen, auf denen sich Krähen niederließen, und dahinter das wirbelnde Laub der Birken.

Sie sagte: »Ich wusste gleich, dass Sie ein ganz besonderer Mensch sind.«

Sie sagte: »Wenn Sie mir nicht geantwortet hätten, wüsste ich nicht … ich wüsste nicht, was ich tun soll.«

Sie sagte: »Es kommt mir vor, als würde ich Sie schon mein ganzes Leben lang kennen.«

Sie sagte: »Diese Schmerzen … Manchmal wünschte ich, ich wäre tot.«

Der Mann stand jetzt dicht hinter ihr, sie sah seine Silhouette im Glas der Kaffeemaschine. Sie drehte sich um und fragte: »Warum schauen Sie mich so an?« Er antwortete nicht. Sie lächelte – das, was sie noch an Lächeln zustande brachte. Ihre Lippen zitterten. Der Raum zwischen ihnen schrumpfte weiter, in schnellen Rucken. In der Luft lag ein Sirren wie von schwärmenden Insekten. Eine knisternde, elektrische Spannung. Ihr Herz raste plötzlich. »So haben Sie mich noch nie angesehen!«

Sie wandte sich wieder um, und er nahm die Hände aus den Taschen. Sie legte die Tulpenzwiebel weg und reckte sich, um die Kaffeedose aus dem oberen Regalfach zu holen, gerade als etwas von hinten gegen ihren Kopf schlug, etwas, das der Mann in den Händen hielt. Sie drehte sich erschrocken um, aber sie konnte es nur ganz kurz sehen, die Hände und dazwischen etwas Durchsichtiges. Dann streifte er ihr das Durchsichtige über den Kopf, es raschelte und knisterte. Zellophan, dachte sie, und plötzlich zischte ihr Atem, und sie verstand nicht, *warum*, sie war noch immer erschrocken, und durch das Zellophan konnte sie das Gesicht des Mannes sehen, sein beruhigendes, tröstendes Lächeln.

Ihr Atem raste jetzt so schnell wie ihr Herz, ihr hämmernder Puls. Das Zellophan beschlug, und es wurde heiß unter der Tüte, und sie roch ihren eigenen Atem, schal und etwas metallisch, und sie sah das Gesicht des Mannes, es war gerötet, verspannt vor Anstrengung, und sie spürte seine Hände an ihrem Nacken, wo er die Tüte festhielt, und sie sah an ihm vorbei auf die Pflanzen und das Glas und den blauen Himmel, über den lautlose schwarze Schatten huschten, das mussten Krähen sein.

Sie wusste nicht, woher die Worte kamen. Sie waren erst in ihrem Kopf, und dann in ihrem Mund, auf ihren Lippen, aber in der Tüte klangen sie nicht mehr wie Worte, und aus der Tüte kamen sie nicht heraus. *So nicht, so nicht*, schrie sie und packte die Hände des Mannes, um sich die Tüte vom Kopf zu reißen. *So will ich das nicht.*

Sie konnte fast nichts mehr sehen, es war wie dichter Nebel, der sie einhüllte. Die stickige, feuchte Hitze unter der Tüte. Sie spürte, wie die Beine unter ihr nachgaben. Im Bauch, wo die Schmerzen gewesen waren, wurde ihr plötzlich leicht zumute, es fühlte sich an, als ginge dort ein Gaslicht an. Sie spürte keine Schmerzen mehr, keine glühende Schraube, die sich in ihr drehte, stattdessen dieses leichte, flackernde Gas und Ruhe, fast Glück. Da rutschten die Hände des Mannes an ihrem Hals ab, und ein Schwall frischer Luft blähte das Zellophan. Die Frau stand auf einmal nicht mehr, sie kroch auf Händen und Knien. Die Hände und Knie bewegten sich wie von selbst, als sie wegkrabbelte, auf die Tür zu, hinaus auf die Felder.

Die Tüte war noch immer über ihrem Kopf, aber jetzt lichtete sich der Nebel; sie konnte sich selbst über den Boden des Gewächshauses kriechen sehen, ihre Spiegelung im Glas. Ihr Atem ging in schnellen Stößen, keuchend und zischend atmete sie in die Tüte, und dann spürte sie, wie der Mann sie wieder packte, von hinten, und wie er sie festhielt und die Tüte um ihren Hals zudrückte. Aber sie kroch und krabbelte weiter, aus der Tür und auf das Feld, und draußen sah sie wieder die Tulpen, so genau, als wären sie wirklich da, die grünen Stängel und die feuerroten, dottergelben und schneeweißen Kelche, die ihr ins Gesicht schlugen, als sie auf das Feld kroch, immer tiefer zwischen diese wunderschönen Tulpen.

Sie achtete nicht darauf. Sie sagte sich nicht, *du darfst nicht darauf achten*; es geschah von selbst. Sie kroch auch nicht mehr weiter, denn der Mann kniete jetzt auf ihrem Rücken und schlang etwas um ihren Hals, schnell und eng wie einen dünnen Schal, und der Schal hielt die Tüte auch noch fest, als der Mann sie losließ. Ihr Atem hallte in dem stickigen, heißen Nebel, der sich um ihren Kopf blähte und zusammenzog. Ihr Herz schlug langsamer. Die Farben der Tulpen in ihrem Blut verblassten. Durch das beschlagene Zellophanfenster in ihrem Leben sah sie auf die Felder, den Himmel und die Birken am Rand der Welt, wo gelbes Laub von den Ästen wehte, und vielleicht sah sie sogar über den Rand der Welt hinaus; sie achtete einfach nicht darauf.

Es war so einfach.

18

Eine Zeit lang folgte die Straße dem Ufer der Amstel, und von seinem Platz ganz hinten in der Straßenbahn konnte Van Leeuwen die Silhouetten toter Zypressen vor dem zinngrauen Wasser sehen und später die kleinen Flammen abgefackelter Gase an den Schornsteinen der Raffinerien am Stadtrand. Dichte Wolken ballten sich über der flach daliegenden Landschaft wie dunkler Rauch von einem unsichtbaren Feuer. Van Leeuwen glaubte, den Regen schon in den Windstößen riechen zu können, die durch die gekippten Oberlichter der Tram drangen. Die ersten Tropfen zerplatzten auf den Scheiben.

Der Commissaris sah noch eine Weile zu, wie die Tropfen zu kleinen Bächen auf dem Fenster wurden, dann vertiefte er sich in die Wochenendausgabe von *De Avond!*. Er las den Politikteil, der ihn nicht sehr interessierte, und dann den Sportteil, der ihn auch nicht besonders interessierte. Den Kulturteil las er, um herauszufinden, ob es ein neues Buch oder einen Film gab, die der Mühe wert waren, aber es gab keine. Auf der vorletzten Seite entdeckte er eine Kolumne mit der Überschrift *Samariter.nl* unter dem Foto eines Mannes – große, aufmerksame Augen, eine hohe Stirn, ein schmaler, sensibler Mund, dazu eine Brille, die wahrscheinlich eher ein Accessoire war, aber trotzdem: alles in allem ein Gesicht, zu dem man Vertrauen haben konnte, auch ohne den Samariter aus der Bibel zu kennen.

In der Bildunterschrift las der Commissaris, dass *Samariter.nl* auch aus Rundfunk und Fernsehen bekannt war, wo er in spät nachts ausgestrahlten Talksendungen über Einsamkeit, Angst, Verlust oder Verzweiflung Rat und Trost spendete. In der Einleitung zu der Kolumne las Van Leeuwen den Brief einer jungen Frau namens Linda, deren Vater im Sterben lag. Sie schrieb, wie zornig er darüber war und wie er jeden, der ihm nahestand, damit quälte und terrorisierte und dass sie jetzt auch immer zorniger wurde und ihm den Tod wünschte. Sie schrieb, dass sie ihn trotzdem liebte, aber sie war allein mit ihm und seinem Sterben, und sie wusste nicht mehr, wie lange sie das noch aushielt.

Ja, dachte Van Leeuwen, so ist das. Die Traurigkeit in seinem Herzen war jetzt nicht mehr heiß und zornig, sondern kühl und schwer. Lesen half auch nicht sehr viel, deswegen hörte er auf, als er zu der Stelle kam, in der Mijnheer Jacobszoon der jungen Frau antwortete, dass Zorn zum Sterben gehörte. Zorn gehörte dazu und Depressionen und dass man zu schachern anfing, mit seinem Arzt, mit Gott; dass man um sich schlug, weil man sich isoliert und ungerecht behandelt fühlte. Weil man sterben musste, während alle anderen weiterleben durften.

In der Centraal Station warf Van Leeuwen die Zeitung in einen Abfalleimer, durchquerte die schlecht beleuchtete Bahnhofshalle und stieg die Treppe zu den Gleisen hinauf. Oben ging er ein Stück den Bahnsteig 2b entlang, bevor er das *Grand Café 1er Klas* betrat, ein sauberes Restaurant, das mit seiner dunklen Holztäfelung und den lilienförmigen Art-déco-Lampen an die Zeit fauchender Dampflokomotiven und seidenbespannter Schrankkoffer erinnerte.

Alles war, wie er es mochte, jede Tischplatte so blank poliert, dass sie glänzte, jede Zeitung zerlesen, jeder Stuhl bequem, die Aufmerksamkeit der Kellner groß und die Speisekarte klein. Es gab genug Platz zwischen den Tischen, und von den Gleisen drang nicht mehr Lärm herein als nötig. Die Beleuchtung war unaufdringlich. An einer kleinen Holzstange neben dem Tresen vollführte ein weißer Kakadu artistische Kletterkunststücke. Der Kakadu war noch nicht da gewesen, als Van Leeuwen hier das letzte Mal mit Simone gegessen hatte.

Der Commissaris nahm an seinem Ecktisch links vom Eingang Platz. Den Trenchcoat legte er neben sich auf die gepolsterte Bank. Er brauchte keine Karte, um zu wissen, was er essen wollte, und die Kellner in ihren gestärkten weißen Jacken brauchten ihn nicht mehr zu fragen. Außer ihm waren nur noch eine Handvoll andere Gäste im Raum, fünf Männer, die allein saßen, zwei Paare und drei Frauen, jede an einem Tisch weit weg von der anderen. Alle hatten Reisetaschen und Koffer neben sich stehen. Während Van Leeuwen auf seinen Hamburger mit Bratkartoffeln wartete, trank er ein Mineralwasser und sah dem Kakadu zu und dann wieder dem Regen, der jetzt stärker gegen die Fenster schlug. Keiner der Reisenden achtete auf ihn oder den Regen und nur eins der beiden Paare auf den Kakadu.

Schließlich holte der Commissaris das Kuvert mit den Briefen aus der Innentasche seines Jacketts und legte es vor sich auf den Tisch. Es hilft nichts, dachte er; du kannst es dir nicht aussuchen. Die Übersetzung der Briefe war da, und jetzt musste er sie lesen. Sie hatten nichts mit ihm zu tun, das wusste er; es war nicht wie bei den Briefen, die er in Simones Koffer gefunden hatte. Es half ihm auch, dass es sich um eine Übersetzung handelte, die dazu noch mit Schreibmaschine getippt war.

Mein geliebter Wu
ich vermisse dich sehr, geliebter Wu, obwohl die ganze Familie nett zu mir ist, deine Brüder, deine Mutter und auch Cousin Jun. Aber ich spüre, wie die Sehnsucht an mir zieht. Am Anfang war es eine süße Sehnsucht, doch nun wird sie von Nacht zu Nacht bitterer; sie rieselt wie Asche durch den glühenden Rost deiner Abwesenheit. Tagsüber laufe ich mit blinden Augen durch die Straßen der Stadt, denn ich sehe

nur dein Bild vor mir, sonst nichts. An manchen Abenden gehe ich in den Wald, und wenn der Wind in den Zweigen der Zedern rauscht, stelle ich mir vor, ich höre deine Stimme. Sie flüstert, Ailing, Ailing, Ailing, und ein Schauer streicht mir über die Haut. Wann werde ich deine zarten Berührungen wieder spüren können? Wann wirst du mich anrufen, um mir zu sagen: Komm schnell, Ailing, ich kann das Leben nicht mehr ertragen ohne dich?

Und doch habe ich Angst vor diesem Tag, denn hier bin ich verwurzelt, und ein Teil von mir will immer da sein, wo der mächtige Yangtse ist – selbst wenn er nun viele zerstörte Dörfer bedeckt und viele zerstörte Leben. Aber der größere Teil ist der, der dich liebt, der dir zur Frau gegeben wurde und der sich nach deinem Geruch verzehrt und mit dir über Muschelstrände gehen will. Gibt es Muscheln dort, wo du bist, geliebter Wu?

Der Commissaris überflog einige Absätze, in denen Ailing vom täglichen Leben in der kleinen Hütte bei Fengdu berichtete und beschrieb, wie es jedem Mitglied der großen Familie ging und einzelnen Haustieren auch, bevor sie Zheng Wu noch einmal ihre Liebe schwor und versprach, bald wieder zu schreiben. Als der Brief zu Ende war, las der Commissaris den nächsten und dann den übernächsten. In jedem schrieb Ailing von ihrer Sehnsucht, ihrer Angst und der Familie und den Haustieren.

Doch allmählich veränderte sich der Ton der Briefe. Anfangs fast unmerklich verschwanden die Zedern, die Muscheln, die Haustiere und die Familie bis auf Cousin Jun. Jun Wu löste sich gewissermaßen aus dem Ensemble und trat in den Vordergrund, als gäbe es nur über ihn noch Interessantes zu berichten. Die Skizzen des täglichen Lebens fielen dürftiger aus, dafür wurden Sehnsucht und Liebe fast dringlich beschworen, umflort von Angst. Von Brief zu Brief war mehr über Jun Wu zu lesen, und nach und nach veränderte sich sein Bild.

Offenbar gab es keine Arbeit in den Städten und Dörfern oberhalb des Staudamms, und Jun hatte viel Zeit. Er war sehr aufmerksam zu Ailing. Zunächst konnte man es wohl nur Aufmerksamkeit nennen – um von Zudringlichkeit sprechen zu können, hätte man zwischen den Zeilen lesen müssen. Dass sie ihn schlafend und nackt gesehen hatte, kam dann so überraschend, dass es fast wie ein Paukenschlag wirkte.

Ich wünschte, ich wäre eine Muschel, abweisend von außen und schön und glatt nur von innen. Niemand soll mich ansehen und den Wunsch verspüren, mich zu besitzen. Niemand soll von Lust gequält werden bei meinem Anblick. Wie konnte ich so dumm sein und nicht merken, was Jun im Schilde führt – warum er mit mir zu den Zedern ging, über der Hütte, da, wo der kleine Bach den Hang herunterfließt? Er sagte, er fühle sich erhitzt und wolle sich abkühlen, und dann kniete er am Rand des Bachs nieder und begann sich auszuziehen. Ich wollte nicht hinsehen, aber ich tat es doch, und schon bald befand Jun sich in einem Zustand äußersten Glücks wie du, geliebter Wu, wenn du nachts zu mir kommst. Er sagte, es sei eine große Qual für ihn, so glücklich zu sein, und ich könnte ihn erlösen, ohne dass irgendjemand davon erfährt. Ich wollte nicht hinsehen, doch ich musste, weil ich mich nicht bewegen konnte. Ich war wie erstarrt, wie eine Statue aus Stein, und ich wünschte mir, ich wäre stattdessen eine der kleinen glitzernden Wellen, ich könnte mit ihnen den Bach hinunterfließen, immer weiter, fort von Jun und seinem Glück, weiter und weiter, bis ins Meer hinaus und dort im Ozean verschwinden.

Ich stand so und sehnte mich nach dir und fühlte Kummer und Scham, und ich fragte mich, wie ich nur so vertrauensselig hatte sein können, so dumm. Jun aber lachte nur und sagte, ich würde schon noch Gefallen an ihm finden, so lange wie du, mein Mann, noch fern von mir und unserem Lager sein würdest. Sonst ist nichts geschehen, geliebter Wu, das musst du mir glauben. Ich liebe dich zu sehr, um auch nur an das Glück eines anderen zu denken.

Der Commissaris las und spürte die Erinnerung zurückkehren, obwohl er es nicht wollte. Er fühlte sich plötzlich so müde, als könnte er sich nie wieder rühren, während Ailings Worte um ihn herumwirbelten und nach oben in die Nacht entschwebten gleich schwarzen Schneeflocken. Wie die Kreaturen über dem Kopf der schlafenden Vernunft auf Goyas Zeichnung.

Geliebter Wu, ich dachte, vielleicht wird er von mir ablassen, doch stattdessen nimmt sein Werben – ja, nun weiß ich, dass es wirklich ein Werben ist – an Heftigkeit und Ungestüm zu. Manchmal wird er wütend, und ich bekomme es mit der Angst zu tun. Jun ist ganz anders als du, geliebter Wu, er ist keine Muschel. Er ist schön von außen, aber von innen nicht, und ich weiß vor Traurigkeit oft nicht, wohin, denn ich kann mit niemandem darüber reden, was mit mir geschieht. Die Schande wäre nicht auszumalen, da stimmst du mir doch sicher zu? Soll ich mich weiter wehren, ihn schneiden wie die Muschel? Soll ich ihm nachgeben? Wie lange kann ich zur Statue werden, und wie lange will ich es? Ist nicht allein diese Frage schon eine schreckliche Sünde?

Warum rufst du mich nicht endlich an, um zu sagen, ich habe das Geld nun zusammen, geliebte Ailing, nimm dir ein Flugzeug über den Ozean? Ich selbst verfüge ja über nichts, und Jun sorgt dafür, dass mir niemand etwas gibt, ja, er behauptet sogar, wir seien hoch verschuldet bei ihm, du und ich, sodass ich gar nicht weiß, ob man mir dein Geld überhaupt aushändigen würde. Oh, Wu, meine Welt ist von hoffnungsloser Düsternis erfüllt, und selbst in den Zedern höre ich deine Stimme nicht mehr. Bin ich denn überhaupt noch mehr als der Schaum, der mit dem Abfall auf dem Wasser treibt, dort, wo der Bach seine Klarheit verliert?

Der Commissaris dachte an Zheng Wu in seiner Zelle in der Untersuchungshaft, und dann dachte er an Margriet und Gerrit, und schließlich dachte er an Sim und den Mann in Italien. In einer

Ehe gab es alle möglichen Arten von Fallen, in denen man sich fangen, an denen man sich verletzen konnte, bis man innerlich verblutete.

Es gab offene Lügen, es gab Schweigen. Es gab verborgene Wahrheiten und wunde Punkte, an die man nicht rühren durfte, um die man einen Bogen machte. Es gab Verzweiflung und Verachtung und Eifersucht und schreckliche Angst. Es gab Tretminen, vor denen man sich auf Schritt und Tritt in Acht nehmen musste, sodass man irgendwann nicht mehr wagte, sich zu regen, bis man in Bitternis erstarrt war. Es gab Herzen, die sich nicht mehr berührten aus lauter Angst, einander zu verletzen.

Und manchmal gab es Briefe, die besser nie geschrieben worden wären. Aber natürlich, dachte der Commissaris, gab es auch all die anderen Ehen, die von Liebe und Vertrauen bestimmt waren, und ihnen allen gemeinsam war nur, dass am Ende niemand überlebte, nicht mal in der glücklichsten Ehe. *Du verstehst es wirklich, die heiteren Seiten des Lebens zu würdigen,* dachte er.

Er faltete die Briefe wieder zusammen und steckte sie in das Kuvert zurück, und das Kuvert legte er auf den Trenchcoat. Die beiden Paare, zwei der Männer und eine der Frauen waren verschwunden. Eine andere Frau hatte sich an ihren Tisch gesetzt und blätterte ungeduldig in einer Illustrierten. Sie trug ein elegantes, schiefergraues Kostüm und eine Brille mit einem extravaganten, korallenroten Gestell, und sie schlug die Seiten schnell und heftig um, und jedes Mal klang es wie ein ferner Peitschenschlag.

Als der Kellner den Hamburger brachte, war das Fleisch genau so, wie es sein musste. Auch an den Kartoffeln gab es nichts auszusetzen. Van Leeuwen aß, und als er fast fertig war, ließ der Regen nach, und hinter den nassen Fenstern konnte man wieder die Lichter von Amsterdam sehen. Von den Bahnsteigen drang das Geräusch anfahrender und haltender Züge herein und die Lautsprecherdurchsagen, die ihnen vorausgingen. Die Art-déco-Lampen waren jetzt eingeschaltet worden, denn draußen brach die Dunkelheit herein, und Van Leeuwen dachte: *Was für ein schöner Ort.* Was für ein schöner Ort doch ein Bahnhof war.

»Darf ich mich zu Ihnen setzen, Commissaris?«, erklang eine Frauenstimme, und er blickte überrascht auf.

Er brauchte einen Augenblick, bis er die Frau erkannte. »Was machst du denn hier, Brigadier Tambur?«

Brigadier Julika Tambur rutschte neben ihm auf die Eckbank und sagte: »Ich dachte, ich könnte Ihnen Gesellschaft leisten.«

»Woher wusstest du, dass ich hier bin?«

»Es ist Sonntag. Sonntags gehen Sie auf den Friedhof, und anschließend sitzen Sie hier und …«

»… blasen Trübsal«, fiel Van Leeuwen ihr schroff ins Wort. »Das wolltest du doch sagen, oder?«

»Nicht mit diesen Worten.« Julika winkte einem der Kellner und bestellte einen doppelten Espresso. Sie saß nah genug, dass er ihr Parfum riechen konnte, süß, aber nicht zu schwer. »Bestimmt waren Sie früher oft mit Ihrer Frau hier«, bemerkte sie, nachdem der Kellner den Espresso gebracht hatte. Sie trank einen Schluck und sah zu dem Kakadu hinüber, der jetzt mit dem Kopf nach unten an dem Kletterbaum hing. »Sie sollten das vielleicht nicht machen – an Orte gehen, wo Sie zusammen glücklich waren. Dadurch wird es nur unnötig schwer.«

So ruhig er konnte, fragte Van Leeuwen: »Ich soll mir den Tod meiner Frau leichtmachen, ist es das, was du mir sagen willst? Bist du auch in der Lage, für Gott zu sprechen wie der Hoofdcommissaris?«

»Nein«, antwortete Julika. Sie trank den Kaffee langsam, mit kleinen Schlucken, und sie hielt die Tasse fest in den schlanken Fingern, an denen es keinen Schmuck gab. »Sie haben recht, ich habe mich vielleicht nicht richtig ausgedrückt. Aber wenn ich sehe, wie Sie das mitnimmt … und damit bin ich ja nicht allein … Wir – wir trauern doch alle mit Ihnen, verstehen Sie?!«

»Nein.« Mit einem Ruck schob Van Leeuwen seinen Teller in die Mitte des Tisches, weg von sich. »Trauer ist keine Gruppenaktivität, sie ist allein meine Angelegenheit! Wenn ich ein Gemeinschaftserlebnis haben will, fahre ich zum Kirchentag! Ich habe dich nicht gebeten, mir Gesellschaft zu leisten, doch wenn du es schon tun musst, dann rede nicht über den Tod meiner Frau oder darüber, wie er mich mitnimmt. Erzähl mir nicht, wie ihr alle Anteil nehmt und dass es gut für mich wäre, professionelle Hilfe in Anspruch zu nehmen, falls das der nächste Punkt auf deiner Liste sein sollte. Du denkst, ich idealisiere Simone, jetzt, da sie nicht mehr lebt und die Last ihrer Krankheit von meinen Schultern genommen ist, aber das tue ich nicht. Sie fehlt mir einfach mehr, als ich je gedacht hätte. Das ist alles!«

Julika stellte die Tasse ab und errötete. »Ich mache mir nur Sorgen«, sagte sie. »Und daran können Sie mich auch nicht hindern. Schließlich – so wie ich Sie damals in der Nacht gefunden habe, mit der Pistole in der Hand und …«

»Es war ein Unfall«, unterbrach Van Leeuwen sie.

»Manche Unfälle wiederholen sich.«

»Dieser nicht. Ich hatte den ganzen Tag an ihrem Bett gesessen, und dann war sie tot, und ich war müde und betrunken …«

Der Kakadu kletterte von der Stange und begann, über den Tresen zu stolzieren. Mit gesträubtem Kamm ging er bis zum Ende der Theke, wo er unschlüssig verharrte. Einer der Kellner hielt ihm die Hand hin, die er nach kurzem Zaudern bestieg. Der Kellner trug den Vogel zum Fenster. Der Kakadu beäugte die Regentropfen auf der Scheibe und die Lichter des Damrak auf der anderen Seite des Bahnhofsplatzes.

Ein anderer Kellner kam, um den Teller und die leere Tasse abzuräumen, und Van Leeuwen bestellte ebenfalls einen doppelten Espresso. »Ich habe nicht vergessen, was du damals für mich getan hast«, sagte er dann zu Julika, »aber es hat keine Bedeutung darüber hinaus. Damit meine ich, dass Simone die letzte Frau in meinem Leben gewesen ist.« Die erste und die letzte und die einzige, dachte er. »Es wird keine andere mehr geben. Ich habe dich nie ermutigt, oder?«

Julika sah wieder zu dem Kakadu hinüber. »Sie haben etwas Besseres verdient«, erklärte sie endlich trotzig. Nach ein paar Sekunden hörte sie auf, so zu tun, als gäbe es nichts Faszinierenderes auf der Welt als einen Kakadu, der aus dem Fenster spähte. »Ich sage nicht, dass ich das bin, aber ich will auch nicht, dass Sie so tun, als wäre ich nichts. Als wäre das, was ich sage oder kann, nichts. Ich will nicht, dass Sie mich behandeln wie ein Kind, nur weil ich vielleicht den falschen Zeitpunkt erwische. Ich will einfach den richtigen Zeitpunkt nicht verpassen. Sie wissen, dass ich nicht so jung bin, wie ich aussehe.«

»Aber ich bin so alt, wie ich aussehe«, sagte Van Leeuwen.

»Sie sind nicht alt«, entgegnete Julika. »Außerdem stehe ich auf alte Männer.«

»Es gibt noch viel ältere!«

Der Kellner brachte seinen Espresso. Van Leeuwen trank, und als er die Tasse geleert hatte, dachte er, dass er jetzt einfach aufstehen und Julika und dieses Gespräch hinter sich lassen konnte. Da sagte sie: »Sie haben mich vielleicht nie ermutigt, aber das brauchen Sie auch nicht. Ich kann das ohne Ermutigung. Ich brauche bloß bei Ihnen zu sein.«

»Hör auf, eine Figur in einem Kitschroman aus mir zu machen!«

»Und was tun Sie mit Ihrer Frau?!«

»Das ist etwas anderes.«

»Vergessen Sie da nicht etwas?«

»Und was?«

»Die Briefe. Den Mann in Italien.«

»Denk nicht an die Briefe!«, sagte Van Leeuwen. »Die Briefe sind nicht wichtig. Der Mann, der sie ihr geschrieben hat, ist nicht wichtig. Nichts davon ist mehr wichtig.«

»Was ist dann wichtig?«

Van Leeuwen antwortete nicht. Er dachte an das, was wichtig war. Er dachte daran, wie sie sich früher hier verabredet hatten, als es Simone noch gut gegangen war. In den ersten Monaten hatte sie jedes Mal überrascht gewirkt, wenn er sie vom Revier angerufen hatte, sogar wenn sie sich getroffen hatten und sie ihn erblickt hatte, so lange hatte sie gebraucht, um es wirklich zu glauben – dass sie verheiratet waren, dass jemand sie liebte, dass die Liebe anhielt. Sie war nicht schnell in diesen Dingen. Und wenn sie sich trennen mussten, weil er dienstlich verreisen musste, rief er sie an, bevor er heimkehrte – immer erst kurz, bevor er da war –, und dann erwartete sie ihn hier, und die ganze Zeit, während er zurückfuhr, wusste er schon, wie sie aussehen, wie sie dasitzen würde, hier an diesem Tisch. Er saß im Zug oder im Auto auf irgendeiner Landstraße und dachte, dass die Welt genau dafür gemacht war, für ihr Wiedersehen hier. Er dachte, dass sie auf dieser Welt wären, um glücklich zu sein; dass es kein *Ich* mehr gab, nur noch ein *Wir*, und für dieses *Wir* lebte er. Und jetzt, dachte er, jetzt ist das Glück nur noch einer von den ungehobenen Schätzen ganz tief unten, und an dem Tag, als es versank, wurde aus *wir* wieder *ich*.

»Was ist dann wichtig?«, beharrte Julika und schaute ihn jetzt an, von der Seite und aus viel zu großer Nähe. Sie zwang ihn, sie wahrzunehmen, und einen Moment lang sah er ihr Gesicht, wie sie es vielleicht wollte: ein schönes Frauengesicht, schön nicht im landläufigen Sinn, gleichmäßig, doch ohne vordergründige Harmonie. Die kleine Nase – gerade und sommersprossig – schien jünger zu sein als die Augen und der Mund. Die Haut spannte sich im warmen Licht der Lampen blass und wie poliert über den ausgeprägten Wangenknochen und der hohen Stirn. Er konnte all das sehen, und dann trat er innerlich einen Schritt zurück. Er sagte: »Wenn ich versuchen wollte, dir das zu erklären, würden Wochen, wenn nicht Monate vergehen, ehe du auch nur ansatzweise begreifst, wovon ich spreche. Aber die Quintessenz wäre in etwa: Ich habe in meinem Leben genug Liebe gehabt, jedenfalls von der einzigen Art Liebe, die für mich zählt.«

Julika sah ihn weiter an, unverwandt, bevor sie den Kopf senkte. Das Haar fiel ihr ins Gesicht, und sie strich es zurück. »Darf ich Ihnen etwas erzählen?«, fragte sie.

Ich weiß genug, dachte er, aber natürlich konnte sie seine Gedanken nicht lesen, deswegen begann sie: »Es hat mit meinem Vater zu tun, doch es ist keine von den Geschichten, die ich Ihnen schon erzählt habe. Es ist mehr ein Bild, wissen Sie – eins von den Bildern, die man nie vergisst. Ich bin – früher bin ich andauernd von zu Hause weggerannt, schon als Kind, lange bevor er sich betrunken ins Auto gesetzt und den Unfall verursacht hat, bei dem sie umgekommen sind, meine Mutter, meine Schwester. Ich konnte seine Trinkerei nicht ertragen. Und sein Schweigen, das auch nicht. Ich konnte es nicht mehr ertragen, wie er im Schlafzimmer auf der Bettkante saß, ohne was zu sagen, oder wie er wortlos in der Küche vor dem offenen Kühlschrank stand und minutenlang nur hineinstarrte oder wie er im Waschsalon um die Ecke neben der großen Trommel hockte und den Frauen Blicke zuwarf, betrunken und schweigend. Ich konnte es auch nicht mehr ertragen, wie er uns den Rücken zuwandte, meiner Mutter und mir – kalt und steif und teilnahmslos –, aber vor allem konnte ich es nicht mehr aushalten, ihm dabei zuzusehen, wie während dieses Schweigens sein Leben verrann – *unser Leben!* Wie er vor all den Schlägen, die er schon eingesteckt hatte, tiefer und tiefer in die Ecke zurückwich und wie er da stand, in dieser Ecke, mit gesenktem Kopf, zermürbt, und auf den Moment wartete, in dem er zu Boden gehen musste und für immer liegen blieb.«

Van Leeuwen griff nach dem Kuvert mit Ailing Wus Briefen auf seinem Trenchcoat und steckte sie zurück in die linke Innentasche seines Jacketts. »Ich muss gehen«, sagte er. »Ich habe das Gefühl, du redest zu oft über deinen Vater.«

Julika blinzelte, als hätte sie etwas gesehen, das gar nicht da war. »Wünschen Sie sich denn nichts mehr vom Leben?«, fragte sie.

»Doch. Dass es aufhört.«

»So sollten Sie nicht reden«, erwiderte sie heftig, fast wütend. »Das passt nicht zu Ihnen. Es passte zu meinem Vater, aber zu Ihnen passt es nicht!«

Der Kakadu am Fenster schlug mit den Flügeln und drehte sich um. Mit einem Fuß kratzte er sich den schräg gelegten Kopf, bevor er Van Leeuwen mit dem linken Auge anstarrte und dabei nicht weniger vorwurfsvoll aussah als Julika.

»Ach was«, meinte Van Leeuwen zu beiden. Gerade, als er das Kuvert verstaut hatte, vibrierte sein Handy in der anderen Brusttasche. Er holte es heraus und meldete sich.

Die Stimme in der Leitung gehörte Doktor Holthuysen. »Entschuldigen Sie, dass ich Sie am Sonntagabend anrufe, Mijnheer«, sagte er, »aber ich hatte gerade eine interessante Unterhaltung mit einem Kollegen in Haarlem. Dort ist vor zwei Tagen eine junge Frau tot aufgefunden worden. Die Autopsie hat eindeutige Parallelen zum Tod unseres jungen Lehrers vor anderthalb Wochen ergeben.«

Der Commissaris spürte, wie das Blut in seinen Adern kalt wurde. Er wusste, was das bedeutete.

»Das heißt, dass Sie es vielleicht mit einem Serientäter zu tun haben«, sagte der Pathologe.

19

Es war so still in Van Leeuwens Büro, dass die Stille selbst zum Lärm wurde. Sie war lauter als die Geräusche aus den anderen Räumen, das Telefonklingeln, das Rattern der Faxgeräte und die Gesprächsfetzen, die vom Korridor hereindrangen.

»Zheng Wu ist ein Serientäter?«, fragte Inspecteur Vreeling endlich überrascht.

»Nicht Mijnheer Wu, sondern der Mörder von Gerrit Zuiker«, erklärte der Commissaris. Er ließ seinen Blick über die Gesichter von Hoofdinspecteur Gallo, Brigadier Tambur und Inspecteur Vreeling wandern. Sie saßen oder standen vor seinem Schreibtisch, auf einem Stuhl, am Fensterbrett und wirkten wie in einem Film, der gerade angehalten worden war. In der Bewegung erstarrt, Julika mit dem obligaten Coffee to go in der Hand, Remco mit einem Muffin, von dem er eben zum zweiten Mal abgebissen hatte. Julika betrachtete Van Leeuwen aufmerksam, genau wie alle anderen, ohne den Hauch einer Vertraulichkeit; im Dienst verhielt sie sich absolut professionell, egal, was sonst in ihr vorging.

Gallo verschränkte die Arme vor der Brust: Abwehr und Skepsis. »Zen oder das Geschenk nächtlicher Erleuchtung?«, fragte er. Jetzt bewegten sich auch die anderen wieder: Remco kaute weiter, das Muffin-Papier knisterte, Kaffee wurde durch den Strohhalm vom Becherboden geschlürft.

»Zen oder die Kunst der Pathologie«, sagte der Commissaris. »Auf einer Tulpenfarm in der Nähe von Haarlem ist eine Frau ermordet worden, eine gewisse Heleen Soeteman, und zwar auf dieselbe Weise wie Gerrit Zuiker – Tod durch Ersticken mittels einer Plastiktüte oder etwas Ähnlichem. Doktor Holthuysen ist nach Haarlem gefahren und hat sich das Opfer angesehen, und danach hat er mich angerufen.«

»Aber wie ist Holthuysen auf diesen Pfad der Weisheit gelangt?«, hakte Gallo nach, weiter skeptisch, die Arme noch immer fest verschränkt.

Zen oder der Weg des Doktor Holthuysen: »Sie kennen mich, Mijnheer Van Leeuwen«, hatte er am Telefon gesagt, »die Vorstellung, dass es nur Ihrer Sturheit zu verdanken war«, ein tiefer Seufzer, »oder nennen wir es Ihren Instinkt«, ein hörbares Schmunzeln, die höchste Anerkennung, zu der Holthuysen fähig war, »also, was ich sagen will – beinahe wäre Mijnheer Zuiker geöffnet oder ungeöffnet an seinen Absender zurückgegangen, mit dem Stempel *Herzversagen* oder *ungeklärte Todesursache*, und niemand hätte gemerkt, dass es sich in Wirklichkeit um Mord gehandelt hat. Das hat mir keine Ruhe gelassen, nicht eine Sekunde, vor allem, weil Polizisten wie Sie ja nicht gerade am Fließband hergestellt werden, Mijnheer van Leeuwen.«

»Was bedeutet das – Polizisten wie ich?«, hatte Van Leeuwen gefragt, neben seinem Tisch im *Grand Café 1er Klas* stehend, Julikas Augen fragend auf sein Gesicht gerichtet.

»Das Salz von Amsterdam«, erklärte Holthuysen.

»Aber wenn das Salz seinen Geschmack verliert, wer wird es salzen?«, hatte Van Leeuwen gemurmelt, doch der Pathologe war ihm umgehend in die Parade gefahren:

»Sie haben nichts von Ihrer Würze verloren, bilden Sie sich nichts ein, nur weil Sonntag ist und Sie am Grab Ihrer Frau waren.« Ein tiefes, tadelndes Grummeln. »Ach, da fällt mir ein, man munkelt, der Hoofdcommissaris will, dass Sie sich auf die Couch von Doktor Menardi legen – waren Sie schon da?«

»Nein. Ich gehe auch nicht hin.«

»Schade. Würde mich interessieren, wie das so ist, wenn eine schöne Psychologin einem an der Seele herumfummelt.«

»Sie können sich ja selbst einen Termin geben lassen.«

»Nicht nötig, danke, mit meiner Würze ist auch alles in Ordnung.« Der Doktor schmunzelte offenbar wieder. »Obwohl es bestimmt Spaß machen würde herauszufinden, wer mit seinem Besteck tiefer in den anderen hineingucken kann, sie oder ich …!« Aus dem Schmunzeln wurde fast ein Kichern, bevor Holthuysen sich abrupt zur Ordnung rief. »Also, jedenfalls habe ich eine Mail an alle Kollegen in ganz Holland geschickt, ihnen den Fall Gerrit Zuiker geschildert und gebeten, sich doch bei Gelegenheit noch mal alle Todesfälle der letzten Jahre vorzunehmen, bei denen eine Autopsie durchgeführt und auf ungeklärte Todesursache, Herzversagen oder Tod durch Ersticken erkannt worden war – außerdem alle anderen, bei denen ihnen vielleicht irgendwas komisch vorgekommen ist. Ich wollte, dass sie überprüfen, ob es sich um künstlich herbeigeführten Atemstillstand gehandelt haben könnte – natürlich nur, soweit das noch möglich ist. Und siehe da, Doktor Adrian Book in Haarlem war der Erste, der sich daraufhin gemeldet hat. Aber ich bin fast sicher, dass es noch mehr Fälle gibt, die in der Vergangenheit nicht als Morde erkannt und daher auch nie aufgeklärt worden sind. Moment mal …«

Holthuysen zündete sich eine unsichtbare Zigarette an, dann fuhr er fort: »Falls es sich also tatsächlich um einen Serientäter handeln sollte, hat er ziemlich schnell wieder zugeschlagen, sehr schnell, was darauf schließen lässt, dass der Druck, den er verspürt, größer wird. Man müsste vielleicht herausfinden, wann er vor Gerrit Zuiker das letzte Mal getötet hat, in welchem zeitlichen Abstand. Und ob er sich bislang nur auf Amsterdam und Umgebung beschränkt oder in ganz Holland tätig geworden ist, vielleicht sogar in ganz Europa. Ich warte da noch auf weitere Nachrichten von den anderen Kollegen.«

Van Leeuwen hatte die Kälte seines Blutes bis ins Herz gespürt, es schien zu Eis geworden zu sein. »Sie glauben, da kommen noch mehr?«

»Bei einem derart kurzen Abstand fast zwangsläufig«, ein Rascheln am anderen Ende der Leitung, wahrscheinlich nickte der Pathologe, »weitere Opfer in der Vergangenheit und weitere in der Zukunft, bis Sie ihn stoppen. Ach, noch was: Diese junge Frau in der Nähe von Haarlem – Heleen Soeteman – hätte sowieso nicht mehr lange gelebt. Ihre inneren Organe waren fast völlig vom Krebs zerfressen, die Knochen genauso. Wenn ich witzig sein wollte, würde ich sagen, sogar der Krebs hatte schon Krebs.«

»Aber wann wollten Sie je witzig sein?«, hatte Van Leeuwen erwidert und geistesabwesend zugesehen, wie Julika aufstand und schon vorging zur Tür, beobachtet von den Kellnern, dem Kakadu und der Frau mit dem roten Brillengestell.

»Sie muss unter unerträglichen Schmerzen gelitten haben. Der Mörder hat ihr in gewisser Weise einen Gefallen getan«, ergänzte der Pathologe.

»Aber Gerrit Zuiker war doch gesund, oder?«

»Soweit man Gesundheit bei einer Autopsie feststellen kann, ja. Zumindest körperlich.«

Jetzt im Büro ging Gallo zum Fenster und sah hinaus auf die Straße und die Gracht vor dem Fenster, unter dem klaren blauen Herbsthimmel. »Vielleicht waren es zwei verschiedene Täter, die nur zufällig nach dem gleichen *modus operandi* vorgegangen sind«, meinte er.

»Innerhalb von nur einer Woche?«, fragte Julika. »So häufig ist das auch nicht gerade: Mord mit einer Plastiktüte.«

»Und was machen wir, wenn der Doc recht hat?«, wollte Inspecteur Vreeling wissen. »Wenn es wirklich noch mehr Opfer gibt, die bisher unentdeckt geblieben sind?«

Der Commissaris sagte: »Dann identifizieren wir sie, weisen sie dem Täter zu und stellen ihn, bevor er noch mehr umbringt. Ungesühnte Morde unterminieren die Berechenbarkeit des Zusammenlebens. Das lasse ich nicht zu.«

»Willst du eine Sonderkommission zusammenstellen?«, fragte Gallo und gab seine Abwehr auf, indem er die Hände in die Gesäßtaschen seiner Jeans schob.

»Dafür ist es noch zu früh«, sagte der Commissaris. »Erst will ich ganz sichergehen, dass es sich um ein und denselben Täter handelt und dass es noch mehr Opfer gibt.«

Julika betrachtete die Spitzen ihrer Stiefeletten. »Glauben Sie, es ist ein Verrückter, Mijnheer?«

»Jeder Mörder ist verrückt«, sagte der Commissaris leise, »und zwar in dem Moment, in dem er zum Mörder wird. Selbst wenn er sonst ganz und gar normal zu sein scheint, im Augenblick der Tat ist er es nicht mehr, und vielleicht nur in diesem einen. *Den Verrückten* erfindet die Polizei bloß, um Fahndungspannen zu überschminken. Und wenn das irgendwann nicht mehr hinhaut, heißt es, es handelt sich um *ein Superhirn*.«

»Was ist eigentlich aus diesem Turnlehrer geworden – Pieter Hoekstra? War das nicht unser Verdächtiger Nummer eins?«, fragte Inspecteur Vreeling.

»Weil wir dachten oder es für möglich hielten, dass er ein Motiv hätte«, antwortete Gallo, »nämlich den Mann seiner Geliebten aus dem Weg zu schaffen. Aber warum sollte er eine sowieso schon todkranke junge Frau in Haarlem umbringen?«

»Ist er denn inzwischen wieder aufgetaucht?«

»Schon am nächsten Tag nach unserem Besuch in der Schule«, erklärte Gallo. »Er hat sich erst bei Margriet gemeldet und dann bei uns. Wir haben ihn eingehend verhört, aber er hat sehr glaubhaft gemacht, dass sein Verschwinden eine Kurzschlussreaktion war, weil er annahm, alles spräche gegen ihn. Aber wenn du willst, kannst du gern sein Alibi für die Zeit des zweiten Mordes überprüfen.«

Der Commissaris betrachtete das ausgeblichene Poster der letzten wirklich großen Mannschaft von Ajax Amsterdam an der Wand gegenüber seinem Schreibtisch, als könnte sich unter den monochromen, von der Sonne gebleichten Spielern der Mörder verbergen, nach denen sie suchten: ein ebenso farbloser Mann mit einem Durchschnittsgesicht, aber fähig zu blutig leuchtenden Taten. An der Pinnwand neben dem Poster hingen mehrere Fotos von Gerrit Zuiker, schwarz-weiß und farbig, in der Gasse, in der Van Leeuwen ihn gefunden hatte, und auf dem Tisch der Pathologie. Von Jun Wu gab es nur eine Aufnahme, mit Blitzlicht in der kleinen Wohnung am Zeedijk geschossen.

»Sie sehen finster aus, Commissaris«, stellte Vreeling fest. »An was denken Sie gerade?«

»Ich plane die Weltherrschaft«, brummte Van Leeuwen. Dann stand er entschlossen auf. »Wir fahren nach Haarlem, zu der Tulpenfarm. Ich möchte mir den Tatort ansehen und mit den Kollegen und Hinterbliebenen der Toten sprechen.«

»Solltest du nicht vorher mit den Kollegen von der Politie Kennemerland reden?«, regte Gallo an. »Du kennst da doch jemanden in Haarlem Noord.«

»Stimmt, das sollte ich, du hast vollkommen recht«, meinte der Commissaris, griff zum Telefon und wählte die Nummer der Polizei in Haarlem Noord. »Verbinden Sie mich mit Teamchef Sinnege«, bat er, als am anderen Ende abgehoben wurde. Er wartete, bis er weiterverbunden worden war, dann sagte er: »Jan, hallo, Bruno hier, vom Hoofdbureau in Amsterdam. Ihr habt da einen Fall, der mich interessiert.«

»Hallo, Bruno – ich habe mir schon gedacht, dass ich bald von dir höre«, sagte Hoofdinspecteur Sinnege. »Was willst du wissen?«

»Diese tote Frau«, sagte Van Leeuwen, »Heleen Soeteman – die letzte Woche ermordet worden ist … es war doch letzte Woche? Am Freitag?«

»Genau, Freitagmorgen wurde als Todeszeitpunkt festgestellt – Freitag, der dritte Oktober, zwischen sieben und neun Uhr.«

»Wie weit seid ihr da inzwischen?«

Sinnege antwortete nicht, und deswegen beeilte Van Leeuwen sich hinzuzufügen: »Ich frage das, weil wir hier bei unserem Opfer – Gerrit Zuiker, der eine Woche früher, am sechsundzwanzigsten September, ermordet worden ist – überhaupt nicht weiterkommen. Ich dachte, ihr könntet uns vielleicht ein bisschen helfen.« Er sah, wie Ton Gallo, Julika und Inspecteur Vreeling befremdete Blicke tauschten, und zuckte mit den Schultern. *Tut mir leid, der Zweck heiligt die Mittel.* »Habt ihr Zeugen? Was für Hinweise gibt es am Tatort? Und Verdächtige – wie sieht es mit Verdächtigen aus?«

»Keine Zeugen«, berichtete Sinnege jetzt bereitwillig, »und keine Verdächtigen. Sie war so früh am Morgen allein auf der Farm; ihre Kollegen kamen erst später. Gefunden wurde sie um kurz nach neun, und die Kollegen gingen von einer natürlichen Todesursache aus. Als der Doc uns darüber informierte, dass es sich um einen Mord handeln könnte, war für meine Leute nicht mehr viel zu holen. Trotzdem konnte der Technische Dienst auf dem Feld einen Fußabdruck isolieren, der keinem von den Tulpengärtnern gehörte, ein Stiefelabdruck Größe dreiundvierzig, Gummistiefel mit grobrippigen Sohlen. Wenn der Täter die getragen hat, kam er aus einem Birkenwäldchen am Rand der Farm und ging über die Felder zu dem Gewächshaus. Aber in dem Wald hatte sich der Boden längst wieder erholt.«

»Und der Täter kann keiner von Heleens Kollegen gewesen sein?«, hakte der Commissaris nach.

»Nein, von denen hat keiner ein Motiv und jeder ein Alibi, das wir schon überprüft haben.«

»Was ist mit der Familie, den Verwandten und Freunden?«

»Heleen Soeteman lebte allein, in einer Einzimmerwohnung, und soweit wir wissen, hatte sie keine Familie. Geschieden. Keine Eltern mehr und keine Kinder. Auch keine Freunde bis auf einen, einen jungen Tankwart – Pim Verhoeven –, mit dem sie sich gelegentlich getroffen hat.«

»Was ist mit dem geschiedenen Mann?«

»Zwischen den beiden gab es keinen Kontakt mehr, schon seit Jahren nicht. Er heißt Alex Carlsen und lebt irgendwo anders, in Den Haag oder Utrecht.«

Der Commissaris ließ seinen Blick durch sein Büro wandern – von dem zerkratzten Aktenschrank unter dem Ajax-Poster zu der Topfpalme in der Ecke und zurück zu seinem Schreibtisch –, während er überlegte, wie er die nächste Frage möglichst geschickt formulierte. »Sag mal, Jan«, fiel er dann doch einfach mit der Tür ins Haus, »hättest du etwas dagegen, wenn ich mich selbst mal ein bisschen bei euch umsehe, am Tatort und in der Wohnung des Opfers? Und mit diesem Pim Verhoeven würde ich auch gern sprechen …«

»Wonach suchst du denn?«, fragte Sinnege, jetzt deutlich reservierter, zurück.

Der Commissaris dachte: *Eine gute Frage. Wonach suche ich überhaupt?* Er betrachtete das Durcheinander auf seinem Schreibtisch: Da lagen die Akten zu den Fällen Zuiker und Wu, aber auch zu den wichtigsten Fällen der anderen Dezernate, Amtshilfeersuchen, Klageanträge, Verhörprotokolle, Tatort-Polaroids, außerdem die Berichte des Labors, des Pathologen und der Spurensicherung, sein aufgeklappter Terminkalender und die Liste der im Dienstbuch verzeichneten Vorkommnisse der vergangenen Nacht – ein Raubüberfall auf eine *Agip*-Tankstelle in der Nähe des NEMO, ein Handtaschenraub in der Metrostation Van der Madeweg, ein halbes Dutzend Schlägereien auf den *Wallen.* Ein Wirtschaftsanwalt war tot in seiner Wohnung an der Panama-Laan gefunden worden, Herzstillstand, der Fernseher lief noch; zwei Afrikaner ohne Einreisepapiere hatten sich bei den Oosterdokks der Festnahme entzogen; auf einer Polizeiwache in Slotervaart hatte ein Jugendlicher zwei Streifenpolizisten mit einem Messer lebensgefährlich verletzt, und bei Verkehrskontrollen waren den Agenten mehrere betrunkene Scooterfahrer ins Netz gegangen, eine ganz normale Nacht in Amsterdam also.

Der Commissaris sagte: »Ich suche nach Parallelen zu unserem Fall hier, nach Beweisen dafür, das es sich um ein und denselben Täter handelt. Nach irgendetwas Ungewöhnlichem, das mir hilft, die ausgetretenen Pfade zu verlassen, auf die wir Polizisten aus Bequemlichkeit so schnell geraten.«

»Wir haben nichts Ungewöhnliches in der Wohnung entdeckt, auch an ihrem Arbeitsplatz nicht.«

»Also auch keine Pistole oder eine andere Waffe?«

»Nein, was sollte eine Frau wie sie denn mit einer Waffe? Sie war krank, und sie wurde getötet. Meinst du, sie hätte sich vielleicht selbst töten wollen?«

Der Commissaris schwieg. Plötzlich fielen ihm die Berichte in den Zeitungen der letzten Woche wieder ein, die Fotos, die Beiträge im Fernsehen, alle über Klaas van der Meer. »Ich würde mir wirklich gern ihre Wohnung ansehen«, sagte er. »Am liebsten noch heute.«

Sinnege räusperte sich. »Meinetwegen«, meinte er. »Komm vorbei, und hol dir den Schlüssel ab. Ich bin bis achtzehn Uhr im Büro.«

»Danke, Jan. Ich fahre sofort los.«

Van Leeuwen legte auf und konsultierte seine Armbanduhr. Es war noch nicht einmal zehn am Montagmorgen. Er lehnte sich in seinem Drehsessel zurück und sah seine Mannschaft an. »Was haltet ihr von Euthanasie?«, fragte er.

»Interessant ist doch eher, was Sie davon halten, Mijnheer van Leeuwen«, sagte eine Stimme hinter ihm, die Stimme einer Frau. Als er sich zur Tür umdrehte, wo die Frau stand, fiel ihm wieder ein, dass Doktor Holthuysen sie als schön bezeichnet hatte, und er dachte, dass ihm selbst dieses Wort nicht als Erstes in den Sinn gekommen wäre. Aber wie sie da so stand, an den Türrahmen gelehnt, musste man sagen: *Eigentlich stimmt es, Doktor Menardi ist eine schöne Frau.*

Vielleicht war *schön* auch nicht der zutreffende Ausdruck, zu nichtssagend für jemand, dem mit dem Wort *rassig* eher Gerechtigkeit widerfuhr? Durfte man den Begriff überhaupt noch verwenden? Doktor Feline Menardi trug einen anthrazitfarbenen Hosenanzug aus Rohseide, dazu einen bordeauxroten Rollkragenpullover, der nur aus Kaschmir sein konnte. Ihre Haare, deren Farbton irgendwo zwischen Kastanie und Ebenholz lag, waren straff zurückgekämmt und zu einem rückenlangen, schlanken Zopf geflochten.

Ganz wunderbar, dachte der Commissaris, für ein Phantombild wäre sie einfach zu beschreiben: die tiefbraunen Augen, leicht mandelförmig geschnitten, und der schwache Olivton der Haut, die hoch angesetzten Wangenknochen: wahrscheinlich indonesische Vorfahren. Für die Lippen musste man Rot und Haselnuss mischen, *etwas kräftiger noch, etwas voller, so, genau*, und die Figur –

mittelgroß, aber ideal für eine Frau knapp über vierzig. Da stand also diese Frau, stützte sich mit einem Arm, nur mit der Elle, in Kopfhöhe am Türrahmen ab und fragte: »Warum interessieren Sie sich für Sterbehilfe, Mijnheer?« Sie lächelte nicht. Sie sagte: »Ich hätte Sie auch anrufen können, um einen Termin mit Ihnen zu vereinbaren, aber wir hatten ja bisher noch nie miteinander zu tun, und den ersten Eindruck gewinne ich gern von Angesicht zu Angesicht, außerhalb meines Büros. Der Hoofdcommissaris hat mich gebeten …«, sie unterbrach sich, immer noch nicht lächelnd, »oder komme ich gerade ungelegen?«

»Leider«, griff der Commissaris diese Vorgabe dankbar auf, »vollkommen ungelegen. Ich muss sofort weg.« Er stand auf, fuhr in sein Sakko und scheuchte Gallo, Vreeling und Julika mit einem Nicken aus dem Raum, in der Hoffnung, sie würden die Psychologin einfach von der Schwelle spülen. Doch die wich ihnen geschickt aus und trat zurück in die Tür, bevor auch Van Leeuwen an ihr vorbeischlüpfen konnte.

»Wann passt es Ihnen denn besser?«, erkundigte sie sich.

»Zu Sinterklaas, am fünften Dezember.« Auch er lächelte nicht. »Oder an Silvester.«

20

Auf der rechten Seite der Straße erstreckte sich ein Hafen hinter dem anderen, erst der Westhaven, dann der Amerikahaven und etwas später der Afrikahaven, und überall ragten Kräne und Öltanks und Raffinerien aus dem Dunst in den silberblauen Himmel. Die Sonne spiegelte sich in den Fenstern von Bürogebäuden und lag blendend auf den Aluminiumverschalungen klobiger Silos und dem Weiß frisch gestrichener Containerschiffe. Das Wasser in den Hafenbecken war graugrün, mit leichten Schaumkronen auf den Wellen. Die Luft roch nach Salz, Jod und vermoderten Pflanzen. Linker Hand blieben die Häuser von Geuzenveld zurück, und wenn der Commissaris an Gallo vorbei durch die Fenster auf der

Fahrerseite des Golf blickte, konnte er ganz in der Ferne die Flugzeuge auf Schiphol zuschweben sehen.

Eins davon kam aus Shanghai, und Ailing Wu saß darin, jetzt noch nicht, aber bald.

Es war nicht sehr weit bis Haarlem. Gallo fuhr schnell, und die Straße war eine hypnotische schwarze Fläche, die dem Wagen entgegenflog, gesäumt von Verkehrsschildern und Reklametafeln. Hinter langsamer vorbeigleitenden Lagerhallen und Verbrauchermärkten erstreckten sich die Wiesen und Felder, Gras, das noch immer saftig war, zu gelblichen Haufen getürmtes Heu, endlose Rübenfelder im sonnigen Oktoberlicht, glitzernde Bewässerungsgräben unter zähen Nebelfetzen. Hier und da lehnte eine windschiefe Scheune an einem flachen Gehöft, vor einem weiten Horizont, der wie mit dem Lineal gezogen wirkte.

Der Commissaris sah die dunkelbraunen Äcker und das hoch stehende Gras und die vereinzelten Weiden, deren Zweige in den Wind fielen, aber er nahm sie nicht wahr. Er sah Kühe auf den Wiesen grasen und wiederkäuen und Pferde, die an Holzzäunen entlangtrabten. Eine Windmühle, die ihm noch nie aufgefallen war, regulierte mit behäbig kreisenden Flügeln den Wasserstand in den Gräben der Polder. Federwolken trieben unter dem tiefblauen Himmel von der Nordsee landeinwärts, zu hoch, als dass sie Schatten werfen konnten. Krähen sammelten sich auf den Feldern, die schon abgeerntet waren.

Der Commissaris war zu tief in Gedanken, zu abgelenkt, um den Anblick wirklich wahrzunehmen. Er wusste, dass es so war, denn manchmal wurde für eine Sekunde ein Bild vor seinen Augen scharf – ein Stillleben, eine Momentaufnahme –, und er dachte flüchtig: *kostbar, viel zu schön*, bevor seine Gedanken zu den Morden zurückkehrten, die er aufklären musste, zu den Toten, die noch auf Gerechtigkeit warteten.

Seine Haut kribbelte, als liefen Hunderte roter Ameisen darüber, seit gestern, seit Holthuysen ihn angerufen hatte. Es war das Wort *Serientäter*, das dieses tausendfüßige Kribbeln auslöste, eine Art elektrischer Spannung um seinen Körper. Er hoffte, dass Holthuysen sich irrte. Er hoffte, dass es nur diese beiden Plastiktüten-Morde gab und sonst keinen mehr, nicht davor und auch nicht danach. Keine weiteren Toten, die womöglich über das ganze Land verteilt in der Erde lagen. Keine Jagd gegen die Uhr, bei der man aufhörte, die Opfer zu bedauern, weil man nicht mehr das eine Leben sah, das ausgelöscht worden war, sondern hoffte, dass der Mörder weiter tötete, weiter Menschen umbrachte. Weil er irgendwann einen Fehler machen musste, einen Fehler, der ihm zum Verhängnis wurde.

Lass ihn noch den einen umbringen, bei dem er den Fehler macht, damit wir alle anderen vor ihm beschützen können.

Ein weiteres Paradoxon, dachte der Commissaris, dass man manche Mörder den anderen vorzog, weil sie mehr Menschen am Leben ließen. Er drehte sich in seinem Sitz zu Inspecteur Vreeling um, der wie immer auf der Rückbank hinter Gallo saß. »Remco, wie weit bist du mit Zheng Wu? Was hast du in Chinatown herausgefunden?«

»Also, laut Ausländerbehörde ist er legal hier, hat einen gültigen Pass, eine unbefristete Aufenthaltsgenehmigung und eine Arbeitserlaubnis, die Impfbescheinigungen sind auch in Ordnung«, sagte Vreeling. Er griff in die Seitentasche seines Blousons aus sandfarbenem Wildleder und holte einen Notizblock hervor. Zum Blättern nahm er die verletzte Hand zu Hilfe; den ehemals weißen Verband zierten inzwischen eine Fülle vielfarbiger Kaffee-, Cola-, Senf- und Ketchupflecken, garniert mit Spuren von Eigelb und Olivenöl. Er überflog seine Notizen und seufzte. »Im Grunde ist es der immer gleiche Roman. Sie kommen hierher, weil sie zu Hause ...«

»Ich kenne den Roman«, unterbrach der Commissaris ihn, »und du kennst ihn auch, also schlagen wir doch sofort das Kapitel auf, das von Mijnheer Wu handelt.«

Vreeling nickte geduldig. »Vor einem Jahr kam Zheng Wu, von Armut und Hunger getrieben, nach Amsterdam, voller Hoffnung auf Arbeit und Wohlstand. Das Geld für die Überfahrt hatte er sich zusammengebettelt, Haus und Hof waren verpfändet ...«

»Und bitte nicht in der Sprache von Charles Dickens …«

»Sie sind ein harter Mann, Commissaris. Also gut: In der Volksrepublik China lebte Zheng Wu mit seiner Familie in einem kleinen Dorf im Yangtse-Tal – Eltern, Geschwister und seine Frau Ailing. Das Gebiet ist auch bei uns bekannt geworden, weil die Chinesen da einen Riesenstausee angelegt haben, für den viele Dörfer geräumt werden mussten, ohne dass irgendjemand den Menschen auch nur einen Cent Entschädigung gezahlt hat. Hunderttausende Familien, Millionen Menschen haben damals rund um den Drei-Schluchten-Damm alles verloren, Land, Haus, Vieh, und niemand kümmerte sich darum. Zheng Wu und seine Frau gingen erst nach Fengdu, wo sie bei Verwandten unterkam, während Zheng weiterzog, bis er Arbeit in Nanjing auf den Docks fand, allerdings nur vorübergehend. Doch dort schloss er Freundschaft mit einem Mann namens Ang Li, der sich wenig später auf nach Europa machte, und zwar hierher nach Amsterdam. Mijnheer Li zwitscherte ihm in Briefen und am Telefon ein verführerisches Lied von unserer schönen Stadt und dem Leben hier vor, so lange, bis Mijnheer Wu beschloss, ihm zu folgen. Leider reichte das Geld, das er sich bei Freunden und Verwandten zusammenbettelte, nur für ihn und auch nicht für mehr als eine Passage auf einem Trampfrachter. Natürlich fiel es ihm schwer, seine junge schöne Frau zurückzulassen, aber seine Familie – darunter sein Cousin Jun – versprachen ihm, sich um sie zu kümmern und auf sie achtzugeben, so lange bis er es sich leisten konnte, sie nachzuholen. Doch als er in Rotterdam eintraf, musste er leider feststellen, dass es auch hier mit Arbeit längst nicht so rosig aussah, wie sein Freund es ihm beschrieben hatte. Er fand zwar nach einigen Monaten einen Teilzeitjob in einer Wäscherei, doch was er verdiente, reichte gerade, um nicht zu verhungern. Er war sehr traurig, denn er hatte ja gehofft, Ailing bald nachholen zu können, um hier mit ihr eine Familie zu gründen. Aber das Geld reichte nicht einmal für die Rückreise, und weil er schon überall und bei jedem verschuldet war, wollte ihm auch niemand mehr etwas leihen. Wenn Ang Li ihn nicht bei sich aufgenommen hätte, wäre er auf der Straße gelandet.«

»Und wir sind inzwischen wohl bei Victor Hugo gelandet?«, brummte der Commissaris.

»Ich versuche, es in Ang Lis Worten wiederzugeben«, protestierte Inspecteur Vreeling. »Er ist meine Quelle.«

»Versuch, es in deinen Worten wiederzugeben.«

Vreeling zuckte mit den Schultern. »Viel mehr ist es sowieso nicht. Mijnheer Wu wurstelte sich so durch, von Job zu Job, mal als Koch, mal als Verkäufer, mal als Matratzenstopfer, aber er blieb nirgendwo lange, und was er verdiente, reichte nicht zum Leben und nicht zum Sterben. Ailing fehlte ihm, er redete oft von ihr, aber irgendwann vor nicht allzu langer Zeit hörte er damit auf. Ungefähr zur selben Zeit fing er an, sich zu verändern, wurde streitsüchtig, legte sich mit jedem an, vor allem mit Ang Li, weil der ihn hierher gelockt hatte. Er sagte, er wäre lieber mit Ailing im Wasser hinter dem Drei-Schluchten-Damm ertrunken, als hier getrennt von ihr zu verhungern. *Willkommen in Amsterdam*, sagte er andauernd, zu jedem, *willkommen in Amsterdam*, aber es klang wie ›willkommen in der Hölle‹. *Als wäre es plötzlich schwarz in seiner Seele geworden*«, Vreeling hob beschwichtigend die verletzte Hand, »das sind Mijnheer Lis Worte, nicht meine, ich weiß. Und dabei sah Wu aus, als hätte er eben dem Teufel selbst in die rußschwarze Fratze geschaut – Satan, der mit einem scheußlichen Grinsen die Hand ausstreckte: *Willkommen in Amsterdam.* Schließlich sprach Wu gar nicht mehr, mit niemandem. Aber er hat viele Briefe geschrieben, an Ailing und später an seinen Cousin. Er hat auch hin und wieder von Mijnheer Lis Handy aus in Fengdu angerufen, wenn Li in großzügiger Stimmung war.«

»Und er hat viele Briefe bekommen«, bemerkte Van Leeuwen mit einem Anflug jener Müdigkeit, gegen die er sich neuerdings nicht zu wehren wusste, wenn er von den schmerzlichen Wegen hörte, auf denen verirrte Liebe verloren ging. »Was hat deine Quelle über sein Leiden gesagt? Warum er im Rollstuhl sitzt? Seit wann?«

»Tja, das passierte in etwa zur selben Zeit, als er aufhörte zu reden.« Vreeling klappte seinen Notizblock zu. »Eben noch die ganze

Zeit das *Willkommen in Amsterdam*, und plötzlich konnte er sich nicht mehr auf den Beinen halten. Sie knickten buchstäblich unter ihm weg, sagte Li. Zheng Wu konnte nicht mehr stehen und nicht mehr gehen. Der Rollstuhl ist eine Leihgabe der chinesischen Gemeinde, sonst hätte Wu die Wohnung überhaupt nicht mehr verlassen. Komisch, nicht? Kein organischer Befund, heißt es, aber Li meint, etwas hätte *der Seele die Beine zerquetscht*.«

»Eifersucht kann einen Menschen völlig auf den Kopf stellen«, bestätigte Van Leeuwen. »Sie kommt nicht langsam wie Liebe oder Hass, sondern sie bricht plötzlich über einen herein; sie überschwemmt das Gehirn wie die gestauten Wassermassen ein Tal, wenn der Damm gesprengt wird. Wie der Yangtse. Sie spült mit ihrem Toben und Rasen alles weg, was wir uns künstlich aufgebaut haben, das ganze fragile Gerüst von Vernunft oder Intelligenz oder Kultur. Plötzlich gibt es nur noch nackten, geistlosen, dummen, flammenden Wahnsinn, der das Gehirn zerfetzt und die Seele herumschleudert. Man ist buchstäblich nicht mehr Herr seiner Sinne – seiner Sinne und seines Körpers – und tut Dinge, auf die man später nur mit Schaudern zurückschauen kann. So ein starkes Gefühl ist die Eifersucht.«

Er wusste, wovon er sprach.

21

Es war ein kleines Zimmer mit einem kleinen, armseligen Geruch. Es roch nach Einsamkeit und nach der Krankheit, die in dieser Einsamkeit einen Menschen langsam zerfressen hatte. Die schräg hängende Holzjalousie des einzigen Fensters war halb heruntergelassen, sodass der Raum auch mittags im Halbdunkel lag. Der Commissaris versuchte, die Jalousie hochzuziehen, aber sie klemmte. Das Fenster ging auf die Rückseite eines alten Kaufmannspalastes am Ufer der Nieuwe Gracht, und es fiel hier hinter dieser schräg hängenden Jalousie nicht schwer, sich vorzustellen, dass Heleen Soeteman von allem immer nur die Rückseite zu sehen bekommen hatte, sogar von ihrem eigenen Leben. *Das und die halb vertrockneten Topfgeranien auf dem Fensterbrett,* dachte Van Leeuwen.

Neben dem Fenster stand ein schmales Bett mit einer durchgelegenen Matratze und einer fransenverzierten Patchwork-Decke aus dunkelroter und hellgrüner Baumwolle. Auf einer schweren Bauernkommode mit schmiedeeisernen Griffen an den Schubladen stand eine Windmühle aus Keramik, über deren Plastikräder ein dünnes Rinnsal trüben Wassers plätscherte und dafür sorgte, dass die Flügel sich drehten. Es gab einen Kleiderschrank aus dunkel gebeizter Eiche, der nicht zu der Kommode passte, außerdem einen runden Beistelltisch mit einem Mosaik aus bemalten Muscheln in der Platte und einen mit abgewetztem Samt bespannten Sessel, von dem aus man auf einen kleinen Fernseher mit einer Zimmerantenne schauen konnte.

Unter dem Tisch stand ein altmodisches Schnurtelefon. Eine spanische Wand verbarg die Kochnische, eine angelehnte Tür führte zu Dusche und Toilette. Der Commissaris knipste das Licht an. An der Leiste für den Duschvorhang hing ein dunkelblaues Kleid und warf einen scharfen Schatten wie ein Gehängter ohne Kopf. Auf dem Kachelboden vor der Duschzelle lag ein einzelner, umgekippter Hausschuh. Der Commissaris knipste das Licht wieder aus.

Er öffnete den Schrank und zog alle Schubladen der Kommode heraus. Er durchsuchte die sauber zusammengefalteten Blusen, die Unterwäsche und die Kleider und Jacken. Er fand kein Tagebuch, keine Briefe. Er fand keine CD mit dem Titel *Help me if you can* und kein Manifest, keine verzweifelten Hilferufe aus dem Internet. Er fand auch keinen Computer mit eingegangenen oder verschickten E-Mails, keine Versicherungsunterlagen, kein Testament.

Die Wohnung war so klein, dass Gallo, Vreeling und Julika in der Diele zurückgeblieben waren, um Van Leeuwen nicht im Weg zu stehen. Er setzte sich auf das Bett und schob die Hand unter die Matratze. Keine Walther PPK, Glock oder SIG Sauer, natürlich nicht. Er betrachtete das Telefon. »Ich will eine Liste der Gespräche haben, die von diesem Apparat aus geführt worden sind«, sagte er. »Uhrzeit, Teilnehmer und Häufigkeit der jeweiligen Verbindungen.«

Das Telefon hatte eine Wahlwiederholungstaste; er drückte sie und lauschte in den Hörer. Schon nach dem zweiten Klingeln kam eine Verbindung zustande. »Hallo?«, sagte eine Männerstimme.

»Hallo«, sagte Van Leeuwen. »Mit wem spreche ich?«

»Mit Pim«, antwortete die Stimme. Im Hintergrund schien ein Radio zu laufen, Werbung, und ein Automotor, der lauter und wieder leiser wurde. »Von der *Total*-Tankstelle«, ergänzte die Stimme. Sie klang so lebhaft wie der elektronische Ansagetext einer Mailbox.

»Können Sie mir sagen, wie ich zu Ihnen komme?«, fragte Van Leeuwen.

»Von wo aus denn?«

»Haarlem.«

»Ach, das ist ganz einfach …« Während der Junge, Pim Verhoeven, den Weg zu seiner Tankstelle beschrieb, fiel Van Leeuwens Blick auf einen Stapel Altpapier in der Kochnische, unter der Eisenspüle. Er legte auf, war mit zwei kurzen Schritten bei der Nische und schob den mit kleinen gelben Rosen auf schwarzem Grund bemalten Paravent beiseite. Der Stapel war nicht sehr hoch, vor allem Zeitungen, darunter mehrere Ausgaben von *De Avond!*, die Van Leeuwen schon kannte. Das Bild von Klaas van der Meer auf einer davon war mit wirrem Kugelschreibergekraksel fast unkenntlich gemacht worden. Van Leeuwen hielt die Ausgabe hoch und fragte: »Werden die hier auch verkauft oder gratis verteilt? Könnt ihr das herausfinden?«

»Es lohnt sich wohl kaum, so eine Zeitung nur für Amsterdam zu drucken«, meinte Gallo.

»Ja, aber manchmal wird sie erst in Amsterdam getestet, bevor man sie im ganzen Land herausbringt«, sagte Van Leeuwen und dachte, dass die Zeitung die erste Gemeinsamkeit zwischen Gerrit Zuiker und Heleen Soeteman war, außer der Art, wie sie getötet worden waren. Er bückte sich erneut, denn neben dem Zeitungsstapel stand der Mülleimer, und er klappte den Deckel hoch, um den Inhalt in Augenschein zu nehmen. Er entdeckte ausgepresste Orangen- und Zitronenschalen, verkrustete Müslireste, Brotrinde und mehrere benutzte Teebeutel, dazu ein Plastikdöschen, das ein starkes Schmerzmittel enthalten hatte.

Er nahm den Mülleimer mit zum Bett. Er setzte sich wieder und fischte zwei Briefe aus der Plastiktüte, beide mit Essensresten verklebt. Der Briefkopf auf dem ersten Blatt, das halb durchgerissen war, lautete *Privatklinik Doktor med. van der Meer,* das Schreiben entpuppte sich bei genauerem Hinsehen aber nicht als Brief, sondern als Rechnung. Für eine umfassende Untersuchung durch mehrere Ärzte im August und die Analyse der bei einer Biopsie entnommenen Zellen im klinikeigenen Labor wurden Heleen Soeteman insgesamt fast zweitausend Euro berechnet. Van Leeuwen verspürte ein Zucken seiner Galle, das ihm noch aus der Zeit vertraut war, als solche Briefe an ihn adressiert und ähnliche Beträge für die Untersuchung seiner Frau in Rechnung gestellt worden waren.

Der zweite Brief war handgeschrieben und mit einer persönlichen Anrede versehen: *Liebe Heleen.* Er stammte von einer Selbsthilfegruppe für unheilbar Krebskranke.

Liebe Heleen, stand da, *du schreibst, du hast schon alles versucht und weißt nicht mehr weiter, und wenn du sämtliche Gurus und Wunderheiler durchhast, wenn bei der Telefonseelsorge aufgelegt wird, sobald sie deine Stimme hören, und wenn die Kirche und Gott und die ganze Tröstungsindustrie dir keine Hilfe mehr bieten …*

Van Leeuwen dachte: *Ich will das nicht lesen.* Er faltete beide Briefe zusammen und steckte sie in die linke Außentasche seines Trenchcoats, dann stand er auf und sagte: »*Andiamo!*«, was er nicht mehr gesagt hatte, seit Sim tot war.

»*Andiamo* wohin?«, wollte Julika wissen.

»Wir bringen Teamchef Sinnege den Schüssel von hier zurück, und dann fahren wir zu Pim von der Tankstelle, bevor wir Doktor van der Meer einen Besuch abstatten!«

»*Doktor Death?*«, fragte Vreeling. »Meinen Sie, bei dem Mord an Heleen Soeteman handelte es sich vielleicht um Sterbehilfe?«

»Doktor van der Meer«, korrigierte ihn der Commissaris. »Wenn es Sterbehilfe war, dann war es kein Mord. Aber wenn es Sterbehilfe gewesen wäre, dann müsste sie von einem Arzt durchgeführt worden sein, ein zweiter Arzt müsste vorher seine Zustimmung gegeben haben, und hinterher müsste man den Fall dem Staatsanwalt melden, einschließlich des schriftlich erklärten Todeswunsches der Patientin und der Feststellung ihrer unheilbaren, qualvollen Krankheit durch ebenfalls mehrere Ärzte. Diesem Staatsanwalt müsste man dann auch erklären, warum der Tod mit einer Plastiktüte herbeigeführt worden ist statt mit einer Kaliumspritze, und zwar auf einem Tulpenfeld und nicht in einem Klinikzimmer. Nein, ich glaube nicht an Sterbehilfe, aber ich möchte wissen, was genau die Ärzte in Van der Meers Klinik herausgefunden und Heleen Soeteman gesagt haben.«

Eine halbe Stunde später hatten sie das Kopfsteinpflaster der Altstadt von Haarlem hinter sich gelassen, und es war noch immer früher Nachmittag. Rechts und links von der Straße glommen flache Gewächshäuser in der Sonne, eins hinter dem anderen, und alle sahen genauso aus wie das, vor dem Heleen Soeteman ermordet worden war. Die abgeernteten Tulpenfelder lagen kahl und farblos zwischen den Glasflächen.

Nach einiger Zeit fuhren sie an Kartoffeläckern vorbei, auf denen die von der Ernte übrig gebliebenen Pflanzen verbrannt wurden. Der Rauch zog über die umgegrabenen Furchen davon, und die Flammen sahen aus wie rote Fahnen, die im Wind schlugen. Noch später wogte goldbrauner Mais unter den Herbstböen, sodass es wirkte, als tanzten unsichtbare Geister zwischen den hohen Blättern.

Als die Maisfelder aufhörten, gaben sie den Blick auf eine Tankstelle frei, deren großes *Total*-Schild in Blau und Rot dringend einer Wäsche bedurfte. Gallo lenkte den Golf von der Fahrbahn auf das Tankstellengelände und hielt zwischen den überdachten Zapfsäulen und der Waschstraße. Hinter der Waschanlage stand ein Motorrad aufgebockt, eine Motoguzzi, deren Lenkgriffe hochragten wie ein Geweih. Auch die Scheiben des Kassenhäuschens hätten eine Wäsche vertragen können. Eine Videoüberwachungskamera war auf den leeren Asphalthof und die Zapfsäulen vor dem Kassenhäuschen gerichtet. Überall schillerten Ölflecken im Schein fast unsichtbar flackernder Neonröhren unter dem Betondach.

Der Commissaris stieg aus dem Wagen und sagte: »Ton, du kommst mit rein. Brigadier Tambur, du und Inspecteur Vreeling, ihr schaut euch ein bisschen um, nicht zu auffällig, aber sorgfältig.«

»Wonach suchen wir?«, fragte Julika.

»Gummistiefel mit grobrippigen Sohlen, Größe dreiundvierzig«, antwortete der Commissaris, »Plastiktüten, was auch immer, keine Ahnung.«

»Ich dachte, Pim Verhoeven war Heleens einziger Freund?«, wandte Julika ein.

»Freunde haben Mitleid«, sagte der Commissaris, »wenn das Opium nicht mehr wirkt.« Gallo und er betraten das Kassenhäuschen, an dessen Decke weitere Neonröhren summten und leise klickten wie ein Insekt, das gegen eine Glasscheibe fliegt. Drei davon brannten unterschiedlich hell, in den anderen gab es nur gelegentlich ein fahl zuckendes Leuchten.

An der Kasse stand ein junger Mann mit spröden blonden Haaren und grünen, sorgenvollen Augen, die keinen Glanz hatten. Seine Hände waren schmutzig, die Knöchel verschorft und die Fingernägel abgekaut. Er trug eine Brille mit runden, edelstahlgerahmten Gläsern und einen *Total*-Overall, der ihm zu groß war, sodass er an das Kostüm eines Clowns erinnerte. Sommersprossen bedeckten das Gesicht des jungen Mannes wie helle Lehmspritzer. Sein Blick klebte an einem Fernseher mit gestörtem Empfang, dessen Bildschirm unverändert denselben Sandsturm aus statischen Lichtpunkten zeigte, sooft er auch mit der Fernbedienung den Sender wechselte: pulsierendes Licht, in dem geisterhafte Gestalten von dem elektronischen Sturm verzerrt wurden und in übersteuertem *Total*-Blau und Rot abgehackte Laute ohne erkennbaren Ursprung von sich gaben.

»Hallo«, begann der Commissaris. »Sind Sie Pim Verhoeven?«

»Jau«, antwortete der junge Mann, ohne den Blick von dem Fernseher zu lösen, »bin ich.«

»Fein«, sagte der Commissaris. »Ich bin Commissaris Bruno van Leeuwen vom Hoofdbureau van Politie in Amsterdam. Und das ist mein Kollege, Hoofdinspecteur Anton Gallo.«

Pim Verhoeven drückte weiter einen Knopf nach dem anderen auf der Fernbedienung und wechselte die Programme immer schneller, als hätte er sich vorgenommen, die Lichtgeschwindigkeit außer Kraft zu setzen. Auf einem Hocker neben dem Fernsehapparat lag ein Motorradhelm mit der leuchtend roten Aufschrift *Easy Rider*.

»Wir untersuchen den Tod von Heleen Soeteman«, fuhr der Commissaris fort.

»Er war es«, sagte der junge Mann, ohne seine sorgenvollen Augen von den surrealen Geisterwesen auf dem Bildschirm zu lösen.

»Wer war was?«, fragte Gallo. Er hatte angefangen, das Sortiment von Motoröl-Dosen, Warnkreuzen, Erste-Hilfe-Kästen, Blinkerverglasungen und Scheibenwischerblättern in den Regalen zu inspizieren, aber jetzt blieb er stehen und schaute zur Kassentheke hinüber.

»Ihr Mann«, sagte Pim Verhoeven. »Er hat sie getötet.« Seine Stimme klang immer noch wie am Telefon, wie vorher aufgezeichnet und von einem Apparat wiedergegeben.

»Meinen Sie Alex Carlsen, Heleen Soetemans Exmann?«, fragte der Commissaris.

»Er hat sie gefunden und umgebracht.«

»Hatte sie noch Kontakt zu ihm? Hat er sie bedroht?«

»Er hat sie verprügelt, genau wie ihr Vater. Die ganze Zeit, während sie verheiratet waren, hat er sie geschlagen. Deswegen ist sie so krank geworden.«

Der Commissaris beugte sich über die Kassentheke, nahm Verhoeven die Fernbedienung aus der Hand und schaltete den Fernseher aus. »Sie waren doch mit Heleen Soeteman befreundet«, fuhr er fort. »Sie hat Sie vor Ihrem Tod von zu Hause aus angerufen. Wissen Sie noch, wann das war?«

Der junge Mann starrte weiter auf den Bildschirm, mit halb offenem Mund, als könnte er nicht glauben, dass es so einfach war, die Geister loszuwerden. »Sie hat mich oft angerufen«, erklärte er, und endlich kehrte Leben in seine Stimme zurück. »Wir haben fast jeden Tag telefoniert.«

Van Leeuwen legte die Fernbedienung auf die Theke. »Und das letzte Mal?«, fragte er noch einmal. »Wann war das? Worüber haben Sie gesprochen?«

Der junge Mann schüttelte den Kopf. Er schloss die Augen, und als er sie wieder öffnete, sah er Van Leeuwen an. »Sie sagte, sie könnte es nicht mehr ertragen. Sie könnte die Schmerzen nicht mehr ertragen. Sie hatte schreckliche Schmerzen, wissen Sie, die immer schlimmer wurden. Es war in der Nacht, bevor sie … vor ihrem Tod … Sie konnte nicht schlafen. Sie konnte oft nicht schlafen, und manchmal haben wir die ganze Nacht durch telefoniert. Sie hatte Krebs, im Endstadium. Weil sie so viel hat leiden müssen in ihrem Leben.«

»Woher kannten Sie sich?«

»Sie hat sich bei mir versteckt.« Verhoeven sprach so leise, dass der Commissaris sich unwillkürlich näher an die Theke beugte, und auch Gallo trat aus dem hinteren Teil des Raumes nach vorn zur Kasse. »Vor ihrem Mann. Weil er sie wieder geschlagen hatte, im Auto, beim Fahren. Sie hat ihm gesagt, sie müsste mal, und als er angehalten hat, ist sie weggelaufen. Ich konnte sehen, wo sie sich versteckt hat, aber ich habe ihm nichts verraten. Die Seitenscheibe war noch blutig, weil er ihren Kopf dagegengestoßen hatte. Er ist dann weitergefahren, und ich habe ihr was zum Verbinden gegeben, Pflaster und so. So haben wir uns kennengelernt.«

»Wann war das?«

»Vor vier Jahren. Danach kam sie öfters vorbei, mit ihrem Fahrrad, auf dem Weg zur Arbeit.«

»Und er – ist er auch noch mal wiedergekommen?«

»Nein. Sie hat ihn … als sie so krank wurde, hat sie ihn verlassen.«

»Sie hat ihn verlassen?«, vergewisserte sich Gallo. »Nicht er sie?«

Der junge Mann nickte und wischte sich die Nase mit dem Handrücken. Er sah zur Tür hinüber, durch die Julika den Kassenraum betrat. Als der Commissaris sich umdrehte, deutete sie ein Kopfschütteln an.

»Wissen Sie, wo er heute lebt?«, fragte Gallo.

»Nein. Er arbeitet als Kellner, und damals – als er Heleen kennengelernt hat –, war er in einem Striplokal beschäftigt, in Rotterdam. Das hat sie mir mal erzählt, dass er Kellner war und in Clubs bediente. Aber wo er jetzt lebt – keine Ahnung …«

»Hat sie damals auch im Rotlichtmilieu gearbeitet?«, wollte Gallo wissen.

Verhoeven wischte sich wieder mit dem Handrücken die Nase und blickte mit seinen glanzlosen Augen durch die schmutzige Scheibe auf die Straße und die vorbeifahrenden Wohnmobile und Cabriolets. Die Autos fuhren schnell und zu dicht hintereinander, und keins hielt an, um zu tanken. Verhoeven sagte: »Sie war damals … sie war eben noch sehr jung.«

»Als Prostituierte?«, hakte Gallo nach.

Der junge Mann meinte: »Nein, nicht als Prostituierte. Es war mehr – sie hat die Männer animiert, hat mit ihnen Champagner getrunken, in einem schönen Kleid mit Schlitzen an der Seite, und nur weil der Abend so schön war, so gemütlich, ist sie mit ihnen intim geworden, und sie haben ihr dann ein Geschenk gemacht. Er hat gesagt, er holt sie da raus, ihr Mann, aber es wäre ihr besser gegangen … wenn sie ihm nicht geglaubt und ihn nicht geheiratet hätte, wäre es ihr besser gegangen.«

»Wie ist es ihr denn ergangen?«, fragte Gallo.

Der junge Mann sah weiter durch die Scheibe hinaus, und die Autos fuhren nicht nur draußen auf der Straße, sondern auch als kleine, verkrümmte Spiegelbilder über seine Brillengläser. »Er hat sie an den Haaren durch die Wohnung gezerrt. Er hat sie aufs Bett geworfen und vergewaltigt. Er hat sie in den Bauch geschlagen und auf die Ohren und auf den Mund. Er hat sie gewürgt, ihr die Bluse am Hals zugedreht, bis sie beinahe erstickt wäre. Er hat ihr das

Essen vor die Füße gekippt, und sie musste es aufwischen. Er hat mit Ravioli-Dosen nach ihr geworfen und ihr zwei Finger gebrochen. Er hat einen Kristall-Aschenbecher an ihrer Stirn zerschlagen. Jeden Tag – jeden Tag war das so, manchmal schon morgens, und wenn nicht am Morgen, dann am Mittag, und wenn nicht mittags, dann am Abend …«

»Warum hat er das getan?«, wollte Julika hinter Van Leeuwen wissen. Jetzt klang auch ihre Stimme so, als wäre sie vorher aufgezeichnet oder elektronisch zusammengesetzt worden.

Der junge Mann sah weiter hinaus, und die Autos fuhren nach Zandvoort und Leiden und über seine Brillengläser, und es schien, als wartete er darauf, dass eins von ihnen anhielt, mit Blut an der Seitenscheibe, dass Heleen herauslief, um sich bei ihm zu verstecken; um von ihm gerettet zu werden. »Warum er das getan hat?«, wiederholte er. »Weil sie das Licht in der Abstellkammer angelassen hatte. Weil sie ihm das Essen zu heiß oder zu kalt hinstellte. Weil sie zu lange mit einer Freundin telefonierte. Weil sie den Wagen falsch geparkt hatte, weil sie sich nicht sofort auszog, wenn er mit ihr …«

»War er Alkoholiker?«, fragte Julika. »War er betrunken, wenn er das gemacht hat?«

»Darum geht es jetzt nicht«, warf der Commissaris ein.

»Doch, darum geht es«, widersprach Julika, und als er sich zu ihr umdrehte, sah er die Veränderung, die mit ihr vorgegangen war. Sie schien plötzlich durchscheinend geworden zu sein, und er sah die alte Julika in der neuen, die Punkerin mit der Lederjacke, den Ketten, Eisendornen und Noppen; die Frau mit den korallenroten Stachelhaaren und dem blassen Gesicht, die nicht wusste, wohin mit ihrem Zorn und ihrer Verletzlichkeit. Die innerlich zitterte.

»Ich weiß nicht, ob er Alkoholiker war«, sagte Verhoeven. »Vielleicht. Ich weiß es nicht.«

»Aber warum hat sie sich das alles gefallen lassen?«, beharrte Julika.

Der junge Mann senkte den Kopf und fuhr sich mit einer ölverschmierten Hand durch das spröde Haar. »Weil er ja auch eine andere Seite hatte, *sagte sie* – eine fleißige, eine großzügige. Er arbeitete hart, weil er selbst da wegwollte, von den Clubs und Striplokalen und den Leuten, die ihn rumschubsten. Und wenn er was auf der Hand hatte, dann lud er sie ein und machte ihr Geschenke, teure Unterwäsche aus Seide, Schmuck, einmal sogar ein Pony. Und dann dachte sie – dann hoffte sie, dass er so bleibt, dass vielleicht irgendwann alles anders würde. Dass er sich ändert und dass sie dann glücklich sein könnten, sogar sie, irgendwann in der Zukunft. Sie dachte, wenn sie alles aushält und keinen Mucks von sich gibt, dass das doch genügen muss, um das Glück herbeizuzwingen.

Sie ist ja auch oft weggelaufen, nicht bloß ein Mal, nein, Dutzende Male. Aber sie ist immer freiwillig zurückgekommen, nur zwei Mal musste er sie mit der Polizei holen lassen – ja, die Polizei hat sie für ihn wiedergeholt. Sie hat sich schlagen lassen und dachte immer, diesmal ist es das letzte Mal. Aber es war nie das letzte Mal. Er schlug sie, danach lag sie blutend auf dem Bett im Schlafzimmer, bei zugezogenen Vorhängen, und er saß im dunklen Wohnzimmer und trank, ja, Sie haben recht, er trank die ganze Zeit, nur beim Schein der Musicbox. Er schüttete Genever und Bier in sich hinein, ließ sich volllaufen und hörte alte Schlager, und wenn nichts mehr reinging in ihn, kam er zu ihr … Aber im Grunde …«, der junge Mann nahm die Brille ab, und jetzt glänzten seine Augen, als er sich die Tränen abwischte, »im Grunde hat sie es sich ja gar nicht gefallen lassen. Sie ist ja krank geworden. Und das Komische ist, als die Krankheit immer schlimmer wurde, wuchs auch ihr Mut. Sie hat ihn endlich doch verlassen, für immer.«

Van Leeuwen dachte, dass *für immer* manchmal sehr kurz sein konnte und dass, andererseits, wahrscheinlich jeder Tag dieser Ehe davor wie eine Ewigkeit gewesen war. Dann dachte er: *Wir müssen jetzt zum eigentlichen Zweck der Befragung kommen.* »Wann hat sie sich an Doktor van der Meer gewandt?«, fragte er. »Als sie wusste, dass sie sterben musste?«

»Van der Meer!« Verhoeven verzog die Lippen, als hätte er in eine Zitrone gebissen. »Ihre Schmerzen waren so unerträglich, und er hat sich geweigert, ihr zu helfen. Er hat sie untersucht, hat sie sogar seinem medizinischen Komitee vorgestellt, und dann sagte er, er könnte nichts mehr für sie tun ... Aber eine gesalzene Rechnung, die konnte er ihr schon noch schicken, ganz schnell, bevor sie ...«

»Was für eine Art Hilfe wollte sie denn von Van der Meer?«

»Sie wollte sterben.«

»Und Sie?«, fragte Gallo nach. »Wollten Sie ihr nicht helfen?«

»Ich wollte«, bekannte Verhoeven leise, »aber ich konnte nicht.« Er setzte die Brille wieder auf. »Ich habe daran gedacht ... ich hätte ihr so gern geholfen ...«

»Wo waren Sie am Freitagmorgen zwischen sieben und neun Uhr?«, wollte Gallo wissen.

»Hier, das habe ich doch schon der Polizei in Haarlem gesagt. Ich hatte die Frühschicht.«

»Was für eine Schuhgröße haben Sie?«

»Zweiundvierzig – warum?«

»Besitzen Sie Gummistiefel der Größe dreiundvierzig?«

»Nein. Heleen besaß ein Paar Gummistiefel, die brauchte sie bei der Arbeit, aber sie hatte Größe neununddreißig. Trug ihr Mörder solche Stiefel? Ich sage Ihnen doch, es war ihr Mann, der hat sie umgebracht!«

Der Commissaris dachte, Alex Carlsen hätte keine Plastiktüte benutzt; er hätte sie erschlagen oder erwürgt. »Wissen Sie, ob sie in letzter Zeit mal in Amsterdam war?«

Verhoeven schüttelte den Kopf. »Bestimmt war sie das, doch erwähnt hat sie es nicht.«

»Was ist mit den Namen Gerrit Zuiker oder Pieter Hoekstra – hat sie die mal erwähnt?«

»Nein.«

»Waren *Sie* in Amsterdam?«, fragte Gallo, »vielleicht vor anderthalb Wochen, nachts, in *de wallen?* Haben Sie einen durchsichtigen Regenmantel aus Plastik?«

»Nein, nein – wieso denn? Was wollen Sie denn von mir?«

»Vielleicht das hier«, sagte Inspecteur Vreeling an der Tür zum Kassenhäuschen. Keiner hatte gehört, wie er hereingekommen war, aber da stand er, und in der Hand hielt er ein Paar mit getrockneter Erde verklebter Gummistiefel. »Vielleicht wollen wir, dass Sie uns erklären, ob Ihnen diese Stiefel der Größe dreiundvierzig gehören.«

Der junge Mann starrte die Stiefel an, und seine Unterlippe zitterte plötzlich. »Wo haben Sie die her?«, wollte er überrascht wissen. »Das sind nicht meine.«

»Die standen in der Waschstraße, hinter einem Behälter mit Scheibenreiniger«, erklärte Inspecteur Vreeling. »Wenn es nicht Ihre sind, wem gehören sie dann?«

»Das sind wahrscheinlich … die gehören wahrscheinlich Dick«, antwortete Verhoeven. »Er arbeitet auch hier. Zurzeit hat er die Nachtschicht.«

»Eintüten und mitnehmen«, sagte der Commissaris zu Vreeling. »Die Kollegen in Haarlem sollen sie untersuchen.« Er wandte sich wieder an Verhoeven und deutete auf einen Block, der neben der Kasse lag. »Wir benötigen den Namen und die Adresse Ihres Kollegen. Wer außer Ihnen war noch mit Heleen Soeteman befreundet?«

»Sie hatte keine anderen Freunde«, erwiderte der junge Mann jetzt fast trotzig, während er etwas auf den Block kritzelte, einen Namen und eine Adresse. »Erst hat ihr Mann alle vertrieben und dann die Krankheit.«

»Sie hat mit einer Krebshilfegruppe korrespondiert«, wandte der Commissaris ein. »Könnte es sein, dass dadurch ein Kontakt zustande gekommen ist, von dem Sie nichts wissen?«

Verhoeven überlegte. »Da war jemand«, sagte er bedächtig, »ein Mann … Sie hat einmal erzählt, sie hätte jemand kennengelernt, der ihr vielleicht helfen könnte. Sie war sogar ganz aufgeregt deswegen … Aber seinen Namen hat sie nicht genannt. Sie hat ihn danach auch nie wieder erwähnt, und ich wusste, dass es … dass es nichts Persönliches war. Als Freund hatte sie nur mich!«

Julika sagte: »Und Sie hatten auch niemand außer ihr, nicht?« Ihre Stimme klang jetzt wieder normal, aber noch immer konnte man die andere Julika in ihren Augen sehen. »Wie war Ihr Verhältnis eigentlich genau?«

Der junge Mann schwieg. Er blickte wieder durch die Scheibe hinaus auf die Straße. Eins der wie Weberschiffchen vorbeirasenden Autos drosselte das Tempo und bog von der Fahrbahn auf das Tankstellengelände. »Ich war ihr Freund«, antwortete Verhoeven, »ihr einziger Freund.«

»Warum gerade Sie?«

»Ich wusste, was sie … ich habe sie verstanden – ich …«

»Sind Sie auch geschlagen worden als Kind?«, fragte Julika. Sie rührte sich nicht von der Stelle, breitete nur ihre Hände aus. »Haben Sie sie deswegen so gut verstanden?«

Der junge Mann schien einen Moment den Atem anzuhalten, als hörte er in sich hinein, als versuchte er, seiner eigenen Seele zu lauschen oder sie auch nur zu finden. »Ich muss wieder an die Arbeit«, sagte er dann leise. »Windschutzscheiben putzen gehört zum Service.«

22

Das ist der Mann, den wir suchen müssen, dachte der Commissaris: *der unbekannte Mann, dessentwegen Heleen Soeteman so aufgeregt war, weil er ihr helfen konnte. Aber wo hat sie ihn kennengelernt?* Er stellte sich vor, wie der Mann aus dem Birkenwäldchen trat und über den Acker auf das Gewächshaus zuging, an den Füßen Gummistiefel der Größe dreiundvierzig. Er sah einen Mann ohne Gesicht in einem durchsichtigen Regenmantel mit einer Baseballkappe, und er fragte sich: *Hat auch Gerrit Zuiker diesen Mann kennengelernt?*

Sie fuhren schweigend zurück nach Haarlem. Zu beiden Seiten der Landstraße stand der Mais hoch, und die vom Wind zerzausten Felder waren rostrot im Licht der Nachmittagssonne. Über den Spitzen der großen Blätter konnte Van Leeuwen eine Pappelreihe sehen und dann einen Kirchturm, um den weiße Seevögel kreisten. Die Sonne schien von der Seite in den Wagen, ihr Licht wechselte sich mit dem Schatten der Maisstauden ab. Ein Wohnmobil mit deutschem Kennzeichen blockierte die Sicht auf die nächste Kurve, und Gallo setzte mehrmals zum Überholen an, aber die an den Seiten unbefestigte Fahrbahn bot nicht genug Platz.

Der Commissaris dachte an die tote Frau und an das, was der junge Tankwart über sie erzählt hatte. Es war keine ungewöhnliche Geschichte. Van Leeuwen hatte sie schon oft gehört, und er war nicht der Einzige. Jeder Polizist kannte sie, kannte Frauen wie Heleen Soeteman und Kinder wie Pim Verhoeven, und natürlich kannte auch jeder Polizist Männer wie Alex Carlsen, und niemand wunderte sich mehr darüber, wie viele es waren. Die Frauen liefen weg und kamen zurück und liefen erneut weg. Die Männer schlugen und bereuten und schlugen wieder, und alles war vergessen, sobald die blauen Flecken verblassten, die Brüche heilten, die ausgerissenen Haare nachwuchsen. Denn zwischen den Mauern aus Leiden und Schweigen blühte stets aufs Neue die Hoffnung; sie war wie Unkraut, das sich nicht ausrotten ließ. Und selbst wenn es weit und breit keine Hoffnung mehr gab, nicht das geringste Fünkchen, selbst dann kam immer noch auf jeden Mann, der schlagen, terrorisieren und beherrschen wollte, eine Frau, die nicht anders konnte, als die Unterwerfung zu suchen, das Elend und die Schläge.

Van Leeuwen drehte sich zu Inspecteur Vreeling und Brigadier Tambur um. Die Stiefel standen in einer Plastiktüte zwischen ihnen auf dem Boden. Julika saß in dem schnellen Flackern von Sonnenschein und Schatten über einen Pappbecher mit Kaffee gebeugt, den sie sich in der Tankstelle an einem Automaten gezogen hatte. Sie hielt den Becher in beiden Händen dicht an ihr Gesicht, trank aber nicht, sondern starrte über den Rand des Bechers hinweg ins Leere.

»Alles in Ordnung, Brigadier Tambur?«, erkundigte sich der Commissaris.

»Ja«, antwortete sie, »natürlich, keine Sorge.« Der Dampf des heißen Kaffees stieg ihr in die Nasenlöcher und kroch gleich darauf wieder heraus, als handelte es sich um eine Sackgasse. Sie setzte den Becher an die Lippen, trank aber nicht. »Ich glaube nicht, dass der Junge etwas mit Heleens Tod zu tun hat.«

»Warten wir die Untersuchung der Stiefel ab – der Erde und

der DNS-Spuren –, dann wissen wir, ob er die Wahrheit gesagt hat«, meinte der Commissaris. »Auf alle Fälle sollen Hoofdagent Brugmans Männer sich noch mal in *de wallen* umhören, ob da jemand in der Nacht von Gerrit Zuikers Tod ein Motorrad gesehen hat, eine Motoguzzi mit einer Geweih-Lenkstange und einem Fahrer, dessen Helm die Aufschrift *Easy Rider* trug.«

»Dieser Doktor van der Meer«, fragte Inspecteur Vreeling, »wieso wird der eigentlich in den Zeitungen *Doktor Death* genannt? Er bewegt sich doch innerhalb der Euthanasiegesetze, oder nicht?«

»Der Name stammt noch aus der Zeit davor«, erklärte der Commissaris, »als Euthanasie geduldet, aber nicht erlaubt war. In den Neunzigerjahren gab es in Amerika einen Arzt, der in einem weißen VW-Bus durchs Land fuhr und an sterbenskranken Patienten Tötungen auf Verlangen durchführte. Er ließ sie Kohlenmonoxid einatmen oder verabreichte ihnen Kaliumchlorid-Injektionen. Die amerikanischen Medien haben ihm den Spitznamen *Doctor Death* gegeben, und weil unsere Zeitungen alles nachmachen, was aus Amerika kommt, hatte plötzlich auch Van der Meer diesen Namen weg. Außerdem stimmt das nicht, was du sagst, Remco: Ein Kind unter vierzehn – auch ein sterbenskrankes – gegen den Willen der Eltern zu töten und ohne einen zweiten Arzt hinzuzuziehen, ist durch kein Gesetz gedeckt, egal, wie sehr dieses Kind nach der Erlösung verlangt. Und Van der Meer bewegt sich auch nicht innerhalb der Gesetze, wenn er Lebensmüden, die weder krank sind noch sonst an irgendwelchen Schmerzen leiden, mit einer Kaliumspritze hilft, Selbstmord zu begehen – das hat mit Sterbehilfe nichts zu tun, und es ist auch bei uns verboten!«

»Es gibt aber Leute, die ihn für einen Heiligen halten«, wandte Vreeling ein, »oder wenigstens für einen Märtyrer …«

»Natürlich gibt es die«, sagte der Commissaris, »und es gibt auch Leute, die glauben, dass Außeridische Leute wie dich und mich in fliegenden Untertassen entführen und auf ihren Planeten schreckliche Experimente mit ihnen veranstalten. Damals, nachdem ich Van der Meer verhaftet hatte, war ich ein paar Mal im Gericht bei den Verhandlungen, aber ich bin nicht wirklich schlau aus diesem Mann geworden. Sein Verteidiger hat immer wieder auf die Tränendrüsen gedrückt und behauptet, nicht Klaas van der Meer stünde da unter Anklage, sondern die Idee der Menschlichkeit, des Mitleids selbst – er ließ es aussehen wie einen Schauprozess gegen den guten Hirten, der einer von Doppelmoral geprägten Gesellschaft die Maske vom Gesicht reißt. Die Richter, sagte er, entschieden in Wirklichkeit nicht über einen Arzt, der seine Patienten von *ihrem* Leid erlöste, sondern darüber, wie viel Leid jeder von *uns* zu ertragen hätte – du und ich und die Richter und alle anderen –, wie viele Qualen und Schmerzen, bevor wir endlich sterben dürften. Van der Meer sagte, er gebe den Todkranken ihre Würde zurück. Der Staatsanwalt dagegen sagte im Grunde nur: Zieht dem Mann den weißen Kittel und die ganzen Sentimentalitäten aus, dann habt ihr nichts anderes als einen Serienmörder.«

»Und du?«, fragte Gallo. »Was sagst du?«

Van Leeuwen sah aus dem Fenster, auf den vorbeifliegenden Mais. »Ich habe damals mit einigen Angehörigen gesprochen«, erzählte er, »Angehörigen seiner Patienten, einfach um mir selbst ein Bild zu machen. Die meisten waren ihm unendlich dankbar, sie haben ihn verehrt, weil sie ohne seine Hilfe die Qualen ihrer Verwandten nicht mehr ertragen hätten, von Menschen, deren Körper von Krebs oder Multipler Sklerose zerfressen und entstellt waren, die grauenhafte Schmerzen litten. Aber ein paar waren dabei, da konnte ich spüren, dass sie logen – es waren Heuchler, die einfach nur ihre unbequem gewordenen Angehörigen aus dem Weg haben wollten. Wusste Van der Meer das? Hatte er wirklich alle Chancen auf Heilung oder Linderung des Leids ausgeschöpft? Oder hielt er sich für unfehlbar, für Gott, war er im Grunde nur ein eitler und größenwahnsinniger Mörder?«

Der Commissaris erinnerte sich daran, wie an einem der Verhandlungstage in dem abgedunkelten Gerichtssaal ein Video von dem elfjährigen Tom gezeigt worden war, der sterben wollte. Er erinnerte sich an das eingefallene Gesicht des Jungen, die großen, strahlenden Augen wie zwei Sterne kurz vor dem Erlöschen und die Knochen, von denen die Haut nicht zu unterscheiden war, als wäre sie mit einer Spraydose aufgetragen worden. Er erinnerte sich an das atemlose Schweigen im Raum, als der Junge in die Kamera geflüstert hatte: *Bitte, bitte, ich will nicht mehr leben! Es tut so weh … tut so weh. Bitte hilf mir!* Und er erinnerte sich an das unterdrückte Schluchzen im Publikum, als Van der Meers Hand die dünne Hand des Jungen festhielt und mit tränenerstickter Stimme raunte: *Hab keine Angst, ich bin bei dir, ich helfe dir. Es ist bald vorbei.* Und wie der Junge zu lächeln versuchte. *Ich bin Mama nicht böse, Papa auch nicht, aber … tut so weh …*

»Was sagst *du?*«, wiederholte Gallo seine Frage. Er setzte den Blinker und beschleunigte, um das Wohnmobil zu überholen, doch als er einen Wagen auf der Gegenfahrbahn bemerkte, drosselte er das Tempo wieder und blieb in der Spur.

Der Commissaris antwortete nicht, sondern dachte an einen anderen Tag im Gericht, an dem Klaas van der Meer im Zeugenstand gesessen hatte: ein großer, hagerer Mann mit kurz geschorenen weißen Haaren und einem grauen Bartschatten um das straffe Kinn, der seine Schultern in einem zu weiten Pullover nach vorn hängen ließ, während der Staatsanwalt in scharfem, selbstgerechtem Ton verkündete, dass es nur ein kleiner Schritt sei, der den Arzt von Auschwitz trenne, *ein winziger Schritt, Doktor Mengele, und wir sprechen wieder von lebensunwertem Leben, ein winziger Schritt, bis wir nicht nur unheilbar Kranken die Spritze geben, sondern auch Behinderten und geistig Verwirrten und schließlich jedem, der anders ist als wir.*

Plötzlich sprang jemand im Publikum auf, eine Frau in einem schwarzen Kostüm, die Van der Meer mit schriller Stimme und verzerrtem Gesicht anschrie: *Du bist kein Mensch, du bist ein Mörder! Gott wird dich mit der Hölle strafen!* Und der Arzt saß da wie erstarrt, nichts an ihm bewegte sich, nur seine Augen. Die Pupillen zuckten hin und her, und die Lider blinzelten, ein rasendes Flattern. Seine Augen sahen aus wie wahnsinnige Vögel, die sich aus ihren Höhlen auf die Frau stürzen wollten.

»Ich kann ihn nicht verurteilen«, bekannte der Commissaris, »aber mir stehen die Haare zu Berge.«

Gallo sagte: »Heleen Soeteman war von ihrer Krankheit so geschwächt, dass es sogar einem alten Mann wie Van der Meer möglich gewesen wäre, sie mit einer Plastiktüte zu ersticken, unerkannt, weil er die Spritze nicht mehr benutzen durfte. Aber Gerrit Zuiker?«

Er scherte erneut aus, um zum Überholen anzusetzen. Ein durchdringendes Hupen erklang, so laut und nah, dass Van Leeuwen es bis in den Herzmuskeln spürte. Gallo riss das Steuer zurück und blickte in den Innenspiegel. *»Was ist denn mit dem los?«*

Van Leeuwen sah in den Außenspiegel und entdeckte einen Tanklastwagen, der sich schnell näherte. Die Scheinwerferbatterie über der Stoßstange des Sattelschleppers flammte auf. Das Gesicht des Fahrers war nicht zu sehen, nur die Stoßstange und die Scheinwerfer und der Kühlergrill im Rückfenster. Das dumpfe Dröhnen des Fünfhundert-PS-Motors mischte sich mit dem polyfonen Tuten der Pressluft,hörner des Trucks. Statt abzubremsen, schwenkte der Lastzug auf die Gegenfahrbahn, um zu überholen, aber die Straße war dafür zu schmal. Der Aluminiumkessel hinter dem Sattelschlepper glänzte im blendenden Licht der tief stehenden Sonne, und jetzt schwenkte der Truck wieder hinter den Golf und fuhr noch dichter auf.

Julika rief, *»Hat der sie noch alle?!«*, und dann brüllte auch Vreeling: *»Pass doch auf!«*, denn Julika hatte ihm den Kaffee auf den Oberschenkel gekippt. Der Fahrer des Trucks hörte nicht auf zu hupen, und das Dröhnen des Motors hing wie eine Glocke über dem Golf. Van Leeuwen spürte, wie er ganz ruhig wurde und alles wie in Zeitlupe sah, Julika und Gallo und Remco und die Stoßstange des Trucks und dann die Plakatwand einer Immobilienfirma am Straßenrand, weiß vor dem rotgoldenen Mais.

Plötzlich war die Stoßstange nicht mehr im Rückfenster; es war leer bis auf die Straße und die Felder, dafür tauchten die mächtigen Vollgummireifen des Sattelschleppers neben Vreeling auf. Sie schoben sich dicht an dem Golf vorbei, die Hupe blökte weiter, und der Motorenlärm verschluckte jedes Wort. Van Leeuwen sah, dass Gallo versuchte, sich scharf rechts zu halten, so scharf rechts wie möglich, und gleichzeitig nach dem Blaulicht griff, um es aufs Dach zu heften, während vom Asphalt und den Seitenstreifen Staub gegen die Scheiben wallte. Van Leeuwen rief: »Achtung, Ton!«, aber dann waren die Reifen vorbei, und die Stoßstange und die Rücklichter und der gleißende Aluminiumkessel schwenkten vor dem Golf auf die Straße. Nur der aufgeworfene Staub wirbelte noch wie Rauch von einem Brand durch die Luft, und Van Leeuwen dachte: *Das war knapp. Gerade noch mal gut gegangen.*

Gallo streckte jetzt den linken Arm mit dem Rundumlicht in der Hand aus dem Fenster. Da rief Julika wieder: *»Pass auf, Ton!«*, und griff nach seiner Schulter. Der Tankzug bremste plötzlich, mitten in einer Kurve. Mit einer Hand am Lenkrad versuchte Gallo, den Golf zum Stehen zu bringen. Aber die Reifen fassten nicht, das Heck brach aus, und der Wagen schoss über den unbefestigten Seitenstreifen die Böschung hinunter. Das Bild kippte. Julika schrie.

Der Wagen raste in den Mais und mähte mit kaum gedrosseltem Tempo Reihe um Reihe der hohen Halme nieder. Die großen braunen Blätter klatschten gegen die Scheiben, und Körner und Schoten und ganze Kolben prasselten auf das Dach und die Motorhaube, sie wurden durch das offene Fenster geschleudert, während eine Staubwolke den Wagen einhüllte und Vögel aus dem Feld aufstoben. Und dann schrie niemand mehr, weil der Golf endlich stehen blieb, im Schatten zwischen den Maishalmen.

Der Motor erstarb.

Und Ruhe.

Gallo starrte durch die Windschutzscheibe, beide Hände auf dem Lenkrad und das Blaulicht im Schoß. Der Commissaris nahm das Blaulicht und befestigte es wieder in seiner Halterung. Vreeling klopfte sich Erde und Maiskörner von der Hose. Julika zitterte. Sie zitterte so stark, dass es ihr erst nicht gelang, die Tür zu öffnen, aber dann schaffte sie es doch und stieg aus und ging, weiter zitternd, von dem Wagen weg und in den Mais hinein.

»Ich habe einen Traum«, sagte Inspecteur Vreeling endlich in die Stille hinein. »Ich sehe einen neuen Tag dämmern, an dem keine Öltankwagen mehr auf unseren Straßen unterwegs sind und alle

Verkehrsteilnehmer rücksichtsvoll miteinander umgehen. Ich sehe einen Tag, an dem Polizeibeamte stolz und mit hocherhobenem Haupt in ihren kleinen Dienstwagen über Hollands Straßen fahren, statt sich von dröhnenden Trucks in den Straßengraben drängen zu lassen. Und ich sehe einen Tag, an dem die Polizeibeamten wenigstens ihre Kollegen von der Verkehrsüberwachung informieren, damit sie den Rowdy von der Straße holen, der sie gerade beinahe umgebracht hätte. Ja, diesen Traum habe ich.«

»Er steht unter Schock«, meinte Hoofdinspecteur Gallo zum Commissaris. »Er hält sich für Martin Luther King.«

»Ich habe einen Traum«, wiederholte Vreeling störrisch.

»Träum weiter«, sagte Gallo. »Nicht mal Doktor King hätte davon geträumt, dass die holländische Verkehrspolizei einer so einfachen Aufgabe gewachsen sein könnte.«

Der Commissaris sah Brigadier Tambur nach, die immer tiefer in den Mais hineinging. Reglos hing der Staub zwischen den hohen Halmen, trieb sacht durch die Strahlen der allmählich sinkenden Sonne. Julika blieb stehen, beugte sich vor und stemmte die Hände gegen die Oberschenkel, den Kopf gesenkt, als hätte sie etwas zu ihren Füßen entdeckt, das ihre volle Aufmerksamkeit verlangte. Ihre Beine und Schultern zitterten noch immer.

Der Commissaris stieg aus und stapfte durch den Mais auf Julika zu. Als er sie erreicht hatte, fragte er: »Was ist los mit dir?«

»Feige«, keuchte Julika fast schluchzend, »alle sind so feige. So unendlich feige!« Sie war blass, und eine Gänsehaut überzog ihren Hals und das Brustbein über dem T-Shirt-Ausschnitt.

»Wer ist feige?«

Julika sah Van Leeuwen nicht an. »Die Männer. Wir alle. Ich!« Die Sonne schien sie zu blenden, aber sie achtete nicht darauf. »Dieses Schwein, dieser Alex Carlsen. Mein Vater. Und ich, vor allem ich. Haben Sie das nicht mitgekriegt eben, was für eine Angst ich hatte?!«

»Es war eine gefährliche Situation«, antwortete der Commissaris. »Wir haben Glück gehabt, dass es gut gegangen ist! Und du bist aufgewühlt, es hat dich an den Unfall erinnert …«

»Aber diese Frau, Heleen, die hatte keine Angst«, Julika schüttelte den Kopf, »die ist immer wieder zurückgekehrt, die hat sich diesem Arschloch gestellt, mit dem sie verheiratet war, hat die Prügel auf sich genommen und nicht gekniffen. Und dann ist sie gegangen, als sie so weit war. Das verlangt auch Mut, jemanden für immer hinter sich zu lassen und allein zu leben, mit einer qualvollen Krankheit …« Sie rieb sich die Augen mit dem Handballen.

»Dass sie immer wieder zurückgekehrt ist, war Dummheit«, widersprach der Commissaris schroff, »und dass sie dann endlich gegangen ist, war vernünftig, mehr nicht! Es war keine Heldentat, und vielleicht wäre sie gar nicht krank geworden, wenn sie diesen Schritt ein bisschen früher getan hätte.«

Er griff nach Julikas Arm und ging ein paar Schritte, führte sie mit sich, fort von dem Wagen. Als er stehen blieb, entzog sie ihm ihren Arm, nicht mit einem Ruck, aber entschieden. Sie brauchte ihn, um sich selbst zu umarmen und ihr Zittern zu verbergen.

»Jetzt hör mir mal zu, Brigadier Tambur«, sagte Van Leeuwen. »Es besteht ein großer Unterschied zwischen Feigheit und Angst. Es gibt Menschen, die ihr ganzes Leben lang niemals feige sind, mit sechs nicht und mit sechzehn nicht. Sie sind mit dreißig nicht feige und auch nicht mit sechzig. Manche sind niemals feige bis zu ihrem Tod. Andere sind nie feige, bis sie dreißig oder sechzig werden, aber dann für den Rest ihres Lebens, weil sie plötzlich merken, dass sie sich verändern – dass das, was ihnen bisher die Kraft gegeben hat, tapfer zu sein, nachlässt und weiter nachlassen wird. Wieder andere sind als Kinder mutig und auch als Teenager tapfer und keine Spur von feige, bis ihnen irgendetwas widerfährt, das ihnen die Augen für das Leben öffnet, und plötzlich, vielleicht schon mit zwanzig oder dreißig, ist der ganze Mumm weg, und sie sind von da an feige, weil ihnen klar geworden ist, dass sie nicht unverwundbar sind. Dass niemand seine Hand über sie hält. Und dann gibt es noch welche, die nur in manchen Situationen feige sind, in anderen dagegen überraschend tapfer. Das sind die meisten.«

Er blickte auf die Maisblätter, über denen noch immer die aufgescheuchten Vögel kreisten. »Ein paar nur, ganz wenige«, fuhr er fort, »sind von Anfang an ängstlich, schon als Kind, und sie bleiben so ihr ganzes Leben, ängstlich und vorsichtig, aber sie sind nicht feige. Das Einzige, was zählt, ist der Unterschied: Mit Angst kann man leben, und manchmal muss man es sogar, weil sie ein guter Ratgeber ist. Mit Feigheit zu leben ist schwer. Es geht, doch es ist so schwer, weil es das ganze Leben verändert. So betrachtet, ist es besser, tapfer zu sein, aber nicht immer leichter. Und genau das stellst du gerade fest – dass du tapfer zu sein versuchst, doch dass es nicht immer leicht ist, vor allem, wenn man das erlebt hat, was du mit deinem Vater erlebt hast.«

Julika hörte langsam auf zu zittern. Gallo und Vreeling hatten den Wagen verlassen und betrachteten die Schneise, die er in den Mais geschlagen hatte. Van Leeuwen pflückte einen der reifen Kolben, roch daran und biss hinein. Julika sah ihn feindselig an, wie ein zorniger Schwan. »Manchmal sind Sie einfach unglaublich!«, sagte sie.

»Ich weiß«, sagte er, milde gestimmt von einem Mund voll süßer Maiskörner.

23

Die *Privatklinik Doktor van der Meer* lag oberhalb der sandigen Dünen in der Abenddämmerung, und die geschwungene Auffahrt zum Eingangsportal war von sanft glühenden Laternen gesäumt. Die Sandsteinfassade mit den ziegelrot eingefassten Fenstern erinnerte an ein Kurhotel aus dem neunzehnten Jahrhundert. Das ziegelgedeckte Dach war mit einem kleinen Türmchen geschmückt, auf dem sich ein Wetterhahn im salzigen Ostwind drehte. Das Metallscharnier des Hahns kreischte bei jeder Drehung, oder vielleicht waren es auch die Möwen, die einander zuriefen, dass es Zeit zum Schlafen sei.

Die Nordsee wölbte sich wie flüssiges Blei und lief in langen Wellen auf den Strand hinter dem Klinikgebäude zu. Der Himmel war weit draußen über dem Wasser noch hell, aber über dem Land wurde er bereits dunkel. Von der Küstenstraße zwischen Zandvoort und dem Naturschutzgebiet führte die mit Kies bestreute Auffahrt durch ein Tor aus schwarzem Schmiedeeisen zu dem dreistöckigen Haupthaus, das mit seinen erleuchteten Fenstern wie eine von Gras und Strandhafer umgebene Fata Morgana aussah: *das Schloss des Doktor Death.*

Der Commissaris ließ sich am Straßenrand absetzen und sah noch zu, wie der Dienstgolf umkehrte und mit dem melancholisch tröpfelnden Verkehrsfluss zurück nach Haarlem rollte. Er wollte, dass die an der Tankstelle entdeckten Gummistiefel Größe dreiundvierzig heute noch bei den Kollegen in Haarlem abgeliefert wurden. Der Kies knirschte unter seinen Schuhen, als er die Zufahrt hinaufging. Das Herz wurde ihm schwer bei der Vorstellung, ein Krankenhaus betreten zu müssen.

Der Wind sang auf den Dünen. Das Riedgras wurde an die sandigen Hügel gepresst, und die Luft roch nach Jod und Salz. Das Meer schien zu atmen. Die Wellen leckten über den dunklen Strand nach einem Boot, das kieloben am Fuß einer Düne lag. Über der Kimm ballten sich Wolken von dunklem Rot und tiefem Blau zu einem zerklüfteten Gebirge, hinter dessen Zügen langsam das kupferne Nachglühen der bereits versunkenen Sonne erlosch. Es war erst kurz vor sechs am Nachmittag, und trotzdem wurde es schon Nacht. Bald begann der Winter. Es war der erste Winter ohne Simone.

Van Leeuwen ging über den Kies und dann die Treppe zum Eingang hinauf und durch das Foyer in den ersten Stock, wo er vom Direktor in seinem Büro erwartet wurde. »Erinnern Sie sich noch an mich, Mijnheer van der Meer?«, fragte er.

»Natürlich erinnere ich mich an Sie«, polterte Klaas van der Meer und winkte den Commissaris näher, ohne hinter seinem Schreibtisch hervorzutreten. »Sie waren der Polizist, der mich vor einigen Jahren verhaftet hat. Was für eine Chance für einen Beamten, der Karriere machen will! Sie müssen dabei viel gelernt haben.«

Der Arzt hatte den kantigen, scharf geschnittenen Kopf einer Schildkröte, der auf einem hageren Körper saß. Die weißen Haare waren so kurz geschoren wie die grauen Bartstoppeln. Die Augen ließen an Zwillingsgeschütze denken: Auf den ersten Blick entging einem ihre Farbe, weil man viel zu sehr damit beschäftigt war, ihr Kaliber zu erraten. Tiefe Gräben furchten die lederne Haut und verloren sich in einem faltigen, dürren Hals, aber es war vor allem die Nase, die dem aus Horn gebildeten Haken einer Schildkröte ähnelte.

Seine Kleidung war achtlos gewählt: Unter dem offenen Kittel trug er ausgebeulte braune Cordhosen und einen fadenscheinigen gelben Pullover, dessen Ausschnitt nur einen zerknitterten, hellblauen Kragenflügel sehen ließ. Der maschinell geknüpfte Knoten eines grün und rot karierten Ansteckschlipses hing, schräg nach unten verrutscht, zwischen dem sichtbaren und dem unsichtbaren Kragenflügel. Die Füße steckten in ausgetretenen Turnschuhen mit Gummisohlen.

Van der Meers Blick wanderte von Van Leeuwens Gesicht zurück zu einem Fernseher auf einer Metallkonsole neben seinem Schreibtisch. Der Bildschirm zeigte eine attraktive junge Frau, die in einem hautengen Outdoor-Anzug eine Felswand hinaufkletterte, gefilmt von einer Videokamera, unruhig, wie ein Hobbyfilm. Die junge Frau bewegte sich geschmeidig und ökonomisch, schlug Haken in den Stein, knüpfte Knoten, hangelte sich höher und höher, und all das, ohne zu schwitzen, ohne das geringste Anzeichen physischer Anstrengung. Man konnte fast den Wind spüren, der sie dort oben streifte, den Geruch des Felsens in der Sonne, die Luft eines Sommertags hoch über der Welt. »Miriam Brautigam«, sagte Van der Meer, als wäre damit alles erklärt.

Er wandte seine Aufmerksamkeit wieder dem Commissaris zu und schraubte seine Lautstärke noch um einige Dezibel nach oben. »Was kann ich denn diesmal für Sie tun? Sie sind ja wohl nicht hier, um mich wieder zu verhaften.«

»Nein, ich bin hier, um mit Ihnen über eine Frau namens Heleen Soeteman zu sprechen, die von Ihnen behandelt werden wollte«, sagte der Commissaris. »Wie Sie vielleicht wissen, wurde sie vor einigen Tagen getötet.«

Van der Meer schaltete den Fernseher aus, gerade als die Frau auf dem Bildschirm die Seile und Haken gegen ein Paddel vertauschte, mit dessen Hilfe sie ein Kanu durch einen Wildwasser-Canyon schleuste. »Heleen Soeteman ist tot?«, fragte er überrascht. »Nein, das wusste ich nicht. Wer … in welcher Klinik hat man ihr denn geholfen?«

»Nach meinen Informationen haben Sie die Behandlung abgelehnt«, sagte der Commissaris.

»Ja, das stimmt.«

»Geschieht es oft, dass Sie sich weigern, einem Kranken ärztliche Hilfe zuteilwerden zu lassen?«

Van der Meers Kieselaugen sprühten Funken. »Schauen Sie sich um, Mijnheer – das ist mein Büro, in diesem Raum verbringe ich meine Tage und meistens auch die Nächte. Fast alle Möbel sind von der Heilsarmee. Den Sandsack in der Ecke da hat mir meine Tochter geschenkt. Hier arbeite ich, und hier male und trainiere ich, nur Schlaf finde ich hier nicht. Aber das ist nicht schlimm, weil ich nirgendwo schlafen kann. Schauen Sie sich meine Gemälde an, sehen Sie aus dem Fenster, auf das Meer, den Himmel – und dann sagen Sie mir, ob Sie wirklich glauben, mich mit solchen Fragen provozieren zu können!«

Es war ein großes Büro, aber nur spartanisch eingerichtet: ein Schreibtisch aus zerkratztem Nussbaumholz mit einem altmodischen PC, einer Lampe und einem in rotes Kunstleder gebundenen Organizer darauf. Ein Tastentelefon. Ein schlichter Drehstuhl ohne Armstützen hinter dem Schreibtisch und ein weiterer Stuhl ohne Rollen, aber mit Armstützen davor. Auf der einen Seite des Fensters – neben der Metallkonsole mit dem TV-Apparat – hing ein dicker, kolbenförmiger Ledersack, unter dem ein Paar Boxhandschuhe lagen. Der Sack wirkte so alt und abgenutzt, dass er kaum noch wie Leder aussah, sondern eher wie ein großes nacktes Tier ohne Gliedmaßen. Auf der anderen Seite des Fensters lehnte auf einer ramponierten Staffelei ein erst halb fertiges Gemälde in schreienden Primärfarben, das mehrere Blumentöpfe auf dem Geländer eines Balkons zeigte. Außerdem gab es einen Aktenschrank, ein deckenhohes Bücherregal, eine mit weißem Papier abgedeckte Liege und einen Paravent, der ein Waschbecken mit einem tropfenden Wasserhahn verbarg.

Eine ganze Wand war ausschließlich mit Ölbildern in denselben schreienden Farben geschmückt, wie sie bei dem unfertigen Gemälde auf der Staffelei Verwendung gefunden hatten. In ihrer kühnen, naiven Pinselführung und der kindlichen Lust an leuchtendem Dottergelb, tiefem Blauviolett und prallem Magentarot erinnerten sie Van Leeuwen an Malerei aus Lateinamerika und Mexiko, an Diego Rivera und Fernado Botero.

Auch die dargestellten Motive erfreuten den Betrachter mit kindlicher Drastik. Auf einem Bild krabbelte ein Kleinkind in einer blutigen Windel fröhlich auf einer bereits in Verwesung übergegangenen Männerleiche mit weit klaffendem Brustkorb herum. Ein anderes zeigte eine spärlich bekleidete Greisin mit wirrem Haar und schlaffen Brüsten, die einen halbierten Säugling in einen Fleischwolf stopfte. Auf dem nächsten waren weitere Blumentöpfe zu sehen, aus denen nackte, rot verschmierte Babys zu wachsen schienen: kleine ausgestreckte Hände, ein hungrig aufgerissener Mund, der an einem abgehackten Daumen lutschte. Auf dem Boden neben den Töpfen lagen weitere Babyteile, in durchsichtiges Zellophan gehüllt.

Der Commissaris spürte, wie sein Mund trocken wurde. Im Magen hatte er ein Gefühl, als hätte er Glas zerkaut und heruntergeschluckt. »Die Kinder symbolisieren den Lebenswillen?«

Van der Meer schob die Hände in die Kitteltaschen. »Das ist eine Interpretationsfrage«, sagte er. »Vielleicht symbolisieren sie auch den Irrsinn des Lebens. Es sind Darstellungen aus den Albträumen, die mir Patienten erzählt haben. Wie finden Sie die Bilder?«

»Sie passen zu jemandem, der seine Aggressionen abreagiert, indem er auf sandgefüllte Tierhaut einprügelt«, erwiderte der Commissaris.

»Ich spiele mit dem Gedanken an eine Ausstellung, sobald ich genug fertiggestellt habe«, bekannte der Arzt und trat nun doch hinter dem Schreibtisch hervor, um sich neben den Commissaris zu stellen und die Gemälde aus dessen Blickwinkel zu sehen.

»Hier auf dem Klinikgelände?«, fragte Van Leeuwen.

»Warum nicht? Sie würden sich wundern, wie viel Sinn für Humor Schwerkranke und Sterbende haben.«

»Ich kann schon das fröhliche Gelächter bei der Vernissage hören«, meinte Van Leeuwen, »vor allem wenn Sie die Bilder mit Ihrem Künstlernamen signieren – *Doktor Death.* Am besten legen Sie die Eröffnung gleich auf den einunddreißigsten Oktober.«

»Warum ausgerechnet auf den einunddreißigsten Oktober?«

»An diesem Abend wird in Mexiko der Tag der Toten gefeiert, *die Nacht des Hundes*«, erklärte Van Leeuwen. »Man erwartet die Rückkehr der gestorbenen Kinder, der *angelitos,* der kleinen Engel. Sie könnten den Gästen *Calaveras de Dulce* servieren. Das sind Totenschädel aus Zucker. Und *Pan de Muerto,* Totenbrot – ebenfalls ein beliebtes Naschwerk! Zusammen mit einem ordentlichen Schluck Tequila ...«

Van der Meer zwang sich zu einem Lachen. »Wenn Sie so gebildet sind, dann kennen Sie auch William Blake«, meinte er. *»Some are born to sweet delight ...«*

»Das einzige Gedicht, das ich kenne, ist *Siebzehn Mann auf des toten Kerls Kiste*«, entgegnete Van Leeuwen.

Van der Meer schüttelte den Kopf, ein erstes Zeichen von Unmut. *»Some are born to sweet delight, some are born to endless night* – um zum Anlass Ihres Besuchs zurückzukehren. Das war nämlich Heleen Soetemans Leben – endlose Nacht, Tag für Tag. Sie hatte den guten Tod verdient. Sie wissen, dass dies die Übersetzung des griechischen Wortes Euthanasie ist – *der gute Tod*? Und wenn ein Mensch diesen Tod verdient hatte, dann war es Heleen Soeteman. Meine Güte, was hat die Frau leiden müssen ... Und jetzt hat ihr also doch noch jemand geholfen. Gut, kann ich nur sagen. Gut! Das war es ja, was sie sich mehr als alles andere gewünscht hat, aber mir fehlte der Mut. Sie haben mir noch nicht gesagt, in welche Klinik sie gegangen ist.«

»In gar keine. Sie ist an ihrem Arbeitsplatz ermordet worden.

Jemand hat ihr eine Plastiktüte über den Kopf gestreift und sie damit erstickt.« Der Commissaris trat einen Schritt zur Seite, um den Arzt ansehen zu können. »Vielleicht wäre es nicht dazu gekommen, wenn Sie versucht hätten, ihr Leben zu retten, statt es nur abzulehnen, sie zu töten.«

Van der Meer entgegnete: »Sie wusste, dass es keine Heilung für sie gab. Auch das gehört zum Beruf des Arztes – dass man keine falschen Hoffnungen erweckt und auf lebensverlängernde Maßnahmen verzichtet, wenn sie keine Aussicht auf Besserung mit sich bringen, sondern nur noch mehr Qualen. Es ist immer ein unerträgliches Dilemma, und am Ende entscheidet das Gewissen.« Er warf einen Blick auf seine Armbanduhr. »Zeit für die Nachtvisite. Kommen Sie, Sie können mich begleiten.«

Mit großen Schritten stürmte der Arzt aus seinem Büro, ohne darauf zu achten, ob der Commissaris ihm folgte. »Eine Frau wie Heleen wird krank, weil sie sich nicht mehr anders zu wehren weiß«, sagte er, während er, weiterhin mit beiden Händen in den Kitteltaschen, über den Gang seiner Klinik eilte. »Es ist das letzte Aufbegehren ihrer Seele. Sie wird krank, weil ihre Leidensfähigkeit erschöpft ist, weil sie nicht anders zurückschlagen kann. Sie gibt sich selbst an allem die Schuld und will sich dafür bestrafen, indem sie erst ihre Seele zerstört, dann ihren Körper. Ja, der Tod war eine Erlösung für sie!«

Der Arzt ging schnell, er achtete nicht auf die Schwestern oder Pfleger, die ihm auf dem Gang begegneten, auch ihre Grüße oder eine hastig vorgebrachte Frage ließ er unbeantwortet. Er schien einem bestimmten Zimmer am Ende des Korridors zuzustreben.

Van Leeuwen hielt mit ihm Schritt. »Und Heleen Soeteman hat um diese Erlösung gebeten?«

»Mehr als ein Mal.«

»Sie hat darum gebeten, getötet zu werden?«

»Ja.«

»Können Sie mir sagen, an wen sie sich noch gewandt hat – außer an Sie? Wie viele Menschen kennen Sie, für die eine simple

Bitte um Erlösung von Schmerzen ausreicht, um jemandem das Leben zu nehmen?«

Der Arzt blieb abrupt stehen. »Sie wissen nicht, was es bedeutet zu leiden …« Jetzt brüllte er wieder. »Was es bedeutet, jemandem dabei zusehen zu müssen, wie er an einer schweren Krankheit stirbt.«

»*Sie wissen nicht, was ich weiß!*« Auch der Commissaris konnte brüllen, und während er zufrieden feststellte, dass er lauter war als Van der Meer, dachte er: Du bist nie auf diesen Gedanken gekommen, bei Simone. Es war ihm nicht einmal eingefallen, es könnte richtig sein, mit ihr in eine Sterbeklinik zu gehen. *Vielleicht, wenn sie starke Schmerzen gehabt hätte; vielleicht dann, aber ich glaube es nicht.* »Wer entscheidet in dieser Klinik, wer lebt und wer stirbt?«, fragte er.

»Warum nicht Sie, Commissaris?« Der Arzt blieb vor einer Tür stehen, klopfte und trat gleich ein. Van Leeuwen folgte ihm in ein überraschend geräumiges Zimmer mit einem Bett, in dem das Skelett einer Frau lag. Das Fenster stand offen, und die Vorhänge bauschten sich in den Raum hinein wie zwei große Flügel. Sie reichten fast bis zu der fahrbaren Patientenüberwachungseinheit, die neben dem Bett stand und von der mehrere Schläuche und Kabel zu der Frau führten. Ein grüner Punkt lief über einen schwarzen Monitor, begleitet vom elektronischen Piepsen simulierter Herztöne. Das rhythmische Zischen eines Respirators erfüllte das Zimmer, und wie ein Kontrapunkt dazu erklang von draußen das Rauschen der Dünung und das rostige Quietschen des Wetterhahns auf dem Dach.

Die Frau war blass, ihr dunkles Haar schweißverklebt. Ihre Brust unter der dünnen Decke schien so eingefallen zu sein, dass Van Leeuwen glaubte, ihr Herz sehen zu können; es schlug gegen die Rippen wie gegen die Gitter eines Käfigs. Schläuche führten zu Kanülen, Flüssigkeit rann durch Nadeln, Sauerstoff kreiste in durchsichtigem Plastik. Die Augen der Frau waren geschlossen, aber als Van der Meer nach ihrer Hand griff, flatterten ihre Lider.

»Hallo«, sagte er.

Sie gab einen Laut von sich, der einem hellen Pfeifton glich, und wie als Reaktion darauf ging eine erstaunliche Veränderung mit dem Arzt vor. Plötzlich wirkte er verständnisvoll, aufmerksam, fast gütig. Er sprach so leise, dass der Commissaris ihn nicht mehr verstehen konnte. Aber die Patientin konnte es, sie lächelte schwach und öffnete kurz die Augen. Ihre Finger, dünn wie Zahnstocher, schlossen sich um Van der Meers Hand. Er ließ sie ihr einige Sekunden lang, dann löste er sie behutsam aus ihrem Griff. Er ging zu dem Waschbecken neben der Tür und füllte eine Porzellanschale mit warmem Wasser. »Schließen Sie bitte das Fenster«, sagte er.

Der Commissaris ging zum Fenster und schloss es. Als er sich wieder umdrehte, hatte der Arzt die Bettdecke zurückgeschlagen, das Hemd der Frau hochgeschoben und angefangen, ihre flache, eingefallene Brust mit einem feuchten Waschlappen abzureiben. Ihre Augen waren dabei fest auf sein Gesicht gerichtet, und wenn er sich abwandte, um den Lappen wieder ins Wasser zu tauchen, verharrten sie bewegungslos, fast ängstlich, bis sie ihn wieder sehen konnte. Er wusch ihren Bauch, den Unterleib und die Beine, die kaum noch Muskeln aufwiesen.

Van Leeuwen sah ihm zu, er sah die Sorgfalt, die behutsamen Bewegungen, und er musste daran denken, wie er Simone abgewaschen hatte, abends und morgens und manchmal mitten in der Nacht. Auf einmal hatte er das Gefühl, einen überraschenden Blick auf den anderen Van der Meer zu erhaschen, einen Mann, dem er sich nah fühlte. Trotzdem fragte er sich, ob der Arzt gerade aufrichtige Anteilnahme zeigte oder nur bewusst eine Studie in Demut inszenierte. Oder ob es einfach keinen Unterschied zwischen beidem gab.

»Helfen Sie mir mal, sie umzudrehen«, bat Van der Meer. »Sie müssen die Schläuche halten, und Vorsicht mit den Armen.« Gemeinsam schafften sie es, die Frau auf die Seite zu legen, ohne dass die Nadeln und Infusionsschläuche sich lösten. Sie versuchte, etwas zu sagen, aber es klang zu undeutlich, als dass Van Leeuwen sie verstehen konnte. Der Arzt säuberte auch den Rücken, den Po und die Rückseite der Schenkel. Danach trug er die Schüssel und den

Lappen wieder zum Waschbecken. Van Leeuwen stand neben dem Bett, noch immer mit den Schläuchen in der Hand. Er spürte, wie ihm ein kalter Lufthauch über den Nacken strich, und sah zur Tür hinüber, die einen Spaltbreit offen stand.

Er erinnerte sich, dass er sie geschlossen hatte.

Nachdem er mit Van der Meer in den Raum gekommen war, hatte er sie ganz sicher zugemacht. Aber jetzt war sie nur angelehnt, und jemand stand auf dem Gang und spähte herein. Jemand beobachtete, was in dem Zimmer vorging. Jemand hatte lautlos die Tür geöffnet, eine Frau oder ein Mann, der Ausschnitt der dunklen Silhouette konnte beides sein. Einen Augenblick später war die Silhouette verschwunden, nur der offene Spalt blieb, hell vom Licht auf dem Korridor.

»Sehen Sie sich diese Frau an, Mijnheer!«, brüllte Van der Meer unvermittelt. »Ihr Name ist Miriam Brautigam, fünfunddreißig Jahre alt, Köchin, Freeclimberin, Wildwasserkanutin. Würden Sie sagen, sie lebt, oder sie stirbt? Wollen Sie ihr sagen, dass es gut ist so, dass Sie sich freuen soll, am Leben zu sein? Wollen Sie hören, was sie sagt, wenn Sie sie fragen, ob Sie etwas für sie tun können? Soll er dich fragen, Miriam? Fragen Sie sie doch, los – fragen Sie sie: Freust du dich deines Lebens, Miriam Brautigam? Kann ich irgendetwas für dich tun, Miriam?«

Zum ersten Mal kam Van Leeuwen der Gedanke, dass der Arzt brüllte, weil er sonst kein Wort herausbekommen würde; dass er brüllte, um nicht zu verzweifeln. »Nein, sagen Sie noch nichts. Ich muss Ihnen erst noch etwas zeigen.« Van der Meer kehrte zum Bett zurück und drehte die alte Frau, die erst fünfunddreißig Jahre war, sanft wieder auf den Rücken. Sie schluckte und hustete. Es klang, als ertränke sie innerlich. Der Arzt ordnete die Schläuche, justierte den Sitz von Nadeln und Kanülen und versprach: »Ich sehe später noch einmal nach dir, Miriam.«

Sie begann, am ganzen Leib zu zittern, so sehr strengte sie sich an, etwas zu sagen, aber alles, was ihr gelang, war ein Flattern und Zucken der Augen. Der Commissaris nahm ihren Anblick auf der Netzhaut seines inneren Auges mit aus dem Zimmer und fand es wieder auf dem Bildschirm des Fernsehapparates in Van der Meers Büro, als der Arzt das Gerät einschaltete und das Video, das er bei Van Leeuwens Eintreffen betrachtet hatte, weiterlief.

Miriam Brautigam, fünfunddreißig Jahre alt, kletterte jetzt nicht mehr Felswände hinauf, und sie paddelte auch nicht weiter durch einen Wildwasser-Canyon. Sie lag auf dem Rücken in dem Bett in ihrem Zimmer hier in der Klinik, gespickt mit Nadeln und Schläuchen. Sie sah starr in die Videokamera, die das Bett und sie von der linken Seite aufnahm, und nur an dem schwachen Heben und Senken ihrer Brust konnte man erkennen, dass sie noch lebte.

»Sie denken, diese Frau ist Miriam Brautigam«, bemerkte Van der Meer, »die Miriam Brautigam, die Sie eben in der Felswand und im Kanu gesehen haben, aber sie ist es nicht. Vor zwei Jahren war sie es noch, in ihrer Küche im Hotel *Pulitzer* in Amsterdam. An diesem Tag ließ sie bei der Arbeit plötzlich eine Pfanne fallen. Natürlich dachte sie sich nichts dabei, obwohl ihr das noch nie passiert war. Einige Tage später probierte sie einen Schluck Kochwein, und ganz plötzlich wurde ihre Aussprache so undeutlich, als wäre sie stockbetrunken. Als Extremsportlerin trank sie keinen Alkohol, nie. Etwas später – sie wollte am frühen Morgen auf ihre Vespa steigen – verlor sie das Gleichgewicht und kippte mit dem Scooter um, einfach so. Sie ging zum Arzt, um sich untersuchen zu lassen, und als sie ihn anrief, um die Ergebnisse zu erfahren, bestellte er sie nicht in seine Praxis, sondern in die Uniklinik, wo sie sich plötzlich einem ganzen Ärztekonsortium gegenübersah.

Die Ärzte erklärten ihr, dass sie an amyotrophischer Lateralsklerose leide, einer degenerativen Krankheit des motorischen Nervensystems, an der sie innerhalb kurzer Zeit sterben werde, weil es für dieses Leiden keine Behandlung und daher auch keine Heilung gebe. Ihre erste Reaktion war, dass sie lachen musste. Sie verlor völlig die Kontrolle über sich. Als sie sich wieder in der Hand hatte, fragte sie: *Wie?*, und die Ärzte sagten ihr, vermutlich werde sie an ihrem eigenen Speichel ersticken, weil sie irgendwann nicht mehr schlucken könne. Sie blieb erstaunlich gefasst, wollte nur noch ein paar Einzelheiten wissen. Sie erfuhr, dass sie schon lange vor dem wahrscheinlichen Erstickungstod nicht mehr würde klettern, schwimmen oder auch nur laufen können, auch kochen oder normal essen oder auch nur allein auf die Toilette gehen würde sie nicht können, weil nämlich nach und nach ihre Nerven und Muskeln versagen würden. Dafür würden schwere Muskelkrämpfe auftreten, so heftig, dass sie schreien würde, solange sie noch schreien konnte.«

Der Commissaris starrte auf den Bildschirm, auf die Frau, die ihm jetzt gar nicht mehr alt vorkam, denn er sah die junge Miriam in ihr, und er hörte sie schreien. Mühsam bewegte sie die Lippen, um ein paar undeutliche, gurgelnde Worte herauszubringen. Er hörte sie schreien, weil sie mit den Augen schrie.

Van der Meer fuhr fort: »All das ist inzwischen eingetreten. Die meisten Nerven und sämtliche Muskeln haben sich so weit zurückentwickelt, dass sie zu nichts mehr taugen, als Miriam unerträgliche Schmerzen zu bereiten. Nur die Augenmuskeln sind davon ausgenommen, und wenn sie genau hinschauen, wenn Sie in diese Augen sehen, erkennen Sie das Schlimmste: Sie ist bei klarem Verstand. Sie weiß und spürt ganz genau, was mit ihr passiert, mit dem Rest ihres Körpers, bis zu dem letzten Krampf, der sie tötet; dem Moment, in dem sie erstickt. Schauen Sie genau hin, Mijnheer – was sehen Sie? Was sehen Sie?«

Van Leeuwen schaute hin, und er hatte keinen Zweifel, dass die junge Frau in der alten sterben wollte. Jetzt verstand er auch die stockenden, halb ertränkten Worte: *Ich will nicht mehr leben. Ich kann nicht mehr. Ich will sterben.*

Sie sah in die Kamera und durch die Kamera hindurch und aus dem Fernsehapparat in eine Welt, die schon lange nicht mehr ihre war. Mit einer zitternden Hand kritzelte sie etwas auf einen Notizblock, langsam, schwerfällig, Buchstaben, Silben, Worte, und dann drehte sie den Block erschöpft zur Kamera, versuchte, ihn hochzuhalten, und da stand: *Bitte, lasst mich sterben,* und zwei glitzernde Streifen liefen von den Augen über ihre eingefallenen Wangen hinunter zu den Mundwinkeln.

Bitte, lasst mich sterben.

Die Worte standen groß und flehend in der Mitte des Bildschirms, bevor Van der Meer den Apparat ausschaltete. »Wie lautet Ihre Entscheidung, Commissaris? Was schlagen Sie vor? Soll Miriam Brautigam weiterleben, weiter leiden, oder respektieren Sie ihren sehnlichsten, ständig wiederholten Wunsch, endlich sterben zu dürfen, mit dem Rest Würde, der ihr noch geblieben ist?«

Van Leeuwen sagte nichts. Er schämte sich fast dafür, aber so war es, ihm fiel nichts ein. Was ist Würde?, dachte er. Was versteht man darunter? Versteht jeder dasselbe?

»Ich will Ihnen helfen, Commissaris«, meinte Van der Meer. »Ich – *wir* behandeln hier zurzeit einhundertsiebenundvierzig Patienten in verschiedenen Stadien ihrer Krankheit, und dabei handelt es sich nicht nur um Krebs, sondern auch um Multiple Sklerose, Parkinson oder eben ALS. Kein Fall ist wie der andere – manche von ihnen können geheilt werden, bei anderen kann man den Krankheitsverlauf beeinflussen, und einige werden sterben. Aber denen, die sterben, ist eins gemeinsam – ihr Tod wird qualvoll sein, von unerträglichen Schmerzen begleitet. Im Rahmen dieser Gemeinsamkeit zerfallen sie dann wieder in zwei Gruppen: die einen, die diesen Krankheitsverlauf bis zum letzten Atemzug er*leben* wollen, und die anderen, die sterben wollen, solange ihnen noch ein Tod in Würde möglich ist. Der ersten Gruppe stellen wir die gesamte Palette der Palliativmedizin zur Verfügung, Schmerztherapie, Sterbebegleitung, alles. Für die zweite Gruppe, die, wie es juristisch heißt, *unbeeinflusst, freiwillig, wohlüberlegt und andauernd* nach Sterbehilfe verlangt, für die gibt es das Komitee. Mein *think tank*. Das Komitee entscheidet, wer von uns erlöst wird und wer nicht.«

»Was ist das für ein Komitee? Aus wem besteht es?«

»Zu dem Komitee gehören der Chef der jeweiligen Abteilung, ein weiterer Arzt aus Haarlem, ein Psychologe und ich selbst als medizinischer Direktor der Klinik«, erklärte Van der Meer. »Leider sind mir momentan die Hände gebunden, jedenfalls solange mein Einspruch gegen das Urteil nicht verhandelt worden ist. Das Gericht hat mir mein Gewissen verboten. Die Bewährungsauflagen beinhalten, dass ich nicht einmal mehr im erlaubten Rahmen

Sterbehilfe leisten darf. Ich darf Miriam nicht helfen, ihre Würde zurückzuerlangen. Aber jemand wird es in diesem Fall tun. Das Komitee hat so entschieden.«

Der Commissaris sah eine Möglichkeit, seinem Dilemma zu entfliehen, die Rückkehr zum Anlass seines Besuchs. »Und dieses Komitee hat im Fall Heleen Soeteman entschieden, dass die Voraussetzungen für Euthanasie nicht gegeben waren?«

»Nein, das hat es nicht entschieden. Aber aus dem oben erwähnten Grund habe ich beschlossen, ihr nicht in unserer Klinik zu helfen, sondern sie anderen Händen zu überlassen.«

»Mit Empfehlung des Komitees?«

»Ja.«

»Das Komitee erteilt also auch Mordaufträge?«

»Diese Frage ist unter Ihrem Niveau, vor allem, nachdem Sie selbst offenbar nicht den Mut haben, eine Position zu beziehen.«

Aber Van Leeuwen war nicht bereit, sich wieder in die Defensive drängen zu lassen. »Bei dem elfjährigen Tom haben Sie das Komitee nicht befragt, oder? Bei dem psychisch labilen Selbstmörder, dem Sie assistiert haben, statt ihn an einen Psychiater zu überweisen, war Ihnen der Weg zum Komitee zu lästig. Kein *think tank* und kein zweiter Arzt. Bei wie vielen Patienten haben Sie die Voraussetzungen, unter denen Sterbehilfe bei uns erlaubt ist, noch umgangen?«

»Ich habe sie umgangen, wenn mein Berufsethos mich dazu verpflichtet hat«, rief Van der Meer erbost, »wenn diese Voraussetzungen in ihrer ganzen Absurdität kenntlich wurden! Und deswegen habe ich mich gefreut, dass ich vor Gericht gestellt worden bin. *Ich wollte vor Gericht gestellt werden.* Aber ich wollte einen Freispruch, ohne alle Vorbehalte, keine Bewährung aufgrund der Taschenspielertricks meines Anwalts. Entweder ein Freispruch erster Klasse, *carte blanche*, die juristische Legitimation, weiter zu gehen, viel weiter, als es hier erlaubt ist – oder eine Verurteilung! Ja, ich hätte vor die Richter treten und sagen sollen: Verurteilt mich, denn ich habe sogar eure ach so liberalen Gesetze gebrochen! Schickt mich für zwanzig Jahre ins Gefängnis, nein, auf den elektrischen Stuhl, und zwar wegen Mordes, weil ich meinem Gewissen gehorcht habe!«

Der Commissaris sah, wie Van der Meers Augen wieder zu flattern begannen – die wahnsinnigen Vögel, bereit, aus den Höhlen zu fliegen. Es ist eine Mimikry, dachte er. Die Aura gütiger Kompetenz und verständnisvoller Aufmerksamkeit überzog den Arzt wie eine Schicht aus undurchsichtigem, wasserabweisendem Wachs, die den Blick in sein Inneres, auf sein wahres Wesen abtropfen ließ. Denn dort, tief drinnen, loderte das Feuer seiner Überzeugung, seiner Besessenheit, die sich mehr und mehr durch die Schale der Güte fraß wie ausgetretene Radioaktivität durch den Mantel aus Stahlbeton, unter dem sie begraben liegen sollte. Dieses Feuer wurde nicht von Güte gespeist.

Van der Meer verfügte über die gesamte Palette ärztlicher Gesten, das milde Lächeln, die ernste Zurückhaltung, die vertrauenerweckenden Gebärden, das gutmütige Poltern, aber gelegentlich gab es eine elektrische Störung, und das Hologramm flackerte und schien sich zu zersetzen, und aus dem lebensecht wirkenden Arzt trat das hervor, was dem Commissaris die Haare zu Berge stehen ließ. Zusehends wurde er vor Van Leeuwens Augen zu einem Fanatiker, einem Mann, der von seiner Überzeugung gefangen gehalten wurde wie eine ausgehungerte Geisel. Hinter seinem hageren Gesicht, in seinem stählernen Märtyrerkörper saß er das Leben ab, zu dem er sich selbst verdammt hatte, als menschliche Brücke zum Tod.

Müde fragte der Commissaris: »Wo waren Sie Freitagmorgen zwischen sechs und neun Uhr?«

»Ich war hier, in der Klinik«, antwortete Van der Meer, nicht im Geringsten verärgert. »Die gesamte Belegschaft, die zu der Zeit Dienst hatte, kann das bestätigen.«

»Würde Ihre Belegschaft nicht für Sie lügen?«

»Möglicherweise würde sie das, ja.«

»Können Sie mir die Namen der Mitglieder des Euthanasie-Komitees, Ihres *think tank*, geben, oder unterliegen die der Schweigepflicht?«

»Nein, sie sind auch der Staatsanwaltschaft bekannt, schließlich muss jeder einzelne Fall dort gemeldet werden. Es handelt sich um Doktor Annemieke Sellin, die Leiterin der Krebsstation hier in der Klinik, Doktor Rob Winter vom Poliklinikum in Haarlem und einen psychologischen Sachverständigen.«

»Ich danke Ihnen für Ihre Geduld«, sagte der Commissaris. »Sie müssen doch nicht etwa in absehbarer Zeit verreisen, ins Ausland, zu einem Kongress oder dergleichen?«

»Nein, mein Platz ist hier.«

»Gut.« Van Leeuwen ging zur Tür, wo er sich noch einmal umdrehte. »Was ist Würde?«, fragte er. »Sie sprechen immer von einem Tod in Würde. Was ist das? Wer entscheidet denn, was in so einem Zusammenhang Würde ist?«

Ohne eine Antwort abzuwarten, verließ er Van der Meers Büro. Er ging durch den leeren, nächtlichen Korridor zum Treppenhaus und dann die Treppe hinunter zum Eingang, und draußen schritt er sehr schnell über die Auffahrt zur Straße. Es war kalt geworden, und ihn fröstelte. Er zog den Trenchcoat enger um sich. Was, wenn Simone Schmerzen gehabt hätte?, dachte er; wenn sie geschrien hätte vor Schmerzen, was hättest du dann getan?

Kurz bevor er die Straße erreichte, wo er den letzten Bus nach Haarlem abpassen wollte, hörte er wieder das rostige Scharnier des Wetterhahns auf dem Turm. Er hörte es kreischen, und diesmal war es lauter. Es klang wie das Blech eines Autowracks, das von der Eisenschere eines Bergungstrupps auseinandergezwängt wurde. Der Commissaris blieb stehen, drehte sich um und schaute nach oben. Er sah, dass der Hahn sich nicht bewegte.

24

Die junge Chinesin saß allein auf einer Holzbank in dem kleinen, hellen Büro der Königlichen Marechaussee in der Ankunftshalle des Flughafens Amsterdam Schiphol. Sie hielt den Kopf gesenkt, ihr Blick war auf den Boden gerichtet. Mit einer Hand umklammerte sie den Griff ihres Koffers. Die Haut war fast weiß über den Knöcheln, und auch der Koffer war weiß, wo sich die Farbe von den Pappschalen gelöst hatte.

Die junge Chinesin saß ganz am Ende der Bank. Sie trug einen roten Pullover, hellblaue Leinenhosen und schwarze Stiefeletten. Auf ihrem Schoß lag ein kastanienbrauner Mantel mit einem Kragen aus Kaninchenfell. Ihre schwarzen Haare waren zu einem Zopf geflochten. Außer ihrem Ehering trug sie keinerlei Schmuck, und weder ihr Mund noch ihre Augen waren geschminkt, sodass ihr Gesicht merkwürdig unvollendet wirkte.

Die junge Chinesin bewegte sich nicht, und es schien, als achtete sie auch nicht auf die uniformierten Polizisten, die den Raum betraten oder verließen und ihr genauso wenig Aufmerksamkeit schenkten wie sie ihnen. Sie war bis zuletzt auf ihrem Platz in der KLM-Maschine aus Shanghai sitzen geblieben, bis alle anderen Passagiere das Flugzeug verlassen hatten. Dann waren zwei Beamte der Koninklijke Marechaussee an Bord gekommen und hatten sie in ihre Büros begleitet, wo sie jetzt darauf wartete, dass der Commissaris erschien, um sie abzuholen, was er mit einer Verspätung von fünfundzwanzig Minuten auch tat.

Die ganze Fahrt hinaus nach Schiphol war Van Leeuwen fast so aufgeregt gewesen, als führe er zu einem lange erwarteten Rendezvous. Und im Grunde war er genau das, dachte er: ein Liebhaber, der seine Geliebte vom Flughafen abholte, auch wenn sie die Frau eines anderen war. Aber das, was er von ihr wollte, waren weder Umarmungen noch Küsse; es waren nur Worte. Deswegen schlug sein Herz schneller, als er auf die zarte, mit gesenktem Kopf am Ende der Holzbank sitzende Frau zutrat und auf Englisch sagte: »Mevrouw Wu – Ailing Wu? Mein Name ist Van Leeuwen, Commissaris Bruno van Leeuwen, und ich bin hier, um Sie abzuholen.«

Zheng Wus Frau hob den Kopf und sah ihn an, erst ihn und dann die Dolmetscherin, die er mitgebracht hatte. Sie gab einige hell klingende Laute in wechselnder Tonlage von sich, die mit einem Fragezeichen zu enden schienen. »Ich möchte zu meinem Mann«, sagte die Dolmetscherin.

Ailing Wus Gesicht war jung und müde, und winzige Fältchen der Erschöpfung zogen sich durch die pfefferfarbene Haut unter den Augen. In den großen Pupillen mischte sich dunkles Blau unter das glänzende Schwarz, das die ganzen Augen auszufüllen schien. Die schräg stehenden Wangenknochen traten weit hervor, sodass die Nase kaum mehr als eine wie zufällige Wölbung über dem kleinen Mund war.

»Ich bringe Sie jetzt erst mal ins Hotel«, meinte der Commissaris, »und dann sehen wir weiter.« Auf Chinesisch klang es, als hätte er viel mehr gesagt, in weit bunteren Worten.

Ailing stand auf, den Koffer in der Hand, den Mantel mit dem Kaninchenkragen in der anderen. »Wie geht es meinem Mann?«, übersetzte die Dolmetscherin Ailings Frage.

Der Commissaris sagte: »Er will nicht mit uns reden.«

Ailing nickte, als hätte sie nichts anderes erwartet. »Wann kann ich zu ihm?«

»Das hängt von ihm ab, und davon, was Sie uns erzählen.«

»Ich sage alles, was Sie hören wollen.«

»Ich will nur die Wahrheit, mehr nicht«, erwiderte der Commissaris, denn genau das war die Geliebte, die er abzuholen hoffte. Er streckte die Hand aus, um Ailing den Koffer abzunehmen, aber die junge Chinesin kniff abwehrend die Lippen zusammen, als wollte sie sagen: *Sie stehlen meinen Mann, aber meinen Koffer bekommen Sie nicht.* Also bedankte er sich bei den Kollegen von der Königlichen Gendarmerie und führte Ailing dann durch den Ameisenhaufen der Flugreisenden in der Ankunftshalle zu seinem vor dem Eingang geparkten Alfa.

»Ich kenne nur eine Seite der Wahrheit«, sagte Zheng Wus Frau, als sie neben ihm in dem zweisitzigen Sportwagen Platz nahm, der einmal Simone gehört hatte. Die Dolmetscherin kauerte hinter ihnen auf dem Notsitz, und ihre Worte, in die Wärme ihres Atems gehüllt, rochen nach Pfefferminz.

»Bis jetzt haben wir nicht mehr als die Leiche von Cousin Jun Wu«, sagte der Commissaris. »Da ist eine Seite der Wahrheit schon ein beträchtlicher Forschritt. Und je mehr Fortschritte wir machen, desto näher kommen wir dem Tag, an dem Sie Ihren Mann wiedersehen.«

Ailing schwieg und sah durch die Frontscheibe auf die Straße, die sie in einem großen Bogen vom Ankunftsgebäude des Flughafens zur Autobahn in Richtung Amsterdam führte. Schließlich bemerkte sie: »Ich glaube, es geht ihm sehr schlecht.«

»Das glaube ich auch«, stimmte der Commissaris zu.

»Ich habe ihm Briefe geschrieben.«

»Ich habe sie gelesen.«

»Sie haben meine Briefe gelesen, an meinen Mann?« Dunkle Röte schoss Ailing in die Wangen. Die junge Chinesin wandte das Gesicht ab und bedeckte es mit einer Hand. Halb und halb erwartete Van Leeuwen, dass auch die Dolmetscherin ihr Gesicht bedecken würde, aber im Rückspiegel sah er, dass sie nur den Kopf zur Seite neigte, als müsste sie Zheng Wus Frau die Worte von den Lippen ablesen.

»Ich musste es tun«, sagte der Commissaris, »um mir ein Bild zu machen, weil Mijnheer Wu nicht mit uns reden wollte.«

»Auf diesem Bild, was sehen Sie darauf?«, fragte Ailing nach einer Weile durch die gespreizten Finger. »Sehen Sie eine untreue Frau?«

»Nein«, bekannte Van Leeuwen, »ich sehe eine einsame Frau, die in Versuchung geführt wurde.«

»Sie hat der Versuchung nicht nachgegeben.« Ailing ließ die Hand sinken und schaute ihn an, und er spürte den Blick so stark, dass er seine Augen von der Straße löste und sie ebenfalls ansah. »Ich bin meinem Mann treu geblieben, die ganze Zeit«, versicherte sie. »Niemals hätte ich einen so guten Menschen betrügen können. Eher trocknet die Quelle des großen Yangtse aus.«

Sie griff in die Seitentasche des Mantels, den sie über ihren Schoß gelegt hatte, und holte ein zerknittertes Blatt Papier hervor. Sie faltete es auseinander und fragte: »Wird es Zheng helfen, wenn er spricht?«

»Ja.«

»Auch wenn er schreibt?«

»Solange es die Wahrheit ist.«

»Mir hat er die Wahrheit geschrieben, weil ich seine Frau bin. Ich lese Ihnen vor, was er geschrieben hat.« Sie senkte den Kopf und hob den Brief, der aussah, als hätte sie ihn immer wieder gelesen, bis sie ihn auswendig wusste. »*Ich bin nicht einen Augenblick mehr glücklich gewesen, seit ich das Schiff nach Amsterdam bestiegen habe*«, las sie, der Dolmetscherin zugewandt. »*Meine Brust ist aus Eisen. Du bist meine Luft, meine geliebte Ailing, mein Blut, mein Verstand, und du fehlst mir so sehr, dass ich wahrscheinlich bald verrückt werde, ja, verrückt. Ich schlafe nicht mehr, ich esse nicht mehr, ich kann den Morgen nicht aushalten, wenn die Sonne aufgeht, und am Abend, wenn sie versinkt, versinke ich mit ihr. Ich weiß, dass es so nicht weitergehen kann, aber der nächste Tag ist wie der vergangene und der übernächste wie alle davor.*« Sie hielt inne. »Er hat mir so leidgetan«, sagte sie.

Der Commissaris fragte: »Mussten Sie ihm denn von seinem Cousin schreiben, von den Nachmittagen in dem Zedernwäldchen und Jun Wus Annäherungsversuchen?«

»Ja, ich musste«, antwortete sie ohne Zögern. »Ich wollte, dass er mich schnell holt. Oder dass er zurückkommt.«

»Stattdessen hat er seinen Cousin geholt und noch am Tag seiner Ankunft hier ermordet«, sagte Van Leeuwen.

Ailing sah aus dem Fenster, an dem jetzt die Außenbezirke der Stadt mit ihren Konferenzhotels, Großtankstellen und Lagerhallen vorbeizogen. Es hörte sich an, als unterdrücke sie ein Schluchzen. Endlich sagte sie: »Ich weiß nicht, was er geschrieben oder am Telefon gesagt hat, aber es muss eine Lüge gewesen sein, denn wenn es die Wahrheit gewesen wäre, hätte Jun sich niemals darauf eingelassen.«

»Woher wissen Sie das?«

»Jun hat auch gesagt, er könne ohne mich nicht leben, und er war bei mir, nicht weit weg«, erklärte Ailing. »Er sagte, er liebte mich mehr als Zheng. Er sagte: *Lass mich neben dir liegen und deine Nase mit meiner berühren. Mehr brauche ich nicht, um glücklich zu sein.* Aber ich war streng zu ihm. Ich habe gesagt: Du weißt doch, dass das nicht geht, Jun. Ich bin mit deinem Cousin verheiratet, und ich liebe ihn auch und werde ihn immer lieben. Du darfst nicht so neben mir liegen und meine Nase mit deiner berühren, niemals, solange wir beide leben.«

»Hat er sich daran gehalten?«

Ailing schwieg. Sie sah hinaus, auf die Häuser und die Straßenlaternen, über denen der frühe Abend den Himmel verdunkelte. »Ja, er hat sich daran gehalten«, antwortete sie schließlich. »Er lag neben mir auf dem Moos im Zedernwäldchen und hat meine Nase nicht berührt. Er hat nichts von mir berührt, obwohl er immer wieder sagte: *Nur ein Mal, Ailing, meine süße Taube, nur ein Mal, danach gehe ich, und du wirst mich nie wiedersehen.* Aber als ich ihm wieder erklärt habe, dass es unmöglich ist, dass er einen anderen Weg finden muss, um glücklich zu werden, ist er gegangen. So sehr hat er mich geliebt.«

»Er ist gegangen, weil Zheng ihn aus China fortgelockt hat«, widersprach der Commissaris.

»Aber wenn ich ihm erlaubt hätte, neben mir zu liegen, meine Nase mit seiner zu berühren, dann wäre er nicht gegangen.« Ailing nickte und hielt den Blick danach wieder auf den Mantel und auf den Brief gesenkt. »Vielleicht hat er mich mehr geliebt als Zheng.«

»Das ist unmöglich«, sagte der Commissaris.

»Warum?«

»Weil ich es nicht glaube!«, brüllte Van Leeuwen plötzlich. »Ich glaube nicht, dass dieser Verführer Sie genauso geliebt hat wie Ihr Ehemann! Oder noch mehr!«

Ailing wandte ihm ihr Gesicht zu. Ihre Augen waren groß und noch dunkler vor Staunen. Sogar ihr Mund öffnete sich ein wenig. »Sind Sie vielleicht verrückt?«, fragte sie, und nach einer Weile dachte der Commissaris, dass die seltsamen, melodischen Laute ihrer Sprache sehr gut zum Inhalt dieser Frage passten, auch wenn er die Frage selbst nicht für angebracht hielt.

Auf der Stadhouderskade hielt er vor dem kleinen Hotel unweit des Hoofdbureaus, in dem Ailing Wu für die Zeit der Befragung und die anschließende Eröffnung des Gerichtsverfahrens untergebracht war. »Fragen Sie sie, ob sie weiß, dass ihr Mann im Rollstuhl sitzt«, forderte er die Dolmetscherin auf.

»Im Rollstuhl, aber warum?«, rief Ailing.

»Weil der Schmerz seiner Seele die Beine genommen hat«, erwiderte der Commissaris. »Ihr Mann hat sehr gelitten, er hat ein äußerst schweres Verbrechen begangen, und niemand kann sagen, ob Ihre Nasen sich je wieder berühren werden.«

Er stieg aus, um Zheng Wus Frau die Tür zu öffnen und sie ins Hotelfoyer zu begleiten. Auf den Fahrbahnen der breiten Straße neben der Singelgracht flutete der schimmernde, blinkende, lärmende Strom des Nachmittagsverkehrs, vor dessen Untiefen er Ailing behüten wollte, zumindest so lange, wie sie seiner Obhut anvertraut war. Diesmal ließ sie ihn ihren Koffer tragen, und als sie die Treppe zum Eingang des Hotels hinaufstiegen, sagte sie: »Vor einem chinesischen Gericht wäre es besser für Zheng, wenn ich ihn wirklich mit seinem Cousin betrogen hätte. Die Richter hätten viel mehr Verständnis dafür, dass er ihn getötet hat.«

»Das mag schon sein«, antwortete der Commissaris. »Aber ich fürchte, wir Holländer stehen der Idee des Verbrechens aus Leidenschaft weniger aufgeschlossen gegenüber.«

Trotzdem wünschte er sich, seine eigene Frau hätte die Annäherungen jenes geheimnisvollen Sandro während ihrer italienischen Reisen genauso entschieden zurückgewiesen wie Ailing die Versuchungen durch Jun Wu. Er hatte es sich gewünscht, als er auf die Beweise gestoßen war, und er wünschte es sich auch jetzt.

25

Zheng Wu schwieg. Er saß mit dem Rücken an die Zellenwand gelehnt, die nutzlosen Beine hingen über die Kante der Pritsche. Er trug einen grauen Schlafanzug mit schwarzen Knöpfen, und sein Haar war jetzt ein wenig länger. Er sah den Commissaris an, aber sogar seine Augen schwiegen. Das Licht, das kalt von der Decke fiel, ließ ihn alt und bitter wirken.

Der Commissaris stand am Fußende der Pritsche und schwieg ebenfalls. Es gab keine weitere Sitzgelegenheit in der Zelle außer Zheng Wus Rollstuhl, der zusammengeklappt an der Wand lehnte, gleich neben der Kloschüssel aus Edelstahl. Ein kleiner Tisch mit ein paar Büchern darauf hätte noch Platz gefunden, vielleicht sogar ein Fernsehapparat, doch auch die gab es nicht. Der Boden war so nackt wie die Wände; die einzige Ausnahme bildete das Foto von Ailing, das in Wus Wohnung auf der Kommode gestanden hatte.

Der Commissaris sah auf den Chinesen hinunter. Er hatte die Hände in den Taschen seines Trenchcoats vergraben. Jetzt zog er sie heraus, öffnete den Gürtel und knöpfte den Mantel auf. Er ging zu dem Rollstuhl und klappte ihn auseinander. Er setzte sich hinein, mit dem Gesicht zur Pritsche, und betrachtete den Chinesen noch einen Moment lang wortlos, dann wanderte sein Blick zu dem Foto von Ailing, ehe er sagte: »Was Sie noch nicht wissen, Mijnheer Wu – auch ich hatte eine Frau, die ich sehr geliebt habe.« Sein Blick kehrte zu Wu zurück. »Ihr Name war Simone, aber ich habe sie immer Sim genannt. Sie ist vor einigen Monaten gestorben.«

Der Chinese presste die Lippen so fest aufeinander, dass sie alle Farbe verloren. Er verschränkte die Arme vor der Brust, die Hände waren zu Fäusten geballt.

Van Leeuwen fuhr fort: »Bevor sie starb, ist sie sehr krank geworden. Es war eine schwere Krankheit, die lange gedauert hat, so lange, dass sie mir wie eine Ewigkeit vorkam. Sim, meine Frau, hat nämlich nach und nach alles vergessen – wer sie war, wer ich war, ihr ganzes Leben und mein ganzes Leben dazu. Ich war der Einzige, der noch wusste, wie wir uns begegnet waren und dass wir uns ineinander verliebt hatten und warum wir uns nach über dreißig Jahren noch immer liebten. Sie wusste ja nicht einmal, dass sie krank war. Aber auch ich wusste nicht alles. Ich hatte nämlich in den ganzen Jahren nie eine andere Frau gehabt, ich bin Sim immer treu gewesen. Sogar als sie krank und ein wenig unansehnlich geworden war, habe ich mich darauf konzentriert, vor allem uns beide zu bewahren, unser Leben, die Reste von Glück, die noch nicht in der

Erinnerung geschmolzen waren. Und weil das so war, dachte ich, dass auch sie mir immer treu geblieben wäre.«

Van Leeuwen sah, dass Zheng Wus Haltung sich lockerte. »Ich hatte mich nie gefragt, ob ich ihr vertrauen könnte; ich tat es einfach, so wie sie mir vertrauen konnte. Aber eines Tages, als ich einen alten Koffer öffnete, fand ich darin die Briefe. Es waren Briefe, die ihr ein anderer Mann geschrieben hatte, ein Liebhaber. Schreckliche Briefe, in denen eine Frau vorkam, die ich gar nicht kannte und mit der ich doch verheiratet gewesen war und die es fertiggebracht hatte, zwei Männer zu lieben, wenn auch wohl nicht auf dieselbe Weise. Zu dem Zeitpunkt, als ich die Briefe fand, lebte sie noch, aber sie war schon krank und konnte sich nicht mehr erinnern.«

Der Chinese beugte sich vor; seine Fäuste waren jetzt geöffnet und lagen auf der Decke über seinen Oberschenkeln.

»Sie konnte sich nicht mehr erinnern«, wiederholte Van Leeuwen. »Ich wollte sie fragen, wer der Mann war, warum sie es getan hatte oder was es ihr bedeutete. Ich wollte sie fragen, was ihr bei mir gefehlt hatte, wie es dazu gekommen war. Ich hatte tausend Fragen, aber stellen konnte ich ihr keine einzige, denn sie wusste ja nichts mehr davon. Sie wusste nicht, wer ich war oder sie selbst oder dieser Sandro! Sie hatte mir so wehgetan, dass ich sie anschreien wollte, aber sie hätte nicht gewusst, warum. Ich habe sie trotzdem angebrüllt, weil es einfach gut getan hat. Aber eins weiß ich, Mijnheer Wu – ich weiß, was Eifersucht ist. Ich weiß, wie es sich anfühlt, wenn man völlig ohnmächtig ist.«

Wus Lippen zuckten. »Sie haben Ihre Frau vertraut«, sagte er plötzlich. »Warum?«

Warum?, dachte Van Leeuwen – *warum, das geht dich nicht das Geringste an, mein chinesischer Freund!* Stattdessen antwortete er: »Weil sie bereit war, mir zu vertrauen.« *Sie hat mir immer vertraut, selbst als sie wusste, dass mein Vertrauen in sie nicht mehr gerechtfertigt war.* »Einmal, ganz am Anfang, wachte ich mitten in der Nacht auf und sah sie neben mir schlafen. Sie lag auf dem Rücken und hatte die Arme über den Kopf geworfen, und ich weiß noch, dass ich sie angesehen und gedacht habe: Wer schläft so? Was war das für eine

Frau, die so schlief – schutzlos, unverhüllt ... Hatte sie keine Angst? Wie konnte sich jemand so preisgeben? War sie so furchtlos, so sicher? Und da, auf einmal, wurde mir klar, dass sie mir vertraute. Deswegen habe ich ihr vertraut.«

»Das sehr traurig«, meinte Zheng Wu. »Ein sehr traurige Geschichte.«

Van Leeuwen nickte. »Ich erzähle sie Ihnen, weil ich weiß, was in Ihnen vorgegangen ist, als Sie die Briefe Ihrer Frau erhalten haben, Mijnheer Wu. Und dabei hat *Ihre* Frau Sie nicht einmal betrogen. Sie ist Ihnen treu geblieben.«

»Ich weiß«, sagte Zheng Wu.

»Wenn Sie das wissen, warum haben Sie Ihren Cousin dann getötet?«, fragte der Commissaris.

»Früher oder später ihr Widerstand wäre ein wenig schwächer geworden«, antwortete Zheng Wu, »und dann noch ein wenig schwächer und schwächer, und am Ende Cousin Jun hätte sie nur noch pflücken brauchen wie reife Kirsche. Deswegen. Deswegen er musste sterben, bevor er pflücken konnte. Bevor sie entehrt für immer.«

Van Leeuwen rollte mit dem Stuhl auf die Pritsche zu. »Wie können Sie so sicher sein, dass Ailing ihm nicht doch widerstanden hätte?«

Der Chinese beugte sich vor. »Weil sie ein Frau ist. Ein Frau ist hilflos, wenn der Verführer sich nähert wie die Schlange. Sie Scham und Schande über sich und mich gebracht, so wie Ihr Frau Scham und Schande über sich und Sie gebracht.«

»Das hat sie nicht!«, widersprach Van Leeuwen heftig.

»Scham und Schande«, wiederholte Wu mit feuchten Lippen, »selbst wenn nur so ausgesehen hätte als ob. Selbst dann wäre mein Gesicht verloren, ja!« Jetzt wirkte er nicht mehr alt und bitter, sondern bis aufs Äußerste erregt. »Dieser Mann – haben Sie ihn gesucht und Ihr Ehre wiederhergestellt?«

»Gesucht ja, aber nicht gefunden«, gestand der Commissaris.

»Sie kannten seinen Namen nicht, ja? Die Briefe waren ohne Absender?«

»Ich kannte seinen Namen.«

»Und Sie haben nicht weitergesucht?«

»Er lebt in einem anderen Land.«

»Cousin Wu lebte auch in anderem Land. Sie haben Beine. Warum gehen Sie nicht in Land und töten Mann?«

»Ich glaube nicht, dass ich ihn überhaupt töten möchte«, antwortete Van Leeuwen. »Höchstens mit ihm reden, vielleicht.«

Der Chinese betrachtete ihn ungläubig. Er hob eine Hand und ließ sie wieder sinken, als wären angesichts so beschämender Kleinmütigkeit jede Geste und jedes weitere Wort gänzlich sinnlos. »So«, sagte er bedauernd, »so.«

Einen Moment lang schwiegen beide und sahen sich nur an. Dann fragte der Commissaris: »Was stand in dem Brief, den Sie Ihrem Cousin geschrieben haben, Mijnheer Wu?«

»Wer sagt, dass ich geschrieben habe?«

»Ailing Wu«, erklärte der Commissaris. »Ihre Frau hat das gesagt.«

»Und wann soll sie gesagt haben?«

Der Commissaris legte die letzte Karte auf den Tisch, das Ende der Straße. »Heute Nachmittag, als ich sie vom Flughafen abgeholt habe. Willkommen in Amsterdam.«

Zheng Wus Stimme zitterte. »Ailing ist hier? In Amsterdam?«

Der Commissaris nickte.

»Aber – wann kann ich sehen?«

Der Commissaris seufzte. »Ach, Mijnheer Wu, wenn es nur von mir abhinge, sofort.«

»Wovon hängt denn noch ab?«

»Von Ihnen, Mijnheer Wu. Ailing wird Licht in Ihr Dunkel bringen, wenn Sie Licht in mein Dunkel bringen. Also, noch einmal: Was haben Sie Cousin Wu geschrieben?«

Zheng Wu schloss die Augen, und als er sie nach einer Weile wieder öffnete, hatte ihr Ausdruck sich verändert; sie schienen durchlässiger geworden zu sein. »Ailing schreibt mir viele Briefe«, meinte er endlich. »Sie schreibt von Sehnsucht, aber auch von Cousin Wu, der meine Abwesenheit ausnutzt ohne Zögern. Mit jedem

Tag und jedem Brief wächst mein Angst, und meine – wie sagt man – Qualen werden größer mit jede Stunde. Diese Scham, diese Schande … Ich sehe sie vor mir. Ich sehe, wie meine zarte Ailing langsam ihr Widerstandskraft verliert, so deutlich, wie wenn geschieht genau vor meine Augen. Meine Beine fangen an zu zittern, und ich muss hinsetzen, aber ich sehe es immer noch, immer deutlicher. Ich sitze auf mein Bett, so wie ich jetzt hier, und spüre, wie ich mein Gesicht verliere. Auch wenn nur ich, Ailing und Jun davon wissen und keiner von uns je einem anderen davon erzählt, bin ich entehrt und gibt nur ein Weg, mein Ehre wiederherzustellen. Ich muss Ailing verstoßen, und Jun muss sterben. Als ich wieder aufstehen will, meine Beine gehorchen nicht mehr.«

Wu schlug sich mit den Fäusten auf die Oberschenkel, und die Füße wippten wie die einer Marionette. »Ich kann nicht nach Hause reisen, um ihn zu töten, und ich kann auch niemand in Fengdu bitten, es an mein Stelle zu tun, denn darf ja niemand wissen, was geschehen ist!«

»Deswegen haben Sie Ihren Cousin hierher gelockt«, stellte der Commissaris fest.

»Es war ganz leicht.« Zheng Wu fletschte seine gelblichen Zähne zu einem Grinsen, das wie in eine Kürbisschale geschnitzt wirkte. »Ich schreibe Jun, hier liegt das Geld auf der Straße, man muss sich nur bücken und aufheben. Ich schreibe, ich bin schon nach kurze Zeit reich, sehr reich, und auch er kann hier schnell – wie sagt man? – ein Vermögen machen, ja? Jun ist faul und dumm, und alles, was ich habe, will er auch haben, und so muss ich ihn nicht lange überreden. Er fragt nicht einmal, warum ich Ailing nicht zu mir hole, wenn ich bin so reich. Er leiht sich Geld so wie ich, um zu kommen, und als er hier ist, bitte ich ihn, mir mit Schnursenkel behilflich sein, und dann ich töte ihn, wie er vor mir kniet. Geht sehr schnell.« Er schien sich in Gedanken an die Geschwindigkeit des Todes zu verlieren. »Sie müssen wissen, dass Fengdu bedeutet *Stadt der Geister*. Unser Glaube sagt, hier kommen Tote vorbei, wenn in Jenseits gehen – Pforten von Hölle …«

Schnürsenkel, dachte Van Leeuwen; es heißt Schnürsenkel. Erst in diesem Moment fiel ihm auf, wie still es um ihn herum war, auf dem Gang, in den anderen Zellen. Er hörte keinen Laut, jetzt, da Zheng Wu schwieg, nur das Klopfen seines eigenen Herzens.

26

Die Hände des bärtigen Mannes waren an den Gelenken zusammengebunden. Wie zum Gebet gefaltet, lagen sie auf den Oberschenkeln der ausgestreckten Beine, und der einzige Unterschied zu der Haltung, in der Zheng Wu auf seiner Pritsche gesessen hatte, war der Umstand, dass der bärtige Mann nicht mehr lebte. Er trug eine helle Kutte, die ihm bis zu den Knöcheln der nackten Füße reichte. Die Zehen, wahrscheinlich erst kürzlich im Todeskampf verkrampft, hatten sich wieder entspannt, und auch die derben Gesichtszüge hätten einem Schlafenden gehören können.

Alles, was dagegensprach, dass der bärtige Mann im Licht der Fackel vor seinem Stuhl nur kurz eingenickt war, ließ sich auf ein einziges Indiz zurückführen: Um seinen Hals hatte jemand ein Würgeeisen zugezogen, und es handelte sich auch nicht um einen schlichten Holzstuhl, sondern um eine Garotte, an deren Lehne der Hingerichtete hing.

Die Zeichnung hieß *Der Garottierte.* Goya hatte sie zwischen 1778 und 1780 aufs Papier geworfen, und der Tote wirkte wie vom Blitzlicht eines Polizeifotografen im kahlen Gemäuer seiner Zelle eingefroren. Erst dreißig Jahre später war der spanische Maler mit den Radierungen unter dem Titel *Desastres* wieder auf diese unter seinen Landsleuten in jenen Tagen außerordentlich beliebte Form des Mordens zurückgekehrt. Mit scharfen, zornigen, präzisen Strichen hatte er neunundsechzig Momentaufnahmen vom Wahnsinn des Krieges angefertigt – von Vergewaltigungen und Erschießungen, von Erhängten, Zerstückelten und Erstochenen. Von Leichenbergen, Verbrennungen und Massengräbern. Von einem endlosen Blutrausch, der gleichermaßen in Spaniern und Franzosen raste, in Soldaten und Priestern, Männern und Frauen.

Der Commissaris interessierte sich an diesem Abend besonders für die Bilder, die garottierte und erhängte Opfer zeigten, für ihre Mienen, ihre Haltung. Er wollte herausfinden, was ihr Anblick über das Sterben durch Ersticken sagte. Natürlich war es ein Unterschied, ob man starb, weil einem jemand eine Plastiktüte über den Kopf stülpte oder weil ein Draht oder ein Halseisen einem die Luftröhre zusammenpressten. Im Spanien Goyas diente das Metallband, an dem der Tote auf der Zeichnung hing, allerdings nur zum Festhalten des Opfers, dem anschließend von hinten eine Metallschraube ins Genick getrieben wurde.

Immer wieder hatte der Maler in seinen *Desastres* diese Hinrichtungsart vorgeführt, und jedes Mal tauchte in der Unterschrift zu den Radierungen die Frage *Warum*? auf. Und das war die Antwort: Weil man sie für Feinde oder Verräter hielt. Weil sie aus einer anderen Gegend stammten oder einem fremden Land. Weil sie eine andere Religion hatten. Weil sie Angreifer oder Verteidiger, Priester oder Frauen waren. Weil sie an etwas glaubten oder an das Falsche oder an gar nichts. Weil sie in einer Kneipe geraucht hatten. Weil sie ihren Müll nicht getrennt hatten. Weil sie Karikaturen des Propheten veröffentlicht hatten.

Aber kein Mann war getötet worden, weil er die Frau eines anderen in Versuchung geführt hatte; keine Frau, weil sie ihren Mann mit einem anderen betrogen hatte. Jedenfalls nicht auf diesen Skizzen, dachte Van Leeuwen. Er betrachtete die Zeichnung Nummer 35, auf der acht garottierte Mönche zu sehen waren, mit der Unterschrift: *Niemand kann wissen, warum?* Und er dachte: Muss in der Antwort auf das *Warum* immer auch der Grund liegen? Oder wurde mit dem Grund auch die Bedeutung mitgeliefert? Er kam zur letzten Radierung, Nummer 69, aus den *Desastres*, deren Unterschrift einfach lautete: *Nichts. Das bedeutet es.*

So viel zur Bedeutung, dachte er. *Nada.* Dann dachte er: Das ist der Unterschied zwischen uns beiden, Francisco, alter Freund – ich kann mich mit *nada* nicht zufriedengeben. Ich muss eine andere Antwort finden, einen Namen, ein Motiv.

Im Fall Zheng Wu gibt es ein Geständnis, und jetzt kenne ich auch den Tathergang und das Motiv. Wir haben bloß noch ein paar offene Fragen, zum Beispiel: Warum hat Zheng Wu seinen Cousin nicht erstochen oder erschlagen, vielleicht sogar erschossen, sondern mit einer Drahtschlinge erdrosselt? Aber diesen Punkt und alle anderen, die noch nicht befriedigend geklärt sind, können im Verlauf der Verhandlung zur Sprache gebracht werden. Wichtig ist vor allem, dass ich mich jetzt ganz auf die Ermittlung in den Fällen Gerrit Zuiker und Heleen Soeteman konzentrieren kann. Um Zheng Wu brauche ich mich nun nicht mehr zu kümmern; er hat gebeichtet.

Es war wie immer, wenn man sich irrte: Man wusste nicht, dass man sich irrte. Erst wenn man später zurückschaute auf die verschiedenen verpassten Gelegenheiten, bei denen man etwas hätte ahnen müssen, es aber nicht getan hat, wusste man es. Wenn man klüger war, weil im Angesicht der Geschehnisse der Weg so eindeutig, so unmissverständlich zu der Katastrophe hatte führen müssen, dann wusste man es. Und so blieb Van Leeuwen später als schwacher Trost auch nur der Gedanke, dass es sich vielleicht um einen Ausgleich handelte – er hatte ein Verbrechen entdeckt, wo keins zu vermuten gewesen war, und dadurch wahrscheinlich viele andere verhindert. Dafür stand er im Begriff, durch seine Ermittlungen Gefahr für Menschen heraufzubeschwören, die ohne sein Zutun vielleicht nie in die Nähe des Todes geraten wären.

Aber das war später, als auch *Nichts, das bedeutet es!* keinen Trost mehr darstellte.

Unter dem aufgeschlagenen Bildband mit den *Desastres* lugte der Ausdruck von Cho Seung Huis Hilfeschrei im Internet hervor, und auf einmal fiel Van Leeuwen auf, wie nahtlos sich der von Pathos und Selbstmitleid erfüllte Text in seine Überlegungen fügte und wie oft vor allem dieses Selbstmitleid das eigentliche Motiv für einen Mord darstellte.

Wisst ihr, wie man sich fühlt, wenn einem ins Gesicht gespuckt wird, wenn einem immer nur Müll in die Kehle gestopft wird? Wisst ihr, was für ein Gefühl das ist, sein eigenes Grab zu schaufeln? Wisst ihr, wie man sich fühlt, wenn einem die Kehle von Ohr zu Ohr aufgeschlitzt wird? Wisst ihr, wie es sich anfühlt, lebendig verbrannt zu werden? Wisst ihr, wie es sich anfühlt, gedemütigt und am Kreuz aufgespießt zu werden, um zu eurer Unterhaltung zu verbluten?

Was für einen Titel würdest du diesem sogenannten Manifest geben, Don Francisco de Goya?

Van Leeuwen klappte das Buch zu und blickte über den grünen Schirm der Leselampe auf den Nachthimmel. Er hatte das Fenster, an dem sein Schreibtisch stand, geöffnet, und von draußen drang die frische Luft des späten Abends herein. Der Tag war für die Jahreszeit zu warm gewesen, und auch jetzt konnte man meinen, es sei eine laue Sommernacht, nicht Herbst. Van Leeuwen glaubte, einen Geruch nach Laub und spät blühenden Blumen zu spüren. Es war ein milder, würziger Duft, der ihn an Ahornsirup denken ließ, und auf einmal drehte sich sein Herz ein winziges Stück.

Warum hatte er Zheng Wu, einem Mörder, von Simone erzählen müssen? Von seiner Ehe und davon, wie ihr Ende gewesen war? Von dem Mann, dessen Namen er kannte, auch wenn er nicht wusste, wo er ihn suchen sollte? Weil Jun Wu tot war und Sandro noch lebte? Weil auch das keine Bedeutung hatte?

Aber es bedeutete ja etwas – es bedeutete etwas, dass ihm nicht einmal der Gedanke gekommen war, an diesem Verführer namens Sandro Rache zu nehmen. Der Gedanke an Rache macht dich zu einem Besessenen, dachte er; er dreht sich in dir wie die Flügel einer schwarzen Windmühle, unablässig bei Tag und bei Nacht. Das ist nichts für dich.

Er zog die Schreibtischschublade auf, holte sein Briefpapier heraus und schob ein Blatt ins Licht der Schreiblampe. Er suchte den Füllfederhalter in der Schale mit Bleistiften, Kugelschreibern und farbigen Filzpens und schraubte ihn auf. Er drückte die goldene Feder mehrmals gegen die Schreibunterlage, bis die Tinte feucht in ihrer gespaltenen Zunge schimmerte. Er starrte auf das Papier, und so wie ein Foto im Entwickler Konturen annimmt, tauchte auf dem weißen Blatt kurz Sandros Gesicht auf. Es war das Gesicht von dem Polaroid, das Van Leeuwen bei den Briefen in Simones Koffer gefunden hatte. Wahrscheinlich weiß er gar nicht, dass sie tot ist, dachte er. Er setzte die Feder an und schrieb:

Mijnheer,
ich weiß nicht, wer Sie sind oder wie Sie wirklich heißen oder wo Sie wohnen. Ich bin Polizist, und ich könnte versuchen, Sie zu finden, und vielleicht würde es mir sogar gelingen. Aber ich habe beschlossen, es nicht zu tun. Ich werde niemals versuchen, Sie zu finden, Sie können unbesorgt sein. Durch eine Frau, die wir beide geliebt haben, sind unsere Leben auf immer miteinander verknüpft. Es war meine Frau, nicht Ihre, daran besteht kein Zweifel, aber durch ihren Tod sind wir beide auf unsere kleinen Inseln der Einsamkeit verbannt worden, nur dass ich auf meiner für den Rest meines Lebens bleiben muss, während Sie vielleicht längst von einer anderen Frau erlöst worden sind. Das ist das Ungerechte daran, und deswegen will ich nicht einmal mehr an Sie denken, nie mehr.

Er faltete das beschriebene Blatt, nahm ein Kuvert aus der Schublade und schob es hinein. Danach klebte er das Kuvert zu, stand auf und legte es auf das Fensterbrett, wo jeder Brief, den er noch einmal überdenken wollte, seinen vorübergehenden Platz fand. Einen Moment lang blieb er am Fenster stehen, dann schloss er die Flügel. Er freute sich auf sein Bett. Als er ins Schlafzimmer ging, merkte er, wie müde er war, aber es dauerte noch einige Sekunden, bis er begriff, dass er sich tatsächlich auf den Schlaf in seinem eigenen Bett freute. Zur Feier dieser Erkenntnis zog er sich sogar aus und schlüpfte in einen Schlafanzug.

Die Züge werden mir fehlen, dachte er.

Kurz vor dem Einschlafen stockte ihm plötzlich der Atem, und er musste nach Luft schnappen. Einen winzigen, schwindelerregenden Augenblick lang befand er sich wieder im Zimmer der todkranken Miriam Brautigam und sah zur Tür hinüber: der Tür zum Klinikflur, die er geschlossen hatte und die dann doch einen Spaltbreit offen gestanden hatte. Und stärker als an jenem Abend seiner Anwesenheit in der Klinik spürte er jetzt, dass dort auf dem Gang jemand gewesen war, der ihn beobachtet hatte, und dass es sich um niemand anderen als den Mörder gehandelt hatte.

Das ist der Schlüssel, dachte er, der Schlüssel zur Lösung des Falls. Aber im selben Moment entglitt ihm das Bild schon wieder. Er wusste nur noch, er hatte etwas gesehen, und es war nicht zufällig aus dem ewig kreisenden, dunklen Gedankenstrom des Unterbewusstseins aufgetaucht. Du irrst dich, Don Francisco, alter Freund, dachte er im Halbschlaf: Alles bedeutet etwas …

27

Es war die Phase der Ermittlungen, in der sich nach und nach eine Spur ergab: Man ging einen sandigen Weg entlang, auf dem man fortwährend wegrutschen konnte, und auf einmal entdeckte man die undeutlichen Fußabdrücke von jemandem, der vor einem auf diesem Weg gegangen war. Manchmal waren sie kaum erkennbar, und nicht selten verloren sie sich auf dem weichen Untergrund wieder. Aber manchmal wurden sie auch mit jedem Schritt fester und tiefer, und mit etwas Glück ergaben sie eine Richtung, der man folgen konnte.

Der Commissaris stand in der Mitte seines Büros und betrachtete die riesige magnetische Landkarte des Königreichs, die neuerdings das Plakat von Ajax an der Wand gegenüber seinem Schreibtisch verdeckte. Ein halbes Dutzend kleiner roter Metallknöpfe leuchtete rings um Amsterdam, ein weiterer dicht bei Haarlem, und der achte hatte sich in der Nähe von Utrecht niedergelassen. Sie ergaben noch kein Muster und erst recht kein Bild; sie bezeichneten die Fundorte von Leichen, die zu verschiedenen Zeitpunkten in den vergangenen Jahren als unverdächtige Todesfälle zu den Akten gelegt worden waren und aufgrund erneuter Untersuchungen durch die jeweiligen Pathologen nun zu ungeklärten Mordfällen geworden waren: *möglicherweise Tod durch Ersticken mittels einer Plastiktüte oder eines Zellophanbeutels.*

»Es werden immer mehr«, sagte Hoofdinspecteur Ton Gallo leise hinter dem Commissaris. »In Amsterdam. Utrecht. Den Haag. Zandvoort. Überall.«

»Machen wir eigentlich irgendwelche Fortschritte?«, fragte der Commissaris.

»Keinen einzigen«, antwortete Gallo nüchtern. »Wir haben noch nie weniger Fortschritte bei einer Ermittlung gemacht. Abgesehen davon, dass ständig neue E-Mails, Faxe und Anrufe bei uns eingehen. Das da auf der Karte sind nur die ersten Opfer, die, bei denen wir fast hundertprozentig sicher sind, dass sie ebenfalls dem Mörder von Gerrit Zuiker und Heleen Soetemann zugeschrieben werden können.«

Einige der Faxe und ausgedruckten E-Mails hingen an der Euro-Pinnwand neben der Landkarte, dort, wo inzwischen auch weitere Fotos in Farbe und Schwarz-Weiß mit Reißzwecken auf dem Tafelkarton befestigt worden waren. Die Fotos zeigten zwei junge weiße Frauen, eine ältere Farbige und drei Männer unterschiedlichen Alters, als alle noch gelebt hatten, Schnappschüsse von Verwandten oder Freunden, ein Passfoto. Eine weitere Aufnahme zeigte einen alten Mann, der mit offen stehendem Mund und geschlossenen Augen unter der Quarzlampe eines Pathologen lag. Es gab eine Liste mit den Adressen und Telefonnummern der Gerichtsmediziner, die auf Doktor Holthuysens Rundschreiben geantwortet und die zu roten Metallknöpfchen gewordenen Fälle gemeldet hatten. Eine weitere Liste führte die Distrikte und Reviere der Polizeibeamten auf, die in diesen Fällen neue Ermittlungen eingeleitet hatten. Und schließlich gab es eine Liste mit den Namen von Personen, deren Leichen nicht mehr untersucht werden konnten – Männer und Frauen, die infolge mangelnder Verdachtsmomente mit dem Etikett *Herzversagen* oder *Todesursache unbekannt* am Zeh zur Beerdigung freigegeben worden waren und bei denen eine Exhumierung nur noch Staub und Asche zutage fördern würde, biblisch gesprochen.

Der Commissaris betrachtete die Fotos, die Faxe und die Listen und sagte: »All diese toten Menschen, all diese Fotos und Hinweise, und wir tappen immer noch im Dunkeln. Wir haben keine Spur, kein Motiv, nichts! Das ist beschämend, eine Schande!«

Es war neun Uhr morgens, vor dem Fenster leuchtete ein strahlender Spätherbsttag, und ein Abglanz davon lag auf den ausgeruhten Gesichtern seiner Beamten, die ihn erwartungsvoll ansahen.

»Was ist denn mit dem chinesischen Gefangenen und seinem Motiv?«, erkundigte sich Brigadier Tambur. »Unterwirft er sich immer noch dem Schweigegelübde?«

Der Commissaris schüttelte den Kopf und nahm das Foto von Jun Wu von der Wand. »Der Damm ist gebrochen«, antwortete er.

»Willst du uns aus unserer Unwissenheit zum Licht führen und kundtun, wie du das zuwege gebracht hast?«, fragte Hoofdinspecteur Gallo.

»Ich habe ein Loch hineingebohrt«, erklärte der Commissaris, »und dann zugesehen, wie das Wasser es erweitert hat.«

»Und wenn man den Pfad der Metaphern verlässt, bedeutet das *was*?«, hakte Gallo nach.

»Das dürft ihr in meinem Bericht für Procureur Piryns lesen, sobald ich ihn fertig habe«, meinte der Commissaris. »Bei der Gelegenheit könnt ihr auch gleich lernen, wie man einen korrekten Bericht ans *Openbaar Ministerie* verfasst.« Er setzte sich hinter seinen Schreibtisch, auf den umsichtige Hände bereits eine Tasse Kaffee und ein Hörnchen samt Marmelade und Honig zum Hineintunken gestellt hatten. »Was ist mit den Gummistiefeln Größe dreiundvierzig, die wir bei dem *Total*-Tankwart gefunden haben?«

»Gehören seinem Kollegen, Dick Houwer, genau wie er gesagt hat«, antwortete Inspecteur Vreeling und kratzte sich hingebungsvoll die unter dem schmuddeligen Verband heilende Karatehand, *kratz, kratz, kratz.* »Houwer wohnt in Haarlem und hat ein wasserdichtes Alibi. Die Lehmspuren, die wir unter den Sohlen sicherstellen konnten, stammen nicht aus dem Tulpenfeld. Das Stiefelprofil ist auch ein völlig anderes. Davon abgesehen hätte Houwer nicht das geringste Motiv, Heleen Soeteman zu töten. Und ein Motorrad wie das von Pim Verhoeven ist auch in der Nähe der Tatorte niemandem aufgefallen, weder hier noch bei der Tulpenplantage.«

»Wie war denn Ihr Wiedersehen mit Doktor Death?«, fragte Brigadier Tambur.

»Doktor van der Meer«, verbesserte der Commissaris sie mit

mildem Tadel. Er trank einen Schluck von dem immer noch heißen Kaffee. »Doktor van der Meer«, fuhr er fort, »hat offenbar beschlossen, sich zur Karikatur seines eigenen Mythos zu stilisieren: Er malt scheußliche Bilder von Tod und Verwesung, die sogar Goya bestürzt hätten, und stellt sie in seinem Klinikbüro aus. Er zitiert William Blake, und es fehlt eigentlich nur noch, dass er wie Vadder Hein mit der Sense in der Hand durch die Abteilungen marschiert und die Korridore mit Mahlers Kindertotenliedern beschallen lässt. Das Ganze ist natürlich infantiler Trotz, eine Selbstinszenierung, aber so oder so: Unser Mörder ist er nicht, da bin ich mir ziemlich sicher.«

»Dann können wir seine Klinik ja von der Liste der Telefongespräche von Mevrouw Soeteman streichen«, sagte Gallo und schwenkte einen Ausdruck der Royal KPN, den er aus der Innentasche seiner Lederjacke gezogen hatte. »Nach der Rufnummer von Pim Verhoeven taucht die Van der Meers nämlich am häufigsten auf, neben dem Anschluss der Krebs-Selbsthilfegruppe in Den Haag. Die letzte Verbindung, die von Heleens Apparat aus hergestellt wurde, war die zu dem Tankwart. Seine Nummer wurde immer wieder angewählt, so oft wie keine andere, also waren die beiden wohl wirklich gut befreundet. Aber was ungewöhnlich ist: Nach diesen drei Nummern – und der Telefonseelsorge von Haarlem – kommt gleich die Redaktion einer Zeitung …«

»Was für eine Zeitung?«, unterbrach der Commissaris.

»*De Avond!* Außerdem der Fernsehsender *Veronica* …«

»Was wollte sie denn vom Fernsehen?«, entfuhr es Inspecteur Vreeling.

Der Commissaris fragte: »Wie oft hat sie bei *De Avond!* angerufen?«

»Sieben Mal.«

»Wie lange haben die Gespräche gedauert?«

»Unterschiedlich lange, die meisten so zwischen drei und sieben Minuten. Warum?«

»Wann fanden sie statt?«

»Im Sommer. Drei im Juni, zwei im Juli und zwei im August.«

»Um welche Uhrzeit?«

»Die ersten jeweils am späten Vormittag – ich nehme an, in der Mittagspause –, die anderen dann abends, wahrscheinlich nach der Arbeit.«

»Und bei *Veronica*?«

»Nur zwei Anrufe, beide nach Mitternacht.«

»Nach Mitternacht?« Der Commissaris leerte den Kaffeebecher. »Ich möchte, dass ihr feststellt, mit wem Heleen Soeteman in den beiden Redaktionen gesprochen hat oder sprechen wollte, falls man sie abgewimmelt hat. Und – wenn sie nicht verbunden worden ist – ob jemand weiß, was sie wollte.«

»Schon erledigt«, meinte Brigadier Tambur. »Es gibt da eine Kolumne – bei *De Avond!* –, so eine Art Kummerkasten, wo man hinschreiben kann, wenn man Hilfe braucht oder nicht mehr weiterweiß, weil man ein Problem hat, mit dem man allein nicht fertig wird. Lebenshilfe, Psychoberatung, alles Mögliche.«

»*samariter.nl.*«, erinnerte sich der Commissaris.

Julika nickte. »Der Brief oder die E-Mail wird dann von der Redaktion an einen Psychologen weitergeleitet, eben diesen ›guten Samariter‹, und wenn man Glück hat, antwortet der einem in seiner Kolumne.«

»Ich würde das nicht Glück nennen«, warf Gallo ein.

»Na, jedenfalls hat die Soeteman dort mehrmals angerufen und wollte den Samariter sprechen«, redete Julika weiter, ohne auf Ton Gallo einzugehen, »aber es ist strikte Redaktionspolitik, niemandem den Namen oder die Telefonnummer des Mannes zu geben, der diese Kolumne schreibt. Sie haben ihr nur versprochen, ihren Brief an ihn weiterzuleiten. Ob sie dann tatsächlich geschrieben hat, wussten sie nicht. Sie muss allerdings sehr hartnäckig gewesen sein, hartnäckig und verzweifelt …«

»Hast du nachgefragt, wie der Psychologe heißt?«

»Ja, aber mir wollten sie es genauso wenig sagen.«

»Bei *Veronica* haben sie dieselbe Platte aufgelegt?«

»Mehr oder weniger«, bestätigte Julika. »Wobei der Witz ist, dass die auch eine Sendung mit dem Titel *samariter.nl* haben – wird jeden Donnerstag kurz nach Mitternacht ausgestrahlt, und da kann man den Samariter live anrufen und ihm seine Probleme schildern, und er hört zu und erklärt dir, was du tun musst oder was jemand anders tun kann, damit deine Probleme verschwinden und es dir wieder besser geht.«

»Klingt nach einem hübschen Franchise-Konzept«, meinte Gallo. »Big Mac für die Seele. San Francisco Psycho Company. Trost *to go*.«

Diesmal schaffte Julika es nicht, ihn zu ignorieren. »Du hast doch keine Ahnung, wovon du redest. Schau dir die Sendung erst mal an, bevor du hier irgendwelche Sülze von dir gibst. Die wollen den Menschen, die sich an sie wenden, wirklich helfen!«

»Für wie lange?«, fragte Gallo.

»Was soll das heißen – für wie lange?«

Gallo sagte: »Jedem, der da vor laufender Kamera seine Sorgen und Nöte hervorstammelt, wird nicht eine Sekunde mehr Aufmerksamkeit geschenkt, als die Sendezeit verlangt. Diese Menschen schütten deinem Samariter ihr Herz aus und kriegen dafür genau den billigen Rat, der dem sensationslüsternen Publikum behagt, um gleich danach auf Nimmerwiedersehen ausgeblendet zu werden. Sie hatten ihren großen Augenblick, ihre fünfzehn Minuten Ruhm, und der Einzige, dem dabei wirklich geholfen wird, ist der Kummerkasten-Onkel, der wird nämlich reich und berühmt.«

Der Commissaris fragte: »Kann sich *da* wenigstens jemand an Mevrouw Soeteman erinnern? Ist sie in einer der Sendungen zu Wort gekommen?«

»Nein, doch einmal ist sie persönlich im Sender erschienen, um den Samariter zu sprechen, und sie mussten ihr mit der Polizei drohen, bevor sie wieder gegangen ist.«

»Aber wenn der Samariter im Fernsehen auftritt, muss er doch einen Namen haben«, wandte Vreeling ein.

»Hat er ja auch«, antwortete Julika.

»Samariter«, meinte Gallo.

»Ich möchte Mitschnitte der letzten Sendungen haben«, erklärte der Commissaris. »Ich habe das noch nie gesehen. Da du schon mal dabei bist, kümmerst du dich darum, Julika. Außerdem möchte ich wissen, ob auch Gerrit Zuiker eine der Nummern angerufen hat, vielleicht sogar mehrmals. Remko, du übernimmst die Telefonseelsorge und die Krebs-Selbsthilfe. Mit wem hat Heleen Soeteman gesprochen, was für einen Eindruck hat sie gemacht, kommt einer ihrer Gesprächspartner als Täter infrage …«

»Von der Telefonseelsorge?«, fragte Vreeling, *kratz, kratz, kratz.*

»Ich bin noch nicht fertig«, nahm Gallo den Faden wieder auf. »Die Nummer, die vor der von Pim Verhoeven, dem *Total*-Tankwart, als letzte angewählt wurde, gehört zu einem Mobiltelefon, doch sie tauchte nur ein Mal auf, und das Gespräch dauerte gerade mal anderthalb Minuten.«

»Wer war der Teilnehmer?«, fragte der Commissaris.

»Es handelt sich um eine Geheimnummer«, erklärte Ton Gallo. »Der Vertragspartner des Teilnehmers, die Firma Arcor, wollte uns seinen Namen nicht nennen.«

»Hast du denen gesagt, dass wir hier eine Morduntersuchung durchführen, verdammt noch mal?«

»Ja, aber sie wollten trotzdem nicht kooperieren.«

»Und wenn wir einfach sagen, es wäre das Handy eines Al-Kaida-Terroristen?«, schlug Inspecteur Vreeling unschuldig vor. »Wir behaupten, wir brauchen den Namen, weil wir nur so einen geplanten Bombenanschlag auf den Königspalast …«

»Wir sind hier nicht in Amerika!«, fuhr Van Leeuwen ihn an, bevor er sich wieder Gallo zuwandte. »Hast du die Nummer mal angerufen?«

»Da meldet sich nur eine Mailbox mit der Ansage: *Der Teilnehmer ist vorübergehend nicht erreichbar. Sprechen Sie nach dem Signalton, und hinterlassen Sie Namen und Rufnummer …*«

»Ja, ja, was hast du draufgesprochen?«

Gallo runzelte die Stirn. »Nichts, ich hatte noch nicht die richtige Eingebung …«

Der Commissaris seufzte und griff nach dem Telefonhörer. Er wählte die vorletzte Nummer auf dem Royal-KPN-Ausdruck, wartete die Ansage der Mailbox ab und sagte dann: »Hier spricht

Commissaris Bruno van Leeuwen vom Hoofdbureau van Politie in Amsterdam. Bitte, rufen Sie mich oder einen meiner Mitarbeiter im Präsidium an. Wir benötigen von Ihnen einige Angaben zu einer laufenden Ermittlung. Die Nummer ist fünf-fünf-neun-zwei-zwei-acht-fünf hier in Amsterdam.«

Er legte auf, griff nach dem Croissant und biss hinein. Es war süß und trocken und zerging auf der Zunge. Er sah zum Fenster, auf die Giebel der Häuser jenseits der Marnixstraat, über denen unsichtbare Windstöße golden und braun flirrendes Herbstlaub in den tiefblauen Himmel fegten. Aus dem Blau sank ein Fischreiher herab, die Flügel ausgebreitet, bereit, mit schnellem Schlag die Landung zu dämpfen. Das Telefon summte, und obwohl der Moment kaum mehr als ein paar Sekunden gedauert haben konnte, stellte der Commissaris fest, dass Gallo, Julika und Inspecteur Vreeling sein Büro verlassen hatten und er allein war. Er meldete sich.

»Hallo, Mijnheer van Leeuwen – Feline Menardi hier«, hörte er die klare, nur einen Hauch zu forsche Stimme der Psychologin am anderen Ende der Leitung. »Ich habe Sie für heute, siebzehn Uhr, vorgemerkt und möchte Sie bitten, pünktlich zu sein. Wissen Sie, wo meine Praxis ist?«

»Ich weiß, wo Ihre Praxis ist, aber heute ist völlig unmöglich«, antwortete der Commissaris. »Ich stecke mitten in einer Morduntersuchung.«

Die Psychologin sagte: »Wahrscheinlich stecken Sie immer mitten in einer Morduntersuchung, wenn ich Sie sehen will, und falls es sich nicht um einen Mordfall handelt, dann sind es sicher andere dringende Amtsgeschäfte. Aber inzwischen sollten Sie eigentlich wissen, dass es sich nicht um einen Besuch auf freiwilliger Basis handelt, sondern um einen Befehl von Hoofdcommissaris Joodenbreest, von dessen Befolgung es abhängt, ob Sie in absehbarer Zeit überhaupt noch Mordermittlungen oder anderweitigen Amtsgeschäften nachgehen dürfen. Es liegt also in Ihrem Interesse, dass Sie heute oder an einem der nächsten Tage …«

»Nicht jeder Mann, dessen Frau gestorben ist, muss deswegen gleich psychologisch betreut werden«, knurrte Van Leeuwen.

»Nicht jeder Mann, der seine Frau verloren hat, ist ein ranghoher Polizeioffizier, der nachts im Bahnhof schläft und Jugendliche in Straßenbahnen ohrfeigt«, hielt Doktor Menardi gelassen dagegen.

Ganz kurz verschlug es dem Commissaris die Sprache: Er hatte den Vorfall längst vergessen. In den kleinen leeren Raum jäher Verwirrtheit drang wieder die Stimme der Psychologin.

»Der Junge hat über seinen Anwalt Dienstaufsichtsbeschwerde gegen Sie eingereicht, das wussten Sie doch? Oder hat Sie davon noch niemand in Kenntnis gesetzt?«

»Bis jetzt nicht«, gestand der Commissaris. Er spürte einen Anflug von Scham, der sich schnell zu loderndem Zorn auswuchs, ohne dass er sofort wusste, gegen wen sich dieser Zorn richtete, außer gegen den Hoofdcommissaris, der über die Beschwerde natürlich Bescheid wissen musste und sie ihm bisher vorenthalten hatte, Doktor Menardi dagegen nicht.

»Da braut sich ein Sturm über Ihrem Kopf zusammen, Mijnheer van Leeuwen«, meinte die Psychologin. »Und ein Besuch bei mir könnte durchaus dazu angetan sein, die Götter zu besänftigen, wenn es zur internen Untersuchung kommt. Ich stehe auf Ihrer Seite, Commissaris, falls Sie das noch nicht bemerkt haben sollten.«

Helle Morsezeichen in der Leitung meldeten einen weiteren Anruf, und der Commissaris sagte rasch: »Ich rufe Sie zurück, Doktor«, dann drückte er die Taste, neben der das zweite Lämpchen pulsierte. »Van Leeuwen!«

»Spreche ich mit Commissaris Bruno van Leeuwen?« Die Stimme eines Mannes, sie klang jedoch leise, spröde, zögernd.

»Am Apparat.«

»Mein Name ist Jacobszoon. Kornelis Jacobszoon. Sie haben eine Nachricht auf meiner Mailbox hinterlassen.« Der Mann sprach ohne Akzent, sehr artikuliert und jetzt mit einem leicht fragenden Unterton.

»Ja, richtig.« Der Commissaris suchte Block und Kugelschreiber, und als er den Stapel mit den Berichten der Wijkteams beiseiteschob, entdeckte er darunter eine handschriftliche Notiz des Hoofdcommissaris:

Bruno, melde dich bei mir, sobald du im Büro bist.
Es gibt Ärger, Jaap.

»Es geht um eine unserer Ermittlungen, bei der Sie uns vielleicht helfen können, Mijnheer Jacobszoon«, fuhr Van Leeuwen fort. »Kannten Sie eine Heleen Soeteman?«

»Ja«, der Mann zögerte wieder kurz, und der fragende Unterton wurde stärker, »obwohl Kennen ein wenig zu viel gesagt wäre. Ich habe sie ein Mal getroffen und mich kurz mit ihr unterhalten.«

»In welchem Zusammenhang?«

Diesmal dauerte das Zögern länger. »Ich weiß nicht, ob ich mit Ihnen so einfach am Telefon darüber reden kann. Die Unterhaltung mit Heleen Soeteman fällt meiner Einschätzung nach unter die ärztliche Schweigepflicht. Sie müssten sich schon persönlich mit mir treffen, am besten mit einem amtlichen …«

»Sie sind also Arzt, Mijnheer Jacobszoon?«

»Nein, ich bin Psychologe.«

Der Commissaris spürte, wie das Kribbeln zurückkehrte, und wieder glaubte er eine Sekunde lang, der Lösung des Falls ganz nah zu sein. Er wagte einen verwegenen Vorstoß. »Schreiben Sie zufällig eine Kolumne für *De Avond!*?«

»Das auch, ja.« Der fragende Unterton wich; Überraschung trat an die Stelle von Zögern.

»Und außerdem treten Sie im Fernsehen auf, bei *samariter.nl,* jeden Donnerstag, kurz nach Mitternacht?«

»Ja.«

Der Commissaris vergaß Doktor Menardi und die Anzeige des Jungen aus der Straßenbahn. »Sie sind der *Samariter*?«

»Die Sendung heißt so, aber natürlich gibt es ein ganzes Team von Mitarbeitern und …«

»Das ist ja großartig!«, fiel der Commissaris ihm ins Wort, denn plötzlich sah er die ersten Fußabdrücke auf dem sandigen Weg, noch verschwommen, halb zugeschüttet, aber eindeutig Spuren, denen er folgen konnte. »Sie sind genau der Mann, den ich brauche. Wann können wir uns treffen?«

28

Kornelis Jacobszoon saß hinter einem schlichten Metallschreibtisch in einem kleinen Studio mit schwarzen Wänden, das nur von der Tischlampe erhellt wurde. Es gab noch eine rote Lampe über der gepolsterten Tür und einen Scheinwerfer an der Kamera vor dem Schreibtisch, aber beide waren aus, und der Lichtkreis der Tischlampe reichte kaum bis zu den Stapeln von Videokassetten auf einem Hocker neben Jacobszoons Stuhl. Der Commissaris suchte nach einem Platz, wo er seinen Trenchcoat ablegen konnte. Er fand keinen. Also behielt er den Mantel in den Händen und bemerkte: »Nach unseren Erkenntnissen hat Heleen Soeteman kurz vor ihrem Tod noch einmal versucht, Sie zu erreichen. Können Sie mir sagen, was sie wollte?«

»Heleen hat darum gebeten, in meiner Sendung auftreten zu dürfen«, antwortete Jacobszoon. »Wir haben ihr erklärt, dass ich nur auf Anrufe antworte. Sie war sehr enttäuscht, sehr hartnäckig. Schließlich hat sie sich damit abgefunden. Sie wollte in der nächsten Sendung anrufen, aber dazu kam es dann ja nicht mehr.«

Während er sprach, nahm er eine Kassette nach der anderen von dem Stapel neben seinem Stuhl, las die Beschriftung und legte die Kassette wieder weg. Er hatte schlanke weiße Hände mit kleinen Knöcheln. Finger, die im Lichtkreis an dünne, geschälte Zweige erinnerten. Alles andere an ihm hob sich kaum von der Umgebung ab: schwarze Schnürschuhe aus solidem Leder, eine weiche schwarze Breitcordhose und ein schwarzer Rollkragenpullover. Zu all dem Schwarz passte auch das gletschergraue Haar des Moderators. Es war leicht gelockt, aber nicht zu lang, der perfekte Rahmen für das von den hellblauen Augen beherrschte Gesicht, das trotz der Bestimmtheit, mit der er sprach, mehr Fragen als Antworten zu haben schien.

»Sie sagten, Sie wären Heleen Soeteman ein Mal begegnet. Bei welcher Gelegenheit war das?«, erkundigte sich der Commissaris.

Jacobszoon zögerte einen Moment, entschloss sich dann aber zu antworten. »Sie hat in einer Klinik nach Euthanasie verlangt, und der behandelnde Arzt hat mich um meine Meinung gebeten.«

»Die Klinik von Klaas van der Meer?«

»Ja«, bestätigte der Moderator. »Er wollte wissen, wie ernst es ihr war. Das Prozedere in solchen Fällen verlangt, dass ein Patient, der den Wunsch hat zu sterben, von mehreren Fachleuten angesehen wird. Ich war einer davon.«

»Und waren Sie auch dafür, Mevrouw Soeteman Sterbehilfe zu gewähren?«, fragte der Commissaris.

»Ja.«

»Warum?«

»Der Tod war eine Erlösung für sie. Es war der einzige Ausweg, der ihr noch blieb. Sie hatte ihn verdient.«

Der Commissaris dachte an seinen Besuch in Van der Meers Klinik und daran, dass der Arzt dasselbe gesagt hatte. *Der Tod war eine Erlösung für sie.*

Der Moderator nahm die nächste Kassette zur Hand, hielt auch ihre Rückseite ins Licht und legte sie ebenfalls zur Seite. »Ich will Ihnen etwas zeigen«, murmelte er. Er griff zum Telefonhörer, wählte eine Nummer und lauschte, aber am anderen Ende hob niemand ab. Er legte den Hörer zurück und zog eine Schublade auf, in der weitere Kassetten lagen. Die oberste schien endlich die gesuchte zu sein, denn er stand auf, ging um seinen Schreibtisch herum und schob sie in den Videorekorder, der auf einem Bang & Olufsen-Fernsehapparat an der Wand neben der Kamera stand. Er schaltete den Fernseher ein. Auf dem Bildschirm erschien in Rot und Schwarz das Emblem des Senders.

»Sind Sie häufiger als Gutachter in Euthanasiefällen tätig?«, wollte der Commissaris wissen.

»Nein, nicht sehr oft«, antwortete Jacobszoon. Der Widerschein des Standbildes verlieh seinen Locken einen rötlichen Schimmer, und es lag wahrscheinlich an diesem Schimmer, dass Van Leeuwen plötzlich das Gefühl hatte, weniger mit einem Menschen zu reden als mit der fast perfekten Nachbildung eines Menschen, einer interaktiven Figur, die sich auf jeden Gesprächspartner einstellen und gleichzeitig bei Bedarf von einem Punkt außerhalb des eigenen Selbst beobachten, steuern und korrigieren konnte.

»Und in welchem Verhältnis stehen Sie zu Doktor van der Meer?«, fragte der Commissaris. »Offenbar gehören Sie ja zu seinem *think tank*. Sind Sie oft in der Klinik?«

Jacobszoon zögerte wieder, aber diesmal antwortete er ausweichend: »Ich weiß nicht, ob Sie meine Kolumne oder meine Sendung kennen, Mijnheer van Leeuwen …«

»Nur die Kolumne.«

»Dann haben Sie ja vielleicht eine Ahnung davon, was für Menschen mir schreiben oder mich anrufen, welche Probleme sie bedrücken, wie viel von meiner Antwort für sie abhängt.« Jacobszoon nahm die Fernbedienung, die auf dem Videorekorder lag, und richtete sie auf den TV-Apparat wie eine Laser-Pistole. »Wenn man diese Männer und Frauen und ihre Nöte ernst nimmt, bleibt nicht viel Zeit für anderes.«

Das Emblem des Senders verschwand. Stattdessen ertönte klassische Musik aus den Stereo-Lautsprechern, vielleicht ein Stück von Schubert. Dazu erschien, wie von einer unsichtbaren Hand in rotem Neon gemalt, der Schriftzug *samariter.nl* auf dem schwarzen Bildschirm, bevor die Kamera auf Kornelis Jacobszoon zufuhr, der vor dem schwarzen Hintergrund der Studiowand an seinem Schreibtisch saß. Er trug Kopfhörer, an denen ein kleines Mikro befestigt war. Er richtete seine hellblauen Augen auf die Kamera und sagte: »Hallo, wo immer ihr gerade seid da draußen …«

»Das ist die Sendung von letzter Woche.« Der Moderator trat vom Fernseher zurück. Er drückte auf den Schnellvorlauf, und was sein Ebenbild im Fernsehen sagte, ging im Surren des Bandes unter. Gleichzeitig liefen zwei zappelnde Längsstreifen durch das Bild, sodass sein Oberkörper in mehrere flackernde, verwischte Teile zu zerfallen schien. Ein weiterer Knopfdruck ließ das Band wieder langsamer laufen. Die Streifen verschwanden, und der Samariter im Fernsehen hörte auf, an seinem Schreibtisch zu ruckeln und zu zittern. »… und wie heißt du?«, fragte er gerade, als der Ton zurückkehrte.

»Ja, also, Emma«, hörte man die Stimme einer unsichtbaren jungen Anruferin.

»Wie alt bist du, Emma?«, fragte der Samariter.

»Ja, also, vierzehn«, antwortete die junge Frau, die eigentlich noch ein Mädchen war, »aber bald werde ich fünfzehn.«

»Und du bist schwanger?«

»Ja, stimmt, also, ich krieg Zwillinge, eineiige …«

»Das ist doch schön.«

»Aber es lebt nur eins. Also, eins ist jetzt tot.«

»In welchem Monat bist du denn, Emma?«, fragte Jacobszoon. Im Fernsehen wirkten seine Augen, als könnte man ihm alles anvertrauen, alles würde bei ihm Verständnis finden. Er hatte schon so viel gesehen, dass er immer und in jeder Lage wusste, was zu tun war. Wenn es etwas gab, das einem helfen konnte, wenn eine Lösung für ein Problem existierte, dann fand er sie. Auch Van Leeuwen gelang es kaum, sich diesen Augen zu entziehen. Sie waren groß, fast übernatürlich geweitet und schmerzhaft aufrichtig: ein Schmerz aus hellem Blau, eine Aufrichtigkeit, die sich aus Anteilnahme, Erfahrung und Wissen zu speisen schien.

Emma sagte: »Ja, also, im achten, ich bin im achten Monat.«

»Woran ist denn der eine Zwilling gestorben?«

»Sie … also, es ist ein Mädchen – sie wurde getötet. Ich hab da eine Spritze durch die Bauchdecke gekriegt, weil die Ärzte … Also, die haben festgestellt, dass Sarah so was hat, das heißt Down-Syndrom. Ich habe mich informiert, ich hätte das Kind trotzdem haben wollen, aber dann haben sie bei Sarah auch noch einen schweren Herzfehler entdeckt und gesagt, sie wird das erste Jahr nicht überleben.«

Jacobszoon sagte nichts, er sah nur in die Kamera und hörte zu.

»Der Arzt meinte, ich könnte beide abtreiben, doch das wollte ich nicht.« Die Stimme der jungen Frau, die eigentlich ein Mädchen war, zitterte, und sie schluckte. »Er hat aber auch gesagt, dass ich beide bekommen könnte, also, Sarah und ihre Schwester, Delfin. Nur wär die Gefahr dann sehr groß, dass beide sterben, bei der Geburt, meine ich. Die dritte Möglichkeit, sagte der Arzt, ist, nur eins auszutragen, das gesunde, und das andere abzutreiben, aber das ging jetzt erst, weil das gesunde Kind vorher nicht lebensfähig gewesen wär. Ich hab total viel geweint, die ganze Zeit, weil ich eigentlich beide haben wollte, und jetzt sind auch noch beide da, in derselben Fruchtblase, aber eins ist eben tot. Sarah ist tot.«

»Und Delfin lebt«, sagte Jacobszoon. »Das ist doch auch wichtig, oder? Das ist das Wichtigste, oder nicht? Delfin lebt und wird leben. Wann ist denn die Geburt?«

»Ja, also, in drei Wochen, glaub ich. Aber ich muss jetzt andauernd zur Untersuchung. Vielleicht krieg ich auch bald einen Kaiserschnitt.« Die Stimme der jungen Frau, die eigentlich ein Mädchen war, brach. »Ich zwinge mich einfach, nicht daran zu denken, dass ich … also, dass ich ein totes Kind in mir trage. Früher habe ich mit beiden geredet, mit Sarah und mit Delfin, aber jetzt rede ich nur noch mit Delfin.« Sie begann zu weinen, leise, in kleinen Schüben. »Und warum ich anrufe – ich wollte fragen, ob ich das Richtige getan habe. Soll ich denn weiter mit Sarah reden, obwohl sie jetzt tot ist?«

Einige Sekunden lang sah es so aus, als würde auch Jacobszoon zu weinen beginnen, in der aufgezeichneten Sendung und sogar hier im Studio, denn er gab ein merkwürdiges Geräusch von sich, und als der Commissaris ihm einen Seitenblick zuwarf, sah er, dass seine Augen feucht glitzerten, und seine Mundwinkel zuckten.

»Was soll ich denn nur tun?«, rief das Mädchen, das jetzt keine junge Frau mehr war, ins Telefon.

Jacobszoon schwieg, und auch das Mädchen schwieg, und es war fast so still, dass man das Gefühl hatte, die unsichtbaren Tränen fließen zu hören, bis Jacobszoon endlich sagte: »Da, wo Sarah jetzt ist, geht es ihr gut, Emma. Sie weiß, dass du das Richtige getan hast, damit ihre Schwester leben kann. Was du in dir trägst, ist ihr Echo auf dieser Erde, damit leistet sie Delfin noch Gesellschaft bis zur Geburt. Ich fände es eine gute Idee, wenn sie danach eine Beerdigung bekäme, ein Grab und einen kleinen Stein. Bestimmt möchte Delfin eines Tages wissen, dass sie eine Schwester hatte, die zu krank war, um zu leben.«

Jacobszoon hob die Fernbedienung und drückte auf *fast forward*. Wieder dachte der Commissaris an Klaas van der Meer und den Besuch in dessen Klinik, bei dem ihm ebenfalls ein Video als Illustration menschlichen Elends im elektronischen Zeitalter vorgeführt worden war. Es kam ihm vor, als läge eine Absicht in dieser zufälligen Wiederholung, ein tieferer Sinn, vielleicht sogar ein Hinweis.

Der Samariter auf dem Bildschirm zuckte über und unter den Bildstörungsstreifen, stabilisierte sich eine Zeit lang und verschob sich dann wieder, als Jacobszoon den Knopf losließ. »Wie lange sind Sie schon verheiratet?«, fragte der Samariter jetzt einen Mann, der schwer und langsam und in großen Abständen ins Telefon atmete.

»Fünfunddreißig Jahre«, sagte der Mann in der Telefonleitung, »aber jetzt will ich nur noch, dass sie tot ist. Tot, das wünsche ich mir am meisten.«

Van Leeuwen merkte, wie sein Herz aus dem Takt geriet, als wären auch bei ihm mit einer Fernbedienung die Geschwindigkeit und Richtung geändert worden, rückwärts statt vorwärts, schnell rückwärts.

»Lieben Sie Ihre Frau nicht mehr?«, fragte der Samariter. Er hatte sich ein wenig der Kamera zugeneigt.

»Nein«, antwortete der Anrufer. »Ich weiß noch, wie es war, als ich sie geliebt habe, aber ich kann es nicht mehr. Ich weiß nicht mehr … ich weiß nicht, was ich noch tun soll … Wir haben doch kein Geld … Unsere Wohnung ist zu klein für den Rollstuhl, und wenn sie … wenn sie sich …«

»Weiter«, sagte der Commissaris. Er fragte sich, woran es lag, dass er nie auf den Gedanken gekommen war, jemandem zu schreiben oder jemanden anzurufen, als Sim noch gelebt hatte. Warum hatte er sich nicht an einen Mann mit hypnotischen Augen gewandt, einen Ratgeber, einen Guru vielleicht; an jemanden, der Hilfe versprach, während er in einer halbdunklen Höhle saß – allein mit einem Telefon und einer Kamera – und wie aus einem unterirdischen Bunker heraus Trost spendete.

Der Psychologe drückte den *Fast-forward*-Knopf, es gab den Ruck im Bild, der Samariter löste sich auf und setzte sich wieder zusammen, und die nächste Anruferin sagte gerade: »Er will meinen Körper, das weiß ich genau. Er braucht ihn, um weiterleben zu können. Damit er weiter seine Verbrechen begehen kann.«

»Können Sie den Mann beschreiben, Doris?«, fragte der Samariter, ohne dass sein Gesicht irgendetwas anderes verriet als Anteilnahme.

»Er ist doch tot«, erwiderte die Anruferin. »Ich weiß nicht, wie er aussieht, weil er ja keinen Körper mehr hat. Ich glaube, er sieht aus wie die ganzen Terroristen auf den Fahndungsplakaten, wie Osama bin Laden oder Abu Nissan oder wie die alle heißen mit ihren Turbanen und den Bärten und der dunklen Haut, und wenn er erst mal meinen Körper übernommen hat, dann kann ihn niemand mehr erkennen, und er kann wieder Bomben legen und Flugzeuge abstürzen lassen, weil er dann … er ist dann ja ich, und er hat meinen …«

Jacobszoon hob die Fernbedienung und drückte den *Aus*-Knopf. »So geht das weiter und weiter – Sendung für Sendung die gleichen Anrufe«, erklärte er, »der gleiche Kummer, die gleiche Verzweiflung, der gleiche Schmerz oder die gleichen Hirngespinste.«

Das Bild verschwand, der Monitor wurde schwarz, und für einen Moment wirkte die Dunkelheit im Studio fast hell gegen das, was der Commissaris auf der Kassette gesehen und gehört hatte. Er fuhr in seinen Trenchcoat, denn ihm war auf einmal kalt. »Ach, da wir gerade von Schmerz und Verzweiflung reden«, meinte er, »sagt Ihnen der Name Gerrit Zuiker etwas, Mijnheer Jacobszoon?«

»Nein, sollte er das?«

»Er wurde auch ermordet. In *de wallen*.«

»Ach ja, davon habe ich gelesen. Jetzt erinnere ich mich.«

»Es könnte sein, dass er Sie ebenfalls angerufen hat. Genauer, in der Redaktion von *De Avond!* oder bei Ihrer Sendung hier auf *Veronica.*«

»Woher wissen Sie das?«

»Es ist bis jetzt nur eine Vermutung«, bekannte der Commissaris, »ein Gedanke, der mir gekommen ist. Ich lasse es gerade überprüfen. Zuiker war zwar nicht krank, aber auch völlig verzweifelt. Er wollte nicht mehr leben, genau wie Heleen Soeteman. Zu Hause hörte er immer ein Lied, *Help me if you can, I'm feeling down,* von morgens bis abends dasselbe Lied. Er hatte das Gefühl zu ersticken. Vielleicht erinnern Sie sich an so einen Brief oder Anruf?«

Jacobszoon schüttelte den Kopf. »Nein, der Name sagt mir gar nichts. Die meisten der Menschen, die uns anrufen oder schreiben, dringen nicht bis zu mir vor, und nur ein Bruchteil schafft es in die Kolumne oder die Sendung. Früher, am Anfang meiner Arbeit, hat jeder dieser Briefe, jeder Anruf mich tief berührt. Sie berühren mich auch heute noch, aber nicht mehr so wie am Anfang. Damals war es fast so, als gingen die Probleme, Sorgen und Qualen der Anrufer und Briefschreiber auf mich über. Sie verbrannten mich. Ich konnte nicht mehr schlafen und nicht mehr essen, es war wie ein Fegefeuer, aus dem ich nicht mehr entkam. Ich habe mich sogar mit einigen der Absender getroffen, weil ich das Gefühl hatte, ihnen eine persönliche Begegnung zu schulden. Ich wollte sehen, ob ich nicht mehr für sie tun konnte, als ihnen nur ein paar tröstende Zeilen zu schreiben oder nachts im Fernsehen einen Rat zu geben.«

Er warf einen Blick auf seine Armbanduhr, dann auf sein Telefon, als wünschte er sich, es möge klingeln und ihn erlösen. »Und wissen Sie, was ich dabei herausgefunden habe? Viele dieser Leute, die so aufwühlende Briefe schrieben oder am Telefon so verzweifelt klangen, waren Heuchler, Lügner, geltungssüchtige Hypochonder. Andere hatten jeden Maßstab für echtes Leid verloren. Sie hatten einfach zugelassen, dass ihr bisschen Elend wuchs und wuchs; sie hatten es gegossen und genährt, bis es ihnen riesig erschien, unerträglich.«

Er rieb sich die Augen mit Daumen und Zeigefinger, und Van Leeuwen fragte sich plötzlich, ob die Intensität seines Blicks nicht reine Müdigkeit war. »Psychologie, hat mal jemand gesagt, ist wie ein Radio – man kann das ganze Universum einstellen. Auf allen Wellenlängen wird gesendet, jeder Mensch ist mein Hörfunk- und Fernsehprogramm, nur dass ich die Sender nicht auswählen kann und sie auch nicht zu meinem Vergnügen einschalte. Hirngespinste oder echtes Leid, sobald ich hier sitze, sobald ich die Post lese, habe ich es mit der Dunkelheit des Universums zu tun. Und ich versuche, nicht mehr hinzuschauen, denn sie ist endlos. Die Dunkelheit ist so endlos und so tief, dass man nie wieder zurückfindet, wenn man nicht achtgibt.«

»Lassen Sie uns noch einmal auf Heleen Soeteman kommen«, unterbrach ihn der Commissaris. »Live in der Sendung haben Sie also nicht mit ihr gesprochen, wie Sie sagen. Aber wie war das bei den Telefonaten außerhalb der Sendung? Hat jemand anders mit ihr geredet, bevor sie zu Ihnen durchgestellt worden ist? Oder die Briefe, die sie Ihnen geschrieben hat, was ist aus denen geworden? Haben Sie den Fall in Ihrer Kolumne behandelt?«

»Nein. Worauf wollen Sie hinaus?«

»Ich dachte, dass vielleicht jemand durch diese Briefe oder Anrufe auf Heleen Soeteman aufmerksam geworden sein könnte.«

»Jemand?«

»Der Mörder.«

Irgendwo hinter der gepolsterten Studiotür klingelte ein Telefon. Es war das erste Geräusch, das in die erstickende Dunkelheit des Studios drang. Jacobszoon schien dem Klingeln zu lauschen, bis es aufhörte, aber auch danach lauschte er noch weiter, und der Commissaris begriff, dass er auf etwas hörte, das in ihm erklang oder geschah. »Sie meinen, jemand könnte sie aus Mitleid getötet haben? Um sie zu erlösen?«, fragte er.

»Ja.« Van Leeuwen schob die Hände in die Manteltaschen. Jetzt wusste er wieder, dass genau das der Gedanke war, den er gestern Nacht kurz vor dem Einschlafen gehabt und sofort wieder vergessen hatte. »Wie gut kennen Sie die Leute, mit denen

Sie arbeiten? Ihre Kollegen, das Redaktionsteam hier und bei *De Avond!*?«

Der Moderator schüttelte unwillig den Kopf. Das Geräusch, das er in sich hörte, schien leiser zu werden, zu verklingen. »Sie denken doch nicht, dass einer von denen etwas mit der Tat zu tun haben könnte?«

Der Commissaris sagte: »Heleen Soeteman und Gerrit Zuiker wurden beide auf dieselbe Weise ermordet – mit einer Plastiktüte, die ihnen jemand über den Kopf gestülpt und dann mit Klebeband verschlossen hat, bis sie erstickt sind. Was für ein Mensch könnte das Ihrer Meinung nach gewesen sein? Wie würden Sie ihn charakterisieren?«

Jacobszoon überlegte. »Er wollte ihnen nicht wehtun – kein Messer, keine Pistole, kein Knüppel, nichts, das spitze oder stumpfe Verletzungen zufügt. Das bedeutet, er empfand etwas für sie, Mitleid, Anteilnahme, Verständnis. Jemand, der sich wahrscheinlich für einen guten Menschen hält.«

»Aber der trotzdem ein Mörder ist«, entgegnete der Commissaris. Er ging zur Tür. »Ich brauche eine Liste von allen Personen, die mit den Briefen und Anrufen an *samariter.nl* zu tun haben. Ach, was wird eigentlich nach der Sendung mit Anrufern wie dieser jungen Frau – Emma – vorhin? Oder der Mann mit der kranken Frau im Rollstuhl, was wird aus dem?«

Jacobszoon verschränkte die Arme vor der Brust. »Natürlich versuchen wir, denen, die echte Hilfe brauchen, auch außerhalb der Sendung zu helfen. Das ist vielleicht der einzige Unterschied zwischen Ihrer Arbeit und meiner – wir sind fast immer *vor* Ihnen da, Mijnheer. Die Menschen, die uns schreiben, die mich anrufen, sind einsam. Sie sind so einsam, dass sie ihr Leben nicht mehr ertragen können. Eine mögliche Folge solcher Einsamkeit ist Gewalt: weil vorher niemand zugehört oder hingesehen hat, weil es nirgendwo Trost oder Hoffnung gab – der alte Mann tötet seine kranke Frau und dann sich selbst, das Mädchen tötet auch noch das gesunde Kind. Und Sie finden sie dann verwirrt bei den beiden kleinen Leichen. Ihnen als Polizeibeamten brauche ich nichts über die Mechanismen von Gewalt zu erzählen – wie sie entsteht, wer sie ausübt, wer sie erleidet, wie sie weitergegeben wird. Heleen Soeteman, derentwegen Sie hier sind – ich nenne Frauen wie sie Seelenschildkröten, Wesen, die ohne Panzer geboren werden.«

Die verschränkten Arme öffneten sich, und Jacobszoon legte die Hände mit den weißen, geschälten Fingern auf die Schreibtischkante. »Manche dieser Frauen spüren instinktiv, was das Schicksal ihnen zugedacht hat, und lassen sich erst gar nicht darauf ein. Keine Männer, keine Gewalt. Sie wenden sich Gott zu, dem Jenseits, verschwinden hinter Klostermauern, tarnen sich mit dem Nonnenhabit. Andere bezahlen mit Einsamkeit, versuchen, niemals aufzufallen, suchen höchstens die Gesellschaft eines Goldfischs oder einer Katze. Jede von denen handelt klüger, als Heleen es getan hat. Heleen fehlte dieses Gespür für ihre eigene Schutzlosigkeit. Sie hoffte immer wieder und wurde stets aufs Neue enttäuscht. Bis ihre tödliche Krankheit ihr keine andere Wahl mehr ließ, als der letzten Enttäuschung zuvorzukommen.«

»Sie meinen, sie hat ihren Tod selbst herbeigeführt?«, fragte der Commissaris. »Weil es sonst niemand mehr gab, der ihre Einsamkeit geteilt hätte, nur der Mörder?«

»Nein, niemand«, bestätigte Jacobszoon und sah ihn an. »Sie haben recht, Heleen war einsam. Ihre Einsamkeit verbindet die Opfer mit den Tätern. Eine solche Einsamkeit, Commissaris, das ist, als wäre man lebendig begraben. Als wäre man sein eigenes Grab.«

»Wenn ich wissen wollte, was Einsamkeit ist, hätte ich Sie danach gefragt«, sagte der Commissaris.

29

Heldenhaft, barmherzig, entschlossen – aus drei Worten und zwei Löwen, die mit ihren Pranken eine Königskrone hielten, bestand das Wappen der Stadt Amsterdam. Es schmückte die Fassade des Hoofdbureaus van Politie, und es prangte auch über dem Eingang des Paleis van Justitie an der Prinsengracht. Es war noch nicht lange her, dass Commissaris van Leeuwen gedacht hatte, *heldenhaft, barmherzig und entschlossen handeln, ja, das kannst du. Jeder kann das, wenn er nur will.* Er wusste nicht mehr genau, wann er aufgehört hatte, daran zu glauben. Er wusste auch nicht, ob er für immer aufgehört hatte oder ob es nur daran lag, dass man manchmal an etwas glauben konnte und manchmal nicht, unabhängig davon, was man gerade tat. Aber er wusste, dass es weder heldenhaft noch barmherzig gewesen war, einen Jungen nachts in der Straßenbahn zu ohrfeigen, wahrscheinlich war es nicht einmal besonders entschlossen gewesen.

Allerdings schritt der Commissaris an diesem Morgen nicht über die langen, düsteren Korridore des Justizpalastes, weil der Junge ihn verklagt hatte, sondern weil er zur Anklageerhebung in der Strafsache *Das Volk gegen Zheng Wu* geladen war. Durch die kleinen Fenster der Gänge fiel nur wenig Licht herein. Der Himmel über der Gracht war wolkenverhangen, und die Scheiben knirschten, wenn wieder ein Windstoß gegen die Sprossen der Rahmen drückte. Am Ufer vor dem mächtigen, abweisenden Gebäude klammerten sich die letzten Blätter an die zitternden Äste der Ulmen, so wie sich in den hallenden Gängen die Lügner, die Diebe und Mörder an die Hoffnung auf Gerechtigkeit, einen Verfahrensfehler oder wenigstens ein mildes Urteil klammerten.

Der Commissaris wusste, dass er nicht der Einzige war, der um den Glauben an die Worte *heldenhaft, barmherzig und entschlossen* ringen musste. Er fragte sich, wem von den Richtern, Staatsanwälten und Verteidigern es wohl genauso ging wie ihm. Er fragte sich auch, wie viele der zahllosen Gutachter, Archivare, Dolmetscher, Schreiber, Gerichtsdiener, Wachtmeister und Sicherheitsbeamten, die tagtäglich die Verhandlungssäle, Aufzüge, Flure und Treppen des Paleis van Justitie bevölkerten, sich für heldenhaft, barmherzig und entschlossen hielten. Und er fragte sich, wer von den Klägern, Nebenklägern, Opfern oder Zeugen noch davon überzeugt war, dass in dem riesigen, vierstöckigen Labyrinth aus massivem Stein und dunklem Holz an der Prinsengracht Nummer vierhundertsechsunddreißig tatsächlich dem Versprechen im Wappen ihrer Stadt Genüge getan wurde.

Der Commissaris kannte alle Gänge, jede Treppe und sämtliche Säle. Er kannte auch die meisten Richter, viele der Staatsanwälte und zahlreiche Verteidiger. Er hatte Häftlinge hierher begleitet und sie wieder abgeholt, er hatte ihren Verfahren beigewohnt, und er hatte in mehr Prozessen ausgesagt, als er sich erinnern konnte: als Zeuge der Staatsanwaltschaft, als vorgesetzter Offizier seiner Beamten, als Sachverständiger. Er hatte ausgesagt, was er wusste oder was er gesehen hatte oder was bei Ermittlungen offenbar geworden war, aber nie, was er glaubte, weil es für ein Verfahren keine Rolle spielte, was oder woran er glaubte.

Er ging an den Türen der Sitzungssäle vorbei, an den Bänken vor den Türen, den Angeklagten, Zeugen und Wachtmeistern auf den Bänken, den Angehörigen, den Anwälten. In jedem dieser Säle wurde ein anderes Stück aufgeführt, mehrmals am Tag, in großer oder kleiner Besetzung, mal als Kammerspiel mit eintönigen Monologen und holprigen Dialogen, mal als vielstimmige Oper mit dramatischen Arien und rührseligen Libretti. Aber immer bot der Spielplan nur eine weitere Inszenierung der ältesten Geschichten der Welt: noch ein Kapitel über das Töten, das Stehlen, das Lügen und Betrügen, über gebrochene Gebote und begangene Todsünden, und alle Täter waren Schauspieler, die an nichts mehr glaubten oder an das Falsche.

Auch Zheng Wu glaubte wahrscheinlich weder an Heldenmut noch an Barmherzigkeit, aber an Entschlossenheit hatte es ihm nicht gemangelt. Der Chinese saß in seinem Rollstuhl auf der Bank vor dem Verhandlungssaal, und bei ihm war der Wachtmeister, der ihn aus der Untersuchungshaft in den Justizpalast begleitet hatte. Der Wachtmeister stand hastig auf, als er den Commissaris erblickte, denn Van Leeuwen hatte für den Gerichtstermin extra seine dunkelblaue Uniform mit der goldenen Reichskrone und dem Lorbeerzweig in Gold auf den Schulterstücken angezogen.

Mijnheer Wu trug den schwarzen Anzug, in dem er sich gestellt hatte, dazu ein frisches weißes Hemd mit einem schmalen, hochstehenden Kragen und die Turnschuhe, deren Schnürsenkel seinem Cousin zum Verhängnis geworden waren. Er sah dem Commissaris entgegen, und als er feststellte, dass Van Leeuwen allein war, zog sich sein Gesicht vor Enttäuschung zusammen. Seine Hände umklammerten die Armstützen des Rollstuhls so heftig, dass die Sehnen und Knöchel hervortraten wie das mechanische Innenleben eines Humanoiden. »Wo ist Ailing?«, fragte er, die Lippen blass und blutleer. »Wo ist Frau Wu?«

»Sie ist unterwegs«, antwortete der Commissaris. »Meine Mitarbeiterin bringt sie gerade her.«

»Ich möchte nicht, dass sie sagt etwas«, erklärte der Chinese. »Ich habe gestanden alles. Niemand muss mehr sagen etwas.«

»Vielleicht gestatten Sie, dass ich als Ihr Verteidiger das eine oder andere Wort zum Besten gebe, Mijnheer Wu«, rief eine dröhnende Stimme hinter Van Leeuwen, und als er sie hörte, wusste der Commissaris, dass er die Antwort auf seine unausgesprochene Frage erhalten hatte: Oskar Manhijmer, fünfunddreißig Jahre alt, Advocaat, glaubte noch an die Worte auf dem Stadtwappen, denn er selbst war nach eigenem Bekunden nichts weniger als ihr Inbegriff und ihre Verkörperung; er war heldenmütig, barmherzig und entschlossen, und er kämpfte wie ein Löwe mit Klauen, Zähnen und flatternder Mähne um die Krone der Gerechtigkeit.

Manhijmer lehnte in einer Fensternische und zog hastig an einer bereits halb gerauchten Zigarette, deren Asche er in eine blaue Nivea-Dose schnippte. Als Zugeständnis an das absolute Rauchverbot im Gericht hatte er das Fenster einen Spaltbreit geöffnet. Der Wind drückte gegen den Flügel und blähte seine Robe, die er nur nachlässig um die Schultern geworfen hatte. Darunter trug er eine Diesel-Jeans, Puma-Sneakers und ein abgewetztes dunkelblaues Valentino-Sakko zu einem hellblauen Polohemd, das am Kragen offen stand. Ein karierter PLO-Schal war um den fleischigen Hals geschlungen.

Der Advocaat winkte Van Leeuwen mit der Zigarette. Seine Finger waren kräftig, die Hände manikürt, aber unter den Fingernägeln saßen kleine, schmutzige Halbmonde. Kurze blonde Locken ringelten sich ihm in die Stirn, über die Ohren und in den Nacken. Die braunen Augen, klein und hellwach, waren von geplatzten Äderchen durchsetzt. Ein kurzes einladendes Lächeln hinterließ den Eindruck, so aufrichtig und ernst gemeint gewesen zu sein, wie ein Lächeln nur ernst gemeint sein konnte: *serenitas animae*, vielleicht das Geheimnis entschlossenen, barmherzigen Löwenmuts. »Ich sehe die Chance auf einen Deal, Mijnheer van Leeuwen«, fuhr er genauso dröhnend fort. »Ich habe mit Procureur Piryns geredet, und der hat mit dem Richter gesprochen: Der Täter ist geständig, und wir haben eine Motivlage, die keinerlei weitere Beweisaufnahme oder Zeugenaussagen nötig macht, abgesehen von der Frau, Ailing Wu. Wir können uns und der Staatskasse also ein langes Verfahren ersparen, und falls der Richter sich unserer Meinung anschließt, kriegen wir vielleicht heute schon ein Urteil.«

»Und wie stellen Sie sich diesen *Deal* vor, Mijnheer Manhijmer?«, fragte der Commissaris.

»Es gibt ein Geständnis, und es gibt mildernde Umstände«, sagte der Advocaat. »Wir ziehen das Geständnis nicht zurück, und wir verzichten darauf, die fragwürdigen Methoden, aufgrund derer es zustande gekommen ist, einer genaueren Prüfung zu unterziehen. Außerdem werden wir mithilfe von Mevrouw Wu die mildernden Umstände, die bei den bisherigen Ermittlungen noch nicht genügend gewürdigt wurden, zu Gehör bringen. Dafür wird die Anklage von Mord auf Totschlag im Affekt geändert und die Strafe unter Berücksichtigung der körperlichen Verfassung von Mijnheer Wu sowie der mangelnden Wiederholungsgefahr bemessen.«

»Von mildernden Umständen ist mir nichts bekannt«, erwiderte der Commissaris, »und von fragwürdigen Methoden noch weniger, Mijnheer.« Er spürte, wie ihm heiß wurde unter der eng sitzenden Uniformjacke. Es war eine scharfe Hitze, die mit einem Stich im Magen begann und zum Herzen hochstieg.

Der Gerichtsdiener trat aus der offenen Tür des Sitzungssaals und verkündete: »Strafsache 3771/17/54 – das Volk gegen Zheng Wu. Die Öffentlichkeit ist nicht zugelassen!« Der Wachtmeister packte die Griffe an der Rückseite des Rollstuhls und schob den

Chinesen über die Türschwelle. Es war nur ein kleiner Saal ohne Fenster, wie geschaffen für eine Verhandlung, die mit einem bereits vorher im Rahmen einer Absprache ausgehandelten Urteil enden sollte. Der Wachtmeister rollte Zheng Wu einen schmalen Mittelgang entlang bis zur ersten Sitzreihe vor der Richterbank.

Manhijmer drückte seine Zigarette auf dem Boden der Nivea-Dose aus, verschloss sie mit dem darunter festgeklemmten Deckel und verstaute sie in der bereits leicht glänzenden Außentasche seines Sakkos. »Wo bleibt denn Mevrouw Wu?«, fragte er.

»Keine Sorge, sie wird jeden Augenblick hier sein«, antwortete Van Leeuwen, noch immer aufgebracht. Er sah den Gang hinunter zum Aufzug, konnte jedoch weder Brigadier Tambur noch Ailing entdecken. Dafür bemerkte er Procureur Piryns. Der Staatsanwalt näherte sich dem Sitzungssaal mit eiligen, leicht hinkenden Schritten, unterstützt von seinem Ebenholzstock wie von einem missgeformten dritten Bein, das an der rechten Schulter begann.

»Ich weiß, dass Sie nichts von Deals halten, Commissaris«, sagte Oskar Manhijmer. »Für Sie sind das schäbige Kuhhandel, die in amerikanischen Fernsehserien vorkommen und in unserer Rechtsordnung nichts zu suchen haben, schon gar nicht bei Kapitalverbrechen. Stimmt, völlig richtig. Bloß, dass sie trotzdem längst praktiziert werden, heimlich, still und leise hinten im Richterzimmer, weil unsere Justiz völlig überlastet ist, und das wissen Sie so gut wie ich. Das System steht vor dem Kollaps: Hunderttausende von Strafverfahren jedes Jahr auf allen Gerichtsebenen, kein Staatsanwalt, der mit weniger als drei Dutzend Verfahren gleichzeitig jongliert, Hauptverhandlungen, die – wenn überhaupt – erst Monate nach der Anklageerhebung beginnen, Prozesse, die sich mit unzähligen Unterbrechungen endlos hinziehen, bis irgendwann irgendein Urteil gefällt wird, damit Schluss ist, einfach nur Schluss, bevor das Wort Gerechtigkeit bei allen Prozessbeteiligten nur noch ein höhnisches Grinsen auslöst. Vielleicht haben Sie recht, Mijnheer. Vielleicht ist ein Deal eine Kapitulation, für die wir uns schämen müssten. Vielleicht ist er aber auch das letzte kleine Bollwerk gegen eine Flut von Willkür, Gesetzlosigkeit und Ungerechtigkeit. Und sollte es so sein, dann stört es mich gar nicht mehr besonders, dass wir uns da was von den Amis abgeschaut haben.«

»Wenn die Flut ständig steigt, bietet ein kleines Bollwerk nicht lange Schutz«, sagte der Commissaris, »erst recht, wenn es das letzte ist. Vergessen Sie nicht, dass der größte Teil unseres Landes unter dem Meeresspiegel liegt, anders als Amerika. Und anders als von Amerika bleibt bei uns nicht mehr viel übrig, wenn wir erst mal überflutet werden. Die haben immer noch die Freiheitsstatue, die mit ihrer Fackel weithin sichtbar über das Wasser ragt, wenigstens ist das in den Science-Fiction-Filmen immer so. Wenn Holland untergeht, sieht man hinterher höchstens noch eine Windmühle. Und deswegen wäre es vielleicht nicht schlecht, wenn die Leute sagen könnten: *Das war eine von den holländischen Justizmühlen. Junge, haben die langsam gemahlen, aber dafür verdammt fein und genau!* Finden Sie nicht, dass – so gesehen – das letzte Bollwerk groß und fest sein sollte, statt durch Kuhhandel und Mauscheleien zerlöchert? Sonst können wir in Zukunft ja gleich bei McDonald's verhandeln und unser Urteil in einem Pappkarton mitnehmen!«

Während Manhijmer noch zu überlegen schien, ob diese Bemerkung einen ernsthaften Kommentar verdiente, öffnete sich die Tür des Aufzugs am Ende des Gangs, und Brigadier Tambur verließ die Kabine, gefolgt von Ailing Wu und der Dolmetscherin. »Ah, da kommt ja die Frau meines Mandanten«, rief der Advocaat erleichtert. Er nickte dem Commissaris zu, begrüßte den inzwischen bei ihnen angelangten Staatsanwalt mit einem schnellen Händedruck und eilte anschließend mit wehender Robe auf die junge Chinesin zu, die ihm, als er auf sie und die Dolmetscherin einzureden begann, schweigend und mit leicht geneigtem Kopf zuhörte.

Ailing trug ein rotes Seidenkostüm, bestehend aus einem eng anliegenden Rock und einem Bolerojäckchen, unter dem eine schwarze Seidenweste mit Perlmuttknöpfen ihren schmalen Oberkörper nachzeichnete. Ihre kleinen Füße steckten in ebenfalls schwarzen Riemchenstiefeletten, schwarze Strümpfe verhüllten die Beine. Sie war kaum geschminkt, damit die dunklen Augen besser zur Geltung kamen, nur die Lippen und etwas Rouge auf den Wangen; das Haar fiel in einem glänzenden Pferdeschwanz auf ihre linke Schulter. Ihre Hände waren leer, keine Handtasche, nichts, um all die Dinge aufzunehmen, die Frauen gemeinhin mit sich führten. Als wollte sie sagen: Ich verberge nichts und zaubere auch keine Überraschungen von irgendwo hervor. Aber warum dieses leuchtende Rot, dieses Zinnoberflackern bei jedem Schritt, das eher zu einer Bardame als zu der treuen, einsamen Frau aus den Briefen passte?

Brigadier Tambur wirkte dagegen in ihrer blauen Uniform wie ein Werbeplakat für den gehobenen Polizeidienst: jung, wach, gepflegt, so wie Hoofdcommissaris Joodenbreest sie und überhaupt alle seine Beamten am liebsten jeden Tag gesehen hätte. Ihre lange dunkelblaue Hose wies scharfe Falten auf, die hellblaue Bluse schien vor Stärke zu knistern, und die goldenen Streifen auf den Schultern blitzten wie frisch poliert. »Sie sollten öfter Uniform tragen«, bemerkte sie, als sie den Commissaris erreichte. »Das ganze Blau und Gold steht ihnen, wirkt äußerst einschüchternd! Morgen, Mijnheer Piryns.«

»Gehen wir rein«, sagte der Staatsanwalt.

Der Gerichtsdiener schloss die Tür hinter ihnen, und sie gingen an den Reihen leerer Stühle vorbei nach vorn zu den Tischen der Anwälte. Als Zheng Wu seine Frau in dem roten Seidenkostüm erblickte, wurden seine Augen groß, nur sein Mund zog sich noch mehr zusammen. Eine Art Stöhnen löste sich aus seiner Kehle. Seine Hände krampften sich um die Armstützen, als wollte er sich im Stuhl hochstemmen. Ehe er jedoch etwas sagen konnte, wurde am Kopfende des kleinen Saals eine zweite Tür geöffnet, und der Richter trat ein, ein Laptop unter dem rechten Arm. Schnell stieg er die wenigen Stufen zu dem Richtertisch aus dunklem Holz hinauf. Dort legte er den tragbaren Rechner auf die Tischplatte und tippte das Mikrofon mit dem Zeigefingernagel an, um zu sehen, ob es eingeschaltet war. Ein trockenes Tock-Tock-Tock erfüllte den Raum. Der Richter nickte zufrieden. Er setzte sich und knipste eine schmucklose Leselampe an, die daraufhin zusammen mit einem Kronleuchter an der Decke für gerade so viel Licht sorgte, dass man noch von Helligkeit sprechen konnte. »Sind alle da?«, fragte er.

Er beugte sich vor und beäugte die kleine Versammlung über den Rand seiner goldgerahmten Bifokalgläser. Im Widerschein der Leselampe wirkte sein Gesicht dunkelrot, und ein großer Teil davon hing über den Hals hinunter, gezogen von einem wuchtigen Kinn und einer schweren, feuchten Unterlippe. Auf dem kahlen Schädel zeichneten Knochen und Adern unter der Haut das Basrelief einer glänzenden Kraterlandschaft, die an den Mond erinnerte, aufgrund der Färbung aber wohl eher dem Mars ähnelte. »Mijnheer Piryns, Sie machen den Anfang!«

Der Staatsanwalt saß inzwischen an seinem Tisch, genauso wie Oskar Manhijmer, der Advocaat, an dem seinen. Der Commissaris, Brigadier Tambur, die Dolmetscherin und Ailing hatten auf Stühlen in der ersten Reihe Platz genommen. Ailing sah nicht zu ihrem Mann hinüber. Sie hielt den Kopf gesenkt, den Blick auf ihre im Schoß gefalteten Hände gerichtet.

Ohne aufzustehen, begann Piryns, dem Gericht die Umstände des auf niederländischem Boden begangenen Mordes an dem chinesischen Staatsbürger Jun Wu durch seinen in Amsterdam wohnhaften Cousin Zheng zu schildern, ausführlich, genau und ohne dramatisches Pathos. Der Commissaris hörte aufmerksam zu. An der Darstellung des Staatsanwaltes gab es nicht das Geringste auszusetzen, und doch verspürte Van Leeuwen jetzt, da er den Fall zum ersten Mal mit den Worten eines anderen dargestellt hörte, ein vertrautes Unbehagen. Es war ein Unbehagen, das ihn jedes Mal beschlich, wenn er einem Gerichtsverfahren beiwohnte.

Bis zu dem Moment, in dem der Staatsanwalt die Gründe für eine Anklageerhebung vortrug, war alles klar und eindeutig; sämtliche Beweise lagen an ihrem Platz und ergaben ein deutliches Bild. Aber dann fing die Verhandlung an, und auf einmal war jedes Wort dazu angetan, das Bild infrage zu stellen. Erst langsam, dann immer schneller begann es, andere Formen anzunehmen. Die Farben veränderten sich, die Konturen wurden unscharf. Was die ganze Zeit im Vordergrund gestanden hatten, rückte unversehens in den

Hintergrund; eindeutige Tatsachen hatten plötzlich zwei oder noch mehr Seiten; Zeugen, die seit ihrer ersten Befragung verlässlich gewesen waren, widersprachen sich im Verhör des Verteidigers, konnten sich nur noch ungenau oder gar nicht mehr erinnern. Gutachter mussten Unwägbarkeiten zugeben, die sie vorher ausgeschlossen hatten, und ein Beweis war – im neuen Licht betrachtet – gar kein Beweis mehr, sondern eine Annahme, Vermutung oder Spekulation. Am Ende schien das Bild das genaue Gegenteil von dem zu zeigen, was es vorher dargestellt hatte. Aus einem Tatsachenbericht, einer nüchternen mathematischen Gleichung war ein Theaterstück geworden, in dem jeder eine andere Rolle spielte, begleitet von unsichtbaren Violinen oder donnernden Paukenschlägen. Tränen verzerrten die Sicht, und wenn sie getrocknet waren, hatte nicht die Wahrheit gewonnen, sondern Shakespeare: Das Leben war zur Bühne geworden.

»So viel wissen wir bis jetzt«, beendete Staatsanwalt Piryns seine Ausführungen, »denn das hat unsere Polizei ermittelt, und das hat auch der Beschuldigte gestanden. Es handelt sich um eine Tat, die zutiefst missbilligt werden muss und für die Mijnheer Wu eine angemessene Strafe verdient. Es ist also unerlässlich, dass im Namen des Volkes Anklage gegen ihn erhoben wird. Aber was ist wirklich in China geschehen, während der Beschuldigte hier langsam, aber sicher unter dem Druck von Scham und Schande den Verstand zu verlieren drohte? War das, was ihn zu dem Mord an seinem Cousin trieb, nur Einbildung, oder spürte er eine tatsächliche Gefahr, die seiner jungen Ehe drohte? Auf diese Frage kann uns nur ein Mensch Antwort geben, nämlich seine hier anwesende Frau. Deswegen ruft die Staatsanwaltschaft jetzt Mevrouw Ailing Wu in den Zeugenstand.«

Er gab der Dolmetscherin ein Zeichen, damit sie der jungen Chinesin übersetzte, was er gesagt hatte. Ailing stand auf. Ihre Hände hingen schlaff herab. In dem zwitschernd schrillen Tonfall, der für den Commissaris noch immer wie halb gesungen klang, brach eine Kaskade schneller Laute aus ihr hervor, bis der Richter abrupt die Hand hob.

»Ich glaube, Sie können sitzen bleiben, Mevrouw Wu, und es ist nicht nötig, dass Sie Ihre Stimme heben.«

Ailing wartete, bis die Dolmetscherin übersetzt hatte, dann nickte sie und ließ sich wieder auf den Stuhl sinken, wo sie sofort weitersprach. »Ich weiß, mein Mann hat ein schreckliches Verbrechen begangen in Ihrem Land«, erklärte sie und hielt inne, bis die Dolmetscherin ihre Worte wiedergegeben hatte. »Es ist auch ein schreckliches Verbrechen in dem Land, aus dem ich komme. Aber dieses Verbrechen war nur die Folge eines anderen Verbrechens, an dem er keine Schuld trug.«

»Was für ein Verbrechen war das?«, fragte Procureur Piryns.

»Ich, seine Frau, bin ihm untreu geworden.«

Der Commissaris sah überrascht zu der Dolmetscherin hinüber, denn er dachte, sie hätte sich bei der Übersetzung geirrt. Aber ein weiterer Blick auf Zheng Wu zeigte ihm, dass es keinen Irrtum geben konnte: Der Chinese war blass, seine heftig blinzelnden Augen erinnerten plötzlich an die von Klaas van der Meer im Zeugenstand: als wären sie zornige Vögel, als wollten sie aus ihren Höhlen flattern und sich schreiend auf seine Frau stürzen.

»Sie haben ihn zu Hause mit seinem Cousin Jun Wu betrogen, wollen Sie das sagen?«, vergewisserte sich Procureur Piryns bestürzt. »Während Ihr Mann hier in Amsterdam war?«

Ailing nickte mit niedergeschlagenen Lidern. Ein Hauch von echtem Rot zeigte sich unter dem Rouge auf ihren Wangen.

»Antworten Sie bitte laut mit Ja oder Nein«, forderte der Richter sie auf.

»Ja.« Ihre Stimme war leise, aber fest. *Warum sagt sie das?*, überlegte der Commissaris. *Warum lügt sie?* Aber noch während er das dachte, wusste er, dass es sich um einen verzweifelten Versuch handelte, ihrem Mann zu helfen, mildernde Umstände zu schaffen, wo es keine gab.

»Können Sie uns erzählen, was genau sich in Zheng Wus Abwesenheit zugetragen hat?«, fragte der Staatsanwalt.

Ailing berichtete, wie ihr Mann aufgebrochen war, um auf der anderen Seite des Meeres in Europa sein Glück zu machen, und wie er versprochen hatte, sie bald nachkommen zu lassen. Sie berichtete, wie sie darauf gewartet hatte, dass er sein Versprechen einlöste und sie zu sich holte; wie sie auf seinen Brief wartete, den einen, in dem er schrieb: *Ich kann nicht mehr leben ohne dich. Komm, Ailing, endlich, es ist so weit! Steig sofort ins Flugzeug*. Sie berichtete, dass viele Briefe kamen und einige Anrufe, aber in keinem Brief schrieb er: *Komm, nimm das nächste Schiff*, sondern da stand immer nur: *Es ist viel schwerer, als ich dachte. Das Geld liegt nicht auf der Straße*. Und: *Du fehlst mir so sehr, mein Schmetterling, mein Seepferdchen.* Und eines Tages schrieb er*: Ich weiß nicht, wann wir uns wiedersehen, du musst Geduld haben.*

Sie erzählte, wie sie Geduld gehabt hatte, Tag um Tag, Woche um Woche, Monat um Monat, die ganze Zeit in derselben winzigen Wohnung mit Zhengs ganzer Familie, unter demselben Dach mit ihrer Schwiegermutter. »Ich wurde sehr traurig«, berichtete sie in ihrem leidvollen Singsang und sah genauso zart und zerbrechlich aus, wie ihre Geschichte es verlangte. »Bald war es so weit, dass ich Zheng nicht mehr glaubte, und da wollte ich sterben. Nur einer bemerkte, wie es um mich stand, und das war Zhengs Cousin Jun. Er redete mit mir. Er versuchte, mich zum Lachen zu bringen. Er sorgte dafür, dass ich nicht aufhörte zu essen, obwohl ich nicht den geringsten Hunger mehr hatte. Er ging mit mir spazieren, und er faltete kleine Tiere aus Papier für mich, komische Wesen, sodass ich lachen musste.«

Zheng Wu entfuhren immer wieder leise knurrende Laute. Seine Lippen zitterten, als wollten sie sich jeden Moment öffnen und rufen: *Sei still! Kein Wort mehr!*

Doch Ailing redete weiter und weiter: »Wenn Jun morgens zur Arbeit ging, fehlte er mit bereits, kaum dass er über die Schwelle getreten war, und noch bevor er abends heimkam, freute ich mich wieder auf ihn. Ich freute mich auf sein Lachen, seine Blicke, die nicht von mir wichen, und bald konnte auch ich meine Augen nicht mehr von ihm wenden. Er war so fröhlich, so jung, so schön, so nah, und mein Mann war so weit weg. Immer wenn ich Jun ansah, krampfte sich mir das Herz zusammen, als würde eine Hand in meine Brust greifen und sacht darüberstreichen, aber das durfte nicht sein, denn es war Juns Hand. Und Zhengs Mutter war den ganzen Tag zu Hause, und die ganze Nacht schlief sie im Zimmer neben meinem, nur durch eine dünne Wand aus Pappe von mir getrennt. Ich fing an, mich zu fragen, ob ich einen Fehler gemacht hatte. Hätte ich nicht darauf bestehen müssen, mit meinem Mann zu gehen? Oder wenn das nicht möglich war, hätte ich nicht verlangen müssen, dass er bei mir blieb, den Sperling der Zufriedenheit in der Hand nahm und auf die Taube seines Glücks jenseits des Meeres verzichtete? Diese Fragen quälten mich Tag für Tag – bis zu einem Nachmittag, als ich mit Jun einen Spaziergang in den Zedernwald über dem Dorf unternahm …«

Sie hob den Kopf und sah den Richter an, und die Dolmetscherin tat es ihr nach. »Sie müssen wissen, Herr Richter, das ist sehr schwer – es ist sehr schwer für mich, Ihnen das alles zu sagen. Ich spreche zu Ihnen von meiner Schande, das ist sehr schwer. Ich wollte für jemand da sein, für einen Mann sorgen, Kinder haben. Als ich klein war, hatte mir mein Vater einmal erzählt, dass jeder Mensch nur die eine Hälfte eines Körpers ist, die vor langer, langer Zeit von ihrer anderen Hälfte getrennt wurde, und dass wir dazu bestimmt sind herumzuirren, bis wir diese andere Hälfte wiedergefunden haben. Immer hatte ich geglaubt, mein Mann Zheng sei diese andere Hälfte, aber auf einmal – dort im Zedernwald über dem Fluss – war mir, als hätte ich mich die ganze Zeit getäuscht und in Wirklichkeit wäre Jun die Hälfte, die mich vollständig machte. Es war, als berührten sich zwei Engel in einer Welt, die in diesem Augenblick erst entstand.«

Zheng Wu rührte sich nicht mehr. Ganz offenbar hatte seine Seele nicht nur die Beine verloren, sondern jetzt auch noch sich selbst. Er hatte die Augen geschlossen, sein ganzes Gesicht war wie eine starre, leblose Maske.

Er muss doch wissen, dass sie lügt, dachte Van Leeuwen. *Er hat ihre Briefe gelesen, er hat ihr in die Augen gesehen. Sie lügt doch nur, um ihm zu helfen, um zu erklären, welchen Qualen er ausgesetzt war, bis er sich nicht mehr anders zu helfen wusste als durch den Mord an seinem Cousin. Er muss wissen, dass es sich um eine Strategie der Verteidigung handelt.*

»Ich sah an den Stämmen der Zedern hinauf«, fuhr Ailing mit der Stimme der Dolmetscherin fort, »der Wind spielte mit ihren Ästen und lehrte die Blätter, im Schwarm zu fliegen. Ich sah die ganze Zeit hinauf, und mir wurde ein wenig schwindlig, denn die Wipfel der Bäume wiegten sich hin und her, und darüber flogen die Wolken schnell unter der Sonne dahin. Die Welt war unbegreiflich, und fast die ganze Zeit verstand ich mein Leben nicht mehr. Aber als ich da lag, war alles ganz einfach, alle meine Gefühle waren einfach und schön, weil ich mit Jun da lag. Ja, über den Zedern konnte ich den Himmel sehen, und ich wusste, er war jetzt meine Heimat. Jun war nicht sehr klug, doch er kannte die Wahrheiten, die Zheng nie erkannt hatte. Zheng, mein guter Mann, kennt viele tausend Tatsachen, aber nicht eine einzige Wahrheit.«

Der Richter räusperte sich. »Mevrouw Wu«, unterbrach er sie, »wenn das alles so war, warum haben Sie ihm denn dann die Briefe geschrieben, die dem Gericht vorliegen? Warum haben Sie nicht geschwiegen und gewartet?«

Ailing nickte bedächtig, als hätte sie sich diese Frage seither auch immer und immer wieder gestellt. »Wegen ihr«, stieß sie hervor, »wegen seiner Mutter! Sie müssen wissen, das chinesische Schriftzeichen für Zwietracht sind zwei Frauen unter einem Dach. In den Briefen, die ich meinem Mann schrieb, log ich. Mit jedem ihrer bösen Blicke schaute sie mir tief in die Seele, und wenn ich Zheng schrieb, schaute sie mir über die Schulter. Ich wollte sie täuschen und ihn auch. Ich wollte immer mit Jun zusammen sein, aber das konnte ich nur heimlich, und immer öfter musste ich dabei an meinen guten Mann Zheng denken und daran, was ich ihm antat. Ich spürte, wie er von jenseits des Ozeans an mir zog, und ich war neugierig auf sein Leben dort, aber gleichzeitig wusste ich, dass ich niemals aus China fortwollte, wo meine Wurzeln lagen. Ich wollte auch nicht fort von Jun, der nach Zedern roch und nach dem Moos zwischen den Wurzeln. Der mich in eine Muschel verwandelte, die ich ans Ohr halten und in der ich mich selbst hören konnte.«

Sie schloss einen Moment die Augen. »Ach, wenn Sie mich nur verstehen könnten! Ich wusste nicht mehr, was ich tat, was ich wollte, was ich glauben sollte! Ich wusste nicht mehr, wer ich war. Auf meinem Herzen lagen Steine, die immer schwerer wurden, und die Frage, wer mein Mann war, *mein richtiger Mann*, wog von all diesen Steinen am schwersten. Doch plötzlich, von einem Tag auf den nächsten fast, veränderte sich auch Jun. Er wurde verschlossen und abweisend und ging nicht mehr mit mir in das Zedernwäldchen über dem Fluss. Da wusste ich, eine Entscheidung war gefallen, aber es war nicht meine. Doch dass Zheng ihn angerufen hatte und wollte, dass *er* zu ihm kommt, wusste ich nicht.«

Es klingt so aufrichtig, überlegte Van Leeuwen verwundert, so aufrichtig und ehrlich. Trotzdem muss eine von beiden Versionen eine Lüge sein. Doch dann fragte er sich, ob es sich überhaupt um eine Lüge handelte. Klang ihre Beichte jetzt nicht genauso glaubwürdig wie zuvor ihre Briefe mit der gegenteiligen Behauptung, sogar glaubwürdiger? Konnte es nicht sein, dass sie vorher gelogen hatte und jetzt die Wahrheit sagte?

Er dachte an die anderen Briefe, die er in Sims Koffer gefunden hatte, die Briefe des Mannes mit dem Namen Sandro und das Polaroid, das dabeigelegen hatte. Wenn er mit ihr darüber hätte sprechen können, was hätte sie gesagt? Und wäre es die Wahrheit gewesen, oder hätte sie versucht zu lügen? Aber was hätte er lieber hören wollen, die Wahrheit oder eine barmherzige Lüge? Was hätte er eher geglaubt?

Er sah den Chinesen an und begriff, dass diese Fragen gar keine Rolle spielten. Es ging um etwas anderes: Als Zheng Wu ganz allein geglaubt hatte, seine Frau betrüge ihn, war ihm die Schande schon unerträglich vorgekommen; doch nun, da sie vor Gericht behauptete, ihm tatsächlich untreu geworden zu sein, gab es für seine Scham kein Wort mehr. Nichts konnte sie beschreiben, selbst wenn Ailing log, um ihm zu helfen.

Sie half ihm nicht. Sie zerstörte ihn.

Der Commissaris ließ seinen Blick zu Brigadier Tambur wandern, dann zu dem Richter und schließlich zu Piryns und Manhijmer. Keiner schien das zu sehen, was er sah. Keiner hörte, was er hörte. Während er Ailings Erzählung lauschte, hatte er das Gefühl, das Schicksal bei der Arbeit zu erleben: Zeuge zu werden, wie es die Löcher und Risse in ihrem Wesen benutzte, um einen Weg in ihr Leben zu suchen; erst in ihr Leben und dann in das von Zheng und Jun Wu.

»Zheng, mein Mann, hatte seinen Cousin angerufen«, beendete Ailing ihre Aussage, »um ihn so weit wie möglich von mir fortzulocken. Er sagte, er hätte Arbeit für ihn, er könnte reich werden in Amsterdam. Aber Jun wollte keine Reichtümer, er wollte nur mich. Deswegen fasste er einen schrecklichen Plan. Er trat die lange Reise nach Amsterdam an, um Zheng zu töten. Er dachte, wenn Zheng nicht mehr lebte, könnte niemand mehr etwas dagegen sagen, dass er und ich ganz offen ein Paar würden. Er sagte niemand, was er vorhatte, aber als ich erfuhr, was hier geschehen war, wusste ich es. Ich fand es in der Erinnerung, in den kleinen Andeutungen, denen ich keine Beachtung geschenkt hatte, als er noch bei mir gewesen war. Auf einmal wusste ich genau, was er geplant hatte und warum der Plan fehlgeschlagen war: Zheng war klüger als er und schneller. Er war schneller in allem – er hat mich vor Jun geliebt, er ist vor Jun nach Europa gegangen, und er hat Jun getötet, bevor der ihn töten konnte.« Eine Träne rann ihr über die Wange. »Ich wünschte, er hätte mich getötet.«

Der Commissaris sprang auf und rief: »Das ist doch nicht wahr! Das ist eine einzige Erfindung! Zheng Wu hat den Mord gestanden, einen kaltblütigen, heimtückischen, von langer Hand geplanten Mord. Wir haben seine schriftliche Aussage, unterschrieben und bis heute unwiderrufen, und es gibt keinerlei Beweise oder andere Zeugenaussagen, die Ailing Wus Version bestätigen könnten ...«

Der Richter beugte sich dicht an das Mikrofon. »Setzen Sie sich, bitte, Mijnheer van Leeuwen! Davon findet sich nichts in der Anklageschrift, Mijnheer Piryns!«

»Ich höre das selbst zum ersten Mal!«, rief Piryns. Er drehte sich zu dem Chinesen um. »Mijnheer Wu, wussten Sie von dieser angeblichen Absicht Ihres Cousins, Sie zu töten?!«

Zheng Wu regte sich nicht. Er sah niemanden an und schwieg.

Oskar Manhijmer sprang ebenfalls auf. »Es handelt sich ganz offenbar um einen klaren Fall von Notwehr! Ich fordere das Gericht auf, die Klage abzuweisen und das Verfahren einzustellen!«

»Wussten Sie davon, Mijnheer Manhijmer?«, wandte sich der Richter ihm zu, die Lippen noch immer bedrohlich dicht am Mikrofon. »Wussten Sie von dieser Aussage?! Haben Sie Mevrouw Wu geraten, das zu sagen?!«

»Ich habe ihr geraten, die Wahrheit zu sagen, sonst nichts!« Manhijmer sah den Commissaris an. »Und ich habe ihr erklärt, dass es meiner Ansicht nach mildernde Umstände gibt.«

»Wenn Mijnheer Wu wirklich wusste, dass sein Cousin gekommen war, um ihn zu töten, warum hat er das nicht in seiner ersten Aussage erwähnt?«, fragte der Staatsanwalt erbost.

»Es hatte seinen Grund, nicht reden zu wollen«, antwortete der Verteidiger. »Mijnheer Wu wollte die Ehre seiner Familie schützen, die Ehre seiner Frau. Aber als Commissaris van Leeuwen ihn mit fragwürdigen Methoden zu einer Aussage gezwungen hat, wusste er sich nicht anders zu helfen, als das zu sagen, was der mächtige holländische Polizist hören wollte, um den Fall schnell abschließen zu können.«

»Er hat freiwillig gestanden!«, widersprach der Commissaris. »Er hat uns selbst zu der Leiche gerufen und sofort zu Protokoll gegeben, dass er seinen Cousin ermordet hat.«

»Aber er hat nicht gesagt, warum, oder?« entgegnete der Verteidiger, nun ebenfalls wieder ruhiger. »Erscheint es dem Gericht nicht merkwürdig, dass ein so hoher Polizeioffizier, der eigentlich seinen Platz eher am Schreibtisch hat, innerhalb kürzester Zeit persönlich zwei Leichen findet und in beiden Fälle auch selbst die Untersuchung leitet, obwohl gegen ihn gerade eine interne Ermittlung wegen eines möglichen Amtsvergehens durchgeführt wird? Ein Polizeioffizier wohlgemerkt, der nachts in der Centraal Station schläft und …«

»Mäßigen Sie sich – und zwar alle, sofort!«, fiel der Richter ihm scharf ins Wort. »Ich bitte alle Anwesenden um Ruhe. Mijnheer

Piryns, Mijnheer Manhijmer, ich denke, Ihnen ist beiden klar, dass wir es jetzt mit einer völlig neuen Ausgangssituation zu tun haben, die von den mir vorliegenden Ermittlungsergebnissen erheblich abweicht! Bevor das Gericht daher über Art, Umfang und Zeitpunkt der Anklageerhebung entscheidet, muss es sich zu einer eingehenden Beratung zurückziehen. Im Moment kann ich nur so viel sagen«, er hielt inne und schien einen Moment nach den richtigen Worten zu suchen, »es gibt Verfahren und Fälle, in denen mehr verhandelt wird als die Schuld eines einzigen Menschen, und hier haben wir es offenbar mit einer solchen Situation zu tun. Es sind Fälle, in denen es, so scheint es mir, um die Idee des Menschen selbst geht, um die *conditio humana*, die gelegentlich Anlass zur nackten Verzweiflung bietet: an der Welt, am Menschen und am Leben selbst. *Abyssus abyssum vocat* – der Abgrund ruft den Abgrund! Ich wünschte, wir müssten diesen Ruf nicht hören, aber ich höre ihn, und Sie hören ihn auch. Und ob wir es nun wahrhaben wollen oder nicht, wir alle sind hier, um ihn zum Schweigen zu bringen, ein bisschen wenigstens, für kurze Zeit nur vielleicht, aber als *Trotzdem!* Mit dem einzigen Mittel, das wir ihm entgegensetzen können: dem Recht, das wir mit dem Urteil dieses Gerichts und im Namen des Volkes wiederherstellen müssen. Bis dahin verfüge ich …«

Der Commissaris spürte, wie das Handy in der Brusttasche seiner Uniformjacke vibrierte, weil er eine SMS erhielt. Er holte es heraus und klappte es auf, um die Nachricht zu überfliegen. Sie war sehr kurz. Sie lautete:

Bruno, wenn du nicht heute noch mit Dr. Menardi sprichst, bist du ab morgen vom Dienst suspendiert, Jaap J.

30

Doktor Feline Menardi bewohnte in einem alten, spitzgiebeligen Patrizierhaus am Amsteldijk das oberste Stockwerk mit Aussicht auf den Fluss und die Magere Brug. Es war ein sehr gut erhaltenes, fünfstöckiges Gebäude, verziert mit weißen Fensterrahmen, filigranen Türmchen und kleinen Balkonen. Eine steile Treppe führte aus dem von Schmiedeeisen eingezäunten Vorgarten zu der dunkelrot lackierten Eingangstür. Auf dem Giebeldach thronte eine Messingkugel, die einer herrisch wirkenden Möwe als Ausguck diente. Das erste schwache Licht der umgebauten Gaslaternen längs des Kais malte verschwommene Heiligenscheine aus Gelb und Rosa in die feuchte Luft.

Der Commissaris sah Doktor Menardi schon aus dem Haus treten, als er noch mitten auf der Brücke war. Eine pünktliche Frau, auf die Minute, das schätzte er. Sie trug einen weich fallenden, moosgrauen Kaschmirmantel, darunter Jeans und schlanke Stiefel aus Nappaleder. Ein rotes Filzbarett mit einem schwarzen Lederrand war mit frechem Schwung schräg zum linken Ohr heruntergezogen.

Trotz des Feierabendgedränges der Fußgänger und Radfahrer auf der Brücke erspähte sie ihn von der obersten Stufe der Treppe aus und hob die Hand zu einem kurzen Winken. »Danke, dass Sie mich abholen«, meinte sie, als er die andere Seite des belebten Amstelkais erreicht hatte. »Ich dachte, Sie fühlen sich vielleicht wohler, wenn wir uns nicht in meiner Praxis verabreden, sondern ein bisschen spazieren gehen und dabei reden.«

»Solange ich nicht über meine Frau reden muss«, erklärte der Commissaris, die Hände in den Taschen seines Trenchcoats, den er über die Uniform geworfen hatte.

»Sie müssen über gar nichts reden, wenn Sie nicht wollen, Mijnheer van Leeuwen«, sagte Doktor Menardi, passte eine Lücke im Strom der Skater und Radfahrer ab und überquerte rasch die gepflasterte Straße zum Flussufer.

»Gut, dann spendiere ich Ihnen einen Kaffee und gehe wieder an meine Arbeit«, sagte der Commissaris erleichtert, als auch er auf der anderen Seite angekommen war.

»Sehen Sie sich das an, der reinste Kitsch«, bemerkte die Psychologin und deutete auf den Fluss und die Brücke. Ein Lächeln von fast kindlicher Andacht trat auf ihr Gesicht. Die Sonne war gerade erst untergegangen, und die Glühbirnen an der Magere Brug bildeten ein bunt leuchtendes Spalier in der frühen Dämmerung. Himmel und Wasser teilten sich denselben Kupferton, garniert mit einem unvollendeten Mond. Hinter der Brücke ragte der schlanke Turm der Zuiderkerk grau in die blass nachglühenden Wolken. Durch die hohe Fensterfront der Stopera ganz am anderen Ende des Amstelbeckens fiel der Blick auf die strahlend hellen Gänge des Muziektheaters, in denen die ersten abendlichen Opernbesucher durchs Rampenlicht schlenderten.

»Wollen wir uns nicht noch einen Moment setzen?«, fragte Doktor Menardi. Ohne seine Antwort abzuwarten, ging sie zu einer Bank, die unter den ausladenden Ästen einer Platane stand. Mit einer Hand strich sie über die Sitzfläche. Kühl, aber trocken. Sie setzte sich und klopfte mit derselben Hand auf den Platz neben sich.

Der Commissaris blieb unentschlossen vor der Bank stehen.

»Ich bin nicht Ihre Feindin, Mijnheer van Leeuwen«, sagte die Psychologin. »Ich bin hier, um Ihnen zu helfen. Sie wissen, was passiert, wenn ich Hoofdcommissaris Joodenbreest sage, dass Sie es ablehnen, mit mir zu reden. Und sagen muss ich es ihm, das ist Ihnen doch klar.« Sie sah zu ihm auf, und in ihren dunklen Augen spiegelte sich der Himmel. Sie lächelte jetzt nicht mehr, aber ihr Gesicht war trotzdem offen. »Wenn Sie also nicht über Ihre Frau reden wollen, dann vielleicht über den Jungen in der Straßenbahn?«

»Über den auch nicht«, entgegnete Van Leeuwen.

»Oder über die Fälle, an denen Sie gerade arbeiten«, ergänzte Menardi. »Viele Ihrer Kollegen reden mit mir, wenn sie einen Verlust erlitten haben oder wenn Sie im Dienst jemand töten mussten, und manchmal auch nur, weil sie nicht mehr weiterwissen. Sie fühlen sich dann besser.«

»Ich fühle mich sehr gut, danke«, sagte Van Leeuwen.

»Ja, davon habe ich gehört, von Ihrer Dickköpfigkeit«, meinte Feline Menardi, und ihrer Stimme ließ sich nicht anhören, ob sie damit ein Urteil fällte. »Commissaris van Leeuwen, ganz der unabhängige Mann des neunzehnten Jahrhunderts, der nur seinem inneren Kompass folgt, egal, wohin der ihn führt, während sich alles um ihn herum mithilfe von Radar orientieren muss. Schlafen Sie deswegen nachts in der Centraal Station, weil Ihr innerer Kompass Sie dorthin führt?«

»Das ist ein schöner Name – *Feline Menardi*, Doktor«, sagte Van Leeuwen und stellte einen Fuß auf die Kante der Sitzfläche.

»Mein Vater war Portugiese, und mütterlicherseits gab es noch ein paar indonesische Zweige an meinem holländischen Stammbaum«, erklärte die Psychologin. »Deswegen der Name und das Aussehen. Und falls Sie sich fragen, wie ich an eine Wohnung in dieser Gegend komme, die habe ich von meinem geschiedenen Mann. Sie weichen mir aus, ist das Absicht?«

Van Leeuwen antwortete: »Ich habe im Bahnhof geschlafen, weil ich dort schlafen *konnte*, Frau Doktor. Inzwischen kann ich wieder zu Hause schlafen. Davon abgesehen gibt es viel zu viele von diesen Radartypen, die nichts als kreisende Schirme im Kopf haben, um bloß jedem Hindernis rechtzeitig ausweichen zu können und niemandem zu nahe zu kommen!«

»Sie können mich Feline nennen. Bitte, setzen Sie sich doch! Mein Hals fängt an, mir wehzutun.« Ihr Gesicht verschwand langsam in der zunehmenden Dunkelheit, nur das Weiß der Augen und der Zähne blieb. Er zögerte einen Moment, dann setzte er sich neben sie, ohne sie anzuschauen. Der Widerschein der bunten Glühbirnen auf der Amstel war wie ein Feuerwerk, das unter Wasser abbrannte. Etwas weiter von der Magere Brug entfernt blieb vom Fluss nur ein schwarzes Rauschen, das sich klatschend an den Kaimauern rieb, und noch weiter entfernt spielten die Wellen mit den Sternen und Splittern des Mondes Hasch mich.

»Ich arbeite jetzt seit fünf Jahren mit Polizisten«, sagte Feline Menardi, »und die Arbeit ist anders als mit allen anderen Patienten. Ich sage Ihnen bestimmt nichts Neues, wenn ich feststelle, dass Polizisten, und zwar manchmal gerade die jungen, die noch keine dreißig sind, fürchterlich zynisch und verbittert sein können. Das liegt natürlich an ihrem Job, an dem, was sie Tag für Tag erleben. Sie begegnen Mördern, Vergewaltigern, Dieben, Huren, Schlägern,

Dealern, Drogensüchtigen, den schlimmsten Menschen. Aber es liegt nicht *daran*, dass sie so traurig oder zynisch sind, sondern daran, dass sie in normalen Menschen das Schlimmste sehen – das Böse. Von morgens bis abends kommen sie damit in Berührung, wohin sie auch schauen, vierundzwanzig Stunden am Tag, und irgendwann sagen sie sich: Menschen sind Abschaum, nicht besser als Tiere. Dann dauert es nicht mehr lange, bis sie sagen: *Ich bin ein Mensch, also bin ich auch der letzte Dreck*. Sie sehen die Menschen an, die sie lieben, mit denen sie befreundet sind, und sie sagen sich: *Was kann jemand, der Abschaum liebt, selbst anderes sein als Abschaum?* Also fangen Sie an, nach Anzeichen dafür zu suchen, bei ihren Freunden, ihren Frauen, ihren Kindern, sie zu beobachten, auf die Probe zu stellen, zu verdächtigen. Sie arbeiten nicht mehr in ihrem Job. Ihr Job arbeitet in ihnen. Er frisst sie von innen auf.«

»Wie die Würmer König Herodes in der Bibel«, kommentierte der Commissaris. »Aber das sind Einzelfälle. Es gibt sie, bloß sind es weniger, als Sie vielleicht denken, wenn Sie die Fälle in Ihrer Praxis hochrechnen.«

»Haben Sie nie an den Menschen gezweifelt?«

»Ich habe nie aufgehört, an ihnen zu zweifeln, aber nicht, weil ich Polizist bin. Höchstens, weil ich selbst ein Mensch bin. Trotzdem halte ich sie nicht für Abschaum, und ich halte mich selbst nicht für den letzten Dreck.«

»Nicht einmal gelegentlich, als Ihre Frau noch lebte?«

Die Frage traf den Commissaris unvorbereitet wie ein harter Schlag gegen die Brust. »Das müssen Sie mir erklären!«

Sie antwortete: »Es gibt bei Turgenjew, dem russischen Schriftsteller, eine Stelle in einem Roman oder einer Erzählung – der Titel fällt mir gerade nicht ein –, wo ein Mann, ein Bischof, am Bett seiner toten Frau kniet und zu Gott betet. Er betet, dass Gott ihn nicht für ihren Tod dankbar lassen sein möge. Ihre Frau war doch auch schwer krank. Ging es Ihnen nicht manchmal so, als sie noch lebte oder kurz danach, dass Sie dagegen ankämpfen mussten, sich ihren Tod zu wünschen?«

Van Leeuwen hatte ein Gefühl, als wiche ihm das Blut erst aus dem Kopf und dann aus dem Herzen. »Wenn ich jetzt Ja sage, kann ich dann sofort gehen?«

Sie wandte den Kopf und sah ihn von der Seite an, aber er blickte weiter nach vorn, und jetzt war es sein Hals, der schmerzte.

»Ich wollte damit sagen, es würde mich nicht stören, wenn Sie so gedacht hätten«, fuhr sie fort. »Wenn Sie für einen Moment oder auch für länger Erleichterung verspürt hätten. Denn wenn es so wäre, könnten Sie sich, ohne sich zu schämen, an dieses Gefühl erinnern und es als eine Möglichkeit betrachten, sich auch das *Jetzt* leichter zu machen.«

»Schon wieder jemand, der will, dass ich mir alles leichter mache«, gab er schroff zurück. »Wie leicht soll ich mir denn Ihrer Meinung nach den Verlust meiner Frau machen?«

»Das kommt darauf an, wie schwer Sie sich ihn zurzeit machen«, erwiderte sie gelassen. »Trauer ist auch bloß eine Form von Müßiggang, Mijnheer! Es ist okay, im Bahnhof zu schlafen, wenn es Ihnen hilft. Aber was darin zum Ausdruck kommt, ist, dass Sie ja schon versuchen, Erleichterung zu finden. Sie sollten vielleicht in Betracht ziehen, sich nach und nach von Dingen zu trennen, die Sie zu sehr an Ihre Frau erinnern, das gemeinsame Bett, möglicherweise sogar die Wohnung, was immer für Sie sehr stark mit Erinnerungen behaftet ist. Ein Umzug wirkt manchmal Wunder. Und gehen Sie nicht zu oft auf den Friedhof!«

Der Commissaris stand auf. Die Pflastersteine unter seinen Füßen glänzten nass, und hier und dort schimmerte eine Fischschuppe oder ein ganzer Kopf, der einem Reiher aus dem Schnabel gefallen war, als er seine aus dem Wasser geschnappte Beute durch die Luft davongetragen hatte. »Es wird kühl«, stellte Van Leeuwen fest; er fühlte sich, als wäre es sein Kopf, der da lag. »Sie sollten nach Hause gehen.«

»Jetzt sind Sie zornig«, bemerkte Doktor Menardi.

Er schwieg.

»Möchten Sie mit mir über Ihren Zorn reden?«

»Nein!«

Sie stand ebenfalls auf, doch statt zurück über die Straße ging sie auf den Fluss zu und blieb auf der Kaimauer stehen. »Es geht einem an die Nieren zu sehen, wie der Tod Ihrer Frau Ihnen zusetzt«, sagte sie.

»Sie haben keine Ahnung, wie sehr«, sagte er.

»Sie könnten es mir erzählen. Auch wenn Sie es nicht glauben – Reden hilft. Es erleichtert, wie eine Beichte.«

Zheng Wu hat es nicht geholfen, dachte er.

Feline Menardi drehte sich um, und als sie ihn jetzt ansah, stellte er fest, dass sie fast so groß war wie er. »Über irgendetwas müssen Sie mit mir reden, wenn ich dem Hoofdcommissaris sagen soll, dass er Sie nicht zu suspendieren braucht.«

Aus Richtung des weit draußen mit seinem verschwenderischen Lichterglanz prunkenden *Amstel Hotel* näherte sich ein Passagierschiff, eine schwarze Silhouette, in der lauter goldene Löcher schimmerten, wo in die Deckaufbauten Bullaugen und Kajütenfenster gestanzt waren.

»Also gut«, meinte der Commissaris, »Sie haben recht: Ich bin zornig und wütend, aber nicht – oder nicht nur –, weil meine Frau nicht mehr lebt. Ich wusste ja, dass es so kommen würde. Ich hatte Zeit, mich darauf vorzubereiten – soweit man sich auf den Tod des einzigen Menschen, den man liebt, wirklich vorbereiten kann. Es ist die Idee des Bösen, die mich wütend macht. Ich glaube, dass man anfängt, sich damit abzufinden, wenn es einen nicht mehr wütend und zornig macht.«

Er trat dicht an den Rand der Kaimauer, gegen den die ersten Ausläufer des von dem dunklen Passagierschiff verdrängten Wassers schwappten. Er sagte: »Heute Morgen war ich bei Gericht, wo gegen einen Chinesen, der seinen Cousin umgebracht hat, Anklage erhoben werden sollte. Er hatte die Tat gestanden, er hatte sogar selbst die Polizei gerufen.« In knappen Worten fasste er zusammen, was danach geschehen war, bis zu Ailings Aussage an diesem Vormittag. »Und auf einmal soll es nicht mehr Mord, sondern Notwehr gewesen sein, und das Rouletterad blieb bei *Zero* stehen. Und da soll ich nicht wütend sein?!«

»Woher wussten Sie denn, dass diese Frau lügt?«

Van Leeuwen antwortete: »Weil ihr Mann mir die Wahrheit gestanden hat, und ich wusste, als er es mir sagte, dass es die Wahrheit war. Ich habe ihn dazu gebracht, über das Motiv zu sprechen. Wissen Sie, manchmal liegt der Schlüssel zur Aufklärung eines Mordes nicht in dem Verbrechen selbst, nicht mal im Täter, sondern im Ermittler. Nur er kann diesen bestimmten Fall aufklären, weil die Lösung nur in ihm angelegt ist, so wie die Tat im Mörder angelegt war. Deswegen hat Zheng Wu sich mir letzten Endes anvertraut. In anderen Fällen dagegen liegt der Schlüssel zur Lösung in der Person des Mörders, und zwar nur in ihm. So ist es vermutlich bei einem Serientäter, hinter dem wir gerade her sind.«

Der Passagierliner war inzwischen so nah, dass seine Turbinen die Luft beben ließen, und der Wind wehte Musikfetzen heran, das Klappern von Geschirr aus der Kombüse, das helle Lachen einer Frau. Die Bugwellen klatschten härter an die Kaimauer, und bald waren sie so laut, dass der Commissaris schreien musste. Das Schiff war jetzt nicht mehr schwarz, sondern weiß mit einem gelben Streifen an der Bordwand, und es hielt direkt auf die Magere Brug zu, die sich träge in der Mitte teilte. Ächzend und klirrend stiegen die beiden Holzflügel in die Nachtluft, bestückt mit roten und violetten Lämpchen.

»Wissen Sie schon etwas über das Motiv des Serientäters?«, rief die Psychologin.

»Mitleid!«, brüllte der Commissaris.

»Mitleid? Mit wem?«

»Mit seinen Opfern!«

Der Passagierliner drosselte das Tempo immer mehr und schob sich langsam zwischen den eng stehenden Brückenpfeilern hindurch. An der Reling zeigten sich Frauen in Abendkleidern und Männer in weißen Jacketts, einige mit Champagnergläsern in den Händen. Die Turbinen übertönten jeden anderen Laut. Der Commissaris und Doktor Menardi sahen zu, wie der Liner majestätisch davonglitt und zwischen den Häusern der Stadt verschwand.

»Er hat seine Opfer aus Mitleid getötet?«, fragte die Psychologin. »Weil er es nicht mehr ertragen konnte, sie leiden zu sehen?«

»Das nehmen wir an«, sagte Van Leeuwen und verschwieg, dass er bisher der Einzige war, der zu dieser Annahme neigte.

Die Psychologin zeichnete mit der Schuhspitze ein unsichtbares Muster auf die Steine, bedächtig, nachdenklich. Schließlich meinte sie: »Wenn wir davon ausgehen, dass Sie recht haben, dann handelt es sich um eine Form von Mitleid, die jede normale menschliche Empathie sprengt. Ein monströses, quälendes Mitleid!«

»Und wie entsteht ein derartiges Mitleid?«

»Wahrscheinlich durch etwas, das der Täter miterlebt hat oder das ihm widerfahren ist, vielleicht … nein, ganz sicher ein Akt von Gewalt. Dieser Akt von Gewalt muss ein tiefes Gefühl von Mitleid ausgelöst haben, das dann in ihm weiter und weiter gewachsen ist, bis er es in einem unerträglichen Ausmaß empfunden hat, einem Ausmaß, das ihn zum Handeln zwang.«

»Er ist also auch ein Opfer?«

Feline Menardi nickte. »Es könnte sein, dass er in seiner Kindheit fortgesetzter Gewalt oder einem einzigen schrecklichen Erlebnis ausgesetzt war, und deshalb hat er sich später in einem Beruf versucht, in dem er anderen Menschen helfen konnte – als Arzt, Krankenpfleger, Priester oder im sozialen Bereich –, bis er eines Tages merkte, dass Hilfe in manchen Fällen eben *nicht* hilft, nicht ausreicht.«

»Und als er das merkte, ist in ihm die Idee entstanden, die Menschen, für die er ein derartiges Mitleid empfand, zu töten?«, fragte der Commissaris. »Sie gewissermaßen aus ihrer in seinen Augen gleichfalls unerträglichen Lebenssituation zu erlösen?«

»Davor muss allerdings einige Zeit vergangen sein, in der sich der Druck auf ihn stetig erhöht hat«, pflichtete die Psychologin ihm bei. Sie sprach jetzt schneller, als finge sie an, sich für das Thema zu erwärmen. Eine Art Jagdfieber schien sie zu packen, und in ihre Augen trat ein neuer Glanz, der sie noch attraktiver machte. »Als er diesen Druck nicht mehr ertragen konnte, hat er dann jemanden getötet, zum ersten Mal. Aber das hat er nicht als Mord empfunden, sondern als Akt der Nächstenliebe. Danach dürfte dann wieder einige Zeit vergangen sein, bis er zum zweiten Mal getötet hat – so wie vermutlich am Anfang ohnehin längere Pausen zwischen seinen Morden verstrichen sind. Mit der Zeit, das liegt in der Natur dieser Serien, sind die Pausen dann kürzer geworden.«

»Wie kann es sein, dass so jemand jahrelang tötet, ohne auch nur das geringste Aufsehen zu erregen?«, hakte der Commissaris nach. »Selbst wenn seine Opfer bei einer oberflächlichen Untersuchung keine Auffälligkeiten aufweisen, was die Todesursache betrifft, müsste ein Mensch mit einer solchen Veranlagung doch auffallen!«

»Dass er bis jetzt unbemerkt getötet hat, könnte daran liegen, dass er seinen Tätigkeitsbereich ausgeweitet oder verlegt hat«, sagte Doktor Menardi. »Er reist – wenn nötig, weit. Denn es ergeht ihm wie uns allen: Je mehr er weiß, desto klarer wird ihm, wie wenig er weiß. Das Dilemma des modernen Menschen. Auf ihn angewandt, bedeutet das, je mehr er tötet, desto mehr weitet sich sein Blick, und er sieht, wie viele Menschen noch leiden, wie viele noch der Erlösung bedürfen, an wie vielen Orten. Dabei gibt er aber nur sein eigenes Leid weiter, die Gewalt, die er einmal erlitten hat. Er hat eine verkümmerte Seele, die sich von anderen verkümmerten Seelen angezogen fühlt. Und wenn er sie auslöscht, empfindet er für einen kurzen Moment Erleichterung von seiner eigenen Qual, sogar Freude oder eine Art Glück.«

Die beiden Holzflügel der Magere Brug senkten sich wieder über den Fluss und vereinigten sich in der Mitte zu dem Sternbild einer kleinen bunten Brücke.

Der Commissaris drehte sich um und suchte die Gesichter der Passanten auf dem Amsteldijk ab, als könnte der Erlöser unter ihnen sein, auf der Suche nach Opfern. Plötzlich geschah es wieder: Er sah eine Frau, blond, in einem hellen Staubmantel, die ein Fahrrad über das Pflaster schob. Auf dem Gepäckträger des Fiets klemmte eine Tüte, aus der eine Gouda-Kruste hervorlugte. Es war ein alltäglicher Anblick, aber er packte den Commissaris und riss ihn mit sich, *fast rewind*. Im einen Moment war er hier am Ufer der Amstel, im nächsten ging er eine Treppe hinunter zu einer massiven Holztür, die weit offen stand. Aus dem Halbdunkel dahinter drang der Geruch von Zigarrenrauch, Rotwein in alten Fässern und Käse der verschiedensten Reifestufen.

Er war ein junger Polizist, und Simone lebte noch nicht lange bei ihm in Amsterdam. Zu der Zeit war sie oft allein aufgebrochen, um die Stadt zu erkunden, und bei einem ihrer Streifzüge hatte sie im Souterrain eines Fachwerkhauses in einer schmalen Seitenstraße nahe der Universität ein Käsegeschäft entdeckt, dessen Besitzer halb Holländer und halb Katalane war, ein kleiner, drahtiger Mann mit Augen wie glasierte Kohlen und einem messerklingendünnen Schnurrbart. Er trug stets eine braune, speckige Lederweste über einem karierten Hemd, die Bauchbinde eines Stierkämpfers und eine Baskenmütze, die schon die Anfänge des Spanischen Bürgerkrieges miterlebt hatte und seitdem offenbar auch nicht mehr gewaschen worden war.

Simone hatte eine Nachricht auf dem Küchentisch hinterlassen, wo ihr junger stolzer *agent* sie finden konnte, und an diesem späten Nachmittag vor dreißig Jahren ging er in seiner blauen Uniform durch den dunklen Laden zu dem noch dunkleren Hinterzimmer, und es war, als durchquerte er ein Gemälde, das farbenprächtige Genrebild eines alten Meisters. Das Gemälde zeigte bauchige rote Käseräder aus Amstelveen, Edam und Voldendam und gelbe Stapel von Fabrikkäse. Es zeigte Boerenkaas aus Rohmilch, löchrigen Gatenkaas und bräunliche Berge von mild und sahnig schmeckendem Frühkäse. Weiter hinten zeigte es blassgrüne Pyramiden von Hartkäsestücken, die schon ein halbes oder ein ganzes Jahr gelagert worden waren und entsprechend würzig und scharf schmeckten, und Gewürzkäse mit dem Aroma von Nelken, Kümmel oder Schnittlauch.

Ganz im Hintergrund zeigte das Bild dann Säcke mit Nüssen auf großen Fässern mit Rotwein aus Italien, Spanien und Frankreich und Türme von Schokoladentafeln, und Bruno van Leeuwen, der junge *agent* in Uniform, schritt durch dieses alle Sinne betörende Gemälde zu einer Kammer am Ende des Raumes. Dort gab es eine Ebenholztheke, ein paar hochbeinige Hocker und noch mehr Fässer und Regale an den Wänden. Neben der Registrierkasse stand eine rußige Öllampe, deren Licht kaum bis zu den Knoblauchkränzen am Türrahmen reichte. Auf den Hockern saßen drei junge Männer, die hingerissen zusahen, wie der Katalane große, orangefarbene Stücke aus einer Kaaskugel schnitt, und gerade als Van Leeuwen über die Schwelle trat und sich fragte, was wohl an dem Vorgang des Käseschneidens diese Begeisterung auf die Gesichter der jungen Männer zauberte, entdeckte er Simone. Mit nackten, übereinandergeschlagenen Beinen saß sie in einem kurzen schwarzen Kleid auf einem der Fässer, ein Glas Wein in der Hand. Sie saß nur da, sonst nichts, aber sofort erkannte Van Leeuwen, dass die Studenten nicht das Messer des Katalanen oder den Käse betrachteten, sondern seine Frau, und dass jeder von ihnen bereits rettungslos in sie verliebt war, so wie er selbst, und ihm gehörte sie.

Jetzt wusste er wieder, wie stolz er gewesen war, stolz und dankbar, und er wusste auch noch, dass ihn dieses Gefühl nicht davon abgehalten hatte, einen Streit mit ihr zu beginnen, nachdem sie, ein paar Gläser Wein und einige Käsestücke später, den Laden wieder verlassen hatten. Denn damals war ihm die Stadt neu, wild und gefährlich vorgekommen; er hatte um seine unerfahrene Frau gefürchtet, und er war eifersüchtig gewesen. Auf den Straßen dieser Stadt, hatte er gedacht, musste jeder Schritt achtsam getan werden, weil er einen in die falsche Gegend, durch die falsche Tür führen konnte, hinter der ihrer beider Schicksal einschneidend verändert werden konnte oder zumindest unwiderruflich geprägt.

Sie hatten sich auf offener Straße gestritten, im beginnenden Abend, dessen Stimmung dem hier und jetzt ähnelte, und er sah Sim noch vor sich stehen, so deutlich, als bräuchte er bloß die Hand auszustrecken, um sie zu berühren: das blonde Haar, durch das der Wind fuhr, die zornig funkelnden Augen in dem zu ihm hochgereckten, von Leidenschaft und Wein geröteten Gesicht und darunter der schlanke, anmutige Hals, den er neben ihren Augen am meisten geliebt hatte. Er sah sie vor sich stehen und spürte wieder den Schmerz, der so tief ins Herz reichte, wenn man wirklich und aufrichtig liebte und sich keinen anderen Menschen vorstellen konnte.

Es war nur ein kleiner Streit gewesen, gerade heftig genug, um ihm eine Ahnung von Ende und Verlust zu geben, vom Unwiederbringlichen jeder jungen Liebe. Aber er entsann sich, dass er an jenem Abend, bei diesem Streit, den Entschluss gefasst hatte, jedem Abenteuer und aller unnötigen Gefahr abzuschwören. Und während sie sich endlich im Neongeflacker der Reklametafeln küssten, eine Versöhnung wie in einem Technicolor-Film, tat er dies in dem sicheren Gefühl, niemals mehr etwas bereuen zu müssen.

»Sie wollen wissen, ob ich mir manchmal den Tod meiner Frau gewünscht habe?«, fragte er heftig. »Natürlich habe ich das! Ich habe mir ihren Tod gewünscht, weil ich nicht genug von ihr kriegen konnte, von ihrer Zärtlichkeit und ihrer Liebe. Ich habe mir gewünscht, dass sie stirbt, weil ich ihr so gern zusah, wenn sie Zeitung las oder die Blumen goss oder an ihrer Unterlippe zupfte, während sie an ihrer Schreibmaschine saß und über den nächsten Satz für ihren Artikel nachdachte. Dann ihre dunkelbraunen Augen, mit denen sie reden und zuhören und lachen und streiten und weinen konnte. Oder die Art, wie sie ihren Kopf hielt, wenn sie telefonierte, oder wie ihr Hals sich ins Licht neigte, wenn sie sich über ein Buch beugte – das waren alles Gründe, sich ihren Tod zu wünschen.«

Van Leeuwen bohrte die Fäuste immer tiefer in die Taschen des Trenchcoats. »Ich legte gern meinen Arm um ihre Hüfte, und ich war immer glücklich, wenn ich ihre Hand hielt, sie war zart und schlank, und ich dachte, hoffentlich stirbt sie bald. Sie zog sich nicht besonders elegant an, aber das machte nichts, weil alles gut aussah an ihr, sogar die bunten Farben, für die sie eigentlich zu alt war. Wenn wir verreisten, packte sie regelmäßig zu viel ein, egal, ob wir nur für drei Tage nach Zandvoort wollten oder für zwei Wochen in die Toskana, aber sie in ihren bunten Pullovern unschlüssig vor den offenen Koffern stehen zu sehen war so schön, dass ich wusste, ich werde dankbar für ihren Tod sein. Sie liebte Gedichte. Sie schminkte sich immer genau richtig, nicht zu stark und nicht zu schwach. Sie war wie manche Gemälde, die bei jedem Licht wirken, weil sie aus sich heraus leuchten, aus einer inneren Klarheit und Kraft. Das war meine Frau, und es war eine Freude, sie um mich zu haben, die ganze Zeit, jeden Tag bis zum letzten, und natürlich hatte ich die ganze Zeit nichts anderes im Sinn, als mir ihren Tod zu wünschen!«

Doktor Menardi stand dicht vor ihm, und jetzt tat sie etwas Seltsames: Sie reichte ihm wortlos ein Taschentuch. Er schob ihre Hand weg. »Das sind bloß Wasserspritzer«, sagte er heiser, »von dem Passagierschiff eben!« Er wischte sich mit dem Ärmel über die Wangen und leckte sich das Salz von der Oberlippe.

Die Psychologin steckte das Taschentuch wieder ein. Leise meinte sie: »Wenn Sie sie wegen all dieser Dinge geliebt haben, dann muss es doch sehr schwer für Sie gewesen sein, sie weiter zu lieben, als sie … nachdem sie krank geworden war. Ein Alzheimer-Patient ist ja kein einfacher Fall für seine Angehörigen.«

»Wer sagt denn, dass alles immer einfach ist? Dass es einfach sein muss, eine Ehe zu führen? Oder jemanden zu lieben?«

»Können Sie mir etwas über Ihre Einstellung zur Ehe sagen?«

Nein, dachte er, plötzlich erschöpft, das kann ich nicht. Ich habe keine Einstellung mehr, weil ich keine Ehe mehr habe. Ich habe nur noch Erinnerungen. »Ich glaube an Liebe«, erwiderte er. »An Begehren und Zärtlichkeit. An Vertrauen. Ich glaube daran, dass man mit jemand zusammen sein will und gut zu ihm sein will und glücklich ist, wenn man ihn sieht und um sich hat, und das alles, weil man es so will. Ich glaube nicht mehr an Verbote und Tabus, an *Du darfst nicht* und *Du musst.* Ich glaube sogar, dass eine verheiratete Frau zwei Männer lieben kann und darf, auf verschiedene Weise oder auf dieselbe, weil es menschlich ist.«

»An all das glaube ich auch«, bekannte Feline Menardi nach einer Pause, »aber geschieden bin ich trotzdem. Es gibt eben nicht immer ein Happy End.«

»Doch«, entgegnete Van Leeuwen, »nur nicht immer an der richtigen Stelle. Was werden Sie nun dem Hoofdcommissaris sagen?«

Sie hob ihre Armbanduhr dicht an die Augen und drehte sich so, dass der Lichtschein einer Laterne auf das Zifferblatt fiel. »Oh

Gott, ich muss los.« Sie nahm die Baskenmütze ab und fuhr sich durch das lange kastanienbraune Haar, das sie heute nicht zum Zopf geflochten trug. »Was ich dem Hoofdcommissaris sage? Lassen Sie sich überraschen, Sie werden auch das überleben! Haben Sie das nicht mal gesagt – *ich bin ein Überlebender des Happy Ends?*« Sie reichte Van Leeuwen die Hand. »Es hat mich sehr gefreut, Sie kennenzulernen, Commissaris.« Sie trat einen Schritt zurück, als wollte sie sich ihn noch einmal vom Scheitel bis zur Sohle einprägen. Dann setzte sie die Mütze wieder auf, drehte sich um und überquerte die Straße, begleitet von einem raschelnden Wirbel goldener und scharlachroter Blätter, die um ihre Beine kreisten, als gäbe es dort, wo sie ging, einen Sog aus Wind und Licht.

Woher weiß sie das?, dachte der Commissaris. Woher weiß sie, was ich vor einer Ewigkeit mal gesagt habe?

31

»Herrgott – die sind ja überall! Im ganzen Land!«, sagte Brigadier Tambur. Sie stand vor der magnetischen Landkarte in Van Leeuwens Büro, und ihre Stimme klang so fassungslos wie die eines Arztes, der auf dem Monitor eines Computertomografen erkennen muss, dass sein Patient im Begriff stand, beide Gehirnhälften an blindwütig metastasierende Krebstumore zu verlieren. »Den Haag, Leiden, Hilversum, und da: Arnheim, Delft, Nimwegen – wirklich überall!«

Der Commissaris stand neben ihr, Hoofdinspecteur Gallo und Inspecteur Vreeling auch, und alle starrten auf die Magnetkarte mit dem wachsenden Schwarm roter Metallknöpfe. Die meisten Knöpfe konzentrierten sich auf Amsterdam und das umliegende Land und noch ein paar auf Rotterdam, aber nach oben in Richtung Apeldoorn und Deveter wurden es weniger. Zwischen Deveter und Zwolle gab es nur noch zwei und dann einen letzten in der Gegend von Steenwijk.

Der Commissaris trat einen Schritt zurück und versuchte, nur die roten Punkte zu sehen – die Gruppierungen, die sie bildeten, die abstrakten Formen. Er stellte sich einen Rorschachtest vor, die Tintenkleckse und schwarzen Flecken, die eine gedankliche Assoziation im Betrachter auslösen sollen. Er starrte die Punkte so lange an, bis sie unscharf wurden und miteinander zu verschmelzen schienen. Aber nach ein paar Sekunden lösten die verschmolzenen Gruppen sich wieder zu einzelnen Punkten auf, und nichts sonst geschah.

»Reden wir über die neu dazugekommenen Fälle«, meinte er, ohne den Blick von der Karte und den Metallknöpfen zu lösen. »Leon Raven …«

Hoofdinspecteur Gallo schlug eine Klarsichtmappe auf und las vor: »Leon Raven war siebzehn, als er starb, am dritten Oktober vor drei Jahren. Er lebte in einem Vorort von Arnheim. Er war heroinabhängig und HIV-positiv. Seine Eltern waren bei einem Autounfall ums Leben gekommen, in Portugal. Er hatte eine kleine Schwester, Carice, neun, die aus dem Heim weglief, um bei ihm zu sein. Sie spielte mit seiner Nadel herum, als er wieder mal weggetreten war, und verletzte sich damit, und die Ärzte stellten fest, dass sie sich infiziert hatte und wahrscheinlich keine zehn mehr werden würde. Leon versuchte wiederholt, sich umzubringen, aber es ging immer schief; jedes Mal wurde er gefunden und gerettet, einmal von Carice, als sie erneut aus dem Heim getürmt war. Er starb, so wurde es zumindest diagnostiziert, an Herzversagen. Der Arzt, der damals den Totenschein ausgestellt hat, meint jetzt jedoch, er könnte auch erstickt sein.«

»Lisa de Vries«, sagte der Commissaris.

»Lisa de Vries aus Delft war sechsundvierzig, als ihre Leiche gefunden wurde«, zitierte Brigadier Tambur mehr oder weniger frei vom Blatt einer ausgedruckten E-Mail der Pathologie in Delft. »Sie hatte nach dem Tod ihres Mannes, mit dem sie fast zwanzig Jahre verheiratet gewesen war, herausgefunden, dass er mit einer anderen Frau drei Kinder hatte. Sie hatte selbst für ihr Leben gern Kinder haben wollen, war von ihm aber stets auf später vertröstet worden. Außerdem hatte sie herausgefunden, dass er während ihrer ganzen Ehe immer wieder fremdgegangen war, ein halbes Dutzend Geliebte, von denen sie wusste, wahrscheinlich mehr, die er mit dem Geld ausgehalten hatte, das sie von ihren Eltern geerbt hatte. Und sie hatte herausgefunden, dass er ihr nichts als einen Berg Schulden hinterlassen hatte, Schulden ohne Ende, beim Finanzamt, bei einem Dutzend Gläubigern, bei jedem, der dem Ehepaar nahestand; dass ihr nichts mehr gehörte, dass sie keine Freunde mehr hatte und dass ihre eigene Familie ihr von all dem kein Wort glaubte, denn ihr Mann war ein Sonnenschein gewesen, in jedem Leben außer in ihrem. Sie hatte versucht, sich zu erschießen, hatte sich aber so ungeschickt angestellt, dass die Kugel nur den Gaumen zerschmetterte und die Sehnerven zerstörte. Sie starb am sechsundzwanzigsten September 1999. Todesursache: Tod durch Ersticken.«

Der Commissaris ging zu seinem Schreibtisch, setzte sich und stützte die Ellbogen auf die Tischplatte. Im Sitzen suchte er den roten Punkt, der den Fundort von Lisa de Vries' Leiche markierte. Jetzt, aus größerem Abstand, glaubte er, in den Gruppierungen der Knöpfe ein Muster oder eine Form zu erkennen, wusste aber nicht, woran diese Form ihn erinnerte.

»Ich habe hier drei weitere Fälle vom Landespolizeikorps bekommen«, fuhr jetzt Inspecteur Vreeling fort. Er stand vor der Karte und tippte mit dem Zeigefinger seiner endlich verheilten und vom Verband befreiten Karatehand auf einen anderen roten Punkt mitten in den Niederlanden. »Der erste ist ein siebenunddreißigjähriger Narkosearzt, Toos van Houten, der den Gehirntod einer jungen Mutter verursacht haben soll. Er verliert seine Stelle, die Verwandten der Koma-Patientin überziehen ihn mit Zivilklagen und Prozessen, und er fängt an, Geister zu sehen: die beiden ungeborenen Kinder der Mutter verfolgen ihn. Er stirbt am dritten Oktober 1986, also vor siebzehn Jahren, Todesursache unspezifisch, möglicherweise Tod durch Ersticken.«

»Und der zweite Fall?«, erkundigte sich Van Leeuwen.

»Eine Benediktinernonne, Schwester Anna, die vom Teufel besessen war«, antwortete Vreeling und deutete auf den nächsten roten Punkt, »hier, nicht weit von Nimwegen. Von einem Tag auf den nächsten wirft sie sich jedem Mann an den Hals, fängt an zu saufen, bespuckt das Kreuz und Gemälde der Jungfrau Maria. Sie wird aus ihrem Kloster geworfen und von ihrem Orden verstoßen. Sie magert ab, leidet unerklärliche Schmerzen, scheint innerlich zu verbrennen, ihre Augen lodern.«

»Tod durch Ersticken«, warf Gallo ein. »Entweder am sechsundzwanzigsten September oder am dritten Oktober, richtig?«

»Am sechsundzwanzigsten September 2001«, bestätigte Vreeling. »Der dritte Fall war der Fahrer eines Tanklastwagens, der ...«

»Was haben alle diese Fälle gemeinsam«, unterbrach ihn der Commissaris, »überhaupt alle Fälle, die wir mit hoher Wahrscheinlichkeit ein und demselben Täter zuschreiben können?« Sein Blick kehrte immer wieder zu der Karte an der Wand zurück, als würden auch seine Augen von dem Magnetfeld angezogen. Er spürte, dass etwas geschah: Winzig kleine Teilchen, Atome, schienen sich in ihm zusammenzuziehen, zu einem Bild, das sich vor seinem inneren Auge über die Fata Morgana der Metallknöpfe legte.

»Die Opfer wurden erstickt«, sagte Julika Tambur. »Immer am selben Tag oder besser an zwei Tagen, im September und Oktober.«

»Und niemand kam bei der Bestimmung der Todesursache auf Fremdeinwirken«, ergänzte Gallo. »Niemand kam auf einen Mörder mit einer Plastiktüte oder einer Rolle Zellophanfolie.« Er nickte fast bewundernd. »Das perfekte Verbrechen ... Sieht so aus, als hätte jemand irgendwann vor Jahren einmal das perfekte Verbrechen begangen und danach einfach nicht mehr aufhören können ...«

»Das perfekte Verbrechen gibt es nicht«, erklärte der Commissaris. »Die Idee der Zivilisation kennt das perfekte Verbrechen genauso wenig, wie die Natur das Vakuum kennt.«

»Und was kennt die Natur stattdessen?«, erkundigte sich Gallo.

»Möglichkeiten. Einen Raum voller Möglichkeiten.« *Ein Bumerang*, dachte Van Leeuwen, in den Anblick der Knöpfe versunken wie ein Kind beim Bleigießen. *Das ist eine der Möglichkeiten. Es könnte ein Bumerang sein, dessen kräftiges Ende sich um Amsterdam wölbt, während der stetig dünner werdende Griff nach oben weist, nach Steenwijk.* Laut sagte er: »Alle waren unglücklich – das ist die Gemeinsamkeit. Sie waren verzweifelt. Sie wollten nicht mehr leben, keiner von ihnen. Wenn wir ihre Freunde oder Verwandten befragen würden, was bekämen wir dann zu hören? Immer und immer wieder die gleiche Geschichte, Thema und Variation, *ad infinitum.*«

»Worauf willst du hinaus?«, fragte Gallo.

Der Commissaris antwortete: »Wir müssen uns doch fragen: Was für ein Mensch ist das, den wir suchen? Was für eine Tarnung benutzt er? Oder: Tarnt er sich überhaupt? Warum geht er so ein Risiko ein – um Mitternacht in einer belebten Gegend wie *de wallen* sein Opfer zu töten? Wieso schafft er die Leiche nicht weg, um sie zu verstecken? Hat er keine Angst, entdeckt zu werden? Warum nicht? Weil er glaubt, nichts Böses zu tun? Oder überkommt es ihn einfach, ein Trieb, dem er hilflos ausgeliefert ist? Wie sieht seine Persönlichkeitsstruktur aus? Weißt du noch, Ton, wie du vor zwei Wochen auf der Fahrt zu der Schule von Gerrit Zuiker gesagt hast, *vielleicht hat der Mörder ihm einen Gefallen getan?* Ich glaube, da hattest du schon den Schlüssel zur Lösung des Falls. Das glaubt der Mörder nämlich auch, dass er seinen Opfern einen Gefallen tut. Dass er ein guter Mensch ist.«

Es könnte auch ein Vogelschwarm sein, dachte er: *Die roten Metallknöpfe könnten Zugvögel sein, die in Keilformation in Richtung Overijssel fliegen, einer an der Spitze, die anderen hinterher, und die Nachzügler flattern noch hier bei uns in Amsterdam herum.*

Inspecteur Vreeling fuhr sich mit beiden Händen ratlos durch die kurzen dunkelbraunen Locken. »Sollen wir denn jetzt alle Todkranken und Verzweifelten, jeden Erbarmungswürdigen, der am Ende ist, und alle, die nicht mehr leben wollen in ganz Amsterdam oder den gesamten Niederlanden, überwachen, um den Mörder nächstes Mal auf frischer Tat zu ertappen? Oder wie wär's mit einem Aufruf: Kommt zu uns, alle, die ihr mühselig und beladen seid, damit wir euch Personenschutz gewähren können …«

»Nein«, murmelte der Commissaris. Er stand auf und trat an die Magnetkarte, denn plötzlich war ihm eine andere Landkarte eingefallen, die er erst kürzlich zu Hause im Atlas studiert hatte – die Karte war ihm eingefallen und darauf ein Fluss, der Yangtsekiang, der irgendwo in den Bergen Chinas klein und unscheinbar aus der Erde sprang und immer breiter wurde, während er dem Meer zuströmte, bis er in einem Stausee hinter dem Drei-Schluchten-Damm aufgehalten wurde.

Das war die Form, an die ihn die roten Metallknöpfe erinnerten, der Yangtse von oben. Die Quelle des Flusses musste irgendwo bei Steenwijk sein, eines Flusses aus Blut, eines zinnoberroten Stroms, der sich krümmte und wand und dabei immer breiter wurde, bis er Amsterdam erreichte.

»Nicht in ganz Holland«, bemerkte er gedankenverloren, »nicht überall …«

Er entsann sich, dass Doktor Menardi gestern gesagt hatte, der Mörder könnte im Lauf der Zeit sein Tätigkeitsfeld ausgeweitet oder verlagert haben, vielleicht mehrmals. »Hört mal zu«, meinte er. »Wenn man, der Logik folgend, davon ausgeht, dass die Zahl der Opfer eines ungefassten Serientäters eher zunimmt, als niedriger zu werden, dann lässt die Form des Musters nur einen Schluss zu: Er hat sich von da, wo es die wenigsten Opfer gab, auf den Ort zubewegt, an dem die bisher größte Anhäufung zu verzeichnen ist – Amsterdam –, um von dort noch einen gelegentlichen Ausflug ins Umland zu unternehmen. Aller Wahrscheinlichkeit nach hat die Mordserie also da ihren Anfang genommen, wo der älteste ungeklärte Todesfall gemeldet worden ist.«

»Was für ein Muster?«, fragte Vreeling, aber der Commissaris antwortete nicht. Er berührte den obersten Metallknopf, der sich nur einen halben Millimeter links unterhalb von Steenwijk an die Karte klammerte. »Julika, welches ist der älteste Fall auf unserer Liste?«

Brigadier Tambur zog den Computer zurate; ihre Finger mit den farblos lackierten Nägeln flogen über die Tastatur. »Conrad Mueller«, sagte sie. »Getötet im Oktober 1983.«

»In Steenwijk?«

»Ja.«

»Und wir haben keinen älteren Fall?«

»Nein.«

»War das der Feuerwehrmann?«

»Ja.«

»Was wissen wir über Mijnheer Mueller?«

»Also bis jetzt nur, dass er neunundvierzig Jahre alt war, als er starb, am dritten Oktober …«

»… vor fünfundzwanzig Jahren«, fiel ihr der Commissaris ins Wort. »Wenn wir annehmen, dass der Mörder frühestens mit sechzehn Jahren zum ersten Mal zugeschlagen hat, müsste er jetzt also mindestens einundvierzig sein, plus minus ein oder zwei Jahre.«

»Warum gerade mit sechzehn?«, fragte Inspecteur Vreeling.

Van Leeuwen kehrte der Karte den Rücken; er fühlte sich auf einmal leicht, wie erlöst. »Er kann auch später angefangen haben – vielleicht mit achtzehn oder zwanzig –, aber nicht sehr viel später: Die Zahl der Opfer spricht dagegen.« Er trat ans Fenster, sah hinunter auf die Bäume und die Gracht. »Am Anfang waren die Abstände zwischen den Morden größer, erst mit der Zeit wurden sie kürzer, und selbst da hat sich das Tempo nur langsam gesteigert, bis er schließlich jedes Jahr mehrmals zuschlug. Viel früher hat er andererseits wohl auch nicht getötet, denn sein *MO* verlangt eine gewisse Kraft und Entschlossenheit, vor allem aber Umsicht, Planung, Reife – emotionale Intelligenz, selbst wenn es sich um deformierte Emotionen und eine auf Abwege geratene Intelligenz handelt.«

Er drehte sich um und sah Gallo an, dann Julika und Remco Vreeling. »Wir suchen also einen Mann zwischen … grob geschätzt … einundvierzig und fünfundfünfzig Jahren, der vor etwa fünfundzwanzig Jahren in der Gegend von Steenwijk gelebt hat und jetzt wahrscheinlich bei uns oder hier in der Nähe zu Hause ist. Wenn man weiter davon ausgeht, dass ihn ein traumatisches Erlebnis aus der Bahn geworfen und später dazu gebracht hat, Menschen aus Mitleid zu töten – Doktor Menardi ist dieser Ansicht –, dann muss es zwischen 1983 und 1963 stattgefunden haben. Ton, Julika, Remco – versucht doch mal herauszufinden, ob sich in diesem Zeitraum in der Gegend von Steenwijk irgendetwas Außergewöhnliches ereignet hat, etwas so Schreckliches, dass es einen jungen Menschen für immer aus der Bahn werfen konnte.« Er hielt einen Moment den Atem an, bis er das Blut hinter seinen Schläfen pochen hören konnte. »Und ob es vielleicht an einem sechsundzwanzigsten September oder einem dritten Oktober passiert ist …«

»Das sind zwanzig Jahre«, gab Inspecteur Vreeling zu bedenken, »vielleicht sogar mehr.«

»Genau«, bestätigte der Commissaris, »und wir wissen nicht mal, ob es ein so spektakulärer Vorfall war, dass noch jemand anderer außer unserem Mörder darauf aufmerksam geworden ist. Fragt die Gendarmerie, die Landärzte, die Feuerwehr. Fragt alle, die zur selben Altersgruppe gehören wie unser möglicher Täter, und alle, die älter sind. Das sind nur kleine Dörfer dort, einzelne Bauernhöfe, da geraten Dinge nicht so schnell in Vergessenheit. Grabt alles um, schaut hinter jedes Gebüsch, lasst keinen Stein auf dem anderen, bis die Geheimnisse aus der Erde kriechen.«

»Sollen wir das von hier aus machen, oder willst du, dass wir hinfahren?«, fragte Gallo.

»Wir fahren alle hin«, entschied der Commissaris. »Aber versucht, so viel wie möglich vorher herauszufinden. Außerdem müssen sämtliche Mitarbeiter der Klinik von Doktor van der Meer und alle Redakteure von *De Avond!* und *Veronica*, die mit Doktor Jacobszoon zusammenarbeiten, daraufhin überprüft werden, ob sie dem hypothetischen Täterprofil entsprechen. Wie alt sie sind, wo sie herkommen, seit wann sie an ihrem gegenwärtigen Wohnsitz leben, ob sie mit einem unserer Opfer zusammengetroffen sein könnten *et cetera et cetera* … Los, los, worauf wartet ihr? Wir fahren morgen früh.«

Brigadier Tambur und Inspecteur Vreeling verließen Van Leeuwens Büro, um an ihre Schreibtische im Großraumbüro am Ende des Gangs zurückzukehren. Ton Gallo schlenderte zum Fenster, wo er schweigend stehen blieb. Draußen war wieder ein klarer Tag, an dem unter dem dunkelblauen Himmel alles wie in Metall gestochen wirkte, die Häuser, die Bäume, die kahlen Äste und der Abfall auf den Bürgersteigen. »Kannst du dich erinnern, dass wir je einen so langen Herbst hatten?«, fragte er. »Das ganze Blau und Gelb und Rot, es nimmt überhaupt kein Ende.«

»Das kommt noch«, meinte der Commissaris. »Manchmal ist das so, das man denkt, es bleibt immer Herbst, und dann kommt der Winter ganz plötzlich.«

Gallo sagte: »Hast du dir schon mal überlegt, dass auch jeder von uns zur Zielgruppe des Täters gehören könnte? Wenn ich an mich und Srebrenica denke oder an Julika und ihren Vater oder an dich, sogar an Joodenbreest und seinen Bruder in der Anstalt – jeder von uns könnte auf der Liste stehen!«

»Wir wollen nicht sterben«, widersprach der Commissaris. »Wir sind vielleicht nicht glücklich, aber wir wollen leben. Das ist der Unterschied: Wir wollen leben.«

»Da bin ich mir gar nicht so sicher«, erwiderte Gallo. »Es gibt Momente, in denen bin ich mir da gar nicht so sicher.« Auf dem Weg zur Tür blieb er vor der Magnetkarte stehen und kniff die Augen zusammen. »Und was *ist* das jetzt für ein Muster?«

»Der Yangtse«, erklärte der Commissaris. »Der Yangtse von oben, auf der Landkarte.«

Gallo trat einen Schritt zurück, dann noch einen. »Der Yangtse, hm?« Aber der Commissaris ließ sich nicht irritieren: Aus dem sandigen Weg zielloser Ermittlungen war – wie immer völlig überraschend – eine Straße geworden, und die Straße führte nach Steenwijk.

32

Der Oktoberhimmel war grau wie Wolfsfell, und ein niedriger Südwestwind trieb die Dünung der Markersee in flachen Wellen auf das Ufer zu. Der Schrei der Silbermöwen fügte dem Morgen die ersten Wunden zu. Die Farben des Tages – das Rostrot der Häuser, das matte Grün der Wiesen, das Weiß der Birken – trugen noch nicht aus eigener Kraft. Aber bald würde die Sonne aufgehen, der Himmel seinen grauen Schleier verlieren und nur noch blau sein.

Der Commissaris und seine Mannschaft waren um sieben Uhr früh aufgebrochen, und während der Fahrt durch Amsterdam und auf den ersten Kilometern in der Dunkelheit außerhalb der Stadt hatten sie nur wenig geredet. Mit dem beginnenden Tag verblasste die Armaturenbeleuchtung, und etwas später schaltete Gallo die Scheinwerfer aus.

»Kannst du mal das Radio anmachen?«, fragte Vreeling. »Ich hör gern Musik beim Autofahren.«

Gallo drehte den Einschaltknopf des Radios nach rechts, aber nichts geschah, nur ein monotones Rauschen drang aus den Lautsprechern, und auch der Zeiger bewegte sich nicht über die Skala.

»Du kannst ja selber singen«, meinte Julika.

Vreeling schloss die Augen, als müsste er diesen Vorschlag ernsthaft prüfen. Dann nickte er und sang. *»Roll up«*, sang er, *»roll up for the magical mystery tour, step right this way«*, er hob beide Hände und schüttelte sie mit gespreizten Fingern wie ein Vaudeville-Tänzer, *»roll up for the mystery tour! The magical mystery tour is waiting to take you away …«*

»Das reicht«, sagte der Commissaris. »Wir sind nicht auf einer Vergnügungsreise.«

»Mögen Sie die Beatles nicht?«, fragte Vreeling und versuchte es noch einmal: *»Magical mystery tour ist dying to take you away, dying to take you today …«*

Der Commissaris drehte sich um und sah Vreeling über die Rücklehne des Beifahrersitzes an. »Was hast du über Conrad Mueller bei den Kollegen vom Bezirk Steenwijkerland in Erfahrung gebracht?«

Vreeling ließ die Hände sinken. »Nichts. Vor fünfundzwanzig Jahren sind die alle noch in kurzen Hosen herumgelaufen.«

»Ist ihr Archiv auch in kurzen Hosen herumgelaufen?«, fragte Gallo.

»Die Akten waren im Keller gelagert und sind bei einer Überschwemmung vernichtet worden.«

»Und die Medien – Zeitung? Rundfunk?«, erkundigte sich der Commissaris.

»Die Redakteure des *Steenwijkerland Express* haben wahrscheinlich die kurzen Hosen der Polizisten aufgetragen«, antwortete Julika, »und beim *NieuwsTV Steenwijk* haben sie nicht mal ein Archiv.«

Der Commissaris drehte sich wieder nach vorn. »Dann müssen wir bei Conrad Mueller ansetzen, bei seinen Freunden und Verwandten, den Kollegen bei der Feuerwache in Steenwijk. Wie heißt der zuständige Brandschutzleiter?«

»Mit denen habe ich schon gesprochen«, sagte Hoofdinspecteur Gallo. »Offenbar erinnert jeder sich an Conrad Mueller, aber der, der ihn am besten kannte, war sein Vorgesetzter, Cor de Boer. Mijnheer de Boer ist inzwischen pensioniert, aber er lebt noch. Er wohnt in einem kleinen Dorf in der Nähe von Steenwijk.«

Es wurde jetzt schnell hell. Die Sonne hatte ein Loch in der grauen Wolkendecke gefunden, und die weite Fläche der See, hier und da getüpfelt vom fleckenlosen Weiß schwimmender Möwen, breitete sich links von der Straße aus.

»Roll up, roll up for the mystery tour«, sang Vreeling ganz leise. »*The magical mystery tour ...*« Seine Stimme erstarb, und auch sonst sagte niemand mehr ein Wort.

Sie fuhren, ohne viel zu reden. Eintönig zogen Stromdrähte sich von Mast zu Mast, über einem Fleckenteppich von abgeernteten Feldern und Äckern, in dem rot geziegelte, reetgedeckte Gehöfte mit Misthaufen vor den Küchenfenstern und Milchkannen im Schatten der Bretterscheunen anheimelnde Inseln bildeten. Pappeln standen mit silber flirrenden Blättern vor dem blauen Himmel; ungemähte Wiesen zerflossen in wogendem Grün. Bewässerungsgräben durchschnitten das Land, und immer wieder drang der Geruch von Dung und Mist in den Wagen.

Stämmige Mühlen schlugen mit trägen Flügeln Räder im Wind. Schnell wie in einem Videoclip jagten Wolkenfetzen unter der Sonne durch, und das Land schien zu flackern, es wurde abwechselnd dunkel und wieder hell. In der einen Sekunde wirkte alles wie ein unterbelichtetes Foto, und dann, im nächsten Moment, begann es zu gleißen und zu funkeln, jeder Graben, jede Pfütze, bis

Vreeling sang: *Lucy in the Sky with Diamonds*, und niemand sagte, er solle still sein.

Um kurz vor neun erreichten sie das Dorf, in dem Cor de Boer lebte. Der Commissaris fuhr das Fenster herunter. Die Luft roch nach feuchter Erde und frisch gemähtem Gras. Aus dem Schornstein eines Gehöftes stieg ein dünner Rauchfaden, lang und straff, als hielte er einen Papierdrachen.

Ein Schlagloch im Asphalt versetzte dem Wagen einen Stoß. Der Auspuff begann zu klappern und hörte nicht wieder auf. Das Geräusch erinnerte Van Leeuwen an das morgendliche Scheppern von Milchkannen, an das Rattern von Erntewagen und an Hufschlag auf hart gefrorenem Boden. Mit diesen Lauten gingen Gerüche und Bilder einher, die jahrelang nur eine Erinnerung gewesen waren – Schweine in einem Koben, runzelige Bäuerinnenhände an einem rosa geblähten Euter, die ahnungsvolle Unruhe des Viehs am Schlachttag.

Als die ersten Häuser des Dorfes zu sehen waren, wurde alles noch deutlicher, die Bilder standen nicht mehr, sondern liefen, vierundzwanzig in der Sekunde, *Leben auf dem Land*, alles, was er schon als Junge unbedingt hinter sich hatte lassen wollen: in jeder Himmelsrichtung nur ein Anblick, das ganze Leben lang. Man ging die Dorfstraße hinunter, es war Sonntagvormittag im Frühling oder Sommer oder Herbst, und die Männer und manchmal auch die Frauen saßen vor den Häusern auf den Holzbänken, keiner redete. Alle blinzelten schweigend ins Licht der Sonne, als wären sie aus altem, verwittertem Holz geschnitzt.

Das Dorf bestand nur aus zwei Häuserzeilen, die sich gegenseitig mit dunklen Fenstern ohne Vorhänge betrachteten. Rotbraune, im Blockverband gemauerte Steinfassaden endeten unter Schieferdächern in spitzen Giebeln, rechts und links verwachsen mit identischen Nachbarhäusern. Pflastersteingassen führten von der Hauptstraße zwischen Garagen und rückwärtig gelegenen Gärten zu schlichten Feldwegen, an deren Ende die letzten Höfe lagen.

Die Polizisten in dem schwarzen vw Golf aus dem Fuhrpark des Hoofdbureaus fuhren langsam über die menschenleere Hauptstraße. Das Scheppern des Auspuffs wurde von den Hausmauern zurückgeworfen. Sie passierten eine kleine Kirche, dann ein Lebensmittelgeschäft, einen Laden für Angelgeräte, Tierfutter und landwirtschaftliche Geräte und einen Kiosk mit Lotto- und Postannahmestelle, bis sie den Gasthof erreichten. Das Metallschild mit der verblichenen Abbildung eines ehemals hellbraunen Hasen über der Tür schlug knarrend im Wind hin und her.

Gallo steuerte den Golf an den Straßenrand, und die Polizisten stiegen aus. An das Fenster des Gasthofs war von innen mit Tesafilm ein Stück Pappe geklebt, dessen Beschriftung die Sonne ausradiert hatte. Gallo drückte die Türklinke hinunter. Die Tür war verschlossen. Eine Klingel gab es nicht. Die Polizisten gingen um das Haus herum, durch eine winzige, dunkle Gasse. Sie stießen auf einen kleinen Hof, in dem sich aufgeweichte Pappkartons, Träger mit leeren Heineken- und Genever-Flaschen und ausrangiertes Mobiliar stapelten. Ein Mann in einem schmutzigen Overall beugte sich über den Motor eines roten Ford Mondeo. Mit einem Arm hielt er die Motorhaube hoch, mit dem anderen maß er den Ölstand.

Hoofdinspecteur Gallo rief: »Entschuldigen Sie, wo finden wir Mijnheer de Boer?«

»Das letzte Haus links«, rief der Mann, ohne aufzuschauen.

Der Commissaris ging zurück zur Hauptstraße. »Ich rede mit De Boer, ihr nehmt den Wagen und fahrt nach Steenwijk und schaut, ob ihr sonst noch jemanden findet, der uns etwas über Conrad Mueller und den Mord sagen kann. Ich rufe euch an, wenn ihr mich abholen sollt.«

Hoofdinspecteur Gallo, Inspecteur Vreeling und Brigadier Tambur stiegen wieder in den schwarzen Golf, und Van Leeuwen ging weiter die Straße hinunter bis zum letzten Haus links, in dem der Mann wohnte, der das erste Opfer des Plastiktütenmörders gekannt hatte. Während er ging, dachte er, dass er dieses Wort noch nie benutzt hatte, *der Plastiktütenmörder*, noch nicht einmal in Gedanken.

Das Haus stand allein und etwas abseits von den anderen. Vielleicht lag es an den zugezogenen Gardinen hinter den Fenstern, dass der Commissaris den Eindruck hatte, als wappnete es sich mit misstrauischem Schweigen gegen seinen Besuch. Der Schornstein hatte kürzlich eine neue Abdeckung aus Eisen bekommen, dafür bedurften die weißen Fensterrahmen dringend eines frischen Anstrichs. In dem kleinen, von einem Maschendrahtzaun eingefassten Garten warf eine alte Esche ihren Schatten auf einen Tisch mit einer Holzbank und eine leere Wäscheleine. Neben der Esche kauerte ein Holzschuppen, dessen Tor offen stand. Drei Hammerschläge zerbrachen die Stille, ein Nagel klirrte auf einen Steinboden.

Der Commissaris klopfte an die Tür des Schuppens. Im Halbdunkel erkannte er einen schlanken, leicht gebeugten Mann, der sich nach dem heruntergefallenen Nagel bückte. »Mijnheer de Boer?«, fragte er.

Cor de Boer war nicht sehr groß, und er war auch nicht so kräftig, wie man sich einen Feuerwehrmann vorstellte, der mit einer Axt in der Faust in ein brennendes Haus eindrang oder einen Bewusstlosen aus den lodernden Flammen rettete. Er trug eine Brille mit Metallfassung, und zwischen den schütteren weißen Haaren schimmerte die mit kleinen Leberflecken übersäte Kopfhaut. Scharf zeichneten sich die Schulterknochen unter dem einfachen gelben Baumwollhemd ab. Die ausgebeulte Leinenhose wurde von Hosenträgern an Holzknöpfen gehalten. Er richtete sich wieder auf, drehte sich zur Tür um und blinzelte in die Helligkeit. »Ich bin mit der Kiste schon fast fertig«, sagte er. »Ich muss nur noch den Deckel zurechtsägen, und dann brauche ich ein Schloss. Und dann mache ich neue Fensterläden.«

Der Commissaris erklärte: »Mein Name ist Bruno van Leeuwen. Ich bin Polizeibeamter in Amsterdam. Wir untersuchen den Tod von Conrad Mueller.«

»Wer ist tot?«

»Conrad Mueller, Sie waren zusammen bei der Feuerwehr von Steenwijk.«

»Ach, Mueller, ja ... Das ist aber schon lange her.« De Boer trat an Van Leeuwen vorbei auf den Hof, und jetzt konnte der Commissaris sehen, dass ein Teil seiner Gesichtshaut auf der linken

Wange aus vernarbtem, totem Gewebe bestand. Es war heller als der Rest, mit braun-rötlichen Rändern und sah künstlich aus, wie eine nur halb fertiggestellte Maske. Dem Rest hatte das Alter zugesetzt, das einen Menschen zuverlässiger in Asche verwandelte als jedes Feuer.

»Sie erinnern sich also an ihn?«, hakte Van Leeuwen nach.

»An Mueller? Natürlich, jeder hier erinnert sich an ihn. Er war … es war schrecklich, was mit ihm passiert ist. Schrecklich. Leider habe ich keine Zeit. Heute ist der Todestag meiner Frau, und ich muss auf den Friedhof. Kommen Sie heute Nachmittag wieder.«

»Wann heute Nachmittag?«

»In ein paar Stunden, nicht zu früh. Ich gehe allein zum Grab. Ich kann Sie nicht mitnehmen.«

»Das verstehe ich.« Van Leeuwen nickte. Er machte kehrt und ging den Weg, auf dem er gekommen war, weiter, bis er eine Wiese erreichte. Er ging an der Wiese entlang, und hinter der Wiese begann ein Waldstück, und er ging eine ganze Weile durch den Wald und dachte an nichts. Als er hungrig wurde, sah er auf die Uhr und wunderte sich, wie spät es schon war. Er beschloss umzukehren. Er traf zur selben Zeit wie Cor de Boer bei dem letzten Haus auf dieser Seite des Dorfes ein.

»Kommen Sie.« De Boer ging voran zur Hoftür des Hauses und stieg mühsam die drei Steinstufen hinauf, die schon im Schatten lagen. In der Diele herrschte Kühle, und es roch nach Essen. Aus der Küche hinter einer angelehnten Tür drang das Klirren von Pfannen und Töpfen; heißes Fett zischte.

Der Commissaris fragte: »Was können Sie mir über ihn sagen? Über Mijnheer Mueller?«

De Boer führte Van Leeuwen durch die dunkle Diele in das Wohnzimmer. »Haben Sie schon mit den anderen gesprochen?«

»Welchen anderen?«

»Die mit ihm in dem Haus waren.«

Ein süßlicher Blumengeruch schwebte in dem kaum geheizten Raum, dazu die schale Ausdünstung von alten, ungelüfteten Teppichen und kaltem Zigarrenrauch. De Boer ging zu einem der Fenster, zog die Gardine beiseite und öffnete die von getrockneten Regentropfen fast undurchsichtigen Flügel. Sonnenschein fiel auf die ausgeblichenen Läufer und eine mit abgesessenen Schutzbezügen verhüllte Polstergarnitur. Die Schmiedeeisenschlösser einer grün gestrichenen und mit Blumenmustern verzierten Bauerntruhe fingen das Licht aus der Luft und verwandelten es in stumpfen Glanz. Auf der Kommode hing ein großer beleuchtbarer Globus in schräger Axialbefestigung an einem Messingständer. Ein großes Holzkreuz schien sich von einer der weiß gestrichenen Wände zu neigen.

»In welchem Haus?«, fragte der Commissaris.

De Boer ging leicht gebeugt auf den Esstisch in einem Alkoven am anderen Ende des Raumes zu. »Sind Sie nicht wegen dem Haus hier? Ich dachte, es ginge um das Haus und die toten Kinder.« Er sah auf seine Armbanduhr. »Ich esse gern zeitig, solange es noch hell ist. Sie mögen doch polnische Küche?«

»Ich bin nicht zum Essen hier«, erwiderte der Commissaris. »Ich möchte, dass Sie mir erzählen, wie Conrad Mueller gestorben ist.«

»Er ist an dem Nachmittag gestorben, an dem er die Kinder gefunden hat«, sagte De Boer.

»1983«, sagte der Commissaris, »am dritten Oktober?«

»Nein, nein, das war 1966«, widersprach De Boer. »Er und die anderen wurden zu dem Brand gerufen. Ich dachte, Sie hätten schon mit den anderen gesprochen.« Er griff nach einer Klingel, die auf dem Tisch stand, und schüttelte sie heftig. »Setzen Sie sich doch«, meinte er. »Sie haben bestimmt Hunger! Meine Frau ist tot, aber ich habe eine Haushälterin. Das Essen muss gleich fertig sein. Es gibt Piroggen. Sonia kommt aus Krakau, das ist in Polen. In der Toilette im Flur können Sie sich die Hände waschen.« Zum ersten Mal sah er den Commissaris mit wässerigen blauen Augen direkt an, und Van Leeuwen begriff, dass De Boer für seine Auskunft etwas haben wollte, das leicht zu geben war.

Der Commissaris wusch sich die Hände, und als er ins Zimmer zurückkehrte, hatte die Haushälterin den Tisch gedeckt. Die mit gebratenem Brühfleisch und Zwiebeln gefüllten Teigtaschen dufteten würzig. Van Leeuwen setzte sich. Der alte Feuerwehrmann aß hastig, eine Gabel voll und noch eine. Nach ein paar Bissen verzog sich sein Mund, und er ließ die Gabel auf den Tellerrand klirren. Er seufzte. »Angebrannt!«, stieß er hervor, dann rief er: »Sonia!«

Die Haushälterin erschien in der Tür. »Die *pierogi* sind versalzen!«, raunzte De Boer. »Versalzen und angebrannt! Und dann auch noch mit Margarine bestrichen!«

»Womit hätte ich sie denn sonst bestreichen sollen?«, fragte die Haushälterin mürrisch.

»Brandsalbe!« Der alte Feuerwehrmann schüttelte den Kopf und aß weiter. »Wo waren wir stehen geblieben?«

»Conrad Mueller und die anderen Männer, die mit ihm Dienst hatten, wurden zu einem Brand gerufen«, erinnerte der Commissaris De Boer. »Waren Sie auch dabei?«

»Nein, meine Schicht war schon zu Ende«, antwortete De Boer. »Ich habe am Abend davon gehört. Jeder hat davon gehört, es wurde über nichts anderes geredet an dem Abend und die ganzen nächsten Tage. Genau genommen wurde jahrelang über nichts anderes geredet als über den Balkon mit den toten Kindern. Und als die Frau dann vor Gericht gestellt wurde, ging das Ganze wieder von vorn los, nur nicht für Mueller, der hat auch ohne das immer wieder davon angefangen, bis zu seinem Tod. Er konnte es einfach nicht vergessen. Er wusste, dass er es nie vergessen würde, solange er lebte. Deswegen wollte er ja sterben. Wegen der Kinder in den Blumentöpfen.«

Das Gemälde in Van der Meers Büro: Babys, die in Blumentöpfen steckten.

Der alte Feuerwehrmann wischte sich den Mund ab und ließ den Teller halb leer gegessen stehen. »Haben Sie davon nichts gehört? Es war in allen Zeitungen, und im Fernsehen. An so was muss sich ein Polizeibeamter doch erinnern …«

»1966 war ich kein Polizeibeamter«, erwiderte Van Leeuwen. »Ich war dreizehn Jahre alt, und da, wo ich herkomme, las man nicht viele Zeitungen, und Fernsehen gab es schon gar nicht.« *Ich war in ein blondes Mädchen in einem roten Anorak verliebt,* dachte er, *das im strömenden Regen auf einem Fahrrad vorbeifuhr.*

»Das war eine der Sachen, die man nie vergisst«, fuhr De Boer leise fort, »niemand, der ein Mensch sein will – selbst wenn Mueller nicht dauernd davon gesprochen hätte. Seine Frau konnte es nicht mehr ertragen, irgendwann ist sie auf und davon, und sogar sein Sohn … Ich habe gehört, er hat ihn manchmal mitten in der Nacht geweckt, um ihm davon zu erzählen. Selbst als der Junge noch klein war, hat er ihn geweckt, weil er mit irgendjemand reden musste, weil er es nicht mehr allein ertrug. Wissen Sie, wie die, die in den Lagern waren und Angst hatten, dass die Menschen vergessen könnten. Dass sie alles vergessen. Tja, und irgendwann konnte der Junge es nicht mehr hören. Er bekam Angst vor den Nächten, in denen er geweckt wurde und in denen sein Vater bei ihm auf der Bettkante saß und sagte: *Ich ersticke, ich kann nicht mehr …*«

De Boer betrachtete seinen Teller, nahm die Brille ab und rieb sich die Augen. Schließlich stand er auf, holte eine Flasche Genever und zwei Gläser aus einer Glasvitrine zwischen den Fenstern und stellte sie auf den Tisch. »Zigarre?«, erkundigte er sich.

Van Leeuwen winkte mit vollem Mund ab, denn ihm schmeckten die Piroggen. Zu der Flasche und den Gläsern gesellte sich eine Zigarrenkiste.

De Boer setzte sich wieder. »Stört Sie doch nicht beim Essen?«

Der alte Feuerwehrmann kappte die Spitze der Zigarre, setzte die Tabakblätter in Brand; blauer Rauch stieg in die Strahlen der bereits tief stehenden Sonne. Danach schenkte er die Gläser halb voll mit Genever. »Cheers«, sagte er und hob sein Glas. Van Leeuwen schluckte und musste einsehen, dass die Mahlzeit zu Ende war. Er stieß mit De Boer an und trank.

»Ja, also«, nahm Cor de Boer schließlich den Faden wieder auf, »wie gesagt, ich weiß das alles nur aus zweiter Hand, wie es damals losging, am späten Nachmittag, wie der Feueralarm schrillte. Die Männer wurden zu einer Wohnung in einem nahe gelegenen Weiler gerufen. Eigentlich waren es nur ein paar Häuser, ein Katzensprung von Steenwijk entfernt. Eine Frau sah Rauch aus einer Wohnung im zweiten Stock des Nachbarhauses quellen. Als die Männer dort ankamen, hatte die Mieterin der Wohnung das

Feuer schon selbst erstickt, aber es gab noch immer Rauchentwicklung. Die Männer befürchteten, es könnte sich vielleicht um einen Schwelbrand handeln, und die Mieterin schien nicht ganz bei sich zu sein, als wäre sie betrunken oder stünde unter Drogen. Deswegen verschafften die Männer sich Zutritt zu der Wohnung. Sie stellten fest, dass die Frau versucht hatte, in der Küche Handtücher zu verbrennen, blutige Handtücher. Auf der Anrichte lag ein Paket mit Windeln. Es gab auch ein Milchfläschchen auf dem Küchentisch und Dosen mit Babynahrung in einem Regal und noch weitere Hinweise darauf, dass die Frau nicht allein lebte, obwohl sie das behauptete.«

De Boer sah zum Fenster hinüber, vor dem die Büsche des Gartens im auffrischenden Wind hin und her schlugen. Er hielt die Zigarre, ohne daran zu ziehen. Irgendwo bellte ein Hund, und noch weiter entfernt erklang eine Autohupe, sonst herrschte Stille, bis auf den Wind und die raschelnden Büsche.

»Plötzlich hörten die Männer ein Geräusch auf dem Balkon, oder vielleicht bildeten sie sich auch nur ein, das Geräusch gehört zu haben. Es klang wie ein ersticktes Wimmern. Einer, Conrad Mueller, ging auf den Balkon hinaus. Es war ein warmer Septemberabend, und da stand ein Gartentisch, und daneben lag ein umgekippter Stuhl, als wäre jemand abrupt aufgesprungen, weil er ganz plötzlich eine Idee gehabt hatte für etwas, das er unbedingt sofort erledigen musste. Auf dem Tisch lag ein Päckchen Zigarettentabak zum Selberdrehen, und ein Berg Kippen quoll über den Aschenbecherrand, alle mit Lippenstift am zerquetschten Papier. Und dann standen da noch eine halb volle Flasche Wodka und ein Glas. Ich weiß das alles so genau, weil es immer wieder in Muellers Erzählungen auftauchte, immer wieder, in genau der Reihenfolge. Mueller war ein ordentlicher Mann, ein sehr ordentlicher Mann. Deswegen bückte er sich, um den Stuhl aufzuheben und bei der Gelegenheit auch noch die Bierflaschen, die da herumlagen, gleich neben einem großen Sack mit Blumenerde. Etwas Blumenerde war auf den Boden des Balkons verschüttet, da lag auch eine kleine Schaufel, und auf der Brüstung des Balkons standen mehrere Blumentöpfe, elf oder zwölf, als sollten sie noch etwas von der Sonne abkriegen. Tja, und da hörte er es wieder.«

De Boer schwieg, und Van Leeuwen schwieg auch. Die Sonne war hinter den Bäumen weiter draußen untergegangen, und es wurde dunkel und kühl im Wohnzimmer. De Boer leerte sein Glas und griff nach der Flasche, um sich nachzuschenken. Seine Lippen glänzten feucht.

»Was hörte er?«, fragte der Commissaris.

»Das Wimmern«, antwortete De Boer. »Das Winseln. Aus einem der Blumentöpfe. Es klang wie das Greinen eines Babys, eines Neugeborenen. Er traute seinen Ohren nicht, denn nirgendwo war ein Kind zu sehen. Auch nicht unten, im Hof vor dem Balkon. Es gab einen Baum, doch in dem Baum saßen keine Vögel oder kleine Tiere, die so einen Laut von sich gegeben haben könnten. Hinter dem Hof und dem Baum kam eine Wiese, sonst nichts, kein Weg, auf dem jemand vielleicht einen Kinderwagen schob. Dann fiel sein Blick auf die Blumentöpfe, und er sah, dass in einem davon die Erde frisch war, noch dunkel und feucht, und immer, wenn er davon erzählte, brach an dieser Stelle jedes Mal seine Stimme, und er konnte nicht mehr weiterreden. Er fing an, die Erde aus dem Blumentopf zu klauben, mit einer Hand, mit den Fingerspitzen. Mit der anderen Hand hielt er den Tontopf fest, und die Erde ließ er auf den Boden fallen, und er sah nichts anderes mehr und hörte auch nichts, und er war so vorsichtig, als müsste er eine Bombe entschärfen, und auf einmal kam unter der Erde ein kleiner Kopf zum Vorschein, der Schädel eines Babys. Er legt den Kopf frei, das Gesicht, die winzigen geschlossenen Augen, die kleine Nase, und als er zum Mund kommt, sieht er, dass die Lippen sich bewegen, sie geben leise, ächzende Laute von sich, und alle Kraft verlässt ihn. Er kann nur noch den Topf halten, aber sich selbst nicht mehr, er bricht in die Knie, da auf dem Balkon, so hat man es mir erzählt. Dabei reißt er einen anderen Blumentopf von der Balustrade. Der Topf fällt auf den Steinboden und zerspringt, und da, in der Erde, die zwischen den Wurzeln einer weißen Lilie hervorbröselt, liegt der Kadaver eines anderen Neugeborenen, aber das ist schon tot, das lebt nicht mehr. Es lebt nur das Baby in dem Topf, den Mueller in den Händen hält, den er umklammert. Es lebt und wimmert.«

De Boer holte tief Luft; die Zigarre zwischen seinen Fingern war inzwischen ausgegangen. »Sie hatte es gerade erst begraben, lebendig, und vielleicht waren auch die anderen sieben noch lebendig gewesen, als sie sie in den Blumentöpfen auf ihrem Balkon verscharrt hatte. Sechs davon waren bereits zu Skeletten geworden. Sieben kleine Leichen, in deren Gesellschaft sie trank und rauchte und die Herbstsonne genoss wie im Kreis einer Familie. Das älteste Skelett war fünfzehn. Fünfzehn Jahre hatte es in der Erde gelegen, sagten die Gerichtsmediziner. Und Conrad – ich glaube, was ihn so fertiggemacht hat, war, dass er selbst gerade erst Vater geworden war, nur wenige Tage vorher. Das hat er seinem Sohn immer wieder erzählt, nachts, auf der Bettkante, dass der Junge, den er gerettet hatte, fast in seinem Alter war …«

Babys, die aus Blumentöpfen wuchsen. Babys, die in blutigen Windeln über den Boden krochen. Babys, die in einen Fleischwolf gestopft wurden.

Der Commissaris spürte, wie sein Nacken zu schmerzen begann, als wäre die Anstrengung, seinen Kopf zu halten, zu groß: den Kopf und die Bilder darin. Er trank den Genever in kleinen Schlucken, bis sein Glas ebenfalls leer war, und dann schenkte De Boer auch ihm nach, wogegen er nichts einzuwenden hatte. Der Genever schürte das Feuer des Zorns in seinem Inneren, das sich von selbst entzündet hatte, ohne dass es ihm aufgefallen war.

Da saß er hier im Dunkeln, trank und lauschte der leisen Stimme des alten Feuerwehrmannes, der von den schrecklichen Taten einer einsamen, verwirrten Frau berichtete, und sein Zorn richtete sich gegen diese Frau als Stellvertreterin aller ungreifbaren Mächte, die nach Gutdünken in das Leben der Menschen eingriffen, es manipulierten, in neue Kanäle lenkten oder, je nach Gegebenheiten, auch beendeten. Nein, nicht Mächte, verbesserte er sich – Menschen, die alles befleckten und am meisten sich selbst. Menschen, die sich in Mörder verwandelten, aus welchen Gründen auch immer.

Das Zimmer wurde jetzt nur noch durch das schwache Licht erleuchtet, das aus der Küche in die Diele fiel. Van Leeuwen spürte, wie das Handy in der Brusttasche seines Jacketts vibrierte. *Jetzt nicht*, dachte er. Er blickte auf die Uhr, aber er konnte die Zeiger nicht erkennen. »Entschuldigen Sie bitte«, sagte er, holte das Handy heraus und sah, dass es Gallo war, der ihn zu erreichen versuchte. Er schaltete den Apparat aus. »Was wurde aus dem Kind?«, fragte er.

De Boer beugte sich vor, suchte die Streichhölzer auf dem Tisch und zündete die Zigarre wieder an. »Die Männer brachten es ins Krankenhaus, wo es in einen Brutkasten kam oder was immer man mit Babys macht, die ihre Mutter kurz nach der Geburt unter einer Decke erstickt und dann in einem Blumentopf begräbt. Eine Zeit lang stand es auf der Kippe, aber der Lebenswille war sehr stark. Der Junge hat es geschafft.«

»Und als Conrad Mueller starb, war er allein?«, fragte der Commissaris. »Seine Frau und sein Sohn hatten ihn verlassen?«

»Sein Sohn kam noch manchmal, in den Ferien.« Die Zigarrenglut leuchtete auf und wurde schwächer und leuchtete wieder auf.

»Wissen Sie vielleicht, wo sie sich jetzt aufhalten?«

»Ich habe gehört, die Frau wäre inzwischen auch tot. Und der Sohn – keine Ahnung …«

»Mueller ist kein seltener Name. Wie hieß der Junge mit Vornamen?«

»Roelof, glaube ich. Ja, Roelof Mueller. Aber wenn Sie nicht deswegen gekommen sind, wenn Sie nicht wegen der toten Kinder mit mir über Conrad reden wollten, weswegen dann?«

»Wir glauben, dass er ermordet worden ist«, erklärte der Commissaris, »und ich dachte, Sie könnten vielleicht etwas Licht ins Dunkel bringen.«

Das Zyklopenauge der Zigarre blinzelte. »Conrad? Ermordet? Vom wem denn?«

»Ich hatte gehofft, das könnten Sie mir sagen.«

Der alte Feuerwehrmann dachte nach. Dann sagte er: »Es war

das Haus. Das Haus und die Kinder. Es waren die Kinder.« Er beugte sich vor, auf den Commissaris zu. »Wissen Sie, Mijnheer, ich bin froh, dass ich nicht mehr sehr lange habe, höchstens noch ein paar Jahre. Warum lebt man eigentlich immer weiter, können Sie mir das erklären? Wenn ich mir die Welt so anschaue – glauben Sie, dass es in ein paar Jahren noch sehr viele Leute geben wird, die man kennen möchte?«

»Es gibt jetzt schon ziemlich wenige«, antwortete Van Leeuwen.

De Boer nickte. Er stand auf und ging im Dunkeln zu der Bauerntruhe, wo er die Glühlampe im Inneren des Globus einschaltete. Die Erdkugel leuchtete in grünlichen Aquariumfarben. Ein Widerschein davon fiel auf das Gesicht des alten Mannes. »Das ist sie«, sagte er, »darauf gibt es das alles. Schauen Sie her, sehen Sie genau hin: Das, verdammt noch mal, ist sie!« Damit versetzte er der Kugel einen leichten Stoß, damit sie sich drehte. »Das ist sie!« Als sie langsamer zu werden begann, stieß er sie erneut an. Mit immer rascheren Schlägen trieb er sie zu immer schnelleren Umdrehungen, und dabei rief er: »Schauen Sie her, schauen Sie! Schauen Sie, das ist sie …!«

33

Der Commissaris ließ die Fensterscheibe auf der Beifahrerseite herunter und betrachtete das Haus, in dem Sara Scheffer sieben Kinder getötet hatte. Am Horizont schrumpfte das letzte Licht zu einem violetten Streifen dicht über den Feldern. Der Ostwind trieb graue Wolken vor sich her, die zum ersten Mal in diesem Jahr nach Schnee aussahen. Der Commissaris spürte, wie ihm ein Schauer über den Rücken lief, der nicht von der Kälte herrührte.

»Soll ich mit ihr reden?«, fragte Hoofdinspecteur Gallo.

»Ja«, sagte Van Leeuwen, »rede du mit ihr.«

Der Hoofdinspecteur stieg aus und ging auf dem Feldweg, der zu dem Haus führte, bis zur nächsten Hofeinfahrt. Es gab nur fünf Häuser rechts und links des Feldwegs, und alle sahen gleich aus, vor allem bei Dunkelheit. Gallo ging zu dem, in dem Mevrouw Janneke Geers wohnte. In drei der Häuser brannte Licht hinter einigen Fenstern, und das von Janneke Geers gehörte dazu.

Die Felder zu beiden Seiten des Weges waren längst abgeerntet und umgepflügt. Von Regenschauern zu schwärzlichen Hügeln eingedickt, ragten Heuhaufen über den pfeilgeraden Furchen auf. Im Geäst der vereinzelten Bäume hockten Krähen und äugten auf den feuchtkalten Nebel hinab, der sich über den Äckern bildete. Der Mond war groß, und wenn die rasch treibenden Wolken ihn nicht verbargen, bedeckte er den Weg mit einem Licht wie feiner Kreidestaub.

»Es sieht wie ein ganz normales Haus aus«, bemerkte Inspecteur Vreeling hinter dem Commissaris.

»Wahrscheinlich sah auch Sara Scheffer wie eine ganz normale Frau aus«, sagte Van Leeuwen.

Brigadier Tambur fragte: »Finden Sie es nicht eigenartig, dass wir nach einem Serientäter suchen und auf eine Serientäterin stoßen?«

»Was ist eigentlich aus ihr geworden?«, wollte Inspecteur Vreeling wissen.

»Vor Gericht wurde sie der siebenfachen Kindstötung schuldig gesprochen«, sagte der Commissaris, »und zu einer lebenslangen Haftstrafe verurteilt, die sie in der geschlossenen Abteilung einer psychiatrischen Anstalt verbüßte. Laut Brandmeister De Boer ist sie da auch gestorben, mit neunundvierzig.«

Sie saßen im Dunkeln im Wagen und sahen zu, wie Gallo an der Tür des Nachbarhauses klingelte. Nachdem der alte Feuerwehrmann dem Commissaris alles gesagt hatte, was er über Conrad Mueller wusste, war Van Leeuwen hinaus auf den Hof gegangen, um Gallo zurückzurufen. Der Hoofdinspecteur, Vreeling und Julika Tambur hatten sich inzwischen in Steenwijk und Umgebung umgehört und ebenfalls von den toten Kindern erfahren. Der Krämer hatte den Namen Janneke Geers erwähnt, Mevrouw Geers, die Sara Scheffer am besten gekannt hatte, weil sie ihre Nachbarin gewesen war. Van Leeuwen hatte Gallo gebeten, ihn abzuholen und mit ihm zu Sara

Scheffers Haus zu fahren, obwohl er nicht genau wusste, was er sich davon versprach.

Gallo klingelte noch einmal, dann klopfte er an die Haustür. Eine Frau öffnete ein Fenster im Erdgeschoss und beugte sich hinaus. Sie hatte schulterlange graue Haare, in denen ein Schildpattkamm steckte. Sie trug eine weiße Bluse und einen schwarzen Cardigan mit Reißverschluss, und in einer Hand hielt sie eine Taschenlampe, mit der sie Gallo ins Gesicht leuchtete. »Wer sind Sie?«, fragte sie mit einer Stimme, die jünger war als sie selbst und die über die Entfernung und sogar gegen den Wind trug.

Gallo hielt seinen Ausweis ins Licht. »Ich bin Hoofdinspecteur Ton Gallo von der Kriminalpolizei in Amsterdam, Mevrouw. Wir sind hier wegen …«

»Ich weiß, weswegen Sie hier sind.«

»Sind Sie Janneke Geers?«

»Ja, die bin ich!« Die Frau knipste die Taschenlampe aus. »Und Sie möchten mit mir über Sara Scheffer sprechen.«

»Können Sie mir sagen, woran Sie sich noch erinnern?«, erkundigte sich Gallo und trat näher an das Fenster heran.

»An alles erinnere ich mich! Was Sie hören wollen, ist zwar schon sehr lange her, über vierzig Jahre, aber ich war damals schließlich kein Kind mehr, immerhin habe ich die Feuerwehr gerufen, und danach habe ich alles weiter verfolgt, in der Zeitung, im Radio und im Fernsehen. Und Interviews habe ich gegeben, zahllose Interviews, und Fotografen waren hier, von allen großen Blättern!«

»Dann kannten Sie Sara Scheffer also gut …«

»Niemand kannte Sara Scheffer gut«, erklärte die Frau, »sonst wär das alles ja nicht passiert, oder? Dann hätte ja jemand gefragt, *wo sind denn deine Kinder, Sara?*, zum Beispiel. *Du hast doch so viele Kinder gekriegt, Sara. Wo sind die denn alle? Bei dir sind sie nicht. Auf der Straße sieht man sie nicht. Sind die bei ihren Vätern oder in den Blumentöpfen auf deinem Balkon?*«

»Woran erinnern Sie sich denn am deutlichsten?«

»An die Hunde.« Sie sah über Gallos Kopf hinweg in die Nacht.

»Die Leichenhunde, mit denen sie die ganze Gegend rund um unsere Häuser abgesucht haben.«

Die Spürhunde kamen nach den Feuerwehrmännern und den Ambulanzfahrzeugen und nach den Polizeibeamten, die Sara Scheffer mit Handschellen und einer Decke über dem Kopf aus ihrem Haus zum Einsatzwagen geführt hatten. Sie kamen, nachdem auch die sieben kleinen Leichen unter weißen Tüchern auf tablettähnlichen Tragen weggebracht worden waren. Von überall her hatte es Schaulustige auf Fahrrädern und Motorrollern ins Dorf gezogen. Ein paar waren zu Fuß gekommen, einige in Autos. Sie drängten sich hinter den Absperrungen, und manche hatten Butterbrote mitgebracht und Kaffee in Thermoskannen. Sogar Kinder waren dabei. Die Schaulustigen hatten nur Augen für die Hunde, die an den Leinen ihrer Führer zerrten und mit den Schnauzen dicht am Boden herumschnüffelten, und wenn die Hunde anschlugen, zuckten alle zusammen, sogar die Polizisten, und die Paare unter den Zuschauern fassten sich bei den Händen, ohne die gebannten Blicke von den Hunden zu lösen. *Haben sie schon wieder eins gefunden?*

Die Hunde suchten den ganzen Abend und bis tief in die Nacht, und mehrmals schlugen sie an, fanden aber kein Skelett mehr, kein totes Kind.

Was ist das für eine Frau, murmelten die Zuschauer, *die Mutter, diese Rabenmutter? Wer ist das, kennt jemand sie? Warum hat sie ihre Kinder getötet? Man kann doch verhüten, man kann doch vor der Geburt abtreiben. Warum hat sie gewartet bis nach der Entbindung, bis sie richtig lebten? Man kann sie doch abgeben, in einem Findelhaus, oder kamen sie schon tot zur Welt? Und wo waren die Väter?*

»Religiös war sie, ist jeden Sonntag zur Kirche gegangen und hat immer freundlich gegrüßt«, erzählte Mevrouw Geers, jetzt mit den Unterarmen auf die Fensterbank gestützt und offenbar unempfindlich gegen die Kälte. »Aber sie hat getrunken! Doch egal, wie betrunken sie war, sie ist nie ausfallend geworden. Ihre Männer? Von denen sah und hörte man nichts, höchstens mal ein Auto, das vor dem Haus stand, oder ein Motorrad. Keine Ahnung, wie viele es im Lauf der Jahre waren oder wie sie hießen. Da müssen

Sie in den Polizeiakten nachschauen, sie ist ja lange verhört worden. Und vor Gericht musste sie dann alles noch mal wiederholen. Ich weiß nicht, ob sie noch andere Kinder hatte, davor. Kinder, die sie am Leben ließ. Ich erinnere mich nur an einen der Männer, den sie im Fernsehen interviewt haben, weil Sara behauptet hatte, er wäre der Vater der letzten drei gewesen. Also, der letzten drei toten, nicht von dem, das überlebt hatte. Der sagte, er hätte überhaupt nichts davon bemerkt, dass sie schwanger gewesen war; sie hätte nichts gesagt, und man hätte ihr auch nichts angesehen. Sie hat ja meistens keine Arbeit gehabt oder immer nur Gelegenheitsjobs, deswegen gab es auch keine Kollegen, denen so eine Schwangerschaft vielleicht aufgefallen wäre. Sie fragen sich, wie sie die Kinder zur Welt gebracht hat? Das habe ich mich auch gefragt, und in der Zeitung stand – in der, die auch das Foto von mir gedruckt hat –, da stand, sie hätte die Babys allein zu Hause zur Welt gebracht, im Badezimmer, in der Küche, was weiß ich, wo. Nie im Krankenhaus oder mithilfe einer Hebamme. Und hinterher hat sie alles vergessen. Das hat sie gesagt: *Immer wenn die Wehen einsetzten, habe ich zu trinken angefangen, Wodka und Genever, wegen der Schmerzen, und hinterher habe ich die Babys mit einer Decke zugedeckt, damit sie nicht frieren mussten, und wahrscheinlich bin ich dann eingeschlafen. Es kann sein, dass sie unter der Decke erstickt sind,* hat sie gesagt, *und ich habe sie dann in den Blumentöpfen begraben, weil ich wollte – sie sollten wissen, dass ich in ihrer Nähe bin. Ich wollte ihnen immer nahe sein. Ich bin doch ihre Mutter.*«

Gallo hatte die Hände in die Taschen geschoben, und in den Taschen waren sie zu Fäusten geworden. Er stand im Licht, das aus dem Fenster fiel, mit gesenktem Kopf, als starrte er in einen Abgrund, von dem ihn nicht mal mehr ein kleiner Schritt trennte. Ohne aufzublicken, fragte er: »Was ist mit dem Vater des Neugeborenen, das der Feuerwehrmann noch lebend in dem Blumentopf gefunden hatte?«

»Sie sagte, den kennt sie nicht.« Janneke Geers stemmte sich mühsam hoch. »Da wüsste sie nicht mal den Namen, hat sie gesagt. Das wäre nur etwas für ein paar Nächte gewesen, im Urlaub.«

»Wissen Sie denn, was aus dem Kind geworden ist? War es ein Mädchen oder ein Junge?«

»Ein Junge, soweit ich weiß. Er kam in ein Heim oder zu entfernten Verwandten. Es ist gut für ihn, dass er weggebracht wurde. Ich glaube, woanders wäre das nicht passiert. Es ist dieser Ort.« Sie umarmte sich, als wäre ihr jetzt doch kalt. »Wissen Sie, das sieht hier alles nur so friedlich aus; das ist alles nur Schein. Wenn man genau hinsieht, erkennt man, dass die Leute auf den Bänken vor ihren Häusern da hinten im Dorf nicht nur einfach so dasitzen, tagsüber in der Sonne. Sie brüten. Sie brüten vor sich hin. Das ist so, seit damals die Kinder gefunden wurden. Das hat hier alles verändert, alles und alle, mich auch. Seitdem ... Seitdem fragen wir uns, ob wir auch wie sie sind, wie Sara Scheffer, ob das auch in uns liegt. Ich hatte ja nur wenig Kontakt zu ihr, niemand hatte Kontakt zu ihr. Sie war nie richtig da, und scheu, sie war sehr scheu. Und natürlich war sie immer betrunken, nicht so, dass sie lallte oder herumbrüllte, nur wie in einem Nebel. Wie soll ich sie beschreiben? Manche haben gesagt, sie wäre ein Tier gewesen und hätte auch so gelebt, aber das stimmt nicht. Es war eher so, dass ihr ein bisschen was zum Menschen fehlte. Wissen Sie, wie wenn in ihr nur so eine Ahnung gewesen wäre, dass sie ein Mensch war, dass es ein Leben für Menschen gab und dass es woanders stattfand, an einem Ort weit weg, den zu erreichen zu viel Mühe kostete. Und jetzt schauen Sie mal – schauen Sie sich mal die Menschen hier an. Jetzt ist es allen klar geworden, dass hier zu leben das Fegefeuer ist, in dem man zum Mörder werden kann. Alle wissen es. Und was tun sie? Warten.« Sie nickte mit einem Frösteln, das ihren Atem weiß einfärbte. »Jeder wartet darauf, dass es wieder passiert.«

»Ja«, sagte Gallo, »aber das ist nicht nur hier so. Danke, dass Sie mit mir geredet haben.« Er sah zu, wie Janneke Geers das Fenster wieder schloss und das Licht im Haus ausging, und auch danach rührte er sich nicht vom Fleck. Mit den Fäusten in den Taschen der Pilotenjacke stand er reglos da und sah hinaus auf die Felder, starrte in die Dunkelheit.

»Was macht er da?«, fragte Inspecteur Vreeling. »Warum kommt er nicht zurück?«

»Er kommt schon«, sagte Van Leeuwen.

»Er ist gerade wieder in Srebrenica«, sagte Julika.

»Srebrenica? Das verstehe ich nicht.«

Van Leeuwen erklärte: »Ton war während des Bosnienkrieges als Freiwilliger bei dem niederländischen Kontingent der SFOR-Truppen auf dem Balkan. Als der größte Teil des Blutvergießens vorbei war, sollten die Soldaten dort für Frieden zwischen den verfeindeten Bevölkerungsgruppen sorgen, zwischen bosnischen Serben und bosnischen Kroaten, zwischen Christen und Moslems. Während des Krieges war es zu sogenannten ethnischen Säuberungen der Serben gekommen, anders ausgedrückt: Zahllose Kroaten wurden abgeschlachtet und in Massengräbern verscharrt, Männer, Frauen und Kinder. Und auch als unsere Truppen schon da waren, kam es zu weiteren Massakern, denen sie einfach zusehen mussten, weil sie laut Mandat nicht eingreifen durften und auch nicht bewaffnet waren. Wenn nach dem Krieg so ein Grab gefunden und geöffnet wurde, spielten sich Szenen ab, für die es keine Worte gibt – bei den Identifizierungen der Leichen durch Ärzte und Forensiker und überlebende Familienmitglieder. Kinderleichen, verstümmelt und verscharrt. Frauen, vergewaltigt, getötet, in Gruben geworfen und zugeschüttet. *Wir sehen uns bei den Identifizierungen*, war eine stehende Redewendung in Srebrenica und Sarajewo und anderswo. Oder: *Wir kennen uns von den Identifizierungen, erinnern Sie sich?* Und Ton war dabei.«

»Scheiße«, murmelte Vreeling.

Sie sahen zu der großen, schlanken Gestalt am Rande des Feldwegs hinüber, und Van Leeuwen dachte an Cor de Boer und seinen beleuchteten Globus. *Schauen Sie, das ist sie! Schauen Sie her!,* und er schaute und dachte, dass es nicht die Erde war, sondern die Menschen. Menschen, die ihre eigenen Kinder töteten. Und Menschen, die seltsame, unheimliche Bilder malten, hinter denen sich mehr verbarg, als sie zu zeigen schienen.

»*Day after day*«, sang Vreeling leise, die Augen auf Gallo gerichtet, »*alone on the hill, the man with the foolish grin is keeping perfectly still …*«

»*But nobody wants to know him, they can see that he's just a fool*«, fiel Julika ein. «*And he never gives an answer …*«

»*But the fool on the hill sees the sun going down …*«

»*And the eyes in his head see the world spinning round …*«

»Die Magical Mystery Tour ist zu Ende«, unterbrach der Commissaris sie. Er öffnete die Tür, stieg aus und rief: »Wir fahren zurück, Ton!« *The Fool on the Hill*, dachte er; vielleicht bin ich dieser Idiot auf dem Hügel, und vielleicht besteht der Hügel aus lauter Leichen, die im Lauf der Jahre immer größer geworden sind.

34

»Während der ganzen Rückfahrt spukte Doktor van der Meer durch meine Gedanken«, erzählte der Commissaris, »er und die Gemälde in seinem Büro und die Frage, an welchen Platz im Puzzle sie gehören. Ich habe die Teile immer wieder betrachtet, aus jedem Blickwinkel, von allen Seiten, und nach einer Verbindung zwischen den toten Kindern von Steenwijk und dem Plastiktütenmörder gesucht. Ich war mir sicher, dass es eine Verbindung gab, es musste eine geben. Aber als wir Amsterdam erreichten, hatte ich immer noch nicht mehr als eine Ahnung, und immer wenn ich mich dieser Ahnung zu nähern versuchte, gelangte ich an diesen scheußlichen kleinen Punkt, an dem ich lieber an etwas anderes dachte.

Ich hatte das Gefühl, von einer Reise in die tiefste Nacht zurückzukehren, einem Horrortrip in die schwärzeste Dunkelheit, und ich freute mich auf die Stadt, auf die von Menschen wimmelnden Straßen, den Lärm, die Touristenboote und die Trambahnen mit ihrem andauernden Klingeln, das immer so ungehalten klingt. Ich freute mich auf die kleinen Plätze und verborgenen Winkel, die malerischen Ecken, deren Geheimnis einzig und allein darin liegt, dass es sie noch gibt. Ich freute mich auf die von Schlingpflanzen überwucherten Kaimauern, die tangbewachsenen Brückenpfeiler, die Kanäle mit ihren plätschernden Wellen, die wir sonst gar nicht mehr hören. Ich freute mich auf alles, auf die schlanken Ulmen und die knorrigen Platanen an den Uferstraßen und die altmodischen, umgebauten Gaslaternen und ihr sanftes Licht. Sogar auf die Möwen, die von morgens bis abends das Kopfsteinpflaster und das schwarze Wasser der Grachten nach Nahrung absuchen, den ganzen Tag, und dabei geben sie dieses komische, quietschende Krächzen von sich wie ein ungeöltes Eisenscharnier.

Ich freute mich auch auf die hohen, schmalen Häuser mit ihren vorspringenden Giebeln, Treppen und Balkonen, fast so, als gehörten sie mir, als wäre ich einer dieser gerissenen, scharf rechnenden Kaufleute, die hinter ihren Fassaden die ganze Welt ausbeuten und immer ausgebeutet haben, um ihre schamlos erworbenen Vermögen weiter zu vergrößern. Ich freute mich auf mein Café an der Ecke, die Coffeeshops überall, die Märkte und Kirchen und, ja, auch auf die violetten Fenster, hinter denen schöne Frauen aus der halben Welt ihre Körper für Geld verkaufen, weil sie weder Schiffe noch Computer oder Privatkanzleien besitzen, aber oft mehr Scham, Herz und Anstand als alle Anwälte, Bankiers und Börsenmakler zusammen.

Ich freute mich, weil die Stadt keine Geheimnisse vor mir hat. Egal, wie glitzernd und farbig die Clubs und Geschäfte sind, wie hoch die Quadratmeterpreise steigen und wie tief die Kriminalitätsrate sinkt, wie viele kleine Krämerläden in Nobelboutiquen mit Designerkleidung und Silberrasseln für *das Großstadtbaby von heute* und *Bitte-Klingeln*-Schildern neben der Eingangstür umgewandelt werden – es ist immer noch meine Stadt, ich kenne sie. Jetzt, da meine Frau nicht mehr lebt, ist sie das Einzige, was ich so lange kenne und immer noch liebe. Selbst wenn sie sich ständig verändert, wenn viele alte Handwerksbetriebe weichen müssen, damit diese ganzen von jenseits des Ozeans ferngesteuerten Fast Food Diner, Wok-a-gogo-Schnellküchen und Coffee-to-go-Filialen in den besten Gegenden landen können, und selbst wenn chromblitzende Wellness- und Hair- und Beauty-Salons ganze Viertel entkernen, sie ist ganz anders als das, was ich in den letzten Stunden da draußen in Overijssel gehört hatte; ich kann sie verstehen.

Ich saß in unserem Wagen und sah die Lichter auftauchen und freute mich, obwohl ich wusste, dass ich eigentlich keinen Grund hatte, nicht den geringsten. Ich dachte ja auch an den Mörder, dessen erstes bekanntes Opfer Conrad Mueller gewesen war, und ich dachte, vielleicht ist er eins dieser Lichter. Es war ein komischer Gedanke, weil ich auch dachte: Vielleicht bin ich das andere, das zu ihm gehört. Er hatte denselben Weg genommen: Er hat den Dörfern den Rücken gekehrt und sich durch das halbe Land gemordet, und jetzt ist er hier und tötet weiter. Ich kann ihn fassen, ich denke, dass ich das kann. Aber selbst, wenn es mir gelingt, wenn ich es schaffe, den Fall zu lösen, alle Fragen zu beantworten und die Motive des Täters ans Licht zu bringen, bleibt das größte Geheimnis trotzdem ungeklärt, nämlich: Was nützen die Antworten, wenn sich trotzdem nichts ändert? Wenn die Menschen so sind, wenn die Welt so ist, dass alle diese Dinge geschehen konnten und schon morgen dieselben oder noch schlimmere passieren können? Wenn das, was wir herausfinden, immer etwas ist, mit dem wir hinterher leben müssen, egal, wie unerträglich und grauenhaft es auch sein mag? Das waren so die Gedanken, bei denen mir klar wurde, dass ich eigentlich keinen Grund hatte, mich zu freuen. Aber wissen Sie, was? Ich hab's trotzdem getan. Ich habe mich gefreut, wieder da zu sein.«

»Was war das für eine Ahnung, die Sie nicht weiterverfolgen wollten?«, fragte Doktor Menardi.

Van Leeuwen antwortete nicht. Sie saßen in seinem Büro, in dem es langsam dunkel wurde, und er zögerte den Moment hinaus, in dem er das Licht einschalten musste. Feline Menardis Gesicht schimmerte matt, ein bisschen wie Kupfer, ihre Zähne waren weiß und die Augen hell und lebhaft. Sie trug eine burgunderrote Nappalederjacke mit hohem, eng abschließendem Kragen und einem überbreiten Reißverschluss, dazu eine beige Leinenhose und teure Wildleder-Sneakers. Er fragte sich, wie alt sie sein mochte; Anfang vierzig vielleicht, dachte er. Ein gutes Alter, in dem man bereits die feineren Gewürze zu schätzen wusste. Sie hatte die Beine übereinandergeschlagen, die Hände lagen im Schoß, und jetzt fragte sie:

»Haben Sie Doktor van der Meer schon auf die Bilder und die damaligen Ereignisse in Overijssel angesprochen?«

»Nein.«

»Warum nicht?«

»Ich weiß noch nicht genug.«

»Genug wofür?«

»Um zu merken, wann er lügt.«

»Glauben Sie denn, dass die toten Kinder irgendetwas mit den Morden zu tun haben, die Sie untersuchen?«

Van Leeuwen nickte. »Der Täter tötet immer an zwei Tagen im Jahr, am sechsundzwanzigsten September und am dritten Oktober. Der Tag, an dem Conrad Mueller das Baby auf Sara Scheffers Balkon fand, war ein dritter Oktober.«

»Und Sie verdächtigen Van der Meer?«

Wieder blieb Van Leeuwen stumm. Sie hakte nicht nach, respektierte sein Schweigen. Stattdessen sagte sie: »Kindstötungen waren bis weit ins neunzehnte Jahrhundert hinein sehr verbreitet, wussten Sie das? Die Zuchthäuser waren voll mit Frauen, die aus Not ihre Neugeborenen getötet haben. Ledige Mütter wurden geächtet, an den Pranger gestellt, mit Füßen getreten, sie waren gesellschaftlich derart isoliert, dass sie ihre Kinder lieber getötet haben.«

Sie saßen in Van Leeuwens Büro und warteten darauf, dass die Besprechung begann, die der Hoofdcommissaris für den frühen Abend angesetzt hatte. Seit der Rückkehr aus Overijssel waren anderthalb Tage vergangen, in denen Van Leeuwen gespürt hatte, dass sich die Atmosphäre veränderte, auf den Gängen des Präsidiums, auf den Straßen der Stadt; die Luft schien dichter zu werden, wie vor einem Gewitter.

Der Commissaris schüttelte den Kopf. »Aber acht Kinder in fünfzehn Jahren, die Leichen in Blumentöpfen auf dem Balkon aufgereiht wie eine Bastion. Dieses Bild werde ich nicht los, genauso wie es dort niemand loswurde. Und das Kind, das der Feuerwehrmann gerettet hat – der Junge, der überlebt hat … Ich frage mich, was er empfunden hat, als er alt genug war, um zu erfahren, was seine Mutter seinen Geschwistern angetan hatte – *was sie ihm angetan hatte*! Nur noch ein paar Sekunden, und er wäre in der Blumenerde erstickt. Was macht ein solches Erlebnis aus einem Menschen?«

Doktor Menardi berührte langsam ihr linkes Ohrläppchen, eine zarte, seltsam verlegene Geste und wie in Zeitlupe ausgeführt, das einzige Anzeichen für ihre innere Betroffenheit. Diesmal schwieg sie, als käme ihr die naheliegende Antwort zu beliebig vor. Er sah zum Fenster hinüber, vor dem die frühe Dunkelheit aus den Straßen aufstieg wie Rauch.

»Ich glaube, dass in dem Dorf bei Steenwijk sieben Kinder gestorben sind und eins als Mörder wiedergeboren wurde«, sagte er.

»Ist das der Punkt, an dem Sie aufgehört haben weiterzudenken?«, wollte Feline Menardi wissen.

»Ich habe es versucht«, antwortete der Commissaris. »Aber die Gedanken haben sich von selbst weitergedacht.« Er stand auf und fuhr in das Sakko seines Leinenanzugs, das er über die Stuhllehne gehängt hatte. »Was mich nicht loslässt, ist der Umstand, dass sie ungefähr beide gleich alt sind: Conrad Muellers Sohn Roelof und das überlebende Kind von Sara Scheffer.«

»Sie fragen sich, ob die beiden sich wohl je begegnet sind?«

Van Leeuwen nickte. »Ich weiß nicht, wer Sie zur Polizei geholt hat«, meinte er, »aber eine bessere Wahl hätte er nicht treffen können.«

»Danke«, ein schnelles Lächeln, »ich hoffe, Sie ändern Ihre Meinung nicht, wenn Sie hören, dass der Hoofdcommissaris mich auch der Sonderkommission zugeteilt hat, die er gleich vorstellen wird.«

»Was für eine Sonderkommission?«, fragte Van Leeuwen überrascht.

Auf dem Gang streckte eine *agentin* in Uniform ihren Kopf aus einem der verglasten Büros und fragte: »Mijnheer van Leeuwen, hat man Ihnen eigentlich ausgerichtet, dass während Ihrer Abwesenheit mehrmals jemand von der Presse für Sie angerufen hat? Von einer Zeitung?«

Der Commissaris blieb stehen. »Nein, wer?«

»Ein Mann aus der Redaktion einer Kolumne, *Samariter* oder so ähnlich. Ich habe ihm erklärt, Sie wären dienstlich auf Reisen und er sollte es nach Ihrer Rückkehr noch mal versuchen.«

»Hat er um Rückruf gebeten?«

»Davon hat er nichts gesagt.«

»Wo ich war, hast du ihm nicht erzählt?«

»Nein, das wusste ich ja gar nicht. Ich habe nur …« Die Polizistin runzelte die Stirn. »Ich weiß nicht, ob ich nicht einen Fehler gemacht habe. Ich habe ihn nämlich gefragt, ob er wegen des Wagens anruft. Sie haben doch Ihren Alfa inseriert. Erst hat der Mann gesagt, nein, aber dann hat er noch einmal angerufen und wollte genau wissen, um was für einen Wagen es sich handelt und wo er steht. Wo er ihn sich ansehen kann. Ich hab's ihm gesagt, ich meine, Sie wollen ihn doch gern verkaufen …«

»Schon in Ordnung, Linda. Hat der Anrufer einen Namen hinterlassen?«

»Den habe ich nicht notiert. Aber wenn Sie wollen, kann ich da anrufen …«

»Nein, schon gut, danke.« Der Commissaris drehte sich zu Doktor Menardi um, die ihr Handy aus der Tasche geholt hatte und mit einem suchenden Daumen über das Display fuhr. Sie hielt das Gerät in Gürtelhöhe vor sich wie jemand, der eigentlich eine Brille tragen sollte.

»Sie verkaufen Ihren Wagen?«, fragte sie.

»Ja, Ihretwegen.«

»Meinetwegen?« Sie sah auf und schob das Handy in die Seitentasche zurück.

»Bei unserer ersten Begegnung haben Sie mir geraten, mich nach und nach von Dingen zu trennen, die mich zu sehr an meine Frau erinnern«, erklärte er, während sie weitergingen. »Kurz bevor sie krank wurde, hatte sie einen Alfa Romeo gekauft, den ich von ihr übernommen habe, aber eigentlich brauche ich keinen Wagen.

Ich dachte nur, ich müsste ihn behalten. Vor ein paar Tagen habe ich ihn inseriert. Heute Abend kommt ein Interessent, der ihn sich ansehen will.«

»Fällt es Ihnen schwer, sich davon zu trennen?«

»Es fiel mir schwer, mich von *ihr* zu trennen.«

Er sah Ton Gallo, Vreeling und Julika im Großraumbüro an ihren Schreibtischen sitzen, klopfte gegen die Glasscheibe und deutete auf seine Armbanduhr. »Was für eine Sonderkommission?«, fragte er noch einmal. »Wieso weiß ich davon nichts?«

Sein Handy vibrierte in der Brusttasche seines Sakkos. Er holte es heraus, und weil der Anruf von der Staatsanwaltschaft kam, meldete er sich.

»Piryns hier«, sagte die Stimme am anderen Ende der Leitung. »Wie kommen Sie in den Mordfällen Zuiker und Soeteman voran?«

»Wir machen Fortschritte«, sagte der Commissaris vorsichtig, denn er glaubte eine ungewohnte Gereiztheit in der Stimme des Staatsanwalts zu erkennen.

»Mijnheer van Leeuwen«, fuhr Piryns nach einer kurzen Pause fort, »Sie wissen, dass ich Ihre Arbeit immer geschätzt habe und keiner der Staatsanwälte bin, die sich unablässig in die Ermittlungen der Polizei einmischen. Aber in diesem Fall – diesen Fällen, um genau zu sein – möchte ich ab jetzt über jede neue Entwicklung auf dem Laufenden gehalten werden, egal, welche. Und vor allem will ich auf gar keinen Fall wieder so unliebsame Überraschungen wie im Fall Wu erleben.«

»Im Fall Wu haben wir uns auf das Geständnis des Täters und die ursprüngliche Aussage der Ehefrau gestützt.«

»Der Richter hat Wu bis zur nächsten Verhandlung auf freien Fuß gesetzt«, berichtete Piryns, »und zwar ohne weitere Auflagen. Er musste lediglich seinen Pass abgeben. Ich habe meine Einwände vorgebracht, schwerwiegende Einwände, wie ich finde, aber unser Advocaat Manhijmer war wieder einmal unwiderstehlich.«

»*Auf freien Fuß?!*«, wiederholte Van Leeuwen. »Zheng Wu hat seinen Cousin hierher gelockt und kaltblütig ermordet! Wenn seine Frau uns nicht belogen hätte …«

Ganz uncharakteristisch für Piryns, fiel ihm der Staatsanwalt ins Wort. »Mijnheer van Leeuwen, ich verstehe Ihre Empörung, aber vielleicht bräuchte sie jetzt nicht ganz so heftig auszufallen, wenn Sie vorher etwas sorgfältiger gearbeitet hätten. Und in den Fällen Zuiker und Soetemann erwarte ich, dass sich diese Fehler nicht wiederholen. Ehrlich gesagt, habe ich nach einem Gespräch mit Hoofdcommissaris Joodenbreest nicht den Eindruck, dass Sie und Ihr Team wirklich Fortschritte machen. Ich unterstütze daher seinen Vorschlag, eine Sonderkommission unter seiner Leitung zu bilden, ausdrücklich.«

Van Leeuwen wandte Feline Menardi den Rücken zu, weil er merkte, dass sie sein Mienenspiel beobachtete. Er spürte sein Blut, das zu schnell floss, und zwang sich, ruhiger zu atmen. Die Tür des Konferenzraums am Ende des holzgetäfelten Gangs stand offen, und jetzt erschien Hoofdcommissaris Joodenbreest im Türrahmen und winkte ihnen. Auf seinem Gesicht glänzte eine Schicht von Fettcreme, unter der sich die höhensonnenverbrannte Haut schälte. »Ich muss Schluss machen«, sagte Van Leeuwen. »Wo finde ich Mijnheer Wu, falls ich noch Fragen an ihn haben sollte?«

»In seiner Wohnung«, antwortete der Staatsanwalt. »Sie wissen ja, wo die ist.«

»Danke, Doktor Piryns.« Der Commissaris unterbrach die Verbindung, ohne sich zu verabschieden; Gereiztheit zeigen konnte er auch.

»Unangenehme Neuigkeiten?«, erkundigte sich Feline Menardi.

»Wahrscheinlich nur ein Vorgeschmack«, vermutete Van Leeuwen, und als er und die anderen Teilnehmer an der Besprechung um die Walnussholztische im Konferenzraum saßen und hörten, wie der Hoofdcommissaris fragte: »Hat jemand von Ihnen in den letzten Tagen mal die Zeitungen gelesen?«, wusste er, dass er richtig vermutet hatte. Er konnte sehen, dass Gallo, Vreeling und Julika genauso überrascht waren, nur Doktor Menardi kritzelte unbeeindruckt etwas auf einen Block, der plötzlich vor ihr lag.

»Das habe ich mir gedacht«, fuhr Joodenbreest fort und hielt eine Ausgabe des *NRC Handelsblad* hoch wie ein in Blau und

Gold uniformierter Zeitungsjunge, der ein Extrablatt schwenkte. »Vorgestern erschienen, ein Artikel über eine Reihe seltsamer, unaufgeklärter Todesfälle im ganzen Land, die angeblich alle demselben Täter zugeschrieben und jetzt von uns fieberhaft untersucht werden, obwohl einige schon Jahrzehnte zurückliegen. Ich zitiere: *Ein ranghoher Offizier der Amsterdamer Kripo ist dem Vernehmen nach mit einem Team von drei Beamten nach Overijssel gereist, um in Steenwijk und Umgebung Spuren zu sichern und den Weg der unheimlichen Mordserie nachzuzeichnen.* Herrje, Bruno, habt ihr eigentlich gedacht, ihr könnt so was geheim halten?!«

Van Leeuwen erwiderte: »Das war nie unsere Absicht, Jaap.«

Joodenbreest bedachte ihn mit einem eisigen Blick, dann warf er die Zeitung vor sich auf den Tisch. »Bis jetzt ist es nur ein kleiner Artikel im Lokalteil, aber wenn wir die Glut nicht sofort austreten, genügt ein Lufthauch, und wir haben einen Buschbrand. Auf keinen Fall will ich noch mal so eine Massenpanik wie vor anderthalb Jahren, als der Kannibale aus Neuguinea hier die Leute abgeschlachtet hat! Und was so eine Mordserie und die dazugehörige negative Publicity für den Tourismus bedeutet …«

»Wir sprechen hier nicht vom weißen Hai«, warf Van Leeuwen ein.

»Sehr komisch, Bruno, aber leider nicht besonders konstruktiv. Mein höchster Beamter, der eigentlich am Schreibtisch sitzen und mich bei der Schulterung der immensen administrativen und politischen Lasten unserer Arbeit nach Kräften unterstützen sollte, reißt stattdessen wieder einmal die Ermittlungen an sich und lässt unsere ganze Truppe wie einen Haufen Trottel aussehen, indem er wie ein popeliger Hoofdinspecteur selbst auf der Straße herumeiert.«

»Hört, hört«, sagte Hoofdinspecteur Gallo.

Joodenbreest warf auch ihm einen Blick zu, der Atemluft sichtbar werden lassen konnte. »Wie auch immer, nachdem der Schaden nun einmal angerichtet ist, sehe ich nur eine Möglichkeit, die Kuh vom Eis zu kriegen. Und deswegen habe ich beschlossen, eine Sonderkommission zusammenzustellen. Zunächst wird davon aber nur die Presse unterrichtet. Wenn wir sie einbinden, weckt das vielleicht ihr Verantwortungsgefühl, und sie hilft uns, die Sache unterm Deckel zu halten. Zu der Kommission gehören die Anwesenden, einschließlich Doktor Menardi als psychologische Beraterin, sowie ein halbes Dutzend Beamte aus den besonders betroffenen Regionen, wo sich die meisten unaufgeklärten Todesfälle finden.«

»Wer wird die Leitung der Sonderkommission übernehmen?«, erkundigte sich Hoofdinspecteur Gallo.

»In Anbetracht der Brisanz der Angelegenheit und des eklatanten Mangels an Fortschritten, die im Zuge der bisherigen Ermittlungen gemacht wurden, werde ich das selbst tun«, verkündete Joodenbreest. »Und trotz größter Bedenken habe ich mich entschlossen, Teile der laufenden Untersuchungen in den Händen von Commissaris van Leeuwen zu belassen, sofern er …«

»Was für Bedenken?«, erkundigte sich Van Leeuwen so leise, dass er seine eigene Stimme kaum hören konnte.

»Das können wir im Anschluss an diese Besprechung unter vier Augen erörtern, und dann …«

»Ich möchte gern, dass wir es hier und jetzt erörtern«, entgegnete der Commissaris.

»Dieselben Bedenken, derentwegen du erst jetzt und hier von meinem Vorgehen erfährst«, antwortete Joodenbreest. »Auch wenn es anderslautende Meinungen gibt«, er streifte Doktor Menardi mit einem Seitenblick aus dem Repertoire *Zweifel und Irritationen*, »bin ich der Überzeugung, dass du noch nicht wieder voll auf dem Damm bist. Außerdem ist weiterhin diese leidige Dienstaufsichtsbeschwerde gegen dich anhängig, der zufolge du deinen Rang und deine Uniform als Polizeioffizier der Königin beschmutzt hast, indem du nachts in der Straßenbahn einem farbigen minderjährigen Jungen gegenüber gewalttätig geworden bist.«

»Erstens hatte ich gar keine Uniform an«, widersprach Van Leeuwen, jetzt bereits etwas lauter. »Und außerdem habe ich ihm lediglich einen sanften Klaps gegeben …«

»Sein Anwalt sagt, du hättest ihn grün und blau geschlagen …«

»Das gibt dem Begriff ›Farbiger‹ doch mal eine ganz andere, neue Bedeutung«, warf Vreeling ein.

Joodenbreest beugte sich vor. »Früher hätte ich dich das nicht gefragt, Bruno, aber unter den gegebenen Umständen muss ich es: Hast du ihn dir vorgeknöpft, weil er jung und Ausländer ist?«

»Ich habe ihn mir vorgeknöpft, weil er jung und dumm ist«, antwortete Van Leeuwen. »Er hat seine Freundin geohrfeigt, mehrmals, und niemand in der Straßenbahn fand daran etwas auszusetzen.«

»Daran, dass du ihn geohrfeigt hast, haben jedenfalls eine Menge Leute etwas auszusetzen. Ich habe dem Anwalt gesagt, dass du dich persönlich bei dem Jungen entschuldigen wirst ...«

»Das werde ich nicht tun«, erwiderte Van Leeuwen.

»Dann lässt du mir keine andere Wahl ...«

»Meine Herren, Sie haben beide Ihren Standpunkt ausreichend klargemacht«, meldete Menardi sich zu Wort, ohne von ihrem Notizblock aufzusehen.

»Das denke ich auch«, bestätigte der Hoofdcommissaris und stand auf. »Morgen geht die Meldung über die Sonderkommission an die Medien, und sobald ich über ihre endgültige Zusammensetzung entschieden habe, treffen wir uns wieder hier. Da der Täter anscheinend nur an zwei Tagen im Jahr zuschlägt und diese beiden Tage jetzt erst mal hinter uns liegen, haben wir ja keine übermäßige Eile. Wir können uns genügend Zeit lassen, ihn in den nächsten Monaten einzukreisen, und vielleicht sogar in einem Jahr auf frischer Tat ertappen.«

Jetzt sah Doktor Menardi auf. »Dafür gibt es keine Garantie«, erklärte sie. »Sein Tempo kann sich beschleunigen, er kann den Rhythmus ändern. Das ist durchaus nicht unüblich.«

»Wie kann er das vor sich rechtfertigen?«, fragte Gallo.

»Das muss er nicht«, sagte die Psychologin. »Oder wenn, dann erfindet er irgendeinen Grund. Beispielsweise könnte er sich einreden, seine Opfer würden sich selbst töten. Er rammt ihnen ja kein Messer in die Brust, und er zerfetzt ihr Fleisch nicht mit einer Kugel – im Grunde sind es ihre eigenen Anstrengungen unter der Plastiktüte, die zu ihrem Tod führen. Wenn er nicht mehr der Täter ist, fühlt er sich auch an kein festes Datum mehr gebunden.

Er stülpt seinen Opfern nur die Tüte über und umwickelt sie mit Isolierband, mehr tut er nicht.«

»Wenn er keine Schuldgefühle hat, warum lässt er sie dann nicht einfach mit der Tüte über dem Kopf und seinen Fingerabdrücken darauf liegen?«, wollte der Hoofdcommissaris wissen.

Menardi sagte: »Wenn er gefasst würde, könnte er niemandem mehr helfen, darum nicht.«

»Wie auch immer, ich will ihn nicht verstehen, ich will ihn verhaften«, erklärte Joodenbreest, und da er offenbar glaubte, dass ein besseres Schlusswort nicht gefunden werden konnte, verließ er den Raum grußlos und bevor dies jemand kommentieren konnte.

Einen Moment lang herrschte Schweigen. Van Leeuwen sah, wie Doktor Menardi wieder die Hand ans Ohrläppchen führte, diese fragile Geste, bei der ihm ihr Vorname einfiel, *Feline,* einfach so. Es gefiel ihm, wie sie dem Hoofdcommissaris widersprochen hatte, sachlich und bestimmt. Er fragte sich, wie es sein mochte, einen Tag mit ihr zu verbringen; das verblüffte ihn.

Gallo brach das Schweigen als Erster. Er sah Van Leeuwen an und meinte: »Willst du wissen, was der Unterschied zwischen dir und dem Ayatollah ist? Du bringst im Mörder den Menschen zum Vorschein. Jaap Joodenbreest schafft es, im Menschen den Mörder zu wecken.«

Van Leeuwen sah Feline lächeln und dachte, es wäre gut, ihr zu zeigen, was er konnte. »Ihr habt den Hoofdcommissaris gehört. Wenn es also nichts anderes mehr gibt, gehen wir wieder an unsere Arbeit. Ich möchte, dass ihr alle Meldeämter befragt – in ganz Amsterdam-Amstelland –, wer von der infrage kommenden Altersgruppe unter den hier Gemeldeten aus der Gegend um Steenwijk stammt, wann er hierher gezogen ist und ob er zwischendurch woanders gewohnt hat. Ich brauche die Namen der Feuerwehrmänner, die mit Conrad Mueller in das Haus gegangen sind, und eine Liste ihrer Familienangehörigen und Verwandten des fraglichen Alters. Verschafft euch Zugriff auf die Datenbänken der Finanzämter, der Krankenversicherungen, was auch immer.« Er überlegte einen Moment. »Wie weit sind wir mit Sara Scheffers Sohn? Wissen wir inzwischen, was aus ihm geworden ist? Wie er heißt? Er müsste jetzt etwa zweiundvierzig Jahre alt sein, genauso wie Conrad Muellers Junge, Roelof. Wer kann mir etwas über Roelof Mueller erzählen?«

Er sah in alle Gesichter, und auf keinem las er eine Antwort. Am Ende hat Jaap recht, dachte er enttäuscht, wir machen keine Fortschritte.

Endlich hob Gallo die rechte Hand. »Ich habe eine Frage an Doktor Menardi.«

»Ja, bitte«, meinte die Psychologin und warf einen kurzen Blick auf ihren Notizblock, um sich seinen Namen in Erinnerung zu rufen, »Hoofdinspecteur Gallo.«

»Können Sie uns erklären, wie wir uns die Zielperson vorstellen sollen?«, fragte Gallo. »Ihr Verhalten weist keinerlei Ähnlichkeit mit dem üblichen Muster der uns bekannten Serientäter auf. Zwar hat sie stets den gleichen MO, aber sie hinterlässt keine Signatur, nichts verweist auf ihr mögliches Motiv oder ihre innere Triebfeder. Sie sammelt keine Trophäen. Sie schickt uns auch keine Botschaften. Sie gibt uns keine versteckten Hinweise oder fordert uns heraus wie andere Serienmörder. Sie spielt nicht mit uns, es scheint uns für sie gar nicht zu geben. Sie sucht keine Aufmerksamkeit, will nicht ins Rampenlicht. Weder erfährt sie sexuelle Befriedigung, noch hat sie ein Anliegen, für das sie Öffentlichkeit sucht. Sie ist kein Schlächter, kein Kannibale, kein wahllos um sich schießender Amokläufer. Also, was ist sie? Wonach suchen wir?«

Menardi nickte. »Zunächst mal – ich bin kein Profiler, aber als Psychologin kann ich wenigstens so viel sagen: Wir haben es auf alle Fälle nicht mit dem Serienmörder aus dem Bastelkasten für Drehbuchautoren zu tun, dem Psychopathen mit der Ledermaske, der eine Spur von abgeschlachteten Teenagern wie Lebkuchenkrümel hinter sich herzieht. Zu den Punkten, die Sie schon genannt haben, könnte man noch ergänzen, dass er seine Opfer nicht zu seinem Publikum macht. Er fesselt und knebelt sie nicht vor der Tat, er hält sie auch nicht gefangen. Er respektiert ihre Würde, deswegen lässt er sie wahrscheinlich auch nicht mit der Plastiktüte über dem Kopf liegen.«

»Kann es sein, dass er Stimmen hört?«, erkundigte sich Remco Vreeling. »Dass jemand ihm Botschaften schickt?«

»Das glaube ich nicht«, antwortete Menardi, »obwohl man es nicht ausschließen kann. Wahrscheinlicher ist jedoch, dass er seine Opfer schon vorher kannte, dass sie sich vielleicht sogar an ihn gewandt haben, seine Hilfe suchten. Wenn er Stimmen hört, dann sind es ihre Stimmen. Ich nehme an, dass er vom Leben so abgestoßen ist, wie wir es von seinen Taten sind.«

»Soll heißen?«, fragte Brigadier Tambur. Sie beobachtete die Frau auf der anderen Seite des Tisches genau, abwägend, schien jede Bewegung zu registrieren, und wenn ihre Augen nicht auf der Psychologin ruhten, um ihr Mienenspiel zu deuten, wanderten sie zu Van Leeuwen, als wollte sie überprüfen, ob er dasselbe sah wie sie.

»Suchen Sie nicht nach dem Klischee, sondern nach dem Wahrhaftigen«, erklärte Doktor Menardi, »nach etwas in ihm, in seinen Taten, das sich auch in Ihnen findet. Sonst können Sie ihn nicht verstehen.«

»Und wie soll *das* gehen?«, hakte Brigadier Tambur nach. Etwas an ihrem Tonfall war anders, neu, eine unterdrückte Schärfe, und auf einmal begriff der Commissaris, woher dieser neue Ton kam: Sie sah Feline Menardi als Frau, nicht als Kollegin, sogar als Rivalin.

»Denken Sie einfach bestimmte Seiten von sich selbst weiter«, antwortete die Psychologin und sah Julika direkt in die Augen, »erinnern Sie sich an Situationen, in denen Sie das Gefühl hatten, Sie müssten etwas tun, einfach, weil Sie keine Wahl hatten. Oder Sie hatten eine, haben Sie aber nicht erkannt. Es war vielleicht sogar so, dass Sie das, was Sie taten, wie von außen gesehen haben, und Sie wussten, es war falsch, aber eben irgendwie auch richtig. Denken Sie sich eine solche Situation als inneren Zwang, der Sie immer häufiger und stärker heimsucht.«

»Aber was hat es mit den Daten auf sich, dem sechsundzwanzigsten September und dem dritten Oktober?«, erkundigte sich Vreeling.

»Wir wissen nicht, warum er gerade an diesen Tagen tötet«, sagte Menardi, »doch für ihn liegt es auf der Hand. Mijnheer van Leeuwen hat auf das Datum hingewiesen, an dem das letzte Baby von Sara Scheffer gefunden wurde – der dritte Oktober 1966. Damit könnte es zu tun haben. Irgendwann werden Sie es herausfinden. Und wenn es so weit ist, werden Sie nicht glauben können, dass darin der Schlüssel zu all seinen Taten liegt, so verstiegen wird es Ihnen vorkommen. Für ihn jedoch ist es vollkommen zwangsläufig, denn in seinem Kopf ist das Verstiegene das Logische. Vor allem aber dürfen wir eins nicht vergessen: Der Täter hat keinerlei Schuldgefühle. Er sieht sich als Erlöser, als barmherzigen Samariter.«

»Ist es vielleicht möglich, dass wir irgendetwas übersehen?«, fragte Gallo.

Die Psychologin fuhr sich mit der Hand durch das braune Haar, das sie heute offen trug, und es sah aus, als flösse es zwischen ihren Fingern, glänzend im Schein der Deckenbeleuchtung. »Absolut.«

»Und was wäre das?«, hakte Brigadier Tambur nach.

»Ich weiß es nicht, aber man übersieht immer etwas.« Feline Menardi lächelte fast verlegen, als wäre diese menschliche Schwäche ihr ganz persönlicher Fehler. »Eine Kleinigkeit. Ein Detail oder auch mehrere. Manchmal sieht man sogar nur die Details. Sie kennen den Spruch: Der Teufel steckt im Detail. In unserem Fall könnte er lauten: Der Teufel steckt hinter den Details. Sie bilden ein Gestrüpp, hinter dem wir ihn nicht sehen können, obwohl er vielleicht ganz in unserer Nähe ist. Und gar nicht aussieht wie ein Teufel, sondern nur wie ein weiteres Detail.«

Sie hat recht, dachte der Commissaris. *Denk an den Schlüssel, denk an das Loch in der Tür.* Das war seine Theorie: Jeder Mord war ein Loch, ein negativer Raum, und in dieses Loch passte ein Schlüssel. Der Mörder hatte das Loch geschaffen, aber nicht den Schlüssel entworfen. Trotzdem war der Schlüssel im selben Moment da wie das Loch, irgendwo in der Nähe. Man musste ihn nur finden, dann konnte man ihn in das Loch stecken und die Tür öffnen, hinter der sich der Mörder versteckte. Und dann wurde aus dem negativen Raum ein positives Ereignis.

»Unsere einzige Chance, ihn hervorzulocken«, fuhr Doktor Feline Menardi fort, »besteht darin, das Menschliche im Unmenschlichen zu finden und sich mit diesem Teil seiner Seele zu verbünden.«

Der Commissaris spähte durch das Schlüsselloch. Er saß im grellen Licht des Konferenzraumes an dem großen runden Tisch mit der Platte aus Walnussholz und spähte durch das Loch und sah sieben in Blumenerde erstickte Neugeborene und eins, das überlebt hatte, weil es in letzter Minute entdeckt worden war. »Es gibt kein Geburtenregister«, bemerkte er.

Alle verstummten und sahen ihn an.

»Es gibt keine Eintragungen in ein Geburtenregister, weil niemand gewusst hat, dass Sara Scheffer schwanger war«, sagte er. »Und es gibt keine Vermerke in einem Sterberegister, denn die toten Kinder sind gleichfalls unentdeckt geblieben, bis auf eins, das letzte. Wir sind bisher davon ausgegangen, dass das Baby an demselben Tag geboren wurde, an dem es vergraben wurde, weil das bei den anderen so gewesen ist. Aber vielleicht hat es überhaupt nur deshalb überlebt, weil es schon stärker war als seine Geschwister. Weil es nicht am selben Tag geboren wurde, sondern bereits eine Woche früher, am sechsundzwanzigsten September.«

»Und zum zweiten Mal am dritten Oktober«, ergänzte die Psychologin und streckte kurz die Hand aus, als wollte sie Van Leeuwen berühren und ihrer Anerkennung spontan tieferen Ausdruck verleihen als mit Worten.

Der Täter hat keinerlei Schuldgefühle. Er sieht sich als Erlöser, als barmherzigen Samariter.

Unvermittelt fand der Commissaris sich wieder an dem Punkt, an dem er bisher mit seinen Gedanken stets umgekehrt war. Jetzt ging er weiter, ging aber nicht vorwärts, sondern zurück, geradewegs in das winzige, dunkle Studio des TV-Senders *Veronica*, ans Ende seines Gesprächs mit Kornelis Jacobszoon.

Eine solche Einsamkeit, hatte Jacobszoon gesagt, *das ist, als wäre man lebendig begraben. Als wäre man sein eigenes Grab.*

35

So sah der Angriff auf Commissaris Bruno van Leeuwen später auf dem Video der Überwachungskamera aus: Das Parkdeck lag im Halbdunkel, nur da, wo es Lampen gab, fiel milchiges Licht auf die grauen Wände und den Betonboden. Die meisten Plätze waren leer. Die wenigen, in großen Abständen voneinander abgestellten Autos wirkten auf dem Schwarz-Weiß-Video entweder grau oder schwarz, und zwischen ihnen konnte man dunkle Zahlen an den Wänden und schwarze Ölflecken neben den hellen Trennstreifen auf dem Beton erkennen. Die Kamera erfasste fast das ganze Parkdeck bis auf einen kleinen Streifen dicht an der Außenwand, wo der Alfa des Commissaris stand. Die Auffahrt war links im Bild zu sehen – ein abwärts gewölbter Betonschlauch, leer, von Leuchtstoffröhren erhellt.

Rechts unten im Bild des Monitors zeigten kleine weiße Zahlen die Uhrzeit an. Auf dem Band war es 21.27 Uhr, und nichts geschah. Auch um 21.28 Uhr geschah nichts, ebenso wenig um 21.29 Uhr und 21.30 Uhr. Niemand war zu sehen, kein Wagen bog aus der Auffahrt auf die für Polizeifahrzeuge reservierte Parkebene, und kein Wagen verließ sie. Der Alfa von Commissaris van Leeuwen blieb außerhalb des von der Kamera erfassten Bereichs, und auch der Commissaris selbst blieb unsichtbar.

Um 21.34 Uhr erschien eine Gestalt in der Auffahrt. Sie hielt sich dicht an der gewölbten Betonwand und ging mit den abgehackten, ruckartigen Bewegungen einer schlecht animierten Spielfigur. Die Gestalt glitzerte und glänzte im Halbdunkel, und als sie näher kam, konnte man erkennen, dass sie ein durchsichtiges Regencape trug, auf dem die Nässe das spärliche Licht in Quecksilber verwandelte. Die Gestalt bewegte sich mit ihren schnellen, ruckartigen Schritten durch den Überwachungsbereich, aber sie blieb auf Distanz zur Kamera. Es konnte ein Mann sein oder eine kräftige Frau, und auch das Gesicht blieb undeutlich; nur ein Kinn unter dem Schirm einer Baseballkappe war zu sehen. Die Hände steckten in den Taschen des Capes und die Schuhe in hellgrauen Gummistiefeln, und alles andere verschwamm unter dem Plastiküberwurf. Es gab keinen Ton, keinen Laut, nur das leise Quietschen des Abspielgerätes.

Der Mann – später stellte sich heraus, dass es ein Mann war – verschwand aus dem Bild, und jetzt lagen Deck und Auffahrt wieder in derselben unheimlichen Leere, grau und schwarz und dunkel, bis plötzlich etwas Schwarzes von rechts vor die Kamera flog. Der Gegenstand war klein, kaum auszumachen. Er flog ins Bild und blieb liegen, und man hätte ihn vergrößern müssen, um zu erkennen, dass es die Baseballkappe war, die der Mann unter dem Regencape getragen hatte. Einige Sekunden lang passierte wieder nichts, nur die Baseballkappe lag da, aber dann verdunkelte sich der Betonboden ganz rechts auf dem Monitor. Unruhige Schatten huschten hin und her, als fände außerhalb des Bildrandes ein Kampf statt, ein schreckliches, lautloses Ringen. Etwas später wurde ein Fuß sichtbar, ein zuckender Fuß, und gleich darauf ein zweiter, bloß die Füße, die scharrten und zuckten und wieder aus dem Bild verschwanden, und auch die Schatten waren fort. Alles war wie vorher, abgesehen von der Baseballkappe.

Fast eine ganze Minute verging, in der nichts geschah, in der man nur ahnen konnte, was dort, wo auch der Alfa stand, vor sich ging; dass dort vielleicht gerade ein Mensch starb. Endlich, am Ende dieser Ewigkeiten währenden Minute, tauchte der Mann in dem glänzenden Plastikcape wieder auf. Das Cape war eingerissen, halb zerfetzt, und jetzt konnte man deutlich erkennen, dass es ein Mann war, ein Mann, der humpelte. Nur das Gesicht blieb noch immer unscharf, abgewandt, als er sich nach der Kappe bückte und sie aufsetzte und mit seinen abgehackten, ruckenden, humpelnden Schritten in die Auffahrt eilte, in der er wenig später nicht mehr zu sehen war.

Zweieinhalb Stunden früher in dieser Nacht hatte Commissaris van Leeuwen noch zu Hause an seinem Schreibtisch gesessen, vor sich die Abendausgabe von *De Avond!*. Ohne Sakko und Krawatte saß er im Licht der grünen Schirmlampe und blätterte die Zeitung durch, bis er das Impressum fand. Er schrieb die Adresse der Redaktion auf ein Briefkuvert, wobei er zwischen dem Zeitungsnamen und der Straße genügend Platz frei ließ, um später *An den Samariter, dringend!* und *Persönlich!* einzufügen. Er faltete die Zeitung wieder zusammen und warf sie in den Papierkorb unter dem Schreibtisch. Dann schob er den Laptop beiseite, um Platz für einen Schreibblock zu schaffen.

Unsere einzige Chance, ihn hervorzulocken, besteht darin, das Menschliche im Unmenschlichen zu finden und sich mit diesem Teil seiner Seele zu verbünden.

Van Leeuwen schraubte seinen Füller auf und drückte ihn mit der Feder gegen das Papier, bis die Spitze sich mit Tinte füllte. Er schrieb:

Sehr geehrter Samariter,
Sie sind meine letzte Hoffnung! Ich weiß nicht mehr weiter!
Ich möchte nicht mehr leben! Ich ersticke!

Nach diesen Worten hielt er inne, betrachtete sie eine Zeit lang und schraubte schließlich den Füller wieder zu. Bleistift, dachte er, oder Kugelschreiber; einen Hilfeschrei schreibt man nicht mit einem Federhalter auf blütenweißem Papier. Er riss das Blatt ab und warf es ebenfalls in den Papierkorb. Aber wie schreibt man so einen Brief überhaupt? Warum hatte er Jacobszoon nicht gebeten, ihm einige davon zu zeigen, so wie sie bei ihm eingetroffen waren, unredigiert, bevor sie in seiner Kolumne abgedruckt wurden? Er versuchte, sich an die Anrufer in der Sendung auf *Veronica* zu erinnern, den Tonfall, die Stimmung. Dann dachte er an die Nacht nach Simones Tod, als er allein zu Hause auf dem Bett gesessen und die geladene Luger in der Hand gehalten hatte. Aber er stellte fest, dass diese Nacht auf einmal lange zurückzuliegen schien und ebenso die Einsamkeit und Verzweiflung, die er damals verspürt hatte.

Je länger er vor dem leeren Blatt Papier im Schein seiner Schreibtischlampe saß, desto klarer wurde ihm, was es bedeutete, einen solchen Brief zu schreiben; jemand in einer ausweglosen Situation um Hilfe zu bitten, einen Fremden. Er griff nach einem Kugelschreiber und versuchte es erneut.

Sehr geehrter Samariter,
die Wahrheit ist, dass ich diesen Brief nicht schreiben möchte. Ich möchte nicht, dass Sie wissen, wie ich mich fühle und wie mein Leben ist. Ich würde lieber schweigen. Es fällt mir leicht zu schweigen, weil ich niemand habe, mit dem ich reden will. Das, was ich wirklich denke oder fühle, braucht niemand zu wissen. Die Wahrheit ist auch, dass einige Leute denken, ich wäre verrückt. Ich hatte einmal eine Frau, die ich sehr geliebt habe und mit der ich über alles reden konnte. Sie hat mich auch geliebt, allerdings hatten wir nicht dieselbe Auffassung von Liebe. Vor einiger Zeit ist sie gestorben. Aber bevor sie gestorben ist und bevor sie krank geworden ist, hat sie einen anderen Mann gehabt, und deswegen ist die nächste Wahrheit, dass ich nicht weiß, wie ich noch jemand vertrauen soll. Wenn sie nicht krank gewesen wäre, wenn sie nicht gestorben wäre, wie hätte ich ihr jemals wieder vertrauen können? Ich habe einen Beruf, in dem man lernt, den Menschen zu misstrauen, und das habe ich ausgehalten, weil man es aushalten muss und weil jemand mit mir lebte, dem ich vertrauen konnte.

Ich habe versucht, mich umzubringen, aber es ist mir nicht gelungen.

Van Leeuwen sah auf seine Armbanduhr. Es war inzwischen kurz vor halb acht. In zwei Stunden, um halb zehn, traf er sich mit Peer Stoker, dem Mann, der sich für den Alfa interessierte, im Europarking gegenüber vom Hoofdbureau. Er hätte ihm den Wagen lieber bei Tageslicht gezeigt, aber Stoker war bisher der einzige Interessent, und er hatte noch einen Termin um acht, erst danach war er frei. Er halte sich nur für zwei Tage in Amsterdam auf, hatte er gesagt, und wenn man einem Polizeibeamten nicht vertrauen könne, wem dann?

Sehr geehrter Samariter,
ich kann Sie nicht in Ihrer Sendung anrufen, aus Gründen, die ich Ihnen gern persönlich erklären würde, wenn Sie sich mit mir treffen könnten. Bitte, antworteten Sie mir nicht in Ihrer Kolumne, schreiben Sie mir an das Postfach, das auf dem Absender steht. Schreiben Sie mir, wann und wo wir uns treffen können. Die letzte Wahrheit ist nämlich, dass ich einsam bin und nicht mehr weiterweiß. Ich kann das Leben nicht ertragen, ich kann diese Welt nicht ertragen, und die Menschen in ihrem endlosen Leid kann ich auch nicht ertragen.

Van Leeuwen setzte den Kugelschreiber ab und las noch einmal, was er geschrieben hatte. Er starrte auf das Blatt und die Sätze und überlegte. *Dies ist mein Angebot, mich mit dem menschlichen Teil deiner Seele zu verbinden,* dachte er, *damit ich der unmenschlichen Seite das Handwerk legen kann.* Er überlegte wieder. Er überlegte lange. Dann unterschrieb er schwungvoll mit:

Ich ersticke! Hochachtungsvoll,
Zheng Wu

Er sah auf und betrachtete das Ausstellungsplakat, das gegenüber seinem Schreibtisch neben dem Fenster hing. *Der Schlaf der Vernunft gebiert Ungeheuer*. Ging das so? Er benutzte den Chinesen als Köder, um den Mörder an einen Ort zu locken, wo er wartete, versteckt im Hintergrund? Er musste den Brief nur noch einmal schreiben, in Chinesenenglisch, und dann dafür sorgen, dass Wu zur selben Zeit auch an diesem Ort erschien, ein angebundenes Lamm für den Tiger. Und wenn etwas schiefging? Göttliche Gerechtigkeit …

Er betrachtete den schlafenden Mann auf dem Goya-Plakat, der über seinem Schreibtisch zusammengesunken war und der genauso gut tot sein konnte, statt zu schlafen. Plötzlich dachte er: *Ungeheuer!* Er nahm das beschriebene Blatt Papier und zerriss es.

Danach suchte er den Fahrzeugbrief und den Versicherungsschein des Alfa und fand beide in der Schublade der Kommode im Gang, auf der auch das Telefon stand. Er holte seinen Notizblock aus der Innentasche des Trenchcoats am Garderobenständer, blätterte zu der Seite, auf der er die Telefonnummer von Kornelis Jacobszoon notiert hatte, und wählte sie. Nach dem dritten Klingeln sprang am anderen Ende ein Anrufbeantworter an. Van Leeuwen wartete, bis der kurze Begrüßungstext vorüber war, ehe er sagte: »Mijnheer Jacobszoon, Bruno van Leeuwen hier, Kriminalpolizei Amsterdam. Man hat mir ausgerichtet, dass Sie versucht haben, mich zu erreichen. Das trifft sich gut, denn ich möchte auch mit Ihnen sprechen. Sie können mich heute später zu Hause anrufen, egal, zu welcher Zeit.« Er nannte dem Band noch seine Privatnummer, legte auf und wählte erneut, diesmal die Handynummer von Ton Gallo.

Gallo meldete sich fast sofort. Van Leeuwen sagte: »Ton, Bruno hier. Konzentriert euch auf Jacobszoon, unseren guten Samariter – wo er herkommt, ob er schon immer so hieß, wo er zum Zeitpunkt der Morde war. Seit wann er Van der Meer kennt und wie ihre Verbindung ist. Aber geh so vor, dass er nichts davon merkt.«

»Denkst du, er ist unser Mann?«

»Das sollst du herausfinden, und zwar möglichst, bevor der Ayatollah mit seiner Sonderkommission das zarte Gras niedertrampelt. Ich nehme an, dass Kornelis Jacobszoon nicht sein richtiger Name ist, und das Alter könnte zutreffen. Während wir weg waren, hat er offenbar versucht, mich zu erreichen, und nach dem Artikel im *NRC Handelsblad* wusste er auch, *wo* wir waren.«

»An der Quelle des Yangtse«, meinte Gallo.

»Außerdem brauche ich eine einstweilige Verfügung, die jede Form der Euthanasie an Muriel Brautigam verbietet«, fuhr der Commissaris fort, »von wem auch immer.«

»Wer ist Muriel Brautigam?«

»Die junge ALS-Patientin in der Sterbeklinik von Doktor van der Meer. Sein *think tank* hat der Euthanasie bereits zugestimmt, aber damit sie durchgeführt werden könnte, müsste die Frau verlegt werden, denn in seiner Klinik darf Van der Meer ja keine Sterbehilfe mehr leisten. Wir müssen jemanden finden, der die Verlegung untersagt, und gleichzeitig dafür sorgen, dass jeder, der mit dem Fall befasst ist, davon erfährt.«

Gallo schwieg einen Moment, dann seufzte er. »Du willst sie als Lockvogel benutzen«, stellte er fest. »Aber das Datum …«

»Wenn es ihm ernst ist – und wenn Doktor Menardi recht hat –, wird er eine Ausnahme machen«, sagte Van Leeuwen, »das muss er einfach. Sie leidet entsetzlich. Sie wünscht sich mehr als alles andere den Tod. Sie hat ihn verdient.«

»Nur, wenn es nicht Jacobszoon ist … Bist du sicher, dass der Mörder über ihr Schicksal Bescheid weiß?«

»Er weiß es. Wenn er es nicht ist, findet der Täter sich entweder in Jacobszoons Redaktionsteam, in Van der Meers *think tank* oder unter den Mitarbeitern der Klinik.«

»Damit sagst du ihm aber auch, dass *wir* Bescheid wissen.«

»Nein, wir bleiben im Hintergrund. Du musst jemand finden, der als Strohmann fungiert. Versuch es mal mit Oskar Manhijmer, dem Anwalt, er hat bei mir was gutzumachen. Hauptsache, es geht schnell. Und sorg dafür, dass einer unserer Leute in der Klinik ist, als Pfleger verkleidet, der die Brautigam unauffällig im Auge behält.«

»Aber was wird dann aus ihr? Wenn sie so sehr leidet …«

Van Leeuwen betrachtete den Dielenboden unter seinen Füßen, ob er sich auftat, um ihn zu verschlingen. Das tat er nicht; überhaupt nichts geschah. »Sie bekommt Schmerzmittel«, erwiderte er knapp. Er legte auf, schlüpfte in den Trenchcoat und griff nach einem Schirm, denn er konnte Regen gegen die Fensterscheiben schlagen hören. Es war der rote Schirm mit dem rosa-beigen Paisleymuster, den Simone am liebsten gemocht hatte.

Der Regen nahm zu, während er zum Europarking ging, und er dachte, dass es ein Fehler gewesen war, sich so spät noch zu verabreden. Das Parkhaus gegenüber dem Hoofdbureau wirkte in der kalten Nässe verwaist und abweisend. Der Asphalt glänzte schwarz wie ein See aus Teer. Im Parkhaus nahm Van Leeuwen den Lift nach ganz oben. Das Deck erstreckte sich menschenleer im schwachen

Schein der blassen Neonröhren. Auf den Stellplätzen standen nur noch wenige Wagen. Der Regen fiel mit einem harten Rauschen, und von Nordosten her wehte der Wind scharf über die Geländer der Außenwand und fing sich jammernd in den Auffahrtsspiralen. Hinter dem Regenschleier funkelten die Lichter der Stadt. Es war 21.17 Uhr, und der Mann, der sich Peer Stoker genannt hatte, war noch nirgendwo zu sehen.

Der Commissaris legte den Schirm mit dem rosa-beigen Paisleymuster zusammengefaltet auf den Kofferraum des Alfa. Ihm fiel ein, dass der Motor bei diesem Wetter vielleicht nicht anspringen könnte; er hatte den Wagen seit einer Weile schon nicht mehr gefahren. Er sperrte die Fahrertür auf, setzte sich hinter das Steuer und schob den Schlüssel ins Zündschloss. Er versuchte zu starten. Der Anlasser surrte, aber nichts geschah. Er versuchte es noch einmal, und wieder passierte nichts, nur ein Klicken und ein kurzes, röchelndes Husten unter der Motorhaube. Van Leeuwen sah auf die Uhr; jetzt war es schon kurz vor halb zehn.

Er zog den Hebel für die Motorhaube, stieg wieder aus und klappte die Haube hoch. Er beugte sich über den Motor, aber er konnte einfach nichts erkennen, weder beim Vergaser noch bei den Zündkerzen. Kein loses Kabel, kein herausgerutschter Stecker. Im Handschuhfach lag eine Taschenlampe, die brauchte er jetzt. Er richtete sich auf und sah zum Fahrstuhl hinüber. Der Lift fuhr gerade mit einem Ruck an und ratterte langsam abwärts. Die Taschenlampe war da, wo sie hingehörte, nur die Batterien mussten dringend ausgetauscht werden. Die flackernde Birne warf kaum Licht zwischen die schmutzigen Schläuche, Kabel und ölverschmierten Zylinder des Motorblocks.

Der Fahrstuhl blieb weit unten stehen, mit einem stumpfen Stoß, ehe er nach einigen Sekunden träge wieder aufwärtsfuhr. Die Birne der Taschenlampe erlosch. Van Leeuwen schlug mit dem Handballen gegen den Boden des Lampenschafts, und für einen Moment strahlte die Birne hell und stark. Jetzt entdeckte er das schwach schimmernde Gewinde einer Zündkerze, die sich gelockert hatte. Er beugte sich vor, um sie festzuschrauben, und da ging die Birne endgültig aus, und auf einmal, ohne dass er etwas anderes sah oder hörte als den näher kommenden Fahrstuhl und den Wind und das Rauschen des Regens, dachte er, *er ist da*. Eine Gänsehaut schien seinen Nacken zusammenzuziehen.

Er dachte, *er ist da,* und er wusste plötzlich, dass er Jacobszoon meinte, nicht Peer Stoker, dass es nie einen Mann namens Peer Stoker gegeben hatte und dass der, *der da war*, ihn töten wollte. Wie gelähmt stand er mit der erloschenen Taschenlampe in der Hand über den Motor gebeugt. *Er ist da*, er ist nicht mit dem Fahrstuhl gekommen, der Fahrstuhl ist leer und sollte dich ablenken. *Aber warum Jacobszoon, warum will er dich töten? Und deine Luger, die verdammte Luger, warum hast du deine Dienstwaffe nie bei dir?*

Er war da, und er stand direkt hinter ihm. Van Leeuwen konnte ihn hören, obwohl der Fahrstuhl gerade hielt, und die Tür quietschte, als sie aufging, er konnte das Plastikcape rascheln hören, trotz des Regens, er wusste, dass es ein Plastikcape war, ohne dass er es sah, und er hörte den Wind, der über den Betonboden heulte, *und dein Herz, vergiss nicht dein Herz, das in deiner Brust hämmert. Das hörst du auch.* Zwischen zwei Herzschlägen war Van Leeuwens Angst so groß, dass er das Gefühl hatte, alles drehe sich um ihn, der Boden schwanke, und ihm wurde übel, aber nur eine halbe Sekunde, nur die winzige Spanne zwischen den zwei Schlägen.

Langsam richtete er sich auf. Seine linke Faust umklammerte die Taschenlampe. »Es hat keinen Sinn«, sagte er. »Mich zu töten hat keinen Sinn.« Aber da war es schon zu spät. Plötzlich wurde er gegen die Karosserie des Wagens gepresst. Er konnte sich nicht mehr bewegen, und er hörte wieder das Rascheln, diesmal ganz nah an seinen Ohren, das Rascheln und Knistern von Zellophan, und dann hörte er nur noch seinen eigenen Atem, als sich die Tüte um seinen Kopf schloss, laut wie eine Brandung. Er sah alles wie durch einen Nebel, unscharf, schlierig, er atmete zu heftig, das Zellophan klebte an seinen Lippen, drang ihm in die Nasenlöcher, und Hitze schoss ihm bis in die Augen, feuchte, stickige Hitze. *Ich will nicht sterben!*

Er ließ die Taschenlampe fallen und packte die Hände, die ihm die Tüte übergestülpt hatten. Er versuchte, die Finger auseinanderzubiegen, aber die Hände umklammerten seinen Hals, hielten sich an ihm fest. Er trat nach hinten aus und spürte einen Widerstand, hörte ein Stöhnen, und die Hände rissen seinen Kopf zurück, ein scharfer, brennender Ruck, und dann hörte er nichts mehr, nur ein Summen und dahinter das scharfe Knistern von Plastik. Auf seiner Zunge lag ein bitterer Geschmack wie von zerbissenen Orangenschalen.

Er wollte schlucken, doch die Hände pressten seine Kehle zusammen. Die Luft vor seinen Augen flimmerte. Mit aller Kraft stieß er sich vom Kotflügel ab, rammte den angewinkelten Ellbogen zurück, und diesmal war das Stöhnen fast zornig, aber die Hände ließen nicht locker. Er taumelte, sie taumelten beide und verloren das Gleichgewicht. Sie fielen. Van Leeuwen landete auf dem Mann, der ihn töten wollte, und er spürte, wie der andere unter ihm zu strampeln anfing, ihn mit Knien und Stiefelabsätzen zu treffen versuchte. Er wollte sich wegrollen, aber der Mann hielt ihn fest, klammerte sich an seinen Hals, und die ganze Zeit war die Tüte vor seinem Gesicht, über seinem Kopf, und er bekam keine Luft mehr, einfach keine Luft.

Van Leeuwen warf sich herum, drehte sich auf den Bauch, und jetzt war der Mann auf seinem Rücken, und sein Brustkorb drohte zu bersten; die Lungenflügel schienen sich zusammenzurollen wie Blätter im Feuer. Sein Kopf dröhnte. Er trampelte und schlug um sich, trat gegen den Vorderreifen des Alfa, bis er wieder oben war und mit dem Rücken auf seinem Angreifer lag. In Panik zerrte er an den Handgelenken des Mannes, um den Griff zu lockern, während der Körper unter ihm sich aufbäumte, ihn abzuwerfen versuchte. Seine Augen schwollen an und drohten aus den Höhlen zu quellen, und aus dem Dröhnen zwischen seinen Ohren wurde ein Tosen. Feuerräder wirbelten in glühenden Bögen hinter seiner Stirn. Sein Kopf war erfüllt von einem rasenden, inneren Licht.

Gib auf. Gib doch auf.

Das Dröhnen in seinem Kopf ließ nach, und er dachte: *Warum nicht? Hör auf, hör auf zu atmen.* Er fühlte, wie er tief innen erzitterte, wie sich alles in ihm zusammenzog zu einem hellen, leuchtenden Punkt, der sich nach Erlösung sehnte. Hör auf zu kämpfen, nur ein paar Minuten; in ein paar Minuten ist es vorbei, alles ist vorbei.

Roll up to the magical mystery tour.

Er sah die Tüte nicht mehr, auch nicht die schwachen Lichter an der Decke der Parkebene. Er sah – ein wenig überbelichtet und etwas flimmernd an den Rändern – ein blondes Mädchen in einer roten Windjacke auf einem Fahrrad durch strömenden Regen strampeln, mit nassem Haar. Das Mädchen sah ihn nicht, aber er sah es, vom Traktor seines Vaters aus. Er sah dasselbe Mädchen bei Kerzenschein in der Kirche, in der ersten Reihe, und diesmal sah es ihn auch, mit großen, fragenden Augen. Er sah das Mädchen, als es schon eine Frau war, in derselben Kirche an seiner Seite, und es sagte: *Ja, ich will, natürlich will ich.* Er sah das Mädchen und die Frau, überall an den Wänden eines bunten, wirbelnden Tunnels aus Bildern, durch den er immer schneller zu fliegen schien; flackernde, schnell aufblitzende Bilder aus seinem Leben, und er flog mitten hindurch, bis zum Ende, und da wartete Sim.

The mystery tour is waiting to take you away.

Auf einmal blähte sich die Tüte vor seinen Augen, frische Luft fuhr ihm wie ein Eishauch über das Gesicht. Jäh schien ihn ein Stromstoß zu durchzucken und züngelte an seinen Nerven entlang bis hinauf ins Gehirn. Der Tunnel zog sich zusammen, die Bilder bekamen schwarze Ränder und schmorten durch.

Das Klebeband, schoss es Van Leeuwen durch den Kopf, er versucht, dir das Klebeband um den Hals zu wickeln. Er riss die rechte Hand hoch, schob sie unter den Tütenrand. Ein Schatten flog vor seinen Augen vorbei, und die Hand wurde gegen seine Kehle gepresst, dicht unter dem Kinn, als der Mann ihm das Band um den Hals wickelte, einmal, zweimal, dreimal, mit rasender, oft geübter Schnelligkeit.

Van Leeuwen konnte immer noch atmen. Er konnte seine Hand nicht mehr bewegen, und er konnte nichts sehen, aber er konnte atmen. Dort, wo die Hand gegen seine Kehle gepresst wurde, kam Luft in die Tüte, nicht viel, aber genug, um nicht zu ersticken. Mit der freien Hand schlug er weiter um sich, und gleichzeitig versuchte er, die gefesselte Hand zu befreien. Mit aller Kraft zerrte er an dem Klebeband, bis etwas in seinem Gelenk brach oder riss und es jedes Mal einen heftigen Schmerz gab, wenn er sie bewegte, und etwas später konnte er sie nicht mehr bewegen, sie war nur noch da und sorgte dafür, dass er nicht erstickte.

Er spürte, wie ihm übel wurde. Die Hitze, die in seinem Kopf gewesen war, ballte sich jetzt hinter seinem Zwerchfell zusammen. Mit der freien Hand schlug er noch immer um sich, doch er traf nur noch den Betonboden, auf dem er lag. Er lag auf dem Boden, und er war allein. Die Tüte über seinem Kopf war noch immer beschlagen. Er konnte nur das feuchte Plastik sehen und einige weit entfernte milchige Lichter. Das Plastik flatterte und knisterte unter seinen Atemstößen, und er hatte Angst, dass er sich erbrechen könnte, in die Tüte, und dann vielleicht doch noch erstickte. Er rollte sich auf die Seite. Ruhig, sagte er sich, du musst ruhig atmen.

Er lag auf der Seite, und sein Kopf ruhte auf dem Beton, und nach einigen Minuten versuchte er, das Klebeband zu lösen. Er fühlte sich leer, völlig leer. Sein Herz schien zu flackern wie die Glühbirne der Taschenlampe. In seinen Ohren rauschte es noch immer, wie das Meer in einer Muschel. Er hatte ein taubes Gefühl im Mund, aber sein Hals und seine Lunge schmerzten, und als er das Klebeband entfernt und die Tüte abgestreift hatte, merkte er, dass auch seine rechte Hand schmerzte, wenn er sie zu bewegen versuchte.

Er wusste nicht, wie lange er so liegen blieb, als hätte er sich zu lange und zu tief unter Wasser aufgehalten, wo er einem unerträglichen Druck ausgesetzt gewesen wäre, bevor der Ozean ihn an den Strand gespült hätte. In seinem Kopf war etwas geplatzt und zerbrochen, und die kleinen Teilchen trieben lose durcheinander und stießen dabei immer wieder aneinander, und jedes Mal tat es weh.

Er lag da, bis er die Kraft hatte aufzustehen. Es regnete noch immer, und als er in den Überwachungsradius der Videokamera trat, zeigten die kleinen Zahlen rechts unten auf dem Monitor 21:56 Uhr.

36

Das Telefon klingelte kurz nach Mitternacht. Van Leeuwen war erst seit einer halben Stunde wieder zu Hause, und zehn Minuten davon hatte er darauf verwandt, ohne seine frisch eingegipste Hand eine Flasche Rotwein zu entkorken. Jetzt saß er mit der Flasche und einem Glas im dunklen Wohnzimmer und dachte an den Überfall in der Parkgarage. *Was hat der Mörder davon, wenn er mich umbringt?*, fragte er sich. *Er muss doch wissen, dass unser Verdacht sofort auf ihn fällt – es sei denn, er denkt, wir würden immer noch im Dunkeln tappen.*

Regen schlug gegen die Fensterscheiben, die unter den plötzlichen Windstößen ächzten. Die Böen peitschen die Äste der großen Ulme vor dem Haus, und das Licht der Straßenlaternen warf unruhige Schatten der Zweige an die Zimmerdecke. Der Regen klang hell, wenn er auf den Baum und das Pflaster schlug, aber auf dem Wasser der Gracht klang er dunkel.

Van Leeuwen trank zu schnell, um den Wein genießen zu können. Er trank gegen die Erinnerung an den Mordversuch und gegen die stechenden Schmerzen von dem Sehnenriss im Handgelenk. Er saß auf der Couch und trank und dachte nach. Er fragte sich, wo der Fehler lag, was an dem Bild nicht stimmte. Was konnte er sehen, wenn er sich nicht von den Details ablenken ließ? Wenn er den Zorn und das Gefühl der Demütigung darüber, mit einer Plastiktüte über dem Kopf in einem Parkhaus um sein Leben kämpfen zu müssen, vergaß – *was sah er?* Wenn er nicht mehr an die Fragen der an den Tatort gerufenen Kollegen dachte, nicht an die Notaufnahme im Krankenhaus und auch nicht an die Mannschaft vom Technischen Dienst, die gerade die Karosserie seines Wagens mit

Pinseln, Klebebändern und Halogenlampen auf Fingerabdrücke und mögliche DNA-Spuren absuchte – *was sah er dann?*

Er hatte ein Gefühl, als starrte er auf eins jener etwas aus der Mode gekommenen Suchbilder in alten Fernsehzeitungen, die unter einem Gewirr von Federstrichen einen Gegenstand, ein Gesicht oder ein Tier verbargen, das, hatte man es einmal entdeckt, die ganze Zeichnung beherrschte. Es gab eine Logik in alldem, das wusste er, doch es war eine andere Logik als die, nach der sie bisher gesucht hatten. Wenn sie erst entschlüsselt vor ihm lag, würde er feststellen, dass sich nicht einmal in den Notizbüchern Leonardo da Vincis Ideen und Gedankengänge klarer in schwarze Linien umgesetzt fanden.

Aber wessen Ideen, wessen Gedankengänge? Er war fast sicher, dass der Mann, mit dem er gekämpft hatte, nicht Jacobszoon gewesen sein konnte. *Er hatte sich nicht wie Jacobszoon angefühlt.* Noch vom Tatort aus hatte Van Leeuwen Hoofdinspecteur Gallo angerufen und ihn beauftragt, zur Wohnung des Psychologen zu fahren und festzustellen, wo er zur Zeit des Überfalls gewesen war.

Bloß, wenn es nicht Jacobszoon gewesen war, wer hatte ihn dann überfallen? Was hatte den Mörder dazu getrieben, von seinem Schema abzuweichen? Gab es überhaupt ein Schema, oder hatten sie sich alle getäuscht, Doktor Menardi eingeschlossen? Nach welchen Kriterien wählte der Täter seine Opfer aus? Auf diese Frage hatten sie noch gar keine Antwort gefunden. Warum tötete er einen Mann wie Gerrit Zuiker, wenn es doch bestimmt andere gab, denen es viel schlechter ging; die dringender der Erlösung bedurften? War die Antwort nur das Datum, nach dem er entschied, wen er tötete und wen er am Leben ließ, unter Berücksichtigung der Faktoren Gelegenheit oder Mangel an Gelegenheit an ebendiesem Tag?

Van Leeuwen leerte sein Glas mit einem großen Schluck und schenkte sich nach. Seit er gerade an Feline Menardi gedacht hatte, verspürte er den Drang, sie anzurufen, trotz der späten Stunde. Genau das war der Moment, in dem das Telefon klingelte, und auf einmal schlug sein Herz schneller. *Vielleicht ist sie das!* Er stand auf und ging, das Glas in der unverletzten Hand, in sein Büro, zu dem Apparat auf dem Schreibtisch. Er stellte das Glas ab, setzte sich und griff nach dem Hörer. »Hallo?«

»Mijnheer van Leeuwen? Hier spricht Doktor Jacobszoon«, sagte der Anrufer. »Sie haben eine Nachricht auf meinem Anrufbeantworter hinterlassen. Ich bin gerade nach Hause gekommen, und weil ich morgen einen vollen Terminkalender habe, dachte ich, ich probier's noch schnell bei Ihnen. Ich hoffe, Sie haben noch nicht ...«

»Ich habe noch nicht geschlafen«, unterbrach Van Leeuwen ihn. »Wo waren Sie?«

»Wie bitte?«

»Sie haben gesagt, Sie sind gerade nach Hause gekommen. Wo waren Sie?«

»Ich habe einen Krankenbesuch gemacht«, antwortete Jacobszoon überrascht.

»Wo?«

»Außerhalb.«

»Wo außerhalb?«

»In der Nähe von Haarlem.«

»In der Klinik von Doktor van der Meer?«

»Ja.«

»War er da?«

»Wer?«

»Doktor van der Meer.«

»Ja, natürlich.«

»Und wenn ich ihn fragen würde, dann würde er bestätigen, dass Sie bei ihm waren?«

»Das nehme ich an. Warum?«

»Er würde das sogar sagen, wenn Sie statt in der Klinik heute Nacht in einem Parkhaus in Amsterdam gewesen wären, richtig?«

Jacobszoons Stimme veränderte sich, aus Überraschung wurde Befremden. »Was soll ich mitten in der Nacht in einem Parkhaus? Ich habe gar keinen Wagen.«

»Hätten Sie gern einen Wagen?«, fragte Van Leeuwen. »Einen nougatbraunen Alfa Spider, erste Hand, garagengepflegt, achtundneunzigtausend Kilometer auf dem Tacho, alle Inspektionen durchgeführt?«

Jacobszoon schwieg einen Moment, ehe er fragte: »Sind Sie betrunken, Mijnheer?«

»Ein bisschen«, sagte der Commissaris. »Und Sie?«

»Ich kann es mir nicht leisten, betrunken zu sein, wenn ich nach Patienten sehe.«

»Was für Patienten haben denn mitten in der Nacht Bedarf an einem Schmalspur-Samariter?«, fragte Van Leeuwen ruppig. Er konnte hören, wie Jacobszoon der Atem stockte, obwohl auch hier im Arbeitszimmer der Regen gegen das Fenster trommelte und der Wind aus dem geröteten Himmel auf die Dächer herabfuhr. In das Schweigen am anderen Ende der Leitung hinein sagte er: »Ich habe gehört, dass sich das Mitgefühl für die Leiden anderer bei Ärzten und Krankenschwestern nach einigen Jahren in Gefühllosigkeit verwandelt. Können Sie das bestätigen?«

»Nein, das kann ich nicht bestätigen«, antwortete Jacobszoon verärgert. »Und wenn Sie nichts anderes auf der Seele haben, dann ...«

»Doch, ich habe etwas anderes auf der Seele«, sagte Van Leeuwen. »Aber im Moment geht es noch um Ihr Alibi. Wer war der Patient, den ...«

»Mein Alibi? Wofür brauche ich ein Alibi?«

»Für den Zeitpunkt eines Mordversuchs heute Abend. Also, wer war der Patient, den Sie besucht haben?«

»Eine junge Frau, Muriel Brautigam, die an unheilbarer ...«

»Ich kenne Muriel Brautigam. Lebte sie noch, als Sie von ihr weggefahren sind?«, fragte Van Leeuwen.

Diesmal gab es am anderen Ende keine Pause und kein verdutztes Schweigen, nur einen kurzen Laut, der eher Enttäuschung als Empörung verriet. »Gute Nacht, Mijnheer«, sagte Jacobszoon. »Wenn Sie noch Fragen haben sollten, können wir weiterreden, sobald Sie wieder nüchtern ...«

»Halt«, unterbrach Van Leeuwen ihn rasch, bevor der Psychologe auflegte, »es tut mir leid, bitte, entschuldigen Sie. Ich wollte Sie nicht vor den Kopf stoßen. Ich bin nur gerade etwas durcheinander. Könnten Sie vielleicht einen Moment in der Leitung bleiben – ich habe in der Küche Kaffeewasser aufgesetzt, und es fängt gerade an zu kochen.«

Jacobszoon atmete aus, erfreulich schnell besänftigt. Der Commissaris legte den Hörer auf die Schreibtischplatte, schob den Stuhl zurück und verließ mit lauten Schritten das Arbeitszimmer. Er ging in die Küche, wo er das Sakko über eine Stuhllehne geworfen und dann liegen gelassen hatte. Mit der unverletzten Hand fischte er sein Handy aus der Innentasche des Jacketts und tippte mit dem Daumen Gallos Nummer ein. Diesmal meldete Ton sich nicht sofort, sondern es dauerte einige Klingelzeichen lang, bevor eine Verbindung zustande kam. »Hallo?«

»Ton, hier ist noch mal Bruno«, sagte Van Leeuwen leise.

»Ach, hör mal, ich war bei Jacobszoon, aber es hat niemand aufgemacht«, berichtete Gallo mit verschlafener Stimme. »Ich habe ihm …«

»Ich habe ihn gerade in der anderen Leitung«, fiel Van Leeuwen ihm ins Wort. »Angeblich war er zum Zeitpunkt des Überfalls draußen in Van der Meers Klinik, bei Muriel Brautigam. Ruf unseren Mann in der Klinik an, er soll nach ihr sehen und überprüfen, ob mit ihr alles in Ordnung ist.«

»Wir haben noch niemand da draußen«, sagte Gallo. »Ich wusste nicht, dass es so schnell gehen muss …«

Van Leeuwen spürte, wie seine Schläfen zu brennen begannen, dann die Stirn. »Und Oskar Manhijmer, hast du mit ihm geredet?«

»In dem Fall ist er auf unserer Seite«, erklärte Gallo. »Er hat schon mit der Klinikdirektion Kontakt aufgenommen und die einstweilige Verfügung angekündigt, obwohl er noch nicht weiß, wie und in wessen Namen er sie kriegen …«

»Willst du damit sagen, unser Mörder weiß vielleicht, dass ihm die Zeit davonzulaufen droht, wenn er Muriel Brautigam wirklich helfen will, und wir haben niemand bei ihr, der ihn stoppen kann?«, fragte Van Leeuwen und musste sich zwingen, auch jetzt noch leise zu reden. »Ton, ich will, dass sofort jemand von uns da rausfährt und nach ihr sieht, sofort!«

Gallo wirkte mit einem Schlag hellwach. »Glaubst du, Jacobszoon hat sie getötet?«

»Ich hoffe, nicht! Schick Julika da hin, sie soll bei Muriel im Zimmer bleiben, neben dem Bett, bis ich sie morgen früh ablösen komme. Und sie soll das Personal befragen und herausfinden, ob Jacobszoon wirklich heute Abend um halb zehn in der Klinik war. Außerdem muss Jacobszoons Haus rund um die Uhr beobachtet werden – er ist gerade daheim –, das kann Remco übernehmen.«

»Aber der Ayatollah …«

»Vergiss Joodenbreest. Du suchst weiter nach Verbindungen zwischen Van der Meer und Jacobszoon. Ich muss zurück ans Telefon. Wir reden morgen weiter.« Der Commissaris unterbrach die Verbindung, steckte das Handy in die Hosentasche und kehrte ins Arbeitszimmer zurück. Er griff wieder nach dem Hörer. »Sind Sie noch da, Doktor? Sie haben vor einigen Tagen versucht, mich im Präsidium zu erreichen. Ich war dienstlich unterwegs, aber man hat mir Ihren Anruf ausgerichtet. Deswegen habe ich heute Abend auf Ihren Anrufbeantworter gesprochen.«

»So, ja … Ich wollte Ihnen sagen«, Jacobszoons Stimme nahm den Ton an, den Van Leeuwen von den Sendungen in Erinnerung hatte, »damals wollte ich Ihnen sagen, dass ich Ihnen jederzeit zuhöre, falls Sie jemand brauchen sollten, mit dem Sie reden können.«

»Worüber?«

»Nach Ihrem Besuch bei mir im Fernsehstudio habe ich mich über Sie informiert«, erklärte der Psychologe. »Sie waren – Sie haben auf mich so einen traurigen Eindruck gemacht. Sie haben kürzlich Ihre Frau verloren?«

»Sie haben sich über mich informiert?«

»Haben Sie jemand, mit dem Sie reden können?«

»Sie haben sich über mich informiert?«, fragte Van Leeuwen noch einmal ungläubig.

»Deswegen habe ich diesen Beruf ergriffen«, sagte Jacobszoon, ohne sich vom Kurs abbringen zu lassen. »Damit die Menschen jemand haben, der ihnen zuhört. Der nicht einfach den Hörer hinlegt und weggeht. Bestimmt haben Sie das auch schon erlebt, dass man sich an jemand wendet, man bittet vielleicht sogar in tiefster Verzweiflung um Hilfe, aber die ganze Zeit wird man das Gefühl nicht los, als würde man in ein Telefon sprechen, ohne dass irgendjemand am anderen Ende der Leitung ist. Man redet und bittet und fleht, aber es kommt kein Laut zurück, und irgendwann legt man entmutigt auf.« Er machte eine Pause von genau der richtigen Länge. »Wenn mich jemand anruft, bin ich da.«

»Und dann?«, fragte Van Leeuwen und starrte in die Regennacht. Er versuchte, seinen unvermittelt aufgestiegenen Zorn unter Kontrolle zu bringen. »Dann gehen Sie hin und erlösen den Anrufer von seinen Qualen?«

»Wogegen kämpfen Sie, Commissaris?«, fragte Jacobszoon so unbeirrt teilnahmsvoll, dass Van Leeuwen die Fassung zu verlieren drohte.

»Ich weiß es nicht«, antwortete er, und in diesem Augenblick war es die Wahrheit. »Ich dachte, ich kämpfe gegen Gewalt, gegen Verbrechen und Verelendung. Aber wahrscheinlich kämpfe ich vor allem gegen mich selbst.«

»Trinken Sie, weil es Ihnen gerade so vorkommt, als würden Sie den Kampf verlieren?«

Der Commissaris gab keine Antwort. Er lauschte dem Regen, den dünnen Bächen, die über das Fensterglas rannen.

Jacobszoon fuhr fort: »Wissen Sie, wenn wir einen großen Verlust erlitten haben, ist es fast unausweichlich, dass wir in die dunklen, unterirdischen Gänge geraten.«

»Was für unterirdische Gänge?«

»Die unterirdischen, dunklen Gänge, in denen wir dem Tod nahe sind«, sagte die hypnotische Samariterstimme weit draußen im Regen. »Wir können nichts dafür, es ist nicht unsere Schuld. Es gibt einfach vorgezeichnete Wege, die in diese Dunkelheit führen. *Endless night*, erinnern Sie sich? Wir spüren die Nähe des Todes, und wir haben Angst, das ist ganz normal. Es ist das verlorene Licht, das uns ängstigt. Aber ohne dass wir es wissen, gibt es schon Menschen, die nach uns suchen. Die unterwegs sind, um uns zu retten, und manchmal gelingt es – einige werden gerettet. Und wenn wir auftauchen in das verlorene Licht, stellen wir fest, dass es die ganze Zeit da war. Es war da und hat auf uns gewartet.«

Van Leeuwen dachte: *als wäre man lebendig begraben. Und in letzter Sekunde wird man frei gescharrt und vor dem Ersticken bewahrt.* Er wünschte, er hätte tatsächlich Kaffee gekocht, hätte ihn getrunken und wäre nüchtern. Er spürte, dass ein falsches Wort jetzt alles zerstören konnte, und das Ungesagte blieb für immer in den lichtlosen, unterirdischen Gängen. Er hielt den Hörer so fest ans Ohr gepresst, dass auch die gesunde Hand zu schmerzen begann. Aber dann konnte er sich doch nicht beherrschen und sagte: »Als ich bei Ihnen im Studio war, haben Sie ebenfalls über Einsamkeit gesprochen. Ich glaube, Sie haben gesagt, *eine solche Einsamkeit – das ist, als wäre man lebendig begraben. Als wäre man sein eigenes Grab* … Erinnern Sie sich?«

»Sie sind einer dieser Menschen, die nach anderen suchen, um sie zu retten«, erwiderte Jacobszoon, ohne auf Van Leeuwens Frage einzugehen, »das habe ich schon bei unserer ersten Begegnung erkannt. Sie sind auch da, um zuzuhören. Sie sind wie ich, einer, der die Wege kennt, weil er selbst auf ihnen gegangen ist und aus der Dunkelheit wieder aufgetaucht ist.«

Ich bin nicht wie du, dachte Van Leeuwen, ganz und gar nicht. Laut sagte er: »Wenn Sie von der Nähe des Todes sprechen, frage ich mich, was Sie gerade jetzt, heute Nacht, darauf gebracht hat.«

»Ich habe sie gespürt«, meinte Jacobszoon. »Wenn man den halben Abend in der Gesellschaft eines Menschen wie Muriel Brautigam verbringt, die so sehr von ihrer eigenen Verwundbarkeit durchlöchert ist, dass sie nichts mehr wünscht, als zu sterben, bleibt das wohl nicht aus.«

»Ich habe sie auch gespürt«, entgegnete Van Leeuwen, »und ich habe es mir nicht gewünscht.« Plötzlich fiel ihm wieder ein, wie er mit Van der Meer in Muriel Brautigams Zimmer gewesen war, bei seinem Besuch in der Klinik. Wie er das Gefühl gehabt hatte, beobachtet zu werden, durch einen Spalt in einer Tür, die er geschlossen hatte. »Sie waren damals auf dem Gang«, entfuhr es ihm. »Sie haben mich an Muriels Bett beobachtet.«

»Und wenn?«

»Warum?«

»Ich war im Sekretariat, dem Zimmer neben Doktor van der Meers Büro. Wir hatten vorher über Muriel gesprochen. Ich habe gehört, worüber Sie mit ihm geredet haben.«

»Und dann sind Sie uns gefolgt.«

»Ich wollte wissen, mit wem wir es zu tun haben.«

»Weil Sie mich vielleicht umbringen mussten?«, fragte Van Leeuwen schroff.

»Haben Sie Angst vor dem Tod?«

»Ich habe mich mit ihm abgefunden, soweit das auf einigermaßen anständige Weise geht«, antwortete Van Leeuwen. »Allerdings weiß ich nicht, ob ich mich nicht eher mit der Idee der Sterblichkeit abgefunden habe.«

»Sehr differenziert, für einen Polizisten«, sagte Jacobszoon, und der Commissaris suchte nach einem Beigeschmack von Herablassung in seinen Worten, fand ihn aber nicht. »Der dunkle Hintergrund, den ein Spiegel braucht, damit wir uns darin sehen können: Ohne das Wissen, dass wir sterben müssen, hätte weder die Liebe noch das Glück oder sonst irgendetwas Lebendiges auch nur den geringsten Wert.« Er hielt wieder inne, nicht zu lange und nicht zu kurz. »Sehen Sie, es tut gut, wenn einem jemand zuhört, spät in der Nacht.«

Van Leeuwen merkte, dass er allmählich wieder einen klaren Kopf bekam. »Tut es auch gut zuzuhören?«, fragte er. »Ich weiß, warum ich Polizist geworden bin, aber aus welchem Grund haben Sie einen Beruf ergriffen, in dem das Leid der Welt auf allen Kanälen zu Ihnen spricht, egal, welchen Sie einstellen?«

Wem willst du helfen, dir selbst oder den anderen?

Jacobszoon schien über seine Worte nachzudenken, als ließe sich ergründen, was Van Leeuwen gemeint haben könnte, ohne zu fragen. »Das weiß ich nicht mehr«, bekannte er endlich. »Ich bin nicht mehr derselbe wie damals.«

»Aber wer hört *Ihnen* zu?«, fragte der Commissaris. *Hier ist mein Angebot an den menschlichen Teil deiner Seele.* »Wenn Sie wieder auf den Weg in die Dunkelheit geraten, wer ist dann für Sie da?«

»Niemand«, erklärte Jacobszoon. »Das ist auch nicht nötig. Ich brauche niemand.«

Van Leeuwen hielt einen Fuß über das hauchdünne Eis. »Nicht einmal Ihre Mutter?«

»Meine Mutter ist schon lange tot.«

»Bei wem sind Sie dann aufgewachsen?« Der Fuß berührte das Eis, probierte aus, ob es trug.

Jacobszoon gab einen missmutig klingenden Laut von sich; das Eis knackte, es trug nicht. »Ich habe Sie nicht angerufen, um mit Ihnen über meine Kindheit zu sprechen. Es ist schon spät. Wenn Sie noch weitere Fragen haben, müssen wir das Gespräch ein andermal fortsetzen.«

Der Commissaris dachte nicht daran, den Fuß zurückzuziehen. »Wollen Sie gar nicht wissen, wo ich war, als Sie versucht haben, mich im Präsidium zu erreichen?«

»Nein, eigentlich nicht.«

»Ich war in Overijssel. In der Nähe von Steenwijk. Dort, wo Ihre Mutter Sie und Ihre Geschwister zur Welt gebracht hat. Wo *Sie* gerettet worden sind.«

Am anderen Ende der Leitung herrschte Schweigen. Dann sagte Jacobszoon: »Wenn man einmal sein eigenes Grab war und dann wieder hinaussteigt, wenn man die Erde abgeschüttelt hat und sich im Tageslicht umschaut, dann sind sich das Gute und das Schlechte so ähnlich, dass man sie kaum noch unterscheiden kann. Es sind nur noch Begriffe. Aber es sind Begriffe für die anderen, und man findet überhaupt nichts mehr dabei, einen dieser anderen zu töten. Oder sich selbst.« Er schwieg einen Moment, als überlegte er, ob er zu viel gesagt hatte oder zu wenig. »Die Sendezeit ist um. Gute Nacht.«

Van Leeuwen war eingebrochen, versank im kalten Wasser. Aber er dachte nicht daran, kampflos unterzugehen. »Hören Sie mit dem Mumpitz auf!«, brüllte er. »Ich entscheide, wann Ihre Sendezeit um ist, niemand sonst! Sie sind ein Mörder, Sie haben Dutzende von Menschen auf dem Gewissen, und eines Tages wird Gott sie alle vor Sie hinkippen aus dem großen Netz, in dem er die Ermordeten auffischt, und die Toten werden vor Ihren Füßen zappeln und Sie anspringen wie blutige Fische. Aber vorher werde ich Ihnen das Handwerk legen, und *dann* ist Ihre Sendezeit um!«

Er fand, dass es eine schöne Rede war, kurz und prägnant, außerdem leidenschaftlich vorgetragen. Es störte ihn auch nicht im Geringsten, dass Jacobszoon bereits vor dem ersten Satz aufgelegt hatte. Manche Dinge mussten gesagt werden, ob jemand zuhörte oder nicht.

37

Manchmal mitten in der Nacht wusste Brigadier Julika Tambur nicht mehr, was noch wirklich war. In ihrem Kopf lief ein Videorekorder, der alles aufzeichnete, was sie hörte und sah, und nie wieder löschte. Sie brauchte bloß den *Play*-Knopf zu drücken, und sie konnte es wieder sehen und hören, und oft drückte sie den Knopf nicht einmal und sah es trotzdem. Sie dachte, dass man das Unabwendbare verhindern könnte und dass man Mitschuld hatte, wenn es doch geschah. Sie suchte die Stelle, an der man die Ereignisse aufhalten oder ihnen eine andere Richtung geben konnte.

Ein Videorekorder im Kopf, tausend Bänder im Herzen, mindestens. Sie saß an Muriel Brautigams Bett und sah zu, wie Muriel in ihrer eigenen Lunge ertrank, und dachte: *Ich nenne dich lieber Muriel.* Sie wollte nicht durcheinanderkommen. Außer Muriel sah sie nämlich noch ihre Mutter, dann ihre Schwester. Sie lagen auch in dem Bett, im Schatten außerhalb des Lichtkreises der kleinen Nachttischlampe.

Ihr Vater saß auf der anderen Seite des Bettes. Sie konnte ihn sehen, obwohl der Hocker da drüben leer war. Fast konnte sie sogar den faden Alkoholdunst riechen, der ihn auch Stunden nach dem Unfall noch umgab; den ranzigen Schweißgeruch der Schuld. Sie konnte ihn leise weinen hören, stockend, keuchend, und sie spürte das Eis in ihrer Brust.

Ein Beatmungsgerät zischte leise, es pumpte Luft in Muriels Lungenflügel, in denen die Flüssigkeit immer höher stieg. Nadeln an dünnen Schläuchen steckten in den abgemagerten Armen und den skelettartigen Händen. Langsam tröpfelte Flüssigkeit durch diese Schläuche, voll mit farbloser Nahrung, die Muriel nicht wollte. Ihre Lider lagen auf den Augen wie tote Haut. Darunter bewegten sich die Augäpfel hin und her, von rechts nach links und zurück; sie suchten einen Ausweg, selbst im Schlaf, und Julika suchte mit ihr.

Außer dem Zischen des Respirators und dem leisen Piepsen des Herzmonitors drangen noch andere Geräusche in das Zimmer: der Wind, der Regenböen durch die Nacht jagte, und das Krachen und Klatschen des Meeres in den Dünen und manchmal das Kreischen des Wetterhahns auf dem Dach. Aber es war seltsam, sie hörte dazu noch die Tonspur von der Videokassette, das Weinen ihres Vaters. Julika dachte nicht, dass sie in Gefahr war. Sie sah sich nicht als jemand, der in Gefahr geriet, nicht einmal nachts allein in einer Sterbeklinik, in der sie jemanden davor beschützen sollte, getötet zu werden. Sie war seit drei Stunden hier. Nachdem sie Tons Anruf bekommen hatte, war sie sofort losgefahren, durch den Regen, der nicht aufhören wollte. Sie sah ihn noch gegen die Windschutzscheibe pladdern, dick wie flüssiges Glas, sodass die Scheibenwischer kaum gegen die Fluten ankamen. Sie hörte das harte Klackern der Tropfen und Tons Stimme: *Du musst sofort rausfahren zu Doktor Death, eine Patientin braucht Personenschutz. Sie heißt Muriel Brautigam. Stell jetzt keine Fragen, setz dich einfach an ihr Bett.*

Und dann: *Jemand hat versucht, Bruno umzubringen, mit einer Plastiktüte, aber es ist nichts passiert, Bruno lebt.* Immer wieder hörte sie das, *jemand hat versucht, Bruno umzubringen … Bruno umzubringen … Bruno umzubringen*, aber sie sah es nicht. Stattdessen sah sie Bruno, wie er in der Nacht nach dem Tod seiner Frau gewesen war. Wie sie ihm die Pistole weggenommen hatte, wie sie sich abgemüht hatte, ihn wieder nüchtern zu bekommen, mit Kaffee und kaltem Wasser.

Schließlich sah sie die Klinik im Licht ihrer Scheinwerfer; große

Nässeflecken hatten sich auf der Fassade gebildet. Sie stieg aus und rannte, die Fleece-Jacke über den Kopf gezogen, zum Eingang und drückte die Nachtklingel, immer wieder und jedes Mal länger, so lange, bis eine Schwester an die Tür kam. Julika zeigte der Schwester ihren Ausweis und verlangte, sofort zu Muriel Brautigam gebracht zu werden. *Ich muss erst Doktor van der Meer fragen,* erklärte die Schwester, und Julika sagte: *Später, wenn ich weiß, dass Mevrouw Brautigam noch lebt.* Und dabei dachte sie, jemand hat versucht, Bruno umzubringen, der Plastiktütenmörder, dachte sie, und er ist entkommen. Deswegen bin ich hier.

Sie sah sich, wie sie mit der Nachtschwester durch das Treppenhaus lief, den dunklen Gang zu Muriel Brautigams Zimmer entlang, wie sie, ohne anzuklopfen, in den winzigen Raum stürzte. Sie sah Muriel in ihrem von schwachem Licht beschienenen Bett. Sie lebte, sie war noch nicht tot, und es hatte auch niemand versucht, sie umzubringen. Dann stürmte Doktor Death in den Raum, hastig angezogen, aber hellwach, mit zornigen Augen, genau wie der Commissaris ihn beschrieben hatte, eine eindrucksvolle Szene: Sie hörte seine leise, aber scharfe Stimme und wie sie selbst sich stur stellte, nicht taub, nur stur, und mitten in der Nacht wurde man damit sogar jemand wie ihn los; er konnte ja nichts unternehmen.

Muriel zitterte im Schlaf, ihr Körper krümmte sich. Julika dachte: *Sie ist nicht viel älter als ich, und alles, was ihr noch vom Leben bleibt, sind unerträgliche Qualen.* Sie wusste – sie wusste es genau –, dass sie diesen Moment gerade in ihre Videothek aufnahm und dass sie ihn immer wieder sehen würde, ob sie wollte oder nicht. Sie würde sich fragen: *Was hast du getan? Hättest du nicht etwas unternehmen sollen, genau jetzt, und scheiß drauf, was hinterher irgendjemand sagt?!*

Sie stand auf und beugte sich über Muriel, deren Augen unter den angespannten, muschelglatten Lidern hin- und herzuckten. *Ich kann dir helfen*, dachte Julika. Sie berührte den Knopf, mit dem man den Herzmonitor an- und ausschaltete. Sie legte einen Finger auf den *On/Off*-Schalter des Respirators. Sie nahm den dünnen Infusionsschlauch zwischen Daumen und Zeigefinger und fuhr sanft daran herunter bis zu der Nadel, die in Muriels zerstochene Venen führte.

Ich kann dir helfen. Ich kann dir deinen Wunsch erfüllen. Ich kann dich erlösen. Aber wenn ich es tue, bin ich nicht mehr dieselbe; nicht mehr die, die ich vorher war, egal, wer ich war. Ich muss die ganzen Bänder neu sichten, und vielleicht kann ich danach auch keine Polizistin mehr sein, und das ist alles, was ich immer sein wollte.

Julika fragte sich, was sie gewollt hätte, wenn sie Muriel gewesen wäre. Sie stellte fest, dass sie sich das nicht vorstellen konnte: so krank zu sein, solche Schmerzen zu erleiden, dass sie sich nur noch danach sehnte zu sterben. Angewiesen zu sein auf das Mitleid von Fremden. Keine Zukunft mehr zu haben, all die Jahre, die sie vor sich spürte, plötzlich weggewischt. Auf einmal kam sie sich schäbig vor, undankbar. Sie konnte gehen, klettern, schwimmen, aber all das war ihr nichts wert; sie lief einem Mann nach, der seine Frau verloren hatte. Der sie nicht wollte.

Muriel hat den Stolz, um ihren Tod zu bitten; sie will in Würde sterben. Wenn du ihr hilfst, wirst du vielleicht ein besserer Mensch. Der Mensch, der du immer sein wolltest. Sie beugte sich tiefer, ganz dicht zu Muriel, als wollte sie für sie atmen – und dann aufhören, wenn sie den Wunsch verspürte.

Julika hörte ein neues Geräusch, das sie noch nicht kannte. Sie blendete das Zischen und Piepsen und den Regen aus und konzentrierte sich auf den Laut, der eben noch da gewesen war. Nicht im Zimmer, auch nicht vor dem Fenster – auf dem Gang. Sie hielt den Atem an. *Seid mal still!* Da, jetzt wieder, es klang wie Schritte, gedämpfte Schritte, die näher kamen und vor der Tür innehielten. *Ein Pfleger*, dachte Julika, *eine Schwester oder Doktor Death, der sich vergewissern will, dass alles in Ordnung ist.* Sie ging zur Tür, öffnete sie und sah hinaus. Der Gang war leer.

Das Fenster hinter den zugezogenen Vorhängen ächzte, und ein kalter Luftzug strich durch den Raum. Die Milchglastür am Ende des Korridors fiel zu. *Du hörst Gespenster*, dachte Julika. Jetzt erst atmete sie aus und schloss die Tür wieder.

Sie blickte auf ihre Uhr. Es ging auf vier zu. Julika spürte einen

Druck auf der Blase. Sie holte ihr Handy heraus und schaute, ob jemand ihr eine SMS geschickt hatte, aber das Display blieb leer, und Bruno schickte sowieso keine. Er hatte sie auch nicht angerufen, und sie fragte sich, was sie sich einredete.

Was redest du dir eigentlich die ganze Zeit ein, über dich und einen dreißig Jahre älteren Mann, der dich nicht einmal benachrichtigt, nachdem man versucht hat, ihn zu ermorden? Willst du jemanden lieben, der ganz plötzlich getötet werden kann, jeden Tag? Willst du, dass sich das durch dein Leben zieht – deine Mutter, deine Schwester, jeder, an dem dein Herz hängt, kommt ganz plötzlich um, und du bleibst zurück?

Sie stand auf, verließ Muriels Zimmer und ging durch den dunklen Korridor, folgte den Hinweisschildern zur Toilette. Die Sohlen ihrer Turnschuhe quietschten auf dem Linoleumboden. Niemand begegnete ihr, keine Schwester, kein Arzt. Der Gang lag still im matten Schein der Nachtbeleuchtung. Die Türen der Krankenzimmer waren geschlossen. Im Treppenhaus hinter ihr stieg oder sank ein Fahrstuhl surrend von Etage zu Etage, aber Julika konnte ihn nicht sehen. Türen mit Milchglasscheiben trennten den Gang von den Treppen. Der Regen prasselte gegen das große Fenster am Ende des Korridors. Irgendwo schrie jemand. Es war ein leiser Schrei, der schnell wieder erstarb.

Julika blieb stehen, um zu lauschen, aber der Schrei wiederholte sich nicht. In dieser dunklen, frühen Morgenstunde schien ihr die dünne Linie zwischen Leben und Tod fast greifbar. Aber nicht so greifbar wie für Muriel, dachte sie; nicht einmal so greifbar wie für Bruno, der einem Mordanschlag entkommen war und sie nicht angerufen hatte. Und der Mörder ist entkommen, dachte sie wieder, und weil man nicht weiß, wer es ist und wo er jetzt ist, bist du hier. Und dann dachte sie: *Vielleicht ist er auch hier.*

Der Fahrstuhl in dem Treppenhaus hinter ihr setzte sich wieder in Bewegung. *Vielleicht ist er das in dem Fahrstuhl.* Sie machte kehrt und ging in Richtung Treppenhaus. *Besser, du überraschst ihn, als umgekehrt.* Sie tastete nach dem Griff ihrer Dienstpistole und entsicherte sie, ohne sie aus dem Halfter zu ziehen. Sie hatte schon lange keine Angst mehr, diese panische Angst, die sie als Kind gequält hatte, die Angst vor leeren Korridoren, verlassenen Parkhäusern, dunklen Kellern. Sie stieß die Milchglastür auf. Dahinter war es kälter als auf dem Stationsgang, das Meer klang lauter und sehr nah.

Es war ein Fahrstuhl ohne Sichtfenster in den Türen. Julika stellte sich davor, eine Hand am Pistolengriff unter der Fleece-Jacke, deren Reißverschluss über ihren Handrücken kratzte. In der Luft lag ein Flimmern, und sie spürte, wie das Adrenalin ihren Herzschlag durch ihre Adern trug, schneller als sonst. Als sie hören konnte, dass der Fahrstuhl ganz nah war, drückte sie auf den Rufknopf. Sie sah unzählige Bilder von zahllosen Knöpfen, die sie schon gedrückt hatte, miteinander verschmelzen, ihr Finger, der Knopf und immer etwas, das hinter der Tür neben dem Knopf wartete.

Ein gedämpfter Klingelton, dann fuhren die Türen auseinander. Der Fahrstuhl war leer. In der breiten Metallleiste mit den Etagenknöpfen sah Julika ihr Spiegelbild: nicht die nur flüchtig gekämmten Haare, auch nicht die Stirn und die Augen, sondern die Nase und den Mund, aber merkwürdig verzerrt, als lächelte sie ein schiefes Lächeln, das nur Anspannung war. Sie umklammerte den Griff der Sig Sauer in ihrem Schulterhalfter. Sie merkte, dass sie den Atem angehalten hatte; ihre Nackenhaare waren gesträubt, wie gegen den Strich gebürstet. Sie senkte den Kopf. Als sie ihn wieder hob, schlossen sich die Türen gerade mit einem leisen Scheppern.

Julika kehrte um und ging zurück und vorbei an Muriels Zimmer zur Toilette. Die Gänsehaut zwischen ihren Schulterblättern glättete sich wieder. Sie schloss die Kabinentür hinter sich. Als sie den Knopf ihrer Jeans öffnete, hörte sie neuerlich den Fahrstuhl, leiser hier und weiter weg, aber doch den Fahrstuhl.

Du darfst sie nicht allein lassen, du musst bei ihr sein!

Julika stürzte aus der Toilette und sprintete durch den langen Korridor. Sie sah ihn, wie er vorher gewesen war, aufgezeichnet vom Videorekorder, und sie bemerkte sofort, was jetzt anders war: die Tür stand auf, die Tür zu Muriel Brautigams Zimmer, nur einen Spaltbreit, einen hell leuchtenden Spalt, aber Julika war sicher, sie hinter sich geschlossen zu haben.

Während sie lief, riss sie die Sig Sauer aus dem Halfter; sie hielt sie jetzt mit beiden Händen. Kurz vor der Tür drosselte sie das Tempo und verfiel in einen leisen Trab, dann ging sie nur noch auf Zehenspitzen. Sie war nah genug, um das Zischen des Atemgerätes zu hören und das Piepsen des Herzmonitors. Sie holte tief Luft, zählte langsam *eins, zwei drei*, atmete aus und stürmte in den Raum. Die Pistole im Anschlag, sicherte sie nach rechts, nach links, nach vorn.

Da, wo ihr Vater gesessen hatte, saß jetzt Bruno, und er war wirklich. Er trug seinen Trenchcoat; die Schultern waren nass, genauso wie sein Haar. Seine linke Hand war bandagiert, ein weißer Verband, und steckte in einer Schlinge. Er betrachtete Muriel, die, von Schmerzmitteln betäubt, in ihrem Bett lag.

»Wo warst du?«, fragte er leise, und nun sah er auf, und wieder hatte sie ein Bild auf ihren Bändern: den Blick, mit dem er sie betrachtete – maßlose Enttäuschung.

38

Sie sicherte die Sig Sauer und schob sie zurück in die Schulterhalfter. Sie wollte etwas sagen, aber alles, was ihr einfiel, war von jetzt an überflüssig. Deswegen beschränkte sie sich darauf, mit den Schultern zu zucken. Dann schüttelte sie den Kopf.

»Erzähl mir, was passiert ist«, sagte der Commissaris.

»Ich habe ein Geräusch gehört und bin ihm nachgegangen.«

»Du hast die Patientin allein gelassen.«

»Ja.«

»Wie lange warst du weg?«

»Nicht sehr lange.«

»Wie lange?«

Julika rechnete die Schritte auf dem Gang in Sekunden und Minuten um, dann die Zeit im Fahrstuhl und auf der Toilette. »Vielleicht zwölf Minuten.« Es hörte sich sehr lange an.

»Bist du jemandem begegnet, während du weg warst?«

»Nein.«

»Ist dir sonst etwas merkwürdig vorgekommen?«

»Ich habe den Fahrstuhl gehört, er fuhr rauf oder runter, aber als ich ihn angehalten habe, war niemand drin.«

»Weißt du, in welchen Stockwerken er gehalten hat?«

»Nein.«

»Und vorher?«

»Was vorher?«

»Wem bist du vorher begegnet? Mit wem hattest du Kontakt? Wer war hier im Zimmer?«

»Nur die Schwester, die mir geöffnet hat, als ich gekommen bin, und Doktor Death.«

»Van der Meer«, verbesserte der Commissaris sie. »Hast du ihn gefragt, ob Jacobszoon heute Abend hier war?«

»Nein, daran habe ich nicht gedacht. Was ist mit deiner Hand? Ist sie gebrochen?«

»Das ist nichts, eine Zerrung. Wie hat Van der Meer auf dich gewirkt?«

»Wie meinst du das, wie er auf mich gewirkt hat?«

»Beschreib mir genau, wie eure Begegnung verlaufen ist.«

»Er kam hereingestürmt, fuchsteufelswild, und fragte mich, wer ich bin und was ich hier will. Mein Ausweis hat ihm ungefähr so imponiert wie ein eingeschweißter Furz mit Foto, und er brüllte, das sei eine Privatklinik, ich bräuchte einen Durchsuchungsbeschluss. Ich dachte, er brüllt die ganze Station zusammen, aber ich habe einfach auf stur geschaltet, und zu guter Letzt hat er mir noch mit den Schnäbeln seiner Augen die Leber rausgerissen, bevor er wieder aus dem Zimmer gehumpelt ist und …«

»Er ist gehumpelt?«, fragte der Commissaris jetzt mit veränderter Stimme. »Richtig gehumpelt?«

»Ja, als wäre er mit dem Fuß umgeknickt oder jemand hätte ihm einen Tritt in die Kniekehle verpasst oder so was.«

»Bleib hier und lass niemand zu Mevrouw Brautigam.« Der Commissaris lief aus dem Zimmer, und als er auf dem Gang war, rannte er in Richtung Treppenhaus, stieß die Stationstür mit den

Milchglasfenstern auf und drückte den Fahrstuhlknopf, aber nichts geschah, und deswegen nahm er die Treppe, immer drei Stufen auf einmal, und folgte dem Schild mit der Aufschrift *Direktion*.

Im Treppenhaus standen die Oberlichter einiger Fenster auf, sodass man das Tosen des Meeres hören konnte, als spülten die Brecher inzwischen über den Strand und die Dünen bis an die Klinikmauern. Van Leeuwen erreichte das Stockwerk, auf dem Van der Meer sein Büro hatte. Das Handy vibrierte an seiner Brust. Er holte es mit der ungeschickten linken Hand heraus, fummelte im Dunkeln damit herum, bis er es richtig hielt, und meldete sich. »Ja, hallo?«

»Wo bist du?«, wollte Gallo wissen. »Ich war bei dir zu Hause.«

»Ich bin in der Klinik.«

»Was machst du da?«

»Ich konnte nicht schlafen, und es gab keinen anderen Ort, an dem ich gebraucht wurde.« Van Leeuwen fragte nicht, wieso Ton Gallo nicht schlief. »Was hast du herausgefunden?«

»Jacobszoon ist nicht der, den wir suchen«, sagte Gallo. »Er ist nicht der Plastiktütenmörder. Zum Zeitpunkt der ersten Morde war er ganz woanders, das halbe Land lag zwischen ihm und den Tatorten.«

Van Leeuwen blieb stehen, im Dunkeln auf dem Treppenabsatz. »Von welchen ersten Morden sprichst du präzise?«

»Von einigen, die länger als fünfzehn Jahre zurückliegen, nicht allen, aber einigen – außer dem an Conrad Mueller. Er war zur selben Zeit in der Nähe der Orte, wo der Mörder zugeschlagen hat, aber erst bei den späteren Fällen.«

»Wo war er bei den ersten Fällen?«

»In Brunswyck, bei seiner Mutter.«

»Seine Mutter war doch im Gefängnis.«

»Seine Mutter war nicht Sara Scheffer. Er ist nicht das Baby aus dem Blumentopf, das überlebt hat. Es stimmt, dass er einen anderen Namen angenommen hat, und er stammt sogar aus der Gegend von Steenwijk, aber seine Mutter hieß nicht Scheffer.«

»Vielleicht waren die ersten Fälle dann doch keine Tötungen«, meinte der Commissaris.

»Tut mir leid, Bruno«, erwiderte Gallo. »Ich bin noch nicht mit allen Fällen durch, aber ich glaube nicht, dass der Rest ein anderes Bild ergibt.«

»Und wo war Van der Meer? Wo war er, als die ersten Fälle auftauchten?«

»Komisch, dass du das fragst«, sagte Gallo, aber als er es Van Leeuwen sagte, war die Antwort gar nicht komisch, weil nichts an diesem Fall komisch war. Der Commissaris wusste, dass auch die Antwort auf seine nächste Frage nicht komisch sein würde, aber er stellte sie trotzdem, und er hatte recht. Er unterbrach die Verbindung, ließ das Handy in die Manteltasche gleiten und betrat den Gang, der zu Van der Meers Büro führte.

Auch dieser Gang erstreckte sich leer und dunkel bis zu einem vom Regen glitzernden Fenster am anderen Ende. Die Tür mit dem Schild *Klinikleitung Dr. van der Meer* war die erste auf der linken Seite. Ohne zu klopfen, drückte Van Leeuwen die Klinke. Die Tür war abgeschlossen. »Doktor van der Meer!«, rief der Commissaris wider besseres Wissen. »Doktor van der Meer! Schwester!«

Van Leeuwen hämmerte mit der Faust an die nächste Tür, an der *Sekretariat* stand. Auch hier öffnete ihm niemand, sodass er noch einmal »Schwester!« brüllte, bis hinter ihm eine andere Tür aufging, und aus dieser Tür trat die Schwester, die ihm schon vor einer Viertelstunde die Nachtpforte geöffnet hatte.

»Machen Sie nicht so einen Lärm, Sie wecken ja die Patienten auf!«, schimpfte sie leise.

»Wo ist Doktor van der Meer?«, fragte der Commissaris.

»Er hat die Klinik verlassen.«

»Wann?«

»Darüber kann ich Ihnen keine Auskunft geben.«

»Wissen Sie, wo ich ihn erreichen kann?«, drängte Van Leeuwen. »Haben Sie seine Mobilfunknummer?«

»Also«, die Schwester überlegte. »In dringenden Fällen – er hinterlässt für so einen Fall auf seinem Schreibtisch einen Zettel ...«

»Die Tür ist abgeschlossen.«

»Der Doktor schließt sein Büro nie ab«, entgegnete die Schwester und drückte die Klinke, um es ihm vorzuführen, doch die Tür widersetzte sich ihr und blieb verschlossen. »Das ist aber merkwürdig.« Sie griff in die Tasche ihres weißen Kittels, holte einen Schlüsselbund heraus und sperrte auf. »Hier haben alle Zimmer dieselben Schlösser«, erklärte sie. »Ich weiß allerdings nicht, ob Sie ohne Durchsuchungsbeschluss wirklich …«

Van Leeuwen schob sie beiseite, öffnete die Tür und betrat das Büro, und als er das Licht einschaltete, sprangen ihm als Erstes die Bilder ins Auge, die Gemälde von den Blumentöpfen und den Babys in ihren blutbefleckten Windeln, auf dem Boden, den Fensterbrettern und der Staffelei. »Wie finden Sie denn Doktor van der Meers Gemälde?«, fragte der Commissaris, während er zu dem Schreibtisch vor dem Fenster mit Seeblick ging.

»Doktor Jacobszoons Bilder«, verbesserte die Schwester ihn. »Er hat sie der Klinik für eine Ausstellung zur Verfügung gestellt.«

Der Commissaris erinnerte sich an Van der Meers Worte bei seinem ersten Besuch in der Klinik, wie er die Bilder beschrieben hatte: *Vielleicht symbolisieren sie den Irrsinn des Lebens. Es sind Darstellungen aus den Albträumen, die mir Patienten erzählt haben. Ich spiele mit dem Gedanken an eine Ausstellung, sobald ich genug fertiggestellt habe.*

Er trat auf eins der Bilder zu, und jetzt entdeckte er rechts unten, winzig klein und mit roter Farbe gemalt, die Buchstaben *KJ*. Er war sicher, dass die Signatur bei seinem ersten Besuch in Van der Meers Büro noch nicht da gewesen war, weder auf diesem Gemälde noch auf einem der anderen. Er warf einen Blick auf den Schreibtisch des Arztes, dessen Platte leer im Licht der Deckenbeleuchtung schimmerte. »Ich brauche seine Mobilfunknummer, sofort!«

»Vielleicht steht sie bei seiner Sekretärin im Rolodesk.« Die Schwester ging zur Verbindungstür zum Nebenzimmer.

Van Leeuwen kramte mühsam sein Handy hervor. Mit dem Daumen der gesunden Hand tippte er Inspecteur Vreelings Nummer ein. Der Inspecteur meldete sich eine ganze Weile lang nicht, und als er es tat, klang seine Stimme orientierungslos. »Hast du etwa geschlafen?«, polterte Van Leeuwen.

»Nein«, der Inspecteur verhaspelte sich fast, »nein, nur nachgedacht, ich war in Gedanken und …«

»Was ist mit Jacobszoon?«, fragte Van Leeuwen. »Ist er noch in seiner Wohnung? Hat er in den letzten Stunden Besuch bekommen?«

»Ich weiß nicht«, Vreeling versuchte, klar und kompetent zu klingen, »ich stehe hier auf der Straße, gegenüber der Eingangstür, und wenn jemand das Haus betritt, ohne zu klingeln …«

»Besuch zwischen Mitternacht und jetzt, ich meine, von Doktor van der Meer.«

»Ich weiß doch gar nicht, wie der aussieht«, wandte Vreeling ein. Ein Tuten in der Leitung meldete ein anderes Gespräch an, und Van Leeuwen sagte:

»Ach, Remco, halt einfach die Augen offen und versuch, nicht wieder einzuschlafen!« Er wechselte die Verbindung, und diesmal war Julika am anderen Ende.

Ihre Stimme klang dringlich, fast ängstlich: »Bruno, kannst du schnell kommen, bitte? Hier passiert was Merkwürdiges – ich glaube, sie stirbt. Muriel stirbt gerade, glaube ich.«

Van Leeuwen rannte wieder, diesmal abwärts. Er rief der Schwester zu: »Los, kommen Sie mit!«, und dann stürmte er aus Van der Meers Büro, durch die Tür zum Treppenhaus und die Stufen hinunter, drei auf einmal in der Dunkelheit, und das Handy in der Hand, ohne es auszuschalten; er hatte es einfach vergessen. Er stürzte durch die nächste Tür, lief den nächsten Gang entlang, zu der letzten Tür, die schon offen stand.

In Muriel Brautigams Zimmer bemerkte er sofort, dass etwas anders geworden war. Die Frau in dem Bett sah auf einmal wieder jung aus, nicht mehr nur wie ein Skelett, das an Schläuchen hing. Ihre Augen waren offen, sie schienen zu strahlen, und ihre Lippen lächelten. Ihr Gesicht war leicht gerötet, eine gesunde Röte, die zu dem Strahlen in ihren Augen passte. Ihre Arme und Beine bewegten sich, aber nicht mehr unter Schmerzen und Mühen, sondern sacht, sanft, wie von einer warmen Strömung erfasst.

Der Commissaris trat an Muriels Bett. Ihre Augen suchten seinen Blick. Er fand darin keinen Protest, kein Bedauern, nur helle Dankbarkeit, und als er zu Julika am Fußende des Bettes hinübersah, entdeckte er einen Abglanz davon auch auf ihrem Gesicht. Ich habe nichts damit zu tun, dachte er. Die Worte lagen ihm auf der Zunge, aber im selben Moment wusste er, dass sie nicht stimmten.

Van Leeuwen betrachtete die Infusionsflasche, die an dem Ständer neben dem Kopfende von Muriels Bett hing, und die Flüssigkeit, die durch den transparenten Schlauch in ihre Venen tröpfelte. Er sah wieder auf Muriels Gesicht, das mit jedem Herzschlag jünger und glücklicher wirkte. Dann ertrug ihr Herz die Droge nicht mehr und blieb stehen. Die junge Frau zitterte, als führe ein Windstoß durch ihren Körper. Ihre Augen leuchteten noch einmal auf. Danach sank das Licht in ihnen tiefer und tiefer, unterwegs zu den ungehobenen Schätzen. Sie verlor die Kraft, sich zu bewegen, nur das Lächeln blieb auf ihren Lippen. Und die Dankbarkeit in ihren Augen erlosch.

Der Commissaris hörte die Schwester, die schwer atmend in den Raum trat, den Zettel mit Dr. van der Meers Handynummer in der Hand. »Soll ich einen Arzt rufen?«, fragte sie.

»Nein«, sagte er. »Das ist nicht mehr nötig.«

Wer entscheidet in dieser Klinik, wer lebt und wer stirbt?

Warum nicht Sie, Commissaris?

39

Es regnete noch immer, aber über dem Regen und den Wolken wurde es schon hell, und die ersten Seevögel stiegen wieder in den bleiernen Himmel. Ihre Schreie klangen verloren, und ihr Gefieder war schmutzig und zerzaust. Die meisten hielten sich dicht über dem Strand, gerade hoch genug, dass die gischtige See sie nicht erreichte. Nur ein paar stießen durch den Regen nach oben, wo die Windböen sie packten und zurücktrieben, selbst wenn sie heftig mit den Flügeln schlugen. Es sah aus wie ein Film, der umgekehrt lief: Möwen, die rückwärts nach unten flogen, wo der nasse Strandhafer sich dicht an den grauen Sand presste.

Van Leeuwen und Julika fuhren langsam vom Parkplatz der Klinik die Einfahrt hinunter, und auf der Straße trat Julika das Gaspedal ganz durch. Das Spalier der runden Lampen verschwand hinter den Regenschleiern aus dem Rückspiegel. Die Scheibenwischer schlugen schnell hin und her, schaufelten das Wasser nach beiden Seiten. Silberne Bäche flossen die Frontscheibe hinauf, teilten sich oben am Dach. Die Nässe auf der Straße zischte unter den Reifen. Sie waren allein, kein anderer Wagen fuhr vor oder hinter ihnen, nur manchmal war da ein Paar Scheinwerfer auf der Gegenfahrbahn, die gleißend zersprangen, wenn sie nah waren und vorbeirasten.

»Schnall dich an«, sagte Julika.

»Geht nicht mit der Schlinge und dem Gips«, erwiderte Van Leeuwen.

»Schnall dich an!«

Er gehorchte.

»Es war in der Flüssigkeit«, sagte Julika. »In der Infusionsflasche, oder?« Sie hielt das Lenkrad in beiden Händen und starrte mit weit aufgerissenen Augen in die Nacht über der Straße, die aussah wie ein Fluss. »Denkst du nicht auch, dass es in der Flüssigkeit war?«

»Ja.«

»Was war es?«

»Kaliumchlorid. Oder etwas anderes. Wir müssen die Autopsie abwarten.«

»Aber wer hat es hineingefüllt? Van der Meer?«

»Ja.«

»Während ich das Zimmer verlassen hatte?«

»Wahrscheinlich.«

»Warum?«

»Es war seine letzte Gelegenheit.«

Julika schwieg. Dann sagte sie: »Das verstehe ich nicht. Ich dachte, er darf keine Euthanasie mehr durchführen.«

Van Leeuwen erklärte: »Es war seine letzte Gelegenheit, es so aussehen zu lassen, als wäre Jacobszoon dafür verantwortlich. Wir sollten denken, es wäre viel früher in die Flüssigkeit gemischt worden, als Jacobszoon noch bei Muriel war. Bevor du gekommen bist. So stark verdünnt, dass es erst ganz allmählich gewirkt hat.«

»Aber wieso war es seine letzte Gelegenheit?«

Der Commissaris hielt das Handy in der linken Hand und wählte die Mobilnummer von Klaas van der Meer. Ein Freizeichen ertönte, das sich endlos wiederholte – keine Mailbox –, ohne dass der Arzt sich meldete. Während Van Leeuwen wartete, antwortete er: »Ich habe dafür gesorgt, dass Muriel Brautigam die bereits beschlossene Sterbehilfe verweigert wird oder dass der Täter zumindest denkt, sie müsste weiter leiden. Ich wollte ihn aus der Reserve locken, ihn auf frischer Tat ertappen, bevor er Muriel erlösen kann. Ich dachte, es wäre Jacobszoon und er könnte nicht so schnell handeln.«

Er legte das Handy zwischen seine Oberschenkel, suchte nach seinem Notizblock, blätterte mit Daumen und Zeigefinger, bis er die Telefonnummer des Psychologen fand, tauschte den Notizblock wieder gegen das Handy und versuchte nun, Jacobszoon zu erreichen. Der Anrufbeantworter sprang an, und Van Leeuwen sagte: »Commissaris van Leeuwen hier, ich bin auf dem Weg zu Ihnen. Öffnen Sie niemandem außer mir! Hören Sie?! Niemandem außer mir, vor allem nicht Van der Meer!« Er glaubte, ein Knacken zu hören. »Doktor Jacobszoon?«

Das Knacken wiederholte sich nicht, niemand antwortete ihm. Er unterbrach die Verbindung und legte das Handy in seinen Schoß.

Julika warf ihm einen Seitenblick zu. »Dann hast *du* im Grunde dafür gesorgt, dass sie jetzt sterben konnte …«

Van Leeuwen schwieg. Seine verletzte Hand schmerzte unter dem Verband, und seine Augen brannten. Durch den Regen konnte er das Meer sehen. Links von der Straße schäumte braune Gischt die Dünen hinauf und ließ einen fauligen Saum aus Seegras und Treibholz zurück. »Geht das nicht schneller?«, fragte er.

»Ich hole doch schon alles raus«, gab Julika zurück.

Van Leeuwen griff wieder nach seinem Handy, wählte die Nummer des Nachtdienstes. Sobald am anderen Ende abgehoben wurde, gab er seine Anweisungen durch: »Van Leeuwen hier. Ich brauche sofort ein Einsatzkommando auf Borneo Eiland, Scheeps-Timmermanstraat. Ich habe bereits einen Beamten vor Ort, Inspecteur Remco Vreeling. Es kann sein, dass wir stürmen müssen, aber niemand unternimmt etwas, bevor ich da bin. Alles klar?«

»Seit wann weißt du, dass Van der Meer der Plastiktütenmörder ist?«, fragte Julika, nachdem er das Gespräch beendet hatte.

»Er ist es nicht«, sagte Van Leeuwen.

»Aber ich dachte ...«

»Er ist die eine Hälfte eines Mosaiks, das erst heute Abend angefangen hat, sich zusammenzusetzen«, erklärte Van Leeuwen. »Der Mann, der mich in der Parkgarage überfallen hat, war nicht Jacobszoon, wir sollten das nur denken. Anfangs habe ich es sogar selbst geglaubt. Erst als du mir erzählt hast, Van der Meer hätte heute Nacht gehumpelt, ist mir klar geworden, dass *er* es war, dass ich *ihn* bei dem Kampf verletzt hatte, und dann hat Ton mich angerufen und mir erzählt, was seine Recherchen ergeben haben.«

Der Verkehr wurde dichter, als sie sich Amsterdam näherten, und Julika schaltete das Martinshorn ein und fuhr ihr Seitenfenster herunter, um das magnetische Blaulicht aufs Dach zu heften. Sie schaltete jetzt öfter, ihre Füße tanzten ein Ballett auf Kupplung und Gaspedal. »Aber warum hat er versucht, dich zu töten? Das ist doch völlig sinnlos ...«

»Nicht aus seiner Sicht.« Van Leeuwen beugte sich vor, um mit dem Ärmelsaum die beschlagene Innenseite der Scheibe frei zu wischen, als könnte er so das Mosaik besser erkennen. »Er ist nicht der Plastiktütenmörder, jedenfalls nicht der, den wir die ganze Zeit gesucht haben. Aber er wollte, dass es auf den Bändern der Überwachungskamera so aussieht, als wäre der Überfall dem Gesuchten zuzuschreiben. Er nahm an, wenn ich tot bin, haltet ihr Jacobszoon für meinen Mörder, weil ich euch genau das immer vorgebetet habe – Jacobszoon, Jacobszoon, Jacobszoon ... Er wusste das; er weiß, wie ich denke. Dass Jacobszoon zur selben Zeit bei Muriel war, also ein Alibi hatte, hätte ja niemand mehr erfahren, weil er da schon plante, ihn ebenfalls umzubringen. Als der Überfall fehlgeschlagen ist, wollte er ihm dann wenigstens noch schnell die Euthanasie an Muriel in die Schuhe schieben, bevor er ihn erledigt.«

»Während wir alle gedacht hätten, der Mann, der dich überfallen hat, wäre ein Trittbrettfahrer«, warf Julika ein, »jemand, den du mal gefasst hast, der noch eine Rechnung mit dir offen hatte, von früher.«

Der unruhige Himmel war jetzt nicht mehr schwarz, sondern grau, und die Wolken jagten dahin wie Furien in zerfetzten Lumpen, aus denen sie den Regen schüttelten.

»Und im Moment«, fuhr Julika fort, »im Moment ist Van der Meer demnach unterwegs, um Jacobszoon zu töten, damit es so aussieht, als hätte der keinen anderen Ausweg mehr gesehen? Selbstmord, weil wir ihn eingekreist haben? Weil er doch der einzig wahre und durch und durch kussechte Plastiktütenmörder ist?« Sie schüttelte zweifelnd den Kopf. »Ist das nicht ein bisschen dick aufgetragen, irgendwie um drei Ecken gedacht? Ich meine, wenn man das haarklein auseinanderklamüsert – was für einen Grund sollte er dafür haben?«

»Angst«, sagte Van Leeuwen.

»Angst wovor?« Sie bog in den Haarlemerweg, und unter der Brücke setzte sie, ohne zu blinken, zum Überholen an.

»Dass Jacobszoon im Verhör die Wahrheit sagt«, erklärte Van Leeuwen. »Vergiss nicht, was Doktor Menardi uns erklärt hat: Jacobszoon fühlt nicht die geringste Schuld, er hat keinen Grund zu lügen, außer dem, dass er seine Aufgabe weiter erfüllen will – nur die Schuldigen wissen, was sie tun. *Pass auf!*«

Ein roter Peugeot 504 auf der Gegenfahrbahn scherte aus der Spur, viel zu schnell, und das weiße Licht der Scheinwerfer barst auf der Windschutzscheibe. Julika riss das Steuer herum und trat die Bremse durch. Der Golf reagierte nicht, er rutschte über den nassen Asphalt, rutschte und drehte sich dabei, und Van Leeuwen dachte: *Ein roter Peugeot 504, dass es die überhaupt noch gibt!* Sein Handy fiel vom Sitz, der Notizblock flatterte auf die Fußmatte. Ein Hupton erklang, ein zweiter, länger. Van Leeuwen riss die Arme hoch in das blendende Licht, um den Stoß abzufangen, doch der Golf glitt seitwärts, drehte sich noch einmal, und noch immer kam der Stoß nicht. Er kam, als Van Leeuwen nicht mehr damit rechnete, das dumpfe Krachen, das Knirschen und Julikas Schrei. Dann die Stille wie ein zweiter Schlag, ohrenbetäubend. Dann ein Zischen, das Tröpfeln von Wasser oder Benzin. Regen, lauter als alles andere. Dann Julikas benommene Stimme: »Mist, verdammter! Bruno? Ist dir was passiert?«

»Nein.« Van Leeuwen tastete nach dem Sicherheitsgurt und löste die Schnalle. »Und dir?«

»Auch nicht, alles okay.«

Durch die schlierige Scheibe konnte er den Peugeot sehen, der Fahrer saß noch hinter dem Lenkrad, aber er bewegte sich und schaute zu ihnen herüber, während jetzt überall um sie herum die Warnblinkanlagen zu flackern begannen. Van Leeuwen versuchte, die Tür zu öffnen, er drückte mit seinem ganzen Körpergewicht dagegen. Metall knirschte und gab nach. Der Regen drang ins Wageninnere.

Der Commissaris stieg aus. Seine Beine funktionierten, und die unverletzte linke Hand war auch jetzt noch unverletzt. Er benutzte sie, um seinen Ausweis aus der Tasche zu holen und hochzuhalten, während er im Schein Dutzender Warnblinkanlagen durch den Regen stapfte, bis er einen frei stehenden Wagen fand. Er klopfte gegen die Seitenscheibe, hielt dem Fahrer den Ausweis vors Gesicht und sagte: »Ich brauche Ihren Wagen. Fahren Sie mich nach Borneo Eiland.«

40

Die Beamten des Einsatzkommandos hatten die Zufahrt zur Scheeps-Timmermanstraat abgeriegelt, und jetzt warteten sie in Mannschaftsbussen im Regen und sahen zum Eingang des letzten Hauses am Kai von Borneo Eiland hinüber, wo das Wasser begann. Die schmalen Straßen der Halbinsel im alten Hafen von Amsterdam lagen menschenleer zwischen den niedrigen, vielfarbig verkleideten Gebäuden. Es war eine teure, begehrte Wohngegend – eine moderne Festungsmauer aus niedrigen, rechteckigen Häusern, deren Fenster auf das IJ hinausgingen. Die breiten Wedel der Palmen auf den Dachterrassen troffen vor Nässe. Verschachtelte Fassaden in Grau, Schilfgrün und Nussbraun zeigten, was man alles mit Holz, Glas, Beton und Eisen anstellen konnte, aber der Commissaris dachte in diesem Moment ausschließlich daran, was vielleicht gerade im Inneren des Hauses von Kornelis Jacobszoon mit einer Zellophantüte angestellt wurde.

Alle Vorhänge und Jalousien hinter den Panoramafenstern waren geschlossen. Van Leeuwen stand vor der eisenbeschlagenen Tür und drückte auf den Klingelknopf mit dem geschwungenen Namenszug *Jacobszoon* darunter. Während er wartete, blickte er in das elektronische Auge über der Klingel, und als niemand öffnete, drückte er den Knopf immer wieder, bis eine durch die Gegensprechanlage verzerrte Stimme fragte: »Wer ist da?«

»Commissaris van Leeuwen.«

Die Stimme schwieg einige Sekunden, dann fragte sie: »Was wollen Sie?«

»Ich will reinkommen.«

»Warum?«

Der Commissaris antwortete nicht, was sich als richtig herausstellte, denn einige Sekunden später sagte die Stimme:

»Kommen Sie, aber allein!« Dann summte der Türöffner. Der Commissaris gab Inspecteur Vreeling und den Männern des Einsatzkommandos ein Zeichen, *ich gehe allein, ihr wartet auf weitere Anordnungen*, bevor er die Tür aufstieß. Rasch schritt er durch die elegant mit Holz und Marmor dekorierte Diele zur Treppe des schmalen Hauses. Seine linke Hand steckte in der Tasche des fast völlig aufgeweichten, schwer an seinen Beinen klebenden Trenchcoats. Inspecteur Vreelings Sig Sauer, die er in der Tasche umklammerte, machte ihn nicht leichter.

Das Erdgeschoss und die Treppe lagen im Dunkeln. Als Van Leeuwen die Stufen hinaufstieg, verspürte er wieder einen stechenden Schmerz im Gelenk der eingegipsten Hand. Auf dem Treppenabsatz sah er sich um. Er bemerkte die angelehnte Tür gleich vorn im Gang des ersten Stocks und ging darauf zu. »Doktor Jacobszoon?«, sagte er. Er bekam keine Antwort und ging weiter, bis er die Tür erreicht hatte. »Doktor Jacobszoon? Doktor van der Meer?« Er stieß die Tür auf. Der Raum dahinter war ebenfalls von Halbdunkel erfüllt, dem Zwielicht, das durch die herabgelassenen Jalousien fiel.

»Ich bin hier«, hörte er wieder die Stimme. Sie gehörte Jacobszoon, wirkte aber merkwürdig hohl, fast körperlos. Es klang weniger wie ein Hinweis, sondern eher, als wollte sie sich ihres eigenen Klangs versichern. Van Leeuwen trat ein, die Hand in der Tasche fester um den Griff der Pistole geschlossen. Er entdeckte eine Gestalt, nur eine, links, eine Silhouette vor einer heruntergelassenen Jalousie. Sonst sah er nicht viel, den matt glänzenden Parkettboden eines schlauchartigen Raumes, der ohne Teppiche, Zierpflanzen oder Bilder an den Wänden auskommen musste; einen gläsernen Schreibtisch, deckenhohe Bücherregale und einen Fernsehapparat, umgeben von ein paar schwarzen Lederkissen, das war die ganze Einrichtung.

»Sind Sie allein?«, fragte der Commissaris.

»*Sie* sind hier«, sagte die Gestalt zögernd, als probierte sie eine Variation ihres letzten Satzes aus.

»Ich bin auch allein«, erklärte der Commissaris.

»Dann sind wir wohl beide allein«, antwortete die Gestalt.

»War Doktor van der Meer bei Ihnen?«, wollte Van Leeuwen wissen und ging langsam durch den Raum auf die Gestalt zu, bis er sehen konnte, dass es sich tatsächlich um Jacobszoon handelte, auch wenn die Stimme anders klang.

Der Samariter war nackt bis auf dunkelrote Shorts, aber er schien nicht zu frieren. In dem schwachen Licht, das durch die Ritzen in der Jalousie hereinfiel, wirkte seine Haut am ganzen Körper so weiß wie seine Hände. Er stand völlig still, reglos, doch Van Leeuwen konnte sehen, dass alle seine Muskeln angespannt waren. »Ja, er war hier, aber nur kurz«, antwortete Jacobszoon und fügte hinzu: »Er hat mich aus dem Bett geholt …«

Der Commissaris spürte die Erleichterung wie eine Welle, die unter ihm durchlief, ihn kurz hochhob und sacht wieder absetzte. Er zog die Hand aus der Tasche, ohne die Pistole. »Wo ist er jetzt?«, fragte er. »Was ist passiert?«

»Was passiert ist?«, fragte Jacobszoon. »Ich weiß nicht, was passiert ist … alles ging so schnell.« Er begann, vor der heruntergelassenen Jalousie hin und her zu gehen, barfuß auf dem kalten Parkettboden. »Er war mein Lehrer, wissen Sie. Er hat mir geholfen, mich zurechtzufinden. Er hat mir gezeigt, wie man zwischen ihnen geht, ohne aufzufallen.«

»Zwischen wem?«, fragte Van Leeuwen vorsichtig.

»Den Lebenden.«

»Fängt man damit an, dass man seinen Namen ändert?«

Jacobszoon rieb die Hände gegeneinander, wie jemand, der ein gutes Geschäft gemacht hat. »Sie haben es also herausgefunden, natürlich … Aber das hat nichts damit zu tun. Es fängt mit etwas ganz anderem an. Es fängt damit an, dass man aufhört, dauernd an die Toten zu denken.«

»Welche Toten meinen Sie?«

»Die, die nie wirklich geboren wurden.« Er hörte nicht auf, die Hände gegeneinanderzureiben, als klebte etwas an ihnen, Erde vielleicht. »Die in der Dunkelheit bleiben mussten. Die nicht erlöst wurden.«

»Reden Sie von Ihren Geschwistern?«

Abrupt hörte die Bewegung auf, und Jacobszoon legte lauschend den Kopf auf die Seite, wie Van Leeuwen es ihn schon in seinem Studio hatte tun sehen. Die Wohnung war so ruhig, wie eine Wohnung nur sein konnte, als gäbe die Stille sich besondere Mühe, Stille zu sein, Totenstille, in der man Schnee fallen gehört hätte. In die Stille hinein sagte der Moderator: »Ist es nicht unvorstellbar – man wird geboren, die Mutter schenkt einem das Leben, unter Einsatz ihres eigenen. Man kann noch kaum sehen, man kann nicht hören oder sprechen, gerade atmen kann man und schreien, und dann – dann stopft sie einen zurück in die Dunkelheit, in die Erde, in einen Blumentopf, wie ein Samenkorn, wie Saatgut, aber nicht, damit man aufgeht, sondern damit man stirbt. In der Finsternis wird man lebendig begraben, man kann nicht mehr atmen, und wenn man schreit, füllt sich der Mund mit Erde, der kleine, feuchte Mund füllt sich mit Erde, und man erstickt ... Ist das nicht unvorstellbar? Sieben Babys, sieben kleine Jungen und Mädchen, erstickt in der Dunkelheit. Und ich war das achte.«

»Nein, das waren Sie nicht«, widersprach der Commissaris. »Ihnen ist bloß das Unvorstellbare gelungen.« Er schwieg, nicht sicher, ob es gut war weiterzureden. Aber Jacobszoon stand wie erstarrt, eine weiße Skulptur aus nackter Haut und Muskelsträngen, als wartete er nur darauf, dass es endlich ausgesprochen wurde, und deswegen fuhr Van Leeuwen fort: »Sie haben nämlich keine Geschwister. Sie haben das alles gar nicht selbst erlebt. Sie haben es sich vorgestellt, sie haben sich das alles nur vorgestellt – das verlorene Licht, die Erde im Mund, das Um-Atem-Ringen, bis Sie geglaubt haben, Sie wären wirklich dort gewesen.«

»Nein, nein, nein!« Jacobszoons Augen waren so groß, dass sie selbst im Halbdunkel schimmerten. »Ich war da, ich war ...«

»Sie waren nicht da, Sie sind nicht Maurits Scheffer. Maurits Scheffer ist tot, er hat sich umgebracht.«

Jacobszoon schüttelte den Kopf. »Nein – nein. Meine – meine Mutter ...«

»Sie sind nicht Sara Scheffers Sohn«, wiederholte der Commissaris. »Sie sind nicht der Junge, der von Conrad Mueller vor dem Ersticken gerettet wurde. Sie sind der Junge, dem Conrad Mueller davon erzählt hat, immer wieder, Nacht für Nacht. Sie sind Conrad Muellers Sohn Roelof. Sara Scheffers Sohn hat nichts mit dieser Situation zu tun, nichts damit, weswegen ich hier bin. Nachdem Ihr Vater ihn gerettet hatte, kam Sara Scheffers Junge in die Obhut von entfernten Verwandten, die ihm den Namen Maurits gaben – Maurits Rommel, so hieß er dann. Später, als er zwölf war, steckten sie ihn in ein Internat in Groningen, und dort hat er eines Tages erfahren, wer seine Mutter war und was sie mit ihm und seinen Geschwistern gemacht hatte. Mitschüler fanden es heraus, und grausam, wie Kinder sind, fingen sie an, ihn zu hänseln. Eine Zeit lang hat er versucht, damit zu leben – erinnern Sie sich? –, und als das nicht mehr ging, hat er sich umgebracht. Er hat sich mit einer Plastiktüte erstickt, an einem sechsundzwanzigsten September, dem Tag seiner Geburt.«

Jacobszoon stand unverändert still, reglos, lauschend.

»Sie haben auch versucht, damit zu leben«, fuhr der Commissaris fort, »nur dass Sie es schon viel früher wussten als er. Ihr Vater hat es Ihnen jede Nacht erzählt, als Sie ein kleiner Junge waren. Er hat Sie geweckt, weil er mit jemandem darüber reden musste und seine Frau es nicht mehr hören wollte. Sie haben genauso wie Maurits versucht, damit zu leben, und Ihnen gelang es genauso wenig. Bloß, dass Sie nicht sich umgebracht haben, Sie haben andere umgebracht, und Ihr Vater war der Erste. Sie haben ihn aus Mitleid getötet, weil er seine Erinnerungen nicht ertragen konnte, weil er nicht mehr mit ihnen leben wollte, aber selbst nicht die Kraft besaß, sich zu töten. Sie haben ihn auf dieselbe Weise umgebracht, wie Maurits sich das Leben genommen hatte, bei einem Besuch in den Ferien, und niemand ist auf den Gedanken gekommen, dass es sich um Fremdeinwirken gehandelt haben könnte. Das war Ihr erster Mord, begangen an einem dritten Oktober, dem Tag, an dem Ihr Vater Maurits gerettet hatte, dem Tag seiner zweiten Geburt.«

Bei dem Wort *Mord* zuckte Jacobszoon zusammen und wölbte die Schultern vor, ganz leicht nur, als fürchtete er, geschlagen zu werden. Sein Blick flog zu der einen Spaltbreit offen stehenden Tür des angrenzenden Raumes hinüber. Plötzlich hatte der Commissaris das Gefühl, dass sie doch nicht allein waren; dass noch jemand da war, hinter der angelehnten Tür. *Van der Meer*, dachte er, *van der Meer ist nebenan und wartet.* Er schob die gesunde Hand in die Tasche und umfasste den Griff der Sig Sauer.

»Sie haben sich so sehr in Maurits Scheffer hineinversetzt«, sagte er, »haben solchen Anteil an seinem Schicksal genommen, dass Sie glaubten, es müsse sich um Schicksal handeln, als der Zufall Sie damals tatsächlich zusammenführte. Dabei war es gar nicht so abwegig – es gab ja nur ein Internat in der Gegend, und dort war Ihre Mutter Köchin geworden, nachdem sie Ihren Vater verlassen hatte, mit Ihnen. Zu der Zeit wurde Maurits schon psychologisch betreut, und als Sie einmal mitbekamen, wie nah er und der Psychologe einander waren, fassten Sie den Wunsch, genau diesen Beruf eines Tages zu ergreifen – Sie wollten Psychologe werden, um anderen helfen zu können.«

Mit beiläufigen, unauffälligen Schritten bewegte Van Leeuwen sich auf die angelehnte Tür zu. »Nach der Trennung von Ihrem Vater hatte Ihre Mutter wieder ihren Mädchennamen angenommen, Jacobszoon. Und auch Sie wollten nicht mehr Mueller heißen. Nach dem Abitur fingen Sie an, Psychologie zu studieren, und wie wir herausgefunden haben, lernten Sie an der Universität bei einem Gastvortrag Klaas van der Meer kennen. Er nahm sich Ihrer an. Für ihn wurden Sie die Blumenerde, in die er sich selbst hineinpflanzte. Er hörte Ihnen zu, er spürte Ihre Verwirrung und wusste, dass er Sie eines Tages brauchen könnte, als sein Werkzeug. Er war wie ein Ersatzvater für Sie, nicht?«

»Ich gehörte nirgendwo dazu«, bekannte Jacobszoon stockend. »Es war, als wüsste ich nicht, wie man lebt.« Seine Stimme klang wie aus weiter Ferne, und es schien ihm große Mühe zu bereiten, die Worte in einen geordneten Zusammenhang zu bringen. »*Ein Fremder bin ich auf dieser Welt und unter denen, die Menschen sind.*« Er rieb sich die Schläfen mit den Handballen. »Maurits war genauso, aber dann … dann hat er mich ja im Stich gelassen … Sein Leben – mein Leben fand irgendwie im Dunkeln statt, in einer Dunkelheit, aus der ich nicht herausfand. Ich beneidete die anderen Jungen, die so laut waren, die alles taten, um Aufmerksamkeit zu erregen. Sie verhielten sich wie … wie Neonfische, die leuchtendes Plankton um sich verstreuen und unter Wasser bunte Lichträder schlagen, die nach Belieben Form und Aussehen verändern. Und manchmal dachte ich, dass ich gerne wäre wie sie, so auffällig und sorglos. Bis mir klar wurde, dass es auch bei ihnen ums Überleben ging, um Nahrung. Bei den Jungen. Bei den Fischen. Sie taten all das ja nur, um Beute anzuziehen. Und dann traf ich Klaas van der Meer.« Jacobszoon hielt für einen Moment inne, und es schien ihm schwerzufallen, nicht wieder zu der Tür hinüberzuschauen. »Mit ihm konnte ich reden. Er hat mir zugehört. Ich habe ihm von Maurits erzählt, von mir, von meinem Vater. Er hatte Verständnis.«

Nur noch ein paar Schritte, dachte Van Leeuwen, *nur drei oder vier Schritte*. Mit dem Daumen entsicherte er die Sig Sauer. Er hoffte, nicht schießen zu müssen, aber falls doch, hatte er nur einen Schuss, nur die Kugel, die im Lauf steckte. Mit der gesunden Hand konnte er die Kugel abfeuern, aber es war unmöglich, den Schlitten zurückzuziehen, um eine neue Patrone aus dem Magazin in den Lauf zu befördern.

»Klaas erzählte mir von anderen Menschen, die lebendig begraben wären, die an ihrem Leben erstickten«, fuhr Jacobszoon fort. »Menschen, die sich nichts sehnlicher wünschten als den Tod. Sie kamen zu ihm, weil sie sterben wollten. Er zeigte sie mir. Er hatte damals noch keine Klinik. Hinterher sagte er immer: *Wir haben nur einen Wunsch erfüllt.*«

»Mit einer Plastiktüte.«

»Er sagte, es macht sie glücklich. Sie sterben glücklich.«

»Hat er Sie gedrängt?«, fragte Van Leeuwen. »Hat er gesagt, es wären zu viele für ihn allein?«

Jacobszoon lächelte, als stünde er Modell für ein Devotionalienbild von Jesus Christus. »Ich brauchte ihnen bloß zuzuhören. Oder ihre Briefe zu lesen. Ihre Gesichter zu sehen.«

»Dann ist das, was Sie mir in Ihrem Studio vorgeführt haben, wohl eine Wunschsendung gewesen«, sagte Van Leeuwen ruppig. »Und immer am sechsundzwanzigsten September war Bescherung – am sechsundzwanzigsten September und am dritten Oktober, jedes Jahr. Van der Meer schenkte Ihnen Menschen, denen Sie den Tod schenkten, war es so? Menschen, von denen jeder einzelne Sara Scheffers Sohn hätte sein können. Menschen, für die es besser gewesen wäre, sie hätten nie das Licht der Welt erblickt. Die sterben mussten, um wirklich leben zu können, von Ihrer Hand. Und als Euthanasie legalisiert wurde, eröffnete Van der Meer seine Sterbeklinik, und Sie versuchten noch einmal, ihnen anders zu helfen, erst mit der Kolumne *samariter.nl*, dann als Fernsehmoderator.«

»Wie das klingt ...« Ein Ton von Bitterkeit schlich sich in Jacobszoons Stimme. »Sie wissen ja gar nicht, was für eine Qual es jedes Mal für mich war, im Studio zu sitzen, im Licht der Scheinwerfer, vor dem Auge der Kamera. Es war der Preis, den ich bezahlen musste, wenn ich unter den Menschen die entdecken wollte, die mich mehr als alle anderen brauchten, um Erlösung zu finden.«

»Wie Jesus?«, fragte Van Leeuwen und dachte, *noch ein Schritt*. »Wie Gottes Sohn, der unter Qualen sterben musste, damit wir alle erlöst werden konnten?«

»Ja«, antwortete Jacobszoon leise. »Ja, warum nicht so ähnlich? Es waren doch Nächte auf dem Ölberg – all die Stimmen der Menschen, die in der Sendung anriefen und von ihrer Einsamkeit, ihren Verletzungen oder Qualen erzählten, verwandelten sich in einen einzigen Sorgenstrom, den Schmerzen und Qualen der ganzen Welt, dem kein Damm mehr standhalten konnte.« Eine Gänsehaut bildete sich auf seinen Armen. »Es kommt mir so vor, als hätte ich mein ganzes Leben mit Zuhören verbracht. Mir sein Herz auszuschütten scheint niemandem schwerzufallen. Mein Leben ist ein Flussbett, das von Stimmen gegraben wurde. Manchmal hatte ich Angst, darin zu ertrinken, in einem See aus Mitleid. Aber am schlimmsten war, dass ich merkte, wie wenigen ich mit Worten wirklich helfen konnte. Wenn Sie mich einen Mörder nennen und wenn Sie dann fragen, wie ich dazu geworden bin, lautet die Antwort: durch Zuhören. *Was machen Sie denn?*«

Der Commissaris hatte die Pistole aus der Tasche gerissen und sich gegen die angelehnte Tür geworfen, aber etwas auf der anderen Seite leistete Widerstand. Sie gab nur wenige Zentimeter nach. Van Leeuwen stemmte sich dagegen, nahm nicht noch einmal Anlauf, sondern drückte mit der rechten Schulter gegen die Füllung, die Sig Sauer schussbereit erhoben. Er hörte ein Schurren, und dann ging es leichter. Er zwängte sich durch den größer werdenden Spalt, bis er die Füße auf dem Boden sah, Füße in Halbschuhen aus Leder. Er dachte daran, dass er Gerrit Zuiker auch so gefunden hatte: Bei ihm hatte er auch zuerst die Füße gesehen. Er drückte die Tür ganz auf, und nach den Füßen sah er das Blut und zuletzt die Wunde, aus der es geflossen war: einen tiefen Riss im Knochen über Klaas van der Meers rechter Schläfe.

Der Arzt lag auf dem Rücken, ein Bein angewinkelt, beide Arme über den Kopf geworfen. Er trug eine helle Leinenhose, einen gelben Pullover und ein blaues Hemd, diesmal ohne Ansteckschlips, aber mit einem Button-down-Kragen, von dem nur noch eine Hälfte geknöpft war. Das Blut hatte einen dunklen Kranz um seinen Kopf gebildet, und einige Strähnen des im Nacken länger gewordenen grauen Haares schimmerten darin wie gespreizte Pfauenfedern. Knapp außerhalb der Reichweite seiner rechten Hand lag eine zerknüllte Zellophantüte über einer Rolle mit hautfarbenem Klebeband.

Der Commissaris schob die Pistole wieder in die Tasche und bückte sich, um an Van der Meers Halsschlagader nach einem Puls zu tasten, der schon lange nicht mehr da war. Er hörte barfüßige Schritte hinter sich, hörte Jacobszoons Atem. Hörte, wie die Tür noch ein Stück weiter geöffnet wurde. Hörte, wie Jacobszoon fragte:

»Warum hat er das getan? Er wollte – er wollte mich … Aber ich weiß nicht, warum.«

Das Blut war nicht bis zu der Zellophantüte geflossen, doch ein paar Spritzer verdunkelten das Parkett, und an der scharfen Kante des Bettgestells klebten sogar noch ein paar Haare.

»Er wollte Sie mit der Tüte ersticken, weil es wie Selbstmord aussehen sollte«, sagte der Commissaris.

»Aber warum? Ich weiß nicht, warum …«

»Das würden Sie nicht verstehen«, erwiderte Van Leeuwen und richtete sich wieder auf. Er hätte Jacobszoon erklären können, dass es für Van der Meer keine große Sache mehr war, einen Menschen umzubringen, vor allem dann nicht, wenn der ihn daran hinderte, noch mehr und immer mehr Menschen zu töten, alte und kranke, junge und verwirrte, Männer und Frauen und alle, die vor Schmerzen und Verzweiflung von Sinnen waren. »Er hat entschieden, dass Sie nicht mehr leben sollen. So wie er vorher entschieden hatte, dass ich nicht mehr leben soll. So wie Sie ja immer wieder entschieden haben, wer leben soll oder darf und wer nicht ... Die Macht der Gewohnheit, gewissermaßen.«

Jacobszoon trat leise durch die Tür in das Schlafzimmer, in dem sich langsam der Geruch des Todes ausbreitete. »Aber wir haben diese Entscheidung doch immer nur bei denen getroffen, die sich an uns gewandt haben. Die uns anrufen oder schreiben. Die am Ende ihrer Kräfte sind und sich deshalb nicht einmal mehr selbst das Leben nehmen können.«

»Ihr Freund Klaas hat einfach den nächsten Schritt getan«, sagte der Commissaris ungehalten. »Er ist zu denen übergegangen, die Sie oder ihn *nicht* anrufen oder Ihnen *nicht* schreiben, denen Sie *nicht* erst zuhören müssen. Das wäre übrigens auch etwas, was mich brennend interessiert hätte: Wann, Mijnheer Jacobszoon, wären *Sie* so weit gewesen, von sich aus zu entscheiden, einfach so, nach Ihrem persönlichen Geschmack, wer leben will oder soll oder darf und wer nicht? Warum darauf warten, dass jemand sich an seinen Computer setzt oder zum Telefon greift? Vielleicht will da ja jemand sterben, der noch nie von Ihnen gehört hat oder Ihre Adresse nicht kennt? Vielleicht kann er gar nicht schreiben oder sprechen, oder vielleicht ist er noch gar nicht geboren, aber Sie können schon erkennen, dass dieses arme Geschöpf schrecklich leiden wird, so schrecklich, dass es sich einmal wünschen wird, nie geboren worden zu sein? Weil es schwach ist, behindert, nicht lebenswert, statt zu der Rasse der Stärksten, Reinsten und Schönsten mit dem perfekt geformten Schädel und einer titangehärteten Seele zu gehören? Wie wäre es, Doktor Jacobszoon, wenn Sie rosa Wimpel und gelbe Sterne verteilen würden? Wie wäre es mit ein bisschen vorgezogener Selektion, ein bisschen Zyklon-B-Gas, einer Rampe vor Zügen mit Viehwaggons?!«

Im Raum herrschte tiefe Stille, nur der Regen, der gegen die Fenster schlug, war zu hören. Jacobszoon stand wie gebannt an der Tür, so reglos wie der Tote auf dem Boden. Dann schüttelte er leicht den Kopf und hob eine Hand, eine vergeblich wirkende Geste, als wollte er etwas aufhalten, das sich nicht aufhalten ließ. Als sähe er Fetzen von seiner Seele lautlos davonfliegen wie Konfetti.

»Ich wusste immer, dass dieser Moment eines Tages kommen würde«, sagte er. »Ich wusste, selbst wenn ich genau erklären kann, warum ich so handeln musste – genau so und nicht anders –, würde man mich trotzdem für einen Wahnsinnigen halten. Aber ich bin nicht wahnsinnig, falls Sie das denken. Ich gehe nicht in den Park, um einem Schwan den Kopf abzubeißen und sein Blut zu trinken. Ich bin keiner von denen, die den Menschen auf Fotos die Augen ausstechen oder Geige spielend auf einem Berg von Leichen sitzen. Immer wenn ich jemand seinen Wunsch erfüllt hatte, wenn ich die Tüte von seinem Kopf entfernt habe, um den Frieden seines Anblicks nicht zu stören … wenn ich noch einen letzten Blick auf sein lebloses, friedliches Gesicht warf, empfand ich eine tiefe Trauer, als wäre gerade jemand gestorben, der mir sehr nahestand. Manchmal fragte ich mich nämlich, ob außer mir überhaupt noch irgendjemand auf der ganzen Welt um ihn oder sie trauerte. Maurits Scheffer, wer außer mir trauerte um ihn? Conrad Mueller, wer außer mir trauerte um ihn? Heleen Soeteman, wer trauerte um sie, außer mir? Um ihr Leben, nicht um ihren Tod? Ich sah sie an und dachte, das könntest du sein, der da liegt.«

Er ließ die Hand wieder sinken. Jetzt schien er doch zu frösteln. »Ich brauchte mich bloß an meinen Vater zu erinnern, wie er nachts auf meiner Bettkante saß. Da waren nur wir beide, im Dunkeln, und ich konnte ihn über mir aufragen sehen, die große Gestalt mit einem bleichen Gespenstergesicht, seine weit aufgerissenen Augen in den schwarzen Höhlen, mit denen er mich ansah … mit denen er durch mich hindurchsah auf das Baby, auf Maurits … Es war so schrecklich, so entsetzlich, ihn so zu erleben. Ich musste etwas tun, ich musste dem ein Ende bereiten – es kam einfach über mich. So war es damals gewesen, und so war es immer wieder.«

Sein Gesicht war selbst zu einem Gespenstergesicht geworden, gleichzeitig aber auch zu dem eines Kindes, eines verwirrten, frierenden Kindes, das sich verlaufen hatte und auf seinem Irrweg dem Tod begegnet war. »Er hat mich geliebt«, sagte er. »Sie haben mich alle geliebt.«

»Aber *Sie* konnten nicht alle lieben«, erwiderte der Commissaris. »Sie erstickten ihre Babys, weil Sie sie nicht alle lieben konnten, genau wie Sara Scheffer«, fügte er hinzu.

Jacobszoon zuckte zusammen, als hätte er einen Stoß erhalten, plötzlich und unerwartet. Er griff nach der Wand und suchte Halt. Langsam rutschte er daran herunter und kauerte sich zusammen, die Arme um die Knie geschlungen. Für eine Sekunde schien er sein eigenes Leben so zu sehen, wie es wirklich gewesen war, im grellen Licht jäher Erleuchtung. Aber nur für einen Augenblick. Ein Ächzen entfuhr ihm. Sein Körper war plötzlich schweißbedeckt. Er starrte auf Klaas van der Meers Leiche vor seinen nackten Füßen. Auf die Zellophantüte, das Klebeband.

»Manchmal – manchmal prasseln Millionen kleiner Körner auf mein Gesicht«, murmelte er, »Millionen und Milliarden schwarzer, feuchter, winziger Krumen drücken auf mein Gesicht, pressen es nach innen. Sie dringen in meine Ohren, unter die Lider meiner Augen, in die Nase. Sie rieseln auf mich herab, es wird immer dunkler, ich kann nichts mehr sehen, ich kriege keine Luft! Ich reiße den Mund auf, und die Erde presst mir die Zunge an den Gaumen, tief in die Kehle. Bis in die Brust hinunter schlucke und atme ich Erde, und dann passiert etwas Merkwürdiges: Mein Kopf zieht sich zusammen, die Haut, die Augen, die Wangen, die Lippen – alles stülpt sich nach innen, ballt sich wie eine Faust, die in meine Lunge hinabfährt und sie herausreißt, sie reißt die Lungenflügel aus meiner Brust und lässt nichts zurück als ein riesiges schwarzes Loch mit zerfetzten Rändern.«

»Und das geschieht an Ihren Geburtstagen, am sechsundzwanzigsten September und am dritten Oktober, immer wenn etwas in Ihnen Maurits Scheffer wird«, soufflierte der Commissaris und dachte daran, was Doktor Menardi gesagt hatte: *Wenn es so weit ist, werden Sie nicht glauben können, dass darin der Schlüssel zu all seinen Taten liegt, so verstiegen wird es Ihnen vorkommen. Für ihn jedoch ist es vollkommen zwangsläufig, denn in seinem Kopf ist das Verstiegene das Logische.* »Was ich aber immer noch nicht verstehe«, fuhr Van Leeuwen fort, »ist Folgendes: Für einige der Morde haben Sie ein Alibi, die können Sie gar nicht begangen haben, vor allem einige der weiter zurückliegenden nicht. Sie waren nicht einmal in der Nähe der Tatorte. Das haben unsere Ermittlungen ergeben, und das bringt uns zu Doktor van der Meer als Täter. Aber wenn es angeblich so viele Menschen gab, die Ihrer und seiner Hilfe bedurften – wieso hat auch er sich auf den sechsundzwanzigsten September und den dritten Oktober beschränkt?«

Jacobszoon beugte sich vor; er wippte auf den Zehenballen, ohne seine Knie loszulassen. Er sah in Van der Meers Gesicht hinab. »Klaas hat sich nicht beschränkt«, sagte er und blinzelte, als tauchte er gerade wieder aus der Erde auf. »Er wusste gar nicht, wie man das macht. Erst jetzt, als es um seine Klinik ging …«

Van Leeuwen spürte sein Handy in der Brusttasche vibrieren, holte es jedoch nicht heraus. »Unsere Ermittlungen haben aber ergeben, dass die Opfer des Plastiktütenmörders immer an diesen beiden Tagen getötet wurden.«

»Dann haben Sie einen Fehler gemacht bei Ihren Ermittlungen«, erwiderte Jacobszoon ernsthaft. »Vielleicht lag es daran, dass Sie die ganze Zeit über dachten, es gäbe nur einen. Und als Sie bei dem einen ein Muster erkannt hatten, haben sie nur noch nach diesem Muster geschaut, nur noch Fälle aufgenommen, die da hineinpassten, und alle anderen ignoriert.«

Man übersieht immer etwas.

»Das heißt, neben den Fällen, die wir schon kennen, neben all den Menschen, die jedes Jahr an diesen beiden Tagen starben, gibt es da draußen vielleicht noch mehr? Noch mehr Leichen, noch mehr unentdeckte Morde?«

»Ich weiß nicht, wie viele Sie kennen«, erklärte Jacobszoon. »Ich kann mich selbst nicht an alle erinnern. Aber wahrscheinlich haben Sie recht. Ja, wahrscheinlich gibt es noch mehr. Noch viel, viel mehr.«

Das Handy hörte auf zu vibrieren, und Van Leeuwen dachte, dass er Jacobszoon nun über seine Rechte belehren, ihm Handschellen anlegen und die anderen rufen sollte, damit den Vorschriften Genüge getan wurde und weil er müde war. Er fragte: »Sie wissen wahrscheinlich, was jetzt passiert?«

»Ja«, sagte Jacobszoon. »Wissen Sie es auch?«

Ehe der Commissaris erfasste, was geschah, griff Jacobszoon nach der Zellophantüte neben Van der Meers Hand, und mit einer schnellen Bewegung streifte er sie sich über den Kopf, und während diese Bewegung noch schemenhafte, verrissene Streifen über Van Leeuwens Netzhaut zog, hatte Jacobszoon schon die Rolle Klebeband gepackt, hatte einen Streifen von der Rolle gelöst, hatte den Streifen gegen den Rand der Tüte gepresst und hielt ihn dort mit einer Hand fest, während die andere die Rolle mit einer weiteren schnellen Bewegung im Kreis um seinen Kopf herumführte, immer wieder um den Kopf, bis das Plastikband, die Tüte und sein Hals wie fest miteinander verschmolzen waren.

Der Commissaris sah Jacobszoons Gesicht unter der Tüte. Er sah, während die Hand die Rolle noch um den Kopf führte, wie das Zellophan sich erst blähte und dann nach innen gesogen wurde, wie es knitterte und von innen beschlug. Er hörte es rascheln und knistern und das reißende Geräusch, mit dem sich das Klebeband von der Rolle löste, und durch die Tüte vernahm er das hohle Geräusch von Jacobszoons schnellen, keuchenden Atemstößen. Er sah die Hände, die Muskeln, die sich unter der Haut spannten, und er sah die weit aufgerissenen Augen, die Lippen, an denen das Zellophan hing, die Zähne, die Nase unter dem schimmernden Material, die Haare, die an den Schädel gepresst wurden.

Van Leeuwens Finger glitten ab. Sie rutschten immer wieder ab. Sie fanden keinen Halt an der glatten Tüte und dem Klebeband. Er konnte Jacobszoon nicht festhalten. Er brauchte zwei Hände, aber er hatte nur eine. Er sah das Gesicht unter der glänzenden zweiten Haut, es lächelte verzerrt, eine zuckende Grimasse. Er packte Jacobszoons Hals, versuchte, ein Loch in das Zellophan zu beißen und die Tüte mit den Zähnen vom Kopf des Erstickenden zu reißen.

Ächzend lag er auf dem halb nackten Körper, der sich zuckend unter ihm aufbäumte, während Jacobszoons Hände seinen Kopf mit ungeheurer Kraft festhielten und dann langsam zurückdrängten.

»Bitte!«

Hohl und dumpf drang das Wort durch die glitzernde Haut auf

Jacobszoons Gesicht. Aus nächster Nähe starrte Van Leeuwen in seine flehenden Augen. Er hielt den Atem an und spürte sein Herz rasen; er spürte es gegen seine Rippen hämmern, während keiner von ihnen sich bewegte. Langsam sanken Jacobszoons Lider herab, das Zellophan bildete eine Höhle in seinem offenen Mund, seine Muskeln gaben nach, sein Körper entspannte sich, und der Commissaris ließ ihn los. Er hielt ihn nur wie einen Sterbenden, hielt einen Sterbenden in seinen Armen, als könnte er ihn trösten. Oder sich selbst.

Er blieb noch eine Zeit lang neben Jacobszoon liegen. Er versuchte wieder, die Tüte vom Kopf des Toten zu lösen, aber es gelang ihm auch diesmal nicht. Er stand auf und ging zum Fenster, um die Jalousien hochzuziehen. Aus dem Panoramafenster konnte man weit über den alten Hafen und das IJ schauen, von einer Seite des Stroms zur anderen, wo sich jenseits des Wassers die Wiesen von Amsterdam Noord erstreckten. Es hatte aufgehört zu regnen, und der Himmel über der Stadt war jetzt schon hell. Auf den Wellen schimmerte das Licht der noch hinter dem Dunst verborgenen Sonne. Es würde ein schöner Tag werden.

41

Am Sonntag holte der Commissaris sein Fahrrad aus dem Hof, und als er es auf die Straße schob, wartete Doktor Menardi schon vor dem Haus. Sie trug ein roséfarbenes Kleid mit dunkelroten Lackknöpfen, dessen Saum sie mit schwarzen Samtbändern um die Beine geschnürt hatte, damit es nicht in die Kette ihres Rades geriet. Außerdem trug sie lila Knieschoner, weiße Turnschuhe und eine Sonnenbrille, die sie sich ins Haar geschoben hatte. Der Commissaris hatte gefüllte Gurken, eingelegten Stör, gebackene Hühnerschenkel, frisches Weißbrot, gekochte Eier, Obst und eine Flasche Wein in einen Korb gepackt und den Korb auf den Gepäckträger geschnallt.

Sie radelten durch die Stadt und über die Amstel. Auf den Straßen waren vereinzelte Kirchgänger zu sehen. Das Wasser glitzerte im hellen Morgenlicht wie Messing. Die Sonne stand noch nicht sehr hoch, aber es war ein warmer Tag für Oktober. »Wir haben Glück«, rief Doktor Menardi, die vorausfuhr, über die Schulter. »Lange wird es nicht mehr so bleiben.«

Van Leeuwen antwortete nicht, denn sein Atem ging kurz. Das Radfahren strengte ihn an, und er dachte, dass es ihm früher leichter gefallen war. Er hielt den Lenker nur mit einer Hand; den Gips hatte er vor zwei Tagen selbst abgenommen, mit einer Geflügelschere, aber ganz ohne Verband kam er noch nicht aus. Sie ließen die Stadt hinter sich, und nach einigen Kilometern bog Doktor Menardi von der Straße ab, und er folgte ihr. Über einen Feldweg fuhren sie an niedrigen Drahtzäunen entlang, hinter denen Schafe weideten. Der Weg wurde sandig, und sie mussten mit aller Kraft in die Pedale treten, um nicht stecken zu bleiben. Van Leeuwen keuchte; das Hemd klebte ihm am Rücken. Sie erreichten einen Pappelhain, wo sie abstiegen und die Wolldecke ausbreiteten, die der Commissaris zusammengerollt auf seinen Gepäckträger geklemmt hatte.

Am Rand des Hains lag ein kleiner Weiher, gesäumt von Schilf. An der Wasseroberfläche standen schwarzgraue Karpfen. Van Leeuwen und Doktor Menardi setzten sich unter die Pappeln, deren letzte Blätter silbergrün im Wind flirrten. Die fernen Türme, Kuppeln und Dächer Amsterdams waren in einen Dunstschleier gehüllt, der dünner wurde, als die Sonne höher stieg und sich schließlich ganz auflöste. Die Luft roch nach Gras und Rinde, und nur selten trug eine Brise den Geruch von Salz und Jod heran. Am Horizont zogen träge ein paar Wolken über den Himmel.

»Ist es nicht herrlich hier?«, fragte Doktor Menardi, als einige Zeit vergangen war. »An einem Ort wie diesem kann man sich gar nicht vorstellen, dass es Menschen gibt, die ihre Babys ersticken lassen und in Blumentöpfen verscharren.«

Van Leeuwen erwiderte nichts, denn er konnte sich an jedem Ort vorstellen, dass Menschen zu allem in der Lage waren.

»Hat Jacobszoon noch etwas gesagt, bevor er sich das Leben genommen hat?«, wollte Doktor Menardi wissen.

»Die Matthäus-Passion«, antwortete Van Leeuwen, »mit achtundsiebzig Umdrehungen abgespielt.«

Sie strich sich eine Haarsträhne aus der Stirn. »Ich bin sicher, das wirst du mir gleich erklären.«

»Bei allem, was er sagte, hatte ich das Gefühl, als drehte sich etwas in seinem Verstand zu schnell«, meinte Van Leeuwen. »Früher, als man noch Schallplatten gehört hat, gab es doch drei Geschwindigkeiten an den Plattenspielern – Singles, die man mit 45 Umdrehungen hören musste, LPs, für die 33 die richtige Einstellung war, und manche hatten noch 78. Das war die höchste Umdrehungszahl für ganz alte Schellacks. Jedenfalls, wenn man eine Langspielplatte, die man mit 33 hören sollte, mit 78 abspielte, hörte man nur ein quietschendes, hohes, rasend schnelles …«

»Ich bin alt genug, um zu wissen, wovon du sprichst«, warf Doktor Menardi ein.

»Gut, dann stell dir vor, du hörst die Matthäus-Passion mit 78 Umdrehungen statt mit 33 – es ist zwar immer noch Musik von Bach, aber niemand kann sie mehr verstehen. So klang das, was Jacobszoon gesagt hat. Du hast dauernd nach einem Knopf gesucht, mit dem man dafür sorgen konnte, dass es verständlich wurde. Kennst du Lovecraft?«

»Den Schriftsteller?«

»Ja, den hat er zitiert: *Ein Fremder bin ich auf dieser Welt und unter denen, die Menschen sind.* Bei Lovecraft hieß es, *in diesem Jahrhundert*, aber er hat daraus *auf dieser Welt* gemacht. Das war noch mit das Vernünftigste.«

»In der Zeitung haben Sie es so dargestellt, dass Van der Meer sein letztes Opfer war. Streng genommen stimmt das aber doch nicht, oder?«

»Nein, streng genommen sollte er selbst sein eigenes letztes Opfer werden – wenn es nach Van der Meer gegangen wäre. Dann hätte man ihn gefunden, erstickt mit einer Plastiktüte, und niemand hätte an einem Selbstmord gezweifelt. Die Tüte und das Klebeband, mit denen Van der Meer ihn töten wollte, lagen noch auf dem Boden. Ich glaube, Jacobszoon war unter anderem deswegen so verstört, als ich kam, weil er festgestellt hatte, dass erstickt zu werden, gar kein schöner Tod ist. Und dass er *leben* wollte! Dass er um sein Leben gekämpft hat, so heftig, dass Van der Meers Schädel bei diesem Kampf an seiner Bettkante zersprungen ist wie ein rohes Ei.«

Doktor Menardi sagte: »Jedes Jahr am sechsundzwanzigsten September und am dritten Oktober wurde demnach etwas in ihm, das auch die Matthäus-Passion schneller spielte, zu Maurits Scheffer. Im Grunde wollte er immer nur sich selbst töten, aber es waren die anderen, die sterben mussten …« Sie hielt inne und runzelte die Stirn. »Van der Meer hat das erkannt. Er war es, der den Knopf von 33 auf 78 gestellt hat.«

»Am Anfang«, pflichtete Van Leeuwen ihr bei. »Aber nachdem die Passion lang genug auf 78 gelaufen war, hielt Jacobszoons Verstand das für die richtige Umdrehungszahl.«

»Was für eine Verschwendung, was für ein schrecklicher Irrweg!«, murmelte sie leise. »Ich habe seine Sendung ein paar Mal gesehen. Es war ihm wirklich ernst mit seiner Anteilnahme, und oft hat er genau das Richtige gesagt, das, was ich auch geraten hätte.«

Van Leeuwen sagte: »Aber du hättest dich nicht außerhalb der Sendung oder deiner Kolumne mit den Anrufern und Briefeschreibern getroffen, um zu sehen, wie tief ihr Leid war. Und wenn du das getan hättest, dann, um sie zu therapieren, zu heilen. Du hättest sie nicht von morgens bis abends beobachtet, du wärst ihnen nicht nachgegangen, um ihr Leben genau unter die Lupe zu nehmen – ihr Haus, ihre Wohnung, ihre Familie –, um zu sehen, wie ernst es ihnen wirklich war, mit dem Wunsch zu sterben. Du hättest sie nicht erlöst, indem du sie tötest.«

»Ich wüsste gern, nach welchen Kriterien er seine Entscheidung letztendlich gefällt hat«, meinte Feline Menardi. »Stört es dich nicht, dass auch jetzt noch so vieles unklar bleibt, so viele Fragen offen sind, auf die wir wahrscheinlich nie eine Antwort erhalten werden?«

Wahrscheinlich gibt es noch mehr. Noch viel, viel mehr.

»Diese Fragen gibt es immer«, sagte Van Leeuwen. »Nach jedem Fall.«

Feline zog eine Augenbraue hoch, was ihr Gesicht in das eines entzückenden Kobolds verwandelte. »Du meinst, das ganze Leben ist ein Geheimnis, und Gott existiert wahrscheinlich gar nicht, so in der Art?«

»Ja«, antwortete Van Leeuwen. »So in der Art.«

Feline saß im Schneidersitz auf der Decke, und jetzt schloss sie die Augen und stützte sich nach hinten mit den Armen ab, den Kopf in den Nacken gelegt, das Gesicht nach oben gereckt. Ihre Haut wirkte in der Sonne heller. Nach ein paar Minuten öffnete sie den Knopf ihres Kleides. An ihren Schläfen und über dem Schlüsselbein erschienen kleine Schweißperlen. Nach einer weiteren Minute bemerkte sie: »Wer weiß, wie lange er noch so weitergemacht hätte … Wie lange er damit durchgekommen wäre, wenn du nicht Zuikers Leiche gefunden und eine Autopsie angeordnet hättest …«

Van Leeuwen krempelte die Ärmel seines Hemdes hoch. Er legte sich zurück und schloss die Augen. »Und wie viele ich so darum gebracht habe, wenigstens im Tod einen Moment des Glücks zu erleben«, fügte er hinzu.

Danach sagte er nichts mehr, und auch sie schwieg. Die summende Stille des Mittags verdrängte allmählich jeden Gedanken aus seinem Kopf. Er hatte das Gefühl zu schweben, und nur manchmal hörte er den Wind in den Blättern rauschen. Sonst gab es nichts mehr außer der Welt der Insekten unter und neben der Decke, ein ständiges Ticken wie von einem winzigen Zählwerk. Nach einiger Zeit vergaß er sogar seinen Körper; es war, als läge nur sein Kopf getrennt von allem auf der weichen Erde. Die Sonne schien auf seine Lider, die rot auf seinen Augen lagen. Ein Vogel sang ein kurzes, trauriges Lied, das nur aus zwei Tönen bestand, zwischen denen ungehört drei andere lagen. Er sang es immer wieder hinein in das eintönige Rauschen der Pappeln. »Was ist das für ein Vogel?«, fragte Van Leeuwen.

»Ein Grünfink, glaube ich«, antwortete Doktor Menardi. Sie zog den Korb aus dem Schatten unter einem Zipfel der Decke und wischte ein paar Ameisen von Griff und Rand. Sie breitete Papierservietten auf der Decke aus, holte das Brot unter einem Tuch hervor und schnitt mit einem Brotmesser zwei Scheiben ab. »Ein richtiges Picknick – das habe ich schon lange nicht mehr gemacht. Man vergisst oft einfach die schönsten Dinge.« Sie packte die Hühnerschenkel aus und fing an, ein hartes Ei zu schälen. »Oder man weiß zwar, dass es sie gibt, hat aber immer was anderes zu tun, das gerade wichtiger ist.«

Van Leeuwen öffnete die Augen. Er blickte zu den Kronen der Pappeln hinauf, die den Himmel zu berühren schienen, und auf einmal fiel ihm Ailing Wu ein, ihre Briefe und ihre Aussage vor Gericht. Er verspürte ein Gefühl des Unbehagens, das seine Stimmung einzutrüben drohte. Rasch richtete er sich auf und sah zu, wie Feline das Ei schälte. Ihre Finger waren flink und geschickt.

»Aber das größte Unglück ist, glaube ich, wenn man überhaupt nichts mehr schön oder wichtig findet«, sagte sie. »Wenn man sich mit allem einfach arrangiert, dem Schlechten, dem Traurigen, der ganzen Ungerechtigkeit, und für das reine Überleben alles aufgibt, was das Leben lebenswert macht. Man tut nichts anderes mehr, als der Zeit bei der Arbeit zuzusehen. Das hat mir von Anfang an gefallen bei dir, dass du dich gegen alles Mögliche auflehnst. Mit so viel Zorn und Kraft.«

»Das tue ich nur«, erklärte er, »weil ich mit ziemlich vielen Dingen auf Kriegsfuß stehe, die das Leben mit einem anstellt, wenn man ihm einfach freie Hand lässt. Es benutzt die Zeit, um einen zu verändern, ohne dass man es merkt, und auf einmal hat man so viele Veränderungen am eigenen Leib erfahren, dass man sich vor jeder weiteren fürchtet.«

»Aber gehört Furcht nicht bei uns allen zum Leben?«, fragte sie und reichte ihm das geschälte Ei.

»Das weiß ich nicht«, sagte er. »Ich weiß nur, dass es bei mir so ist. Früher fürchtete ich mich vor nichts, und jetzt gibt es vieles, was mir Angst einjagt. Ich habe meine Unschuld verloren, dafür ist meine Vorstellungskraft gewachsen.«

Er aß das Ei und dann einen der gebratenen Hühnerschenkel, während Feline den Weißwein entkorkte, der ganz unten im Korb lag. Danach kam der Stör an die Reihe. Sie ließen jeden Bissen auf sich wirken, denn die Speisen schmeckten anders unter freiem Himmel, ihr Aroma entfaltete sich stärker. Dazu tranken sie den Weißwein, der ihnen schnell zu Kopf stieg, weil die Sonne ihn erwärmt hatte.

Es gefiel Van Leeuwen, wie Feline aß, mit bedächtigem Genuss. Er dachte darüber nach, was ihm noch alles an ihr gefiel. Sie war unabhängig, klug und schnell von Begriff. Er fand sie anziehend. Sie war eine freie Frau, und er fragte sich, ob sie etwas in ihm suchte und wenn ja, was es wohl war. »Als ihr euch habt scheiden lassen«, sagte er, für sich selbst überraschend, »von wem ging das aus?«

»Von ihm«, antwortete sie.

»Hast du ihn da noch geliebt?«

Feline sah ihn nachdenklich an; sie schien zu überlegen, warum er das wissen wollte. Sie trank den eben gefüllten Pappbecher aus, ohne ihn einmal abzusetzen. »Das ist unbefugtes Betreten«, bemerkte sie.

»Nein, ich würde es nur als Anklopfen bezeichnen«, sagte Van Leeuwen. »Etwas heftiges Anklopfen vielleicht.«

»Und es wird auch keine Hausdurchsuchung?«

»Nein.«

»Also gut … ja«, antwortete sie schließlich, die Lippen noch glänzend vom Wein. »Ich glaube, ich habe ihn noch geliebt, aber das war zu einer anderen Zeit. Ich war anders damals. Es ist so lange her.«

»Und nach deinem Mann? Gab es da noch jemand, einen nächsten?«

»Nein, nicht so, wie du es meinst. Wir reden doch gerade über Liebe, oder irre ich mich?«

»Ich weiß nicht«, entgegnete Van Leeuwen. »Glaubst du nicht mehr daran?«

»Doch, wenn ich an irgendetwas glaube, dann daran«, sagte sie ernsthaft. »Aber ich habe sie so lange nicht mehr gespürt, dass ich nicht weiß, ob ich noch dazu fähig wäre. Und du – nach deiner Frau? Ich weiß, dass du seitdem niemanden …« Sie hielt einen Moment inne. »Würdest du es überhaupt merken, wenn du jemandem begegnest, den du lieben könnest?«

»Keine Ahnung, vielleicht nicht«, gab er zu.

Feline nickte. »Ich weiß nur eins – man darf nicht zu zaghaft sein oder davor zurückschrecken, denn oft ist es nur ein Moment – ein Augenblick, in dem sich alles entscheidet, und was immer daraus werden könnte, wartet nicht, und es kommt auch nicht regelmäßig wieder wie eine Straßenbahn.«

Vielleicht lag es am Wein, überlegte Van Leeuwen, vielleicht auch an der Sonne und dem Wind, aber vor allem an dem Wein.

»Ich habe viel über dich nachgedacht«, bekannte Feline, »privat, nicht beruflich. Ich habe über deine Gesichter nachgedacht und über die Worte, die zu diesen Gesichtern gehören. Es gibt das zornige Gesicht und das traurige, und dann gibt es eins, das verschlossen ist, abweisend, und jedes spricht eine andere Sprache. Meistens sind es die Augen; wenn sie einen ansehen, dann weiß man, mit wem man es gerade zu tun hat. Es gibt einige sehr interessante Menschen in dir, Commissaris Bruno van Leeuwen.«

»Interessant für wen?«

»Interessant für Frauen. Für mich. Es gibt den einen Bruno van Leeuwen, und der verhält sich auf eine Weise, die mich berührt, aber dann ist dieser Mensch plötzlich weg – dienstlich unterwegs, nehme ich an –, und ein anderer tritt an seine Stelle, der etwas anderes sagt und tut, aber auch das lässt mich nicht gleichgültig. Es gibt vermutlich noch mehr, und offenbar bin ich für einige davon sehr empfänglich.« Sie sah ihn über den Rand ihres Bechers hinweg an, mit leicht geöffneten Lippen, wie überrascht von ihrer eigenen Kühnheit. »Ich habe mir sogar überlegt, ob es so weit gehen könnte, dass ich mit einem davon mehr Zeit verbringen könnte.«

»Privat, nicht beruflich«, sagte Van Leeuwen.

Sie nickte.

»Wie viel Zeit?«

»Mein ganzes Leben.«

»So viel ist davon ja nicht mehr übrig«, bemerkte er brummig. »Bei mir übrigens auch nicht. Bei keinem von mir.«

Sie füllte ihren Becher nach, trank wieder, einen Schluck und noch einen, aber ihre Augen blieben klar. »Es hat den Anschein, als könnte keiner dieser Brunos besonders viel Nähe ertragen, und deshalb schiebt er einen Wachwechsel vor und verzieht sich bis zum nächsten Mal. Aber man weiß nicht, ob er wirklich wiederkommt. Kannst du dir vorstellen, dass einer von ihnen mal für länger bleibt – bei mir, meine ich?«

»Vorstellen …«, sagte er. »Ich habe schon so viel erlebt, das ich mir *nicht* vorstellen konnte. Du bist eine sehr schöne Frau, geschieden, und man hat mich zu dir geschickt, damit du mich begutachtest. Ich musste dir etwas von mir erzählen, damit ich weiterarbeiten konnte.«

»Ich nehme an, das heißt nein«, meinte sie, ohne in Verlegenheit zu geraten. Sie neigte sich ihm ein wenig zu, den Becher immer noch in der Hand. »Aber du magst mich? Du wärst vor ein paar Tagen beinahe umgebracht worden. Willst du dich nicht lebendig fühlen?«

»Ich fühle mich sehr lebendig«, erklärte Van Leeuwen.

»Ich fühle mich gerade auch sehr lebendig und als Frau«, bekannte sie. Sie neigte sich ihm noch weiter zu, und plötzlich stellte er fest, dass der Abstand zwischen ihnen kein Abstand mehr war. »Ich möchte gern, dass einer von den vielen Brunos mich in den Arm nimmt«, sagte sie. »Meinst du, dazu wärst du in der Lage?«

»Einer von uns bestimmt«, antwortete er, »wir müssen ihn nur erst finden.«

»Such nicht zu lange, denn eigentlich ist mir jeder recht«, erwiderte sie. »Ich möchte das Gefühl haben, dass wenigstens einer da ist, auf den ich anziehend wirke und der Lust hat, mit mir zu schlafen, denn genau danach ist mir gerade. Einer, der nicht dauernd grübelt oder zürnt oder trauert und der mit gutem Beispiel für die anderen vorangeht. Du musst aufhören, dir ununterbrochen Vorwürfe zu machen. Jeder von uns tut Dinge, für die er sich schämt, mancher sogar richtig schlimme, aber keiner von uns ist am Unglück der ganzen Welt schuld. Du bist ein guter, anständiger Mensch, und bestimmt bist du auch ein guter Liebhaber ... es muss ja nicht ganz so anständig sein.«

»Redest du jetzt gerade von Liebe?«, wollte er wissen.

»Kommt es dir so vor? Ich weiß nicht genau – vielleicht rede ich von Liebe, doch auf keinen Fall rede ich davon, dass du etwas tun oder empfinden sollst, wonach dir nicht ist. Meinetwegen scheiß auf die Liebe, aber lass mich spüren, dass du scharf auf mich bist.«

»Ich kann das nicht, ohne diese Straßenbahn zu nehmen.«

»Dann lass sie uns zusammen nehmen, wenn wir sie noch einholen. Wir schnappen uns die Räder und treten auf Teufel komm raus in die Pedale!«

Als sie sich der Stadt näherten, dämmerte es schon. Der Wind war kühl geworden, aber ihre erhitzte Haut brannte von der Sonne. Ihre Schatten flogen groß und lang neben ihnen her über den sandigen Weg und die abgeernteten Felder. Der herbstfrühe Sonnenuntergang tauchte den Himmel in flammendes Rot. Die Schatten verschwanden, und die Seevögel legten sich im Schilf am Ufer der Amstel schlafen. Das Wasser des Flusses war erst golden, dann grün, und als die Straßenlaternen aufflammten, wurde es schwarz. Käuzchen schrien in den Bäumen. Der schwermütige Geruch des ausklingenden Herbstes wehte durch die Grachten, und als Van Leeuwen und Feline ihre Räder über die Magere Brug schoben, fühlten sie sich wie Rückkehrer aus einer anderen Zeit, vorübergehend fremd unter all den Menschen.

»Kommst du noch mit rauf?«, fragte Feline, als sie das Tor zu ihrem Garten erreicht hatten.

Van Leeuwen war jetzt wieder nüchtern, und er zögerte, weil er vorgehabt hatte, nach Hause zu fahren. Da traf ihn ein Regentropfen, dem sofort ein weiterer folgte. Plötzlich standen sie mitten in einem Platzregen, der heftig und laut herunterkam. Das Wasser drang ihnen schnell bis auf die Haut.

»Stell dich wenigstens bei mir unter«, sagte Feline, »mit deinem Verband und allem.«

Sie liefen durch den kleinen Vorgarten, trugen die Räder ins Treppenhaus und lehnten sie am Ende des Flurs gegen die Wand. Ein mit Teppichstangen befestigter Läufer aus handversponnener Wolle führte die schmale Treppe hinauf. Als sie nass und tropfend oben angelangt waren, fragte Feline: »Willst du aus den nassen Kleidern raus?«

Er hörte den Regen gegen die Fenster schlagen, und er roch die Feuchtigkeit in Felines Haar und sagte: »Ja.«

»Bist du dir sicher?«

»Nein«, sagte er.

»Dann komm nicht mit hinein.«

Aber er wusste, dass er nie mehr so sicher sein würde, wie er bei Simone sicher gewesen war, und dass es andere Türen mit anderen Frauen davor geben würde, und eines Tages oder eines Abends würde er durch eine dieser Türen gehen, in das Zimmer dahinter. Er würde es nicht müssen, aber er würde gehen, einfach weil sie da war und es eine Frau gab, die ihn hineinbat. Er würde also durch eine Tür gehen, in das Zimmer dahinter, und deswegen konnte er es auch jetzt tun, denn es war ein schöner Tag gewesen. Er musste bloß im Kopf behalten, dass es nicht nur eine Tür war und nicht nur ein Zimmer.

Sie sperrte auf und trat über die Schwelle. Im Dunkeln drehte sie sich um und küsste ihn, und er dachte, es ist nur ein Kuss. Durch die regenüberfluteten Fenster fiel der Schein der Brückenbeleuchtung und der Straßenlaternen auf die Zimmerdecke; er floss in bunten Schichten über die Wände, sodass es hell genug war, ohne dass sie Licht machen mussten. Feline nahm seine Hand und führte ihn durch den Wohnraum zu einer weiteren Tür, die sie öffnete, und dahinter lag das Schlafzimmer.

Schweigend kam Feline zu ihm, noch kühl und nass und auf der Haut den Geruch von Rinde und Gras. Sanft berührte sie ihn, so sanft wie schon lange keine Frau mehr, und es schien ihm, als würde seine Haut sich unter ihren streichelnden Händen glätten, bis er ihren Berührungen keinen Widerstand mehr entgegensetzte. Er öffnete die Augen, um sie anzuschauen, doch sie war so nah, er sah nur ihre Halsbeuge und dahinter das angelehnte Fenster, vor dem sich der Vorhang bauschte wie ein Segel. Später zwang er sich, nichts mehr zu sehen, indem er sein Gesicht gegen ihren Hals presste. Er wollte alles ausschließen, das Zimmer, die Gegenwart und die Vergangenheit und alle Gedanken. Er wollte, dass sie ihn schweigend liebte und mit jedem Kuss, jeder Zärtlichkeit das Dunkel um ihn veränderte, als wären es Pinselstriche, die auf einer alten Leinwand ein neues Bild schufen.

Nur das Geräusch des Regens sollte es geben.

Danach lagen sie nebeneinander, Auge in Auge und immer noch so dicht beieinander, dass sie sich nicht sehen konnten. Felines Kopf ruhte in Van Leeuwens Armbeuge, ihre Brüste berührten seine Brust, ihre Oberschenkel kreuzten sich. Ihre Haut schien der Erregung müde geworden zu sein, und der Commissaris hätte nicht sagen können, wo seine aufhörte und ihre begann. Wie wenig gehört einem Menschen doch sein Körper, dachte er. Feline tupfte zarte Küsse auf sein Gesicht, seinen Hals, und sie hätte völlig gefühllos sein müssen, wäre ihr verborgen geblieben, welche Trauer er in diesem Moment empfand.

42

»Tarik Nasiz? Erinnerst du dich an mich?«

»Was wollen Sie?«

Der Junge, der Tarik Aziz hieß, stand neben einem Kinderwagen in der halb geöffneten Wohnungstür, und hinter ihm stand ein kleines Mädchen in einem geblümten Kleid. Das Mädchen hatte lockiges, dunkles Haar, das zu Zöpfen geflochten war. Es hielt sich mit einer Hand an Tariks Bein fest und schaute neugierig zu Van Leeuwen auf, und was es an Licht in dem engen Korridor gab, schien in ihren Augen zu liegen.

»Darf ich reinkommen?«, fragte der Commissaris.

Der Junge warf einen Blick über die Schulter zurück, über den Kopf des Mädchens, zum Ende des Korridors. Hinter ihm erklang arabische Musik, Töpfe schepperten. »Warum?«, fragte er.

»Ich will mit dir reden.«

»Worüber?«

»Über die Sache in der Straßenbahn.«

Der Junge legte dem Mädchen die Hände auf die schmalen Schultern, drehte es um und gab ihm einen sanften Schubs. »Geh zu Mama, Semira.« Dann sah er Van Leeuwen wieder an, mit gesenktem Kopf, von unten nach oben, und fuhr sich mit der Hand über das krause, kurz geschnittene Haar. »Sind Sie hier, um sich zu entschuldigen?«

»Nein«, erwiderte Van Leeuwen.

»Sie sind nicht hier, um sich zu entschuldigen?«

»Nein.« Van Leeuwen wunderte sich, wie ruhig er war, wie gelassen. »Aber ich bin hier, um dir zu sagen, dass es nicht in Ordnung war, wie ich mich verhalten habe. Es tut mir leid.«

»Und das ist keine Entschuldigung?«

»Nein, ist es nicht.«

»Ist gut, Mann.« Der Junge warf wieder einen Blick über die Schulter zurück, dann machte er Anstalten, die Tür zu schließen.

Van Leeuwen fragte: »Ist Semira deine Schwester?«

Tarik nickte.

»Wie würdest du es finden, wenn jemand sie ohrfeigt, in ein paar Jahren, nachts in einer Straßenbahn?« Van Leeuwens Handy klingelte. Er sagte zu Tarik »Entschuldigung« und wandte sich ab, bevor er sich meldete. Zuerst hörte er nichts, keine Stimme, nur ein Rascheln in der Leitung. »Hallo?« Er winkte Tarik kurz mit der verbundenen Hand, dann stapfte er die Stufen im Treppenhaus hinunter, vorbei an tausendundeinem arabischen Graffito an den schmutzigen Wänden. »Hallo, wer ist denn da?« Er trat aus dem Haus, auf den kleinen Platz vor der Moschee von Slootervaart, und jetzt erkannte er die Stimme des Anrufers. »Mijnheer Wu?«

»Wu bedauert neue Unannehmlichkeiten«, sagte der Chinese.

»Was für neue Unannehmlichkeiten?«, fragte der Commissaris und hatte plötzlich das Gefühl, als drückte eine Faust sein Herz zusammen. »Wo sind Sie, Mijnheer Wu?«

»In Wohnung«, sagte der Chinese.

»Ist Ihre Frau auch da?« Van Leeuwen begann zu laufen, ohne es zu merken. »Ist Ailing da? Kann ich sie sprechen?«

»Leider nein«, erklärte der Chinese. »Sie nicht kann sprechen mit Ihnen.«

»Warum nicht? Was ist mit ihr?«

Zheng Wu gab einen seltsamen Laut von sich, der wie ein tiefes Knurren klang, bevor er sagte: »Jeder Blick in Gesicht von Ailing war großer Schmerz. Jedes Wort aus lieblichem Mund von Ailing war wie schwerer Eimer, der wird herabgelassen in Wus Brust und nimmt Licht aus Brunnen seines Herzens, bis nur noch Dunkelheit da ist.«

»Das kenne ich«, erwiderte Van Leeuwen. Er rannte die Straße entlang, zur Ecke, denn er sah den Bus zum Zentrum, der langsam um die Ecke bog und auf die Haltestelle zusteuerte. Seine verletzte Hand begann wieder zu schmerzen, kaum dass er rannte. Die Sonne stand schon tief über den Häusern, sie schien ihm ins Gesicht und blendete ihn. Am Himmel trieben hohe Böen graue Wolken heran, denen Krähen mit verlorenen Schreien entgegenstiegen; die Luft roch kalt, weil es jetzt wirklich Winter wurde.

Van Leeuwen keuchte, als er den Bus erreichte, und er hielt noch immer das Handy ans Ohr. Er warf sich mit der Schulter gegen die Tür, weil der Bus gerade anfahren wollte, und brüllte: »*Politie!* Aufmachen, los!« Der Fahrer öffnete die Tür. Van Leeuwen rief: »Polizei! Commissaris van Leeuwen!« Und dann stand er in dem voll besetzten Bus und redete weiter mit Zheng Wu, der nicht mehr antwortete, sagte: »Ich bin gleich bei Ihnen«, sagte: »Bleiben Sie, wo Sie sind«, und sagte immer wieder: »Wir reden über alles, ich weiß, ich weiß«, weil er unbestreitbar wusste, was Wu fühlte.

Schließlich brach die Verbindung ab, und Van Leeuwen rief das Wijkteam in der Warmoesstraat an, damit sofort ein Beamter zur Wohnung des Chinesen geschickt wurde. Dann versuchte er, Zheng Wu zurückzurufen, aber in der Wohnung ging niemand ans Telefon. Als er endlich vor dem Haus am Zeedijk eintraf, raste sein Herz, als wäre er die ganze Strecke gerannt. Der uniformierte *agent*, den das zuständige Revier hergeschickt hatte, begrüßte ihn mit einem Schulterzucken und meinte: »Macht nicht auf, scheint niemand da zu sein!« Der Commissaris schob den jungen Polizisten beiseite und stürzte ins Haus. Er stürmte die Treppe hinauf, hämmerte mit der Faust gegen die Tür und rief: »Mijnheer Wu! Mijnheer Wu, machen Sie auf – Commissaris van Leeuwen hier!«

Eine Minute verging, dann noch eine. Van Leeuwen klopfte erneut und wartete auf das Geräusch von Zheng Wus Rollstuhl. Stattdessen hörte er wieder die schrille Musik aus der Wohnung weiter oben, die Schellen, Cymbeln und Flöten, und endlich einen Riegel, der zurückgeschoben wurde, nur Zentimeter von dem Ohr entfernt, das er gegen die Türfüllung presste. Die Tür ging auf, und dahinter saß der Chinese, lautlos herangerollt, und sagte: »Bitte, kommen in Wohnung.«

Zheng Wu trug seinen schwarzen Anzug, ein weißes T-Shirt und die Turnschuhe mit den roten und gelben Flammen an den Seiten. Seine Haare waren jetzt so lang, dass sie fast die Ohren bedeckten. Der Commissaris betrat die Wohnung, schob sich an dem Chinesen vorbei durch den Gang, und als er den kleinen Wohnraum erreichte, lag Ailing Wu in einem schlichen jadegrünen Seidenkleid auf dem nackten Boden vor dem Bett. Ihre Augen waren geschlossen, die Lippen leicht geöffnet. Um ihren Hals war ein orangefarbener Schal geschlungen, so eng, dass es aussah, als gäbe es weder Haut noch Fleisch zwischen Stoff und Nackenwirbeln. Der dünne Strahl verblassenden Sonnenlichts, der durch das winzige Fenster auf ihre flache Brust fiel, kam Van Leeuwen wie ein Leitstrahl des Himmels für ihre Seele vor.

Der Commissaris stand da und sah auf die junge Frau hinab, so wie er auf Jacobszoon hinabgesehen hatte und davor auf Van der Meer und noch vorher auf Muriel Brautigam und ganz am Anfang auf Gerrit Zuiker und Jun Wu, und das waren nur die Toten der letzten Wochen, nur die dieser letzten Herbsttage.

Sie wäre nicht hier, wenn wir sie nicht hergeholt hätten, dachte er; *und sie läge nicht da, wenn ich mich weiter um sie gekümmert hätte.* Dann dachte er, was er schon einmal gedacht hatte: *Ich kann doch nicht noch in die Wohnungen gehen.*

Er hörte den Rollstuhl und kurz darauf, wie Zheng Wu sagte: »Ailing sehr unglücklich, weil sie Wu gemacht hat zu Mann ohne Gesicht und sein Herz zu leerem Brunnen. Sie hat Wu gebeten, nehmen ihr Leben. Sie versteht, es war nicht möglich zu vergeben. Ailing und Cousin Jun, Wu hat sie immer vor sich gesehen, sie weiß das. Sie weiß, Wu kann ihr nicht mehr vertrauen, nie mehr! Sie verstehen das, Sie haben gleiche Erfahrung.«

Van Leeuwen hörte den Chinesen hinter sich reden, mit leiser, monotoner Stimme, aber die Worte bedeuteten ihm nichts; es war, als hörte er dem Sand in einer Eieruhr beim Verrinnen zu. Er schüttelte den Kopf wie ein Stier in einer Arena, der die *banderillas* in seinen Flanken abschütteln will. »Nein, ich verstehe ganz und gar nicht«, rief er, »und ich habe auch nicht die gleiche Erfahrung!« Seine Stimmbänder bebten vor Empörung. »Ailing hat Sie doch gar nicht betrogen. Sie hat gelogen – *gelogen!* –, um Ihnen vor Gericht zu helfen!«

Zheng Wu presste die Lippen zusammen. Er gab einen weiteren knurrenden Laut von sich. »Alle denken, es kein Lüge, sondern Wahrheit. Dass sie hat getan, statt nicht getan. Alle sehen Wu an und denken: Das ist Zheng Wu, den seine Frau hat betrogen mit Cousin. Ich sehe in ihre Augen, sehe meine Schmach und Schande!«

»Ist das die jahrtausendealte Weisheit Chinas – Scham und Schande, verlorene Ehre, verlorene Gesichter?!«, brüllte Van Leeuwen; er fand den inneren Knopf nicht, mit dem er seine Lautstärke regulieren konnte. »Ailing hat Sie geliebt, und Sie haben sie geliebt, und trotzdem töten Sie sie! Dabei hat sie Sie nicht mal betrogen! Aber meine Frau – meine Frau musste sterben, obwohl ich wollte, dass sie lebt und bei mir ist …!«

»Ja«, sagte der Chinese, »ja, Zheng Wu weiß und bedauert neue Unannehmlichkeiten für Commissaris.« Seine Augen waren flach wie schwarze Nagelköpfe, die sein ausgemergeltes Gesicht am Schädel festhielten. Zwei scharfe Linien zogen sich um seinen Mund und die dunklen, wie in die olivgelbe Haut gebrannten Nasenlöcher.

»Sie wissen gar nichts, Mijnheer Wu!« Der Commissaris hätte ihn am liebsten aus seinem Rollstuhl gezogen und geschüttelt. »Warum sind Sie nicht woandershin ausgewandert – nach Amerika, beispielsweise? Warum mussten Sie zu uns kommen? Haben Sie nie davon gehört, was da steht – im Hafen von New York – auf dem Sockel der Freiheitsstatue – über Menschen wie Sie!? *Schickt uns eure Müden und Armen,* steht da, *das armselige Strandgut eurer überfüllten Küsten, schickt uns die Heimatlosen, die vom Sturm Gebeutelten.«*

Sein Blick kehrte zu der erdrosselten jungen Frau auf dem Boden zurück. »Aber schickt uns bloß nicht eure Mörder«, fuhr er leiser fort, »die nicht! Die schickt ihr besser nach Amsterdam …«

Danach sagte er nichts mehr. Er setzte sich auf das Bett, vor dem Ailing lag. Er sah den Chinesen an, und der Chinese sah ihn an, bis sie einander in der Dunkelheit nicht mehr erkennen konnten. Van Leeuwen dachte an Sim und daran, dass er weder Scham noch Schande verspürt hatte. Wenn überhaupt, dann war ihre Affäre eine Wunde gewesen, und selbst diese Wunde war nichts im Vergleich zu der, die Sims Tod in seinem Leben hinterlassen hatte.

Aber eines Tages würde auch diese Wunde anfangen, sich zu schließen, wie alle Wunden, und nichts würde mehr an sie erinnern außer einer unsichtbaren Narbe auf seiner Seele. Unter dieser Narbe verschlossen läge dann alles, was ihre Liebe so innig und so tief gemacht hatte, Zärtlichkeit und Leid und Lust und Zufriedenheit, die schönen Tage und die schlechten. Hin und wieder würde er mit dem Finger der Erinnerung darüberstreichen und daran denken, was sie verursacht hatte, aber der Schmerz würde nicht wiederkehren und ebenso wenig das Glück, aus dem er mit dieser Wunde vertrieben worden war.

So wird es sein, dachte er, und damit musst du dann leben. Nach einiger Zeit, in der weder der Chinese noch er gesprochen hatten, nahm er sein Handy und rief einen Streifenwagen.

Epilog

In dieser Nacht saß der Commissaris an seinem Schreibtisch, und vor ihm lag eine dünne Mappe aus safrangelbem Karton, *Die Mappe der unerledigten Dinge*, wie er sie bei sich nannte. Er knipste die Schreibtischlampe an. Er klappte die dünne, unbeschriftete Mappe auf. Er nahm ein Röntgenbild heraus und hielt es gegen das Licht, wie er es früher, als Sim noch lebte, oft getan hatte. Als könnte er ganz allein durch Betrachten dieser farbigen Tomogramme ihre Heilung bewirken. Am Rand der Aufnahme stand nur eine Nummer, aber er wusste, es war der Garten ihrer Erinnerungen, der von Bild zu Bild mehr versteinerte.

Unter den Tomogrammen lag ein Kuvert mit ihrem Testament. Er hatte es noch nicht geöffnet. Da lagen auch all die Briefe, die er ihr in den Wochen nach ihrem Tod geschrieben hatte, nachts, wenn er nicht hatte schlafen können. Und ganz hinten in der Mappe lag ein Polaroid, und als er es entdeckte, dachte er, *eine weitere unerledigte Sache*.

Das Foto zeigte einen lächelnden jungen Mann: sonnengebräunt, mit schwarzem Haar, schön auf die pomadige Art eines Stummfilmstars – Sandro, der Liebhaber seiner Frau, aber im Grunde gar nicht ihr Typ. Hinter dem unschuldig wirkenden Lächeln lauerte Vulgarität, vielleicht sogar Boshaftigkeit. Wieder hatte Van Leeuwen das Gefühl, den Mann schon einmal gesehen zu haben, vor langer Zeit, und wieder wusste er nicht, wo, bei welcher Gelegenheit.

Neben dem Kopf des Mannes ragte ein Turm aus rötlichem Stein in einen strahlend blauen Himmel, unverkennbar das Rathaus von Siena. Aus Siena waren auch die leidenschaftlichen Liebesbriefe gekommen, die Sandro an Sim geschrieben hatte. Lebte er dort? Oder hatten sie sich dort nur getroffen, auf halber Strecke? Viele Fragen, immer noch, dachte Van Leeuwen.

Er ging zum Fensterbrett, wo der Brief lag, den er selbst vor einigen Tagen an diesen unbekannten Mann namens Sandro geschrieben hatte. Er nahm den Brief und zerriss ihn, und an die Stelle, an der er gelegen hatte, legte er das Polaroid. Dann knipste er die Schreibtischlampe wieder aus und verließ das Arbeitszimmer und danach die Wohnung. Es ging auf Mitternacht zu. Es war Zeit.

Ende

Brouwersgracht
Noordermarkt
Prinsengracht
Keizersgracht
Herengracht
OUD WEST
Anne Frankhuis
Bloemgracht
Rozengracht
Prinsengracht
Keizersgracht
Herengracht
Nieuwezijds Voorburgwal
Singelgracht
Marnixstraat
Elandsgracht
Hoofdbureau van Politie
Leidsestraat
Leidseplein
Prinsengracht
Stadhouderskade
Vondelstraat
Rijksmuseum
OUD ZUID
Museumplein
Vondelpark